APR   2013

UN MAR OSCURO

UN MAR OSCURO

Anne Perry

Traducción de Borja Folch

GRUPO ZETA

Barcelona • Madrid • Bogotá • Buenos Aires • Caracas • México D.F. • Miami • Montevideo • Santiago de Chile

Título original: *A Sunless Sea*
Traducción: Borja Folch
1.ª edición: enero 2013

© 2012 by Anne Perry
© Ediciones B, S. A., 2013
     Consell de Cent, 425-427 - 08009 Barcelona (España)
     www.edicionesb.com

Printed in Spain
ISBN: 978-84-666-5236-0
Depósito legal: B. 10.396-2012

Impreso por LIMPERGRAF, S.L.
Mogoda, 29-31 Polígon Can Salvatella
08210 - Barberà del Vallès (Barcelona)

Todos los derechos reservados. Bajo las sanciones establecidas
en el ordenamiento jurídico, queda rigurosamente prohibida,
sin autorización escrita de los titulares del *copyright*, la reproducción
total o parcial de esta obra por cualquier medio o procedimiento,
comprendidos la reprografía y el tratamiento informático, así como
la distribución de ejemplares mediante alquiler o préstamo públicos.

Dedicado a Frances y Henry

1

El sol ascendía despacio sobre el río, salpicando de luz roja la superficie del agua. Las gotas que se desprendían de los remos de Monk brillaban unos instantes como si fuesen de vino o de sangre. En el otro banco, más o menos a un metro de él, Orme empujaba hacia delante, bogando con todo su peso para contrarrestar la resistencia que la corriente oponía al avance. Acostumbrados como estaban a trabajar en equipo, remaban en perfecta sincronía. Corría el mes de diciembre de 1867, hacía casi dos años que Monk había tomado el mando de la Policía Fluvial del Támesis en la comisaría de Wapping.

Aquel hecho suponía una pequeña victoria para él. Orme llevaba toda su vida profesional en la Policía Fluvial. Monk había tenido que adaptarse tras haber trabajado en la Policía Metropolitana primero y como detective privado después.

La serenidad de aquel momento de íntima satisfacción la rompió un grito, un chillido tan penetrante que se oyó por encima del crujido de los escálamos y del ruido de la estela de una hilera de gabarras al romper contra la orilla. Monk y Orme se volvieron al unísono hacia el embarcadero de Limehouse, en la ribera norte, a poco más de veinte metros de distancia.

Oyeron el grito otra vez, estridente, de terror, y de pronto vieron una figura negra sobre el umbrío telón de fondo que dibujaban los cobertizos y almacenes del muelle. Alguien con un abrigo largo agitaba los brazos mientras iba de un lado a otro a trompicones; imposible distinguir si era hombre o mujer.

Echando un vistazo por encima del hombro hacia Monk, Orme dio una palada que giró la barca hacia la orilla.

La figura se movió más nerviosa al ver que se aproximaban. Las nubes bajas se abrieron y el sol comenzó a alumbrar la escena con más nitidez. La figura resultó ser una mujer con falda larga. Seguía agitando los brazos y gritándoles desde el muelle, pero el terror volvía ininteligibles sus palabras.

La barca alcanzó la escalinata con un golpe y Orme la amarró.

Monk se agarró al poste que tenía más a mano, saltó a tierra y subió los peldaños tan deprisa como pudo. Al llegar arriba vio a la mujer, que ahora sollozaba y se tapaba el rostro con las manos como si quisiera borrar de la mente algo que hubiese visto.

Monk miró en derredor. No vio a nadie más, nada que pudiera causar semejante miedo histérico. El muelle estaba desierto salvo por la mujer y Monk. Orme llegó a lo alto de la escalinata y a primera vista tampoco vio indicio alguno de amenaza para ella.

Monk la tomó gentilmente del brazo.

—¿Qué le pasa? —preguntó con firmeza—. ¿Qué ha ocurrido?

La mujer se apartó de él y dio media vuelta, señalando con el dedo un montón de basura que se iba perfilando con creciente claridad.

Monk se dirigió hacia él y el estómago se le encogió al darse cuenta de que lo que había tomado por una lona desgarrada era en realidad la falda empapada de una mujer con el cuerpo tan mutilado que de entrada no se reconocía como humano. Monk no precisó preguntarse si estaba muerta. Yacía retorcida, medio bocarriba, con el rostro macilento vuelto hacia el cielo. Tenía el cabello apelmazado, mojado de sangre en el cogote. Pero fue el resto de su cuerpo lo que le provocó náuseas y lo dejó sin aliento. Estaba destripada, y sus vísceras se desparramaban como pálidas serpientes despellejadas.

Oyó los pasos de Orme a sus espaldas.

—¡Santo Dios! —murmuró Orme, no a modo de blasfemia, sino como una llamada de auxilio para que lo que veía no fuese real.

Monk tragó saliva con dificultad y se apoyó un momento en el hombro de Orme. Luego, dando algún que otro traspié sobre los tablones del muelle, regresó junto a la mujer, que ahora temblaba de manera incontrolable.

—¿Sabe quién es? —preguntó Monk con delicadeza.

La mujer negó con la cabeza, procurando alejarse de él, pero ya no le quedaban fuerzas.

—¡No! Dios me salve, no la conozco. Yo he venido en busca de mi hombre. ¡El muy cabrón ha pasado fuera toda la noche! Y entonces la he encontrado. —Se santiguó como para conjurar el horror—. Me he llevado un susto de muerte al pensar que era él hasta que la he visto, pobrecita.

—¿Ha sido al encontrarla cuando se ha puesto a gritar? —preguntó Monk.

—Sí. Usted es de la Policía Fluvial, ¿no?

—Sí. ¿Cómo se llama?

La mujer titubeó solo un instante. Con aquello tirado en los tablones, casi tan cerca como para tocarlo, quizá la presencia policial no fuese tan mal asunto como de costumbre.

—Ruby Jones —contestó.

—¿Dónde vive, señora Jones? —preguntó Monk—. Y dígame la verdad, por favor. No querrá que tengamos que buscarla, dando a conocer su nombre por toda la margen del río, ¿me equivoco?

Ella lo miró a los ojos y vio que hablaba en serio.

—Northey Street, detrás del asilo —contestó.

—Vuelva a mirarla, por favor —dijo Monk con más amabilidad—. Mírele el rostro. No es tan horrible. Y mantenga la vista apartada del resto. Piense si la había visto alguna vez.

—¡No! ¡No la conozco! —insistió la señora Jones—. No voy a mirarla otra vez. ¡La estaré viendo hasta el fin de mis días!

Monk no discutió con ella.

—¿La encontró en cuanto llegó usted aquí, o pasó un rato aguardando, quizá llamando a su marido?

—Andaba buscándolo cuando he visto... eso. ¿Cree que tengo ganas de quedarme aquí, con eso a mi lado, eh?

—No, por supuesto —respondió Monk—. ¿Está en condiciones de regresar sola a su casa, señora Jones?

—Sí. —Se zafó de Monk, que le sujetaba el brazo—. No se apure. —Respiró profundamente y se volvió hacia el cuerpo, y el horror de su semblante se transformó en compasión—. Pobrecita —dijo entre dientes.

Monk dejó que se marchara y, junto con Orme, regresaron hasta donde yacía el cadáver. Monk le tocó la cara con delicadeza. Estaba fría. Le palpó los hombros por debajo del vestido para ver si hallaba algo de calor, pero fue en vano. Lo más probable era que llevara muerta toda la noche.

Orme lo ayudó a tenderla bocarriba, revelando el vientre destripado y las pálidas vísceras pegajosas por la sangre.

Pese a que estaba acostumbrado a ver cadáveres, Orme dio un grito ahogado de horror y se tambaleó unos instantes. Sabía lo que eran capaces de hacer el tiempo y los depredadores, pero aquella barbaridad era obra de un hombre y le resultó imposible disimular la impresión que le causó. Tosió y se atragantó. Fue un gesto inútil, pero sin pensarlo se agachó y volvió a tapar a la mujer con sus ropas.

—Más vale que llamemos al médico forense y a la comisaría local —dijo con voz ronca.

Monk asintió, tragando saliva. Por un momento, el horror lo había dejado paralizado, sintiendo una honda compasión. El río al que tanto se había acostumbrado le pareció de súbito un lugar inhóspito y desconocido. Los muelles y los postes de los embarcaderos se cerraban en torno a ellos, mostrándose amenazadores por efecto de la cruda luz del alba, que distorsionaba sus proporciones.

Orme asintió con el semblante adusto.

—Ha sido encontrada en el embarcadero, de manera que el caso nos incumbe, señor —dijo con abatimiento—. Pero, naturalmente, la policía de la zona quizá sepa identificar a esta pobre criatura. Quizá sea un caso de violencia doméstica. Pero si se trata de una prostituta, me temo que nos enfrentamos a un loco.

—¿Cree que un hombre en su sano juicio le haría algo semejante a su esposa? —preguntó Monk, incrédulo.

Orme negó con la cabeza.

—¿Quién sabe? A veces pienso que el odio es peor que la locura. La comisaría local queda en esa calle de ahí —agregó, señalando con el brazo—. Si quiere, me quedo con ella mientras usted va a verlos, señor.

Era lo más sensato, puesto que Monk era con diferencia el de mayor rango de los dos. Aun así, se sintió agradecido, y se lo hizo saber a Orme. No le apetecía quedarse en el muelle, soportando el viento frío que calaba hasta los huesos, montando guardia junto a aquel espantoso cadáver.

—Gracias. Seré tan breve como pueda.

Dio media vuelta, recorrió el embarcadero hasta el terraplén y enfiló la calle. El color había desaparecido del cielo, dejándolo pálido, y el sol de primera hora recortaba la silueta de los muelles y los almacenes. Se cruzó con un puñado de estibadores camino del trabajo. Un farolero, poco más que una mancha grisácea, apagó la última farola de la calle.

Una hora después Monk y Orme se encontraban en la comisaría local, todavía tiritando. Los pantalones mojados se les pegaban a las piernas, y el frío que sentían en su interior no lo mitigó siquiera la taza de té caliente con whisky que les ofrecieron. Overstone, el médico forense, entró y cerró la puerta a sus espaldas. Tenía sesenta y tantos años, el pelo rubio entrecano le raleaba y su expresión era afable. Miró al sargento local, luego a Orme y por último a Monk. Sacudió la cabeza.

—Esto pinta muy mal —dijo en voz baja—. Es casi seguro que la mutilación se llevó a cabo después de la muerte. Cuesta estar absolutamente seguro porque si aún no había muerto, lo que le hicieron la mataría. En cualquier caso, sangró mucho. Le abrieron un tajo desde el ombligo hasta la ingle.

Monk se fijó en el rostro crispado del médico y en la compasión que asomaba a sus ojos.

—Si ya había muerto cuando se lo hicieron, ¿qué la mató? —preguntó Monk.

—El golpe en la nuca —contestó Overstone—. Un único golpe. Lo bastante fuerte para romperle el cráneo. Un trozo de tubería de plomo, diría yo, o algo parecido.

Overstone estaba de pie junto a un escritorio de madera con montones de papeles de distintos tamaños, escritos por personas diferentes. Las librerías que los rodeaban estaban pulcramente ordenadas, no atiborradas de papeles como las del despacho de Monk. No había un solo cartel en la pared.

—¿Algún otro indicio que pueda facilitarnos? —preguntó Monk con escasa esperanza.

Overstone torció las comisuras de los labios hacia abajo.

—Bastante saña. El golpe se lo dieron con mucha fuerza, pero pudo haberlo hecho cualquiera entre metro sesenta y cinco y metro noventa de estatura.

—¿Zurdo? ¿Diestro? —insistió Monk.

—No queda muy claro, pero yo diría que diestro. Me consta que no les sirve de mucho —agregó Overstone en tono de disculpa—. Casi todo el mundo es diestro.

—¿Y la... mutilación?

—Hoja larga: entre diez y doce centímetros de longitud, calculo. Los cortes son profundos, los bordes bastante limpios. Cuchillo de carnicero, cuchillo de marinero... o de maestro velero, ya puestos. Por Dios, la mitad de los proveedores de buques, lancheros y carpinteros de ribera tienen algo que podría haber destripado a esa pobre mujer. ¡Incluso una cuchilla de afeitar! De modo que también podría ser un barbero. O cualquier hombre que se afeite a sí mismo.

Parecía molesto, como si la incapacidad de dar una respuesta más concreta lo hiriera en su orgullo, haciéndole sentirse culpable.

—O cualquier ama de casa con un buen cuchillo de cocina —apostilló el sargento.

Monk lo fulminó con la mirada.

—Perdón, señor —dijo el sargento, bajando la vista.

—No hay nada que perdonar —contestó Monk—. Lleva razón. Podría ser cualquiera. —Volvió a dirigirse a Overstone—. ¿Qué hay de la mujer en sí? ¿Qué puede decirme?

Overstone se encogió de hombros.

—Cuarenta y tantos. Algo avejentada, según he constatado tras un examen preliminar —contestó—. Aproximadamente, metro sesenta de estatura. Cabello claro, un tanto canoso en las sienes. Ojos azules, semblante agradable pero sin rasgos distintivos. Buena dentadura, lo cual es inusual. Dientes muy blancos. Los frontales un poco encabalgados. Me imagino que cuando sonreía eso le confería atractivo. —Bajó los ojos a la madera desgastada del suelo—. ¡A veces detesto este maldito trabajo!

Acto seguido levantó la cabeza y el instante de debilidad quedó atrás.

—Mañana quizá pueda decirle algo más. Lo que ya puedo decirle ahora mismo es que, con una mutilación como esta, se enardecerán los sentimientos de la gente. En cuanto corra la voz, habrá miedo, ira, tal vez pánico. No le envidio.

Monk se volvió hacia el sargento.

—Guarde tanta discreción como sea posible —le ordenó—. No dé detalles. La familia tampoco tiene por qué enterarse de ellos. Suponiendo que tuviera familia. Me figuro que nadie ha denunciado una desaparición.

—No, señor —confirmó el sargento con tanta tristeza como poca convicción—. Lo intentaremos.

Monk y Orme comenzaron cerca del embarcadero de Limehouse y trabajaron a lo largo del tramo de Narrow Street, recorriéndola de norte a sur, preguntando a todos los viandantes, así como en las tiendas que ya habían abierto, si habían visto a alguien que se dirigiera al embarcadero la noche anterior. ¿Conocían a alguien que regresara por ese camino del trabajo a casa, o a alguna prostituta que buscara clientes en la zona?

La descripción de la mujer era demasiado general para identificarla: estatura media, cabello castaño claro, ojos azules. Era demasiado pronto para dar a alguien por desaparecido.

Les hablaron de varias prostitutas, incluso de un par de personas a quienes gustaba caminar, y algunos tramos de Narrow Street ofrecían bonitas vistas del río. Reunieron una docena de nombres.

Prosiguieron tierra adentro tomando los callejones que conducían a Northey Street, Orme en una dirección, Monk en la otra, haciendo las mismas preguntas. Hacía frío, pero el viento había dejado de soplar y no llovía. Sin embargo, el sol invernal apenas calentaba.

Monk caminaba por el sendero de Ropemakers' Fields cuando una mujer menuda vestida de gris salió de una puerta cargando con un fardo de ropa sucia apoyado en la cadera. Monk se detuvo casi delante de ella.

—Disculpe, ¿vive aquí? —preguntó.

La mujer lo miró de arriba abajo con recelo. Monk iba vestido con la ropa oscura y sencilla de costumbre, semejante a la que pudiera llevar cualquier barquero, solo que el corte era mucho mejor, como si la hubiese confeccionado un sastre en lugar de un proveedor de buques. Hablaba con buena dicción, su voz era amable y su porte emanaba a un mismo tiempo garbo y confianza.

—Sí —contestó la mujer cautamente—. ¿Quién es usted y por qué quiere saberlo?

—Soy el comisario Monk, de la Policía Fluvial —respondió él—. Estoy buscando a alguien que anoche oyera una pelea, gritos de mujer, quizá los de un hombre gritándole a su vez.

La mujer suspiró y puso los ojos en blanco con un ademán de hastío.

—Si alguna noche no oigo una pelea, descuide que se lo haré saber. De hecho, se lo contaré a los puñeteros periódicos. Y ahora, si no le importa, tengo trabajo que hacer.

Se apartó el pelo de los ojos y con un ademán irritado se dispuso a marcharse.

Monk se echó hacia un lado para cortarle el paso.

—Esta no fue una pelea cualquiera. Mataron a una mujer. Seguramente una o dos horas después de que anocheciera, en el embarcadero de Limehouse.

—¿Qué clase de mujer? —preguntó ella, adoptando de súbito una expresión asustada, con los labios prietos por la inquietud.

—De unos cuarenta años —contestó Monk. Vio que el semblante de la mujer se relajaba. Monk supuso que tendría hijas que solían pasar por allí, incluso que mataban el rato en el embarcadero cotilleando o flirteando. Pasó a describir a la fallecida tan bien como pudo—. Era cuatro o cinco centímetros más alta que usted, con el pelo claro y un poco cano. Bastante guapa, aunque no llamativa. —Monk se acordó de los dientes—. Probablemente con una hermosa sonrisa.

—No sé —contestó la mujer del fardo de ropa sucia—. No me suena a nadie que conozca. ¿Está seguro de que tenía unos cuarenta?

—Sí. Y llevaba ropa corriente, no la que se pondría una mujer que buscara negocio —agregó Monk—. Y tampoco hemos visto que fuera maquillada.

Se sintió insensible al hablar de ella de aquel modo. La había desprovisto de personalidad, de sentido del humor y de sueños, de gustos y manías; seguramente porque también quería desposeerla del terror y del dolor repentino y atroz. Dios quisiera que no se hubiese enterado de lo que le sucedió después. Monk esperaba que ni siquiera hubiese llegado a ver el cuchillo.

—Entonces la liquidó su marido —repuso la mujer, torciendo las comisuras de la boca en una expresión de hastiada aflicción—. Pero no sé quién es. Podría ser cualquiera.

Volvió a apartarse unos mechones de pelo de la cara y ajustó el peso del fardo de ropa en la cadera.

Monk le dio las gracias y siguió adelante. Detuvo a otras personas, tanto hombres como mujeres, para hacerles las mismas preguntas, obteniendo más o menos las mismas respuestas. Nadie reconoció a la mujer a la que Monk describía. Nadie admitió haber estado cerca del embarcadero de Limehouse después del ocaso, que en esa época del año llegaba hacia las cinco de la tarde. La noche había sido nublada y húmeda. Una vez puesto el sol, poco trabajo se podía hacer. Nadie había oído gritos ni nada que pareciera una riña. Todo el mundo tenía ganas de irse a casa a cenar, entrar en calor y luego tal vez tomar un par de jarras de cerveza.

Monk se reunió con Orme a mediodía. Tomaron una taza de té bien caliente y un bocadillo de jamón en un puesto ambulante de una esquina, procurándose cierto resguardo en una portería, donde conversaron con los cuellos de los abrigos vueltos hacia arriba.

—Nadie ha visto ni oído nada —dijo Orme apesadumbrado—. Tampoco es que esperara otra cosa. Ya ha corrido la voz de que fue algo atroz. De repente, todos son sordos y ciegos.

Dio un mordisco a su bocadillo de jamón.

—No es de extrañar —contestó Monk, entre sorbos de té. Estaba caliente y quizá demasiado cargado, pero ya se había acostumbrado a aquellas infusiones que vendían en la calle. Nada que ver con el fragante té casero recién preparado. Lo más probable era que aquel llevara horas hecho, y que le fueran añadiendo agua hirviendo cada vez que escaseaba—. Seguro que Ruby Jones se lo habrá contado a sus amigos, y estos a los suyos. Esta tarde todo Limehouse estará al corriente.

—Deberían tener miedo y querer que atrapáramos a ese carnicero —dijo Orme entre dientes—. Nos enfrentamos a un loco, señor. Eso no lo hizo un hombre en sus cabales.

—Cierran los ojos y fingen que sucedió a kilómetros de aquí —contestó Monk—. En el fondo los entiendo. Yo haría lo mismo, si pudiera. Es lo que sucede con la mitad de las cosas malas. No queremos saber nada, no queremos vernos involucrados. Si la víctima hizo algo malo, algo estúpido, propiciando que le ocurriera lo que le ocurrió, bastará con que nos mantengamos al margen para que no nos ocurra a nosotros.

—¿Cree que volverá a suceder, señor? —preguntó Orme a media voz. Estaba apoyado contra un puntal, con la mirada perdida a lo lejos. Monk se preguntó qué estaría viendo. Había desconcertantes momentos en que tenía la impresión de conocer a Orme íntimamente debido a las amargas y terribles experiencias que habían compartido, cosas que se sobreentendían pero que jamás se manifestaban con palabras. No obstante, habían muchos más días como aquel, en los que trabajaban juntos con un respeto mutuo rayano en la amistad, aunque sin llegar a olvidar la diferencia existente entre ambos; al menos Orme no la olvidaba.

—No sucedió a kilómetros de distancia —dijo Orme al cabo de un rato—. Fue justo aquí. Pero pudo venir en barca. En cualquier caso, la mataron en el embarcadero, y luego la rajaron de esa manera. —Apretó los labios. Su rostro curtido se veía pálido—. Aunque supongo que pudieron matarla en otra parte y luego rajarla aquí —sugirió, con voz rasposa.

—No habría sangrado tanto si hubiese llevado tiempo muerta —contestó Monk—. Overstone ha dicho que, por el aspecto de la sangre y las magulladuras, calcula que acababan de matarla.

Orme renegó entre dientes y se disculpó.

Monk le quitó importancia con un ademán.

Ambos permanecieron callados un rato. Otras personas llegaban en busca de su taza de té, y sus pasos resonaban sobre el adoquinado. En algún lugar ladraba un perro.

Finalmente, Orme rompió el silencio.

—¿Cree que pudieron hacerle ese corte a oscuras? ¿Sin ver lo que hacían?

Monk lo miró.

—No hay farolas donde la encontramos. O bien lo hicieron a oscuras, o bien mientras aún no había anochecido del todo. Un tanto arriesgado, en el embarcadero, al aire libre. ¿Qué estaría haciendo ella allí? No es un sitio en el que una prostituta haría tratos con un hombre. Las luces de navegación de una gabarra podrían iluminarlos lo suficiente para ser vistos.

—¿Por qué allí? —preguntó Orme. Tensó los hombros encorvados, como si la chaqueta no bastara para impedirle coger frío.

—A lo mejor los vieron —pensó Monk en voz alta—. Un

hombre forcejeando con una mujer... podría parecer un abrazo. Los barqueros se reirían de su atrevimiento al verlo haciéndolo a plena vista... una bravuconada. Pensarían que estaba dándose placer, no matándola.

—No merece la pena buscar a un marinero que los viera —respondió Orme con abatimiento—. Podría estar en cualquier parte entre Henley y Gravesend, a estas alturas.

—De todos modos, de poco nos serviría —contestó Monk—. Ni siquiera sabríamos si era ella o cualquier otra pareja.

La idea lo deprimió. Era posible que asesinaran y destriparan a una mujer a plena vista de los barcos que surcaban el río más populoso del mundo sin que nadie se fijara o percatara de lo que estaba sucediendo.

Se enderezó y tomó el último trozo de su bocadillo. Le costó trabajo tragarlo. No era que estuviera malo, pero tenía la boca seca. El pan le sabía a serrín.

—Será mejor que intentemos averiguar su identidad —dijo Monk—. Tampoco es que forzosamente nos vaya a servir de mucho. Lo más probable es que simplemente estuviera en el sitio equivocado a la hora equivocada.

—Y habrá personas a quienes comunicárselo —respondió Orme—. Amigos, quizás un marido.

Monk no contestó. Lo sabía de sobra. Era la peor parte del inicio de todo caso de homicidio: dar la mala noticia a los allegados de la víctima. Al final, lo peor era hallar a la persona que lo había cometido y a quienes se preocupaban por ella.

Juntos volvieron a subir por Narrow Street hasta la esquina con Ropemakers' Fields, que recorrieron lentamente. En el lado norte había callejones cada pocas decenas de metros. Algunos conducían hasta Triangle Place y luego continuaban hasta el asilo, la institución que ofrecía alojamiento y comida a los pobres a cambio de trabajo.

También preguntaron allí, dando la mejor descripción que pudieron de la fallecida, pero les dijeron que no echaban a nadie en falta. De todos modos, las manos de la mujer asesinada no tenían el aspecto de las de una mujer acostumbrada al trabajo manual: enrojecidas por pasar horas mojadas o en contacto con jabones cáusticos, fregando suelos o lavando ropa, como tampoco encallecidas por los constantes pinchonazos de las agujas de coser velas.

¿Acaso era una prostituta que ya había dejado atrás la flor de la juventud, quizá desesperada por ganar unos pocos chelines y, por tanto, fácil de convencer para ir a cualquier sitio, incluso a cielo descubierto, como el embarcadero al anochecer? Con ese dinero al menos podría comer, o comprar un poco de carbón con el que calentarse.

Muy a su pesar, Monk se imaginó la escena: el ofrecimiento, la necesidad de ambas partes, el breve forcejeo que ella fácilmente tomaría por un deseo torpe y ansioso, tal vez el de un hombre enojado consigo mismo por necesitar aquel desahogo, enojado con ella porque era capaz de proporcionárselo pero le exigía dinero a cambio. Luego el golpe terrible, el dolor y la oscuridad que lo envolvía todo.

¿Por qué la había mutilado? ¿La conocía, y se debió a un odio desmedido contra ella? ¿O se trataba de un loco, y le habría hecho lo mismo a cualquier víctima? Si tal era el caso, aquello solo sería el principio.

Volvieron a recorrer Narrow Street de una punta a la otra, así como Ropemakers' Fields y los callejones aledaños, pero nadie había visto nada que les fuera útil, a ninguna pareja que se encaminara hacia el embarcadero al anochecer o poco antes y, si los habían visto, apenas se habían fijado o preferían no recordarlo. Por más que preguntaron, no sacaron nada en claro.

Tenían que averiguar quién era la víctima, quién había sido antes de que le sucediera aquello.

—Nos haremos con un dibujo de ella —dijo Monk cuando regresaban a la comisaría local mientras el cielo se oscurecía al caer la tarde—. Hay un agente que tiene mano con el lápiz para hacer retratos. Le pediremos que nos haga por lo menos dos. Y mañana probaremos suerte otra vez.

Monk estaba tan cansado que aquella noche durmió bien. No contó nada a Hester sobre la mujer del embarcadero porque no quiso romper el sosiego de la velada. Si Hester se dio cuenta de que estaba preocupado, tuvo el atino o la amabilidad de no decirlo.

A la mañana siguiente se levantó temprano y salió antes de desayunar para comprar al menos un par de diarios en el quiosco de la esquina de Paradise Place y Church Street. Antes de recorrer de regreso los cien metros escasos a los que quedaba su casa, ya sabía lo peor. «Mujer espantosamente asesinada en el embarcadero de Limehouse», decía uno. «Mujer destripada hasta la muerte como un animal», decía el otro.

Los llevaba doblados debajo del brazo, con los titulares ocultos, cuando llegó a la puerta de la cocina. Olió el tocino y las tostadas y oyó el silbido del hervidor en el fogón.

Hester estaba de pie con el tenedor en la mano, poniendo una tostada en la panera con las demás, para que se mantuviera crujiente. Cerró la puerta del horno y le sonrió. Iba vestida de azul marino, su color favorito. Por un momento, contemplándola, pudo posponer un poco más el recuerdo de la violencia y la pérdida, del frío, del constante movimiento del agua y del olor a muerte.

Tal vez debería habérselo contado la víspera, pero entonces estaba cansado, tenía frío y solo deseaba apartar de su mente el horror de lo que había visto. Había necesitado secarse y calentarse, tumbarse junto a ella y oírla hablar de otras cosas, cualquier cosa que tuviera que ver con la cordura y los pequeños detalles de la vida cotidiana.

Ahora Hester lo miraba, sabiendo que algo iba muy mal. Conocía demasiado bien a Monk para que este pudiera disimular; aunque nunca lo había hecho. Hester había sido enfermera durante la guerra de Crimea, una docena de años atrás, antes de conocer a Monk. Existían pocos horrores o pesares de los que él pudiera hablarle sin que ella los conociera al menos tan bien como él.

—¿Qué sucede? —preguntó Hester en voz baja, quizá con

la esperanza de que pudiera contárselo antes de que Scuff, con sus doce años recién cumplidos, bajara a desayunar, dispuesto a comerse el nuevo día y todo lo que fuese capaz de engullir.

Hacía cosa de un año que el matrimonio y Scuff se habían adoptado mutuamente. Hester y Monk lo habían acogido porque Scuff no tenía hogar y vivía precariamente en el río, valiéndose de su ingenio. No porque Scuff fuese huérfano, sino porque el nuevo marido de su madre no quería al niño en su casa. Scuff había adoptado a Monk porque pensaba que Monk carecía de los conocimientos precisos sobre la vida portuaria para llevar a cabo su trabajo y que, por lo tanto, necesitaba que alguien como Scuff cuidara de él. A Hester se unió con más renuencia, dando pequeños pasos en los que ambos habían puesto sumo cuidado, temerosos de hacerse daño. El arreglo en su conjunto había comenzado de manera provisional por parte de los tres, pero transcurrido ya un año se sentían muy a gusto.

—¿Qué sucede? —repitió Hester con más apremio.

—Ayer encontramos el cuerpo de una mujer en el embarcadero de Limehouse al alba —contestó Monk, dejando los periódicos doblados sobre una silla y sentándose encima—. La mutilaron. Esperábamos ocultar los detalles a la prensa, pero no lo hemos conseguido. Los periódicos se están cebando en el caso.

El semblante de Hester se tensó un poco, solo con un minúsculo movimiento de músculos.

—¿Quién era? ¿Lo sabéis? —preguntó.

—Todavía no. Según lo que pude ver, parecía bastante corriente, pobre pero respetable. A primera vista, de cuarenta y tantos.

Una imagen del cuerpo acudió de nuevo a su mente. De pronto volvió a sentir frío y cansancio, como si se hubiesen apagado las luces, si bien la cocina estaba caliente, llena de luz y de limpios aromas hogareños.

—El forense dijo que la mutilación fue después de que muriera —prosiguió Monk—. Pero los periódicos no lo explican así.

Hester lo miró pensativa un momento, como si fuera a hacerle una pregunta. Luego cambió de parecer y le sirvió el desayuno, compuesto de huevos, tocino y tostadas, sujetando el plato caliente con un trapo para llevarlo a la mesa. Preparó el té y también dejó en la mesa la tetera, que humeaba por el pico.

Scuff llegó a la puerta con las botas en las manos. Se las puso en el recibidor y entró, mirando primero a Monk y luego a Hester. Pese a llevar casi un año viviendo con ellos, seguía siendo delgado, menudo para su edad y estrecho de hombros. Aunque ahora tenía una abundante mata de pelo lustroso y se le habían ido las manchas de la piel.

—¿Tienes hambre? —inquirió Hester, como si cupiera dudarlo.

Scuff sonrió y se sentó en la que ahora consideraba su silla.

—Sí, gracias.

Hester sonrió y le sirvió el mismo desayuno que a Monk. Se lo comería todo y luego miraría en torno a sí con la esperanza de que hubiera algo más. Era un simpático hábito que se repetía cada mañana.

—¿Quién tiene problemas? —preguntó Scuff, mirando a Monk con el ceño fruncido—. ¿Puedo ayudar?

—Todavía no, gracias —le aseguró Monk, levantando la vista y mirándolo a los ojos para que Scuff viera que hablaba en serio—. Se trata de un caso muy desagradable, pero de momento no es mío.

Le constaba que, como salía en la prensa, Scuff sin duda se enteraría, pero así conseguiría unas pocas horas de paz. Desde que vivía en Paradise Place, las dotes de lectura de Scuff habían mejorado notablemente. Aún le faltaba soltura y seguía teniendo dificultades con las palabras más largas y complejas, pero el lenguaje llano de los periódicos lo leía sin problemas.

Scuff aceptó agradecido el desayuno que le sirvió Hester, pero no permitió que eso distrajera su atención.

—¿Por qué no es tuyo? —preguntó—. Eres el jefe de la Policía Fluvial. ¿De quién va a ser si no?

—Depende de quién fuera la víctima —contestó Monk—. Encontramos su cuerpo en el embarcadero, pero es posible que viviera tierra adentro, en cuyo caso sería competencia de la policía local de Limehouse.

Mientras lo decía, tomó una decisión. Desde hacía algún tiempo los periódicos estaban plagados de críticas a la policía por la violencia y la prostitución imperantes en las zonas ribereñas. Se habían producido varias peleas con arma blanca, una de las cuales había degenerado en una batalla campal que se había saldado con media docena de heridos y dos muertos. La prensa había dicho que la policía había demostrado incompetencia para manejar la situación y que esta se le había ido de las manos. También se habían publicado insinuaciones más maliciosas, según las cuales la policía había permitido deliberadamente que sucediera para así poder infiltrarse y librarse de un puñado de alborotadores contra quienes no podía actuar ciñéndose a la legalidad, porque toda la ribera del Támesis estaba escapando a su control.

Lo único que quizá pondría fin a más especulaciones destructivas después de aquel crimen sería una rápida resolución.

—No, no es suyo —arguyó Scuff—. Necesitan que los ayudes. Si la mataron a orillas del río, tienes que hacerlo.

Monk sonrió, a pesar suyo.

—Me ofreceré a hacerlo —concedió—. Aunque en realidad no tengo muchas ganas.

—¿Por qué? —preguntó Scuff desconcertado, juntando sus cejas rubias—. ¿No te importa saber quién lo hizo?

—Sí, claro que me importa —se enmendó Monk enseguida—. Es solo que todavía no sabemos quién era la mujer, de modo que tampoco sabemos dónde vivía. Si vivía tierra adentro, la policía local conocerá mejor a la gente.

—No son mejores que vosotros —dijo Scuff, con un convencimiento absoluto—. Tienes que hacerlo. —Escrutaba el semblante de Monk detenidamente, tratando de descifrar qué sentía para así saber cómo ayudar—. Fue una estupidez lo que hicieron —prosiguió—. Si no quieres que encuentren algo, lo escondes. No lo dejas a cielo abierto para que cualquier barquero pueda verlo. ¡Es una estupidez!

Monk no aguardó hasta después del desayuno para explicar a Scuff lo que era la enajenación homicida o qué clase de rabia se adueña de un hombre para destripar a una mujer, incluso una vez muerta.

Scuff puso los ojos en blanco y acto seguido dejó el asunto de lado, centrándose en dar cuenta del desayuno con gran regocijo. Pasarían años antes de que perdiera el entusiasmo ante un plato de huevos con tocino enteramente para él.

—¿Puedes encargárselo a Orme o algún otro de tus hombres? —preguntó Hester, una vez que Scuff hubo terminado y se fue de la cocina.

—No —contestó Monk, dedicándole una breve sonrisa—. Si estaba a orillas del río, el caso es nuestro. Y va a ser muy peliagudo. Los periódicos ya están pidiendo que se eleven preguntas al Parlamento sobre el vicio en las zonas portuarias: Limehouse, Shadwell, Bermondsey, Deptford; de hecho, en ambas márgenes del río hasta Greenwich. —Vaciló un instante—. A lo mejor logramos resolverlo deprisa.

A modo de respuesta, Hester le sonrió. Entre ellos había infinidad de cosas que no requerían palabras.

Monk bajó a la orilla y tomó un transbordador para cruzar el río hasta la comisaría de Wapping. La mañana era gris, soplaba un viento fuerte y el agua estaba picada. Al subir a bordo se levantó el cuello del abrigo para taparse las orejas y, al adentrarse en el espacio abierto del río, el ligero resguardo que proporcionaban los edificios dejó de protegerlo.

Se hallaba entre las largas hileras de barcazas que transportaban sus cargamentos aguas arriba y abajo. Cerca de las dársenas había buques anclados, aguardando a descargar. Los muelles bullían de actividad, los hombres comenzaban la dura labor de levantar y empujar mercancías, manejar grúas y cabestrantes, siempre atentos al viento y a la marea. Incluso en medio del agua, a pesar del chapaleteo de la corriente contra los costados del transbordador y del crujido de los escálamos a cada palada de los remos, Monk alcanzaba a oír los chillidos de las gaviotas y los gritos de los hombres en tierra firme.

Al llegar a la margen opuesta pagó al barquero y le dio las gracias. Veía a los mismos hombres a diario y los conocía por su nombre. Luego subió la empinada escalinata hasta el muelle, cruzando después la explanada expuesta al viento hasta la comisaría de Wapping.

Dentro hacía calor y estaban preparando té. Se tomó otra taza mientras escuchaba el parte de novedades de la noche y dio unas pocas instrucciones necesarias. Luego tomó un coche de punto hasta la comisaría de Limehouse, donde estudió los retratos de la mujer asesinada que había hecho un joven agente. Eran muy buenos. El muchacho tenía talento. Había captado los rasgos devolviéndoles la vida, abriendo un poco los labios para mostrar los dientes ligeramente torcidos con el fin de conferirle individualidad.

El agente estaba pendiente de Monk, y tal vez interpretó mal la momentánea expresión de dolor de su semblante.

—¿No le parece bueno? —preguntó preocupado.

—Al contrario, es muy bueno —contestó Monk con sinceridad—. Es como verla viva. Hace que su muerte sea más real. —Levantó la vista hacia el agente y constató que se había sonrojado un poco—. Lo ha hecho muy bien. Gracias.

—No hay de qué, señor.

Orme llegó poco después y Monk le dio uno de los dos retratos. Convinieron qué zona cubriría cada uno de ellos: Orme iría hacia el norte y Monk hacia el sur, hasta Isle of Dogs.

El viento se encañonaba en las calles estrechas, arrastrando el olor del río y la fría pestilencia de las basuras y la alcantarilla. Monk interrogó a todos los viandantes con los que se cruzó. Enseguida tuvo claro que estaban al tanto de la noticia. Muchos fingían estar demasiado atareados para contestarle y se veía obligado a insistir. Entonces se enojaban, deseosos por hacer cualquier cosa que mantuviera apartados de sus vidas el horror y el miedo.

Todavía estaba cerca del muelle cuando entró en una tabaquería donde también vendían algunos comestibles y el periódico local.

—No sé nada sobre eso —negó rotundamente el expendedor de tabaco en cuanto Monk le dijo quién era. Rehusó mirar el dibujo, apartándolo con la mano.

—¡No es de cuando estaba muerta! —dijo Monk con irritación—. Es un retrato de cómo era en vida. Podría ser una mujer casada que viviera por aquí.

—Deme —dijo el anciano, alargando la mano para coger el retrato otra vez. Monk se lo dio y él lo miró detenidamente antes de devolvérselo—. Podría estarlo, desde luego —concedió—. Pero sigo sin conocerla. Lo siento. Casada o no, no trabajaba por aquí.

Monk le dio las gracias y se marchó.

Durante el resto de la mañana recorrió kilómetros de calles grises, angostas y atestadas, siempre con las vistas y los ruidos del río de fondo. Habló con varias prostitutas, pero todas negaron conocer a la mujer del retrato. Monk no había esperado que hicieran lo contrario. Bajo ningún concepto querrían tener algún tipo de contacto con la policía, pero Monk había confiado en percibir una chispa de reconocimiento en el semblante de alguna de ellas. Lo único que vio fue resentimiento, así como un miedo omnipresente.

Se sintió inclinado a pensar que la mujer asesinada no ejercía su misma profesión; era demasiado distinta de ellas. Era como mínimo quince años mayor, tal vez más, y su rostro transmitía ternura. Parecía más avejentada por una enfermedad que curtida por el alcohol y la vida en la calle. Le pareció más probable que fuese una esposa maltratada.

Monk había preguntado al forense si había tenido hijos, pero Overstone le dijo que la mutilación había sido tan violenta que le era imposible aseverarlo.

Fue Orme quien se topó con la respuesta, más tierra adentro. En un pequeño comercio que quedaba justo después del puente Britannia encontró a un tendero que había mirado fijamente el retrato antes de pestañear y levantar la vista, triste y desconcertado.

—Ha dicho que se parece a Zenia Gadney, de Copenhagen Place —contó Orme a Monk cuando a la una se reunieron en la taberna donde habían quedado para almorzar.

—¿Estaba seguro? —preguntó Monk. Tenían que averiguar quién era, pero saber cómo se llamaba y dónde vivía la convertía en una persona real.

—Diría que sí —contestó Orme con renuencia, mirando a Monk a los ojos y sintiendo el mismo temor—. Es un buen retrato.

Una hora más tarde él y Monk estaban llamando a las puertas de Copenhagen Place, que quedaba a poco menos de un kilómetro del río.

Una mujer cansada, con dos niños agarrados a sus faldas, miraba el retrato que Monk sostenía delante de ella. Se apartó un mechón de pelo de los ojos.

—Sí. Es la señora Gadney, de la acera de enfrente. Pero no deberían ir por ella, pobrecita. Nunca ha hecho mal a nadie. Puede que de vez en cuando consienta a algún caballero, o quizá no. Pero si lo hace, ¿qué tiene de malo? ¿No tienen nada mejor que hacer? ¿Por qué no van en busca de ese loco sanguinario que destripó a esa pobre mujer en el embarcadero, eh?

Pálida y cansada, miró a Monk con desdén.

—¿Está segura de que es la señora Gadney? —dijo Monk en voz baja.

La mujer volvió a mirarlo, vio algo en los ojos de Monk y se tapó la boca con una mano.

—¡Dios! —dijo, apenas suspirando. La otra mano buscó instintivamente al menor de los niños para cogerlo de la mano—. No... no sería ella, ¿verdad?

—Me parece que sí —contestó Monk—. Lo siento.

La mujer cogió al niño en brazos y lo estrechó contra su pecho. Tendría unos dos años. Al notar el miedo de su madre, el chiquillo rompió a llorar.

—¿En qué número vivía? —insistió Monk.

—En el catorce —contestó la mujer, señalando con la cabeza hacia una casa del otro lado de la calle.

—¿Tenía familia? —prosiguió Monk.

—Que yo sepa, no. Era muy discreta. No molestaba a nadie.

—¿Quién podría saber más cosas sobre ella?

—No lo sé. A lo mejor la señora Higgins, del número veinte. Las vi charlando un par de veces.

—¿Sabe si trabajaba en algún sitio?

—No era asunto mío. No puedo ayudarlo.

Estrechó el abrazo a su hijo y se dispuso a cerrar la puerta.

—Gracias —dijo Monk, retirándose. Él y Orme dieron media vuelta. No había nada más que preguntar.

2

—¿Sir Oliver? —dijo el juez inquisitivamente.

Oliver Rathbone se puso de pie y se situó en medio de la sala del tribunal, que era casi como un ruedo. Tenía la galería del público a sus espaldas, al jurado a su izquierda en sus dos filas de asientos altos y, delante de él, al juez en el gran sillón de madera tallada, dispuesto como si fuese un trono. El estrado de los testigos quedaba casi encima de él, en su pequeña torre, a la que se accedía por empinados escalones.

Había ocupado aquel mismo lugar en un sinfín de juicios importantes a lo largo de su carrera, como uno de los abogados más brillantes de Inglaterra. Por lo general se entregaba en cuerpo y alma a la causa tanto si actuaba para la defensa como para la acusación. Con frecuencia lo que estaba en juego era la vida de un hombre. En aquella ocasión se encargaba de la defensa porque aquel era su trabajo, aunque en su fuero interno todavía no estaba seguro de si el acusado era culpable o inocente. Esa circunstancia le causaba una extraña sensación de vacío. Le costaba apasionarse en su empeño, poner todo el cuidado preciso para que se hiciera justicia. Se limitaría a ser competente, y esa actitud distaba mucho de satisfacer a su carácter.

Pero desde hacía algún tiempo casi nada le estaba yendo bien. Las cosas que le importaban parecían haber escapado a su control desde el caso Ballinger y las lamentables decisiones que habían conducido a la separación definitiva entre su esposa Margaret y él.

Se concentró en el testigo, esforzándose por recordar los detalles de su testimonio para atacar uno tras otro los puntos en que era vulnerable, obligándolo a contradecirse de modo que el jurado lo considerase taimado y poco de fiar.

Tuvo éxito. Era el último testigo de la jornada y se levantó la sesión. Rathbone se fue a su casa en coche de punto y llegó relativamente temprano. Hacía una de esas noches serenas de principios de invierno, anteriores a la llegada de las tormentas. No hacía suficiente frío para que se formara escarcha. Al apearse del coche para pagar al conductor, el aire no era cortante. Los últimos crisantemos del vecino todavía estaban en flor y, al pasar junto a ellos, le llegó su aroma dulzón a tierra.

Un año antes habría estado contento de llegar a casa con tanto tiempo libre por delante. Pero eso hubiese sido antes de aquel asunto de los barcos fondeados en el río con sus placeres obscenos y sus abusos infantiles que finalmente terminaron en asesinato.

Él y Margaret habían sido felices; de hecho, con el transcurso de cada semana lo iban siendo cada vez más. Habían compartido una ternura, un mutuo entendimiento que satisfacía todo un abanico de anhelos que, en épocas anteriores de su vida, a duras penas hubiese reconocido tener.

Ahora, en cambio, al entrar por la puerta principal y entregarle el sombrero y el abrigo al mayordomo, sintió el pesado silencio que reinaba en la casa.

—Buenas noches, sir Oliver —saludó el mayordomo, tan cortés como siempre.

—Buenas noches, Ardmore —contestó Rathbone automáticamente. El mayordomo, la cocinera y el ama de llaves, la señora Wilton, serían las únicas personas cuyas voces oiría hasta que se marchara al juzgado a la mañana siguiente. El silencio lo iría llenando todo hasta resultar opresivo, casi como otra presencia en la casa.

Aquello era absurdo. Se estaba volviendo sensiblero. Mientras era soltero nunca le había importado, ¡y lo había sido mucho tiempo! En realidad, entonces le resultaba bastante agradable después del constante ruido que imperaba en su bufete o en los tribunales. Una cena de tanto en tanto con sus amigos, en especial con Monk y Hester, era toda la compañía que deseara antaño; aparte, por descontado, de las visitas que efectuaba de vez en cuando a su padre en Primrose Hill. Pero en aquellos momentos Henry Rathbone estaba de viaje por Europa, en Alemania para ser más exacto, y no regresaría hasta bien entrado el nuevo año.

Le habría gustado ir a verlo aquella noche. Su padre seguía siendo su amigo más querido, tal como lo había sido siempre. Pero uno no visitaba a sus amigos cuando se sentía vacío. Rathbone no tenía ningún problema interesante que plantearle, ni siquiera una pérdida o una dificultad concretas que lo indujeran a buscar su consuelo, solo la sensación de haber fracasado. Y, sin embargo, no sabía qué hubiera podido hacer de distinta manera conservando cierta honorabilidad.

Se sentó en el hermoso comedor que había decorado Margaret. Mientras tomaba la cena le dio vueltas a lo sucedido una vez más.

Si hubiese luchado con más ahínco para demostrar la inocencia de Ballinger, incluso si se le hubiese ocurrido algún truco, honesto o deshonesto, sin duda no habría conseguido alterar el veredicto final.

Ahora bien, Margaret nunca lo había visto de ese modo. Ella creía que Rathbone había antepuesto su ambición a la lealtad debida a la familia. Ballinger era el padre de Margaret y, a pesar de las pruebas presentadas, en ningún momento aceptó que fuese culpable. ¿Era mejor o peor que lo hubieran asesinado en la cárcel antes de ser ajusticiado en la horca?

Margaret también había culpado a Rathbone de eso, en la creencia de que podría haberse elevado alguna clase de apelación, con lo cual su padre seguiría con vida.

No era verdad. Rathbone había carecido de argumentos para apelar y, por añadidura, él tenía constancia de que Ballinger era culpable. Al final, estando a solas con él, Ballinger lo había reconocido. Rathbone recordaba la arrogancia de su rostro mientras le contaba toda la historia. Según él, lo que había hecho estaba justificado.

Rathbone comía mecánicamente, moviendo la carne asada y las verduras por el plato de porcelana sin apenas probar bocado. Aquello era un insulto para la señora Wilton, aunque nunca llegaría a enterarse. Le daría las gracias exactamente igual que si hubiese disfrutado comiendo. Todo el personal estaba volcado en complacerlo. Resultaba conmovedor y un tanto embarazoso. Veían su estado de ánimo con más claridad de la que él habría deseado. Se decía que ningún hombre era un héroe para su ayuda cámara. En su caso, aquella agudeza se hacía extensiva al mayordomo y al ama de llaves. Y tal vez incluso a las criadas y al lacayo.

Ahora que Margaret se había marchado tenía demasiado personal, pero no se veía con ánimo de despedir a ninguno de sus miembros; al menos, no por el momento. ¿Se resistía por el bien de ellos? ¿O acaso era una manera de negarse a aceptar que aquella situación era definitiva?

Le vino de nuevo a la mente aquella última entrevista con Ballinger. Al principio de todo, ¿habían sido justificados sus actos? Estaba claro que él consideraba que sí. La degradación había sido posterior.

¿O ya el primer paso había sido equivocado, y el resto estuvo condenado de entrada?

Terminó el postre: unas delicadas natillas horneadas con una crujiente corteza dulce. La señora Wilton se estaba esmerando. Debía acordarse de hacerle el cumplido de rigor.

Dejó la servilleta al lado del plato y se puso de pie. Sin ser consciente de ello, había decidido ir a ver a Margaret una vez más. Tal vez fuese la sensación de que lo suyo no había acabado lo que le causaba aquel vacío interior, haciéndole imposible cerrarlo para que comenzara a curarse, sin que importara lo que aquello pudiera significar. Todavía no había hecho todo cuanto estaba en su mano para resolver la amargura que los distanciaba.

Margaret estaba equivocada. Él no había antepuesto su ambición a la familia. La ambición ni siquiera le había pasado por la cabeza. Nunca había vacilado, ni un solo instante, en representar a Ballinger. Además, al principio había creído que podía y debía ganar el juicio. La acusación de Margaret era injusta y todavía le escocía. Tal vez ahora, habiendo transcurrido cierto tiempo, se habría dado cuenta.

Dijo a Ardmore que estaría fuera un par de horas. Se puso el abrigo y el sombrero, y salió a las calles que iluminaban las farolas en busca de un coche de punto.

Llegó al nuevo domicilio de la señora Ballinger, una casa mucho más modesta a la que se había mudado tras la muerte de su marido. Era la quinta de una hilera de adosados bastante corrientes, una morada que estaba a años luz de la riqueza y la elegancia de la casa en la que viviera antes, y donde se había criado Margaret.

Contemplándola desde la acera, Rathbone sintió una punzada de lástima, casi de vergüenza, por el hermoso hogar en el que se había instalado al casarse con Margaret. Ella había elegido las telas y los colores, todos de una sutil belleza. Eran más atrevidos que los que habría elegido él, pero una vez en su sitio le gustaron. Hacían que su conservador gusto de antes pareciera insulso. Margaret había dispuesto los cuadros, los jarrones, los mejores adornos. Algunos eran regalos de boda.

Margaret había disfrutado siendo lady Rathbone. A él le constaba, con tristeza y un humor amargo, que había dejado de utilizar el título, sin bien tampoco podía hacerse llamar señora Rathbone. Tal persona no existía. Ninguno de los dos había mencionado el tema del divorcio, aunque la cuestión flotaba entre ambos, aguardando la inevitable decisión. ¿Cuándo la tomarían?

Tal vez no debería haber ido a verla. Quizá Margaret lo sacara a colación y él no estaba preparado. No sabía qué quería decirle. Ninguno de los dos había cometido el pecado comúnmente aceptado como motivo para poner fin a un matrimonio. A veces una de las partes se inventaba una aventura amorosa y la reconocía. Margaret nunca haría algo semejante y, de pie ante la puerta de su casa, Rathbone fue consciente de que él tampoco lo haría. Como tampoco se habían engañado el uno al otro en ese sentido. El problema residía en que eran incompatibles moralmente, y quizás eso fuera peor. No había nada que perdonar. El desacuerdo no era fruto de lo que hubieran hecho sino de ser como eran.

Una sirvienta abrió la puerta y su rostro reflejó consternación al reconocer a Rathbone.

—Buenas noches —saludó él, incapaz de recordar su nombre, si es que alguna vez lo había sabido—. ¿Está la señora Ballinger en casa?

—Pase, sir Oliver, iré a preguntar si puede recibirlo.

Se hizo a un lado para que Rathbone entrara al angosto recibidor, tan distinto del hermoso y espacioso vestíbulo de la otra casa. Era más oscuro, un tanto más ordinario pese a los toques hogareños y al limpio aroma de la cera para muebles.

Aquel era el único sitio donde podía aguardar. La casa carecía de sala de día y de estudio, y solo contaba con un sencillo salón, un comedor y la cocina, donde probablemente solo se podía cocinar y fregar los platos. Bastaría con que el servicio lo compusieran una cocinera y un ama de llaves, una sirvienta y alguna clase de lacayo, y quizás una doncella para atender a Margaret y a su madre. Rathbone se preguntó con ironía cuánto de aquello se pagaba con su muy generosa asignación. Allí donde decidiera vivir, Margaret seguía siendo su esposa.

La sirvienta regresó, poniendo cuidado en no mostrar expresión alguna.

—La señora Ballinger lo recibirá, sir Oliver. Tenga la bondad de seguirme, por favor.

Lo condujo no al salón, sino a un inesperado cuarto que quedaba junto a la puerta forrada de paño que conducía a la cocina. Seguramente era la habitación del ama de llaves.

La señora Ballinger aguardaba dentro. Vestía de luto. Aunque pareciera increíble, solo hacía semanas que Ballinger había muerto. Rathbone sintió una honda compasión al verla. Parecía más menuda, como si se hubiese encogido junto con todo lo que antaño conformaba su vida. Tenía el pelo descolorido y parecía más delgada; los hombros caídos hacían que el vestido le sentara mal, pese a ser una prenda excelente, conservada de épocas más felices. No lo llenaba como antes. Estaba muy pálida, pero había una chispa de esperanza en sus ojos.

Rathbone se encontró de pronto sin saber qué decir. Le constaba que ella quería que se reconciliara con su hija, como si la felicidad de la pareja aún pudiera rehacerse aunque la suya no. La ira y el sufrimiento de Margaret sin duda pesaban más sobre ella que sobre cualquier otra persona. Rathbone quedó convencido al ver su semblante. En realidad, la señora Ballinger nunca había sido de su agrado. Le había parecido una mujer egocéntrica, poco imaginativa, superficial en sus opiniones. No obstante, ahora lo embargaba una profunda compasión por ella, y sabía que no la podía ayudar excepto, quizá, no perdiendo la calma para tratar de llegar a algún acuerdo con Margaret.

¿Margaret se habría detenido alguna vez a pensar lo que su amargura le estaba costando a su madre? ¿O estaba ten embebida en su propio padecimiento que no tenía en cuenta el de los demás? Rathbone fue dolorosamente consciente de que el mismo enojo que quería dominar por el bien de la señora Ballinger volvía a bullir dentro de él, escaldándolo.

Estaban de pie, cara a cara, en silencio. Le tocaba hablar a él, explicar por qué se había personado sin invitación previa y a aquellas horas de la noche. Sin habérselo propuesto, fue inusitadamente amable.

—Quería saber cómo estaban —comenzó, como si ese fuese un sentimiento que lo acometiera a menudo—. Tal vez pueda hacer algo que no se me haya ocurrido. Si usted lo permitiera, claro está.

La señora Ballinger se quedó callada unos instantes, sopesando la intención oculta tras sus palabras.

—¿Por el bien de Margaret? —preguntó finalmente—. Todavía debes odiar al señor Ballinger, y sin duda también a mí. Yo no sabía...

Aquello parecía una excusa, y se calló en cuanto se dio cuenta.

—Jamás supuse que usted estuviera al corriente —dijo Rathbone enseguida y con sinceridad—. La impresión de descubrir algo semejante y comenzar a comprender lo que significaba era más que suficiente para dejar paralizado a cualquiera. Y usted no tenía más alternativa que serle leal. Cuando con el tiempo acabó por enterarse, ya no cabía salvar a nadie.

La señora Ballinger se quedó un tanto perpleja, como si intentara discernir la opinión que Rathbone tenía de ella y de Margaret.

—Usted era su esposa —dijo Rathbone, no solo en defensa propia, sino también a modo de explicación.

—¿Has venido a ver Margaret? —preguntó la señora Ballinger, cuya esperanza se negaba a fenecer.

—Siempre y cuando sea posible —contestó Rathbone.

Aquello era pura ficción dictada por la cortesía. La señora Ballinger nunca lo había rechazado; era Margaret quien se negaba a hablar. Vaciló unos instantes.

Rathbone supo que su suegra estaba considerando no ya si aceptar el mensaje, sino cómo y de qué manera transmitirlo con alguna garantía de éxito.

—Iré a preguntarle —dijo al fin—. Por favor, espera aquí. No... —Tragó saliva con dificultad—. No quisiera que se diera una escena que pueda resultar bochornosa para alguno de nosotros.

—Por supuesto —contestó Rathbone.

La señora Ballinger tardó casi un cuarto de hora en regresar, quedando así demostradas las dificultades que había tenido para convencer a Margaret. Mientras Rathbone le daba las gracias y la seguía hacia el recibidor, se dio cuenta de que cada vez estaba más enfadado con Margaret, no por él mismo sino por su madre. No podía imaginar siquiera el golpe que había supuesto para la señora Ballinger la culpabilidad de su marido, y luego el asesinato, que cortó de raíz toda esperanza de que le conmutaran la pena. Tampoco era que hubiese habido alguna posibilidad de conseguirlo. Habría muerto con la soga del verdugo al cuello. Todo el mundo de la señora Ballinger se había desmoronado de una manera espantosa. Solo le quedaba el apoyo de sus hijas. El fracaso del matrimonio de Margaret y su negativa a aceptar la culpabilidad de su padre sin duda impedían que cicatrizaran las heridas.

Margaret estaba de pie en medio de la sala abarrotada de muebles, aguardándolo. Vestía con mucha sencillez. Igual que su madre, todavía iba de luto, aunque en su caso era algo menos riguroso gracias a las joyas de azabache y a un broche de perlas de río que aportaban un trémulo brillo blanco a la oscuridad de su atuendo. Como siempre, su porte era elegante, con la cabeza alta, pero estaba más delgada que la última vez que la había visto, y muy pálida, casi desprovista de color.

Se abstuvo de hablar la primera.

Preguntarle cómo estaba resultaría ridículamente formal, dando al encuentro un tono que luego sería difícil romper. Siempre había gozado de una excelente salud, y no era en absoluto el asunto que los ocupaba. Cualquier aflicción que ahora tuviera era meramente emocional, algo que ningún médico podría aliviar y mucho menos curar.

Se sentía torpe y tuvo la impresión de que, con su inmaculado traje hecho a medida, debía parecer fuera de lugar en aquella habitación carente de gracia y recargada de retratos de familia.

¿Qué podía decir que resultara sincero? ¿Por qué estaba allí?

—Quería hablar contigo —comenzó Rathbone—, para ver si podemos entendernos un poco mejor, tal vez avanzar hacia alguna clase de reconciliación...

Se calló. El semblante de Margaret no transmitía nada, y Rathbone se sintió tonto y vulnerable.

Margaret enarcó sus cejas rubias.

—¿Estás diciendo lo que piensas que debes decir, Oliver? —preguntó Margaret en voz baja, en un tono neutro—. ¿Allanas el camino para justificarte porque quieres dejarme de lado con la conciencia tranquila? Al fin y al cabo, tienes que poder decir a tus colegas que lo has intentado. Causaría mala impresión que no lo hicieras. Todos entenderán que un abogado eminente como tú no quiera estar casado con la hija de un criminal, pero al menos no debes dejarlo claro de una manera insultante.

—¿Así es como te ves, como la hija de un criminal? —dijo con más aspereza de la que pretendía.

—Estábamos hablando de ti —respondió Margaret—. Eres tú quien ha venido aquí, yo no he ido en tu busca.

Aquello también le dolió, aunque no debería haber esperado otra cosa. Para bien o para mal, siempre era el hombre quien daba el primer paso, salvo quizá con la excepción de Hester. Si esta había reñido con alguien que le importaba, tanto si había llevado razón como si había estado equivocada, siempre iba en busca de la persona en cuestión. Rathbone lo sabía de antes. ¿Estaba comparando injustamente a Margaret con ella? Hester también tenía defectos, pero los suyos eran fruto de su bravura, nunca de la mezquindad. Era él quien no había sido lo bastante osado para ella. Ahora no debía ser él el mezquino.

Respiró profundamente.

—He venido con la esperanza de que, si hablábamos, quizás acortaríamos la distancia que nos separa —dijo con tanta amabilidad como pudo—. No sé qué nos depara el futuro y, desde luego, no intentaba excusarme por ello. No necesito explicarme a mí mismo ni a un tercero...

—¡Por supuesto que no, porque no puedes! —interrumpió Margaret—. Ni a mí, ni a mi familia.

A Rathbone le costó no perder los estribos.

—No estaba pensando en ti como en un tercero.

Ambos permanecían de pie, como si no cupiera relajarse. Pensó en preguntar si podía sentarse, o simplemente hacerlo sin más, pero decidió no hacerlo. Cabía que Margaret creyera que estaba dando a entender que estaba en su casa y que lo veía como un derecho, no como un privilegio.

—¿Cómo pensabas en mí, entonces? —preguntó Margaret.

—Como mi esposa, y, al menos hasta hace un tiempo, también como mi amiga —dijo Rathbone.

De pronto, los ojos de Margaret se arrasaron en lágrimas.

Por un instante Rathbone pensó que aún había esperanza. Dio un paso hacia ella.

—Lo echaste todo a perder —repuso Margaret, levantando un poco la cabeza, como rechazándolo.

—¡Hice lo que tenía que hacer! —protestó Rathbone—. Todo lo que la ley me permitía para defenderlo. ¡Era culpable, Margaret!

—¿Cuántas veces te lo repites a ti mismo, Oliver? —dijo Margaret con acritud—. ¿Ya has conseguido convencerte?

—Me lo confesó él mismo —dijo Rathbone con hastío. Ya habían pasado por aquello varias veces. Había revivido aquella desdichada tragedia para explicársela: la desesperada lucha de Ballinger por su vida, y la admisión final de su culpabilidad. Le había dado pocos detalles para ahorrarle la aflicción que le causarían los pormenores más desagradables y crueles, cosas que no era preciso que llegara a saber.

—¿Y te basta con eso? —Le soltó Margaret como si fuese una acusación—. ¿Qué me dices de los motivos, Oliver? ¿O preferiste pasarlos por alto? ¿No puedes ser sincero por una vez y dejar de esconderte detrás de la ley? ¿O acaso es lo único que conoces, lo único que entiendes? ¡El libro dice esto! ¡El libro dice lo otro!

—Esto es injusto, Margaret —protestó Rathbone—. No puedo trabajar al margen de la ley...

—Lo que quieres decir es que no puedes pensar al margen de la ley —corrigió Margaret, con los ojos brillantes de desprecio—. Eres un mentiroso, quizá primero contigo y luego conmigo, pero bien que eres capaz de tener en cuenta la verdadera moralidad cuando quieres. Puedes hacerlo con Hester. Romperás todas tus valiosas reglas cada vez que ella te lo pida.

—¿De eso se trata? —dijo Rathbone, sumamente dolido—. ¿Estás celosa de Hester porque piensas que habría actuado de otro modo por ella? ¿No puedes entender que ella nunca me lo pediría?

Margaret soltó una áspera y amarga carcajada que hirió a Rathbone en lo más vivo.

—¡Eres un cobarde, Oliver! ¿Por eso te importa tanto ella? ¿Porque librará las batallas por ti, sin esperar otra cosa de ti excepto que la sigas? ¿Y qué me dices de Monk? ¿Lucharías por él?

Rathbone no supo qué contestarle. ¿Cabía que fuese cierto lo que estaba diciendo?

—¿Preguntaste a mi padre por qué hizo todas esas cosas que lo acusaste de haber hecho? —prosiguió Margaret, tal vez percibiendo que tenía las de ganar—. ¿O preferiste no saberlo? Quizás alteraría tu cómodo mundo del bien y el mal, donde todo lo deciden por ti las generaciones de abogados del pasado. ¡Ninguna necesidad de pensar! Ninguna necesidad de tomar decisiones difíciles ni de ser autónomo. Sin duda, ninguna necesidad de emprender un acto peligroso por tu cuenta, cuestionar alguna de tus preciadas certidumbres ni de correr riesgo alguno.

Finalmente Rathbone se enfadó tanto que tuvo que contestar.

—Arriesgaría mi propia seguridad, Margaret, pero la de nadie más.

Margaret abrió los ojos con asombro.

—¡Ese hombre era escoria! —dijo con sumo desprecio—. Un indeseable. Sabes de sobra lo que hacía.

—¿Y la chica? —preguntó Rathbone en voz baja.

—¿Qué chica? —repuso Margaret perpleja.

—La chica a la que también mató.

—¡La prostituta!

—Sí, la prostituta —contestó Rathbone con frialdad—. ¿O acaso también era una indeseable?

—¡Podría haber hecho que lo ahorcaran! —exclamó Margaret.

—¿Por eso era correcto matarla? ¿En eso consiste tu coraje, tu valiente moralidad? ¿Decides quién vive y quién muere, en lugar de dejar que lo haga la ley?

—Tenía motivos, terribles decisiones que tomar. —Ahora las lágrimas le resbalaban por las mejillas—. ¡Era mi padre! Lo amaba.

Lo dijo como si eso lo explicara todo. Rathbone por fin comenzó a darse cuenta de que para ella así era.

—¿De modo que debería perdonarlo, sin que importe lo que hizo? —preguntó Rathbone.

—¡Sí! ¿Tan difícil es?

Fue un desafío, planteado con furia y desesperación.

—En ese caso, es una lástima que no me ames tanto como a él —dijo Rathbone en voz tan baja que apenas llegó a ser un susurro.

Margaret dio un grito ahogado, abriendo mucho los ojos.

—¡Esto es injusto!

—Es perfectamente justo —contestó Rathbone—. Y puesto que no puedo anteponer tu familia a lo que está bien, tal vez yo tampoco te ame. Esa parece ser tu conclusión y, según tu punto de vista, llevas razón. Lo lamento. De verdad que creía otra cosa.

Permaneció inmóvil un momento, pero Margaret no dijo nada. Dio media vuelta para marcharse. Había llegado a la puerta cuando finalmente ella habló.

—Oliver...

Rathbone se detuvo y la miró.

—¿Sí?

Margaret hizo un gesto de impotencia con las manos.

—Pensaba que tenía algo que decir, pero no.

Fue la admisión del fracaso, una puerta que se cerraba.

La pena abrumó a Rathbone, no tanto por algo perdido como por la disolución de un sueño que una vez le había parecido completamente real. Salió de la sala y cerró la puerta a sus espaldas sin hacer el menor ruido.

La sirvienta lo aguardaba en el recibidor, como si hubiese sabido que no iba a quedarse. Le entregó el abrigo y el sombrero. La señora Ballinger no estaba a la vista, y consideró ligeramente ridículo ir en busca de ella para decirle que se marchaba. Solo conseguiría que ambos se incomodaran. No había nada que decir, y se verían obligados a actuar con artificio. Mejor irse sin más.

Dio las gracias a la sirvienta y salió a la oscuridad de la calle. Había refrescado, pero no se dio cuenta. Caminó con brío hasta el primer cruce donde podría encontrar un coche de punto que lo llevara a su casa.

Rathbone entró en su espacioso y elegante vestíbulo, y Ardmore le anunció que una persona lo esperaba en el salón.

—¿Quién es? —preguntó Rathbone un tanto irritado. Fuera quien fuese, no estaba de humor para recibir a nadie aquella noche. Incluso si un cliente había sido arrestado y se encontraba en prisión, a aquellas horas no podría hacer nada al respecto.

—El señor Brundish, señor —contestó Ardmore—. Dice

que tiene que entregarle algo muy importante y que no puede volver por la mañana porque tiene otros compromisos. Le he explicado que usted había salido y que no sabía a qué hora regresaría, pero se ha mostrado inflexible, señor.

—Gracias, ha hecho lo correcto —dijo Rathbone fatigado—. Supongo que lo mejor será que recoja lo que sea que trae. ¿Usted sabe qué es, Ardmore? Alguna clase de carta, me figuro.

—No, sir Oliver, es un paquete bastante grande y, por el modo en que lo llevaba, parece que además es pesado.

Rathbone se sorprendió.

—¿Un paquete?

—Sí, señor. ¿Quiere que les lleve el whisky, señor? ¿O brandy? Antes se los he ofrecido, pero ha preferido un café.

—No, gracias. Solo serviría para prolongar la visita.

Fue consciente de que era una descortesía, pero solo quería recibir el paquete y que aquel hombre se marchara. Seguramente tendría tantas ganas de irse a su casa como Rathbone de que lo dejaran en paz.

Entró en el salón y Brundish se levantó de la butaca donde estaba sentado. Era un hombre fornido vestido con un traje a rayas. Parecía cansado y un tanto inquieto.

—Lamento presentarme a estas horas de la noche —se disculpó, antes de que Rathbone tuviera ocasión de hablar—. No me será posible venir mañana y necesitaba... resolver esto.

Desvió la mirada hacia la caja que había en el suelo al lado de su butaca. Tendría aproximadamente un palmo y medio de ancho y de alto, y casi medio metro de longitud. Parecía una especie de maletín.

—¿Resolverlo? —preguntó Rathbone—. ¿Qué es?

—Su legado —contestó Brundish—. Del difunto Arthur Ballinger. Lo he tenido en custodia por él. Al menos tenía la llave y sus instrucciones. No lo he tenido en mis manos hasta hoy.

Rathbone se quedó paralizado. Los recuerdos acudieron a su mente en tropel y, entre ellos, el mensaje que Ballinger le diera: que le había legado las fotografías del chantaje en una suerte de ironía más amarga que la hiel. Rathbone había supuesto que se trataba de una broma pesada, una amenaza carente de significado.

Miraba la caja que descansaba sobre la bonita alfombra, otra elección de Margaret, y seguía preguntándose si realmente sería eso lo que hallaría dentro: fotografías de hombres, hombres importantes, hombres poderosos con dinero y posición, entregados al fatídico vicio que Ballinger había retratado para luego hacerles chantaje. Al menos al principio lo había utilizado para obligarlos a hacer buenas obras. El primero había sido un juez renuente a cerrar una fábrica que contaminaba la tierra y causaba terribles enfermedades. La amenaza de hacer público su gusto por la violación de niños de corta edad le había llevado a cambiar de opinión.

Todos los miembros de tan nefando club habían tenido que posar en fotografías tan lascivas, tan comprometedoras, que su publicación conllevaría su ruina. Tras su iniciación, practicar aquel vicio les salía prácticamente gratis... hasta que Ballinger necesitaba su ayuda para que le hicieran alguna clase de favor.

Pero al cabo de unos años la cosa había degenerado en pagos con dinero en lugar de favores. Y luego, cuando el uso del barco en el que había tenido lugar todo hubo satisfecho el afán de ganancias de Ballinger, culminó en asesinato.

Rathbone no tenía constancia de la culpabilidad de Ballinger más allá de toda duda razonable, como tampoco de que estuviera enterado de los asesinatos de niños cuando crecían demasiado para satisfacer los gustos de la clientela o cuando oponían resistencia a la coacción. Prefería pensar que tal vez fuese inocente de esos crímenes adicionales.

Margaret no se creía nada de aquello, y nunca había visto ni imaginado las fotografías. Rathbone haría todo lo posible para que nunca las viera. Ese tipo de cosas dejaba una marca indeleble en la mente. El propio Rathbone todavía se despertaba en plena noche empapado en sudor cuando soñaba con ellas. En sus pesadillas entraba en aquellos barcos y sentía que lo ahogaban el sufrimiento y el miedo, como si se hundiera en un agua pestilente.

—Gracias —dijo con voz ronca—. Supongo que tiene que dejarlo aquí.

—Sí —contestó Brundish, enarcando ligeramente las cejas un tanto sorprendido—. Deduzco de su comentario que no es su deseo... quedarse con esto. —Sacó un trozo de papel del bolsillo de la chaqueta—. No obstante, necesito que firme el recibo de la entrega.

—Por descontado.

Sin añadir palabra, Rathbone se llevó el papel al escritorio que había en un rincón, cogió una pluma, la mojó en el tintero y firmó. Secó la firma y devolvió el documento.

Una vez que Brundish se hubo marchado, Rathbone pidió el brandy a Ardmore, le dio permiso para retirarse y se sentó en un sillón a meditar.

¿Debía destruirlas sin siquiera abrir la caja? La miró y vio que era metálica y que estaba cerrada. Tenía la llave atada con una cinta. Tendría que abrirla y sacarlas para poder destruirlas. Dentro de la caja estaban bien protegidas, seguramente incluso del fuego.

¿Qué otra cosa podía destruirlas? ¿Un ácido? Pero ¿por qué tomarse tantas molestias? El fuego era más que suficiente. La chimenea estaba encendida. Lo único que había que hacer era añadir más carbón para avivar las llamas: un método perfecto. Por la mañana no quedaría ni rastro.

Se agachó y cogió la llave, la metió en la cerradura y la giró con facilidad, como si estuviera bien engrasada y se utilizara a menudo.

El contenido no eran solo papeles como había esperado, sino placas fotográficas con sus correspondientes copias en papel, presumiblemente los duplicados utilizados para demostrar su existencia. Tendría que habérselo figurado. Aquellos eran los originales cuyas copias había utilizado Ballinger para hacer chantaje. Estuvo a punto de añadir mentalmente «a sus víctimas», pero aquellos hombres no eran víctimas. Las verdaderas víctimas eran los niños, los rapiñadores,* los huérfanos, los pi-

---

* En inglés, *mudlark*; nombre que recibían quienes se adentraban en el río durante la bajamar para recuperar materiales diversos que vender o aprovechar, preferentemente los que arrojaban adrede desde las gabarras sus compinches «sisadores». (N. del T.)

lluelos apresados y hechos cautivos en los barcos para abusar de ellos.

Miró las fotografías una por una. Eran espantosas aunque fascinantes en su obscenidad. Apenas miraba a los niños, no lo soportaba, pero los rostros de los hombres lo absorbían por completo, aunque fuese a su pesar. Eran hombres cuyos rasgos conocía, hombres poderosos del gobierno, de la judicatura, de la iglesia, de la buena sociedad. Que se entregaran tan impúdicamente a semejante enfermedad lo impresionó tanto que se le hizo un nudo en el estómago, y la mano que sostenía las placas le comenzó a temblar.

Si hubiesen pagado a prostitutas, o incluso cometido aquellos actos con hombres adultos o con mujeres casadas, habría sido un asunto privado del que podría haberse dado por no enterado. Pero aquello era absolutamente distinto. Aquello era violación y tortura de niños indefensos, e incluso para las mentes más tolerantes constituía un crimen brutal. Para los círculos sociales en los que se movían, que los respetaban y sobre los cuales tenían poder, era un pecado imperdonable.

Las placas eran de vidrio. No arderían. El fuego del hogar, por más vivo que fuese, no bastaría.

¿Ácido? ¿Un martillo para hacerlas añicos? Ahora bien, ¿debía hacerlo? Si destruía las pruebas se convertiría en cómplice de los crímenes que habían cometido.

¿Debía llevárselas a la policía?

Pero algunos de aquellos hombres eran policías. También había jueces y letrados de los tribunales. Derrocaría a media sociedad y, a la larga, quizá supondría el final de toda ella.

Tal vez ni él mismo saldría con vida. Había hombres que mataban por muchísimo menos.

Rathbone estaba demasiado agotado para tomar decisiones irrevocables aquella noche.

Cerró la caja con llave otra vez. Tenía que encontrar un lugar seguro donde guardarla hasta que decidiera qué hacer. Tenía que ser un sitio donde nadie más la pudiera encontrar, donde a nadie se le ocurriera buscar.

¿Dónde la había guardado Ballinger?

En la cámara acorazada de un banco, seguramente.

Se encargaría de ello por la mañana. En aquellos momentos le pesaban demasiado la aflicción tras la riña con Margaret y la enormidad de la decisión que debía tomar.

3

Hacía una mañana fría y luminosa cuando Monk entró en Copenhagen Place para seguir llamando a las puertas de los vecinos de Zenia Gadney y ver qué podía averiguar acerca de ella. Orme estaba peinando la zona más próxima al río en busca de alguien que la hubiese visto allí, no solo la noche de su muerte sino quizás en otras ocasiones. ¿Qué estaba haciendo en el embarcadero de Limehouse una noche de invierno? Sin duda hacía frío, y el lugar no solo estaba expuesto al viento del río, sino que quedaba a la vista de cualquier gabarra que pasara. ¿Ejercer la prostitución para ganar un par de chelines con alguien que resultó ser un loco? Tan repugnante idea encogió el estómago a Monk, que además se enojó ante la desesperación que había empujado a aquella situación tanto al hombre como a la mujer.

Se cruzó con un grupo de estibadores que marchaban penosamente hacia los muelles. El carro de un verdulero pasó en sentido contrario, cargado de zanahorias, otras hortalizas y unas cuantas manzanas maduras.

Llamó a la puerta del número doce, junto a la casa de Zenia Gadney, y nadie contestó. Probó en la siguiente, donde lo despachó con tono de eficiencia una mujer con un delantal largo, sucio y mojado en los bordes por haber estado fregando el suelo. En aquel momento se disponía a proseguir su tarea en la entrada y le dijo con contundencia que apartara los pies. No, ni sabía quién era Zenia Gadney ni quería saberlo.

Monk volvió sobre sus pasos y probó suerte en la otra casa contigua a la de Zenia, donde encontró a una anciana sentada en una habitación atestada de adornos y recuerdos. Llevaba un rato mirando a la calle por la ventana y Monk se había percatado de su curiosidad. Se presentó. La anciana se llamaba Betsy Scalford. Vivía sola y estuvo muy contenta de que un hombre tan joven deseara hablar con ella y, todavía mejor, escucharla rememorar el pasado y referir el sinfín de cosas raras o extraordinarias que había visto a lo largo de su vida.

Le ofreció una taza de té que Monk aceptó porque así tendría una excusa para demorarse al menos media hora. También serviría para que ella se sintiera a sus anchas al tener la sensación de llevar las riendas.

—Gracias —dijo Monk en señal de apreciación cuando la señora Scalford dejó la bandeja en la mesa y le sirvió el té.

—No hay de qué. Seguro que le vendrá bien —contestó ella, asintiendo enérgicamente. Era una mujer delgada y adusta, y los hombros huesudos la hacían parecer más alta de lo que era—. No me suena haberle visto antes —dijo. Lo miró de arriba abajo, examinando su rostro, el inmaculado cuello blanco de su camisa, la hechura de su traje.

Monk siempre había gastado más de lo necesario en ropa. Cuando recobró la consciencia después del accidente que sufriera una década atrás, despojado de memoria, tuvo que aprenderlo todo sobre sí mismo partiendo de cero, no solo su nombre, sino su carácter a ojos de los demás. Se había consternado al constatar la vanidad que demostraban las facturas de su sastre. Al principio, la necesidad lo había obligado a recortar drásticamente esos gastos. Ahora que era jefe de la Policía Fluvial del Támesis en Wapping, se los volvía a permitir. Sonrió al ver la mirada de aprobación de la anciana al reparar en sus bien lustradas botas.

—Es la primera vez que vengo por aquí —dijo Monk, contestando a su pregunta—. Estoy en la Policía Fluvial, no en la Metropolitana.

—El río no se desborda hasta aquí —dijo la señora Scalford, con una chispa de humor bailando en sus ojos.

—A veces lo que ocurre en él, sí —replicó Monk—. Y también las corrientes de desastre que arrastra consigo. Me da la impresión de que es usted una mujer muy observadora. Necesito información.

—¿Y piensa que no tengo nada mejor que hacer que sentarme aquí a mirar por la ventana? —repuso la anciana. Se sentó delante de él—. Lleva razón. Antes no era así, claro. Hubo un tiempo en que siempre andaba atareada. Ahora ya no. Pregunte cuanto quiera, joven. Aunque de todos modos pondré mucho cuidado en lo que le diga. No quiero que me acusen de ser una cotilla.

—¿Conoce a la mujer que vive aquí al lado, en el número catorce?

—Sé muy bien dónde está el número catorce —dijo la anciana con cierta aspereza—. Todavía no he perdido el juicio. Se refiere a la señora Gadney. Una mujer bastante agradable. Viuda, me parece. ¿Por qué lo pregunta?

Monk decidió no contárselo de inmediato. Quizá la impresión sería tan fuerte que ya no podría sonsacarle nada más.

—¿La conoce? —comenzó—. Dígame, ¿cómo es?

—¿Por qué no va a preguntárselo en persona? —preguntó la anciana. Su voz no reflejó crítica, solo incomprensión y una acuciante curiosidad.

Monk tenía preparada su respuesta.

—No conseguimos encontrarla. Según parece, está desaparecida.

—¿Desaparecida? —La señora Scalford enarcó sus cejas blancas—. No ha ido a ninguna parte desde que llegó aquí hace quince años. ¿Adónde iba a ir? No tiene a nadie.

Monk notó que se ponía tenso.

—¿Cómo se gana la vida, señora Scalford? ¿A qué se dedica? ¿Trabaja en una tienda o en una fábrica?

—No. Lo sé porque pasa casi todos los días en casa. No sé qué hace, pero no mendiga ni pide favores. —Dijo esto último levantando un poco la barbilla, como si se identificara con el orgullo que denotaba aquella actitud—. Y que yo sepa, no tiene deudas con nadie —agregó, asintiendo con la cabeza.

Monk miró a la anciana con más detenimiento, sosteniendo la mirada de sus pálidos ojos azules sin pestañear. ¿Cabía pensar que aquella mujer ignorase que Zenia Gadney había sido prostituta? Era mucho más probable que estuviera velando por la reputación de una vecina, posiblemente una mujer más joven que de un modo u otro le recordaba a la que ella había sido treinta años antes.

¿Cómo podía dirigir la atención de la señora Scalford sin que se distanciara de él?

—Digno de admiración —dijo Monk seriamente—. ¿Sabe si tiene parientes?

Formuló la pregunta como si aún estuviera viva a propósito.

La señora Scalford reflexionó unos instantes, bebiendo sorbos de té.

—Tenía un hombre —dijo finalmente—. Venía a menudo hasta hace un par de meses. No sé si era un hermano, o quizás el hermano de su difunto esposo, o qué. A lo mejor cuidaba de ella.

—Pero ¿dejó de venir hace un par de meses? —insistió Monk. Sin darse cuenta, se echó un poco para adelante en el asiento.

—¿No se lo acabo de decir? —inquirió la anciana.

—¿Sabe por qué?

—Ya se lo he dicho, joven. No la conozco tanto como para que me cuente sus asuntos. Yo solo veo a la gente que va y viene por la calle. Habré hablado con ella media docena de veces, como mucho. Buenos días, buenas tardes, esas cosas. La veo pasar y sé cómo se siente porque sé descifrar la expresión de la gente.

—¿Y cómo se sentía ella, señora Scalford?

—Normalmente, ni bien ni mal —contestó la anciana, dando un suspiro—. Como la mayoría, me imagino. Algunos días lucía una sonrisa encantadora. Me da que había sido muy guapa de joven. Ahora se la ve un poco cansada. Supongo que nos pasa a todos.

Con un ademán inconsciente, se llevó una mano a la cabeza y acarició sus cabellos blancos.

—¿Y los dos últimos meses? —preguntó Monk.

—¿Se refiere a partir de que él dejó de venir? Triste. Estaba terriblemente triste, la pobre. La he visto pasar con la cabeza gacha y arrastrando los pies como si estuviese abatida.

—¿Es posible que ese hombre estuviese muy unido a ella? ¿Un hermano, tal vez? —preguntó Monk.

La señora Scalford lo miró entornando los ojos.

—¿Por qué quiere saber todo esto? ¿Anda detrás de algo? ¿Qué relación guarda ella con la Policía Fluvial? ¿Es que no hay crímenes en el río o qué?

—Se la da por desaparecida, señora Scalford —dijo Monk con gravedad—. Y hemos encontrado el cuerpo de una mujer que pensamos que podría ser ella.

Se puso pálida y tensó los hombros como si no osara respirar.

—Lo siento —se disculpó Monk. Lo dijo en serio—. Quizá nos equivoquemos.

Sacó del bolsillo interior de su chaqueta el retrato que había dibujado el agente, lo desdobló y se lo pasó.

La señora Scalford lo cogió y lo sostuvo con sus manos nudosas, que le temblaban un poco.

—Es ella —dijo con voz ronca—. ¡Pobre criatura! ¿Qué pudo haber hecho para merecer que la destriparan? —Bajó más la voz—. Porque se refiera a ella, ¿no? A la que destriparon en el embarcadero.

—Sí, me temo que sí. ¿Es Zenia Gadney?

—Sí... es ella. —Levantó la vista hacia Monk—. Van a atrapar al que lo hizo y lo ahorcarán, ¿verdad?

Fue una exigencia más que una pregunta. Estaba temblando, y su taza de té tintineaba en el plato.

—Con su ayuda —contestó Monk, cogiéndole la taza para dejarla sobre la mesa—. Cuénteme más sobre ese hombre que la visitaba y que dejó de venir hace dos meses. Descríbamelo. Y no me diga que no lo recuerda. Me consta que sí. Apuesto a que podría describirme a mí si alguien viniera y se lo pidiera.

La anciana le dedicó una sonrisa triste.

—Claro que podría. Por aquí no se ve a muchos hombres con sus trazas.

Su voz reflejaba aprobación, y Monk entrevió a la muchacha que había sido medio siglo atrás.

—Pues cuénteme —la instó Monk.

La señora Scalford dio un profundo suspiro.

—Supongo que más vale que lo haga. Conste que no estoy segura, pero creo que era una de esas fulanas que solo tienen un cliente y que o bien se cansó de ella, o bien murió. —Señaló la ventana con el mentón—. A partir de entonces la veía pasar por aquí de tanto en tanto, y yo me de decía: «pobrecita, poco vas a encontrar con semejante aspecto». Solo a desesperados. Los hombres solo ligan con fulanas de esa edad si no tienen suficiente dinero para pagar a otra más joven.

Meneó la cabeza lentamente, con una tristeza tan profunda que Monk supo a ciencia cierta que la señora Scalford se estaba viendo a sí misma tal como podría haber sido.

—¿Puede describirme a ese hombre, el que dejó de venir? —preguntó Monk otra vez.

La anciana devolvió su atención al presente y lo miró de arriba abajo, meditabunda.

—Casi de su estatura, diría yo, pero más huesudo. Como más desgarbado. El pelo cano le raleaba en la coronilla. Afeitado. Bien vestido, como un caballero pero corriente. Apostaría a que no paga a su sastre tanto como usted.

—Gracias —dijo Monk secamente—. ¿Algo más? ¿Un abrigo? ¿Un paraguas, quizá?

—No. Abrigo en invierno, no en octubre, cuando vino por última vez. Nunca le vi llevar paraguas. En una ocasión lo vi de cerca. Un rostro agradable, más bien... amable. Parecía apenado cuando le sonrió a ella.

—¿Entró en su casa?

—Pues claro. ¿Qué esperaba? ¿Que iban a hacer lo que fuera que hicieran en plena calle?

—Podrían haber ido a alguna otra parte —señaló Monk.

—No, entró en su casa.

—¿Cuánto rato estuvo dentro?

—Media hora, quizá más.

—Pero ¿lo vio?

—Claro que lo vi. Si no, no podría decírselo, ¿no? ¿Es que de pronto se ha ablandado? ¡Búsquelo! No merecía que la acuchillaran de esa manera.

Tragó saliva con dificultad, esforzándose por sobreponerse al enojo y conservar la dignidad que tan cuidadosamente había cultivado.

—Lo que quiero decir, señora Scalford, es que vino a plena luz del día, y que usted pudo ver quién entraba y salía de una casa varias puertas más arriba, en la acera de enfrente...

—Tengo buena vista. —Reflexionó unos instantes—. Por la tarde, solía ser. Curioso, ahora que lo pienso. ¿Por qué no vendría cuando había anochecido?

—No lo sé —contestó Monk—, pero lo averiguaré.

Poco más podía contarle la anciana. Le dio las gracias y siguió recorriendo la calle.

Casi enfrente del número catorce Monk habló con el señor Clawson, que regentaba una ferretería.

—No tengo ni idea —dijo Clawson indignado cuando Monk le preguntó si había visto a Zenia Gadney con algún hombre que no fuera el que ya sabía que la visitaba regularmente hasta un par de meses antes—. Quizá por aquí no nos sobre el dinero, pero somos gente respetable —agregó, sorbiéndose la nariz y limpiándose las manos en el delantal.

Monk se preguntó si merecía la pena intentar convencer al señor Clawson de que no había dado a entender que Zenia Gadney ejerciera fuera de su casa, y decidió que sería un esfuerzo en vano.

—Pues si hacía la calle, tendría que ir a algún sitio con sus acompañantes —dijo Monk con cierta brusquedad.

—¡Yo no sé qué hacía o dejaba de hacer! —Clawson se había enojado—. La tenía por viuda. Siempre parecía un poco... como triste. Se esforzaba en disimular, la pobre, pero me parece que las cosas le iban mal.

—¿Entró aquí alguna vez, señor Clawson?

Monk recorrió con la vista los estantes repletos de artículos de costura, cacharros de cocina, betunes y toda clase de polvos para usos diversos, además de cajas de clavos, tornillos y tachuelas. También había hileras de cajones de madera que contenían rapé y potentes remedios para toda suerte de dolencias. Se fijó en uno con clavos para el dolor de muelas, otro con menta poleo para la indigestión. Había varios sin más rótulo que unas letras que representaban palabras más largas, píldoras para el hígado y los riñones, ungüentos para el picor, la tiña y las quemaduras. Y, por supuesto, las consabidas papelinas de opio, la cura para casi todos los males, de los calambres al insomnio.

Clawson siguió su mirada. Pareció incomodarse.

—De vez en cuando —dijo—. Para dolores de cabeza y cosas por el estilo. A veces no se encontraba bien. Le pasa a mucha gente.

—¿Algo en concreto? —preguntó Monk.

—No.

Monk supo que le mentía; la cuestión era por qué. No había nada de malo en que vendiera aquellos remedios. Casi todas las tiendas de barrio los vendían.

—Señor Clawson, será mejor que me cuente las cosas que sepa sobre ella en lugar de obligarme a sonsacárselas una por una.

—¿Tiene alguna queja de ella? —preguntó Clawson. Era un hombre menudo. Levantó la vista hacia Monk, pestañeando a través de unas gafas de montura negra, pero en ese preciso momento parecía enojado y dispuesto a defender a una mujer a la que conocía de las impertinentes preguntas de un extraño.

—En absoluto —contestó Monk con seriedad—. Todo lo contrario. Tememos que alguien le haya hecho daño, de modo que debemos saber quién pudo ser.

Clawson endureció su expresión.

—Daño... ¿A santo de qué? Nunca hizo nada malo. ¿Por

qué quieren investigar eso? ¿No tienen algún crimen más grave que resolver? Solo era una pobre mujer de mediana edad, que iba tirando tan bien como podía. No se metía con nadie. No vagaba por las calles vestida con ropa vulgar ni molestaba a los hombres que iban a lo suyo. Déjela en paz.

—¿Sabe dónde está ahora, señor Clawson? —preguntó Monk con gravedad.

—No, no lo sé. Y tampoco se lo diría, si lo supiera —repuso Clawson con una actitud desafiante—. No le hace daño a nadie.

Monk insistió.

—Si lo tengo bien entendido, solía tener un amigo que la visitaba regularmente hasta hace un par de meses. Cuando él dejó de venir, ¿la señora Gadney comenzó a verse apurada y tuvo que salir a buscarse la vida, aunque siendo siempre muy discreta?

—¿Y qué? —inquirió Clawson—. Hay cientos de mujeres como ella. Hacen un favor de vez en cuando para llegar a fin de mes. Y de repente, un tipo refinado como usted, con su ropa de pijo y sus botas lustrosas, se presenta aquí haciendo preguntas. No sé dónde está, y no pienso decir más.

—¿Se ha enterado de que ayer encontraron un cadáver en el embarcadero?

La respuesta de Clawson fue inmediata.

—Seguro que ella no sabía nada sobre eso. Y yo tampoco.

—Me lo figuro —contestó Monk, entristecido por la noticia que iba a dar a aquel hombrecillo tan dispuesto a defender a una mujer a la que apenas conocía—. El caso es que si la señora Gadney no está en su casa y no la encontramos sana y salva, tendremos que pensar que ese cuerpo era el suyo.

Clawson palideció y se agarró al mostrador para mantenerse firme. Miró fijamente a Monk, incapaz de articular palabra.

—Lo lamento —dijo Monk sinceramente—. Tal vez ahora comprenda por qué necesito saber más acerca de ella. Debo encontrar a quien le hizo eso y, para serle franco, señor Clawson, tengo muchas ganas de atraparlo. Cuanto más sé sobre ella, más ganas tengo de arrestarlo.

Clawson cerró los ojos. Todavía tenía blancos los nudillos.

—Era una mujer más bien callada que de vez en cuando entraba a comprar una papelina de opio para el dolor de cabeza, y para dejar que pasaran los días porque estaba muy sola —dijo—. Cuando su único... cliente... dejó de venir, no le quedó a quien recurrir. Que saliera a ganarse unos cuantos chelines o a buscar un poco de consuelo no era motivo para que la destriparan. ¡Encuentre al animal que lo hizo y hágale lo mismo! Por aquí hay unos cuantos tipos que estarán encantados de echarle una mano.

Abrió los ojos y fulminó a Monk con la mirada.

—Lo encontraré —prometió Monk en un arrebato, dejando a un lado lo demás—. Por cierto, no la destriparon mientras estaba viva. No se enteró de nada.

—¿Cómo lo sabe?

Clawson quería saberlo con certeza, no que le ofrecieran un vacuo consuelo.

—Es lo que dijo el forense. Algo relacionado con la sangre.

Clawson asintió lentamente, contento de poder creerlo.

—Bien. —Asintió de nuevo—. Bien.

Monk se marchó y terminó sus pesquisas en el tramo que quedaba de calle, entrando en un par de comercios en los callejones cercanos. Al final de la jornada estaba cansado y hambriento, y no había averiguado nada más que pudiera serle de utilidad.

Mientras aguardaba el transbordador en el embarcadero de Limehouse repasó mentalmente lo ocurrido. ¿Era eso lo que la había matado? ¿La inexperiencia y la desesperación causadas por la muerte repentina de su solitario protector? ¿Había muerto, o simplemente la había abandonado? ¿O una crisis en su casa le había impedido seguir manteniendo a una querida? Trágicamente, era lo más probable.

La alternativa era que su muerte hubiese tenido algo que ver con el hombre que al parecer cuidaba de ella. ¿Quién era? Nadie le había dado una descripción que sirviera para identificarlo entre los miles de hombres de mediana edad y aspecto respetable que vivían en Londres o incluso más lejos. ¿Cabía pensar que la visitaba tan raramente porque vivía a considerable distancia y aprovechaba sus viajes de negocios a Londres? Bien podía venir desde Manchester, Liverpool o Birmingham.

—Más vale que encontremos a ese hombre que la conocía —dijo Orme la mañana siguiente cuando se reunieron en el muelle de Wapping New Stairs. Tras la pleamar, las aguas del río fluían deprisa. El viento volvía a refrescar y era un tanto cortante. Era lo habitual cuando soplaba del este, desde el mar abierto.

Monk se levantó el cuello del abrigo.

—Haré lo posible por encontrarlo. Pudo venir desde cualquier parte.

—Coche de punto —sugirió Orme—. A juzgar por lo que dice, diría que no era de aquí. No vendría en ómnibus. ¿Quiere que lo ayude? No tengo ninguna pista en Narrow Street. O todos están ciegos, o ella nunca fue allí, salvo con una amiga en un par de ocasiones. Por lo general iba sola.

—No. A usted se le dará mejor hablar con los vecinos que viven entre el embarcadero de Limehouse y Kidney Stairs —contestó Monk—. Alguien tuvo que verla, y sin duda también lo vieron a él. Se fijarían en cualquier forastero. Solo tenemos que refrescarles la memoria.

—Están aterrados —repuso Orme con gravedad—. Los diarios no colaboran, que digamos. Han metido tanto miedo a la gente que todo el mundo anda buscando un monstruo, a un loco de atar, a una fiera.

—Solo lo es por dentro —dijo Monk, negando con la cabeza—. Lo más probable es que tenga un aspecto normal y corriente. ¿Cuánto tardará la gente en entenderlo? Esa pobre mujer seguramente pensó que era un hombre perfectamente común, quizás un poco torpe.

—Menudo oficio. —Orme tenía la vista perdida en el agua—. Sabe Dios a cuántas de ellas maltratan o asesinan.

—Menos de las que mueren de enfermedad —le aseguró Monk, pensando en todas las que Hester había atendido en su clínica de Portpool Lane.

—Comenzaré a investigar —prometió Orme, abrochándose el abrigo. Tras un amago de saludo, dio media vuelta y se alejó por el muelle, encorvado contra el viento, y luego bajó la escalinata y subió a bordo de la lancha.

Monk tardó dos días en seguir la pista del hombre que había visitado a Zenia Gadney cada mes. Comenzó preguntando a todos los conductores de coches de punto del lugar, pero no supieron o no quisieron colaborar. No se fijaban en los rostros de sus pasajeros, y el principio del mes de octubre quedaba muy lejos. Al parecer, el hombre al que Monk buscaba paraba coches al azar, unas veces en Commercial Road East, otras en West India Dock Road, o incluso más al este, en Burdett Road. Fue una tarea concienzuda y que le llevó mucho tiempo, pero finalmente restringió sus pesquisas a media docena de personas que fue descartando una por una.

Al final le quedó Joel Lambourn, vecino de Lower Park Street, en Greenwich.

En lugar de abordarlo en su casa, Monk decidió hacer averiguaciones en la comisaría local y así enfrentarse a él armado cuando menos con cierto grado de información.

El cabo de guardia levantó la vista hacia él cuando entró. Su cara redonda era educadamente inexpresiva.

—Buenos días, señor. ¿Qué se le ofrece?

—Buenos días, cabo —contestó Monk, procediendo a presentarse—. Estoy investigando un suceso en el que quizás esté implicado un tal señor Joel Lambourn, que vive en su zona.

Vio que el rostro del cabo se arrugaba, mostrando de súbito un agudo pesar.

—No estoy seguro de poder ayudarlo, señor —dijo el cabo con fría formalidad—. En realidad no sé nada al respecto. Perdone que sea tan protocolario, pero ¿puedo ver algo que demuestre su identidad? No puedo dar información sin conocimiento de causa —agregó, sin molestarse en disimular su hostilidad.

Desconcertado, Monk sacó sus credenciales para demostrar quién era.

—Gracias, señor. —La frialdad se mantuvo—. ¿En qué cree que podría ayudarle, señor Monk? —preguntó, omitiendo expresamente la cortesía del rango.

—¿Conoce al señor Lambourn?

—Doctor Lambourn, señor —le corrigió el cabo con presteza—. Sí, lo conocía. Hablaba con él de vez en cuando.

—¿En serio? ¿Y ahora ya no?

Monk estaba perplejo.

—Puesto que murió, Dios lo tenga en su gloria, no, ya no —le espetó el cabo.

—Lo siento. —Monk se sintió patoso. No tenía por qué saberlo, aunque quizá debería haberlo adivinado—. ¿Falleció hace un par de meses?

El cabo se irritó.

—¿Me está diciendo que no lo sabía?

Saltaba a la vista que le resultaba increíble.

—No, no lo sabía —contestó Monk—. Estoy investigando el asesinato de una mujer cuyo cuerpo fue hallado en el embarcadero de Limehouse hace cuatro días. Es probable que el doctor Lambourn la conociera. Tenía la esperanza de que pudiera contarme más cosas sobre ella.

El cabo se sobresaltó.

—¿Se refiere a la pobre criatura a la que destripó un carnicero sanguinario? Con el debido respeto, señor, está equivocado. El doctor Lambourn era un caballero discreto y muy respetable. Jamás le haría daño a nadie. Ni conocería a una mujer que se dedicara a ese oficio.

Monk quiso señalar que en público las personas eran distintas de como a veces eran en la oscuridad y el resguardo de los barrios pobres, lejos de donde vivían. No obstante, el semblante del cabo le dijo que no estaría abierto a semejante insinuación sobre Lambourn.

—¿Qué clase de médico era? —preguntó en cambio—. Es decir, ¿a qué tipo de pacientes atendía?

—No atendía a pacientes —contestó el cabo—. Era un estudioso, investigaba sobre enfermedades y medicamentos.

—¿Sabe qué clase de enfermedades? —insistió Monk, sin saber si aquello tenía la menor importancia. Pero por el momento el doctor Lambourn era la única persona que parecía haber conocido a Zenia Gadney, teniendo un trato más íntimo que el de la mera vecindad.

—No —contestó el cabo—. Pero hacía muchas preguntas sobre medicinas, en concreto sobre el opio, el láudano y cosas parecidas. ¿Por qué? ¿Eso qué relación guarda con la pobre mujer a la que encontraron en Limehouse?

—En realidad no lo sé, salvo que a veces tomaba opio para el dolor de cabeza y otras dolencias.

—Como media Inglaterra —repuso el cabo con sorna—. Dolor de cabeza, dolor de estómago, el bebé que llora porque le salen los dientes, viejos con reúma.

—Sí, me figuro que es así —concedió Monk—. ¿Qué estudiaba el doctor Lambourn para que preguntara acerca del opio y los medicamentos que lo contienen? ¿Qué clase de preguntas hacía? ¿Lo sabe usted?

—No, en absoluto. Era un caballero muy discreto, siempre con una palabra amable para todo el mundo. Sin ánimo de ofender, señor Monk, pero tienen que haberle informado mal. El doctor Lambourn era un hombre de lo más decente.

Monk consideró la posibilidad de discutírselo, pero mientras no dispusiera de más datos no sacaría nada en claro. Dio las gracias al cabo y salió a la calle. Cabía que Lambourn pagara a Zenia Gadney lo suficiente para su sustento, pero ahora no podía decirle nada y tampoco era posible que fuese responsable de su muerte, dado que al parecer había muerto dos meses antes. Aun así, Monk quería saber más acerca de él, aunque solo fuese por lo que pudiera esclarecer sobre la vida de Zenia Gadney.

—¡Señor! —dijo el cabo bruscamente desde la puerta de la comisaría. Monk se volvió.

—¿Sí?

—No moleste a la señora Lambourn, señor. Lo pasó muy mal en su momento. Deje a la pobre viuda en paz.

Hubo algo en la expresión del cabo que turbó a Monk, un enojo que parecía fuera de lugar.

—¿De qué murió? —preguntó.

El cabo se miró las manos.

—Se quitó la vida, señor. Se abrió las venas de las muñecas. Déjela en paz... señor.

Fue una amenaza, cuando menos en la medida en que se atrevió.

4

Monk no tenía más remedio que ir a hablar con la viuda de Joel Lambourn. Si no estaba al corriente de la relación de su marido con Zenia Gadney, sin duda sería un mal momento para enterarse. Si lo estaba, quizá fuera parte del motivo por el que Lambourn se había quitado la vida. Monk no quería causar más sufrimiento a la pobre mujer, pero Zenia Gadney también merecía que se hiciera justicia. Ante todo, y mucho más apremiantes, estaban las ganas de Monk de atrapar al asesino y mandarlo a la horca. Los periódicos sembraban el pánico con artículos descabellados. Monk había leído incluso el de un loco irresponsable que insinuaba que una criatura había emergido del río, en el que habría penetrado con la marea entrante desde su guarida en aguas profundas.

Media hora más tarde se encontró frente a la puerta principal de los Lambourn en Lower Park Street, a pocos cientos de metros de Greenwich Park, con sus árboles y senderos, y, por supuesto, del Observatorio Real, desde donde se fijaba la hora para el mundo entero. Detestaba lo que iba a hacer, pero sabía que no había otra opción, de modo que no vaciló.

Abrió la puerta una sirvienta con falda y blusa de tela sencilla y delantal blanco almidonado. Miró a Monk inquisitivamente.

—¿Señor?

Monk se presentó y preguntó si podía hablar con la señora

Lambourn. Se disculpó por entrometerse en su intimidad, pero dijo que se trataba de un asunto importante y que de lo contrario no se habría personado allí.

La sirvienta lo condujo a una sala de día decorada en tonos verde claro que daba a la calle. Las cortinas estaban medio corridas, dejando las butacas en sombra y un cálido rectángulo de sol sobre la alfombra de vivos colores. La chimenea no estaba encendida, pues probablemente la señora Lambourn no recibiera visitas aquellos días.

Monk dio las gracias a la sirvienta. Cuando se retiró, cerrando la puerta a sus espaldas, él echó un vistazo a la estancia. Las paredes estaban forradas de librerías, llenas hasta los topes. Se acercó para leer los títulos. Abarcaban toda suerte de temas, no solo ensayos y casos médicos, sino también sobre la historia británica, la historia de China (cosa que lo sorprendió), y algunos textos muy recientes sobre historia moderna de Estados Unidos de América.

En la pared de enfrente encontró tratados de filosofía, las obras completas de Shakespeare, el *Paraíso perdido*, de Milton, y la *Decadencia y caída del Imperio Romano*, de Gibbons. Había incluso un buen surtido de novelas.

Todavía estaba mirando los volúmenes cuando Dinah Lambourn entró. El ruido ahogado que hizo al cerrar la puerta sobresaltó a Monk, que se volvió de cara a ella.

—Perdone —se disculpó Monk—. ¡Tiene una selección de libros muy interesante!

—De mi marido —dijo en voz baja, presentándose. En circunstancias normales habría sido una mujer muy atractiva. De considerable estatura, tenía los pómulos altos y un rostro de rasgos pronunciados que ahora se veía vulnerable, transido de dolor. Iba de luto riguroso, sin lucir joya alguna. Sus sedosos cabellos castaños ponían la única nota de color, aparte del azul oscuro de sus ojos.

Su sentimiento era tan palpable que Monk sintió una nueva punzada de culpabilidad por haber ido a verla con tan espantosa pregunta que hacerle. ¿Qué clase de hombre había sido Joel

Lambourn para dejar a una mujer como aquella y cruzar el río para ir hasta el barrio de Limehouse a encontrarse con una mujer anodina como Zenia Gadney? ¿Para qué, en nombre de Dios? ¿Acaso tenía un carácter débil y Dinah dominaba su aburrida personalidad? ¿No lograba satisfacer sus necesidades, tanto afectivas como físicas, y deseaba la compañía de una mujer corriente que no le pidiera nada, o quizá que no se atreviera a criticarlo?

¿O era que tenía un lado oscuro que no quería que Dinah conociera?

Dinah Lambourn estaba aguardando a que Monk se explicara. ¿Cómo podía decirle por qué había ido a verla, haciéndole el menor daño posible? Sin embargo, debía descubrir la verdad.

—¿Conocía a una mujer llamada Zenia Gadney, que vivía en Copenhagen Place, en Limehouse? —preguntó a media voz.

Dinah Lambourn pestañeó, como si la pregunta la desconcertara. Permaneció inmóvil unos momentos, como si buscara entre sus recuerdos.

—No, ese nombre no me suena —dijo por fin—. Pero ha dicho «conocía». ¿Le ha sucedido algo malo?

—Me temo que sí. Esto es bastante desagradable, señora Lambourn. Tal vez prefiera tomar asiento.

Lo dijo en un tono que convirtió su ofrecimiento casi en una orden.

Ella obedeció, lentamente, con la tez aún más pálida, sin apartar los ojos de los de Monk.

—¿Qué relación guarda eso conmigo? —preguntó con voz temblorosa.

—Lamento decirle que le ha sucedido algo muy grave —contestó Monk.

—Lo siento.

Fue apenas un susurro, pero transmitió un sentimiento que iba más allá de los buenos modales.

—Pero acaba de decir que no la conocía —respondió Monk, sintiendo que lo invadía el frío.

—¿Y eso qué tiene que ver? —replicó la señora Lambourn,

levantando un poco el mentón—. Aun así lamento que le ocurriera algo malo. ¿Por qué ha venido aquí? Limehouse está a kilómetros, y además en la otra margen del río. Yo no sé nada al respecto.

—Creo que su marido la conocía.

La señora Lambourn estuvo a punto de perder el dominio de sí misma.

—Mi marido ha muerto, señor Monk —dijo con voz ronca—, y yo no conozco a la señora... Gadney.

—Me consta que su marido falleció, señora Lambourn, y crea que lo lamento mucho. —Quería disculparse, no limitarse a darle sus condolencias por un pesar que iba a agravar, pero le pareció que resultaría superficial, habida cuenta de las circunstancias—. Todas las personas con las que he hablado me han dicho que era un hombre excepcional —prosiguió Monk—. No obstante parece que conocía a la señora Gadney bastante bien y que la trató durante mucho tiempo.

Dinah Lambourn tuvo que aclararse la garganta antes de obligarse a hablar. Entrelazó sus delicadas manos en el regazo.

—¿Qué está dando a entender, señor Monk? ¿Cuándo murió esta tal señora Gadney y cómo es que ha venido aquí, aun sabiendo que mi marido falleció hace ya algún tiempo?

—Según parece, su marido se reunía con ella en Whitechapel como mínimo una vez al mes —contestó Monk. Escrutó su rostro para ver cómo reaccionaba; impresionada, indignada, a la defensiva, pero lo único que percibió con certeza fue su aflicción. Su semblante ocultaba otros sentimientos, pero no consiguió descifrarlos.

—¿Cuándo murió, y causa de qué? —preguntó la señora Lambourn en voz muy baja.

—Hace casi una semana. Fue asesinada.

La señora Lambourn abrió los ojos.

—¿Asesinada?

Casi no pudo pronunciar la palabra. La lengua se le trabó y los ojos se le llenaron de horror.

—Sí —contestó Monk, sintiéndose cruel—. Me imagino que

no lee los periódicos, pero quizá se haya enterado. Los rumores corren muy deprisa. Asesinaron a una mujer y la mutilaron, cerca del embarcadero de Limehouse.

—No, no lo sabía.

Ahora estaba tan pálida que Monk tuvo miedo de que se fuera a desmayar, pese a que ya estaba sentada.

—¿Quiere que avise a su sirvienta, señora Lambourn? —se ofreció—. Podría traerle un vaso de agua, o tal vez unas sales. Me temo que le he traído muy malas noticias. Lo siento.

—Me repondré... enseguida. —Se obligó a sentarse más erguida, aunque resultó obvio que le costó un esfuerzo—. Por favor, diga lo que tenga que decir.

—¿Usted no la conocía? —preguntó Monk otra vez.

La señora Lambourn eludió la respuesta.

—¿Sabe quién lo hizo? —preguntó, en cambio.

—No, todavía no.

—¿Y piensa que puedo ayudarlo?

—Es posible. Hasta la fecha el doctor Lambourn parece haber sido su único amigo. Y a juzgar por la pauta de los gastos de la señora Gadney en las tiendas de su barrio, parece que disponía de dinero después de que su marido la visitara. Solía ser entonces cuando saldaba sus deudas.

Dejó la insinuación flotando en el aire; no era preciso entrar en detalles para aclararla.

—Entiendo.

La señora Lambourn cruzó las manos en el regazo y bajó la vista hacia ellas. Tenía los dedos largos, las uñas bien cuidadas y la piel inmaculada.

—Hábleme acerca del doctor Lambourn —solicitó Monk. Quería que siguiera hablando para formarse un juicio sobre qué clase de mujer era. Aún no sabía si creer que no conocía a Zenia Gadney. ¿Estaba tan aturdida por la aflicción que no había sentido curiosidad acerca de esa otra mujer a quien su marido dedicaba buena parte de su lealtad y atención, y, al parecer, también de su dinero?

La señora Lambourn hablaba a media voz, como si rememorara cosas para sí misma en lugar de estar informando a Monk. Este tuvo la súbita y completa convicción de que no contaba con que la creyera, cosa que le importaba en grado sumo. Sin embargo, en ningún momento levantó la mirada hacia él con intención de convencerlo.

—Era todo un caballero —comenzó, esforzándose por dar con palabras de significado al mismo tiempo lo bastante amplio y concreto para transmitir lo que sentía en su fuero interno—. Jamás perdió los estribos conmigo ni con nuestras hijas, ni siquiera cuando eran pequeñas y bulliciosas. —Esbozó una sonrisa que se desvaneció al dominar sus sentimientos con evidente esfuerzo—. Era paciente con las personas que no eran muy inteligentes. Y, comparadas con él, eso incluía a muchas. Pero no toleraba las mentiras, y castigaba a las niñas con bastante severidad cuando le mentían. —Meneó un poco la cabeza—. Solo ocurrió un par de veces. Amaban con devoción a su padre.

Fuera, pasó un carruaje por la calle, y su ruido apenas entró en la silenciosa estancia.

Monk dejó pasar unos momentos antes de instarla a proseguir.

—Lo siento —se disculpó la señora Lambourn—. Todavía espero oír sus pasos en la escalera. Es ridículo, ¿verdad? Sé que está muerto. Cada centímetro de mi cuerpo lo sabe, todos mis pensamientos me lo recuerdan sin cesar. Y, sin embargo, cuando me acuesto lo olvido, y cuando por la mañana me despierto, por un momento es como si no se hubiese ido. Y entonces lo recuerdo de nuevo.

Monk trató de imaginar su propio hogar si Hester no regresara nunca más. La idea le resultó insoportable y la apartó de la mente. Su trabajo consistía en averiguar quién había matado a Zenia Gadney. Nada de lo que él hiciera cambiaría el hecho de que Joel Lambourn se hubiese suicidado, y, tal vez, descubrir el motivo que lo había empujado a hacerlo solo serviría para que resultara más doloroso. ¿Cómo recuperarse tras semejante golpe, cómo hallar suficientes respuestas para ser capaz de seguir adelante? La vida cotidiana debía parecer absurda y completamente carente de sentido después de algo así. Supuso que el tener hijos lo haría aún más difícil pero que al mismo tiempo ayudaría. Tendrías que esforzarte en ser un apoyo para ellos.

Pero ¿qué sucedía por la noche, cuando te acostabas solo en la cama que habías compartido y la casa guardaba silencio? ¿Qué pensabas entonces sobre esa vida llena de sufrimiento?

—Señora Lambourn, prosiga, por favor...

Dinah Lambourn suspiró.

—Joel era muy inteligente; en realidad, era brillante. Trabajaba para el gobierno en distintos proyectos de investigación médica.

—¿Cuál fue su último trabajo? —preguntó Monk. En realidad no le interesaba, solo quería que ella siguiera hablando.

—El opio —contestó la señora Lambourn sin vacilar—. Estaba estudiando los estragos que causa cuando no está debidamente etiquetado. Y decía que así es como se vende casi siempre. Había reunido montones de cifras sobre los muertos. Solía sentarse en su estudio a repasarlas una y otra vez, comprobándolas para asegurarse de que sus conclusiones siempre fueran correctas y exactas. Se empeñaba en revisar las pruebas de cada caso.

—¿Con qué propósito?

Aunque a su pesar, Monk comenzaba a interesarse. La señora Lambourn levantó la vista por primera vez.

—Miles de personas mueren intoxicadas por el opio, señor Monk; entre ellas, muchos niños. ¿Sabe qué es una papelina?

—Por supuesto. Una pequeña dosis de polvo de opio que se puede comprar en cualquier tienda o botica.

Se acordó de la ferretería del señor Clawson, provista de toda suerte de remedios, y de su vehemente defensa de Zenia Gadney.

—¿Cuánto hay en una dosis? —preguntó Dinah Lambourn.

—No lo sé —admitió Monk.

—Tampoco el hombre que la vende ni la mujer que la compra para administrársela a su hijo, o para tomarla ella misma contra el dolor de cabeza o de barriga, o porque no puede dormir. —Hizo un contenido ademán de impotencia con sus delicadas manos—. Yo tampoco lo sé, a todas estas. Eso es lo que Joel estaba demostrando. Había reunido datos sobre miles de casos por todo el país. Sobre todo de niños. Solo era una parte de su trabajo, pero eso es lo que hacía.

Monk todavía trataba de imaginar al hombre que había visitado a Zenia Gadney en Limehouse, pagando puntualmente cada mes. La imagen era tan incompleta que apenas tenía sentido. ¿Por qué se había quitado la vida? Por el momento, aquello tampoco tenía sentido.

—¿Le iban bien las cosas, desde el punto de vista económico? —preguntó Monk, sintiéndose como si hurgara en una herida abierta.

—Por supuesto —contestó la señora Lambourn, como si fuese un poco estúpido preguntarlo—. Ya le he dicho que era brillante.

—La brillantez científica no siempre se recompensa económicamente —señaló Monk. ¿Era posible que la señora Lambourn no estuviera al tanto de la situación económica de su marido? ¿Habría perdido importantes sumas jugando? ¿O era posible que alguien le hiciera chantaje por sus visitas a Limehouse, y que cuando dejó de pagar prefiriera suicidarse en lugar de enfrentarse a la vergüenza y la ruina de su familia? Otros hombres, en apariencia tan respetables como él, lo habían hecho.

—Mire a su alrededor, señor Monk —dijo ella simplemente—. ¿Damos la impresión de pasar tiempos difíciles, en lo que al dinero concierne? Le aseguro que no ignoro en qué situación me encuentro. El hombre que llevaba los asuntos de Joel me ha informado minuciosamente sobre lo que tenemos y sobre cómo utilizarlo conservando el capital, de modo que no nos veamos en dificultades. Nos dejó el porvenir más que asegurado.

Sería muy fácil comprobarlo; se encargaría de que alguien lo hiciera.

—Me alegro —dijo Monk sinceramente—. La señora Gadney no fue tan afortunada. Le costaba llegar a fin de mes.

—Lo siento por ella, pero no es asunto mío —contestó Dinah—. De hecho, puesto que, según dice, la pobre ha muerto, ya no es asunto de nadie.

Monk no se iba a dar por vencido tan fácilmente.

—¿Seguro que no sabía que su marido la visitaba todos los meses? —insistió—. Me parece un extraordinario atentado a la confianza, siendo un hombre que aborrecía las mentiras.

El semblante de Dinah Lambourn perdió todo su color. Inhaló bruscamente para contestar, pero de pronto fue evidente que no sabía qué decir.

Monk se inclinó un poco hacia delante y habló con amabilidad.

—Creo que ha llegado el momento de que me diga la verdad, señora Lambourn. No puedo dejarlo correr hasta que sepa cuál es. Le doy mi palabra de que si el vínculo de su marido con Zenia Gadney no guarda relación con el crimen, no lo haré público. Pero lo descubriré. Esto también es una promesa. Se lo vuelvo a preguntar: ¿estaba enterada de sus visitas a Zenia Gadney?

—Sí —contestó Dinah en un susurro.

—¿Cuándo se enteró?

—Hace años. No recuerdo cuántos.

Monk no supo si creerla o no. Desde luego, ahora no se mostraba impresionada ni sorprendida, aunque si lo había descubierto un par de meses antes, la aflicción por la muerte de Lambourn habría sido mayor que cualquier otro sentimiento. Si lo sabía desde hacía años, ¿cómo había podido vivir felizmente, según ella misma afirmaba? Tal vez un hombre nunca entendería que una mujer aceptara semejante arreglo. Dudaba mucho de que él pudiera soportarlo si fuese Hester quien lo traicionara de aquel modo. La mera idea le resultaba inconcebible.

Dinah lo estaba mirando con la aparente serenidad de quien ya se ha enfrentado a lo peor sin que le queden energías para tener miedo a otras cosas.

Quienquiera que hubiese destripado a Zenia Gadney para luego dejarla en el embarcadero como un montón de basura tenía que odiarla en extremo. Ni siquiera un animal debería terminar así.

—¿Zenia Gadney era la única mujer a quien su marido visitaba y pagaba, señora Lambourn? —preguntó Monk—. ¿O había otras?

Se quedó paralizada, como si le hubiese dado una bofetada.

—Era la única —contestó con tal certidumbre que Monk no tuvo más remedio que creerla—. No sé si ella... trataba con otros. Pero usted dice que no.

—En vida del doctor Lambourn, no —confirmó Monk—. Y parece que luego no hubo ningún otro visitante asiduo.

Dinah volvió a mirarse las manos.

—¿Por qué se quitaría al vida el doctor Lambourn? —preguntó Monk, sintiéndose como un torturador.

La señora Lambourn permaneció quieta tanto rato que Monk se disponía a repetir la pregunta cuando finalmente levantó la vista.

—No se suicidó, señor Monk. Lo asesinaron. —Dio un largo y entrecortado suspiro—. Ya le he dicho que se dedicaba a un trabajo de suma importancia. Si hubiese tenido éxito habría salvado miles de vidas, pero a costa de que ciertos negociantes perdieran buena parte de sus ganancias. No podían comprar a Joel. No distorsionaría los datos para acomodarlos a sus intereses ni ocultaría la verdad. El único modo que tuvieron de silenciarlo fue mofarse de su trabajo, negar su validez. Luego, viendo que ni así guardaría silencio al respecto, hicieron que pareciera que se hubiese dado cuenta de que se había equivocado y que, llevado por la desesperación y la vergüenza, se suicidase.

Miró a Monk de hito en hito, con los ojos brillantes, el semblante tenso y apasionadamente vivo por la fuerza de sus sentimientos.

Monk no la creyó y, sin embargo, era imposible no aceptar que ella lo creía. Carraspeó para aclararse la voz y así evitar que se notara su incredulidad.

—¿Qué fue de su informe? —preguntó Monk.

—Lo destruyeron, por supuesto. No podían permitirse que cayera en manos de terceros.

Una vaga mención a aquel informe acudió a su mente. Había

sido desacreditado, catalogado como la cruzada equivocada de un hombre que al final había perdido el contacto con la realidad. Había sido un buen hombre, y su caso se consideró una tragedia.

—Sabía que no iba a creerme —dijo Dinah en voz baja—, pero es la verdad. Joel jamás se habría suicidado, y menos aún por la pobre Zenia Gadney. Es posible que a ella también la asesinaran.

—¿Quiénes son «ellos»? —preguntó Monk, lógicamente.

—Alguien con grandes intereses en la importación y la venta de opio —contestó Dinah.

—¿Por qué iban a querer matarla, señora Lambourn?

Carecía de sentido. Seguro que a pesar de su aflicción era capaz de darse cuenta. Su rostro se veía dolorido, sumamente vulnerable.

—Quizá para asegurarse de que Joel cayera en desgracia, de modo que nadie rescatara su trabajo —contestó Dinah.

—¿Zenia Gadney tenía alguna relación con su trabajo?

Dinah Lambourn hizo un contenido ademán de impotencia.

—No acierto a ver cómo.

Monk trató de imaginar a Joel Lambourn, desacreditado en su profesión porque sus colegas pensaban que su trabajo no tenía ningún valor, y teniendo en casa a una esposa que creía tan a ciegas en él que ni siquiera se planteaba la posibilidad de que su fracaso fuese real. Tal vez la única persona que no le exigía que fuese perfecto había sido Zenia Gadney. Tal vez fuera eso lo que veía en ella: ninguna expectativa que satisfacer, ninguna necesidad de estar a la altura de nadie, ser aceptado tal como era sin más, con sus virtudes y sus defectos.

Quizás al final la presión le resultó insoportable y optó por la única salida que conocía.

Era posible, incluso probable, que el asesinato de Zenia Gadney no guardara relación alguna con Joel Lambourn, ni siquiera con el opio. Igual que otros cientos de miles, tan solo lo tomaba para aliviar el dolor. Y quizá Lambourn estuviera equivocado y, en efecto, el opio no fuese pernicioso, salvo en las ocasionales sobredosis involuntarias. Pero uno podía tomar una sobredosis de casi cualquier sustancia. El alcohol era la más evidente.

Para acabar con sus indagaciones, preguntó si tenía más parientes, y Dinah le dio la dirección de la hermana de Lambourn, Amity Herne.

Monk se disculpó una vez más y salió a la calle soleada, donde un viento frío soplaba con fuerza. Sintió la carga de una gran tristeza, que le pesó como si llevase dentro la luz menguante de finales de año.

5

Monk tuvo la suerte de encontrar a la hermana de Lambourn en casa cuando fue a verla aquella misma tarde. La casa estaba en la muy elegante Gordon Square. Se había cruzado con varios carruajes por el camino, algunos con divisas en las puertas y lacayos de librea, y todos con los caballos perfectamente emparejados.

La sirvienta le hizo pasar a una sala de día impresionantemente amueblada mientras iba a ver si la señora Herne lo recibiría.

Monk echó un vistazo a la estancia y enseguida se percató del gusto convencional en la decoración. Allí no había nada personal, nada concreto que pudiera agradar u ofender a la vista. No solo era insulsa, de un modo indirecto resultaba engañosa. La personalidad quedaba oculta. El marido de Amity Herne debía ser totalmente diferente de su hermano. Algunos libros eran semejantes, por ejemplo los de Shakespeare y Gibbons. A primera vista se echaba en falta a Milton. Pero era la manera en que estaban alineados a juego, como si nunca los hubiesen sacado de su sitio, lo que irritaba a Monk.

Tuvo que esperar un buen rato, pero nada de lo que vio captó su interés o le dio algún indicio sobre la pasión o las creencias del hombre que vivía allí, salvo que ponía cierta cautela en todo lo que mostraba.

La propia Amity Herne era una mujer atractiva, dotada de una frágil elegancia. Llevaba la abundante cabellera rubia perfectamente peinada, y su piel era inmaculada. Entró y cerró la puerta a sus espaldas. Era casi tan alta como su cuñada, pero mucho más delgada. Con su vestido oscuro de corte impecable, sus hombros se veían un tanto huesudos.

—¿En qué puedo servirle, señor Monk? —preguntó, sin invitarlo a sentarse—. Me temo que esta tarde debo asistir a una exposición de sedas chinas con la esposa del ministro de Hacienda. Comprenderá que no puedo llegar tarde.

—Por supuesto —contestó Monk—. Iré al grano de inmediato. Perdone mi brusquedad. Estoy investigando la muerte de una mujer que se llamaba Zenia Gadney.

Amity Herne frunció el ceño.

—No recuerdo a nadie que se llame así. Lamento enterarme de que haya muerto, pero no puedo ayudarlo. No entiendo qué le ha hecho suponer lo contrario.

—Tal vez no —concedió Monk, sin contestar a su pregunta indirecta—. Pero su difunto hermano conocía bastante bien a la señora Gadney...

Se calló al ver que se le crispaba el rostro. Quizá se debiera a la aflicción, pero a Monk le pareció que más bien estaba irritada.

—Mi hermano no se movía en los mismos círculos sociales que mi marido y yo —dijo Amity en voz muy baja. Era obvio que consideraba que Monk se estaba entrometiendo y, habida cuenta del supuesto suicidio de su hermano, quizá llevara razón—. Joel era... excéntrico... en algunas de sus opiniones —prosiguió—. Con la edad, lo fue cada vez más. Lamento que le hayan hecho perder el tiempo.

Monk no se movió.

—Su viuda dice que el doctor Lambourn conocía bastante bien a la señora Gadney, y las declaraciones de los vecinos sustentan esa información.

—Quizá sea cierta —admitió Amity Herne, sin moverse tampoco de donde se había plantado, a un par de metros de la puerta—. Tal como he intentado explicarle, mi hermano era bastante excéntrico. Cuando estaba convencido de algo, nada le hacía cambiar de parecer; desde luego no el sentido común ni la evidencia.

Monk percibió la amargura de su voz. Aquel era un aspecto nuevo de Lambourn. No le gustaba oírlo, pero no podía pasarlo por alto si existía alguna posibilidad de que hubiese conducido al asesinato de Zenia Gadney. Se obligó a rememorar el cadáver tendido medio doblado, que parecía más pequeño de lo que habría sido en vida. Recordó el rostro cerúleo y el vientre destripado, la sangre y las pálidas vísceras desparramadas.

—La señora Gadney fue asesinada —dijo Monk, eligiendo las palabras más crueles—. Le rajaron el vientre y le sacaron los intestinos. La dejaron tirada en el embarcadero de Limehouse como un saco de basura reventado.

»El doctor Lambourn la conocía lo suficiente como para visitarla cada mes —prosiguió en tono más amable—. Su viuda dice que estaba al corriente; de hecho, que lo sabía desde hacía años. Comprenderá que no puedo pasarlo por alto. Hasta ahora el doctor Lambourn es la única persona con quien la fallecida parece haber tenido alguna clase de relación. Los demás solo la conocían de saludarla en la calle.

Una sucesión de emociones cruzó el semblante de Amity tan deprisa que Monk no logró identificarlas más que como formas de ira. Si había mostrado aflicción o piedad, o incluso miedo, le había faltado tiempo para verlo. Ahora bien, ¿por qué iba a exhibir su vulnerabilidad delante de él, cuando había sido tan brusco con ella? El enojo era la defensa más común de la gente cuando se herían sus sentimientos.

—Será mejor que se siente, señor... señor Monk —dijo la señora Herne con mucha frialdad—. Seré tan clara y tan breve como pueda. Salta a la vista que hay muchas cosas que no sabe, y me figuro que tiene que saberlas, en memoria de esa desdichada mujer. Bien sabe Dios que nadie debería morir de esa manera.

Fue hasta uno de los grandes sillones y se sentó con cuidado, apoyándose en los brazos.

—Mi cuñada, Dinah, es una mujer muy sentimental y una idealista redomada. Si la ha conocido, tal como me ha dicho, se habrá dado cuenta. Tiene una visión de Joel muy poco realista, por decirlo amablemente. —Meneó un poco la cabeza—. Sentía devoción por él y, por supuesto, también por sus hijas, Adah y Marianne. Todavía es incapaz de enfrentarse a la verdad acerca de Joel. Mi impresión es que nunca lo hará. Le aseguro que de nada servirá tratar de obligarla. Todos necesitamos algo en lo que creer. Decírselo no sería solo cruel, sino también absolutamente inútil. Me consta porque soy culpable de haberlo intentado.

Monk se lo imaginó: Amity y Dinah, con sus opiniones radicalmente opuestas acerca del mismo hombre, a quien se suponía que ambas habían amado, aunque de maneras muy diferentes. ¿Acaso la fe ciega de Dinah en su marido no se debía a la persona que había sido Joel, sino a la que ella había necesitado que fuera para satisfacer sus ansias y sus sueños?

Amity estaba impaciente.

—Joel era un hombre encantador —prosiguió, mirando a Monk con seriedad—. Era mi hermano mayor y siempre lo admiré. Pero aun siendo tan inteligente como era, no dejaba de ser un hombre sumido en sus propias ideas, un poco... —Esbozó una brevísima sonrisa—. Espiritual —agregó, concluyendo la frase—. Se obsesionaba con una causa y luego se negaba a aceptar la evidencia contra ella. Eso tal vez sea bueno para un hombre de fe, pero no era nada bueno para un científico. Tendría que haber sido pintor o dramaturgo, dedicarse a algo que no requiriera la más mínima dosis de realismo.

Monk no la interrumpió.

Amity Herne suspiró.

—Cuando era más joven solía ser más consciente de las cosas. Diría que fue en los últimos cinco o seis años cuando Joel perdió el norte.

Monk la miraba fijamente. ¿Era ella la sensata, la valiente, dispuesta a ver la verdad, mientras Dinah solo veía lo que quería ver? Amity emanaba frialdad, pero quizá tan solo fuese la armadura con la que se envolvía para protegerse del dolor que conllevaba admitir el fracaso. No había nada que ella pudiera hacer para ayudarlo, y quizá nunca lo había habido.

Amity bajó la vista.

—Casi toda su vida fue muy bueno en su trabajo —prosiguió—. Era meticuloso. Poseía una integridad inusual. Dinah se lo habrá dicho, y con razón. Luego se obsesionó con esa idea sobre el opio, pero parte de su información era incorrecta y a partir de entonces todo fue de mal en peor. No hizo más que acumular un error encima de otro hasta que se encontró sin escapatoria.

Su expresión era sombría, su concentración, absoluta, como si se estuviera obligando a apartar su desdicha y su sufrimiento a un lugar donde pudiera ocultarlos, y a seguir adelante solo con la verdad que debía explicar. De este modo lograría que Monk lo entendiera, y así se marcharía. Ella podría recoger lo que quedaba de su propia vida y volver a fingir normalidad, dejar que el tiempo curara como mínimo la superficie de la herida.

A Monk no le resultaba simpática, y eso aumentaba su sentimiento de culpa por seguir hurgando.

—¿Errores? —preguntó.

—Su último informe fue un absoluto fiasco, y el gobierno lo rechazó —contestó Amity—. No tuvieron elección. Joel estaba totalmente equivocado. Lo encajó muy mal. A pesar de las pruebas que lo demostraban, no podía creer que hubiese errado. Por eso se suicidó. Fue incapaz de enfrentarse a sus colegas. Pobre Joel...

—¿Y la señora Gadney? —preguntó Monk con más amabilidad.

Amity se encogió de hombros.

—En realidad no lo sé con seguridad, pero no es difícil adivinarlo. Dinah es una mujer guapa, pero también exigente en... en sus necesidades. —Pronunció la palabra con delicadeza, como insinuando un significado más profundo y personal—. Nunca le permitía fallar. Tal vez Joel deseara estar con una mujer que lo tratara como un amigo, alguien que lo escuchara sin más, que compartiera sus intereses sin acosarlo con una necesidad constante.

Monk entrevió brevemente una soledad insoportable, un creciente agotamiento emocional al tiempo que la amenaza del desengaño, la acusación de haber engañado a los demás, defraudándolos, devenía más grande, más asfixiante con cada desliz, cada error reparado, cada nueva mentira.

Una prostituta corriente pero agradable a la vista y tan solitaria como él, tan familiarizada como él con el sabor del fracaso, le vendría como caída del cielo. Al menos sería alguien con quien reír y llorar, por una vez sin sentirse juzgado, sin más expectativas que cobrar puntualmente y no ser maltratada.

¿Dinah sería capaz de entenderlo alguna vez? Lo más probable era que no. Su única manera de enfrentarse a ello sería negándolo o, si eso no fuese posible, ignorándolo.

¿Cabía que Dinah también le hubiese exigido otras cosas, de naturaleza física, cuando él estaba demasiado cansado, angustiado o incapaz de proporcionárselas por el motivo que fuera? El amor era mucho más que ensalzar y creer constantemente en el otro. A veces residía en la ausencia de expectativas, en permitir el fracaso y seguir amando.

Monk rememoró las veces en que él mismo había fallado, cosa que había hecho más de una vez. Había permitido que su rencor contra Runcorn, su antiguo jefe, distrajera su atención de la verdad en más de una ocasión. Y había cometido otros deslices. Tal vez el peor fuese la arrogancia con que había permitido que absolvieran a Jericho Phillips. Hester no lo había culpado ni se lo había recordado desde entonces.

Cuando más miedo había tenido de su propio pasado, de los fantasmas que su amnesia había ocultado pero que tanto lo rondaron en los primeros años, Hester no lo había llamado cobarde por temerlos. Había admitido la posibilidad de que Monk hubiese tenido parte de culpa en el asesinato de Joscelin Grey, pero no la de que se rindiera sin presentar batalla hasta el final, con la espalda contra la pared.

No había permitido que aceptara el agotamiento o la derrota. Tal vez aquella fuese la mayor virtud de todas. Desde luego era la clase de amor que todo el mundo necesitaba en sus momentos más sombríos.

¿Acaso la falta de un amor así había sido la razón que llevó a Joel Lambourn a darse por vencido? ¿Había escapado a las exigencias del heroísmo de la única manera que pudo?

Monk se puso de pie y dio las gracias a Amity Herne, aun cuando lo que le había contado distaba mucho de ser lo que había esperado oír.

Mientras regresaba a su casa, Monk meditó sobre lo que Amity le había contado. Lo inquietaba que fuese tan inesperado. Su visión de Lambourn era tan diferente de la de Dinah que necesitaba una tercera opinión para equilibrarlas.

Dinah amaba profundamente a Lambourn, con el amor de una esposa, tal vez distorsionado por una pasión que a todas luces todavía sentía. Aún estaba devastada por el dolor de su muerte y se negaba a creer que se hubiese suicidado. No resultaba difícil comprenderlo, sobre todo teniendo en cuenta que Lambourn no había demostrado un enojo o una desesperación que pudieran haberlo empujado a ello; más bien una firme determinación de seguir luchando por una causa en la que cada vez estaba más implicado.

¿O acaso eso era lo que Dinah quería o incluso necesitaba creer, a fin de salvaguardar su fe en todo aquello que más le importaba, incluida su capacidad de salir adelante y cuidar de sus hijas? Eso tampoco sería difícil de entender.

Amity Herne había reconocido que ella y Lambourn se habían criado separados en varios sentidos. Para empezar, siete años era una gran diferencia de edad entre niños. Lambourn estuvo absorto primero en sus estudios y luego en su vida profesional. Según Amity, habían vivido tan alejados geográficamente que mayormente se comunicaban por correo y, por consiguiente, no habían trabado amistad ni siquiera entonces. En realidad no conoció el carácter de su hermano hasta mucho después.

¿O bien se trataba de nuevo de una opinión fruto de la necesidad afectiva más que de una observación imparcial? ¿Acaso Amity precisaba disculparse de su parte de culpa en el suicidio de su hermano, recurriendo a los defectos de un hombre en quien nunca había podido confiar?

¿A quién más podía preguntar Monk? El marido de Amity, Barclay Herne, estaría demasiado vinculado por sus lazos familiares para contestar libremente, aunque su opinión fuese más comedida. ¿Quién había estado a cargo de la organización que había requerido el informe de Lambourn? Como mínimo tendrían una opinión profesional a propósito del juicio de Lambourn, cuando no sobre su vida personal. Monk decidió hablar con ellos, desde un punto de vista menos emotivo.

Monk tuvo que indagar mucho para averiguar que el alto cargo del gobierno a quien atañía el asunto era Sinden Bawtry, un hombre talentoso y carismático que estaba ascendiendo deprisa en los círculos políticos. Poseía una inmensa fortuna personal y hacía generosos donativos a diversas causas, sobre todo de carácter cultural y artístico. Su colección de pintura y los cuadros que donaba a algunos museos le granjeaban mucha admiración. Conseguir media hora de su tiempo era bastante menos fácil.

Ya era última hora de la tarde cuando hicieron pasar a Monk a su despacho. Había tenido que forzar un poco la verdad para que resultara plausible que la información de Bawtry podría ayudar a resolver el asesinato de la mujer en el embarcadero de Limehouse. Aguardó tres cuartos de hora en la sala de espera, cada vez más impaciente. Había esperado encontrarse con un hombre de mediana edad y temperamento austero, y en cambio fue recibido por un hombre cuya vitalidad parecía llenar la habitación mientras iba a su encuentro para estrecharle la mano.

—Perdone que le haya hecho esperar —dijo efusivamente—. Hay personas que no saben expresarse con brevedad. Piensan que cuanto más hablen, más importancia darás a sus asuntos. —Sonrió—. ¿En qué puedo servirle, señor Monk? Su mensaje decía que guardaba relación con el difunto doctor Joel Lambourn y una posible conexión con ese asesinato atroz cometido en el embarcadero de Limehouse. Me tiene desconcertado en cuanto a cuál podría ser esa conexión.

—Es posible que no haya ninguna. —Monk decidió de inmediato no intentar engañar a aquel hombre, ni siquiera lo más mínimo. Su atractivo semblante y su vivo encanto no ocultaban su inteligencia ni lo consciente que era de su poder—. Pero, según parece, el doctor Lambourn conocía bastante bien a la víctima —prosiguió—. Personas allegadas a él me han dado opiniones divergentes acerca del doctor Lambourn. Necesito un punto de vista bien informado pero más imparcial a fin de equilibrarlas, particularmente en cuanto a la valía de su trabajo y, por consiguiente, de su estado mental durante el último año aproximado de su vida.

—El informe del opio —dijo Bawtry, apuntando un gesto de asentimiento—. Sin duda es lo mejor que puedo darle. No conocí a Lambourn personalmente, pero quizás esto sea lo que usted quiere. Tengo entendido que era un hombre inusualmente simpático, y el afecto a veces distorsiona las opiniones, por más que uno se esfuerce en ser justo.

—Exactamente —confirmó Monk. Notó que se relajaba un poco. Resultaba mucho más fácil tratar con la inteligencia sin que la empañaran los sentimientos.

Bawtry encogió ligeramente los hombros, en un ademán de muda disculpa.

—Un hombre brillante, un poco idealista —prosiguió con franqueza—. Una especie de cruzado, aunque en este caso permitió que su gran compasión por las víctimas de la ignorancia y la desesperación influyera en su visión general del problema. —Bajó un poco la voz—. A decir verdad, necesitamos mejorar el control sobre la composición de los medicamentos que cualquiera puede comprar, y, desde luego, más información sobre la cantidad de opio que contienen los que se administran a los niños.

Adoptó un aire sombrío, apenado por lo que estaba diciendo.

—Esta es una de las principales razones por las que no pudimos aceptar el informe de Lambourn —prosiguió Bawtry—. Algunos de los ejemplos que contenía eran extremos, y se fundamentaban más en anécdotas que en historias médicas. Habría hecho más mal que bien a la causa porque era muy fácil desacreditarlo.

Miró a Monk a los ojos con firmeza.

—Seguro que usted tiene el mismo problema cuando prepara una causa criminal para los tribunales. Debe ceñirse a las evidencias que se sostengan en las repreguntas, pruebas materiales que pueda mostrar, testigos a quienes la gente crea. Cualquier cosa que la defensa sea capaz de invalidar puede hacerle perder el favor del jurado. —Sonrió con un gesto interrogatorio—. Lambourn se convirtió en un lastre para nosotros. Ojalá hubiese sido de otro modo. Era un hombre honesto.

De pronto el rostro de Bawtry perdió toda su luminosidad.

—Me dejó anonadado su suicidio. No sabía que estuviera tan desesperado, y me siento inclinado a creer que detrás de ese acto hubo algo más, algo completamente ajeno al informe. Quizá tuviera algo que ver con su desdichada relación con esa mujer de Limehouse, si usted está en lo cierto. Espero que no sea así, resultaría muy sórdido. Pero yo no lo sé. Mi valoración es profesional, no personal.

—¿Sabe qué fue de ese informe? —preguntó Monk—. Me gustaría ver una copia.

Bawtry se sorprendió.

—¿Piensa que podría tener algo que ver con la muerte de esa mujer? Me cuesta creer que su relación con Lambourn no sea puramente casual.

—Lo más probable es que no —respondió Monk—. Pero sería negligente de mi parte no seguir todas las pistas. ¿Tal vez ella sabía algo? Es posible que hablara con ella, incluso que le confiara algo relacionado con él.

Bawtry frunció el ceño.

—¿Qué clase de cosa tiene en mente? ¿Se refiere al nombre de alguien relacionado con el opio, patentes de medicinas, algún manejo ilegal?

—Es posible.

—Averiguaré si todavía tenemos alguna copia archivada. Si es así, me encargaré de que lo autoricen a consultarla.

—Gracias.

A Monk no le quedaba nada más que pedir, y casi había agotado el tiempo que Bawtry le podía dedicar. No sabía muy bien si había sacado algo en claro, pero tampoco disponía de los datos precisos para saberlo. Bawtry se había mostrado prudente, compasivo e infinitamente razonable.

—Gracias, señor —repitió Monk en voz baja.

Bawtry volvió a sonreír.

—Espero haberle sido útil.

6

Por la mañana Monk fue a la oficina del juez de instrucción que se había ocupado del suicidio de Lambourn. Las conclusiones de la investigación eran públicas, de modo que no tuvo dificultades para consultar los documentos pertinentes.

—Un caso muy triste —le dijo el funcionario en tono solemne. Era un joven que se tomaba muy en serio su puesto. Llevaba el pelo lacio y brillante peinado hacia atrás y un traje oscuro impoluto—. Cualquiera que decida poner fin a su propia vida tiene que detenerse a pensar.

Monk asintió, incapaz de dar con una respuesta apropiada. Pasó a la sección médica del informe. Al parecer Lambourn había tomado una dosis bastante grande de opio para luego cortarse las venas y morir desangrado. El médico forense había dado un testimonio sucinto, y nadie había cuestionado su exactitud ni su pericia. En realidad, apenas había algo en lo que cupiera diferir.

El juez de instrucción no había dudado en dar un veredicto de suicidio, añadiendo el usual atenuante de suponer que el equilibrio mental del fallecido estaba alterado y, por consiguiente, había que compadecerlo en lugar de condenarlo. Se trataba de una fórmula piadosa tan acostumbrada que casi carecía de significado.

La conmiseración del juez era tan formal como cortés. Había sido un hombre muy respetado por sus colegas y nadie deseaba especular en voz alta sobre cuáles podían haber sido sus motivos.

Dinah Lambourn no había sido llamada a declarar. El único testigo con cierto grado de parentesco había sido su cuñado, Barclay Herne, quien dijo que Lambourn se había deprimido con las conclusiones de su última investigación, añadiendo que el hecho de que el gobierno no hubiese aceptado sus recomendaciones lo había afectado más de lo que hubiese cabido esperar. Herne agregó que lo lamentaba profundamente.

El juez de instrucción no anotó más comentarios. El caso quedó cerrado.

—Gracias —dijo Monk al funcionario, devolviéndole el documento—. Debe haber un informe policial. ¿Dónde está?

El funcionario se mantuvo impasible.

—En realidad la policía no intervino, señor. No había más culpable que la propia víctima. De haberlo habido, lo habrían detenido, como es lógico.

—¿Quién encontró el cuerpo? —preguntó Monk. Contaba con que el empleado le diría que lo había hallado Dinah, y trató de imaginarse su horror, su incredulidad inicial.

—Un hombre que paseaba a su perro —dijo el funcionario—. Podría no haber sido encontrado en meses si el perro no lo hubiese olido. Porque... huelen la muerte, quiero decir.

Meneó la cabeza, estremeciéndose un poco.

—¿Dónde lo encontró?

Monk había supuesto que estaría en su casa o en el trabajo.

—En Greenwich Park —contestó el joven—. En One Tree Hill, para ser más exactos. En realidad hay más de un árbol.* Estaba sentado allí, con la espalda apoyada contra el tronco.

Una imagen completamente distinta acudió a la mente de Monk, una imagen de absoluta y desesperada soledad. ¿Qué más le había ocurrido a aquel hombre para que abandonara a su esposa y a sus hijas y se fuera solo al parque, una noche de frío, a tomar opio, aguardar a que le hiciera efecto y luego cortarse las venas para morir desangrado, sabiendo que permanecería allí hasta que un desconocido lo encontrara? Avisarían a alguien que lo conocie-

---

* One Tree Hill significa «la colina del árbol». (N. del T.)

ra y apreciara para que identificara sus restos y diera la noticia a su familia. Según todo lo que Monk había oído hasta entonces, Lambourn había sido un hombre amable y considerado. ¿Qué lo había empujado a hacer algo tan sumamente egoísta?

—El informe del juez de instrucción no menciona su estado de salud —dijo Monk al funcionario—. ¿Es posible que padeciera una enfermedad terminal?

El funcionario quedó desconcertado.

—No lo sé, señor. La causa de la muerte era evidente.

—La causa inmediata sí, pero no el motivo —señaló Monk.

El funcionario enarcó las cejas.

—Tal vez eso no sea asunto nuestro, señor. Es obvio que en la vida de ese pobre hombre ocurrió algo tan malo que no se vio capaz de soportarlo. No podemos hacer nada al respecto, excepto respetar su intimidad. De todos modos, ahora poca importancia puede tener.

La crítica implícita quedó tan clara en su tono de voz como en las palabras elegidas.

Monk sintió un aguijonazo de enojo.

—Tiene importancia puesto que el doctor Lambourn parece haber sido la única persona que conocía bien a la víctima de un asesinato muy violento y obsceno cometido en Limehouse —replicó con cierta brusquedad—. Necesito saber si él estaba al corriente de algo que pudiera provocarlo, o al menos si alguien creía que lo sabía.

Vio con un brevísimo sentimiento de culpa la inquietud que asomó al rostro del funcionario. Ningún indicio apuntaba a que comprender la muerte de Joel Lambourn fuera a ayudarlo a saber quién había asesinado a Zenia Gadney ni por qué. Le preocupaba porque había ciertos aspectos que no tenían sentido, y quizá formara parte de un todo mayor. Y por el momento no tenía otra pista que seguir, a no ser que Orme descubriera algo o que un testigo se presentara a declarar.

El funcionario meneaba la cabeza como si quisiera apartar de su mente la idea que Monk le estaba obligando a aceptar.

—El doctor Lambourn era un científico, señor, un hombre

muy respetable. Trabajaba para el gobierno recabando información. Nada personal, no esa clase de cosa. Se dedicaba a los medicamentos, no a las personas. No habría tenido el menor interés por los asesinatos ni el tipo de persona implicada en esas cosas. ¿Ha dicho «obsceno»? Eso sería impropio del doctor Lambourn, señor.

—¿Cuánto tiempo llevaba muerto cuando lo encontraron? —preguntó Monk.

El empleado consultó los documentos otra vez y levantó la vista hacia Monk.

—No consta, señor. Me figuro que no afectaría al veredicto y que quisieron guardar la máxima discreción. Los detalles afligen a la familia. No ayudan a nadie.

—¿Quién fue el médico forense?

—Veamos... El doctor Wembley, señor.

—¿Dónde puedo localizarlo?

—No lo sé, señor. Tendrá que preguntar en comisaría.

La desaprobación del funcionario ya era patente. Consideraba que Monk estaba reabriendo un caso cerrado y que el decoro exigía dejarlo tal como estaba.

Monk anotó los datos que necesitaba, dio las gracias al empleado y se marchó.

En la comisaría le dieron la dirección de Wembley, pero le llevó una hora más encontrar su consultorio y luego tener ocasión de hablar con él a solas. El doctor Wembley tenía más de sesenta años, pero seguía siendo un hombre apuesto, con una abundante mata de pelo cano y bigote.

—Gracias —dijo Monk, aceptando la invitación de Wembley a sentarse. Se apoyó contra el respaldo de la butaca y cruzó las piernas.

—¿Qué puedo hacer por la Policía Fluvial? —preguntó Wembley con curiosidad—. ¿No cuentan ustedes con su propio personal médico?

—Se trata de un caso suyo que quizá guarde alguna relación

con uno nuestro —contestó Monk—. Me figuro que habrá oído hablar de la mujer a la que asesinaron y mutilaron en el embarcadero de Limehouse.

—¡Santo Dios, claro que sí! Los periódicos no hablan de otra cosa. Se están cebando con ustedes. —Había conmiseración tanto en su semblante como en su voz—. Aunque aquí no hemos tenido nada parecido.

Monk decidió ser franco con él. Consideró que Wembley se ofendería si no lo hiciera.

—Solo hemos encontrado a una persona que conociera a la víctima y, lamentablemente, también está muerta —comenzó—. Según parece la mantenía. Era su único cliente y la veía regularmente una vez al mes.

—Una prostituta —concluyó Wembley—. ¿Solo un cliente? Qué inusual. Aunque si él ya murió no pudo matarla. ¿No sería más razonable suponer que se relacionó con otro hombre, y que tuvo la mala suerte de topar con un loco?

—Sí, es una buena deducción —admitió Monk—. Mis hombres están siguiendo esa línea de investigación, partiendo de las escasas pistas que existen. Por el momento es un caso aislado. No tenemos noticia de que haya alguien especialmente violento o trastornado en la zona. Últimamente no se han producido ataques contra otras mujeres. Y tampoco ha habido crímenes anteriores lo suficiente parecidos a este para suponer que haya sido el mismo hombre.

Wembley se mordió el labio.

—Hay que empezar por alguna parte, supongo, pero parece muy violento para ser un primer crimen.

—Exactamente —corroboró Monk—. La alternativa es que fuera alguien a quien ella conocía, y que la odiara por motivos personales.

—¿A quién demonios conocía esa pobre mujer, que la odiara tanto para arrancarle las entrañas? —Wembley arrugó el semblante con repugnancia—. ¿Y por qué en un lugar tan expuesto como el embarcadero? ¿No se arriesgaba a ser visto por la tripulación de una gabarra o un barquero?

—Sí —contestó Monk—. Y todo ello nos lleva a pensar que se trata de un loco de remate, alguien poseído por un arrebato de ira desquiciada. Salvo que llevaba el cuchillo consigo, o posiblemente una navaja de afeitar. De acuerdo con el forense, el arma era bastante larga y extremadamente afilada. Si alguien los vio, cosa que por ahora nadie admite, los tomarían por conocidos, o si fue durante el forcejeo, por una prostituta y un cliente liados en el embarcadero.

—Un tanto inusual, ¿no le parece? ¿Por qué no en un callejón? Seguro que hay un montón de lugares más discretos por allí.

—Tal vez ella pensara que estaba a salvo con él en un sitio a la vista —contestó Monk.

Wembley frunció los labios.

—O bien él tenía poder sobre ella. Pudo obligarla a acompañarlo. ¡Dios, menudo embrollo!

—Desde luego. —Monk sonrió sombríamente—. Y cada vez se complica más. El hombre que la mantenía era el doctor Joel Lambourn, que al parecer se quitó la vida en Greenwich Park hace poco más de dos meses.

Wembley inhaló profundamente y soltó un suspiro.

—¿Una relación con él? Caramba, esto sí que es una sorpresa. Supongo que está seguro.

—Sí, parece que no cabe dudarlo. Y tanto su viuda como su hermana, la señora Herne, dicen que estaban al corriente. Quizá no supieran el nombre de la mujer, pero sabían de su existencia.

Wembley meneó la cabeza.

—Me deja usted... atónito. Es el último hombre de quien habría esperado una cosa así. —Se mostró profundamente apenado—. Aunque también es el último hombre de quien habría esperado que se suicidara. Por tanto, debo admitir que mi criterio no es muy fiable. ¿Dice que la señora Lambourn estaba al corriente?

—Eso dice ella.

—Pero ¿usted lo duda? —insistió Wembley.

Monk esbozó una sonrisa.

—Yo también debo admitir que titubeo en mi criterio. Echo en falta algún elemento porque me da la impresión de que no encaja con todo lo demás que me han contado sobre él. ¿Usted conocía personalmente a Lambourn?

—Sí, pero no muy bien.

—¿Lo suficiente para que le sorprenda su suicidio? —señaló Monk.

Wembley contestó sin vacilar.

—Sí.

—Pero no le cabe duda de que lo hizo —insistió Monk.

—¿Dudas? —inquirió Wembley perplejo, y acto seguido entornó los ojos—. ¿Está insinuando que no lo hizo?

—La señora Lambourn está convencida de que lo asesinaron —contestó Monk—. Aunque quizá se deba a que se siente incapaz de admitir que deseara morir. Dudo que yo mismo soportara creer que mi esposa se quitara la vida, sin que yo me hubiese dado cuenta de que estaba desesperada, y mucho menos con tendencias suicidas. ¿Usted podría?

—No —dijo Wembley de inmediato—. ¿Qué dijo su hermana? ¿O es de la misma opinión?

—En absoluto. —Monk recordó la radical diferencia del semblante, la voz y, sobre todo, la actitud de Amity Herne. Le resultó desagradable repetir sus palabras—. Pareció no tener ninguna dificultad en creer que se suicidara —dijo Monk en voz alta—. Lo describió como un fracasado en el ámbito profesional y también, en parte, en el personal. Nunca estaría a la altura de lo que su esposa esperaba de él, y la tensión que conllevaba intentarlo, el constante fingir, al final acabó abrumándolo.

—Apenas sé nada sobre su vida personal —dijo Wembley un tanto acalorado, como si a él también lo ofendiera la idea—. Pero era un profesional extraordinario. Poseía una de las mentes más lúcidas en su campo. Tenía un elevado concepto de sí mismo, aunque dudo de que alguna vez se quedara corto, y desde luego era lo bastante fuerte para encajar cierto grado de fracaso. Santo cielo, hombre, ¡no existe un solo médico en la tierra que no se enfrente al fracaso cada semana!

Separó las manos con un gesto de frustración.

—Las personas mueren, son incapaces de quitarse de encima las enfermedades que causan invalidez. Haces lo que puedes. Usted quizá resuelva todos los casos, ¡pero sin duda no puede prevenir todos los crímenes!

Fue una especie de acusación. Saltaba a la vista que la crítica implícita de Monk acerca de Lambourn lo había enojado. Monk se sintió perversamente complacido.

—¿De modo que no puede creer que se matara a raíz de un fracaso profesional?

Wembley estaba crispado.

—No, no puedo.

—Entonces, ¿por qué lo hizo?

—¡No lo sé! —Fulminó a Monk con la mirada—. Me veo obligado a ceñirme a las pruebas. Lo encontraron solo, al amanecer, en una zona apartada de Greenwich Park. Había tomado opio, el suficiente para amodorrarse y tal vez mitigar cualquier dolor corporal, y quizás un miedo muy comprensible. Se había cortado las venas y murió desangrado.

Monk se inclinó un poco hacia delante.

—¿Cómo sabe que tomó el opio y se cortó las venas por voluntad propia?

Wembley abrió los ojos como platos y también se echó un poco para delante.

—¿Está dando a entender que se lo hizo otra persona, dejando que muriera allí? ¿Por qué, Dios mío? No era un hombre débil ni menudo, y desde luego no estaba atado. El opio que tenía en el organismo era considerable, pero no le habría hecho perder la sensibilidad de inmediato. Sin duda tuvo que consentir en lo que estaba ocurriendo.

Las ideas se agolpaban en la mente de Monk.

—¿Tenía las muñecas cortadas? ¿Es posible que las heridas ocultaran marcas de ligaduras?

Wembley negó lentamente con la cabeza.

—Los cortes eran en la parte interna, para llegar a la arteria. Si le hubiesen atado las manos, habría tenido marcas por fuera.

Monk no estaba dispuesto a rendirse.

—¿Otras magulladuras? —preguntó.

—Ninguna que yo viera. Desde luego ninguna en los tobillos.

—¿En el rostro?

—Por supuesto que no. ¡Sin duda lo habría visto!

—¿Cómo tenía el pelo?

—Gris; le raleaba un poco en lo alto. ¿Por qué? —repuso Wembley con cierta vacilación.

—¿Y en la nuca? —preguntó Monk.

—Bastante espeso. ¿Está pensando que quizá tenía una magulladura oculta por el pelo?

—¿Podría ser?

Wembley inspiró larga y profundamente y soltó el aire en un suspiro.

—No se me ocurrió mirar. Es posible. Pero no había sangre. Eso lo habría visto.

—¿Cómo tomó el opio?

—Ni idea. ¿Qué importancia puede tener?

—¿Polvo en una papelina? —preguntó Monk—. ¿Y agua para tragárselo? ¿O alguna clase de solución? ¿Algo como láudano o alguna otra sustancia medicinal?

—¿Qué importa eso ahora? —dijo Wembley más despacio, picado en la curiosidad.

—No puedes llevar el opio suelto —señaló Monk—. Y no puedes tomarlo en polvo sin algún líquido para tragarlo. El láudano iría embotellado.

Wembley apretó los labios.

—Se lo llevaría la policía. No vi ninguna botella, envoltorio ni nada por el estilo. Supongo que debería haber preguntado. No me pareció importante. Resultaba evidente lo que había ocurrido. Debo admitir que me afectó bastante —agregó en tono de disculpa—. Admiraba su trabajo y, en la medida en que lo conocía, le tenía aprecio.

Permanecieron un rato en silencio. El ruido de unos pasos resonó en el pasillo y volvió a desvanecerse.

Monk no instó a Wembley a continuar. Compartía su pesadumbre por un hombre a quien nunca conocería pero que, a juzgar por lo que le contaban, sin duda habría sido de su agrado.

—Tenía un espléndido sentido del humor —prosiguió Wembley a media voz—. A diferencia de la mayoría de los científicos, se divertía mucho con el absurdo, con una especie de afecto, como si las rarezas lo complacieran. —Tenía la mirada perdida, contemplaba un pasado inalcanzable para la visión común—. Si ocurrió algo extraño —agregó al cabo de un momento—, me alegrará que lo descubra. Es uno de esos casos sobre los que preferiría con mucho haberme equivocado.

Monk probó suerte en la comisaría de Greenwich, pero no se sorprendió cuando un joven cabo le dijo que el caso estaba cerrado y que era mejor no remover esas tragedias. Solo se conseguiría afligir a la familia y de nada serviría reabrir la investigación.

—El doctor Lambourn era un caballero muy estimado, señor —dijo con una sonrisa forzada—. Todo el vecindario se conmociona cuando ocurre algo así. Y no veo que sea asunto de la Policía Fluvial.

Monk buscó un motivo para preguntar si algún agente había recogido una botella de agua o alcohol, o algo que contuviera una solución de opio, pero el cabo llevaba razón. No era asunto de la Policía Fluvial.

—Me gustaría hablar con el agente que llegó primero al lugar de los hechos —dijo, en cambio—. Es posible que exista una conexión con un asunto que sí nos atañe. Un asesinato —agregó, por si el joven se sentía inclinado a tomarlo a la ligera.

El rostro terso del cabo se mantuvo impertérrito. Miró a Monk a los ojos de manera insulsa.

—Lo siento, señor, pero probablemente se refiera al agente Watkins, y ahora mismo se encuentra en Deptford.

Esbozó una sonrisa. De entrada Monk no supo si fue un signo de simpatía o de insolencia, pero supuso lo segundo.

—No regresará hasta mañana —prosiguió el joven—. De todos modos, poco podrá contarle. El caballero llevaba horas muerto, según nos dijo el médico. ¿Se le ofrece alguna otra cosa, señor?

Monk tuvo que hacer un esfuerzo para disimular su irritación.

—¿Quién estuvo a cargo del caso?

—El gobierno envió a un hombre de rango, puesto que el doctor Lambourn era una persona importante —contestó el cabo—. Lo llevó con mucha... discreción —añadió, poniendo mucho énfasis en la última palabra.

—¿Y no sabe cómo se llama ese hombre?

—En efecto, señor, no lo sé.

Volvió a sonreír y a mirar a Monk con descaro.

Monk le dio las gracias y se marchó, sintiéndose frustrado, como si supiera casi con toda certeza que estaba perdiendo el tiempo. Tal vez Lambourn había ingerido el opio con alcohol, posiblemente con una buena cantidad, y se le hacía un favor al no divulgar ese hecho. Reconoció a regañadientes que quienes lo encontraron podrían muy bien haberlo ocultado, llevados por la compasión. Quizás él habría hecho lo mismo.

La mañana siguiente habló con Orme en el cuartel general de la Policía Fluvial en Wapping. Estaban de pie en el muelle, delante de la comisaría, contemplando el río que largas hileras de diez a quince gabarras remontaban hacia el Pool de Londres, donde sus cargas serían embarcadas con destino a todos los puertos del mundo. De este modo podían conversar sin que los interrumpieran asuntos rutinarios.

—He revisado todos los archivos que he podido encontrar —dijo Orme con abatimiento—. He preguntado a diestro y siniestro. Ni un solo crimen lo bastante parecido a este para que valga la pena compararlos, gracias a Dios. No he encontrado a una sola persona que haya sido atacada en los últimos dos años, aparte de las peleas habituales y algún estrangulamiento. Nadie destripado o desmembrado. —Torció el gesto con desagrado—. Ningún indicio de que lo hiciera antes, en ambas márgenes del río.

Meneó la cabeza.

—Me parece que es algo excepcional, señor —prosiguió Orme—. Y no sé si tuvo algo que ver con el doctor Lambourn o no. Pero no encuentro a nadie que la conociera, excepto algún que otro vecino dispuesto a hablar. Tenderos, una lavandera, un anciano que vive a un par de calles de allí, pero tiene por lo menos ochenta años, apenas puede caminar y mucho menos ir por su cuenta hasta el embarcadero.

—Y para entonces Lambourn llevaba dos meses muerto —apostilló Monk—. Con lo cual solo nos queda pensar en alguien relacionado con Lambourn —agregó cansinamente—. ¿Qué pensarían que le había dicho a Zenia Gadney para que mereciera la pena matarla? Y, además, ¿por qué de esa manera?

—Para que creyéramos que se trataba de un demente y que guardaba relación con Limehouse y con su oficio, no con Lambourn —contestó Orme—. Tuvo que ser un loco de atar quien lo hiciera, ¡Dios nos asista! Nunca había visto algo tan... salvaje. ¡Y sin sentido! ¿Por qué? ¡Ya estaba muerta!

Monk no le contestó.

—¿Qué llevó a Lambourn a suicidarse justo entonces? ¿Por qué no antes o después? —preguntó, tanto a sí mismo como a Orme—. ¿Qué cambió tan drásticamente?

Orme no dijo nada. Sabía que Monk no esperaba respuesta.

Eso mismo fue lo que Monk preguntó un par de horas más tarde al ayudante de Lambourn. Antes vio al médico que, un tanto descontento, trabajaba como sustituto de Lambourn. Era un hombre acartonado y muy ocupado que no disponía de tiempo para hablar con Monk en persona y que estuvo encantado de encontrar una excusa para dirigirlo al ayudante en cuestión, un joven llamado Daventry.

Esta vez, Monk no formuló sus preguntas tan abiertamente. Se encontraba en un laboratorio muy bien iluminado, lleno de tarros y botellas, viales, mecheros, cuencos y retortas. En todas las superficies había objetos metálicos y de vidrio. Una pared estaba completamente cubierta de archivadores.

—¿Trabajaba estrechamente con el doctor Lambourn antes de su muerte? —comenzó Monk.

—Sí —contestó Daventry, que se apartó el alborotado pelo castaño de los ojos y miró a Monk agresivamente—. ¿Qué busca? ¿Por qué no lo dejan en paz? Era un buen médico, mejor que ese... —Se calló de golpe—. No me haga perder el tiempo. ¿Qué es lo que quiere?

Monk se alegró de encontrar a alguien leal a Lambourn aunque eso pudiera complicar su labor.

—Soy de la Policía Fluvial. No del gobierno —explicó.

—¿Y eso qué más da? —replicó Daventry desafiante. Acto seguido lo miró más detenidamente—. Perdone —se disculpó—. Es que estoy harto de oír hablar mal del doctor Lambourn a un montón de personas que no lo conocían ni creían en su trabajo.

Monk cambió de estrategia en el acto.

—¿Usted cree en él? —preguntó.

—No lo conozco a fondo. —Daventry era escrupulosamente honesto—. Solo retazos inconexos. Reuní partes de los datos que manejaba. Pero era muy meticuloso, y nunca incluía uno que no pudiera verificar. Descartó algunos de los míos porque no los había contrastado con un mínimo de dos fuentes.

—¿Acerca del opio?

—Entre otras cosas. Trabajaba sobre toda clase de medicamentos. Pero, sí, esa investigación era la que últimamente le importaba más.

—¿Por qué? —preguntó Monk.

Daventry enarcó las cejas.

—¿Por qué? —repitió Daventry, mostrándose incrédulo.

—Sí. ¿Qué investigaba, y para quién?

—El uso público del opio, porque está matando a demasiada gente. Y lo hacía para el gobierno; ¿para quién si no? —Daventry lo miró como si fuese un escolar particularmente tonto. Vio la confusión que reflejaba el semblante de Monk—. El gobierno quiere aprobar una ley que regule el uso de opio en los medicamentos —explicó un tanto cansinamente, como si ya lo hubiese contado infinidad de veces a un sinfín de personas que al parecer eran incapaces de entenderlo.

—¿Para impedir que la gente lo compre? —Ahora fue Monk el incrédulo. Una pequeña dosis de opio, como la de una papelina, era el único remedio para eliminar el dolor, aparte de beber hasta terminar insensible a él y a todo lo demás—. ¿Por qué, por el amor de Dios? —preguntó—. Nadie aprobará semejante ley, y hacerla cumplir sería imposible para la policía. Tendríamos a dos tercios de la población entre rejas.

Daventry lo miró sumamente exasperado.

—No, señor, solo para regular el consumo, de modo que si usted compra algo que contenga opio, como el Sedante Battley's, que se parece mucho al láudano aunque sea hidrato de calcio con jerez, no agua destilada y alcohol, usted sepa con seguridad cuánto opio contiene. Y eso es opio puro, no opio cortado con otra sustancia.

—¿No se sabe cuánto hay? —dijo Monk desconcertado.

—No, señor, no se sabe. ¿Sabe lo que contienen los Polvos Dover's? —preguntó Daventry.

Monk no tenía la menor idea.

—¿Aparte de opio? No, no lo sé —reconoció.

—Nitrato de potasio, tártaro, regaliz e ipecacuana —le dijo Daventry—. ¿Y qué me dice de la clorodina?

Monk no se molestó en contestar esta vez. Aguardó a que Daventry recitara la lista.

—Cloroformo y morfina —dijo Daventry—. Pero eso no es lo más importante. Si su hijo está llorando porque le duelen los dientes o la barriga, ¿qué medicina le administrará: Godfrey's Cordial, Street's Infant Quietness, Winston's Soothing Syrup o Atkinson's Infant Preservative? ¿Cuánto opio lleva cada una de ellas, y qué más contienen? —Encogió los hombros—. Usted no lo sabe, ¿verdad? Pues tampoco lo saben las madres agobiadas por el trabajo que duermen la mitad de lo que deberían y que, probablemente, comen la mitad, y que quizá no saben leer bien y les cuesta comprender las cifras. ¿Qué le parecería que eso estuviera regulado para que no tuvieran que preocuparse por esas cosas?

—¿Eso es lo que proponen? —preguntó Monk con creciente y vivo interés, casi tan agudo como el del propio Daventry.

—En parte, sí.

—¿Y Lambourn recogía los datos para ellos?

—Sí —confirmó Daventry, entusiasmándose al ver que Monk lo entendía—. Y también sobre otras sustancias, pero el opio es la principal.

—¿Quién podría oponerse a algo así? —preguntó Monk perplejo.

—Hay mucho dinero en el opio —contestó Daventry—. Empiece a decirle a la gente que no puede vender opio y verá la que se arma. También significa que el gobierno lo sabe todo al respecto. Lo clandestino y lo legal. Quienes venden opio, y le sorprendería saber quiénes son algunos de ellos, se alegran mucho al oír cómo hacen más llevadera la vida a mucha gente, pero no quieren saber nada sobre los niños que mueren de sobredosis ni de la dependencia que crea en muchos adultos, que luego no pueden dejar de tomarlo. Y ahí entran cuestiones como la culpa y el control.

Hizo un gesto con la mano, abarcando a todo el mundo en general.

—Nadie quiere recordar las Guerras del Opio —prosiguió Daventry—. Le sorprendería saber quiénes amasaron fortunas con el comercio del opio. Pero no le conviene removerlo. Ganaría muchos enemigos.

—¿Esto lo ha averiguado usted por su cuenta o se lo contó el doctor Lambourn? —preguntó Monk con amabilidad.

El joven Daventry se sonrojó.

—El doctor Lambourn me lo contó casi todo —contestó en voz tan baja que Monk apenas le oyó—. Pero me lo creo. Nunca mentía.

—Que usted sepa... —dijo Monk, sonriendo para que sus palabras no sonaran demasiado hirientes.

La expresión de Daventry era de abatimiento, pero no discutió.

—¿Por qué cree que se quitó la vida? —preguntó Monk.

El rostro de Daventry reflejó un profundo pesar.

—No lo sé. No tiene sentido.

—¿Conoce a la señora Lambourn?

—La he conocido. ¿Por qué?

—Ella piensa que lo asesinaron.

Los ojos de Daventry brillaron. Inhaló bruscamente.

—¿Para ocultar su investigación? ¡Eso sí tendría sentido! Puedo creerlo. ¿Va a descubrir quién lo hizo?

Aquello fue un desafío muy concreto cuya respuesta, en caso de ser que no, suscitaría un profundo desdén.

—En primer lugar averiguaré si en efecto fue así —dijo Monk—. ¿Dónde están ahora las conclusiones de su investigación?

—Se las llevaron los del gobierno —dijo Daventry.

—Pero usted tendrá copias, notas de trabajo, algo... —insistió Monk.

—Pues no —dijo Daventry, negando con la cabeza—. Aquí no queda nada. Me consta porque lo he buscado. Si lo guardaba en casa, también se lo habrán llevado. Ya se lo he dicho, hay un montón de dinero en juego, y también la reputación de mucha gente.

Varias respuestas afloraron a los labios de Monk, pero no pronunció ninguna de ellas. Veía en los ojos de Daventry que el joven médico no sabía dónde estaban los papeles de Lambourn, y que estaba aún más apesadumbrado que el propio Monk.

—¿Cómo se tomó el doctor Lambourn que el gobierno rechazara su investigación? —preguntó, en cambio. Aquello era lo que necesitaba saber. ¿Era el motivo por el que se había quitado la vida? ¿Su vergüenza fue más profunda de lo que había supuesto al principio? ¿No era solo aquel informe, sino toda su reputación en otros ámbitos lo que lo arruinarían?

Daventry no había contestado.

—¿Señor Daventry? ¿Cómo encajó el rechazo? ¿Cuán importante fue para él? —insistió Monk.

La expresión de Daventry se endureció.

—Si realmente se quitó la vida por eso, sin duda algo ocurrió entre la última vez que lo vi y aquella aciaga noche —contestó implacable, con la voz cargada de sentimiento—. Cuando se marchó de aquí, estaba dispuesto a luchar hasta el final. Estaba convencido de que sus datos eran correctos y de que la Ley de Farmacia era absolutamente necesaria, de modo que todos los medicamentos estuvieran regulados y todo el mundo supiera exactamente lo que compraba. No sé qué sucedió. No se me ocurre nada que alguien pudiera decirle para hacerle cambiar de parecer.

—¿Es posible que encontrara un error en las cifras que alterase su validez? —sugirió Monk.

—No veo cómo. —Daventry negó con la cabeza—. Pero si realmente se hubiese equivocado, lo habría reconocido. ¡No se habría ido a One Tree Hill a suicidarse! No era esa clase de persona.

—Me temo que no era ni mucho menos tan bueno como él creía ser —dijo con tristeza otro ayudante más veterano, media hora después. Nailsworth era un joven apuesto y muy seguro de sí mismo. Sonrió a Monk torciendo las comisuras de los labios hacia abajo, con un ademán de disculpa. Se encogió de hombros—. Establecía una teoría y luego buscaba pruebas para demostrarla, ignorando cualquier cosa que la pusiera en tela de juicio. —Volvió a sonreír, con excesiva facilidad—. La verdad es que tendría que haber sido más sensato. Antes era excelente. Tal vez padeciera algún trastorno de salud del que no estuviéramos enterados.

Monk lo miró con desagrado, a sabiendas de que era injusto.

—Sí —admitió con una pizca de acritud—. Resulta muy poco científico, en realidad ni siquiera estrictamente honesto, concebir una teoría y luego buscar solo los datos que encajen con ella. Incluso peor que tergiversar los datos y luego sostener que se ha sido imparcial.

Monk estaba siendo sarcástico y esperaba una pronta defensa, pero se llevó un chasco.

Nailsworth asintió.

—Veo que lo entiende. Me figuro que para resolver crímenes también sigue una pauta lógica.

—En efecto —respondió Monk, inesperadamente enojado—. Quizás usted me podría indicar los pasos lógicos que siguió para decidir que la investigación de Lambourn era errónea, y que él era incapaz de aceptarlo.

—Bueno, su trágico final deja bastante claro que fue incapaz de aceptar su fracaso —dijo Nailsworth con aspereza—. Por desgracia, nadie puede eludir esa conclusión.

Monk lo interrumpió.

—Es innegable que está muerto pero, por favor, comience por el principio, no por el final. —Su sonrisa fue un mero gesto de mostrar los dientes—. Tal como lo haría si usted concibiera su propia teoría. Ante todo, los hechos.

Los ojos brillantes de Nailsworth lo miraron con dureza.

—El doctor Lambourn recopiló gran cantidad de datos y cifras sobre la venta de opio en distintas regiones del país y redactó un informe —dijo con formal frialdad—. El gobierno lo comparó con otras informaciones que tenía de otras fuentes, descubrió que Lambourn estaba equivocado en demasiados casos y que, por consiguiente, sus conclusiones eran erróneas. Rechazaron su informe y se lo tomó muy mal. Vio cuestionado su prestigio como científico y como médico. Por alguna razón estaba implicado personalmente en todo este asunto del opio. Se jugó la reputación y la perdió. Terminando con el único hecho indiscutible, ahora está muerto porque se cortó las venas.

Apartó la mirada del rostro de Monk.

—Lo siento —prosiguió Nailsworth—. Era un hombre muy simpático, y creo que su única intención era ser honesto, pero permitió que los sentimientos gobernaran su pensamiento.

Nailsworth parecía cualquier cosa menos apenado. Tal vez mostrara condescendencia, pero no aflicción. Monk se preguntó qué habría hecho Lambourn para herir tan profundamente la vanidad de Nailsworth.

—Sus recomendaciones eran al mismo tiempo restrictivas y completamente innecesarias —prosiguió Nailsworth—. «Rimbombantes» fue la palabra que usaron para describir sus conclusiones. Lo humillaron y fue incapaz de digerirlo. Ahora, si siente alguna compasión por su familia, dejará de remover el asunto.

Monk observaba y escuchaba. Nailsworth estaba sumamente enojado, pero su tono de voz traslucía algo más. ¿Algo que no se atrevía a mostrar? ¿La ambición de ocupar el puesto de Lambourn? ¿Una preocupación personal acerca del asunto del opio? ¿Pondría en peligro su carrera si hablaba más de la cuenta?

Monk le dio las gracias y se marchó, pensando que lo más probable era lo último. ¿Correría peligro Nailsworth si fuese sospechoso de estar de acuerdo con Lambourn?

¿O era que Monk estaba tergiversando los hechos para que encajaran en una teoría propia que ya había adoptado? ¿O que estuviera enojado y lo moviera el deseo de proporcionar un mínimo consuelo a Dinah Lambourn? Tal vez él fuese tan culpable como todos los demás al seleccionar e interpretar los hechos para que encajaran en la teoría que quería.

7

Hester estaba en la cocina cortando cebollas para freírlas con las patatas que habían sobrado la víspera y un buen pedazo de repollo. Así prepararía *bubble and squeak*,* uno de los platos favoritos de Scuff y que, con salchichas, también parecía que Monk nunca se cansaba de comer.

Hester había regresado pronto a casa porque además quería preparar un pudin, por primera vez en muchos días. Dirigía una clínica para mujeres de la calle en Portpool Lane, y había estado muy atareada. Últimamente tenía la impresión de que había más pacientes de lo habitual.

La clínica era una obra benéfica, y Margaret Rathbone había sido con creces la mejor en recaudar fondos para la institución. Desde el juicio y la muerte de su padre, no había vuelto a poner un pie en la clínica. Consideraba que Hester los había traicionado, tanto a ella como a Oliver, y había puesto fin a su amistad, al parecer para siempre.

Hester no podía cambiar de opinión. Lo había meditado largo y tendido, deseosa de salvar una amistad que le importaba mucho. Pero le resultaba imposible pasar por alto lo que Arthur

---

* Plato tradicional de la cocina inglesa elaborado con patatas y col fritas, y cualquier otra verdura que se tenga a mano. Se sirve con carne fría. Las verduras picadas se dejan tostar ligeramente en la sartén para que adquieran un color marrón característico. *(N. del T.)*

Ballinger había hecho solo porque fuera el padre de Margaret. Sobre todo el segundo asesinato, cuya víctima fue una muchacha a quien Hester había intentado ayudar. El dolor aún persistía.

El dinero para medicinas, alimentos y combustible había resultado mucho más difícil de conseguir una vez que Margaret dejó de colaborar. Hester carecía del don de saber cómo pedir dinero. Se requería no solo encanto, sino también tacto, y este último nunca había sido un rasgo distintivo de su carácter, precisamente. No toleraba la hipocresía ni las excusas remilgadas, y siempre llegaba un momento en que hablaba más de la cuenta, llamando a las cosas por su nombre. Sin embargo, Claudine Burroughs había hallado un nuevo patrono, y la situación ya no era de emergencia.

Scuff estaba arriba leyendo un libro a trancas y barrancas, con una compleja mezcla de orgullo y frustración de la que Hester era lo suficiente consciente para dejar que el chico lidiara con ella en la intimidad de su habitación.

Tal vez esa noche Monk llegaría a casa a tiempo para cenar con ellos.

Había acabado de picar las cebollas cuando oyó sus pasos en el pasillo de la cocina. Notó que caminaba pesadamente, como si estuviera cansado o decepcionado.

Dejó el cuchillo y se lavó las manos enseguida para quitarse el olor a cebolla. Se las estaba secando con un trapo colgado en la barra de la puerta del horno cuando él entró. Monk sonrió al verla, pero no logró disimular el hastío de su semblante. Se acercó a ella y la besó.

—¿Qué te pasa? —preguntó Hester cuando la soltó—. ¿Qué ha sucedido?

—¿Dónde está Scuff? —preguntó Monk a su vez para eludir la respuesta, mirando en derredor.

—Arriba, leyendo —contestó Hester—. No es tan bueno como pretende, pero va mejorando. ¿Te apetece una taza de té mientras termino de preparar la cena?

Monk asintió, se sentó en la silla de la cabecera de la mesa y se inclinó un poco hacia delante para desentumecerse la espalda, apoyando los codos.

—¿Nada nuevo sobre el caso? —preguntó Hester mientras arrimaba el hervidor al fogón y sacaba la caja de té de un armario. No había necesidad de atizar la hornilla. Ya estaba llena y ardía bien, lista para cocinar.

—No lo sé —contestó Monk—. La única persona que al parecer tenía una verdadera relación con ella era un médico muy respetable que estaba preparando un informe para el gobierno sobre el uso y la venta de opio.

—¿Opio?

Hester dejó de hacer lo que estaba haciendo y se sentó a la mesa de cara a él, sumamente interesada. Siendo enfermera, conocía el extenso uso que se hacía del opio. Si uno lo tomaba durante mucho tiempo podía convertirse en adicto, aunque solo gravemente si lo tomaba a la manera china: no ingiriéndolo, sino fumándolo en pipas de arcilla.

Monk le explicó la relación de Joel Lambourn con la propuesta de Ley de Farmacia.

—¿Y eso qué tiene que ver con la muerte de Zenia Gadney? —preguntó Hester, sin seguir todavía su línea de razonamiento—. No sospechas de él, ¿verdad?

Monk sonrió sombríamente.

—Se suicidó un par de meses antes de que la mataran.

Hester se quedó anonadada.

—Qué espanto. Pobre hombre. ¿Por qué se quitó la vida? Y si ya había muerto cuando la mataron, ¿por qué te preocupa tanto? No lo entiendo.

—Yo tampoco —admitió Monk—. Ni siquiera estoy seguro de que haya una conexión, salvo que la conocía y, según parece, la mantenía. Si fuese al revés, pensaría que la mató antes de matarse, o que se suicidó y después ella hizo lo mismo.

Hester preparó el té y lo dejó reposar un ratito antes de servirlo.

—¿Por qué se mató? —preguntó otra vez—. ¿Estás seguro de que fue un suicidio?

—El veredicto oficial es que lo hizo cuando el gobierno rechazó su informe sobre el daño que pueden causar las ventas de opio sin etiquetar. Acabaron con su reputación y no pudo soportarlo.

—¿Tan frágil era? —dijo Hester sin convicción—. Si realmente se mató, tiene que haber habido un motivo mejor que ese. ¿Fumaba opio? ¿O Zenia Gadney puso fin a su aventura, o amenazó con hacerla pública? ¿Contaría a su esposa... que tenía gustos muy raros, por ejemplo? —Se inclinó un poco hacia delante con el ceño fruncido, olvidando por un momento el *bubble and squeak*—. William, todo eso carece de sentido tanto si guarda relación con el asesinato de Zenia Gadney como si no.

—Lo sé.

—¿Has visto ese informe? —preguntó Hester.

—No. Todas las copias han sido destruidas —contestó Monk—. Y su esposa, Dinah Lambourn, dice que estaba al tanto de su aventura.

Hester se desconcertó.

—¿Crees que dice la verdad?

—No lo sé.

—¿Cómo es ella? —preguntó Hester con curiosidad, tratando de imaginar a una mujer que tanto había perdido e intentaba aferrarse a algo que diera sentido a su vida.

—Muy emotiva —dijo Monk en voz baja—. Pero posee una especie de entereza que es digna de admiración. Creía en él apasionadamente, y sigue haciéndolo. Piensa que lo asesinaron.

Hester se sobresaltó; sin embargo, tal vez ese fuese el hilo al que aferrarse.

—¿Es posible que así fuera? —preguntó dubitativa.

Reparó en cómo se arrugaba el semblante de Monk antes de contestar.

—Estoy comenzando a preguntármelo —dijo lentamente—. Se dice que tomó una dosis enorme de opio y que luego se cortó las venas. —Esbozó un gesto con la mano—. En lo alto de One Tree Hill, en Greenwich Park.

—¿Se dice? —lo instó Hester.

Monk meneó un poco la cabeza.

—Las pruebas parecen poco claras. No encontraron nada que contuviera opio; ni una papelina, ni una botella. Tampoco un cuchillo o una navaja. El forense que lo examinó conocía a Lambourn y no está seguro. Uno de los asistentes de Lambourn ha dicho que no estaba afligido porque su informe fuese rechazado, que tenía intención de luchar. El otro dice que estaba completamente destrozado.

Hester se levantó y cogió la tetera de la hornilla. Sirvió una taza para cada uno. Su fragancia llenó el aire de la cocina. Acercó una taza a Monk.

—Su esposa dice que era fuerte y su hermana dice que era débil —concluyó Monk—. Y aunque lo asesinaran, no veo qué relación puede haber tenido con el asesinato de Zenia Gadney, excepto que su esposa dice que la tiene.

—¿Por qué? —Hester volvía a estar confundida.

—Creo que porque está desesperada —confesó Monk—. No se me ocurre nada peor que la persona a la que más amas en el mundo se quite la vida sin decírtelo y sin explicarte por qué, sin darte la oportunidad de ayudar o comprender.

Hester rehusó imaginarlo y, no obstante, sintió una dolorosa compasión por aquella mujer de quien nada más sabía. ¿Cómo era posible que la felicidad en la que creías fuese tan increíblemente frágil? Un día tienes un hogar, un lugar en la sociedad y lo único que verdaderamente importa, un compañero del alma. Y al día siguiente todo ha desaparecido, sin que te lo haya arrebatado previsiblemente el tiempo o la enfermedad, de un modo atroz y sin motivo. La desgracia arrasa con todo lo que creías conocer y te deja con algo que tan solo guarda la apariencia de lo que tenías, algo vacío, llevándose toda certidumbre consigo.

—¡Hester! —irrumpió la voz de Monk en sus pensamientos.

—Es así, ¿verdad? —inquirió—. Todo lo que te importaba desaparece de un plumazo.

—Sí. Amar siempre es peligroso. —Esbozó una sonrisa triste y le acarició la mano a través de la mesa—. Tal como me has dicho en más de una ocasión, lo único peor que existe es no amar.

En ese instante Scuff apareció en la puerta, complacido consigo mismo y con un libro en la mano.

—Lo he terminado —anunció triunfalmente, buscando aprobación en los ojos de Hester. Enseguida vio lo que había en la hornilla—. ¿Cenamos ya?

—Todavía no —contestó Hester, manteniendo la compostura con cierta dificultad—. Tienes deberes que hacer. Cuando los termines comeremos salchichas y *bubble and squeak*.

Scuff sonrió de oreja a oreja. Echó un vistazo a Monk para asegurarse de que estuviera bien, dio media vuelta y se fue. Oyeron sus pasos trotando hacia la despensa y luego al patio que debía barrer.

—Bendita inocencia —dijo Hester, levantándose—. Más vale que ponga el *bubble and squeak* a calentar y que me espabile con el pudin si quiero que esté cocido a tiempo.

A media mañana del día siguiente Hester se encontraba en la consulta de un médico a quien conocía de sus tiempos de enfermera militar, trece años antes. Lo había visto dos o tres veces desde entonces, y esperaba que se acordara de ella.

El doctor Winfarthing era un hombre grande en todos los sentidos. Era alto y rechoncho; lucía una espesa mata de pelo castaño rojizo, ahora con unas cuantas canas, despeinada en todas direcciones. Sus rasgos eran generosos y contemplaba el mundo benignamente a través de unas gafas que siempre parecían estar a punto de caérsele de la nariz.

—Por supuesto que me acuerdo de ti, jovencita —dijo alegremente—. La mejor enfermera que conozco, y la más problemática. ¿A quién has disgustado esta vez?

Hester no se ofendió lo más mínimo. La observación estaba plenamente justificada y, viniendo de él, era casi un cumplido. Cuando regresó de Crimea, Hester había tenido grandes y muy poco realistas esperanzas de reformar la profesión de enfermera. La impacientaba la tardanza, sobre todo la de quienes se aferraban a lo antiguo porque lo conocían aunque estuviera mal. Cuando pensaba que había vidas humanas en juego, ni siquiera intentaba ser diplomática.

—Ahora mismo, a nadie —contestó con una sonrisa atribulada.

Winfarthing hizo un amplio ademán para ofrecerle asiento en su espacioso y caótico despacho. Como siempre, estaba atestado de libros, muchos de ellos sin la menor relación con la medicina. De hecho, algunos eran de poesía y otros de relatos que lo habían entretenido o complacido a lo largo de los años.

—¿Debo sentirme halagado porque me hayas visitado simplemente para ver cómo estoy? —preguntó, sonriendo con sorna—. Eso sí que sería divertido: ver cómo te las arreglas para salir airosa sin herir mis sentimientos y con cierta apariencia de gentileza.

—¡Doctor Winfarthing! —protestó Hester—. Yo...

—Necesitas ayuda en algo —dijo Winfarthing, terminando la frase por ella—. ¿Es una cuestión médica o política?

La pregunta se aproximó más a la verdad de lo que Hester había esperado. Le hizo recordar lo bien que habían llegado a conocerse y lo transparente que había sido entonces para él.

—No estoy segura —dijo con franqueza—. ¿Conocía al doctor Lambourn?

La luz menguó en el semblante de Winfarthing, que de pronto se entristeció.

—En efecto —contestó—. Y me caía muy bien. Era un hombre muy amable. A ti también te habría gustado, incluso cuando te exasperase. Aunque, ahora que lo pienso, probablemente no lo habría hecho. En realidad eres tan insensata como él, pobre hombre.

Hester se desconcertó. Winfarthing siempre lo conseguía. Era uno de los hombres más buenos que conocía, pero su percepción era aguda como un bisturí y, si le gustabas, no dudaba en hablar con franqueza. Que confiara en ella era todo un cumplido, como si fuesen iguales y no hubiera lugar para el fingimiento en su comunicación.

—Lo conocía bastante bien —dedujo Hester.

Winfarthing sonrió, consciente de que Hester había eludido el comentario sobre ella y, además, con bastante elegancia.

—Era la clase de hombre que, si te tenía el menor respeto, te permitía conocerlo sin reservas —contestó Winfarthing, pestañeando varias veces, como avergonzado de sus sentimientos—. Me honra enormemente que me apreciara. Fue el mejor cumplido que podría haberme hecho. Mucho más valioso que decirme que era un gran médico, cosa que no soy. Y no me lo discutas, querida. Mi conocimiento de la medicina es aceptable. Quizás un poco pasado de moda, actualmente. Lo que tú admiras en mí es mi manera de conocer a las personas, mi capacidad de sacar lo mejor de ellas.

Hester lo miró a los ojos y asintió. Merecía que le pagara con la misma moneda.

—Cuénteme más sobre el doctor Lambourn —pidió.

Winfarthing se pasó la mano por el pelo, dejándolo más alborotado que antes.

—¿Por qué? ¿Qué importancia tiene ahora para ti? Nos ha dejado, el pobre.

Una vez más, Hester eludió su pregunta.

—¿También conocía a su esposa?

—La conocí —dijo Winfarthing, escrutando el rostro de Hester para ver qué buscaba en realidad—. Una mujer estupenda, muy guapa. Y vuelvo a preguntar, ¿por qué? Puedo seguir preguntándolo tanto tiempo como esquives la pregunta, y lo sabes.

—No cree que su marido se quitara la vida —contestó Hester.

—¿Se trata de otra de tus «causas perdidas»? —Encogió sus enormes hombros—. A mí también me cuesta creerlo, pero dicen que cae por su propio peso. ¿Cómo explicarlo, si no? Nadie sube a solas a una colina en plena noche y se corta las venas por accidente, jovencita. Lo sabes tan bien como yo.

Hester se sentía idiota, pero no iba a rendirse. Si Winfarthing no creía a Dinah, ¿quién lo haría?

—¿Hasta qué punto era importante la investigación que llevaba a cabo sobre el consumo y la venta de opio? —preguntó—. ¿Debería aprobarse una Ley de Farmacia que regulara el uso del opio?

Winfarthing frunció el ceño.

—¿Es eso lo que estaba haciendo? ¿Para quién? Yo, por supuesto, estaría a favor de esa ley.

—¿En serio? —insistió Hester.

—¡Me ofende que tengas que preguntarlo! —dijo Winfarthing bruscamente, aunque sin el menor signo de enojo en su rostro—. Aunque debería fundamentarse en hechos, no en intereses religiosos o económicos. El opio, de una forma u otra, es el único remedio de que dispone la gente para aliviar el dolor. Todos lo sabemos. Sabe Dios cuántas personas sobrellevan un día tras otro gracias al opio —agregó, apesadumbrado.

—Según me han contado, lo que Lambourn quería era que todos los medicamentos que contienen opio, que me consta son cientos... —comenzó Hester.

—¡Cómo mínimo! Si no miles... —interrumpió Winfarthing.

—Deberían regularse y etiquetarse, concretando las cantidades y las dosis recomendadas —terminó Hester.

—Ah —suspiró Winfarthing—. Pobre Lambourn. Debió enfrentarse a muchos intereses creados. La importación de opio mueve mucho dinero. Algunas fortunas de las mejores familias son fruto de ese comercio, ¿lo sabías?

—¿Tanto como para aplastar el informe del doctor Lambourn?

Winfarthing enarcó las cejas.

—¿Eso es lo que piensas? ¿Presiones políticas? Te equivocas. —Se irguió en el asiento—. Nadie habría sido capaz de convencer a Joel Lambourn de que se cortara las venas. Tal vez fuese un ingenuo en lo que a política atañía, pero era un científico de primera clase y, más importante aún, amaba a su familia. Jamás la habría abandonado de esa manera. Como has dicho al principio, cualquier persona queda destrozada si aquel a quien más ama y de quien depende se escabulle para suicidarse a solas.

Volvió a pestañear.

—Tenía dos hijas, ¿sabes? Marianne y Adah. Estaba muy orgulloso de ellas.

Winfarthing la miró enojado, como si quisiera que Hester hallara la manera de decirle que no era verdad, que existía otra respuesta.

Hester bajó la vista al suelo.

—Lo lamento.

—¿Qué lamentas? ¿Haberme recordado algo que quería olvidar? Lo sé, no me trates como a un idiota. —Se sorbió la nariz—. ¿Por qué has venido, a todas estas? ¿Tiene que ver con Dinah Lambourn?

—No. —Hester levantó la vista hacia él—. En realidad todo comenzó con Zenia Gadney.

—¿Quién demonios es Zenia Gadney? —inquirió Winfarthing.

—La mujer a la que hallaron asesinada y mutilada en el embarcadero de Limehouse hace diez días.

Winfarthing se mostró abatido, abrumado por la compasión.

—¿Qué relación guarda eso con Lambourn? ¿O con el opio?

—Con el opio, que yo sepa, ninguna —contestó Hester—. Compraba una papelina de vez en cuando, pero lo mismo hace la mitad de la población. El doctor Lambourn la conocía bastante bien, lo bastante para visitarla una vez al mes y proveer su sustento económico.

—¡Tonterías! —exclamó Winfarthing al instante—. Quien lo haya dicho es malicioso o un demente, o ambas cosas.

—Fue su hermana, Amity Herne —dijo Hester—, aunque solo cuando se vio presionada. Su esposa admitió que también estaba al corriente, aunque no sabía dónde vivía la señora Gadney.

—¿Señora? ¿Estaba casada? —dijo Winfarthing enseguida—. ¿O se le da ese trato por cortesía?

—Mayormente por cortesía, me parece, aunque sus vecinos creían que podía ser viuda.

—¿Mantenida por Joel Lambourn? ¿La viuda de un colega en apuros?

Winfarthing seguía mostrándose incrédulo.

—Es posible —contestó Hester dubitativamente—. Al parecer, tras enviudar habría salido a hacer la calle para sobrevivir.

—¿Qué edad tenía?

—Cuarenta y tantos.

—Hay algo que no encaja en todo esto —dijo Winfarthing, negando con la cabeza—. Alguien miente. Tiene que ser así. ¿Estás dando a entender que esta pobre mujer tuvo alguna relación con la muerte de Lambourn?

Hester eludió la pregunta, saliendo por la tangente.

—Si no se suicidó porque rechazaran su informe y no padecía una enfermedad terminal, de hecho, ninguna clase de enfermedad, tuvo que matarse por otro motivo —dijo Hester—. ¿No pudo ser por miedo a que su aventura con una prostituta saliera a la luz pública?

Winfarthing torció el gesto con suma repugnancia.

—Supongo que nunca conocemos a las personas tan bien como creemos. Como médico, lo sé de sobra. No te creerías algunas de las cosas que he visto y oído. —Se encogió de hombros—. ¿O tal vez sí? Pero aun así no veo a Joel Lambourn viviendo una aventura de gusto incalificable con una prostituta de mediana edad en Limehouse. —Su voz adoptó un tono más desafiante, aunque luchaba contra la conclusión, no contra Hester—. Y si ella iba a desenmascararlo y él se suicidó, aún queda sin responder la pregunta de quién la mató, ¿no es así? ¿A qué viene tanto interés, jovencita? ¿Había sido paciente de tu clínica?

Hester negó con la cabeza.

—No. No la conocí ni supe de ella antes del suceso. Limehouse queda bastante lejos de Portpool Lane, como bien sabe. Lo peor es la manera en que murió. Mi marido lleva el caso.

—Por supuesto. —Winfarthing hizo una mueca, irritado consigo mismo—. Tendría que haberlo imaginado. Bien, sigue costándome creer que Lambourn se matara, por el motivo que sea. No me impresionan las sorpresas que da la vida, pero esta no me gusta.

—La alternativa es que al doctor Lambourn también lo asesinara alguien que quisiera suprimir su informe —dijo Hester, atenta a su expresión para ver qué opinaba al respecto.

Winfarthing asintió lentamente.

—Es posible, me figuro. Con el opio se hacen y pierden fortunas. Aunque no es probable. De hecho... —titubeó.

—¿Qué? —dijo Hester enseguida.

Winfarthing la miró, con el rostro transido de pena.

—Aborrecería pensar que existe una corrupción lo bastante profunda para asesinar a un hombre como Joel Lambourn, tildándolo de fracasado y suicida, a fin de ocultar el consumo abusivo de opio e impedir que se apruebe una muy necesaria ley que regule no solo la venta de opio sino la de todos los fármacos.

—¿Eso significa que no va a tomarlo en consideración?

Winfarthing se echó para delante bruscamente, fulminándola con la mirada.

—¡No, ni mucho menos! ¿Cómo te atreves siquiera a preguntarlo?

Hester le sonrió con desacostumbrado encanto.

—Para enfadarlo lo suficiente para que me ayude —contestó—. Aunque discretamente, por supuesto. No... no quisiera que alguien lo encontrara en One Tree Hill con las venas cortadas.

Winfarthing suspiró entrecortadamente.

—Eres una manipuladora, Hester. Y yo que pensaba que eras la única hija de Eva que no poseía el arte de mangonear a un hombre. Qué iluso. Pero te ayudaré en este asunto; por Joel Lambourn, ¡no porque me hayas empujado a hacerlo!

—Gracias —dijo Hester—. Si buscara información para elaborar un informe como el del doctor Lambourn, ¿dónde lo haría? ¿Puede anotármelo en un papel, por favor?

—¡No, de ninguna manera! —dijo Winfarthing con súbita vehemencia—. One Tree Hill es lo bastante grande para los dos. Déjalo de mi cuenta. Tengo justificaciones, motivos. Tú prueba suerte en las boticas y las tiendas comunes, las comadronas, los vendedores ambulantes. Averigua qué podrías comprar. Pero solo pregunta, ¿entendido? No te lo quedes.

Hester asintió, y un cuarto de hora más tarde se marchó habiendo convenido un plan de acción.

Comenzó ese mismo día, recorriendo las bulliciosas calles de la zona de Rotherhithe bajo la cruda luz del sol invernal. Estaba cerca del río, el viento traía olores a salitre y a pescado, y en lo alto se oía chillar a las gaviotas. De vez en cuando, al volverse hacia el norte, veía el resplandor del agua entre hileras de casas o las oscuras líneas de mástiles y jarcias recortadas contra el cielo.

Preguntó en pequeñas tiendas de ultramarinos, en boticas y tabaquerías, y le sorprendió que hubiera tanta gente que vendiera preparados que contenían cantidades indeterminadas de opio. Naturalmente, ella misma lo había utilizado en la clínica de Portpool Lane, pero allí lo compraban puro y lo administraban cuidadosamente medido, y solo cuando era imprescindible.

Comenzó a pedir consejo a los tenderos sobre qué cantidades tomar y con qué frecuencia. Inquirió si la edad o el peso del paciente tenían importancia y qué otras circunstancias podían alterar sus efectos. ¿Había algo que pudiera volverlo peligroso, como tomar otras medicinas a la vez o tener ciertas enfermedades?

—Mire, señora, lo toma o lo deja —le dijo exasperado un tendero muy atareado, mirando de soslayo la cola de clientes que se había formado detrás de ella—. Haga como guste, pero no se quede ahí plantada dándome conversación. No tengo tiempo. Bien, ¿se lo lleva o no?

—No, gracias —contestó Hester, y salió de la abarrotada tienda, pasando junto a varias ristras de cebollas, hierbas secas y barriles de harina, trigo y avena.

No precisó dedicar un segundo día a recorrer las calles y entrar en todas las tiendas. Si tan fácil era comprar opio en Rotherhithe, lo mismo ocurriría en el resto de Londres y, probablemente, en cualquier otra ciudad y pueblo de Inglaterra.

Hester no mencionó sus actividades a Monk cuando este llegó a casa más tarde de lo acostumbrado, después de haber pasado buena parte de la jornada en el río, ocupándose de unos robos y del homicidio de un marinero durante una reyerta. Fue una de esas absurdas peleas entre borrachos que acababan de mala manera. Se gritaron insultos, montaron en cólera. De repente, una botella rota acuchilló la arteria de un hombre antes de que alguien recobrara el sentido común y se le ocurriera siquiera ayudarlo. El culpable se había dado a la fuga, y Monk y tres de sus hombres tardaron toda la tarde en atraparlo y arrestarlo sin que nadie más resultara herido.

Al final de la jornada se había reunido con Orme, que todavía buscaba al «carnicero de Limehouse», como lo llamaban los periódicos.

Hester fue a la clínica de buena mañana, pero solo a pedir ayuda a Squeaky Robinson, el contable actual, que antaño había sido propietario de los edificios que ocupaba la institución cuando albergaban uno de los burdeles más rentables del barrio. Mediante un ingenioso ardid, Oliver Rathbone había manipulado a Squeaky, librándolo de la cárcel si donaba los edificios a la obra benéfica. Sumamente ofendido, Squeaky de pronto se había visto sin hogar y, bajo atenta supervisión y con escasa confianza, le habían permitido quedarse a vivir a condición de que gestionara la propiedad en su nueva función.

Con los años transcurridos desde entonces se había ido forjando un respeto mutuo entre Hester y él, de modo que ahora, al menos en determinados aspectos, Squeaky era incluso apreciado. Para su mayor confusión, tal circunstancia le resultaba muy grata, aunque lo habría negado indignado si alguien lo llegara a insinuar.

Hester entró en el despacho donde Squeaky guardaba sus archivadores y libros de contabilidad. Estaba sentado al escritorio y casi parecía un oficinista de verdad.

La ausencia de inquietudes y las noches de reposo habían rellenado parte de los huecos de su rostro, pero seguía siendo narigudo, le faltaban algunos dientes y llevaba el pelo tan desgreñado como siempre.

—Buenos días, señorita Hester —saludó alegremente—. No se preocupe por el dinero, vamos bastante bien.

—Buenos días, Squeaky. —Hester se sentó en la silla del

otro lado del escritorio—. Hoy no vengo por asuntos de dinero. Necesito información sobre alguien. No de aquí, sino de Limehouse. ¿A quién debería preguntar?

—No debería —repuso Squeaky al instante—. La conozco. Es por esa pobre mujer a la que encontraron en el embarcadero, seguro. Ni se le ocurra investigar. Solo le falta meterse en problemas con el loco ese.

Hester había previsto su reacción y estaba preparada para discutir.

—Vivía en la zona —dijo a Squeaky, tratando de entablar conversación, como si él lo hubiera preguntado—. Alguien tenía que conocerla, aparte del doctor Lambourn. Si en efecto hacía la calle, las otras mujeres sin duda sabrán algo sobre ella. Con la policía no hablarán, pero entre ellas seguro que sí.

—¿Qué quiere saber? Está más claro que el agua —dijo Squeaky, como quien sabe que lleva razón. La miró de arriba abajo y negó con la cabeza—. Era una fulana que ya tenía sus años. Su novio fijo se mató, Dios sabe por qué, de modo que se vio sin un penique y se volvió descuidada. ¿Qué más hay que saber?

—Para empezar, quizá por qué iba a verla —sugirió Hester.

—Ni hablar. Eso no tiene por qué saberlo —contestó Squeaky bruscamente—. Si era tan retorcido que tenía que ir desde Greenwich, en la otra margen del río, hasta Limehouse para conseguir lo que deseaba, seguro que era algo que una dama no debe saber, por más que haya sido enfermera en el ejército. —Frunció el ceño—. Cosa que lleva a que uno se pregunte por qué era tan poco espabilada para liarse con un loco de atar que la quería destripar, ¿no? Quiero decir que uno pensaría que ella se olería que se trataba de un mal tipo y no se dejaría arrastrar al embarcadero. Fue muy, pero que muy descuidada. ¡Además, qué sitio tan estúpido para ir a fornicar! Pero aun así, sigue sin ser asunto suyo.

—Quizás estuviera desesperada —dijo Hester en voz baja—. ¿A quién pregunto, Squeaky?

Squeaky suspiró exasperado.

—¡Ya se lo he dicho! Déjelo correr. Ya no puede hacer nada por ella. ¿Qué será del señor Monk si usted va y se hace destripar, eh? Es más, ¿qué vamos a hacer todos nosotros? ¡A veces pienso que no tiene dos dedos de frente!

Hester sonrió, pasando por alto el insulto.

—Entonces venga conmigo, Squeaky.

Squeaky suspiró pesadamente y guardó todo lo que tenía encima del escritorio con exagerada parsimonia. Luego la siguió al vestíbulo y salió tras ella a la calle.

Anduvo refunfuñando hasta la parada del ómnibus y, una vez en Limehouse, cuando se apearon en Commercial Road, iba tan pegado a ella que Hester tropezó con él media docena de veces. Ahora bien, caminando por las calles estrechas, frías y húmedas, estaba muy contenta de contar con su presencia.

—Lo que yo decía —señaló Squeaky después de hablar por quinta vez con una persona que negó haber visto o conocido a Zenia Gadney—. Tienen demasiado miedo de hablar. Quieren fingir que no la conocían.

—Es ridículo —replicó Hester bruscamente—. Trabajaban en las mismas calles. Tienen que haberla conocido. ¿Y para qué creen que quiero información, si no para atrapar a ese hombre?

—No la engañan a usted —dijo Squeaky cansinamente mientras bajaban por Solomon Street hacia el puente de Britannia, donde el agua relucía ante el canal de Limehouse Cut. El tráfico era muy denso en East India Dock Road—. Se engañan a sí mismas —prosiguió Squeaky—. Lo peor son las cosas que tienes en la cabeza. Nunca puedes librarte de ellas, nunca.

Hester no contestó. Sabía muy bien qué eran el recuerdo y el miedo. Los suyos tenían un origen distinto de los de Squeaky, pero el sentimiento era el mismo, así como la impotencia.

Siguieron interrogando a diestro y siniestro durante varias horas, pero nadie les contó nada sobre Zenia Gadney que Monk no supiera ya. Había sido una mujer de talante sereno y con buena dicción. Al oírla hablar, no parecía una de las prostitutas del barrio, ni siquiera una tendera, una lavandera o una de las amas de casa un tanto más respetables. Nadie demostró una especial simpatía o antipatía por ella. Desde luego, ninguna de las prostitutas la consideraba una amenaza.

—¿Esa? —dijo indignada una mujerona rubia de rasgos toscos—. Para empezar, demasiado vieja. No digo que fuera un adefesio ni nada por el estilo. En realidad no estaba mal, si te parabas a mirarla, pero era muy sosa. Aburrida como un cubo de barro, si entiende lo que quiero decir. —Puso los brazos en jarras—. No tenía espíritu, le faltaba gracia. ¡Un hombre no se contenta con que estés ahí! Si no eres guapa, hay que tener algo más, ¿no? —Miró a Hester de la cabeza a los pies, valorándola—. Usted está muy flaca, pero tiene nervio. Podría ganar suficiente para ir tirando.

—Gracias —dijo Hester secamente—. Si necesito recurrir a eso, más vale que empiece cuanto antes.

La mujer sonrió de oreja a oreja.

—No le falta razón, encanto. No le quedan demasiados años para andar por ahí.

—¿Sabe si tomaba mucho opio? —preguntó Hester de repente.

La mujer se sobresaltó.

—¿Cómo quiere que lo sepa? Aunque si lo hacía, ¿qué más da? A lo mejor tenía dolores. ¿No los tenemos todas? No vendía, si es a lo que se refiere. Era muy reservada. Alguien me dijo que leía libros. Si quiere que le diga la verdad, creo que antes vivía bien y que se le torcieron las cosas. Supongo que su marido murió o lo metieron en la cárcel. La dejó tirada. Se apañaba lo mejor que podía, la pobre. Si los polis supieran hacer su trabajo, a estas alturas ya habrían ahorcado a ese cabrón.

Squeaky asintió como si la entendiera perfectamente.

Hester lo fulminó con la mirada y él le sonrió, mostrando sus dientes torcidos, varios de ellos cariados.

—Bueno, ustedes a lo mejor no tienen nada que hacer —prosiguió la mujer—, pero yo sí.

Y sin añadir nada más, hizo girar las faldas y se alejó, contoneándose provocativamente.

Hester regresó a ver al doctor Winfarthing y lo encontró en su despacho, sentado con la espalda encorvada y una expresión de profunda melancolía. Apenas logró esbozar una sonrisa cuando se levantó para recibirla.

—¿Qué ha descubierto? —preguntó Hester sin más preámbulo.

—Apenas he arañado la superficie —contestó Winfarthing—. Aunque lo suficiente para saber que hay un montón de basura debajo. Esto es un nido de víboras, muchacha. Dentro hay cientos de víboras, algunas muy grandes, gordas y con los dientes afilados. El opio mueve mucho dinero. He indagado lo suficiente para hacerme una idea de cómo traen la sustancia en bruto al país, cosa que supongo que todos sabemos, a poco que lo pensemos. Lo cortan con Dios sabe qué. Pero se remonta mucho más que eso, hasta las Guerras del Opio con China del treinta y nueve al cuarenta y dos, y del cincuenta y seis al sesenta. Hay un montón de cosas que preferirás no saber. Mucha muerte, mucho engaño, mucho beneficio.

Hester por fin se sentó.

—Me consta que hay personas que ingieren opio aunque nunca lo sospecharías. Artistas y escritores a quienes admiramos.

Winfarthing negó con la cabeza, frunciendo los labios.

—El gran negocio no está en el consumo, lo realmente feo es lo que sacarás a la luz. Se trata de grandes y respetables fortunas que se amasaron con engaño, y de la muerte de un montón de soldados enviados a combatir en una guerra sucia, no por honor sino por dinero. Y sabe Dios la de cuántos chinos. Decenas de miles. A nadie le gustará que le muestres esas cosas. Está muy bien que los extranjeros salvajes se comporten como salvajes, pero no queremos saber nada de lo que hicimos nosotros; que los ingleses faltaran al honor.

Resultó patente que incluso decirlo le dolía.

—Quienes tenemos algún conocimiento de la historia ya lo sabemos —dijo Hester en voz muy baja. Aunque lo decía en serio, seguía siendo doloroso admitirlo. Tal vez eso, tanto como la muerte sin sentido, fuese lo que todavía la enfurecía a propósito de Crimea.

Winfarthing asintió.

—Solo quienes lo hemos presenciado y hemos intentado esclarecerlo. Los demás, no. ¿Alguna vez has conocido a alguien que quisiera informarse mejor? Porque te aseguro que yo no.

—¿Es eso lo que figuraba en el informe del doctor Lambourn? —preguntó Hester.

—No lo sé, pero es lo que constaría en el mío si lo redactara yo. Algunas cosas que hicimos allí avergonzarían al mismísimo diablo. —Winfarthing la fulminó con la mirada, enojado porque temía por ella—. Déjalo correr, Hester. No puedes salvar a Lambourn, Dios lo tenga en su gloria. Y tampoco tuvo que ver con la muerte de esa pobre mujer. Solo fue otra víctima incidental.

—Gracias —dijo Hester, con una sonrisa triste.

—¡No me des las gracias! —rugió Winfarthing—. ¡Tan solo dime que lo dejarás correr!

—Nunca hago promesas que no vaya a cumplir —contestó Hester—. Bueno, casi nunca. Al menos no a las personas a las que aprecio.

Winfarthing rezongó, pero sabía que de nada le serviría discutir.

8

Los periódicos seguían publicando grandes titulares sobre el asesinato de Zenia Gadney y la incompetencia de la policía para resolverlo. Monk caminaba con brío y se iba topando con un vendedor de periódicos tras otro, procurando ignorarlos en la medida de lo posible. Sin embargo, no podía hacer oídos sordos a los sonsonetes que voceaban detalles a modo de reclamos para incitar a los transeúntes a comprar el diario.

—¡Sigue sin resolver el terrible asesinato de Limehouse! —gritó un chaval al que le faltaba un diente, tendiéndole un periódico bruscamente—. ¡La policía no hace nada!

Monk negó con la cabeza y siguió adelante, avivando el paso. Él y sus hombres estaban haciendo todo lo que se le ocurría. Orme estaba atareado en la zona de Limehouse. Otros interrogaban a barqueros, estibadores y demás trabajadores portuarios, preguntándoles si habían reparado en algo extraño o en alguien que se comportara de manera inusual. Por el momento no habían averiguado nada. En Copenhagen Place y las calles aledañas nadie admitía conocer a Zenia Gadney. Para ellos era una intrusa, alguien que alteraba la seguridad de su vida cotidiana y atraía la atención de la policía. Peor aún, al ser asesinada con tanto ensañamiento, había espantado a posibles clientes. ¿Quién querría buscar una prostituta con la policía interrogando a la gente? Si un loco andaba suelto, lo más sensato era dominar tus apetitos o satisfacerlos en cualquier otra parte. Solo había que tomar un transbordador hasta Deptford o Rotherhithe, y siempre existía la posibilidad de ir hasta Wapping, al oeste, o hasta Isle of Dogs, al este.

Las prostitutas, en cambio, no tenían otro lugar al que ir. Cada esquina y cada tramo de acera ya pertenecían a alguien. A las intrusas las espantaban tal como los perros ahuyentan de su territorio a un perro ajeno a su manada.

En lo único que todo el mundo estaba de acuerdo era en culpar a la policía. Su trabajo consistía en atrapar a locos como aquel y ahorcarlos. Nadie, decente o indecente, estaría a salvo hasta que lo hicieran.

Monk había recibido una citación de Barclay Herne, ministro menor del gobierno y cuñado del difunto Joel Lambourn. Deseaba hablar con Monk sobre el asunto de la muerte de Zenia Gadney, y solicitaba a Monk que tuviera la bondad de visitarlo en su oficina para poder conversar en privado. Siendo un cargo del gobierno, Monk no tenía alternativa. No obstante, tuvo que reconocer que sentía curiosidad por saber qué querría decirle Barclay Herne. Seguramente solo concerniría a Joel Lambourn. ¿Qué otra conexión podía tener con Zenia Gadney?

Monk tomó un coche de punto. Tras media hora de avanzar lentamente por las húmedas y bulliciosas calles de los edificios gubernamentales, se apeó frente a la oficina de Herne en Northumberland Avenue. Lo hicieron pasar a una confortable sala de espera donde aguardó de pie un cuarto de hora, preguntándose qué querría Herne.

Cuando finalmente apareció, Monk se llevó una sorpresa. Había esperado ver a un hombre más imponente, menos jovial, al menos en apariencia. Herne era apenas de estatura media, fornido y con un rostro que a primera vista resultaba muy común. Solo cuando hubo cerrado la puerta a sus espaldas y dio unos pasos tendiendo la mano se alteró esa impresión. Tenía los dientes grandes y muy blancos, y sus ojos brillaban con inteligencia.

Estrechó la mano de Monk con tanta firmeza que el apretón fue casi doloroso; una tangible indicación del poder que ostentaba.

—Gracias —dijo, transmitiendo absoluta sinceridad—. Agradezco que me dedique parte de su tiempo. Es un poco temprano para el whisky. —Se encogió de hombros—. ¿Un té?

—No, gracias —rehusó Monk. Le habría encantado tomar un té bien caliente después del largo y frío viaje, pero no quería aceptar la hospitalidad de aquel hombre—. ¿En qué puedo servirle, señor Herne?

Herne hizo un gesto a Monk para que tomara asiento y acto seguido ocupó el sillón de cuero verde enfrentado, al otro lado de un fuego que ardía con viveza.

—Una situación bastante inquietante —dijo con pesar—. Ha llegado a mis oídos que está investigando la muerte de mi difunto cuñado, yendo un tanto más allá de lo que se hizo en su momento. ¿Es realmente necesario? Mi esposa adopta una actitud muy valerosa, pero, como podrá figurarse, resulta de lo más desagradable para ella. ¿Está casado, señor Monk?

—Sí. —Monk rememoró el frío y sereno semblante de Amity Herne y estuvo de acuerdo con su marido en que, si en efecto estaba afligida, lo disimulaba muy bien, pero eligió sus palabras con cuidado—. Y si mi esposa sufriera una pérdida semejante, estaría orgulloso de que fuese capaz de mantener tan digna compostura.

Herne asintió.

—Y lo estoy, por supuesto que lo estoy. Pero aun así preferiría con mucho que ahora pudiéramos ofrecerle el máximo apoyo, resolviendo este asunto cuanto antes. El pobre Joel era... —encogió los hombros apenas y bajó un poco más la voz antes de proseguir— menos equilibrado de lo que otros parecen creer. Uno no explica a Fulano y Mengano sus problemas familiares. Es natural tratar de proteger... ¿Me entiende?

—Por descontado. —Monk sentía curiosidad por saber qué era lo que Herne quería en realidad. Le costaba creer que se tratara tan solo de no consternar a su esposa. Monk no tenía previsto volver a hablar con ella. Dudaba que fuera a decirle algo distinto de su declaración inicial, según la cual Dinah era una ingenua en cuanto a las debilidades de Lambourn, y que tal vez la presión de la idealizada visión que tenía de su esposo hubiera supuesto una pesada carga para él.

Al propio Herne parecía costarle trabajo elegir sus palabras. Cuando por fin levantó la vista hacia Monk, su expresión fue de franqueza.

—Nuestra relación era un poco difícil —le confió—. Cuando mi esposa y yo nos casamos vivimos un tiempo en Escocia. Para serle franco, casi nunca veíamos a Joel y Dinah. Mi esposa no estaba muy unida a Lambourn. Se llevaban varios años y, por tanto, se criaron separadamente.

Monk aguardó.

Herne estaba tenso. Apretaba los puños de tal modo que se le veían los nudillos blancos. Sonrió a modo de débil disculpa.

—Hace relativamente poco que empecé a darme cuenta de que Joel era una persona mucho más complicada de lo que aparentaba con sus amigos y admiradores. Oh, sin duda era encantador, de un modo muy contenido. Tenía una memoria fenomenal, y podía ser de lo más divertido contando chismes y curiosidades. —Sonrió incomodado, como si debiera excusarse—. Y, por supuesto, chistes. No de los que te hacen reír a carcajadas, más bien un sereno placer, un divertimento ante lo absurdo de la vida. —Se interrumpió otra vez—. Era muy fácil que te cayera bien.

Monk tomó aire para preguntarle qué quería que hiciera, pero cambió de opinión. Tal vez averiguaría más cosas si dejaba que Herne divagara un rato más.

De pronto Herne miró directamente a Monk.

—Pero no era el hombre que la pobre Dinah quería ver en él. —Volvió a bajar la voz—. Tenía un lado solitario, más oscuro —le confió a Monk—. Yo sabía lo de la mujer a la que mantenía en Limehouse. La visitaba a menudo. No sé exactamente cuándo ni con qué frecuencia. Estoy convencido de que usted entenderá que prefiriera no saberlo. Se trataba de un rincón oscuro de su naturaleza del que, francamente, hubiese preferido no saber nada.

Esbozó un gesto de desagrado, quizá por lo que imaginaba

sobre Lambourn o tal vez por el mero hecho de haberse entrometido sin querer en la vida privada de otro hombre.

—¿Qué descubrió, señor Herne? —preguntó Monk.

Herne adoptó un aire atribulado.

—En realidad fue algo que dijo Dinah. No me di cuenta de lo que implicaba hasta más tarde. La verdad es que fue bastante embarazoso. —Se removió incómodo en el sillón—. Joel siempre me había parecido poco... imaginativo, bastante serio, en realidad. No me lo podía imaginar con una prostituta de mediana edad en las calles secundarias de un lugar como West India Dock Road. —Frunció el ceño—. Pero dado que el pobre murió antes de que asesinaran a esa desafortunada mujer, es imposible que estuviera implicado en semejante horror. Solo me cabe suponer que estaba desesperada por la falta de dinero y que, como él había cuidado de ella durante tanto tiempo, había perdido el instinto de supervivencia, bajando la guardia.

Monk se inclinaba a pensar lo mismo, pero aguardó a que Herne terminara lo que quería decirle.

—Mi familia... —Herne no parecía acostumbrado a pedir—. Le quedaría muy agradecido si no hiciera pública la relación entre Joel y esa mujer. Bastante duro es ya para Dinah tener que ser consciente de su... debilidad y, Dios nos asista, de su fracaso profesional y luego su suicidio. Y, por supuesto, también por mi esposa. No estaban muy unidos, pero seguía siendo su hermano. Por favor... no haga pública la relación con esa mujer. Seguro que no tiene conexión con el asesinato.

Monk no precisó mucha reflexión.

—Si no afecta a la condena de quien la mató, no tendremos motivo alguno para mencionar al doctor Lambourn —contestó.

Herne sonrió y pareció relajarse.

—Gracias. Estoy... estamos en deuda con usted. Ha sido un duro golpe para todos nosotros, pero en especial para Dinah. Es una mujer muy... sentimental. —Se puso de pie y tendió la mano a Monk—. Gracias —repitió.

Monk no se dio cuenta de lo que Barclay Herne le había dicho exactamente hasta que, después de salir de su despacho en Northumberland Avenue, iba a bordo de un coche de punto de regreso a la comisaría de la Policía Fluvial en Wapping. Se hallaba en medio del tráfico denso del punto donde The Strand se convierte en Fleet Street cuando de pronto ató cabos. Dinah Lambourn había admitido estar al corriente de que su marido se interesaba por otra mujer pero que había decidido adrede no enterarse de nada más. Había dicho a Monk que no sabía adónde iba Lambourn ni cómo se llamaba la mujer.

Herne había dicho a Monk que se había enterado del asunto a través de Dinah, y luego se había puesto a hablar no solo de Limehouse en general sino bastante en concreto sobre West India Dock Road, que quedaba a pocos metros de Copenhagen Place, donde había vivido Zenia Gadney. Para no conocer su domicilio, no podría haberse aproximado más. Era la calle siguiente. Sin querer había revelado que Dinah sabía con toda exactitud dónde vivía Zenia Gadney y que, por tanto, había mentido.

La idea era repulsiva. Trató de apartarla de la mente, pero su imaginación le traía una imagen tras otra. Dinah había amado a Lambourn casi obsesivamente. Lo había ensalzado, subiéndolo a un pedestal en el que quizá ningún hombre podría permanecer. Todo el mundo tiene debilidades, cosas que le hacen tropezar. Ignorarlo o negarlo pone sobre los hombros una carga demasiado difícil de soportar en la vida cotidiana.

El amor acepta las cicatrices y las imperfecciones además de la belleza. Tarde o temprano el peso de una expectativa exagerada conduce a evasiones: tal vez solo pequeñas al principio; luego mayores, a medida que el sufrimiento se acrecienta.

¿Era eso lo que le había ocurrido a Joel Lambourn? ¿El pedestal era demasiado alto y, por añadidura, le hacía sentirse insoportablemente solo?

El coche apenas avanzaba en el embotellamiento. Ahora llovía con más ganas. Las gotas rebotaban en la calzada y el agua se arremolinaba en las alcantarillas. Las mujeres llevaban los bajos de las faldas empapados. Los hombres se daban empujones, sosteniendo los paraguas en alto.

¿Acaso Dinah se había sentido como si Joel la hubiese traicionado? ¿Lo había convertido en un ídolo para luego descubrir que tenía los pies de una materia aún menos pura que el barro, y el asesinato de Zenia Gadney había sido su venganza contra un dios caído?

¿O estaba pensando tonterías? Esperó que sí. Deseaba con toda su alma estar equivocado. Dinah le gustaba, incluso la admiraba. Pero la obligación de averiguarlo era ineludible.

Se inclinó hacia delante y pidió al cochero que se dirigiera a Britannia Bridge, donde Commercial Road East cruza el canal de Limehouse Cut y se convierte en West India Dock Road. Debía visitar los comercios de nuevo: la tabaquería, la tienda de comestibles, la panadería, todas las casas de Copenhagen Place.

Cuando llegó ya había dejado de llover. Al doblar la esquina de Solomon's Lane y Copenhagen Place vio a un puñado de niños jugando al tejo en la acera. Dos lavanderas conversaban, sosteniendo sus respectivos fardos de ropa. Un perro escarbaba esperanzado en un montón de basura. Dos muchachas regateaban con un hombre junto a un carretón de verduras. Un joven que llevaba una gorra ladeada caminaba con desenfado por el bordillo, silbando una canción de *music hall*, alegre y bien entonada.

Monk detestaba lo que se disponía a hacer, pero si no hacía todo lo posible por poner a prueba la idea, la posibilidad de que fuese cierta lo obsesionaría. Comenzó por las lavanderas. ¿Cómo habría ido vestida Dinah si hubiese ido allí en busca de Zenia Gadney? Poco llamativa. Incluso cabía que hubiese tomado prestado el chal de una sirvienta para disimular la calidad del corte y del tejido de su atuendo. ¿A quién habría abordado y qué averiguaciones habría hecho?

—Disculpen —dijo Monk a las lavanderas.

—¿Ya han encontrado al que la mató? —preguntó una de ellas agresivamente. Tenía el pelo rubio, brillante donde le daba el pálido sol invernal, y el semblante tosco pero agradable.

Monk se sorprendió al ver que sabían quién era. No iba de uniforme, pero quizá tendría que haber contado con ello. Le constaba que no pasaba desapercibido. Su rostro enjuto, el corte de su traje, su porte erguido y sus andares llamaban la atención.

—Todavía no —contestó—. Pero estamos más cerca de saber quién pudo haber visto algo. —Era una verdad a medias, pero no le preocupó lo más mínimo—. ¿Alguna de ustedes vio a una mujer que buscara a Zenia Gadney por esta zona, quizás haciendo preguntas? Sería alta, de pelo moreno, tal vez vestida con sencillez pero con un aire distinguido.

Ambas lo miraron con los ojos entornados, y luego se miraron la una a la otra.

—A usted le falta un tornillo —dijo la de más edad—. ¿Qué señora buscaría a una mujer como esa, si puede saberse?

—Una cuyo marido le hubiese estado dando dinero —contestó sin titubeos.

—¡Ahí lo tienes, Lil! —dijo alborozada la lavandera rubia—. ¿No te lo decía yo? Andaba metida en algo raro. ¡Estaba segura!

Monk notó que se le hacía un nudo en la garganta.

—¿La vio? —preguntó—. ¿A la mujer que buscaba a Zenia Gadney? ¿Está segura?

—¡Qué va! Me lo contó Madge, la de lo alto de la calle. —La mujer indicó la dirección con un gesto brusco de la cabeza—. Estaba en la tienda de Jenkins cuando pasó.

—¿Cuando pasó qué? —dijo Monk enseguida.

—Cuando esa mujer se puso a hacer preguntas sobre aquella a la que mataron, claro. ¿No preguntaba eso? Iba como una cuba, según dicen. Pobre desgraciada. —Miró a Monk a los ojos—. ¿Está diciendo que fue la que hizo pedazos a la otra y la dejó en el embarcadero? Oiga, a lo mejor estaba un poco ida, pero una mujer no le hace eso a otra, créame.

—¡No ha dicho que lo hiciera ella! —respondió su amiga—. Estás más sorda que una tapia. Ha dicho que a lo mejor sabía quién lo hizo.

—Gracias —interrumpió Monk, levantando una mano para que dejara de hablar—. Iré a preguntar a la tienda de comestibles.

Dio media vuelta, cruzó la calle caminando con brío y enfiló Copenhagen Place. Allí había menos humedad que en el centro de la ciudad, pero el viento que soplaba desde el río era frío. Se arrebujó con el abrigo.

Se detuvo frente a la tienda y entró. Había tres personas haciendo cola delante del mostrador, un hombre y dos mujeres. Aguardó pacientemente, escuchando sus conversaciones, pero lo poco que sacó en claro fue que estaban enfadados y asustados porque se había cometido un crimen que no comprendían y nadie lo había resuelto.

—Era inofensiva —dijo una de las mujeres con creciente indignación. Las horquillas que le sujetaban el pelo blanco hacia atrás tiraban tanto que le borraban las arrugas de alrededor de los ojos—. Fue muy reservada, los años que estuvo aquí. No sé adónde irá a parar el mundo cuando a una pobre mujer la destripan así, como si fuese una res.

—Es una vergüenza que hayan abolido el descuartizamiento —opinó el anciano, asintiendo sabiamente—. Claro que antes tendrían que pillar a ese cabrón.

—¿Querrá copos de avena, azúcar y un par de huevos como de costumbre, señora Walters? —interrumpió Jenkins desde detrás del mostrador.

—¡No haga como que no le importa! —replicó la señora Walters ofendida—. ¡Compraba todos sus comestibles en esta misma tienda!

—Tiene que ser muy angustiante para todos ustedes —terció Monk, interviniendo antes de que la conversación se acalorase más.

Los tres clientes se volvieron a la vez para mirarlo.

—¿Y usted quién es? —preguntó Jenkins con recelo.

—Es de la policía —dijo la otra mujer con desdén—. Serías capaz de olvidarte de tu propio nombre. —Se encaró con Monk—. Bueno, ¿y ahora qué lo trae por aquí? ¿Viene a decirnos que se da por vencido?

Monk le sonrió.

—Si me hubiese dado por vencido me daría vergüenza venir a decírselo —contestó. Luego, visto que no se le ocurría nada más que añadir a ese respecto, prosiguió—: El día que mataron a Zenia Gadney, o quizás el día anterior, ¿estuvo aquí una mujer morena preguntando por ella?

Ambas mujeres negaron con la cabeza, pero Jenkins miró a Monk con el ceño fruncido.

—¿Y qué más le da? Es una pena ver a una mujer tan guapa medio chiflada.

—Ah, pero ¿no pasa nada si es una puta vieja como nosotras? —dijo furiosa una de las mujeres—. Pues si eso es lo que piensas, olvídate de que vuelva por aquí a comprar mi té y mis andrajos.

Estampó un chelín y dos peniques sobre el mostrador y se marchó hecha una furia. Llevaba un bolsón con el que golpeó la puerta al salir, soltando palabrotas.

—Lo siento —se disculpó Monk con Jenkins—. No era mi intención hacerle perder clientes.

—No se preocupe, señor —contestó Jenkins, secándose las manos con el delantal—. Siempre pierde la cabeza por una cosa u otra. Volverá. No puede ir muy lejos cargando con sus patatas. Bien, ¿qué se le ofrece?

—Hábleme de esa mujer que vino aquí tan trastornada el día antes de que mataran a Zenia Gadney.

—No creo que le sirva de gran cosa, señor. No era de por aquí. Estaba fuera de sí, la pobre. Deliraba como si estuviera loca. Farfullaba sin parar. Me parece que se había perdido.

—Por favor, cuénteme qué aspecto tenía y todo lo que recuerde de lo que dijo.

—No tenía sentido —dijo Jenkins con recelo.

—No importa. Primero, ¿qué aspecto tenía, por favor?

Jenkins se concentró y resultó obvio que la estaba volviendo a ver en la imaginación.

—Alta, para ser mujer —comenzó—. Pelo moreno, según pude ver. Pero no negro. Llevaba un chal viejo que le tapaba media cabeza. Demasiado opio de ese, diría yo. De vez en cuando no hace ningún daño. De hecho alivia como ninguna otra cosa. Ahora bien, toma más de la cuenta y acabarás loco de remate. Lo que realmente engancha es fumarlo. Me imagino que es lo que ella hacía. Se trapichea mucho en los muelles. Casi todos los camellos son chinos. Según dicen, allí en Oriente le dan de mala manera.

Monk apretó los dientes y respiró profundamente.

—¿Sobre qué farfullaba? ¿Se acuerda?

Jenkins no se percató de su impaciencia.

—Más o menos —dijo pensativamente—. Costaba entenderla, pero mayormente sobre suicidios, putas y cosas por el estilo. Aunque, como ya le he dicho, no estaba en sus cabales. No era prostituta. Me apuesto lo que quiera. —Meneó la cabeza—. Era toda una señora aunque estuviera medio loca. Divagaba sobre mentiras y traiciones. Me parece que si recobrara el juicio sería una persona muy distinta. No debería tomar en serio sus palabras, señor. Además, dudo de que conociera a la señora Gadney. No podría haber dos mujeres menos parecidas.

—¿Preguntó por la señora Gadney? ¿Preguntó dónde vivía o si usted la conocía?

—Que yo recuerde, no. Solo entró por unas papelinas, despotricó sobre la gente que se estaba matando a sí misma y volvió a salir.

—Gracias por su ayuda.

Monk compró un bote de melaza con la esperanza de que Hester preparase un esponjoso pudin para él y Scuff, y luego salió a la calle otra vez.

Preguntó en las demás tiendas de Copenhagen Place. Fue el expendedor de tabaco quien le contó que una mujer alta de pelo moreno había estado buscando a Zenia Gadney, aunque, al parecer, en ese momento al menos, se había mostrado más o menos serena. Le dijo que la señora Gadney vivía más arriba, que no estaba seguro del número, pero que quedaba hacia la mitad de la calle.

Monk siguió con sus pesquisas. Otras dos personas habían visto a la mujer, pero no pudieron añadir más detalles. Monk tenía suficientes motivos para verse obligado a enfrentarse a Dinah Lambourn.

Como esa visita se le hacía cuesta arriba, regresó a la comisaría de Wapping para comprobar que todo estuviera bajo control. Luego se puso el abrigo y salió al muelle. El camino más rápido hasta Greenwich sería por la ribera norte del río, donde se encontraba, y luego tomar una barca en Horse Ferry para cruzar hasta el embarcadero de Greenwich. Le llevaría un rato, pero la brisa fresca de la media tarde y los familiares sonidos del río lo ayudarían a poner en orden sus ideas para decidir cómo abordar la cuestión.

Se quedó plantado en el muelle, contemplando el tráfico del río, cuyas aguas comenzaban a estar un poco picadas por el cambio de marea. El cielo ya se iba oscureciendo, la luz menguaba. En diez días llegaría el solsticio de invierno y, poco después, la Navidad. Podía posponer la visita. Irse a casa, conceder a Dinah una noche más de tranquilidad junto a sus hijas. Pobres chicas, ya habían sufrido una pérdida enorme. Se preguntó si tendrían a alguien más, aparte de Amity Herne. No se la imaginaba dándoles cariño ni consuelo en los tiempos tan duros que quizá les aguardaran.

¡Qué idea tan poco caritativa! Amity bien cabía que fuese una buena mujer. A veces las personas se exigían al máximo ante los desafíos y eran más valientes y generosas de lo que ellas mismas hubieran creído posible.

De paso él también dispondría de otra velada antes de enfrentarse a Dinah y destruir incluso la posibilidad de que no fuese inocente.

¿Por qué pensaba en sí mismo? ¿Qué importancia tenía su ligera decepción?

Un transbordador se aproximaba a la escalinata de Wapping Steps. Desembarcaría a sus pasajeros y podría llevarlo a casa. En media hora estaría allí, en su propia cocina y, más aún, cobijado en todo lo que el hogar significaba para él. Charlaría con Hester sobre qué regalar a Scuff por Navidad: qué le gustaría al chico y qué lo brumaría o avergonzaría. Monk había pensado en comprarle un reloj de bolsillo. Hester quería regalarle unas botas. ¿Sería excesivo hacerle ambos regalos? ¿Scuff se sentiría obligado a regalar algo a cada uno de ellos?

Monk caminó hasta lo alto de la escalinata, dispuesto a bajar a la barca.

Entonces cambió de opinión y volvió a cruzar el muelle a paso vivo, dirigiéndose hacia la calle. Lo haría, lo afrontaría y zanjaría la cuestión.

Antes de una hora se encontró sentado en la sala de estar con Dinah, grave y nerviosa, muy tiesa en la butaca de enfrente. Estaba muy pálida, y anudaba las manos en el regazo, apretándolas hasta poner los nudillos blancos.

Monk quizá nunca sabría qué decir para mejorar la situación. De todos modos, comenzó.

—Señora Lambourn, la primera vez que estuve aquí me dijo que estaba enterada de que su marido tenía una aventura con otra mujer pero que no sabía nada sobre ella, ni siquiera dónde vivía. ¿Lo entendí bien?

—Naturalmente, ahora ya lo sé —contestó Dinah.

—Pero ¿lo sabía antes de que la asesinaran? —insistió Monk.

—No. Nunca hablamos de ese asunto.

—¿Cómo se enteró de su existencia?

Dinah lo miró un instante a los ojos y volvió a bajar la vista a las manos.

—Una sabe esas cosas, señor Monk —dijo en voz baja—. Pequeños cambios en la conducta, distracciones, explicaciones que no has pedido, elusión de ciertos temas. Al final se lo pregunté abiertamente. Lo admitió pero no entró en detalles. Yo tampoco quería oírlos. Supongo que lo comprenderá.

Monk asintió con seriedad.

—¿Y no tenía siquiera una idea aproximada de dónde vivía?

Dinah esbozó un ademán negativo con la cabeza.

—Esa era una de las cosas que no quería saber.

—¿O su nombre?

Dinah levantó un poco la barbilla.

—Por supuesto que no. Prefería que fuese... gris, informe —contestó con un hilo de voz. Temblaba ligeramente.

Monk tuvo la certeza de que estaba mintiendo, aunque no sabía exactamente en qué.

—El día que la mataron, ¿dónde estuvo usted, señora Lambourn?

Los ojos de Dinah recorrieron la estancia.

—¿Dónde estuve?

—Sí, por favor.

Dinah permaneció callada unos segundos, respirando despacio como para serenarse antes de tomar una gran decisión cuyas consecuencias la aterraban. Un nervio le palpitaba en la sien, cerca del nacimiento del pelo.

Monk aguardó.

—Fui... asistí a una *soirée* con una amiga. Pasamos casi todo el día juntas —dijo Dinah por fin.

—¿Cómo se llama su amiga?

—Helena Moulton. Señora de Wallace Moulton, en realidad. Vive... —Suspiró profundamente otra vez—. Vive en el Glebe, en Blackheath. En el número cuatro. ¿Por qué es importante, señor Monk?

Apretaba con tanta fuerza los puños que los nudillos le brillaban a causa de la tirantez. Si no iba con cuidado, las uñas le dejarían señales en la piel.

—Gracias —respondió Monk.

—¿Por qué? —dijo Dinah otra vez. Tenía la garganta tan seca que la voz le salía rasposa—. No es posible que Joel tuviera algo que ver con su muerte.

—¿Pudo ella tener algo que ver con la de él? —preguntó Monk.

—¿Quiere decir...? —De pronto abrió mucho los ojos, enfurecida, y lo fulminó con la mirada—. ¿Me está diciendo que amenazó con contarle a alguien su relación? ¿Es eso? ¿Era esa clase de mujer? ¿Era avariciosa, maquinadora, destructiva? A Joel no se le daba muy bien juzgar el carácter del prójimo. A menudo tenía a las personas en más alta estima de lo que merecían.

Monk recordó vívidamente su conversación anterior.

—Pero usted dijo que creía que lo habían asesinado porque

su informe sobre el opio era correcto —señaló—. Eso no tendría nada que ver con Zenia Gadney.

Dinah se inclinó hacia delante y se tapó la cara con las manos. Permaneció inmóvil unos instantes. Los segundos pasaban en el reloj de la repisa de la chimenea. Los hombros no le temblaban, ni emitía sonido alguno.

Monk aguardó, sumamente incómodo. Tendría que ir a Blackheath y buscar a Helena Moulton. Esperaba con toda su alma que confirmara que Dinah había pasado aquel día con ella y que hubiera otras personas para corroborarlo, aunque no contaba con ello.

Finalmente Dinah se enderezó.

—No sé la respuesta, señor Monk. Lo único que me importa es que Joel haya muerto y ahora esa mujer también. Tendrá que descubrir cómo sucedieron esas muertes y quién es el responsable.

Parecía agotada, demasiado cansada incluso para seguir teniendo miedo.

Monk se puso de pie.

—Gracias. Lamento haber tenido que molestarla otra vez.

Ahora Dinah le miró directamente a los ojos, sin pestañear.

—Tiene que hacer su trabajo, señor Monk, a pesar de lo que conlleve. Debemos saber la verdad.

Monk caminó un buen rato antes de encontrar un coche de punto que lo condujera hasta el Glebe, en el límite entre la ciudad y el campo abierto que se extendía hasta el Heath propiamente dicho. No era una calle larga, y un par de preguntas bastaron para dar con el domicilio de los señores Moulton.

Tuvo que aguardar a que la señora Moulton regresara de visitar a una amiga para poder hablar con ella.

—¿La señora Lambourn? —dijo un tanto sorprendida. Era una mujer agradable, cuidadosamente vestida para parecer un poco más alta de lo que realmente era. Su expresión reflejaba verdadero desconcierto.

—Sí —respondió Monk—. ¿La vio el día dos de diciembre?

—Por el amor de Dios, ¿a qué viene esto? Tendré que consultar mi agenda. ¿Ocurrió algo importante?

—No estoy seguro —contestó Monk, procurando que la voz no revelara su impaciencia—. Es posible que su ayuda responda a esa pregunta por mí.

La señora Moulton se puso muy seria.

—Me parece que no tengo ganas de comentar mis idas y venidas con usted, señor Monk, o para ser más precisa, las de la señora Lambourn. Es amiga mía, y hace poco ha sufrido una terrible tragedia. Si ha sucedido algo desagradable, algo incluso peor que la pérdida de su marido, no estoy dispuesta a agravar su situación.

—Lo averiguaré, señora Moulton —dijo Monk con gravedad—. Tardaré mucho más que si usted me lo cuenta y, por supuesto, no tendré más remedio que interrogar a unas cuantas personas. Sin embargo, si me veo obligado a hacerlo, lo haré. A mí también me resulta desagradable. Tengo en cierta estima a la señora Lambourn, y la compadezco, pero las circunstancias no me dejan otra salida. ¿Va a contármelo o debo interrogar a cuantas personas sea necesario para averiguarlo?

Saltaba a la vista que la señora Moulton estaba afligida y enojada. Su mirada era brillante y dura, y tenía las mejillas sonrosadas.

—Allí donde la señora Lambourn dijera que estuvo, no me cabe duda de que será la verdad —contestó con mucha frialdad.

Los pensamientos se agolpaban en la mente de Monk. Aquello era en extremo desagradable pero él nunca eludía lo que le constaba que debía hacer, y en aquel caso en concreto no tenía escapatoria.

—Dijo que ustedes dos pasaron toda la tarde en una exposición de arte en Lewisham y que luego fueron a un salón de té, donde estuvieron comentando las obras hasta el anochecer —mintió Monk.

—Entonces ya sabe dónde estuvo —dijo Helena Moulton con una sonrisa forzada—. ¿Por qué se molesta en preguntármelo a mí?

—¿Lo que dijo es verdad? —preguntó Monk en voz muy baja, sintiendo que el frío anidaba en su fuero interno.

—Por supuesto —contestó Helena Moulton. Estaba muy pálida, ya fuese por enojo o por miedo.

—¿Estaría dispuesta a prestar declaración en los tribunales, ante un juez, si llegara a ser necesario? —preguntó Monk, sintiéndose cruel.

Helena Moulton tragó saliva y guardó silencio.

Monk se puso de pie.

—Claro que no, porque usted no estuvo con la señora Lambourn.

—Sí que estuve —susurró, temblorosa.

—Resulta que dijo que habían asistido a una *soirée*, no a una exposición, y menos en Lewisham. —Negó con la cabeza—. Es usted una buena amiga, señora Moulton, pero me temo que en este asunto no puede ser de ayuda.

—Yo...

No sabía qué decir, y además ahora temía por ella misma, y se sentía avergonzada.

—¿Debo deducir que usted no sabe dónde estuvo la señora Lambourn aquel día? —dijo Monk, con más amabilidad.

—Sí...

La respuesta fue casi inaudible, pero asintió levemente con la cabeza.

—Gracias. No es preciso que se levante. La sirvienta me acompañará a la salida.

Helena Moulton se quedó donde estaba, acurrucada y temblando.

Monk regresó a Lower Park Street. Ahora no tenía más alternativa que detener a Dinah Lambourn. No se la imaginaba atacando a Zenia Gadney con la ferocidad necesaria para asestarle un golpe mortal y luego destriparla en el embarcadero, tal como había hecho alguien. Ahora bien, Dinah era una mujer alta y de constitución robusta. Quizás hubiese sacado fuerzas de la ira y la desesperación. Zenia Gadney era varios centímetros más baja y unos diez kilos más ligera. Era posible.

La mera idea le repugnaba y, sin embargo, no podía negar la evidencia. Había sido vista en la zona buscando a Zenia y, por añadidura, en un estado de creciente enojo y pérdida del dominio de sí misma. Había mentido acerca de dónde había estado. Ella, como todo el mundo, tendría cuchillos de trinchar en su cocina. Quizá la ironía la había llevado a usar una de las viejas navajas de afeitar de Joel.

Por encima de todo, tenía un carácter apasionado y compulsivo. Zenia Gadney le había robado lo que más valor tenía para ella, el sostén de su vida económica y social y, peor aún, de su vida sentimental. El amor de Lambourn por ella y su fe en él eran los cimientos de su propia identidad. Zenia Gadney se los había arrebatado. La necesidad de vengarse había borrado todo lo demás.

Plantado ante la puerta principal de la casa en Lower Park Street, trató de imaginar cómo sería su vida si Hester lo hubiese engañado con otro, si hubiese hecho el amor con otro hombre, yacido entre sus brazos y conversado con él, reído con él, compartido sus pensamientos y sus sueños, la intimidad del amor físico. ¿Habría deseado matar a ese hombre? ¿Incluso eviscerarlo?

Tal vez. Supondría la destrucción de su propia felicidad, de todas las cosas buenas que le importaban en el mundo y de la valía que creía tener como persona.

La sirvienta respondió a su llamada y lo acompañó a la sala de estar. Aguardó de pie a que llegara Dinah. Pensó en las hijas, Marianne y Adah. ¿Quién cuidaría de ellas ahora? ¿Qué porvenir les tendría reservado el futuro, con un padre suicida y la madre ahorcada por el terrible asesinato de su amante?

Monk nunca se acostumbraría a las tragedias. Las aristas no se desafilaban, siempre cortaban hasta el hueso.

Dinah entró en la sala caminando muy tiesa, con la cabeza alta y el semblante ceniciento, como si supiera por qué había regresado.

—No estuvo con la señora Moulton —dijo Monk en voz muy baja—. Ha estado dispuesta a mentir por usted. Cuando le he dicho que según usted habían ido juntas a una exposición de arte en Lewisham, se ha mostrado de acuerdo. —Monk negó ligeramente con la cabeza—. Usted fue vista en Limehouse, concretamente en Copenhagen Place, donde vivía Zenia Gadney, preguntando por ella y en un estado rayano en la histeria.

Monk se calló al ver que el semblante de Dinah adoptaba una

expresión de asombro, casi de incredulidad. Por un instante dudó de estar en lo cierto. ¿Cabía que estuviera loca y que no supiese lo que había hecho?

—Yo no la maté —dijo Dinah con voz ronca—. ¡Ni siquiera la conocí! Si... si no logro demostrarlo, ¿me ahorcarán?

¿Monk debía mentir? Deseaba hacerlo. No obstante, la verdad no tardaría en estar espantosamente clara.

—Es probable —contestó Monk—. Lo lamento. Tengo la obligación de arrestarla.

Dinah tragó saliva, le faltó el aire y se balanceó como si fuera a desmayarse.

—Lo entiendo... —dijo en un susurro apenas audible.

—¿El servicio podrá cuidar de sus hijas hasta que avisemos a otra persona, quizás a la señora Herne?

Dinah soltó una amarga carcajada que terminó en un sollozo. Tardó unos instantes en recobrar la compostura para poder seguir hablando.

—Tengo servicio. No tendrá que avisar a la señora Herne. Estoy lista para irme con usted. Le agradecería que nos fuéramos ahora mismo. No me gustan las despedidas.

—Siendo así, le ruego que pida a quien usted le parezca que le prepare una muda y el neceser —indicó Monk—. Será mejor que si la acompaño yo arriba.

Dinah se ruborizó levemente, y casi de inmediato volvió a estar tan pálida como antes.

La mujer que acudió en respuesta a su llamada era mayor, canosa y regordeta. Miró a Monk con aversión, pero aceptó de buen grado las instrucciones de Dinah de que le preparara una maleta pequeña y que cuidara de Adah y Marianne tanto tiempo como fuese preciso. Enviaron al mozo a buscar un coche de punto que los recogiera en la entrada principal.

Monk y Dinah fueron hasta el embarcadero de Greenwich para cruzar el río en un transbordador nocturno. En la otra ribera tomaron otro coche de punto para el largo y frío trayecto, apretujados en el asiento por las sacudidas del vehículo sobre el adoquinado irregular.

Fue entonces cuando Dinah por fin habló.

—Hay una cosa en la que usted me puede ayudar, señor Monk, y creo posible que se avenga a ello —dijo a media voz.

—Si está en mi mano...

Deseaba sinceramente poder ayudarla, pero mucho se temía que no sería posible.

—Necesitaré al mejor abogado que exista para que luche por mí —prosiguió Dinah con una calma sorprendente—. Yo no maté a Zenia Gadney. Si hay alguien que pueda ayudarme a demostrarlo, creo que esa persona es sir Oliver Rathbone. Tengo entendido que usted lo conoce. ¿Es verdad?

Monk se quedó perplejo.

—Sí. Desde hace años. ¿Quiere que le pida que vaya a verla?

—Sí, por favor. Pagaré con todo lo que poseo, si me defiende. ¿Tendrá la bondad de decírselo?

—Sí, por supuesto que lo haré. —No tenía ni idea de si Rathbone aceptaría el caso o no. Parecía perdido de antemano. Lo que sí le constaba era que el dinero sería lo de menos—. Se lo pediré esta misma noche, si está en casa.

Dinah suspiró suavemente.

—Gracias.

Dio la impresión de relajarse un poco por fin, recostándose en el respaldo del asiento, habiendo agotado sus fuerzas tanto en lo físico como en lo emocional.

9

Oliver Rathbone llegó a casa tras una ambivalente conclusión del juicio en el que había actuado, consiguiendo una victoria parcial. Su cliente había sido condenado por un cargo menor y, en consecuencia, sentenciado a una pena considerablemente leve. En su opinión, era lo que merecía. Aquel hombre era culpable de un cargo mayor por más que concurrieran circunstancias atenuantes. Rathbone quizás hubiera podido conseguir un resultado mejor para él, pero no habría sido justo.

Cenó solo y sin disfrutar. Antes de casarse, el silencio del apartamento donde vivía nunca le había molestado. En vez de soledad, le proporcionaba una suerte de paz.

Por fin se había enfrentado a que no deseaba el regreso de Margaret, y cobrar consciencia de ello le dejaba un regusto amargo. Ya no se sentían a gusto estando juntos, y su trato ni siquiera era amable. Lo que Rathbone deseaba era que todo hubiese sido diferente.

¿Había carecido de ternura o comprensión? Él no lo había visto así. Había defendido sinceramente a Arthur Ballinger, poniendo en ello toda su destreza. Lo habían declarado culpable porque era culpable. Al final el propio Ballinger lo había admitido.

Aquel recuerdo le hizo rememorar las fotografías de nuevo. Se le hizo un nudo en el estómago y tuvo la sensación de que una sombra se cernía sobre él. Tal vez la noche fuese más fría de lo que había imaginado. El fuego ardía en la chimenea, pero Rathbone no percibía su calor.

Se estaba preguntando si merecería la pena pedir a un criado que trajera carbón para avivar el fuego cuando lo asaltó un pensamiento mucho más trascendente. ¿Tenía que quedarse en aquella casa? Era un hogar pensado para dos personas como mínimo. La idea fue como una penetrante puñalada más. ¿Había deseado tener hijos? ¿Se había planteado siquiera que lo natural sería tenerlos?

Gracias a Dios que no habían tenido ninguno. Semejante pérdida habría sido mucho más difícil de soportar. ¿O tal vez habría sido imposible? Margaret no se habría llevado a su hijo con ella. Aparte de otras consideraciones, la ley no permitía que una mujer se llevara el hijo de su esposo sin más.

¿Qué habría dicho o hecho él? ¿Habría permanecido en su casa por el bien del niño, y habrían vivido bajo el mismo techo, regidos por una gélida cortesía? ¡Qué manera de abortar toda felicidad!

¿O acaso Margaret hubiera sido distinta con un hijo? ¿La maternidad la habría distanciado de la generación anterior, haciendo que volviera su fiero instinto de protección hacia su familia presente y futura?

Todavía lo estaba considerando cuando Ardmore entró y le dijo que Monk estaba en el vestíbulo.

Rathbone tuvo una grata sorpresa al oírlo, a pesar de que ya eran más de las diez.

—Hágale pasar, Ardmore. Y traiga el oporto, tenga la bondad. No creo que quiera brandy. ¿Quizás un poco de queso?

—Por supuesto, sir Oliver.

Ardmore salió con una sonrisa mal disimulada.

Monk entró instantes después y cerró la puerta. Mostraba un aire cansado e inusualmente adusto. La lluvia le había mojado el pelo y, a juzgar por el modo en que miró el fuego, tenía frío.

Rathbone vio cómo se desvanecía su momentánea alegría. Indicó a Monk el sillón del otro lado de la chimenea y se sentó delante de él.

—¿Algo va mal? —preguntó.

Monk se arrellanó en el asiento.

—Hoy he arrestado a una mujer. Me ha pedido que la ayude a conseguir un buen abogado que la represente. En concreto, me ha pedido que fueras tú.

A Rathbone le picó la curiosidad.

—Si la has detenido, supongo que la consideras culpable... ¿De qué, exactamente?

Monk endureció su expresión.

—De matar y luego destripar a la mujer cuyo cuerpo encontramos hace un par de semanas en el embarcadero de Limehouse.

Rathbone se quedó helado. Miró fijamente a Monk por si no le estaba hablando en serio. Nada en su semblante indicaba la menor frivolidad. De hecho, reflejaba una pena que descartaba tal posibilidad. Rathbone se enderezó un poco y entrelazó las manos.

—Creo que será mejor que me lo cuentes con más detalle, y comenzando desde el principio, por favor.

Monk le refirió el hallazgo del cadáver junto al embarcadero, describiéndolo someramente. Aun así, a Rathbone se le revolvieron las entrañas. Se alegró cuando Ardmore trajo el oporto, y Monk también aceptó gustoso una copa. La fragante calidez de aquel vino era reconfortante, aunque nada pudiera apartar de su mente las imágenes del amanecer invernal sobre el río y el espantoso hallazgo.

—¿La identificasteis? —preguntó Rathbone, pendiente del rostro de Monk.

—Una prostituta de poca monta de unos cuarenta años, con un único cliente —contestó Monk—. Al parecer era lo bastante generoso para que pudiera sobrevivir solo con esos ingresos. Llevaba una vida discreta, muy modesta, en Copenhagen Place, que está en Limehouse, justo después del puente Britannia.

—Parece más una amante que una prostituta —comentó Rathbone—. ¿Es a la esposa a quien has detenido?

Era la conclusión más obvia.

—A la viuda —precisó Monk.

Rathbone se quedó perplejo.

—¿La muerta mató al marido?

—¿Por qué demonios iba a hacer tal cosa? Su muerte la dejó en la indigencia —señaló Monk.

—¿Una riña? —sugirió Rathbone—. ¿Que le hicieran una oferta mejor pero él se negara a dejar de verla? ¿Murió por causas naturales?

—No: suicidio, según parece.

Rathbone se inclinó un poco hacia delante, cada vez más interesado.

—¿Según parece? ¿Es que lo dudas? ¿Crees que lo mató su esposa?

—No, ella lo adoraba, y ahora también se encuentra sin medios de subsistencia, aparte de lo que le haya dejado en herencia. Todavía no estoy seguro de cuánto podrá ser, pero lo más probable es que no sea una suma considerable. —Se interrumpió—. En realidad es bastante más complicado que eso. No tengo ni idea de qué le tenía reservado el futuro. Había caído en desgracia en los círculos de su profesión. Sus perspectivas tal vez no fueran tan buenas como antes. Por otra parte, según su esposa, estaba decidido a defenderse.

Rathbone estaba intrigado. La historia rebosaba pasión, violencia y una absoluta inconsistencia.

—Monk, aquí falta algo, algún dato crucial que te resistes a darme. Deja de hacer teatro y cuéntamelo todo —exigió.

—El hombre en cuestión era el doctor Joel Lambourn —contestó Monk.

Rathbone se quedó anonadado. Sabía de quién se trataba. Había sido un hombre muy respetado. En más de una ocasión había declarado ante el tribunal a propósito de pruebas de carácter médico. Rathbone rememoró su imagen: serio, comedido al hablar pero con una autoridad que ni siquiera el más riguroso turno de repreguntas lograba poner en duda.

—¿El Joel Lambourn que me figuro? —dijo con repentina y profunda tristeza.

—No me consta que haya dos —contestó Monk—. Es su esposa Dinah quien parece haber matado a Zenia Gadney en venganza por la parte que esta tuvo en el suicidio de Lambourn. Dinah está convencida de que la investigación de Lambourn era absolutamente correcta, que no había cometido ningún error profesional. Además... —Se calló en seco, con el rostro crispado por la angustia—. Sería mejor que fueras a verla en persona en lugar de escuchar cómo te cuento lo que ella sostiene y las inconsistencias de su historia.

Rathbone se apoyó contra el respaldo del sillón, reflexionando, teniendo muy presente que Monk lo observaba, así como la urgencia de sus sentimientos.

—¿Por qué has estado tan dispuesto a venir a estas horas de la noche en vez de ir a mi bufete mañana? —preguntó meditabundo—. ¿Qué es lo que tanto te intriga? ¿Te mueve la compasión por una viuda traicionada y afligida que ahora está a la espera de un juicio y, seguramente, del verdugo? ¿Es guapa? ¿Valiente? Y conste que no son preguntas vanas. ¡Por Dios, cuéntame la verdad!

—Sí, es guapa —dijo Monk, con una sonrisa sardónica—, pero supongo que la verdad es que no estoy seguro de que sea culpable. Las pruebas contra ella son bastante consistentes, y por el momento no he encontrado a ningún otro sospechoso, ni siquiera un indicio. En los archivos no figura otro crimen como este, resuelto o sin resolver. Desde luego Limehouse es una zona peligrosa, pero Zenia Gadney llevaba años viviendo allí sin que le ocurriera nada malo.

—¿Años?

—Quince o dieciséis, como mínimo.

—¿Mantenida por Joel Lambourn? —preguntó Rathbone con vivo interés—. Eso supone mucho dinero. ¿La esposa estaba al corriente? Es decir, está claro que piensas que al final lo sabía, pero ¿cuándo lo descubrió?

Tal vez el caso no fuese tan común, o tan sórdido, como parecía de entrada.

—Su historia carece de consistencia —contestó Monk—. Al principio lo negó, luego dijo que estaba enterada pero que no sabía el nombre ni la dirección de la mujer.

Rathbone enarcó las cejas.

—¿Y no deseaba averiguarlo? ¡Qué mujer tan poco curiosa! La mayoría de las mujeres querría saberlo, cuando menos para saber quién es su rival.

—No puede hablarse de rival en el sentido habitual —dijo Monk—. Dinah Lambourn es guapa, a su manera. Pero lo que resulta más atractivo en ella es que se sale de lo corriente, tiene mucho carácter, sentimiento y una notable dignidad. Zenia Gadney era agradable, pero tan común como una patata hervida.

—El alimento básico de la mayoría —señaló Rathbone secamente—. ¿Tuvo hijos el matrimonio?

—Dos hijas. Por ahora siguen en su casa con el ama de llaves. Rathbone suspiró. Más víctimas de la tragedia.

—Supongo que puedo ir a hablar con esta mujer y ver qué explicación da. ¿Ella qué dice?

Monk se mordió el labio.

—Me parece que dejaré que sea ella misma quien te lo diga.

—¿Tan malo es? —preguntó Rathbone.

—Peor —respondió Monk. Se bebió lo que le quedaba de oporto—. Peor en cuanto a lo que le ocurrió a Lambourn, y peor en cuanto a quién mató a Zenia Gadney y por qué. —Monk se levantó—. Pero al menos escúchala, Oliver, saca tus propias conclusiones. No te bases en las mías.

Rathbone también se puso de pie.

—Me vendría bien un desafío, siempre y cuando no sea un absurdo.

—Quizá sea absurdo —contestó Monk—. Sin duda podría serlo.

La mañana siguiente hacía frío. El invierno se acercaba.

Rathbone oyó el ruido metálico de la puerta al cerrarse, hierro contra piedra, y miró a la mujer que estaba sola en la celda delante de él. En el centro había una mesa con una silla a cada lado; aparte de eso, nada más.

—Soy Oliver Rathbone —se presentó—. El señor Monk me dijo que deseaba verme.

La miró con agudizada curiosidad. Monk le había dicho que era guapa, pero eso no bastaba para expresar el grado de individualidad de su rostro y su porte. Era alta, poco más o menos de la estatura de Rathbone, y el modo en que se conducía, incluso en tan sórdido lugar, le otorgaba una notable dignidad, tal como sostuviera Monk. No era verdaderamente bella en un sentido clásico, quizá su rostro tuviese demasiado carácter, sus labios quizá fuesen demasiado carnosos, pero poseía un encanto, una fuerza, incluso un peculiar equilibrio que resultaban inusualmente agradables a la vista.

—Dinah Lambourn —contestó ella—. Gracias por venir tan pronto. Me temo que tengo un problema muy grave y necesito que alguien hable en mi nombre.

Rathbone le indicó que tomara asiento y, cuando Dinah se hubo sentado, hizo lo propio en la otra silla de respaldo duro.

—Monk me contó parte de lo que ha sucedido —comenzó—. Antes de investigar más por mi cuenta o de oír lo que la policía tenga que decir, quisiera que usted misma me lo refiriera. Conocía de nombre a su marido, así como su fama de gran profesional. Incluso tuve ocasión de oírle testificar, y no logré hacerle flaquear. —Esbozó una sonrisa para que Dinah entendiera que se trataba de un recuerdo agradable—. No es preciso que me hable sobre los antecedentes. Comience por lo que sabía sobre Zenia Gadney y cómo lo averiguó, y quizá también por las últimas semanas de la vida de su marido, en los aspectos que considere relevantes.

Dinah asintió lentamente, como asimilando la información y decidiendo cómo referir su relato.

—Son muy relevantes —dijo en voz baja—. De hecho, constituyen el meollo del asunto. El gobierno tiene previsto aprobar una ley para regular el etiquetado y la venta de opio, que en la actualidad puede conseguirse en casi todas partes. Puedes comprarlo en decenas de pequeños comercios de cualquier calle principal. Está presente en la composición de un montón de sustancias medicinales, y en las cantidades que el fabricante decida emplear. Ninguna etiqueta advierte al usuario sobre su potencia o los demás componentes de la fórmula, como tampoco indica qué dosis es apropiada o peligrosa.

Se calló, escrutando el semblante de Rathbone para asegurarse de que la estuviera siguiendo.

—¿Cuál era la participación de su marido en este asunto? —preguntó Rathbone.

—Reunir datos pertinentes para garantizar que se aprobara el proyecto de ley. Hay una dura oposición a esa ley, respaldada por quienes amasan fortunas vendiendo opio con la permisividad vigente —contestó Dinah.

—Entiendo. Continúe, por favor.

Dinah respiró profundamente.

—Joel trabajó muy duro para reunir datos y cifras, para verificarlos y comprobarlos una y otra vez, visitando a personas y escuchando sus relatos. Cuanto más descubría, peor panorama iba desvelando. A veces llegaba a casa al borde del llanto tras haber oído historias sobre la muerte de bebés. No era un hombre sentimental, pero tantas muertes innecesarias lo consternaban profundamente. —El recuerdo afloraba al semblante de Dinah—. Ninguna era por malicia, sino por total ignorancia sobre lo que estaban usando. Solo eran gente corriente: asustados, doloridos, tal vez agotados y sin saber más que hacer, desesperados por hallar cualquier remedio que mitigara el dolor; el propio o el de algún ser amado.

Rathbone comenzó a ver el bosquejo de algo mucho más importante de lo que había imaginado y se sintió absurdamente privilegiado por el mero hecho de su propio bienestar.

—¿Presentó un informe al gobierno? —dedujo. Era de esperar que sí, aun dejando aparte lo que Monk le había contado, pero debía poner mucho cuidado en no sacar conclusiones precipitadas ni en poner palabras en boca de la señora Lambourn.

—Sí. Y lo rechazaron.

Saltaba a la vista que todavía le costaba aceptarlo. Monk había juzgado con acierto la lealtad de Dinah Lambourn a su marido.

—¿Con qué argumentos? —preguntó Rathbone.

—Adujeron incompetencia, un sesgo exagerado fruto de sus opiniones. —Se le quebró la voz y le costó repetir lo dicho—. Ellos se negaron a dar por válidos sus datos. Joel decía que era porque no concordaban con sus intereses económicos.

—¿Con «ellos» se refiere al gobierno? —aclaró Rathbone. Se daba cuenta de que Dinah creía a pies juntillas lo que estaba diciendo, aunque, en efecto, daba la impresión de adolecer de cierto sesgo.

Dinah reparó en la inflexión de su tono de voz. Tensó los labios de manera casi imperceptible.

—Me refiero a la comisión gubernamental cuyo jefe es Sinden Bawtry y de la que es miembro mi cuñado, Barclay Herne. —Ahora ya no disimulaba su amargura—. Hay un poderoso grupo de presión en el gobierno que opina que haría que el opio resultara inaccesible a buena parte de la población pobre, y que eso sería sumamente discriminatorio. Y, por supuesto, medir las cantidades y etiquetar debidamente costaría un montón de dinero. Reduciría el beneficio de cada botella o paquete vendido. Hay grandes fortunas que se sustentan en eso. Todo es parte del legado de las Guerras del Opio.

Se inclinó hacia delante muy seria, apoyando las manos en la desvencijada mesa.

—Hay muchas cosas de las que no hablamos, sir Oliver, cosas dolorosas que mucha gente hace lo posible por mantener ocultas. A nadie le gusta tener que admitir que algunas cosas que ha hecho su país son ignominiosas y no tienen excusa. Joel eran tan patriota como el que más, pero no negaba la verdad, por más horrible que fuera.

Rathbone se estaba comenzando a impacientar.

—¿Qué relación guarda todo esto con la muerte de Zenia Gadney, señora Lambourn?

Dinah se estremeció.

—Joel fue hallado muerto dos meses... dos meses antes de que mataran a la señora Gadney. —Tragó saliva como si estuviera atragantada—. Lo encontraron sentado en lo alto de One Tree Hill, en Greenwich Park. Había tomado una dosis bastante potente de opio y... —De nuevo le costó seguir hablando—. Tenía las muñecas cortadas para que se desangrara. Dijeron que se trataba de un suicidio debido a su fracaso profesional con el informe que había rechazado el gobierno. Fueron muy críticos con sus aptitudes.

Ahora hablaba más deprisa, como si quisiera decirlo todo de golpe y acabar con aquello cuanto antes.

—Dijeron que era excesivamente emotivo e incompetente. Que confundía las tragedias personales con la genuina evaluación de los datos. Hicieron que pareciera tonto, un mero aficionado. —Parpadeaba para contener el llanto, pero las lágrimas le resbalaban por las mejillas—. Le hizo mucho daño, ¡pero no era un suicida! Me consta que usted pensará que lo digo y lo creo porque lo amaba, pero es la verdad. Estaba decidido a presentarles batalla para demostrar que estaba en lo cierto. Le preocupaba tanto el asunto que nunca se habría dado por vencido.

»En los últimos días antes de su muerte, lo encontraba trabajando en su estudio a las tres o las cuatro de la madrugada, pálido de agotamiento. Le decía que viniera a acostarse, se lo suplicaba, pero decía que después de lo que había tenido que oír, sus pesadillas eran peores que cualquier fatiga que pudiera sentir. Sir Oliver, Joel jamás se habría quitado la vida. Lo vería como una traición a quienes le habían encomendado ayudar.

Rathbone detestaba tener que preguntárselo, pero no podía defenderla sin saber la verdad, y hubiera lo que hubiese en el pasado, fuese o no cierto el asunto del opio, su trabajo consistía en defenderla. Sería mejor hacerla sufrir ahora que ante el tribunal, pues entonces el daño sería público y, casi con toda seguridad, irreversible.

—En tal caso, solo puedo estar de acuerdo —dijo Rathbone con amabilidad—. El asunto del rechazo del informe no fue razón suficiente para que se quitara la vida. Lo cual me obliga a preguntar qué otro motivo pudo tener. Es posible que la acusación convenga con usted en que estaba dispuesto a presentar batalla al gobierno, pero sacará a la luz su relación con Zenia Gadney. Tal vez ella lo amenazara con ponerla al descubierto...

—Qué ridiculez —dijo Dinah bruscamente—. Si no lo había

hecho en quince años, ¿por qué iba a hacerlo? Además, si él moría se quedaría sin ingresos, viéndose obligada a buscarse la vida en las calles. Para una mujer de su edad, eso resulta difícil y, tal como se ha constatado, peligroso.

—Argüirán que no era consciente de ello —repuso Rathbone, observándole el rostro.

Su respuesta fue instantánea.

—Era una mujer del montón, ¡pero no era idiota! Vivía en Limehouse. Conocía a sus vecinos, compraba allí, caminaba por las calles cuando tenía que ir a algún sitio —dijo con cierta sorna—. ¿Realmente piensa que no sabía lo peligroso que era?

—Pues entonces no supo ver que el doctor Lambourn preferiría quitarse la vida antes que pagarle más dinero —contestó.

Dinah lo miró con desdén.

—¿Hacía más de quince años que lo conocía y no sabía eso? —Antes de que Rathbone pudiera señalar la inconsistencia de su argumento, prosiguió apresuradamente—. Claro que no lo sabía; porque no era verdad. Joel jamás se habría matado por dinero, y no creo que ella fuese tan avariciosa o tan estúpida como para haberlo amenazado. Percibir una cantidad de dinero que necesitas es mucho mejor que estar sin blanca. Y eso es tan válido para Zenia Gadney como para cualquier otra persona. ¡Era cuarentona! ¿Dónde diablos iba a encontrar otro hombre que la mantuviera sin pedirle nada a cambio?

—¿Nada? —cuestionó Rathbone, un tanto sorprendido ante aquella aseveración. ¿Era lo que Dinah creía realmente? ¿Cabía tal posibilidad?

Dinah se ruborizó y bajó la vista.

—Una visita al mes —dijo en voz baja—. Me consta que la acusación no se lo creerá, pero aunque no se lo crea, la lógica sigue sosteniéndose. Fuera lo que fuese lo que él pidiera o lo que ella le diera, siempre sería más fácil que vagar por las calles de Limehouse a la caza de clientes ocasionales.

Rathbone meditó unos instantes.

—Tal vez sugieran que era usted quien le estaba haciendo chantaje a él para que dejara de ver a Zenia...

—¿Amenazándolo con qué? —dijo con una curiosa chispa de humor—. ¿Con humillarme haciendo pública su aventura? No sea ridículo.

Rathbone correspondió a su sonrisa, si bien a su pesar. Admiraba su valentía.

—Pues ¿por qué se mató, señora Lambourn?

—No lo hizo. —La luz volvió a desvanecerse de su semblante para dejar paso a la aflicción—. Lo mataron porque iba a luchar para que su informe fuese aceptado por la gente aunque lo rechazara el gobierno. Hicieron que pareciera un suicidio para desacreditarlo de una vez para siempre.

Sonaba a histeria, una alocada ficción para salvarse de la vergüenza y el rechazo que suponía el suicidio de Lambourn. No obstante, Rathbone no descartó la idea de antemano.

—¿Homicidio? —preguntó.

—¿Cuántas personas se han ahogado ya en el oscuro mar del comercio del opio? —preguntó ella a su vez—. ¿Caídos en las Guerras del Opio, asesinados en el período subsiguiente de comercio y piratería, muertos por sobredosis? ¿Cuántas fortunas amasadas o perdidas?

—¿Y quién mató a Zenia Gadney? —prosiguió Rathbone, aunque de repente más serio, aguardando su respuesta—. ¿Realmente fue mera coincidencia?

—Me parece muy improbable, por no decir imposible —dijo Dinah. El miedo que sentía se palpaba en la habitación.

Rathbone la miró con una inmensa tristeza. Entendía que Monk le hubiese pedido que fuera a verla y aceptara el caso.

—Quise hacer todo lo posible por limpiar su nombre —prosiguió Dinah—, pero todos sus papeles desaparecieron. Alguien se los llevó para destruirlos. Todavía estoy mirando si hay algún otro médico que tenga el coraje y los recursos necesarios para retomar el asunto.

—¿Aun creyendo que lo asesinaron para silenciarlo?

—Tenía razón —respondió simplemente.

Rathbone volvió sobre la pregunta anterior.

—¿Quién mató a Zenia? —dijo.

—Lo hicieron ellos —contestó Dinah—. Los mismos que mataron a Joel.

—¿Por qué? ¿Qué sabía ella? ¿Guardaba una copia del informe?

Si tal copia existiera, no sería un lugar descabellado para esconderla.

—A lo mejor sí —dijo Dinah, como si no se le hubiese ocurrido hasta entonces.

Rathbone tenía que hacerle ver que la acusación haría pedazos aquella respuesta.

—Si estuviera en lo cierto, ¿por qué no limitarse a robar en su casa? —preguntó—. De ese modo no llamarían tanto la atención. O si ella la había escondido y se negaba a decirles dónde, ¿por qué no darle una paliza, o incluso matarla, pero de una manera menos grotesca? Este asesinato es tan atroz que ha sacudido a la opinión pública de todo Londres. La gente está aterrorizada. Aparece en todos los periódicos y está en boca de todos. Esto no tiene sentido.

Dinah se llevó las manos a la cara en un gesto de cansancio rayano en el agotamiento.

—Tiene todo el sentido del mundo, sir Oliver. Tal como ha señalado, todo Londres es presa del terror. Cuando las pruebas me relacionen con el crimen, y conmigo a Joel, si no logro demostrar mi inocencia moriré en la horca, y Joel quedará deshonrado para siempre. Su informe ya no representará un peligro y la propuesta de ley morirá discretamente, permaneciendo en el olvido durante años, hasta que alguien sea capaz de resucitarla. ¿Qué valor tienen la vida de Zenia o la mía, comparadas con los millones de libras en opio o con el decoroso entierro de los pecados de las Guerras del Opio?

Rathbone no sabía a qué atenerse. Cuanto más la escuchaba, más creíble parecía la posibilidad de que, como mínimo, el informe de Lambourn hubiese sido eliminado porque no decía lo que quienes lo habían encargado esperaban que dijera.

Ahora bien, ¿cabía concebir que ese fracaso hubiese conducido primero al asesinato de Lambourn y luego al de Zenia para silenciar a Dinah? Sin duda alguna, la riqueza que había en juego bastaba para incitar al asesinato. ¿En verdad existía semejante conspiración?

¿O estaba dejando que le tomaran el pelo porque Dinah era una mujer guapa y su lealtad a su marido le había dado de pleno en el único lugar vulnerable de su propia herida? ¿Estaba perdiendo el sentido de la perspectiva?

¿Acaso Dinah Lambourn estaba arriesgando su vida para salvar la reputación de su marido? ¿O estaba loca de celos y había matado a Zenia empujada por la envidia, y ahora mentía más que hablaba para intentar librarse de la soga?

A decir verdad, no tenía la menor idea.

Deseaba creerla. O, siendo más sincero, deseaba creer que una mujer fuese capaz de demostrar semejante lealtad por su marido. Tanta que, incluso después de su muerte y de quince años de relaciones con otra mujer, siguiese luchando por él, por el recuerdo que de él conservaba y por todo aquello que habían compartido.

Sus sentimientos heridos nada significaban para ella. No había dicho ni una sola palabra contra él, como tampoco contra Zenia Gadney.

Saltaba a la vista que se debatía presa de una extrema emoción, aunque no hacerlo así podría indicar una negativa a reconocer la realidad. Se enfrentaba a la horca si la hallaban culpable. Habida cuenta de cómo había muerto Zenia Gadney y del escándalo popular, no habría lugar para la clemencia.

¿Era posible que él mismo estuviera tan divorciado de la realidad?

—Llevaré su caso, señora Lambourn. No puedo garantizarle que tengamos éxito, solo puedo prometerle que haré cuanto pueda para defenderla —dijo con gravedad.

¿Qué demonios acababa de hacer?

10

Al salir de la prisión, Rathbone se detuvo en la gélida acera, estupefacto por su precipitación, azotado por un viento que arreciaba. Se estaba metiendo en arenas movedizas y ya era demasiado tarde para retractarse. Había dado su palabra.

Se le ocurrió que tal vez, en lugar de ir a su bufete a horas tan tempranas para pensar en lo que acababa de hacer, debería dirigirse más al este y cruzar el río en Wapping para subir a Paradise Place y decirle a Monk que había aceptado el caso. Iba a necesitar más información de la que le había facilitado la víspera. Trabajaría como si Monk todavía fuese investigador privado en vez de ser el comandante de la Policía Fluvial, de modo que pudiera contratarlo para que dedicara su tiempo y su habilidad a aquel caso.

Caminó con brío hasta la avenida principal y tomó un coche de punto, indicando al conductor que lo llevara hasta la escalinata de Wapping Stairs. Se arrellanó en el asiento mientras circulaban entre el tráfico matutino y pensaba en lo que necesitaba saber. ¿Cómo demonios iba a sembrar una duda razonable en las mentes del jurado sin disponer de otro sospechoso? A la luz prístina de un día de invierno, ¿abrigaría alguna duda él mismo?

¿Sería Dinah Lambourn una mujer que creía en algo aparentemente imposible? ¿Una mujer que amaba a su marido pese a sus debilidades, pese a que la traicionara con otra mujer durante más de quince largos años y, para colmo, pese a su rocambolesca historia sobre la negativa del gobierno a admitir la verdad sobre el uso y el abuso del opio? ¿No se trataba de un asunto que tarde o temprano iba a aflorar, si los datos recopilados por Lambourn se aproximaban siquiera un poco a la verdad, ya se tratase del opio o de cualquier otra medicina? Lo único que se lograría con la muerte de Lambourn sería retrasarlo un año o incluso menos. ¿Acaso eso valía la muerte de una persona, por no mencionar un demencial asesinato como el de Zenia Gadney?

¿Se negaba Dinah a creer en el fracaso, tanto en el propio como en el de su marido? La respuesta más probable a todo ello era que padeciera un grado leve de demencia, consecuencia de los hechos que se vería obligada a aceptar. ¿Tal vez para sobrevivir necesitaba cualquier respuesta que dejara intacto su mundo de fantasía?

Monk lo había metido en aquello. Ahora Rathbone necesitaba que se comprometiera a ayudarlo a desentrañar aquel tremendo embrollo.

Efectuó todo el trayecto hasta el transbordador sumido en las vanas ilusiones de otras personas, sin lograr que su credibilidad respaldara ninguna de ellas. Le alegró apearse y pagar al cochero, y luego aguardar unos minutos, dejándose embriagar por los ruidos del agua y el viento, hasta que llegó el transbordador.

Bajó los peldaños de piedra, que estaban húmedos y un poco resbaladizos. Lo hizo con sumo cuidado. Lo último que deseaba era un remojón en el agua sucia y fría. Aparte de la incomodidad que supondría, se sentiría idiota. Subió a la embarcación y tomó asiento.

El río corría deprisa con la marea saliente. Pequeñas olas picadas hacían incómoda la travesía, pero disfrutó sintiendo el viento en la cara, el olor a salitre y lodo, el chillido de las gaviotas en lo alto.

En la otra margen caminó con gusto desde Princess Stairs, cruzando Rotherhithe Street para luego subir por la colina hasta Paradise Place.

Hester le abrió la puerta. Se la veía bien. Su rostro presentaba una dulzura que no le restaba un ápice del ardor con el que siempre había combatido la injusticia, la estupidez y cualquier clase de maldad. Rathbone se sorprendió sonriendo aun no teniendo nada que celebrar. Ni siquiera tenía algo de lo que estuviera seguro, aparte de la amistad.

—¡Oliver! —saludó Hester complacida—. Entra. ¿Cómo estás?

No eran palabras vanas. Los ojos de Hester le escrutaban el semblante, buscando la verdad. ¿Estaría viendo su desilusión, la soledad que hubiese preferido mantener oculta?

—Estoy bien, gracias —contestó Rathbone, entrando en la casa—. Pero Monk me ha endilgado un caso casi imposible. Necesitaré que me ayude. Por favor, no me digas que ya se ha marchado.

—Está aquí —le aseguró Hester—. ¿Quieres pasar a la sala para que podáis hablar en privado? Te serviré un té, si te apetece, o incluso un desayuno. Debía hacer frío en el río.

—¿Todavía no te has enterado? —preguntó Rathbone sorprendido.

Hester se permitió un asomo de sonrisa.

—Me dijo que se había visto obligado a arrestar a Dinah Lambourn. No habrás aceptado el caso, ¿verdad? ¿Tan deprisa? Qué... precipitado, tratándose de ti.

Ahora sonrió abiertamente. Tiempo atrás, cuando por primera vez se dio cuenta de que Rathbone estaba enamorado de ella, le había tomado el pelo a propósito de su cautela, diciéndole que era demasiado prudente y ordenado para ser feliz con alguien tan impulsivo como ella. En aquel entonces Rathbone pensó que llevaba razón. Tal vez entonces fuera verdad. Ahora ya no lo no era.

—¿Qué hombre que no fuese un poco temerario se lo habría planteado siquiera? —dijo Rathbone irónicamente.

—Pues entonces ven a la cocina —invitó Hester, cruzando el vestíbulo hacia la puerta de la cocina.

En la cocina hacía calor y reinaba un cierto desorden, revelando que se trataba del corazón de la casa. En un banco había ropa limpia. La pava hervía a fuego lento arrimada al fogón. De unos clavos del techo colgaban hierbas secas y un par de ristras de ce-

bollas. Un montón de platos de porcelana esperaba a ser guardado en el aparador.

Monk estaba sentado a la mesa de la cocina y se levantó en
cuanto vio a Rathbone. Estaba comiendo un cuenco de gachas de
avena con leche, y probablemente ese era el motivo por el que
había sido Hester quien le abriera la puerta.

De repente Rathbone se dio cuenta de que estaba muy hambriento; no había comido nada aquella mañana.

Hester se fijó en la mirada que lanzó al desayuno de Monk.
Sin preguntar, le sirvió un cuenco de gachas y le dispuso un sitio
en el otro lado de la mesa. Tampoco preguntó si quería té, limitándose a llenarle la taza.

—¿Y bien? —inquirió Monk, olvidando su desayuno hasta
que supiera si Rathbone había aceptado el caso.

Rathbone se rio y miró a los fríos ojos grises de Monk. Se sentó frente a él.

—Si no lo hubiese aceptado te habría mandado una nota a
Wapping y, tal vez, otra aquí —dijo, un tanto compungido—.
Pero voy a necesitar que me ayudes.

—No sé qué puedo hacer yo —contestó Monk, que a pesar
de sus palabras se mostró complacido.

—Bien, para comenzar... —Rathbone tomó un sorbo de té.
Todavía estaba demasiado caliente para beberlo, pero la fragancia lo tranquilizó. Hester tenía razón, había pasado frío en el
río. En su momento no se había dado cuenta, estaba demasiado
ansioso por llegar allí—. ¿Hay algo útil que puedas declarar bajo
juramento? ¿Qué más podríamos tener para señalar a Zenia como
víctima?

Monk reflexionó unos instantes antes de contestar.

—Supongo que el hecho de que nunca tuviera otro cliente
aparte de Lambourn, según dicen todos, la dejaría en una posición difícil para comenzar de nuevo a buscar clientela —dijo
Monk lentamente.

—Tenía alrededor de cuarenta y cinco años, como mínimo
—agregó Rathbone, sirviéndose leche en las gachas y tomando
la primera cucharada.

Monk se sorprendió.

—¿Cómo lo sabes?

—Me lo ha dicho Dinah.

Monk enarcó las cejas.

—¿En serio? ¿Y ella lo sabía por Lambourn?

Rathbone sintió una punzada de ansiedad.

—¿No tenía esa edad?

—Sí, por supuesto, pero ¿cómo es que Dinah lo sabía? Sostiene que no se conocieron —señaló Monk.

—En tal caso, me imagino que se lo diría el propio Lambourn. Aunque me resulta un poco raro que le comentara algo así.

Hester lo estaba observando.

—No sabes si creerla o no, ¿verdad?

—No, no lo sé —admitió Rathbone—. Estoy convencido de que miente sobre algo, si no por obra, sí por omisión. Pero me cuesta creer que matara y destripara a esa pobre mujer.

—Bueno, Lambourn no lo hizo —dijo Monk—. Cuando la mataron ya llevaba una temporada muerto, el pobre.

—Pues si Lambourn no pudo hacerlo y Dinah no lo hizo, ¿quién nos queda? —preguntó Rathbone—. ¿Realmente solo fue una espantosa coincidencia que se topara con un loco asesino en el mismo momento en que Dinah la estaba buscando?

—¿Ha admitido que fuera en su busca? —preguntó Monk.

—No. Pero tú me dijiste que la habían identificado.

—Solo aproximadamente. Una mujer que encajaba con su descripción —aclaró Monk—. Alta, de pelo oscuro, de habla educada pero fuera de sí por la ira, la histeria, el opio, lo que fuera que la hacía comportarse como una histérica.

—El opio deja a la gente aturdida, volviéndola lenta y torpe —terció Hester—, pero no violenta. Es mucho más fácil que caigan dormidos a que te ataquen.

Rathbone estaba desconcertado.

—Dinah dice que alguien del gobierno podría haber matado tanto a Lambourn como a Zenia Gadney —dijo—. Con vistas a desacreditar el informe de Lambourn para luego acusar a Dinah de asesinato y ahorcarla, de modo que el asunto no volviera a ver la luz. —Se volvió un momento de Monk a Hester—. ¿Es posible, en vuestra opinión?

—Sí —dijo Hester en el mismo instante en que Monk dijo «no».

—Tal vez sea posible —admitió Monk—. Al menos en cuanto a que alguien pudiera hacerlo, pero no daría resultado, y cualquiera con dos dedos de frente lo sabría. Enterraría el informe de Lambourn, pero no la Ley de Farmacia. Solo la retrasaría, eso es todo. A lo mejor un año, como mucho.

—Justo lo que yo pensaba —convino Rathbone. Se mordió el labio—. De modo que vuelvo a estar donde estaba. Es posible que Zenia fuese torpe y vulnerable porque le faltara práctica para buscar clientes, y que además no se le diera bien discernir quién era peligroso y quién no entre los hombres que buscan una prostituta callejera en una zona portuaria. —Miró a Monk—. ¿Hay alguna parte de la historia de Dinah que se pueda corroborar? Dijo que estaba con una amiga en el momento en que tus investigaciones la situaban en Copenhagen Place. Lamentablemente, la amiga reconoció que era mentira.

—No se me ocurre nada relevante —contestó Monk—. Nadie imaginaba siquiera que hubiese tenido algo que ver con la muerte de su marido. Al principio negó saber quién era Zenia Gadney, luego admitió que sabía de su existencia, y eso coincide con lo que dice su cuñada, Amity Herne. Y dado que ha sabido decirte la edad de Zenia, tuvo que haberla visto. Los periódicos no publicaron nada porque nosotros mismos no estábamos seguros. Sin duda estaba de muy buen ver, para su edad, en la medida en que quepa formarse una idea fundamentándose en el cadáver, la textura de la piel, el pelo, etcétera. Tenía muy buena dentadura. Una de las personas que interrogué la creía más joven.

Rathbone recordó el rostro de Dinah y sus palabras negando la posibilidad de que Zenia hubiese juzgado mal el carácter de Joel Lambourn. Frunció el ceño y dejó la cuchara sobre la mesa un momento.

—En realidad Dinah me ha dicho que Joel y Zenia se conocían desde hacía más de quince años.

Monk levantó la vista de golpe.

—¿Cómo demonios puede saberlo?

—También yo me lo pregunto.

Rathbone se sentía cada vez más incómodo. Nunca había confiado en su propia valoración de las mujeres. Desde lo de Margaret, su capacidad de juicio aún era menos fiable. ¿Había cometido una enorme estupidez al aceptar aquel caso?

Hester apoyó suavemente una mano en su hombro.

—Es normal que mienta o que salga con evasivas en lo que atañe a la aventura de su marido con esa mujer —observó—. Debe de sentirse increíblemente idiota. Intentará buscar el modo de explicárselo a sí misma para no admitir que la engañaron, y al mismo tiempo tratará de convencerte de que no mató a Zenia. Creo que cualquiera que estuviera en su lugar haría lo mismo.

—¿Tú la crees? —preguntó Rathbone, volviéndose un poco para mirarla mientras ella se movía por la cocina a sus espaldas.

—La creo en lo que concierne a la investigación de Lambourn —contestó Hester, sentándose en la tercera silla de la mesa—. Hablé con un médico muy bueno que conozco y estuvo completamente de acuerdo con el informe. Dijo que el número de muertes de niños es espantoso y que sería muy fácil reducirlo mediante cierto grado de control e información.

—¿De modo que estaba en lo cierto en lo esencial pese a que sus evidencias fuesen anecdóticas? —dijo Rathbone.

—Sí. Aunque espero que las anécdotas solo las añadiera para reforzar el componente emotivo. Tendría que haber proporcionado cifras tan exactas como pudiera.

Rathbone se volvió de nuevo hacia Monk.

—¿Qué pruebas concretas hay sobre su suicidio? La señora Lambourn sostiene que fue un asesinato. ¿Es posible?

Monk frunció el ceño.

—No lo sé. Dicen que lo hallaron en One Tree Hill, en Greenwich Park, con las muñecas cortadas y una considerable cantidad de opio en su organismo. Pregunté si habían encontrado algún recipiente para líquidos con el que pudiera haberse bebido el polvo, o disolverlo, o lo que fuera, según la forma en que estuviera presentado el opio. No obtuve respuesta, pero tampoco hablé con la persona que lo encontró. A decir verdad, pensé que la señora Lambourn simplemente se negaba a aceptar que fuese un suicidio porque le resultaba demasiado doloroso.

—Podría ser el caso —admitió Rathbone—, pero nosotros tenemos que saberlo con toda seguridad.

Monk sonrió.

—¿Nosotros?

De repente, Rathbone volvió a sentirse incómodamente solo.

—¿Crees que es culpable? —preguntó.

—No lo sé —reconoció Monk—. Supongo que pienso que sí, aunque me gustaría mucho estar equivocado. Y, por cierto, acepto el «nosotros».

—¿Tienes autoridad para investigarlo?

Aquella era la verdadera preocupación de Rathbone. Podía intentarlo por su cuenta en calidad de abogado de Dinah, pero le constaba que las aptitudes de Monk eran muy superiores a las suyas, tanto en la búsqueda de pruebas como en saber exactamente qué buscar y cómo interpretarlo.

Monk se debatió en su fuero interno antes de contestar.

—Lo dudo, pero puedo intentarlo. No es mi territorio y, tal como lo veo, no guarda relación con el río. Ya está archivado como suicidio, de modo que no es un caso abierto. De hecho, apenas puede decirse que sea un caso, salvo para la iglesia, quizá, pero incluso eso concede cierta flexibilidad, según fuere el estado mental de la persona en cuestión.

—¿Y el opio? —sugirió Hester.

Ambos la miraron.

—Bueno, grandes cantidades de opio llegan al país a través del puerto de Londres, y buena parte termina en Limehouse —señaló Rathbone—. Podrías decir que su informe te preocupa, sobre todo su fiabilidad. —Esbozó una sonrisa—. Puedes forzar un poco las cosas y decir que, según te han dicho, contiene información que te sería de gran utilidad para el control del contrabando... —dijo, aunque más parecía una pregunta—. ¿Me equivoco? Además, probablemente sea cierto.

Monk sonrió a Hester con una chispa de humor en los ojos.

—Podría, desde luego —admitió Monk—. De hecho, es lo que haré. Todo por el interés de atrapar a los contrabandistas del río, por supuesto. —Miró de nuevo a Rathbone—. Cuando fui a preguntar, enseguida vi claro que las pruebas del suicidio habían desaparecido. Y nadie parece capaz de dar cuenta de ese informe. Ha sido condenado pero nunca mostrado.

—¿Qué pasa con Lambourn y Zenia Gadney? —prosiguió Rathbone, pensando que al menos había algo concreto sobre lo que trabajar—. Para empezar, ¿por qué recurrió a ella? Todo resulta bastante sórdido, pero el crimen en sí mismo es de una violencia extrema. Sugiere un odio de carácter muy personal, un odio sexual. ¿En qué medida habéis buscado a un loco que odie a las mujeres en general y a las prostitutas en particular?

—Muy a fondo —contestó Monk—. Y Orme es un agente de primera. No se ha producido nada comparable ni de lejos. El último asesinato de una prostituta fue por estrangulación, y otro fue resultado de una paliza tremenda. Fue por dinero, y atrapamos al asesino. Hubo una puñalada, pero fue un solo tajo que acertó más cerca del corazón de lo que el asesino quería. Era su proxeneta y también lo atrapamos.

Rathbone apretó los labios.

—En tus años de experiencia, ¿alguna vez has visto un crimen de semejante brutalidad cometido por una mujer contra otra?

—Algunas puñaladas entre prostitutas rivales —contestó Monk—. Pueden ser bastante despiadadas, pero no, ninguna capaz de rajar el vientre de una enemiga y sacarle los intestinos y el útero. Cuesta imaginar a una mujer haciendo algo semejante. De ahí, en parte, que la indignación contra Dinah vaya a ser tan acusada. Sinceramente, no sé cómo vas a defenderla. El público quiere ver a alguien en la horca. ¿Has leído los periódicos?

Rathbone hizo una mueca.

—Por supuesto. Es inevitable, aunque no quisieras. ¿No lo ves como una razón de más para que estemos absolutamente seguros de haber arrestado a la persona correcta?

—¡Vamos! —dijo Monk cansinamente—. Sabes tan bien

como yo que a la mayoría de la gente no le gusta eso. Dirán que quieren castigar a la persona correcta, pero ya creen tenerla, y si eso se cuestiona, solo consigues que se pongan más a la defensiva. Para ellos, admitir que no es la culpable significa que han procesado a una víctima inocente, que la policía es incompetente y, peor aún, que el culpable anda suelto y, por lo tanto, siguen estando en peligro. Nadie quiere que le digan eso.

Rathbone no podía discutirlo.

—También necesito saber todo lo que pueda sobre Dinah Lambourn —prosiguió, cambiando de tema—. No quiero que la acusación me dé sorpresas desagradables durante el juicio. ¿Se te ocurre algo? Si es culpable, significa que tiene un temperamento que roza la locura. Es imposible que esta haya sido la primera vez en que ha manifestado al menos algún indicio. Averiguaré lo que pueda, pero necesito ayuda.

Hester lo miró con desconcierto y preocupación.

—Y si es culpable, Oliver, ¿quieres salvarla? No solo mató a Zenia Gadney, la mutiló con una obscenidad inenarrable. Para eso no hay excusa que valga. Ninguna clase de provocación lo justificaría.

—Hester... —comenzó Rathbone.

Hester no le dejó hablar.

—Y si se sale con la suya, ¿qué será de la próxima persona que la contraríe? —prosiguió—. A lo que hay que añadir que, si es hallada inocente en el juicio, la policía seguirá buscando a otra persona que no existe. La gente de Limehouse vivirá con miedo, sospechando unos de otros, porque creerá que el asesino sigue en libertad.

—¿Piensas que lo hizo ella? —preguntó Rathbone a bocajarro.

—No tengo ni idea —contestó Hester—. Pero tienes que decidir ahora lo que harás si descubres que lo hizo.

Rathbone no se lo había planteado así. Había ido a Paradise Place obedeciendo a un impulso, dispuesto a emprender cualquier cruzada. Al menos en parte lo había hecho para abstraer su mente y sus energías y así olvidar, al menos durante un rato, su propio dolor.

Se volvió hacia Monk.

—Hester tiene razón. Tengo que estar seguro. ¿Me ayudarás?

—¿Quieres que te ayude a demostrar la inocencia de la mujer que acabo de arrestar por uno de los asesinatos más brutales que he investigado en mi carrera? —preguntó Monk en voz baja.

—¿Estás seguro de que es culpable? —preguntó Rathbone.

—No. No estoy seguro. Pero no hay otro sospechoso a la vista.

—Pues entonces quiero que descubras la verdad, de modo que estemos seguros —le dijo Rathbone. Miró a Hester.

—¿William? —dijo Hester, mirando a Monk a su vez.

Monk se encogió de hombros y cedió.

—Sí, claro que lo haré. Tengo que hacerlo.

11

Cuando Rathbone se hubo marchado, Hester y Monk se sentaron a un lado y otro de la cómoda mesa de la cocina, cuya calidez ahora no llegaba a traspasarles la piel.

—¿Qué vas a hacer para ayudarlo? ¿Qué puedes descubrir? Más que una pregunta, pareció una afirmación.

—No lo sé —contestó Monk—. Ya he agotado prácticamente todas las vías de investigación. En Limehouse no hay nada que encontrar. Ningún otro crimen como este, ninguna enemistad que fuera más allá de una riña en la tienda de ultramarinos o una diferencia de opinión sobre el tiempo. Según parece la pobre Zenia solo se relacionaba con Lambourn. Ni siquiera he podido averiguar a qué dedicaba el tiempo, salvo a hacer pequeños favores a los vecinos y algunos trabajos de costura. Leía libros, la prensa...

—¿Es posible que se enterara de algo sobre alguien, por casualidad? —sugirió Hester—. ¿Que oyera algo sin querer?

—Es posible. —Monk deseaba estar de acuerdo con Hester, transmitir alguna esperanza sincera—. Pero no hay nada que lo sugiera. Era una mujer casi invisible. Y aunque supiera algo, eso no basta para explicar la mutilación.

—¿Ningún pariente? —insistió Hester, con un deje de desesperación asomándole a la voz. Le caía un mechón de pelo sobre la frente, pero no parecía ser consciente de ello.

—Nadie conoce a ninguno —contestó Monk—. Hemos investigado.

—Pero seguirás intentándolo, ¿verdad?

—¿Por Dinah Lambourn o por Rathbone? —preguntó Monk con un asomo de sonrisa.

Hester se encogió de hombros casi imperceptiblemente y su mirada fue más dulce.

—En parte por la verdad, pero sobre todo por Oliver —admitió.

—Hester... No puedo hacer gran cosa. El suicidio de Lambourn queda fuera de mi jurisdicción. Puedo hacer unas cuantas preguntas, pero no justificar que le dedique demasiado tiempo. Me dirán que el informe fue destruido, y no puedo demostrar lo contrario. Quizás incluso digan que lo destruyó el propio Lambourn porque sabía que era erróneo. No están obligados a demostrar que sea verdad.

—Hace mucho que no te tomas unas vacaciones —dijo Hester, mirándolo de hito en hito—. Podrías hacerlo ahora. Te ayudaré. Ya he pedido al doctor Winfarthing que vea qué clase de información puede conseguir, solo para compararla con lo que sostenía Joel Lambourn.

Monk se estremeció de miedo, como si una mano fría recorriera toda su piel.

—Hester, si es cierto que alguien mató a Lambourn por culpa de ese informe, ¡puedes haber puesto a Winfarthing en peligro!

—Se lo advertí —repuso Hester enseguida, ruborizándose levemente—. Así pues, piensas que existe un peligro real, ¿no?

Hester se las había ingeniado para que lo admitiera no solo ante ella sino, posiblemente más importante, ante sí mismo. Tal vez esa había sido su intención desde el principio.

—Podría ser... —admitió Monk—. Si lo que Dinah dice sobre el informe es correcto, hay grandes sumas de dinero en juego, y quizás incluso reputaciones. Pero eso no significa que asesinaran a Lambourn ni que Dinah sea inocente.

—Te ayudaré —repitió Hester.

Monk no tuvo inconveniente en ceder ante ella, al menos hasta que hubiese intentado con más ahínco descubrir la verdad. Había algo en la valentía de Dinah que lo conmovía, pese a que su razón le decía que era culpable. Desde luego no estaba satisfecho con la explicación dada al suicidio de Lambourn, según la cual fue provocado por su desesperación al ver rechazado el informe. Su carrera hasta entonces, y el modo en que sus colegas hablaban de él, decían que estaba hecho de una madera más noble.

Además era tan consciente de su propia felicidad que deseaba con toda su alma hacer algo que distrajera a Rathbone de la amargura de su desilusión.

Primero pasó por la comisaría de Wapping y luego se dirigió a los archivos de la Policía Metropolitana para averiguar quién había estado a cargo de la investigación sobre la muerte de Joel Lambourn. Dada la importancia del caso, ya sabía que no se había encargado a la policía local de Greenwich.

Se quedó pasmado al descubrir que lo había llevado el comisario Runcorn, quien, a principios de su carrera, había sido amigo y compañero de Monk, luego su rival y finalmente su superior. Era cuestión de opinión si Runcorn había despedido a Monk del cuerpo o si él, previamente, había presentado su dimisión. En cualquier caso, había sido una discusión acalorada y desagradable. Se separaron dando por terminada su amistad. Monk había pasado los años siguientes trabajando como investigador privado. La nueva ocupación le daba mucha libertad para elegir qué casos aceptar y cuáles rehusar, al menos en teoría. En la práctica, había sido un trabajo duro y económicamente precario.

Durante esos años sus caminos se cruzaron en varias ocasiones. Para sorpresa de ambos, el respeto que uno sentía por el otro fue en aumento. Más adelante Monk se dio cuenta de que su conducta había sido innecesariamente agresiva, con frecuencia intolerante. Estando al mando de hombres en la Policía Fluvial había aprendido cuánto daño podía hacer al cuerpo un único elemento obstructivo. Aquello había cambiado radicalmente su opinión sobre Runcorn.

Y cuando Monk ya no era su inferior en el escalafón y aun así siempre iba un paso por delante de él en los razonamientos,

Runcorn había comenzado a apreciar sus aptitudes, así como a mostrar un sorprendente respeto por su coraje y la desventaja que su amnesia le había supuesto antaño.

Monk nunca había recuperado la memoria y no recordaba casi nada de su vida antes del accidente. De vez en cuando acudían a su mente destellos fugaces, pero no imágenes completas. Las piezas sueltas no encajaban para formar un todo. Ahora ya no lo obsesionaba. Ya no temía a los desconocidos como hiciera antes, siempre consciente de que podían conocerlo sin que él supiera si eran amigos o enemigos, o incluso que pudieran saber cosas sobre su persona que él ignoraba.

Enfrentarse de nuevo a Runcorn era peor que tratar con alguien que no lo conociera. Pero al menos no sería necesario dar explicaciones. Pese a la enemistad que se había prolongado tantos años, ya habían dejado atrás la época de los malentendidos.

Monk fue a la comisaría de Blackheath, cuyo comisario era Runcorn, y dio su nombre y rango al cabo del mostrador de la entrada.

—Es un asunto muy grave —le dijo Monk—. Guarda relación con una muerte relativamente reciente que podría ser un asesinato. El comisario Runcorn debería ser informado de inmediato.

Al cabo de diez minutos un agente condujo a Monk al despacho de Runcorn. Entró y no se sorprendió al ver lo ordenado que estaba. A diferencia de Monk, Runcorn siembre había sido de una pulcritud rayana en la obsesión. Ahora tenía más libros que antes, pero también había bonitos cuadros en las paredes, paisajes bucólicos que transmitían una sensación de serenidad. Aquello era nuevo, bastante impropio del hombre que Monk había tratado tiempo atrás. En uno de los estantes había un jarrón, un objeto pintado de blanco y azul con gran delicadeza. Quizá no tuviera mucho valor en el sentido monetario, pero era precioso, con una forma curva de una sencillez exquisita.

Runcorn se levantó y fue a su encuentro tendiéndole la mano. Era un hombre corpulento, alto y con una barriga que engordaba con la edad. Peinaba más canas de las que Monk recordaba, pero no había ni rastro del enojo que solía crispar su expresión. De hecho, estaba sonriendo. Estrechó la mano de Monk con firmeza.

—Siéntese, por favor —invitó, indicando la silla enfrentada al escritorio—. Culpepper me ha comentado algo sobre una muerte que podría ser un asesinato.

Monk se había preparado para un recibimiento completamente distinto; en cierto modo, casi para ver a un hombre diferente. Se quedó desconcertado. Ahora bien, si titubeaba se pondría en evidencia, cosa que no solo lo dejaría en desventaja, y eso no se lo podía permitir con Runcorn, sino que también le haría parecer insincero.

—He estado trabajando en el brutal asesinato de una mujer cuyo cuerpo fue hallado en el embarcadero de Limehouse hace once días —comenzó, aceptando el asiento ofrecido.

La expresión de Runcorn cambió al instante, reflejando repugnancia y algo que parecía genuina aflicción.

Monk volvió a sorprenderse. En el pasado, rara vez había percibido semejante sensibilidad en Runcorn. Solo recordaba una ocasión, en una tumba, en la que había mostrado una repentina compasión. Tal vez aquel fue el momento en que sintiera verdadero afecto por Runcorn, entendiendo al hombre que había detrás de las estratagemas y las actitudes agresivas.

—Pensaba que ya había arrestado a alguien por ese crimen —dijo Runcorn en voz baja.

—Así es. Los periódicos todavía no están al tanto, pero dudo que tarden en enterarse.

Runcorn se mostró perplejo.

—¿Y eso qué tiene que ver conmigo?

Monk respiró profundamente.

—Dinah Lambourn.

—¿Qué?

Runcorn hizo un ademán negativo, como si no lo creyera posible.

—Dinah Lambourn —repitió Monk.

—¿Qué pasa con ella?

Runcorn todavía no lo entendía.

—Todas las pruebas indican que fue ella quien asesinó a esa mujer junto al río. Se llamaba Zenia Gadney —explicó Monk.

Runcorn se quedó atónito.

—Eso es ridículo. ¿Cómo iba a conocer la viuda del doctor Lambourn a una prostituta de mediana edad de Limehouse, y mucho menos a interesarse por ella? —dijo Runcorn, no enojado sino solo incrédulo.

Monk fue consciente de lo absurdo de su respuesta mientras contestaba.

—Joel Lambourn mantuvo relaciones con Zenia Gadney a lo largo de los últimos quince años —aclaró—. La visitaba como mínimo una vez al mes y le daba un dinero que era su único sustento.

—No me lo creo —dijo Runcorn simplemente—. Pero suponiendo que fuese verdad, al morir Lambourn ella se quedaría sin nada. Lo más probable es que volviera a hacer la calle y que se topara con un maldito loco. ¿No es esa la explicación más evidente?

—Sí —contestó Monk—, salvo que no hemos hallado rastro alguno de un loco. Un hombre que mata de esa manera no comete solo un crimen. Usted sabe tan bien como yo que habría cometido otros antes o que lo haría poco después. Mientras ve que se sale con la suya, ataca al azar con una violencia que va en aumento a medida que crece su demencia.

—¿Y si hubiese sido alguien que estuviera de paso? —sugirió Runcorn—. Un marinero. No pueden encontrarlo porque no vive aquí. Sus crímenes anteriores ocurrieron en otros lugares.

—Ojalá fuera así —dijo Monk, muy en serio—. Esto fue terriblemente personal, Runcorn. Vi el cadáver. Un hombre tan loco como para hacer eso deja rastro. Otras personas río arriba o abajo habrían reparado en él. Incluso un marinero extranjero habría llamado la atención. No pensará que no hayamos investigado esa posibilidad, ¿verdad?

—También se habrían fijado en Dinah Lambourn —replicó Runcorn al instante.

—Y en efecto fue vista... por varias personas. Montó toda

una escena tratando de encontrar a Zenia Gadney. La gente que ese día estaba en la tienda de comestibles la recuerda, y el tendero también.

Runcorn se quedó anonadado. Negó con la cabeza.

—¿Quiere que testifique contra ella? No puedo. A mí me pareció la mujer más cuerda que haya conocido jamás: una mujer que amaba profundamente a su marido, cuya muerte la dejó destrozada. Apenas podía creer lo que había ocurrido. —El semblante del propio Runcorn transmitía aflicción—. Me cuesta trabajo imaginar cómo puede uno hacer frente a que la persona que más ama en el mundo, y en la que más confía, se haya quitado la vida sin ni siquiera haberle hecho saber que estaba deprimida hasta el punto de desear morir.

—Yo tampoco. —Monk se negó a pensar en Hester—. Me figuro el golpe que supondría para ella enterarse de su aventura de quince años con una prostituta de mediana edad de Limehouse.

—¿Ella lo sabía?

—Sí. Su cuñada sostiene que sí, y la propia señora Lambourn lo reconoce.

Runcorn se quedó petrificado en el asiento como si una parte de él estuviera paralizada.

—¿Admite que mató a esa tal... Gadney? —preguntó.

—No —contestó Monk—. Afirma que no lo hizo. Juró que estaba con una amiga suya, una tal señora Moulton, en una *soirée*...

—¡Ahí lo tiene! —exclamó Runcorn con alivio. Finalmente se relajó, acomodándose de nuevo en la silla.

—Y la señora Moulton dice que estuvo en una exposición, pero al presionarla admitió que Dinah Lambourn no estaba con ella —dijo Monk.

Runcorn volvió a ponerse tenso.

—¿Qué quiere de mí? —preguntó—. No puedo declarar contra la señora Lambourn. Lo único que conozco de ella es su dignidad y su pesar.

Runcorn miró a Monk a los ojos con franqueza y una lástima manifiesta.

Aquella era la parte más difícil. Cosa rara en él, Monk se dio cuenta de que no quería ofender a Runcorn y ciertamente se sorprendió. En el pasado solía disfrutar buscando ocasiones para pelearse con él.

—Me rogó que pidiera a Oliver Rathbone que la defendiera —comenzó Monk, un tanto vacilante—. Él se avino a hacerlo. Y ahora me ha pedido que lo ayude. No sé si piensa que podría ser inocente. No hay ningún hecho que lo sustente. Pero todo el caso está plagado de ambigüedades, y reviste mucha más importancia que la mera justicia que merece Zenia Gadney.

—¿Mera justicia? —preguntó Runcorn con los ojos muy abiertos.

Monk no defendió la expresión que había usado.

—También justicia para Dinah Lambourn y para Joel Lambourn, así como todo el asunto del proyecto de Ley de Farmacia.

Runcorn frunció el ceño.

—¿Joel Lambourn? No lo entiendo.

Monk se lanzó de cabeza.

—Dinah afirma que no se suicidó. Dice que fue asesinado por culpa del informe que hizo sobre la venta de opio y el daño que causa, en concreto la muerte de muchos bebés y niños pequeños. Sostiene que la misma gente que lo asesinó también asesinó a Zenia Gadney con el propósito de impedir que ella cuestionara su muerte o que atrajera demasiado interés sobre su informe. Informe que al parecer ha desaparecido; todas las copias, incluso las notas.

Runcorn no lo interrumpió, tan solo se inclinó hacia delante en el asiento, tenso y perplejo, con la espalda un poco encorvada.

—Y, por descontado, si su aventura con Zenia Gadney acabara saliendo a relucir, como sin duda ocurrirá —prosiguió Monk—, también podría utilizarse como un motivo perfecto para explicar su suicidio.

Observó el semblante de Runcorn y vio su repulsa, su ira y, finalmente, una abrumadora compasión. Aquel era un Runcorn al que Monk no conocía, un hombre de una gentileza que nunca antes había visto en él. ¿Se debía a que Runcorn había cambiado radicalmente, o era él mismo quien había cambiado y solo lo percibía como siempre había sido?

Runcorn meditó un momento antes de contestar. Cuando lo hizo, eligió con cuidado sus palabras y sus ojos no se apartaron del rostro de Monk.

—La verdad es que no me satisfizo el veredicto sobre Lambourn —admitió—. Quise investigarlo con más detenimiento, atar los cabos sueltos. —Hizo un contenido gesto de negación—. Tampoco es que viera alguna otra resolución. Estaba solo allí arriba, sentado en el suelo, dejado caer contra el tronco del árbol. Los cortes le habían cubierto las muñecas de sangre. La ropa también. Ni siquiera sé por qué quise investigar más a fondo, pero me enervaba que un padre de familia se hubiese hecho aquello a sí mismo.

Runcorn se interrumpió, como si precisara una pausa para sopesar lo que iba a decir a continuación.

Monk pensó en la solitaria vida de Runcorn y se preguntó si sería capaz de imaginar cómo sería tener una esposa que lo amara tanto como Dinah Lambourn había amado a su marido. Pero mencionarlo sería una torpeza innecesaria y cruel.

—El gobierno tenía prisa por cerrar el caso lo antes posible —prosiguió Runcorn—. Decían que su trabajo era confidencial y que había cometido graves errores de juicio. No sé a qué se referían. —Puso cara de desconcierto—. Según tengo entendido, recogía datos sobre la importación y la venta de opio, los lugares donde se compra y la forma en que se etiqueta. ¿Qué clase de juicio cabía hacer sobre eso?

—No lo sé —reconoció Monk—. ¿Tal vez en lo concerniente a las pruebas que necesitaba para incluir un caso en el informe? ¿O en si los médicos archivaban debidamente las historias médicas? ¿Dijeron algo al respecto?

—No. —Runcorn negó con la cabeza—. Solo que, por el bien de su reputación y la de su familia, había que cerrar el caso cuanto antes y con la máxima discreción posible. Yo no estaba conforme con ciertos pormenores, pero podía entender sus deseos y también su respeto por el duelo de la familia. ¿Me está diciendo que verdaderamente existe una posibilidad de que se protegieran a sí mismos y no a la viuda?

—No estoy seguro. —Monk sintió el impulso de ser sincero—. Y necesito estarlo. ¿Usted llegó a ver el informe de Lambourn?

—No —contestó Runcorn—. Registraron su casa. Yo no tuve ocasión. De todos modos, el informe era propiedad del gobierno. Lo encargaron y pagaron unos honorarios a Lambourn. Lo que sí dijeron era que se fundamentaba más en sus sentimientos y suposiciones que en la recogida científica de datos, pero eso fue todo: ni un detalle más. —Runcorn suspiró—. Dieron a entender, sin llegar a decirlo, que el informe demostraba cierto desequilibrio mental. No parecían sorprendidos de que se hubiese quitado la vida, como si les constara que ya llevaba algún tiempo deprimido.

—¿Mencionaron su relación con Zenia Gadney? —preguntó Monk.

Runcorn negó con la cabeza.

—No. Dijeron que era excéntrico en varios aspectos. Quizá fuera eso lo que insinuaban. —Parecía apenado, como si estuviera evocando la tragedia demasiado vívidamente—. ¿Qué es lo que quiere hacer?

—Revisar las pruebas de nuevo —contestó Monk—. Ver si la historia de Dinah Lambourn tiene algún sentido, si hay cualquier cosa que suscite preguntas, que no encaje con el suicidio o con la teoría de que estaba perdiendo la cabeza, o con que padecía algún desequilibrio emocional.

—¿Está seguro de que tuvo una aventura con esa mujer de Limehouse? —preguntó Runcorn. Su rostro todavía manifestaba incredulidad. Ahora bien, ¿no había sido policía durante el tiempo suficiente para no asombrarse ante aquella aparente aberración?

—Al principio Dinah negó estar al corriente, pero luego admitió lo contrario —repitió Monk.

—Hay algo que no encaja —insistió Runcorn, mirando al escritorio para luego levantar la vista hacia Monk otra vez—. Me gustaría tener ocasión de revisarlo todo paso a paso, ver si hubo equivocaciones, pero tendremos que hacerlo con mucha discreción y extraoficialmente, pues de lo contrario el gobierno intervendrá para impedir que investiguemos.

Lo dijo sin el menor titubeo, sin asomo de duda.

Monk no se sorprendió, salvo por su coraje. El Runcorn que había conocido en el pasado nunca habría desobedecido a la autoridad, ni abiertamente ni a escondidas. Le tendió la mano.

Runcorn se la estrechó. No fue preciso formular con palabras su acuerdo.

—Puedo marcharme a las cuatro —dijo Runcorn—. Venga a mi casa a las cinco. —Anotó una dirección de Blackheath en un trocito de papel—. Le contaré lo que sé y podremos planear por dónde empezamos.

Monk aún se sorprendió más cuando llegó a la casa cinco minutos antes de las cinco de la tarde. Era una respetable casa de familia en una calle tranquila. El jardín estaba bien cuidado y, vista desde fuera, daba sensación de confort, incluso de permanencia. Nunca habría asociado un lugar así con Runcorn.

Su asombro fue mayúsculo cuando la puerta no la abrió Runcorn o una sirvienta, sino Melisande Ewart, la hermosa viuda que él y Runcorn habían interrogado como testigo de un asesinato hacía ya algún tiempo. Ella había insistido en prestar declaración cuando su autoritario hermano había intentado, sin éxito, impedírselo. Entonces Monk se había dado cuenta de que Runcorn la admiraba mucho más de lo que deseaba, y tal vez estuviera un poco enamorado de ella. Aunque le habría dado mucha vergüenza que Melisande lo hubiese adivinado. De hecho, fue un asunto tan íntimo que incluso Monk se guardó de hacer comentario alguno. Si la situación no hubiese sido tan delicada, Monk sin duda le habría tomado el pelo. Runcorn era el último hombre que cupiera imaginar enamorado, y mucho menos de una mujer de mayor rango y posición social, pese a que no dispusiera de dinero y dependiera de un hermano que a ella le resultaba agobiante.

Ahora Melisande le sonreía con una expresión ligeramente divertida y tal vez con un leve rubor en las mejillas.

—Buenas tardes, señor Monk. Me alegra verle de nuevo. Pase, por favor. ¿Quizá le apetecería una taza de té mientras conversan sobre el caso?

Monk recuperó el habla y le dio las gracias, aceptando el té que le ofrecía. Poco después se encontraba sentado con Runcorn en una sala pequeña pero acogedora con todos los indicios de una bien asentada paz hogareña. Había cuadros en las paredes; en el aparador, un jarrón con flores arregladas con gusto; y una canasta de costura en un rincón. Los libros de las estanterías eran de distintos tamaños, elegidos por su contenido, no como objetos de decoración.

Monk se sorprendió sonriendo hasta que Runcorn, no sin cierta timidez, le hizo volver al asunto que se llevaban entre manos.

—Estas son las notas que tomé en su momento.

Entregó a Monk unas hojas pulcramente escritas.

—Gracias —dijo Monk. Las cogió y las leyó.

Melisande trajo el té, acompañado de tostadas con mantequilla y pastelillos. Volvió a marcharse enseguida, sin la menor intención de entrometerse. Ambos se pusieron a merendar.

Runcorn aguardó pacientemente en silencio hasta que Monk terminó de leer y levantó la vista.

Monk habló del caso como si no hubiera ninguna otra cosa extraordinaria. No podía comentar la diferencia que constataba en Runcorn, la paz interior de la que no había gozado en toda su vida y que de súbito resultaba en extremo evidente. Monk no recordaba su vieja amistad, ni cómo se había deteriorado hasta convertirse en rencor. Aquello formaba parte de su pasado perdido. Pero había encontrado pruebas suficientes de su propia brusquedad, su afilada lengua, el ingenio virulento, la elegancia y la soltura en el porte que Runcorn nunca podría emular. Runcorn era torpe, siempre a la sombra de Monk, y cada pifia social iba en detrimento de su confianza en sí mismo.

Sin embargo, ahora nada de eso importaba. Runcorn se había despojado de ello como quien se quita un abrigo que le cae mal. Monk se alegraba por él mucho más de lo que hubiera creído posible. Seguramente nunca sabría cómo había cortejado y seducido a Melisande, que era guapa, más elegante e infinitamente más distinguida que Runcorn. Pero eso tampoco importaba.

—¿Vio a Lambourn en el lugar donde lo hallaron? —le preguntó Monk.

—Sí —contestó Runcorn—. Al menos eso fue lo que dijo la policía.

Monk captó su titubeo.

—¿Acaso lo duda? ¿Por qué?

Runcorn habló despacio, como si describiera una escena paso a paso mientras la iba rememorando.

—Estaba sentado un poco de lado, como si hubiese perdido el equilibrio. Tenía la espalda apoyada contra el tronco del árbol, con las manos en los costados, y la cabeza colgando hacia un lado.

—¿Y eso qué tiene de raro? —dijo Monk, con un asomo de duda—. ¿Por qué piensa que quizá lo movieron?

—Al principio pensé que solo me inquietaba verle en una postura tan incómoda —contestó Runcorn, eligiendo las palabras con un cuidado inusitado—. No he visto muchos suicidios, pero quienes se han suicidado de manera poco dolorosa siempre parecían estar... cómodos. ¿Por qué ibas a sentarte torpemente para hacer algo así?

—¿Y si se cayó? —sugirió Monk—. Como ha dicho antes, al perder las fuerzas perdería el equilibrio.

—Tenía las muñecas y los antebrazos cubiertos de sangre —prosiguió Runcorn, arrugando la frente al recordar—. También había un poco en las perneras de los pantalones, pero donde más había era en el suelo. —Levantó la vista hacia Monk y lo miró con firmeza—. El suelo estaba empapado en sangre. Pero el cuchillo no estaba allí. Dijeron que lo debía de haber tirado en alguna parte, o que trastabillando se le habría caído. Pero ningún rastro de sangre conducía al lugar donde estaba. ¿Y por qué diablos iba a lanzar un cuchillo después de haberse cortado las venas? Apenas le quedarían fuerzas para sostenerlo, y mucho menos para arrojarlo tan lejos que nadie pudiera encontrarlo.

Monk trató de imaginárselo, pero no lo consiguió.

—¿Qué hora era? —preguntó.

—Por la mañana. Serían las nueve cuando yo llegué.

—Eso significa que quien lo encontró tuvo que hacerlo muy temprano —señaló Monk—. En torno a las siete. ¿Qué hacía en el parque, en lo alto de One Tree Hill, a las siete de la mañana de un día de octubre?

—Dar un paseo —contestó Runcorn—. Hacer ejercicio. No había dormido bien y salió a despejarse antes de iniciar la jornada, según nos dijo.

—¿Pudo llevarse el cuchillo?

—Solo si se tratara de un loco —dijo Runcorn secamente—. ¡Vamos, Monk! ¿Qué sentido tiene robar el cuchillo con el que un suicida acaba de cortarse las venas? Era un hombre respetable de mediana edad. Trabajaba para el gobierno, aunque no recuerdo exactamente en qué, pero nos lo dijo.

—¿Para el gobierno? —preguntó Monk a bote pronto.

Runcorn captó lo que quería decir.

—Busqué rastros de sangre que condujeran allí. No había ninguno. Y el cuchillo no apareció. Lo buscamos en un radio de cien metros de donde estaba él. Es campo abierto. Si hubiese estado allí lo habríamos encontrado.

—¿Puede que se lo llevara un animal? —sugirió Monk sin convicción.

Runcorn torció las comisuras de los labios hacia abajo.

—¿Coger un cuchillo sin tocar la sangre del cadáver? ¡Está perdiendo facultades, Monk!

—Pues entonces ¿quién se llevó el cuchillo y por qué? ¿Qué hacía allí? ¿Lo cogió cuando murió o después? —Monk estaba diciendo en voz alta lo que sabía que ambos pensaban—. Por ahí es por donde hay que empezar. Hay mucho que indagar.

—Volveré a hablar con los testigos —se ofreció Runcorn, con un aire sombrío—. Tendremos que ser discretos, fingir que intentamos cerrar cualquier puerta habida cuenta del juicio que se avecina. Los hombres del gobierno fueron... —Se encogió de hombros—. Supuse que los movía la compasión, pero ahora comienzo a tener la impresión de que fue un ardid para mantenerme apartado.

Monk asintió.

—Voy a tomarme unas vacaciones. Hace tiempo que me corresponden. Deme nombres y direcciones de testigos, y diré exactamente eso: que estoy procurando asegurarme de que la defensa de Dinah Lambourn no reabra el caso de su marido.

No estaba seguro de que fueran a creerle ni de que no fueran a engatusarlo con las mismas historias otra vez, diciéndole que el gobierno tomaría cartas en el asunto, pero no se le ocurría una solución mejor.

Se despidió de Runcorn y dio las gracias a Melisande. Luego salió a la oscuridad de la calle, dispuesto a caminar hasta que encontrara un coche de punto que lo llevara a su casa, aunque en realidad no quedara muy lejos.

Monk comenzó a la mañana siguiente, el duodécimo día después del descubrimiento del cadáver de Zenia Gadney, contándole a Orme lo que se disponía a hacer. En el fondo no estaba seguro de qué esperaba averiguar ni de cuáles eran los motivos que lo impulsaban a hacerlo, salvo el de disipar la incertidumbre en la medida de lo posible.

Regresó a Greenwich resuelto a hablar directamente con las personas que habían visto el cadáver de Lambourn. La vez anterior no le habían facilitado el nombre del hombre que lo había descubierto mientras paseaba con su perro, pero ahora lo sabía gracias a Runcorn. Y esta vez también insistiría hasta dar con el agente Watkins, el primer policía que llegó al lugar de los hechos, tanto si estaba de servicio como si no.

También volvería a visitar al doctor Wembley. Le diría que el propósito de su investigación era proteger su caso contra cualquier acusación que Dinah pudiera hacer. Caminaba con brío bajo el pálido sol, sin ser siquiera consciente de que estaba buscando un coche de punto. Medio reconoció para sus adentros que tenía la esperanza de descubrir que Lambourn no se había suicidado, ni por su fracaso al presentar un informe que el gobierno se hubiese visto obligado a aceptar, ni porque su vida personal se hubiese desmoronado.

Estaba molesto consigo mismo. Era impropio de su carácter ser tan sentimental.

Casi habían dado las diez cuando llegó al silencioso y ordenado despacho del señor Edgar Petherton, a un tiro de piedra de Trafalgar Square. Era el hombre que había encontrado el cuerpo de Lambourn, y Monk se presentó y le explicó de inmediato quién era.

Petherton andaba por la cincuentena, pero ya tenía el pelo canoso. Sus ojos eran inusualmente oscuros y sus rasgos revelaban al mismo tiempo humor e inteligencia. Invitó a Monk a tomar asiento en uno de los dos sillones tapizados en piel que había junto a la chimenea, y él hizo lo propio en el otro.

—¿En qué puedo servirle, señor? —preguntó Petherton. Su voz fue serena y llena de curiosidad—. ¿Está seguro de que es conmigo con quien quiere hablar, y no con mi hermano? Trabaja en la Escuela Naval. Su nombre de pila es Eustace. De vez en cuando nos confunden.

—Quizás esté equivocado —admitió Monk—. ¿Fue su hermano quien paseaba a su perro a primera hora de la mañana, hace nueve o diez semanas, y encontró el cadáver del doctor Joel Lambourn?

Petherton no intentó disimular la pena que le causaba aquel recuerdo.

—Me temo que no se equivoca. Era yo. Ya contesté a todas las preguntas que me hizo la policía en su momento, y también a las de un caballero del gobierno. Del Ministerio del Interior, me parece.

—Me consta. —Monk pasó a darle la explicación que había estado planeando—. Me figuro que habrá leído en la prensa el violento asesinato de la pobre mujer que fue hallada en el embarcadero de Limehouse a principios de mes.

La impresión que se llevó Petherton fue patente.

—¿Qué diablos tiene eso que ver con la muerte de Lambourn? Falleció mucho antes de ese suceso.

—La viuda de Lambourn ha sido arrestada y acusada de asesinar a esa mujer —contestó Monk—. Estamos tratando de contener la histeria de la opinión pública con el fin de que el juicio sea realmente imparcial...

—¿La señora Lambourn? —Petherton negó con la cabeza—. ¡Eso es ridículo! Santo Dios, ¿por qué iba a hacer algo semejante? Sin duda se equivoca de pleno.

—Es posible —concedió Monk, preguntándose si realmente lo era o si tan solo estaba pronunciando palabras conciliadoras. ¿Tan hipócrita era? Antes no lo era. ¿O se debía simplemente a que había sido menos consciente de los sentimientos del prójimo?—. Debido al cariz que probablemente tome su defensa, estoy comprobando de nuevo todos los hechos de modo que no puedan tergiversarse para respaldar una historia que no sea la verdad.

—¿Y si es la verdad? —repuso Petherton, desafiante.

—En tal caso bien podría ser inocente, y tendremos que seguir investigando hasta que descubramos al verdadero asesino de esa pobre mujer —contestó Monk.

Petherton frunció el ceño.

—¿De verdad piensa que una mujer, por no decir una mujer digna y civilizada, sería capaz de hacerle algo semejante a otra persona de su mismo sexo?

Miró a Monk como si fuese una curiosidad de la naturaleza, no un ser humano.

—Llevo mucho tiempo en la policía —le dijo Monk—. Puedo creer muchas cosas que no habría creído hace diez o quince años. Aun así, me cuesta trabajo creer que la señora Lambourn hiciera algo semejante. Por eso necesito enterarme de los pormenores del caso de primera mano. Tal vez exista otra explicación. Si es así, debo conocerlos.

—Solo puedo decirle lo que ya dije —dijo Petherton, dando la impresión de desear tener suficiente imaginación u osadía para mentir convincentemente.

—¿Suele pasear a su perro tan temprano? —le preguntó Monk—. ¿Siempre va a Greenwich Park cuando sale?

—Al parque voy bastante a menudo —contestó Petherton—. De hecho, la mayoría de las veces. Pero en respuesta a su primera pregunta, no, no suelo salir tan temprano. No podía dormir y hacía una mañana radiante. Salí en torno a una hora antes de lo habitual.

—¿Acostumbra a subir a One Tree Hill?

—Rara vez. Ese día quería pensar. Me tenía preocupado un asunto personal. En realidad no prestaba mucha atención a la ruta que seguía. Solo fui consciente de dónde me encontraba cuando *Paddy*, mi perro, se puso a ladrar, y tuve miedo de que estuviera importunando a alguien. Sus ladridos no eran normales, parecía que algo lo inquietara. Cosa que por supuesto era así. Corrí detrás de él y lo encontré con el pelo del lomo erizado, mirando a un hombre sentado con las piernas estiradas y la espalda apoyada contra un árbol. Se había inclinado un poco, como si estuviera dormido. Solo que, claro, estaba muerto.

—¿Se dio cuenta enseguida? —preguntó Monk a bote pronto.

—Bueno... —Petherton titubeó, a todas luces recordando la escena con cierto pesar—. Diría que sí. Tenía el rostro muy pálido, casi desprovisto de color. Presentaba un aspecto espantoso. Y por supuesto tenía las muñecas escarlata por la sangre, y también había sangre en el suelo. No lo toqué de inmediato. Me quedé bastante... impresionado. Cuando me recobré, me agaché y le toqué el antebrazo, por encima de los cortes...

—¿Se había arremangado? —interrumpió Monk.

—Sí. Sí, las mangas de la camisa estaban bastante subidas.

—¿Chaqueta?

—Que yo recuerde, no llevaba chaqueta. No, seguro que iba en mangas de camisa. Le toqué el brazo y la piel estaba fría. Tenía los ojos hundidos. Le palpé el cuello para comprobar el pulso, pero no lo encontré. No probé en las muñecas... por la sangre. —Respiró profundamente—. Y además no quería... dejar una marca donde... Lo admito, no quise tocar la sangre con mis dedos. Me pareció no solo repulsivo sino entrometido. El pobre hombre había caído en el más hondo infierno en que puede caer un ser humano. Su desesperación merecía ser tratada con... con cierto decoro.

Monk asintió.

—Sin duda fue una decisión acertada, tanto por respeto al finado como a los procedimientos de la policía. ¿Dónde estaba el cuchillo?

Petherton parpadeó.

—No lo vi.

—¿Lo normal no sería que estuviera cerca de sus manos? —prosiguió casi con indiferencia.

—El caso es que no estaba a la vista —dijo Petherton, negando con la cabeza—. ¿Tal vez se había movido y lo tenía debajo de él?

—¿Oculto por su chaqueta?

—Ya se lo he dicho, no llevaba chaqueta, solo camisa —repitió Petherton.

—¿Usted llevaba chaqueta?

—Sí, claro. Era octubre y por la mañana temprano. Estaba amaneciendo. Hacía frío. —Petherton fruncía el ceño y saltaba a la vista que estaba preocupado—. No acaba de tener sentido, ¿verdad? Ni siquiera un hombre dispuesto a suicidarse haría algo tan incómodo como caminar casi dos kilómetros pasando frío antes del alba. No me había detenido a pensarlo hasta ahora. —Se mordió el labio—. Debía de estar medio loco por su desespero, y sin embargo parecía muy tranquilo, como si hubiese acabado de sentarse junto al árbol y dejado que sucediera.

Aguardó a que Monk se explicara.

—Había tomado mucho opio —dijo Monk, atento al semblante de Petherton—. Seguramente por eso parecía tan sereno. Es probable que lo hubiese dejado insensible.

—En tal caso, ¿cómo subió a esa colina? —preguntó Petherton de inmediato—. ¿O quiere decir que lo tomó una vez que llegó allí arriba? Aun así se habría puesto una chaqueta para la caminata. Me pregunto qué sería de ella.

—¿Vio usted huellas de alguna otra persona que hubiese estado allí? —preguntó Monk.

Petherton pareció sorprenderse.

—No las busqué. El día estaba despuntando. Apenas había luz. ¿Piensa que alguien estuvo con él?

—Bueno, tal como usted señala, sin duda habría llevado chaqueta, a no ser que saliera a primera hora de la noche anterior y no tuviera intención de ir tan lejos —contestó Monk.

Petherton se dio cuenta de hacia dónde apuntaba Monk.

—¿O que solo tuviera intención de dar un paseo corto y regresar a casa? Según me parece recordar, la noche anterior había sido muy templada. El frío arreció de madrugada. Yo mismo pasé un buen rato al aire libre, trabajando en el jardín hasta bastante tarde.

Monk cambió la manera de enfocar el asunto.

—¿Vio algo que pudiera haber contenido opio o agua con la que ingerir el polvo?

—No. ¡No le registré los bolsillos!

De nuevo una ligera repugnancia asomó al semblante de Petherton.

—¿Es posible que tuviera una botella o un vial en uno de ellos? —insistió Monk.

—Una botella, no. Un pequeño vial en un bolsillo del pantalón, tal vez. ¿Qué está insinuando que sucedió?

—No lo sé, señor Petherton. Eso es precisamente lo que necesito averiguar. Pero si hay algo que se haya ocultado, le ruego por su bien y por el de la investigación que no lo comente con nadie. Dios sabe bien que ya hemos tenido suficientes tragedias. Quizá demos con una explicación inocente que todavía no se nos haya ocurrido.

Monk se expresó con soltura, pero en su fuero interno sentía el peso de buscar una respuesta distinta al suicidio, sin conseguir dar con una a pesar de las pequeñas incongruencias. ¿Era siquiera concebible que Dinah hubiese salido a buscarlo, siguiendo un sendero que Lambourn tal vez solía tomar, y que fuese ella quien lo hubiese encontrado, y que hubiese decidido llevarse el cuchillo y el vial para suscitar sospechas?

Monk dio las gracias de nuevo a Petherton y se marchó, dejándolo tan confundido como él mismo. Salió al aire fresco y torció hacia el oeste, camino de la comisaría, donde esperaba encontrar al agente Watkins.

Dar con el agente Watkins resultó ser bastante más difícil de lo que Monk esperaba. Primero lo dirigieron erróneamente a Deptford, un incómodo viaje que le llevó más de una hora, para allí descubrir que el agente Watkins ya se había marchado de regreso a Greenwich.

En Greenwich, Watkins estaba enfrascado en una investigación y dijeron a Monk que debía aguardar. Al cabo de una hora preguntó de nuevo y, deshaciéndose en disculpas, el cabo le dijo que Watkins había tenido que ausentarse y que no regresaría hasta el día siguiente. Y no, el cabo no sabía dónde vivía Watkins.

Era demasiado tarde para ir a ver al doctor Wembley otra vez y, además, mientras Monk no hubiese confirmado la historia de Petherton con Watkins, carecía de sentido que hablara con él. Había perdido un día entero, y se fue a casa enojado y más convencido que nunca de que lo estaban engañando adrede, aunque no sabía si con la intención de proteger a Lambourn o con la de ocultar un secreto que desconocía.

Si era para proteger a Lambourn, ¿lo ocultaría también Monk? Por descontado que no, si tenía que ver con la muerte de Zenia Gadney. Estuvo seguro de ello mientras cruzaba Southwark Park camino de su casa, en Paradise Place.

A las siete y media de la mañana siguiente ya estaba en la comisaría de Greenwich, para gran consternación del cabo de guardia. Aguardó a que llegara el agente Watkins. El cabo intentó impedir que Monk lo abordara, pero había una mujer con un descolorido vestido de algodón y un chal desgarrado, quejándose de un perro callejero. Escuchaba cuanto se decía, y sus ojos saltaban de uno a otro de ellos.

Monk avanzó hacia Watkins pese a que el cabo había puesto cuidado en no mencionar su nombre al saludarlo, tal como había hecho con los demás policías que habían ido llegando.

—¿Agente Watkins? —dijo Monk en voz alta y clara.

El joven dio media vuelta para ponerse de cara a él.

—Sí, señor. Buenos días. ¿Nos conocemos?

En sus grandes ojos azules no había el menor rastro de malicia.

—No, agente, usted no me conoce —contestó Monk, sonriendo—. Soy el comisario Monk de la Policía Fluvial del Támesis en Wapping. Necesito hacerle unas pocas preguntas sobre un incidente del que le dieron parte a usted, tan solo para verificar ciertos datos. ¿Quizá le apetecería una taza de té para comenzar la jornada? ¿Y un bocadillo?

—No es necesario, señor, pero... sí, se lo agradezco, señor —aceptó Watkins, tratando sin éxito de disimular lo mucho que le apetecía un bocadillo recién hecho.

El cabo cambió el peso de pie, inhalando aire bruscamente. Monk supo en ese instante que tenía órdenes de impedir que eso sucediera.

—¡Agente! —dijo con aspereza—. Señor Monk, el agente Watkins tiene obligaciones, señor. No puede coger y...

Miró Monk a la cara y le falló la voz.

—¿Ha recibido órdenes de sus oficiales superiores de no permitir que el agente Watkins coopere con la Policía Fluvial en alguna investigación, cabo? —preguntó Monk con absoluta claridad—. ¿O en una investigación en concreto? —agregó con una voz tan afilada que podría haber roto un cristal.

El cabo farfulló una negativa, pero resultó evidente, al menos para Monk, que aquello era exactamente lo que le habían ordenado que hiciera.

Monk fue con Watkins al puesto de un vendedor ambulante que había en la esquina más cercana a la comisaría, a quien compró té y bocadillos. La mañana era fría, el sol apenas comenzaba a hacerse notar. Del río soplaba un viento pertinaz que atravesaba la lana de abrigos y bufandas.

Watkins estaba incómodo, pero comprendía que no tenía otra opción que la de cooperar. Monk tendría que hacer lo que estuviera en su mano para protegerlo.

—Agente, usted fue el primero en llegar a la escena de la muerte del doctor Joel Lambourn en One Tree Hill, hace unos dos meses y medio.

—Sí, señor.

—He hablado con el señor Petherton, el hombre que encontró al doctor Lambourn. Ha sido de gran ayuda. Pero comprenderá usted que necesite un punto de vista más experto para saber si sus observaciones fueron correctas.

—Sí, señor.

El agente Watkins bebió un sorbo de té, pero sin apartar un instante sus ojos de los de Monk.

Monk repitió con toda exactitud lo que Petherton le había contado, con inclusión de la camisa arremangada y las manchas que la sangre había dejado en las muñecas de Lambourn y en el suelo.

—¿Había alguna otra cosa? —preguntó Monk—. Por favor, piénselo con detenimiento, agente. No sería conveniente tener que añadir algo a posteriori. En el mejor de los casos, parecería una grave falta de competencia. En el peor, una ocultación deliberada. No nos lo podemos permitir. La muerte de un hombre, la de cualquier hombre, es un asunto muy serio. La importancia del doctor Lambourn para el gobierno hace que, si cabe, todavía lo sea más. ¿He descrito la escena tal como usted la vio? Haga un esfuerzo de memoria, reconstruya el recuerdo como agente de policía y luego conteste.

Watkins cerró los ojos, permaneció callado unos instantes y luego los abrió y miró a Monk.

—Sí, señor. La descripción es absolutamente correcta.

—¿Debo concluir que el señor Petherton fue sincero y minucioso?

—Sí, señor.

—Gracias, agente. Esto es todo. No quisiera distraerlo de sus obligaciones más tiempo del necesario. Puede dar las gracias a su cabo y decirle que cuanto me ha referido ha sido para confirmar la declaración que prestó usted en su momento. Aclare que no ha añadido y ni cambiado nada, y que está en condiciones de jurarlo ante un tribunal si fuese preciso.

Watkins suspiró aliviado y su semblante recobró el color.

—Gracias, señor.

Monk visitó de nuevo al doctor Wembley, pero este no recordó ni añadió nada significativo, limitándose a repetir su declaración anterior. A última ahora de la tarde, bajo una fría llovizna, Monk fue a casa de Runcorn para contarle el resultado de sus pesquisas.

Se habían acomodado en la acogedora salita, con el fuego encendido y una bandeja sobre la mesita que los separaba, con té recién hecho y pedazos de empanada fría de pollo. Esta vez Melisande también estaba con ellos. Había entrado con el único propósito de servirles el tentempié, pero Runcorn le había hecho una seña para que se quedara. Habida cuenta de la firmeza con la que lo hizo, Monk no opuso la menor objeción. No quería afligirla. Sabía muy poco acerca de su vida, aparte de la valentía con que había insistido en prestar declaración durante la resolución del caso que los había llevado a conocerse. La miró un par de veces a la cara, y solo vio compasión y una intensa concentración.

—Es lo mismo que me contaron a mí —dijo Runcorn cuando Monk hubo concluido su relato—. He revisado las instrucciones que me dieron. —Parecía ligeramente avergonzado—. Entonces pensé que lo hacían para proteger la reputación de Lambourn y los sentimientos de su esposa. Ahora prevalece la impresión de que su intención fue ocultar la verdad. Y si se han tomado tantas molestias en hacerlo, tenemos que preguntarnos por qué.

—Subió allí arriba en mangas de camisa —razonó Monk en voz alta—. O bien llevaba chaqueta y alguien se la quitó. Pero Petherton dice que la víspera el tiempo era benigno. Él mismo estuvo hasta tarde en su jardín. Durante la noche refrescó y al amanecer hacía mucho frío. Parece como si Lambourn no hubiese tenido intención de ir tan lejos y, menos aún, de quedarse allí.

Runcorn asintió pero no lo interrumpió.

—Petherton estaba seguro de que no había ningún cuchillo, como tampoco nada que pudiera contener líquido, a no ser que fuese muy pequeño y lo llevara en un bolsillo del pantalón. Watkins lo ha corroborado, solo que ha precisado que no llevaba nada en los bolsillos. No es posible que ambos mientan o se equivoquen. Y uno no puede tragarse el opio sin beber.

—Allí arriba hubo alguien más que se llevó el cuchillo y lo que fuera que usara para beberse el opio —concluyó Runcorn—. O, en el peor de los casos, la señora Lambourn está en lo cierto y su marido fue asesinado.

Miró a Monk con el ceño fruncido, escrutando su semblante.

—Y contaban con ser capaces de ocultarlo —pensó Monk en voz alta—. Pero fueron descuidados. No había cuchillo. Nada con que tomar el opio. Tampoco una chaqueta para caminar tanta distancia en una noche de octubre. ¿Fue porque los pillaron por sorpresa y tuvieron que actuar precipitadamente? ¿O fue mera arrogancia?

Melisande habló por primera vez.

—Fue muy estúpido —dijo lentamente—. El cuchillo debería haber estado a su lado, así como lo que usara para ingerir el opio. ¿Por qué no lo dejaron allí? Habría bastado con dejar la chaqueta doblada a su lado para que todo encajara. —Miró a uno y a otro—. ¿Habría algo en el cuchillo o el vial que hubiese delatado quiénes eran?

No fue preciso contestar a su pregunta. Runcorn miró a Monk de hito en hito.

—¿Es realmente posible que lo mataran ellos mismos para silenciarlo y enterrar su informe? Pero ¿por qué?

Monk contestó con la voz un poco ronca:

—Sí, es lo que estoy empezando a pensar. Y tiene que haber un motivo más razonable que el mero retrasar la aceptación de su informe y, con él, la propuesta de ley, durante un año como mucho.

Los tres permanecieron callados un rato. El fuego crepitaba en el hogar, emanando una cálida luz.

—¿Qué vais a hacer? —preguntó Melisande finalmente. El miedo se reflejaba en su voz y en su rostro.

Runcorn la miró. Monk nunca había visto un sentimiento tan manifiesto en su semblante. Era como si él y Melisande estuvieran solos en la habitación. Le preocupaba mucho lo que ella pensara de él y, sin embargo, le constaba que debía tomar la decisión por su cuenta y según su propio criterio. Ella no debía decir nada, ni siquiera insinuarlo.

Monk casi aguantó la respiración, deseoso de que Runcorn diera la respuesta acertada.

Un rescoldo se deshizo en la chimenea y el carbón se asentó.

—Si no hacemos nada, nos convertimos en parte del asunto —dijo Runcorn al final—. Lo siento, pero debemos averiguar la verdad. Si Lambourn fue asesinado, tenemos que descubrir y demostrar quién lo hizo, quién lo encubrió y por qué. —Alargó las manos con ternura y tomó las de Melisande—. Puede ser bastante peligroso.

Melisande le sonrió, con los ojos brillantes de orgullo y miedo.

—Lo sé.

Monk no tuvo que dar su propia respuesta. En primer lugar, había recurrido a Runcorn porque aquello era precisamente lo que se temía. Se vio obligado a admitir que de haber estado convencido de que Dinah Lambourn mentía no habría propuesto a Rathbone que se encargara de su defensa, y mucho menos se habría comprometido a buscar pruebas.

Runcorn se levantó y atizó el fuego para reavivarlo.

Conversaron un rato más, haciendo planes para informar a Rathbone y ahondar en aquello que les solicitara. Luego Monk les dio las buenas noches y salió a la calle oscura. Había dejado de llover pero hacía más frío.

Era tarde, y a aquellas horas seguramente le costaría encontrar un coche de punto. Tendría más posibilidades si se dirigía a calles mejor iluminadas del centro de la ciudad, donde había clubes y teatros con más personas en busca de transporte, tal vez incluso un lugar donde los cocheros cenaran, aguardando que alguien reclamara sus servicios.

Caminaba con brío por la acera, viendo con suficiente claridad gracias a las lámparas de las entradas de las casas, cuando fue consciente de llevar a alguien detrás. Primero pensó que podía ser otro transeúnte que también anduviera en busca de un coche. Sus pasos eran silenciosos y daba la impresión de avanzar rápidamente. Se hizo a un lado para cederle el paso. Fue en ese instante cuando notó el golpe en el hombro, tan fuerte que le entumeció todo el brazo izquierdo. De haberle acertado en la cabeza, lo habría dejado sin sentido.

Su asaltante recuperó el equilibrio y fue a golpearlo de nuevo, pero esta vez Monk le propinó una patada fuerte y alta. Le dio en la entrepierna y su oponente se agachó hacia delante. Monk le dio un rodillazo en el mentón y lo derribó, haciéndole echar la cabeza para atrás tan bruscamente que Monk tuvo miedo de haberle roto el cuello. La porra rodó por la acera y cayó a la alcantarilla.

Seguía teniendo el brazo izquierdo paralizado.

El asaltante se dio media vuelta en el suelo, esforzándose por ponerse a gatas.

Aliviado de verlo vivo, Monk le dio otra patada, fuerte, en la parte baja del pecho, para vaciarle los pulmones de aire.

El hombre tosió y le dieron arcadas.

Monk se enderezó. Había otra figura al otro lado de la calle, pero no corriendo hacia él como haría si tuviera intención de ayudar a su compinche, sino moviéndose con desenvoltura, llevando algo en la mano derecha.

Monk se volvió hacia atrás. Delante de él también había una sombra, quizás el bulto de alguien medio escondido en un umbral. Dio media vuelta, con el brazo izquierdo todavía pesado y dolorido. Corrió tan deprisa como pudo, retrocediendo por donde había venido.

Se encontraba a cosa de un kilómetro de la casa de Runcorn.

No sabía cuántos más asaltantes podría haber. Desconocía el barrio y era casi medianoche. Tenía inutilizado el brazo izquierdo.

No regresó directamente a casa de Runcorn. Quienquiera que fuese tras él contaría con que lo hiciera. Se mantuvo en calles más anchas, yendo tan deprisa como podía, dando un rodeo por los callejones y cruzando los jardines traseros de otras casas, hasta que por fin llegó a la puerta de la cocina, buscando a la desesperada un indicio de que todavía hubiera alguien despierto.

No vio nada. Se agachó en el jardín trasero, tratando de pasar desapercibido entre las hileras de verduras y un cobertizo. No se imaginaba a Runcorn haciendo algo tan doméstico como cuidar el jardín. Sonrió para sus adentros pese a que estaba comenzando a temblar. No podía quedarse allí fuera. Para empezar, hacía un frío pelón, volvía a llover y estaba herido. Pero lo más apremiante era que tarde o temprano se les ocurriría buscarlo allí. ¡Quizá no tardaran en encontrarlo!

Agarró un puñado de guijarros y los lanzó contra una de las ventanas de arriba.

Silencio.

Lo intentó de nuevo, con más fuerza.

Esta vez la ventana se abrió y Runcorn asomó la cabeza, apenas visible como una mancha más oscura sobre el cielo nocturno.

Monk se levantó despacio.

—Van a por nosotros —dijo en la penumbra—. Me han atacado.

La ventana se cerró y un momento después se abrió la puerta de atrás y salió Runcorn, con una chaqueta encima del camisón. Sin mediar palabra, ayudó a Monk a entrar, cerró la puerta de la cocina y echó el cerrojo. Luego miró a Monk de arriba abajo.

—Bien, al menos sabemos que llevamos razón —dijo con sequedad—. ¿Está sangrando?

—No, lo único es que no puedo mover el brazo.

—Le traeré un camisón limpio y un vaso de whisky.

Monk sonrió.

—Gracias.

Runcorn se detuvo un momento.

—Como en los viejos tiempos, ¿eh? —dijo con lúgubre satisfacción—. Solo que mejor.

12

Oliver Rathbone estaba en su bufete del Old Bailey tratando de poner en orden sus ideas para preparar la defensa de Dinah Lambourn, acusada del homicidio de Zenia Gadney. Se trataba del caso más llamativo que iba a llevar desde hacía algún tiempo. Ya había recibido varias críticas por haberlo aceptado. Por descontado, los comentarios habían sido indirectos. Todo el mundo sabía que cualquier acusado tenía derecho a ser representado ante los tribunales, sin que importara quién fuera, cuáles fuesen los cargos ni la certidumbre de su culpabilidad. Así lo dictaba la ley.

La repugnancia personal era una cuestión totalmente distinta. Reconocer que alguien debiera representar a Dinah era muy diferente que hacerlo uno mismo.

—No es un paso acertado, Rathbone —le había dicho un amigo, negando con la cabeza y frunciendo los labios—. Tendrías que haber dejado que lo aceptara un ansioso joven engreído que no tuviera nada que perder.

Aquella observación picó a Rathbone en lo más vivo.

—¿Habrías querido que alguien así defendiera a tu esposa? —inquirió.

—¡Mi esposa no habría matado a hachazos a una prostituta para luego arrojarla al río! —replicó su amigo, bastante acalorado—. ¡Por Dios, ni siquiera habría tenido ocasión! Aunque ni así lo habría hecho, por supuesto.

—A lo mejor Dinah Lambourn tampoco la tuvo —había respondido Rathbone, deseando no haber sido tan tonto para dejarse arrastrar a semejante conversación.

Tal vez su amigo tuviera razón. Sentado en su confortable sillón, mirando los papeles esparcidos sobre el escritorio, se preguntó si se había precipitado. ¿Había aceptado el caso como una especie de suicidio profesional, un castigo que se hubiese impuesto a sí mismo por haberle fallado a Margaret?

Los diarios publicaban grandes titulares acerca del juicio, con especulaciones sobre toda suerte de crímenes fruto de los celos y la locura. Algunos periodistas habían descrito a Dinah como a una mujer a quien consumía el odio hacia cualquier otra mujer que mirara a su marido. Daban a entender que sus celos rayaban en la locura, que era dada a aferrarse a falsas ilusiones y que su actitud posesiva había empujado a Lambourn al suicidio.

El editorial de otro periódico señalaba que si el jurado no condenaba a una mujer que había cometido un depravado asesinato porque su esposo había recurrido a una prostituta, no habría fin a la matanza que eso podría conllevar. ¿Y si una mujer simplemente creía que era verdad? ¿Correría peligro cualquier otra mujer que hablara con su marido?

Y, por supuesto, Rathbone también había oído la opinión de algunas mujeres que se ponían de su lado, diciendo que los hombres que tenían trato con prostitutas mancillaban el lecho conyugal, no solo por la traición de los votos matrimoniales, sino de un modo más físico e inmediato: por la posibilidad de contagiarles las enfermedades de los prostíbulos y, por consiguiente, a sus hijos. ¿Y qué decir del dinero que no escatimaban en sus apetitos, incluso cuando se lo negaban a sus propias esposas?

Para algunos hombres cuyas conversaciones Rathbone había oído en su club, Dinah era la víctima suprema. Para otros simbolizaba la histeria femenina que pretendía limitar las libertades de un hombre, estando al tanto de todos sus movimientos.

Un escritor la había presentado como la heroína de todas las esposas traicionadas, de las mujeres utilizadas, burladas y luego dejadas de lado. La vehemencia de los sentimientos se llevaba por delante la razón como un desperdicio arrastrado por la pleamar.

Rathbone había preparado todo lo que podía, pero le constaba que realmente era muy poco. Ni Monk ni Orme habían sido capaces de encontrar un testigo que hubiese visto a Zenia Gadney con un hombre cerca del momento de su muerte. La única persona con quien había sido vista brevemente en la calle que discurría junto al río era sin lugar a dudas una mujer. No deseaba llamar la atención sobre aquello.

Lo único que en verdad tenía para defenderla era la lealtad que había demostrado tanto hacia Lambourn como hacia Zenia, así como su propio carácter. Preferiría con mucho que no subiera al estrado a testificar. Sería muy fácil hacerla caer en el ridículo debido a su creencia en una conspiración de la que no existía prueba alguna. Aunque al final quizá no tendría otra opción.

Monk y Hester seguían buscando pruebas concluyentes, así como Runcorn cuando tenía ocasión. El problema residía en que por el momento todo estaba expuesto a una razonable justificación de su culpabilidad. No había otra persona a quien presentar como sospechoso.

El ataque contra Monk había sido brutal y bien organizado, pero por el momento nada permitía relacionarlo con el asesinato de Zenia Gadney. Rathbone se alegró cuando el pasante interrumpió su creciente sensación de pánico para que acudiera a la sala. El juicio iba a comenzar.

Se realizaron todos los preliminares al uso. Era un ritual al que Rathbone apenas necesitaba prestar atención. Levantó la vista hacia el banquillo, donde Dinah estaba sentada entre dos celadoras, bastante por encima del suelo de la sala. En la pared que quedaba a mano izquierda, debajo de las ventanas, se hallaban los bancos del jurado, y delante tenía el gran sitial que ocupaba el juez, resplandeciente con su toga escarlata y su peluca larga.

Los estudió a uno tras otro mientras las voces peroraban. Dinah Lambourn estaba guapa a pesar del miedo. Tenía los ojos muy abiertos y la tez sumamente pálida. Llevaba el abundante pelo oscuro peinado hacia atrás con cierta severidad, revelando los huesos de los pómulos y la frente, el perfecto equilibrio de sus rasgos, su generosa y vulnerable boca. Rathbone se preguntó si aquello iría en contra o a favor de ella. ¿Admiraría el jurado su dignidad o lo malinterpretaría como arrogancia? No había modo de saberlo.

El juez era Grover Pendock, un hombre a quien Rathbone conocía desde hacía años, aunque no demasiado bien. Su esposa era inválida y él prefería mantenerse al margen de los acontecimientos sociales a los que ella no podía asistir. ¿Lo haría en deferencia hacia ella o se trataba de una excusa excelente para evitar compromisos que no le causaban ningún placer? Tenía dos hijos. El mayor, Hadley Pendock, era un deportista de cierto renombre, y el juez estaba extremadamente orgulloso de él. El menor era más estudioso, según se decía, y aún no había dejado su impronta.

Rathbone levantó la vista hacia él y vio la gravedad de su rostro más bien grande, con su poderosa mandíbula y sus labios finos. Aquel juicio iba a suscitar mucha atención pública. Sin duda le constaba que todos los ojos estarían puestos en él, expectantes a su modo de conducirlo, cuando no exigiendo una rápida y decisiva conclusión. Cuanto antes terminara, antes se disiparía la histeria y la prensa volvería su atención hacia otros asuntos. No cabía sembrar duda alguna de que no se hacía justicia, sin asomo de una conducta inapropiada y, por encima de todo, sin dar pie a una posible apelación ulterior.

El fiscal presentaba un aire taciturno y rebosante de confianza en sí mismo, como si buscara pelea. Sorley Coniston tenía casi cincuenta años, era más alto y fornido que Rathbone, y con la piel más tersa. Cuando sonreía mostraba una separación entre los dientes anteriores que no le restaba atractivo. Casi podía decirse que era bien parecido. Solo cierta arrogancia en su porte estropeó la elegancia con que se levantó para llamar a su primer testigo.

Como era de esperar, fue el sargento Orme de la Policía Fluvial del Támesis. Rathbone ya sabía que sería él, pero aun así lo desconcertaba que Coniston hubiese elegido a Orme antes que a Monk.

Luego, mientras veía el sereno y firme semblante de Orme cuando este subió la escalera del estrado y bajó la vista al suelo de la sala, que venía a ser como una arena, entendió la elección. Monk era esbelto y elegante. No podía evitarlo. Emanaba un aire de autoridad: el ángulo de la cabeza, los rasgos afilados de su rostro, su penetrante mirada. Orme tenía un aspecto corriente. Nadie pensaría que fuese taimado ni que se pasara de listo. Creerían lo que dijera. Cualquiera que dudara de su honestidad saldría más perjudicado que él.

Coniston caminó hasta el centro de la sala y levantó la vista hacia Orme, que ya había prestado juramento y dado su nombre y rango.

—Sargento Orme —comenzó Coniston cortésmente, como si fueran iguales—. ¿Tendría la bondad de explicar al tribunal la experiencia que tuvo al alba del día dos de diciembre, cuando se aproximó al embarcadero de Limehouse? Por favor, describa la escena para aquellos de nosotros que no hayamos estado allí.

Orme se había preparado para aquello, pero aun así se sentía incómodo. Resultaba evidente en su rostro y en el modo en que se inclinaba un poco hacia delante, agarrando con ambas manos la barandilla. A Rathbone le constaba que la petición formaba parte de la vida cotidiana de Orme, pero que este no estaba acostumbrado a explicar aquellas cosas a terceros con palabras. El jurado interpretaría su actitud como consternación por lo que había visto. Coniston ya estaba preparando para el horror a quienes lo componían. Rathbone se quedó impresionado. Coniston podría haberse tomado menos molestias y dejar que aquel sentimiento aflorase de manera natural.

—El señor Monk y yo regresábamos de investigar un robo río arriba —comenzó Orme.

—¿Solo ustedes dos? —preguntó Coniston—. ¿Iban remando?

—En un *randan* —contestó Orme, empleando el término que solía designar el tipo de bote de dos bancadas, en el que los dos tripulantes remaban a la vez—. Uno detrás del otro, señor, y un remo cada uno.

—Entendido. Gracias. ¿Qué hora era? ¿Ya era de día? —preguntó Coniston.

—Estaba amaneciendo, señor. Mucho color en el cielo y también en la superficie del agua —contestó Orme, claramente descontento.

—¿Estaban cerca de la orilla o en medio de la corriente? —prosiguió Coniston.

—Cerca de la orilla, señor. En medio de la corriente te ves en la ruta de los barcos, los transbordadores y otras embarcaciones.

—¿A la sombra de los muelles y los almacenes? Descríbanos el panorama, sargento Orme, por favor.

Orme cambió el peso del cuerpo de un pie a otro.

—A unos veinte metros de la orilla, señor. Los edificios... se alzaban sobre nosotros, pero no estábamos a su sombra. El agua estaba más tranquila cerca de la orilla. A resguardo del viento.

—Gracias. Lo describe usted muy bien —dijo Coniston gentilmente—. De modo que usted y el comandante Monk remaban de regreso a Wapping tras haber sido llamados antes del amanecer. Hacía fresco. La brisa picaba el agua del río excepto cerca de la orilla, casi a la sombra de los muelles y almacenes, y el sol derramaba su luz roja sobre la lisa y oscura superficie del agua que los rodeaba, ¿no es así?

Orme tensó el semblante como si prestar atención a la belleza en aquellas circunstancias le resultara de mal gusto.

—Más o menos, señor.

—¿Ocurrió algo que los llevara a detenerse?

Se hizo un silencio absoluto en la sala, que solo rompió el frufrú de una falda cuando una señora cambió de postura.

—Sí, señor. Oímos los gritos de una mujer en el embarcadero de Limehouse. Chillaba y agitaba los brazos. No pudimos ver por qué hasta que llegamos al embarcadero y subimos a lo alto del muelle. El cuerpo de una mujer estaba desplomado a su lado. La habían... la habían destripado y tenía la ropa empapada en sangre... —No pudo terminar, no solo debido a su propia emoción, sino por el creciente rumor de gritos ahogados y gemidos que se oía en la sala. En la galería lloraba una mujer, y un murmullo de voces trataba de consolarla, pidiendo a los demás que se callaran.

—¡Orden en la sala! Por favor, damas y caballeros —dijo Pendock desde el estrado—. Prosigamos. Permitan que el sargento Orme concluya su relato.

—Gracias, señoría —dijo Coniston sobriamente, antes de volverse de nuevo hacia Orme—. Me figuro que usted y el comandante Monk examinaron los restos de esa pobre mujer...

—Sí, señor. No se podía hacer nada por ella. Imposible ayudarla —dijo Orme con voz ronca—. Pedimos el nombre y la dirección a la testigo, así como que nos contara cuanto pudiera, que no fue gran cosa. Estaba allí buscando a su marido. Entonces me quedé junto al cadáver y el señor Monk fue a dar aviso a la policía local.

—¿La policía local? —repitió Coniston, enarcando las cejas—. Pero habiéndola encontrado en el embarcadero, ¿no quedaba en su propia jurisdicción?

—Sí, señor. Pero lo primero que quisimos conocer fue la identidad de la víctima —señaló Orme razonablemente.

Coniston sonrió y relajó levemente su tensa postura.

—Por supuesto. Volveremos sobre eso. ¿Ustedes no la conocían?

—No, señor.

—¿Podría describirnos el cadáver, sargento?

Esta vez lo solicitó sin disculparse en absoluto.

A Rathbone le habría gustado objetar, pero carecía de fundamentos para hacerlo. El crimen era atroz. Coniston tenía derecho a horrorizar al jurado hasta que sus miembros estuvieran mareados y al borde del llanto. Un hombre que no se despertara en plena noche, sudando al revivir aquello, no merecía ser considerado ciudadano, y mucho menos jurado. Si Rathbone hubiese llevado la acusación, habría hecho lo mismo.

Orme tragó saliva con dificultad. Incluso desde donde estaba sentado, Rathbone vio que tensaba los músculos de la mandíbula y el cuello. El esfuerzo que hacía para mantener el dominio de sí mismo no pasaría desapercibido al jurado.

—Sí, señor —dijo Orme en voz baja. Se agarró a la barandilla y respiró profundamente varias veces antes de proseguir—. No era una mujer joven. Tendría unos cuarenta años, aunque no había engordado. Tenía la piel muy blanca, al menos la que se veía. Le habían desgarrado o cortado la ropa y tenía... el pecho descubierto. Alguien la había rajado desde... —Se llevó la mano a la boca del estómago y la bajó lentamente en dirección a su entrepierna. Tragó saliva otra vez—. Y le habían sacado las entrañas, señor, dejándolas encima de ella. No era... no era fácil ver si todo estaba allí, señor, y de todos modos tampoco lo habría sabido.

El propio Coniston pareció palidecer.

—¿Presentaba alguna otra herida, sargento?

—Sí, señor. La sangre le había apelmazado el pelo, como si le hubiesen asestado un golpe contundente.

Orme dio la impresión de querer continuar, pero se abstuvo de decir que la mutilación se la habían hecho una vez muerta, aunque solo fuera para ahorrar más detalles escabrosos al tribunal.

Coniston inclinó la cabeza.

—Gracias, sargento. Tenga la bondad de permanecer en el estrado por si el letrado de la defensa quiere hacerle alguna pregunta.

Se volvió hacia Rathbone con una sonrisa cortés. Rathbone no tenía nada que preguntar y ambos lo sabían.

Rathbone se levantó.

—Gracias, señoría —dijo, dirigiéndose al juez—, pero creo que el sargento Orme ya nos ha referido todo lo que estaba en su mano contar.

Orme bajó del estrado y su lugar pasó a ocuparlo Overstone, el médico forense que había examinado el cadáver. Se mantenía erguido con porte militar y miraba directamente a Coniston, con el rostro sombrío. Parecía hastiado, como si hubiese hecho lo mismo demasiado a menudo y cada vez le resultara más duro en lugar de más fácil. A Rathbone le pasó por la cabeza que Overstone estaba haciendo acopio de toda su fuerza de voluntad para hablar con una voz firme y desprovista de emoción.

—¿Fue usted quien examinó el cuerpo de esa desdichada mujer que la policía encontró en el embarcadero de Limehouse, doctor Overstone? —comenzó Coniston.

—En efecto —contestó Overstone.

—Descríbamelo, por favor. Me refiero al tipo de persona que había sido en vida.

—De un metro sesenta aproximadamente de estatura —contestó Overstone—. De constitución corriente, un poco gruesa en la cintura. Parecía bien alimentada. Mi estimación es que tendría cuarenta o cuarenta y pocos años. Tenía el pelo castaño claro y los ojos azules. En la medida en que era posible adivinarlo, en vida debió de ser bastante atractiva. Tenía buena dentadura y las manos finas.

—¿Algún síntoma de enfermedad? —inquirió Coniston, como si fuese una pregunta que viniera a cuento.

El semblante de Overstone se tensó.

—¡La habían cortado a pedazos! —dijo entre dientes—. ¿Cómo quiere que me percatara?

Coniston se sonrojó levemente, pese a haber provocado aquella respuesta. En ese instante Rathbone supo que lo había hecho adrede. La emoción en la sala era tensa como la cuerda de un violín. Rathbone notó que se le agarrotaban los músculos y que le dolía el cuello por el esfuerzo de intentar respirar profundamente y serenarse. Algunos miembros del jurado lo miraban, preguntándose qué demonios haría para defender a la acusada de semejante crimen. Era posible que incluso se preguntaran qué hacía él allí.

El arrepentimiento de Coniston fue breve. Se dirigió a Overstone otra vez.

—Pero usted pudo determinar la causa de su muerte, ¿no es así, señor? —dijo respetuosamente.

—Sí. Un violento golpe en la cabeza —contestó Overstone—. Le rompió el cráneo. Tuvo que morir en el acto. La mutilación se la hicieron después de muerta, gracias a Dios. Es imposible que se enterara.

Overstone dio su explicación un tanto a la defensiva, pero su expresión fue tan sutil que Coniston no pudo sacarle partido.

—Gracias, doctor —dijo con toda calma. Regresó hacia su asiento, pero en el último momento se volvió de nuevo y levantó la vista.

»Solo una cosa más. ¿Habría sido necesario tener mucha fuerza para asestarle el golpe que la mató?

—No, siempre y cuando se lo dieran blandiendo el arma.

—¿Descubrió qué clase de arma fue utilizada? —preguntó Coniston.

—¡Trajeron el cadáver a la morgue! —dijo Overstone irritado—. No me llevaron a verlo en el embarcadero.

Coniston mantuvo el semblante impasible.

—Es lógico. ¿Tiene alguna idea sobre el tipo de arma que era? ¿Qué le parece más probable, por favor?

—Una barra de metal pesado: un trozo de tubería, por ejemplo —contestó Overstone—. Dudo que un palo de madera hubiese pesado lo suficiente, aunque fuese de madera noble, incluso de ébano.

—¿Y las mutilaciones? ¿Había que tener mucha fuerza o destreza?

—Solo una cuchilla afilada. No mostraban ninguna destreza, ni siquiera la propia de un carnicero —contestó Overstone, pronunciando la última palabra con aversión.

—¿Una mujer habría tenido la fuerza suficiente para hacerlo? —preguntó Coniston, diciendo lo que todos los presentes en la sala estaban pensando.

—Sí.

Overstone no agregó nada más.

Coniston le dio las gracias y se volvió hacia Rathbone.

—Su testigo, sir Oliver.

Rathbone trató de pensar rápidamente en algo que decir para aligerar el efecto de la declaración de Overstone. Dinah se estaría preguntando por qué demonios lo había contratado. Su vida estaba en manos de Rathbone.

—¿Había algo en las heridas, cualquier cosa, que indicara qué clase de persona las había infligido? —preguntó, levantando la vista hacia Overstone.

—No, señor —contestó Overstone.

—¿Ningún indicio sobre su estatura? —apuntó Rathbone—. ¿Su fuerza? ¿Si era diestro o zurdo, por ejemplo? ¿Hombre o mujer? ¿Joven o mayor?

—Ya he dicho que no, señor —repuso Overstone—. Salvo,

tal vez, que habida cuenta de la potencia del golpe, es posible que sujetara el arma con las dos manos. —Levantó los dos brazos por encima de la cabeza, entrelazando las manos, y efectuó un movimiento hacia abajo y de lado, como si sostuviera una espada con las dos manos—. Aunque eso apenas aclara nada, excepto que el peso del arma deviene irrelevante.

—¿De modo que podría haberlo hecho cualquiera, con la salvedad de un niño?

—En efecto.

A continuación Coniston llamó a Monk al estrado.

Monk iba vestido impecablemente, como siempre, cuidando su elegancia hasta el lustre de sus botas. No obstante, subió la escalera del estrado como si estuviera entumecido, y permaneció con un hombro más alto que el otro.

Al principio, el tribunal parecía menos tenso, sin saber a qué atenerse en cuanto a él. Creían que lo peor ya había pasado. Sin embargo, los miembros del jurado lo observaban con gravedad y el semblante pálido, varios de ellos moviéndose inquietos en los bancos. Sabían que el público de la galería los estaba mirando, tratando de adivinar qué pensaban. Rathbone no vio que ninguno de ellos mirara hacia Dinah Lambourn, sentada en lo alto del banquillo, con una fornida celadora a cada lado.

Coniston parecía ser consciente de que esta vez se enfrentaba a un testigo potencialmente hostil, pese al hecho de que Monk fuera quien había arrestado a Dinah. La prolongada amistad de Rathbone y Monk sin duda era conocida por toda la profesión. Coniston era demasiado inteligente para no haberse asegurado de tomarlo en consideración, así como el efecto que podría tener sobre el caso.

Ahora deambulaba por el entarimado con cierta desenvoltura, si bien su porte traslucía una amenaza implícita.

—Señor Monk —comenzó a media voz. La galería guardaba silencio para asegurarse de que no se perdía nada—. Usted estaba con el sargento Orme cuando descubrieron el cuerpo de esta pobre mujer, al alba del día de autos en el embarcadero de Limehouse. Usted y él oyeron los gritos de la persona que la encontró. ¿Orme se quedó con ella para custodiar el cuerpo, y usted fue a dar aviso a la policía local, por si podían identificarla, así como a la autoridad competente para que se hicieran cargo del cadáver?

—Sí —contestó Monk, procurando mantenerse inexpresivo.

—¿La policía local sabía de quién se trataba? —preguntó Coniston con indiferencia, como si no conociera la respuesta.

—No —dijo Monk.

Coniston se mostró un tanto desconcertado. Detuvo sus pasos y permaneció inmóvil.

—¿Nunca habían tenido ocasión de arrestarla, o al menos de amonestarla por sus actividades como prostituta?

—Eso es lo que dijeron —corroboró Monk.

—Si en efecto era prostituta, ¿no le resulta chocante? —preguntó Coniston, con un deje de sorpresa en su voz.

Monk seguía mostrándose impávido.

—Es frecuente que la gente no reconozca a una persona que ha fallecido de manera violenta, sobre todo si hay sangre y siente un horror más que natural. Las personas pueden parecer más menudas de lo que uno las recuerda cuando estaban vivas. Y si no van vestidas como de costumbre o se encuentran en un lugar donde no esperas verlas, no siempre caes en la cuenta de quiénes son.

A juzgar por el rostro de Coniston, aquella no era la respuesta que deseaba oír. Siguió adelante.

—¿Hizo averiguaciones para descubrir quién era?

—Por supuesto —contestó Monk.

—¿Dónde investigó? —preguntó Coniston, abriendo las manos como quien abarca un sinfín de posibilidades.

—Entre los residentes de la zona, los tenderos, otras mujeres que podían conocerla —contestó Monk, todavía sin el menor atisbo de emoción en la voz.

—Cuando dice «mujeres», ¿se refiere a prostitutas? —presionó Coniston.

El rostro de Monk parecía insulso. Seguramente solo Rathbone acertó a ver el minúsculo músculo que palpitaba en su mejilla.

—Me refiero a lavanderas, obreras, vendedoras ambulantes, cualquier persona que pudiera haberla conocido —dijo.

—¿Tuvo éxito? —inquirió Coniston cortésmente.

—Sí —le dijo Monk—. Fue identificada como Zenia Gadney, una mujer de mediana edad que llevaba una vida tranquila y solitaria en el número carorce de Copenhagen Place, justo pasado el canal de Limehouse Cut. Varios vecinos de su calle la conocían.

—¿Cómo se ganaba el sustento? —preguntó Coniston, todavía sereno y educado, si bien su tensión no pasó desapercibida al jurado. Observándolos, el propio Rathbone podía sentirla.

—No lo hacía —contestó Monk—. Había un caballero que la visitaba una vez al mes y le daba lo suficiente para cubrir sus necesidades, que al parecer eran modestas. No hallamos pruebas de que hubiese ganado dinero por otros medios, salvo el que pudiera sacar haciendo pequeñas labores de costura, que cabe que hiciera por buena voluntad y por tener compañía, además de por el dinero.

La expresión de Monk era sombría, su voz baja, como si también él lamentara no solo su terrible muerte, sino la aparente futilidad de su vida.

Conociéndolo como lo conocía, a Rathbone no le costó descifrarlo en su rostro y en las palabras que elegía. Se preguntó si Coniston también se daría cuenta. ¿Acertaría en su juicio sobre Monk?

Coniston vaciló unos instantes y acto seguido prosiguió:

—Me figuro que, como es natural, intentó identificar a ese hombre y esclarecer qué clase de relación mantenía con ella.

—Por supuesto —contestó Monk—. Era el doctor Joel Lambourn, de Lower Park Street, Greenwich.

—Ya veo —dijo Coniston enseguida—. ¿Se trataría del difunto marido de la acusada, la señora Dinah Lambourn?

Monk continuaba absolutamente inexpresivo.

—Sí.

—¿Fue a ver a la señora Lambourn? ¿Le preguntó sobre la relación de su marido con la señora Gadney? —preguntó Coniston con aire inocente—. Sin duda debió resultarle desagradable tener que informarla sobre la relación de su marido con la fallecida —agregó, con un toque de compasión.

—Sí, por supuesto que lo hice —contestó Monk. Mantenía

la expresión desprovista de toda compasión en la medida en que podía, pero aun así dejó traslucir un poco.

El jurado observaba atentamente. Incluso el juez Pendock se inclinó un poco hacia delante en su asiento. Se oyó una suerte de suspiro en la galería, como si la tensión se estuviera volviendo insoportable.

—¿Y cuál fue su reacción? —dijo Coniston con cierta acritud, como si le molestara tener que preguntarlo.

—Al principio dijo que no conocía a la señora Gadney —respondió Monk—. Luego reconoció que sabía que su marido la había mantenido hasta su muerte, dos meses antes.

—¡Lo sabía! —dijo Coniston en voz alta y clara, incluso volviéndose un poco hacia la galería, de modo que todos los presentes en la sala lo oyeran. Se volvió otra vez hacia Monk—. ¿La señora Lambourn sabía que su marido había estado visitando y pagando a Zenia Gadney durante años?

—Eso fue lo que dijo —confirmó Monk.

Rathbone tomó un breve apunte en su cuaderno.

—Pero ¿primero lo negó? —insistió Coniston—. ¿Estaba avergonzada? ¿Enojada? ¿Humillada? ¿Tal vez temerosa?

Rathbone se planteó objetar sobre la base de que semejante opinión quedaba fuera del ámbito de la pericia de Monk, pero cambió de parecer. Sería fútil, y solo conseguiría llamar la atención sobre su desesperación.

Un amago de sonrisa cruzó brevemente el semblante de Monk.

—No lo sé. Estaba afectada por una intensa emoción, pero no tengo modo de saber cuál era. Podrían muy bien haber sido la impresión y el horror ante el modo en que había muerto Zenia Gadney.

—¿O remordimiento? —agregó Coniston—. ¿O incluso la ausencia del mismo?

Rathbone hizo ademán de ir a ponerse de pie.

Pendock lo vio.

—Señor Coniston, está especulando inapropiadamente. Le ruego que se ciña a las preguntas que el testigo pueda contestar.

—Mis disculpas, señoría —dijo Coniston con aire contrito.

Levantó de nuevo la vista hacia Monk—. No obstante, ¿sería exacto decir que la señora Lambourn se encontraba en un estado de extrema emoción, señor Monk?

—Sí.

—Habida cuenta de lo que usted había descubierto sobre la relación del doctor Lambourn con la víctima, y que la señora Lambourn en un momento u otro se había enterado, ¿dio usted algún paso para averiguar si la señora Lambourn había visitado alguna vez a Zenia Gadney por su cuenta?

—Sí. —Monk tenía el rostro tenso por la lástima, pero no eludió la respuesta—. Varios testigos vieron a alguien que encajaba con su descripción en Copenhagen Place el día anterior a que halláramos el cadáver de Zenia Gadney en el embarcadero. Pedía información para localizar a la señora Gadney, concretamente en las tiendas.

Coniston asintió lentamente.

—Estaba buscando a la víctima. ¿Aludió alguien a su estado de ánimo? Por favor, sea preciso, señor Monk.

—Estaba muy afligida —contestó Monk—. Dos o tres personas mencionaron que se comportaba desaforadamente. Por eso se acordaban de ella.

—¿Preguntó a la señora Lambourn al respecto? —preguntó Coniston.

—Por supuesto.

—¿Y qué le contestó?

—Al principio me dijo que había asistido a una *soirée* con una amiga. Visité a la amiga en cuestión, que me contó otra cosa.

—¿Es posible que esa amiga estuviera equivocada o, peor aún, que mintiera? —presionó Coniston.

—No —dijo Monk rotundamente—. Me limité a preguntarle dónde había estado ese día a esa hora y ella me lo contó. Estuvo en compañía de muchas otras personas, y hemos comprobado que era verdad. Lo que no se produjo fue la *soirée* a la que la señora Lambourn dijo haber asistido.

—¿De modo que mintió? —preguntó Coniston, de nuevo en voz alta y clara.

—Sí.

Coniston esbozó una sonrisa.

—Resumiendo, comandante Monk, usted sostiene que la acusada, la señora Dinah Lambourn, sabía que su marido había visitado a la víctima durante muchos años y que le daba dinero regularmente. Que el día anterior al asesinato fue a la calle donde vivía la víctima, en busca de ella, preguntando a la gente dónde podía encontrarla. Varias personas le dijeron a usted que estaba muy afligida, casi histérica. Cuando usted le preguntó al respecto, ella le mintió y dijo que había estado en otra parte, cosa que ha demostrado que no era cierta. ¿Es correcto?

—Sí —dijo Monk con abatimiento.

—Llegados a ese punto, ¿la arrestó y la acusó del asesinato de Zenia Gadney?

—Sí. Ella afirmó que no la había matado e insistió en que no había estado en Copenhagen Place —contestó Monk.

—Extremo que usted ha desmentido —señaló Coniston con visible satisfacción—. Gracias, comandante Monk. —Se volvió hacia Rathbone—. Su testigo, sir Oliver.

Rathbone caminó lentamente hasta el centro del entarimado y levantó la vista hacia Monk. Era consciente de que todo el mundo tenía los ojos puestos en él, aguardando a ver qué podría hacer. Tuvo una repentina visión de un cristiano entrando en un ruedo lleno de leones. Esperaba un milagro, pero no estaba muy seguro de creer en ellos.

—Señor Monk, ha dicho que la señora Lambourn admitió saber que su marido llevaba muchos años visitando a la señora Gadney. Por cierto, ¿estaba casada o estamos usando el título como una cortesía?

—Los vecinos comentaron que decía haber estado casada —contestó Monk—. Pero no hallamos rastro alguno de un hombre apellidado Gadney.

—¿Y el señor Lambourn la había mantenido económicamente todo el tiempo que ella vivió allí? —prosiguió Rathbone.

—Aproximadamente quince años —confirmó Monk.

—Vaya. —Rathbone frunció el ceño—. ¿Y dice usted que al

parecer la señora Lambourn había estado enterada todo ese tiempo, o al menos la mayor parte de él? ¿Está seguro?

—Sí.

—¿Se debe a que ella lo admitió y usted la creyó? —dijo Rathbone, dando un ligero tono de incredulidad a su pregunta.

Monk lo miró con una chispa de humor que apenas duró una fracción de segundo.

—Otros testigos me dijeron lo mismo —aclaró Monk.

—Oh. Así pues, ¿no le cabe duda de que en efecto sabía de la existencia de la señora Gadney desde hacía bastante tiempo, probablemente años?

—Exactamente.

—¿Y cuánto tiempo llevaba muerto el doctor Lambourn cuando asesinaron a la señora Gadney?

—Unos dos meses.

Rathbone vio en el rostro de Monk que este sabía exactamente cuál iba a ser la pregunta siguiente. Se miraron a los ojos.

—¿Y qué motivo halló para que la señora Lambourn, llevando dos meses viuda, de pronto fuera a Copenhagen Place en busca de Zenia Gadney, medio histérica, permitiendo que incluso los tenderos y sus clientes la vieran en semejante estado? ¿Qué quería entonces de Zenia Gadney con tanta urgencia, cuando llevaba años sabiéndolo todo sobre ella? Porque ya no seguía recibiendo dinero, ¿me equivoco?

Varios miembros del jurado se inclinaron hacia delante como para asegurarse de no perder una sola palabra de la contestación. Uno frunció el ceño y negó con la cabeza.

Se oyó un rumor de movimientos en la galería, así como a varios espectadores que inhalaron para contener el aliento.

Pendock miraba fijamente a Rathbone, arrugando el rostro con aprensión.

Monk no parecía alterado. Por un momento Rathbone se preguntó si tal vez había caído en la trampa deliberadamente. Sería propio de Monk, acérrimo adalid de la verdad. Era él quien había arrestado a Dinah, pero también quien había pedido a Rathbone que la defendiera y dedicaba su tiempo a buscar una explicación diferente.

—La señora Lambourn afirmó que no había ido a Copenhagen Place —dijo Monk despacio y con claridad—. Ella cree que su marido, el doctor Lambourn, fue asesinado debido a su trabajo para demostrar que el opio que se vende en este país...

Coniston se puso de pie de un salto.

—¡Señoría! —exclamó, levantando la voz—. Esto es absolutamente irrelevante y engañoso. El opio es un medicamento común que recetan los médicos, que se vende en todas las boticas de Inglaterra y en miles de tiendas normales y corrientes. Si la señora Lambourn lo tomaba, para el dolor o por cualquier otro motivo, eso no justifica lo que hizo. Millones de personas toman opio. Alivia la aflicción y el insomnio, no conduce a la locura ni sirve de excusa para asesinar.

—Tomado en dosis demasiado altas y con demasiada frecuencia, puede causar adicción, sobre todo si se fuma —dijo Rathbone de manera cortante—. Y tomar una sobredosis es letal.

Coniston se volvió hacia él.

—¡Zenia Gadney no era adicta y no falleció por una sobredosis de opio, sir Oliver! Le asestaron un golpe en la cabeza con una tubería de hierro y luego la mutilaron obscenamente. Le arrancaron los intestinos y...

Pendock golpeó furiosamente con el mazo, casi ahogando las voces de los letrados.

—¡Somos conscientes de cómo murió, señor Coniston! —dijo enojado—. ¡Sir Oliver! ¿Está insinuando que la señora Lambourn tomaba opio y que eso de algún modo excusa su terrible crimen?

—No, señoría, yo...

—Bien —espetó Pendock—. Entonces le ruego prosiga con sus preguntas al señor Monk, si es que le queda alguna. De lo contrario se levanta la sesión para ir a almorzar.

—Solo unas pocas más, señoría. —Sin aguardar a que Pendock le concediera permiso, Rathbone se volvió de nuevo hacia Monk—. ¿Cree que su repentina decisión de buscar a Zenia

Gadney tuvo algo que ver con la muerte de su marido? —inquirió.

—No tanto con su muerte como con la ruina de su reputación —respondió Monk—. Y le resultaba imposible creer que su marido se hubiese quitado la vida.

Coniston se puso de pie otra vez.

—Su señoría, el trágico suicidio de Joel Lambourn...

Pendock alzó la mano.

—Soy consciente de ello, señor Coniston. —Se volvió bruscamente hacia Rathbone—. Sir Oliver, el doctor Lambourn ya llevaba dos meses muerto cuando la señora Lambourn comenzó a buscar a Zenia Gadney. Si estuvo enterada de su existencia durante quince años, carece de sentido que de súbito fuera en su busca en ese momento. Si creía que la señora Gadney era de algún modo responsable del suicidio del doctor Lambourn, deberá presentar alguna prueba a ese respecto. ¿Tiene alguna?

—No, señoría...

—En tal caso, prosiga.

Fue una orden.

Rathbone tomó aire buscando otra pregunta. Detestaba batirse en retirada, llegados a aquel punto. Daría la impresión de estar rindiéndose. Y en realidad así era como se sentía. No tenía nada más que preguntar a Monk. Estaba claro que cualquier cosa que dijera a propósito de la muerte de Joel Lambourn, o de algún aspecto de su trabajo relacionado con el opio, iba a ser desautorizada, salvo si podía otorgarle la suficiente importancia para que el hecho de negarla fuese argumento suficiente para una apelación.

—No tengo más que añadir, señoría —dijo con tanto estilo como fue capaz, y se retiró a su asiento.

Después del almuerzo, Coniston presentó pruebas relacionadas con la muerte de Joel Lambourn y sus efectos sobre su viuda. El interés de Rathbone se agudizó. Después de todo, tal vez tendría ocasión de abrir el tema de tal manera que su suicidio pudiera cuestionarse. Desde luego Monk le había proporcionado información suficiente para debatir, si conseguía meter un pie en la puerta. Bastaría tan solo el menor error de juicio por parte de Coniston, un desliz de uno de sus testigos, para que el tema saliera a colación.

Rathbone echó un vistazo hacia atrás y reparó en la gran cantidad de periodistas atentos a los procedimientos, lápiz en mano. No pasarían por alto la menor inflexión, aunque el jurado lo hiciera.

Entonces, mientras Rathbone se volvía de nuevo de cara al juez y al estrado de los testigos, sus ojos se fijaron en un rostro que conocía. Incluso había coincidido con él varias veces, en distintos eventos sociales. Era Sinden Bawtry, un ambicioso personaje del gobierno, con fama de filántropo. Había amasado una fortuna con la manufactura de medicamentos patentados, en concreto uno conocido como «Doctor's Home Remedy for Pain».

Rathbone evitó llamarle la atención sin estar seguro de por qué. No quería que Bawtry supiera que lo había visto, al menos por el momento, aunque era un hombre apuesto y no pasaría desapercibido a la prensa. Al día siguiente todos los lectores de periódicos quizá sabrían que había estado allí.

Ahora el interés de Rathbone era todavía más vivo. El caso tenía más calado de lo que había creído. La batalla sería más dura por otro motivo. El interés de Bawtry por la relación de Lambourn con el caso resultaba evidente. ¿Estaba allí a título personal o como representante de los intereses del gobierno?

Rathbone prestó suma atención cuando un policía al que no conocía subió los peldaños del estrado de los testigos. Monk le había dicho que Runcorn había llevado la investigación de la muerte de Lambourn. ¿Quién era aquel hombre, Appleford, y por qué lo había llamado Coniston?

—Inspector Appleford —comenzó Coniston con mucha labia—, tengo entendido que la investigación sobre la trágica muerte de Joel Lambourn fue remitida a la unidad a su cargo por la policía local. ¿Estoy en lo cierto?

—Sí, así es.

Appleford era de estatura media, esbelto aunque con una incipiente barriga. Estaba perdiendo el pelo castaño claro, pero era inteligente y parecía muy seguro de sí mismo, como si solo estuviera allí para resultar útil y esclarecer cuestiones que hombres menos capaces quizá no acertaran a entender.

—¿Por qué no fue transferida al comisario de la comisaría más cercana? Estaríamos hablando del señor Runcorn, en Greenwich, ¿no es así? —dijo Coniston, aparentando la más absoluta tranquilidad.

—El señor Runcorn se ocupó de las primeras diligencias —contestó Appleford con un asomo de sonrisa—. Cuando las autoridades se dieron cuenta de que el difunto era Joel Lambourn, un buen hombre, un científico excelente, que recientemente había padecido cierta... —titubeó, como si buscara una palabra sutilmente apropiada— tensión emocional —prosiguió—, el Gobierno de Su Majestad deseó mantener la máxima discreción posible en lo relativo a sus asuntos personales, sin para ello tergiversar la ley. Resultaba imposible no admitir que se había suicidado, pero los hechos más inmediatos no se hicieron públicos. De nada iba a servir, y así su familia quedaría protegida. Se pensó que era lo más piadoso que cabía hacer por un hombre que había servido tan bien a su país.

—Desde luego. —Coniston inclinó la cabeza y volvió a levantar la vista hacia Appleford—. ¿Se ocultó algún aspecto relevante a la ley? Es decir, ¿cabía cuestionar que su muerte no hubiese sido un suicidio?

—No, en absoluto —contestó Appleford—. Tomó opio, una dosis bastante grande, supuestamente para mitigar el dolor, y luego se cortó las venas.

—Gracias, inspector. —Coniston se volvió hacia Rathbone—. ¿Sir Oliver?

Rathbone sabía antes de empezar que no conseguiría nada de Appleford, pero no quiso dejarse intimidar sin intentarlo.

—¿Resulta particularmente doloroso cortarse las venas? —preguntó—. Es decir, ¿tanto como para necesitar opio para soportarlo?

—¡No tengo ni idea! —respondió Appleford con un deje de sarcasmo.

—Disculpe —dijo Rathbone, con un tono igualmente acerado—. Pensaba que lo habían llamado en calidad de experto, por ser más ducho en la materia que el comisario Runcorn. ¿Acaso me equivoco?

—Me llamaron para asumir la responsabilidad de guardar la máxima discreción sobre el caso —le espetó Appleford—. Runcorn no estaba capacitado para hacerlo.

—Al parecer, no —corroboró Rathbone—. Puesto que todo hombre que tiene un perro parece saber que Joel Lambourn fue desacreditado a conciencia y que, desesperado por ello, cometió suicidio en Greenwich Park. Porque ocurrió en Greenwich Park, ¿no es así? ¿O es ahí donde la discreción entra en juego?

Coniston se levantó. Su exasperación era manifiesta en su rostro y sus modales.

—Su señoría, sir Oliver solo intenta avergonzar al testigo porque no tiene preguntas relevantes que hacerle. ¿No podríamos, en nombre de la decencia, conceder al trágico final del doctor Lambourn la poca intimidad que le queda? No guarda relación alguna con la muerte de Zenia Gadney.

Rathbone dio media vuelta.

—Ah ¿no? Pues según parece usted ha recibido un montón de información a propósito de ello de la que yo no dispongo. Toda su acusación se fundamenta en el hecho de que usted cree que la señora Lambourn mató a Zenia Gadney por algo relacionado con el doctor Lambourn. —Su voz rezumaba sarcasmo—. ¿Está insinuando que hubiera alguna otra conexión entre ambas mujeres, una de ellas la muy respetable viuda de un médico de Greenwich, la otra una prostituta de mediana edad residente en Limehouse?

—¡Está claro que él es la conexión! —exclamó Appleford, acalorado—. Pero su vida, no su muerte.

—¿Acaso son asuntos totalmente independientes? —preguntó Rathbone con incredulidad.

Se oyeron movimientos en la galería, dado que el público estiraba el cuello, inclinándose hacia delante, por miedo a perderse algo.

Los miembros del jurado miraron de un lado a otro y luego hacia el juez.

—Sí —repuso Coniston con atrevimiento—. Dado que el desespero profesional que provocó su suicidio no tuvo nada que ver con los celos que condujeron a la señora Lambourn a asesinar a Zenia Gadney. —Levantó la vista hacia el juez—. Su señoría, la defensa pretende enturbiar el caso, sacando a relucir asuntos que tuvieron lugar bastante antes del asesinato de la señora Gadney y que no guardan relación alguna con él. La señora Lambourn no estaba implicada en el trabajo de su marido para el gobierno. Por consiguiente, este nada tiene que ver con el asesinato de Zenia Gadney.

Rathbone se dispuso a protestar, pues la conclusión era totalmente injustificada.

—Su señoría...

—Su argumento es consistente, señor Coniston —interrumpió Pendock—. Sir Oliver, si no tiene preguntas pertinentes que hacer al inspector Appleford, este tribunal lo autoriza a retirarse y pasaremos al testigo siguiente. Proceda, señor Coniston.

Rathbone se sentó, sintiendo que lo había aplastado un peso que tendría que haber visto venir. No sabía en qué dirección debía avanzar. La resolución del juez era injusta y, sin embargo, si volvía a protestar se ganaría la furia de Pendock sin ser capaz de demostrar algo a favor de Dinah, porque, a decir verdad, no tenía nada.

De pronto se sintió al borde del abismo.

13

Mientras el juicio de Dinah Lambourn comenzaba, Hester emprendió su propia investigación. Con cada nuevo dato que encontraba se iba implicando más en el asunto de la venta de opio. Dado que casi toda su experiencia como enfermera había sido en hospitales de campaña, atendiendo a soldados que sufrían heridas atroces o las fiebres y la disentería propias de la guerra, solo estaba familiarizada con sus ventajas para aliviar el dolor.

En su último trabajo en la clínica de Portpool Lane, sus pacientes eran mayormente prostitutas. Algunas tan jóvenes que solo contaban doce o trece años de edad. Hasta su conversación con el doctor Winfarthing no se había enterado de los estragos que hacían entre los niños pequeños los remedios que contenían opio.

No obstante, en lo que a Dinah Lambourn atañía, ahora no había tiempo para justificar el informe de Lambourn ante el gobierno. Lo primordial era descubrir quién había matado a Zenia Gadney. Para ello, el primer paso consistiría en averiguar más cosas acerca de ella, al margen de la vida que había llevado en Copenhagen Place.

Casi todas las mujeres que acudían a la clínica de Portpool Lane vivían a dos o tres kilómetros a la redonda de la propia clínica, pero algunas que padecían enfermedades crónicas acudían desde barrios más alejados. Por lo general, Hester apenas podía hacer nada por ellas, pero cualquier cosa que aliviara sus síntomas era una ayuda. Se disponía a buscar a una en concreto, a quien había hecho compañía noches enteras, cuidándola durante su pulmonía hasta que se recuperó lo suficiente para volver a las calles, donde no tardaría en sufrir una recaída. Ocurriría probablemente aquel invierno, cuando el hambre, las inclemencias del tiempo y el agotamiento quizás acabaran con su vida.

Gladys Middleton tenía casi cuarenta años, y la habían comprado y vendido desde los doce. Aun así, seguía siendo sorprendentemente guapa. Su abundante mata de pelo no presentaba ni una sola cana. Su piel estaba perdiendo tersura, pero no tenía imperfecciones, al menos a la luz de una vela. Su última enfermedad le había hecho perder peso, pero, con su edad, esa pérdida resultaba favorecedora. Aún tenía curvas generosas y caminaba con inusual elegancia.

Hester tardó casi todo el día en averiguar dónde vivía Gladys. Incluso una vez descubierta la casa de inquilinato correcta, tuvo que aguardar, permaneciendo de pie en un umbral con tanta discreción como pudo, hasta que Gladys regresó de la taberna de la esquina.

Hester la siguió a casi cincuenta metros de distancia hasta que Gladys entró en la casa, y luego irrumpió detrás de ella. Se equivocó de puerta un par de veces, teniendo que disculparse, antes de llamar a la habitación de Gladys.

Gladys abrió con cautela. Era demasiado temprano para su clientela. En la calle aún era de día, y un cliente potencial podía tropezarse fácilmente con algún conocido. Su presencia en el barrio podría ser difícil de explicar.

—Hola, Gladys —dijo Hester, sonriendo enseguida. Carecía de sentido fingir que había ido por alguna razón que no fuese pedirle un favor. Gladys conocía la ley de la supervivencia y no le gustaría que le mintieran con condescendencia, por más agradable que pudiera resultar para su vanidad.

Hester le mostró una botella del tónico cordial que sabía que era su favorito.

Gladys la miró primero con placer y acto seguido con recelo.

—No voy a decir que no esté agradecida ni que no me alegre de verla, pero ¿qué es lo que quiere? —preguntó un tanto escéptica.

—Para empezar, no quedarme en el umbral —contestó Hester, todavía sonriente.

Gladys retrocedió a regañadientes.

Hester la siguió. La habitación estaba más limpia de lo que había esperado. No había indicios del comercio de Gladys, solo un ligero olor a sudor y a comida reciente.

—Gracias.

Hester se sentó en el borde de una silla. Mantuvo la botella de cordial en la mano. Debía quedar claro que se trataba de un trato, no de un regalo.

Gladys se sentó frente a ella, también en el borde de la silla, con cierta inquietud.

—¿Qué quiere, pues? —repitió.

—Información.

—No sé nada.

La respuesta fue instintiva e inmediata.

—Tonterías —dijo Hester con tono de eficiencia—. Las mujeres que no saben nada no sobreviven mucho tiempo. No me mientas y yo no te mentiré.

Gladys se encogió de hombros, admitiendo al menos un grado de derrota.

—¿Qué quiere saber?

—¿Conocías a Zenia Gadney? —preguntó Hester.

El color abandonó el semblante de Gladys, dejándolo ceniciento.

—¡Dios! No sé nada sobre eso, ¡lo juro!

—Estoy segura de que no sabes nada sobre el asesinato —la tranquilizó Hester, diciéndole algo cercano a la verdad—. Lo que quiero saber es cómo era.

—¿Qué quiere decir con «cómo era»? —dijo Gladys, parpadeando confusa.

¿Estaba ganando tiempo o realmente no lo entendía? Hester acarició la botella de cordial.

—Esto es bastante bueno para tu salud —comentó.

—Ya, pero no me va a curar de un tajo en la garganta —repuso Gladys con voz ronca—. Y tampoco si me arrancan las tripas y me las enrollan a la cintura, ¿verdad?

—¿Por qué iba nadie a hacerte algo así? —Hester enarcó las cejas—. Además, no le rajaron el cuello. Le dieron un golpe en la nuca. Seguramente, no se enteró de lo que vino luego. Tú no tenías una aventura con el doctor Lambourn, ¿verdad?

Gladys se quedó perpleja.

—¡Claro que no! Él no era así. Lo único que quería saber era si era fácil comprar opio, y si sabía lo que había en lo que tomaba para dormir o cuando me dolía la barriga.

—¿Y lo sabías? —Hester procuró no demostrar demasiado interés. No podía permitirse que Gladys percibiera su vulnerabilidad—. ¿Sabías lo que contenía o qué cantidad tomar? ¿O cuánto tenías que esperar antes de tomarlo otra vez?

—Sé que da resultado, no necesito saber nada más —replicó Gladys.

—¿Fue eso lo que te preguntó?

—No me lo preguntó a mí, preguntaba a las que tienen chiquillos. Yo solo estaba allí.

—¿Conocías a Zenia Gadney? —dijo Hester, volviendo a su primera pregunta.

—Sí. ¿Por qué?

—¿Cómo era?

—Eso ya lo ha dicho. ¿Qué es lo que quiere saber? —Gladys negó con la cabeza—. Era mayor que yo, tranquila, no especialmente bella pero limpia. Todo depende de lo que te guste, ¿no? Hay tipos que las prefieren corrientes pero dispuestas a hacer cualquier cosa, no sé si me entiende. Como con sus esposas, pero más fácil.

—Sí, claro que lo entiendo. ¿Zenia era así? Por lo que dices, no se parece en absoluto a la señora Lambourn.

—¿Y cómo es ella, pues? —preguntó Gladys con curiosidad.

Hester recordó lo que Monk le había dicho y el efecto que por lo visto había causado en él.

—Guapa, muy atractiva —contestó—. Alta y morena, con unos ojos preciosos.

Gladys negó con la cabeza, completamente desconcertada.

—Bueno, Zenia no era así para nada. Era sosa como un ratón, toda gris y callada. De hecho era una pesada, pero buena persona, no sé si me explico. Nunca hablaba mal de nadie. No perdía los estribos ni decía mentiras. Y tampoco robaba.

Hester también se quedó perpleja.

—¿Cómo llegaste a conocerla?

Gladys puso los ojos en blanco ante la estupidez de Hester.

—Supe de ella porque tenía lo que todas queremos, ¿no? Un auténtico caballero que solo necesita verte una vez al mes, que te trata como si fueras una dama y que paga todas las facturas. Si eso me pasara a mí, creo que me moriría y me iría derechita al cielo. Lo que me gustaría saber es cómo lo consiguió. No fue porque supiera cómo hacer reír a un hombre o conseguir que se sintiera el tipo más interesante o apuesto que hubiera conocido en su vida.

—¿Crees que el doctor Lambourn la amaba? —preguntó Hester—. ¿Zenia era especialmente cariñosa o amable?

Gladys se encogió de hombros.

—¿Cómo voy a saberlo? Supongo que estaría dispuesta a hacer cosas raras. No se me ocurre nada más. Y eso que parecía el hombre más franco y decente del mundo. Vivir para ver. Nunca se sabe qué hay detrás de una cara normal y corriente.

Hester ya había pensado en aquella posibilidad aunque resultara tan desagradable. No conocía a Dinah Lambourn. ¿Por qué le preocupaba tanto que pudiera haber amado tan profundamente a un hombre de gustos anormales? Tal vez se debiera a lo que imaginaba que sentiría si descubriera una conducta semejante en Monk. No lo soportaría. La mera posibilidad destruiría cuanto era más íntimo y valioso para ella.

De ser así, ¿querría matar a la mujer que había satisfecho sus apetitos, tal como Dinah Lambourn estaba acusada de haber hecho? Tal vez. No con tanta violencia ni brutalidad, pero ¿matarla? Le resultó extraño y perturbador ser capaz de contemplar la idea del asesinato.

Ahora todo presentaba otro aspecto; triste, feo e inconcebiblemente doloroso.

—¿Crees que Zenia lo amaba? —preguntó a Gladys.

¡Semejante pregunta ni siquiera tendría sentido para aquella mujer! Gladys solo vivía, trabajaba y pensaba para sobrevivir. El amor era un lujo que seguramente nunca se podría permitir. Tal vez ni siquiera se había permitido soñar con él. Con cien disfraces distintos, lo mismo debía de ser aplicable a millones de mujeres de toda clase y condición, tanto a criadas como a amas de casa respetables, incluso a las que ostentaban una elevada posición social. Ni Hester ni Gladys tenían hijos, pero Hester tenía amor. De eso estaba absolutamente segura.

Ahora bien, muchas mujeres creían vivir con amor. Tal vez Dinah Lambourn se contara entre ellas.

Miró a Gladys otra vez. Estaba sentada con la frente arrugada y su rostro reflejaba una profunda concentración.

Hester aguardó.

Finalmente, Gladys levantó la vista.

—A lo mejor. En realidad no importa —dijo lentamente—. Fue terrible lo que le pasó. Me trae sin cuidado lo que hiciera, no estuvo bien.

Hester no supo qué decir.

—¿Acaso hizo algo malo? —preguntó. Le dio miedo que Gladys volviera a refugiarse en el silencio, pues cada vez tenía más claro que sabía más cosas de las que le había contado.

—Pues sí. —Gladys se mordió el labio—. Era bastante reservada, a veces un poco afectada, como si fuese mejor que el resto de nosotras, pero era amable, a su manera. Se comportaba como si acabara de bajar al mundo, aunque yo pensaba que a lo mejor era cierto. Una vez me contó algo. Tillie Biggs estaba borracha como una cuba. Estaba tirada en la alcantarilla como si fuese el único sitio que le quedaba. Vamos, que no podía caer más bajo. Y Zenia fue la única que se molestó en recogerla. Las demás decíamos que la muy burra se lo había buscado, pero Zenia se cuadró. Dijo que todas nos buscábamos nuestra desgracia, pero que eso no significaba que no necesitáramos ayuda.

—¿Y qué hizo?

Hester notó que se le tensaba la garganta, anunciando el principio de una emoción que no podría controlar.

Gladys hizo una mueca de tristeza.

—La levantó del suelo y la llevó a rastras hasta un portal de un callejón donde estaría seca y nadie tropezaría con ella. La dejó allí apoyada y se fue. No se podía hacer otra cosa. Ella lo sabía muy bien.

Se calló, decidiendo si seguir hablando.

Hester no supo si alentarla o no. Tomó aire para ir a decir algo, pero cambió de opinión.

—Me da que ella misma se había visto en la cuneta más de una vez —dijo Gladys en voz baja—. Una vez me contó que había estado casada. Quizás él la dejó por culpa de la bebida. O lo abandonó ella. No lo sé. —Sacudió la cabeza—. Pero no era una de nosotras, no era de por aquí.

—¿Sabes de dónde procedía? —preguntó Hester con delicadeza. La respuesta de Gladys había dado una nueva dimensión al asunto que no era de su agrado. Zenia se estaba volviendo demasiado real: una mujer capaz de soñar, de ser amable y de sufrir.

—Nunca lo dijo. —Gladys se obligó a regresar al presente—. Era un poco rara. Le gustaban las flores. Quiero decir que sabía cómo cultivarlas, qué clase de tierra les gustaba, ese tipo de cosas. Lo sé porque a veces me hablaba de ello. En qué mes florecían y todo eso. Por aquí no hay flores. A veces se iba al embarcadero y se quedaba mirando al otro lado del río, como si hubiese vivido en la orilla sur. —Se encogió de hombros—. Aunque a lo mejor solo lo hacía para estar a solas. Pensar un rato. Soñar con coger un barco y largarse a otra parte. A veces yo también lo hago.

Una vez más, Hester aguardó antes de romper el momento.

Gladys levantó la vista hacia ella y sonrió con timidez.

—Qué boba, ¿verdad?

—No —respondió Hester—. Todos necesitamos soñar con algo, de vez en cuando. ¿Quién más la conocía? ¿Cómo era el doctor Lambourn? ¿Alguna vez te habló de él?

—No. Aunque supongo que sabía que más le valía guardárselo para ella, por decirlo así. No compartía nada. No éramos lo bastante buenas.

—¿Por los celos? —dijo Hester enseguida.

—¡Claro que estábamos celosas, pero, por Dios, no le haríamos eso a nadie! ¿Quién demonios piensa que somos?

Gladys estaba indignada, incluso dolida.

—No me refería a eso —aclaró Hester. En realidad no sabía que más preguntar. A lo largo de la charla con Gladys había comenzado a creer que tal vez Dinah Lambourn había perdido el juicio temporalmente y que quizá fuese ella, después de todo, quien había destripado a Zenia Gadney. ¿Acaso era concebible que una mujer normal se sintiera lo bastante traicionada para dar rienda suelta al lado más oscuro y sanguinario de su naturaleza? ¿Tan profundas eran sus heridas y su odio para hacerle perder la cordura?

Ya no parecía inconcebible.

—El tendero dijo que la señora Lambourn fue a Limehouse en busca de opio —dijo, cambiando de tema—. El doctor Lambourn también, ¿no? Haciendo preguntas, quiero decir.

—Eso me han dicho. A mí nunca me preguntó, pero ¿qué iba a saber yo?

—¿Lo conociste?

—Sí, lo vi un par de veces. Ya le he dicho que hacía toda clase de preguntas a la gente.

—¿Sobre el opio?

—Sí. Quería encontrar a Agony.

Hester se desconcertó.

—¿Qué?

—Agony. Me parece que en realidad se llama Agatha o algo por el estilo, pero todo el mundo la llama Agony porque ayuda a la gente que tiene dolores muy fuertes.

—¿Con opio? —preguntó Hester de inmediato.

—Pues claro. ¿Sabe de algún otro remedio que sirva de algo cuando duele de verdad?

—No —reconoció Hester—. Lo cierto es que no. ¿La encontró?

—No lo sé. Supongo que sí porque no volvió.

—¿Cómo era él?

Lo preguntó más por curiosidad que porque pensara que fuera a servirle de algo. Además, ya no estaba segura de lo que estaba intentando hacer. Había comenzado con la idea de hallar alguna explicación al asesinato de Zenia Gadney que dejara a Dinah libre de toda sospecha. Ahora sus propios sentimientos estaban tan alterados que se sentía capaz de imaginar un arrebato de locura que apuntara a su culpabilidad, y ya no estaba segura de que cupiera encontrar otra explicación.

¿Podía referírselo a Monk y, por consiguiente, a Rathbone? ¿Sería como rendirse o puro realismo?

Gladys se encogió de hombros.

—Antes no lo he pensado —dijo con cierta sorpresa—. Hablaba muy bien, era muy amable. Te trataba como si fueras... alguien. Supongo que nunca se acaba de conocer a la gente, ¿verdad?

Hester se quedó un rato más, pero lo único que Gladys supo añadir fueron los lugares donde Hester podía empezar a buscar a *Agony* Nisbet. Le dio las gracias y se marchó.

Preguntó a otras varias personas de Copenhagen Place. Habló con el mismo tendero con el que había hablado Monk. Escuchó su relato sobre la visita de Dinah y la furia de esta al mencionar el nombre de Zenia.

Hester le dio las gracias y se marchó, saliendo de nuevo a la calle, donde soplaban frías rachas de viento. Mientras los aleros le chorreaban encima y la gente le daba empujones en la acera, trató de imaginar cómo se había sentido Dinah. Tuvo que haber sido como si el mundo hubiese terminado.

Salvo que al parecer Dinah hacía años que estaba enterada de que su marido visitaba a aquella mujer y le daba dinero. ¿Qué había ocurrido para que cambiara tanto, dejando de ser una esposa complaciente que toleraba la situación e incluso estaba de acuerdo con ella? ¿Qué la había convertido en una mujer que había perdido todo contacto con la humanidad?

Si Hester hubiese descubierto algo semejante acerca de Monk, su amor por él habría quedado mancillado. Ahora bien, ¿habría destruido sus principios, la compasión, el sentido del honor, la fe en sí misma?

Quizá se hubiese sentido herida sin remedio. Quizás hubiese llorado hasta que no le quedara una sola lágrima, incapaz de comer y dormir, pero de haberse hundido en el pozo de la desesperación, habría acabado con su vida, no con la de otra persona.

¿O no?

¿Era concebible que Dinah fuese quien había matado a Joel Lambourn? ¿Acaso Rathbone o Monk se lo habían planteado, sopesándolo sin hacer caso a los sentimientos encontrados que su dolor les causaba?

No obstante, la muerte de Lambourn había parecido un suicidio. Un acto incluso amable, tomando primero el opio para mitigar el dolor. No había odio, ni siquiera ira. Aunque despojaría a Dinah de la respetabilidad, la posición social y la mayoría de los ingresos a los que estaba acostumbrada. ¿Qué decir de Adah y Marianne? ¿Dinah se había detenido a pensar en ellas? ¿Cabía que una mujer realmente se olvidara de sus hijas?

¿Qué herencia había dejado Lambourn? ¿Bastaría para que las dos chicas siguieran con su vida, se educaran y se casaran felizmente?

¿Era incluso físicamente posible que Dinah lo hubiese hecho a solas? ¿Se las había arreglado para llevar a Lambourn hasta lo alto de One Tree Hill en plena noche? ¿Lo había convencido de que tomara el opio y luego se había sentado junto a él mientras le cortaba las venas, para luego recoger la botella y el cuchillo con toda calma y regresar a su casa junto a sus hijas? ¿Por qué llevarse la botella y el cuchillo? Carecía de sentido. Si realmente se hubiese suicidado, estarían a su lado. Y el hecho de que procedieran de su casa no habría precisado explicación. Era lo que Lambourn habría utilizado de todos modos.

Si Dinah era capaz de llevar a cabo un plan con tanta sangre fría, ¿de dónde salía la ira demencial con que habían mutilado a Zenia Gadney? ¿Y qué podía haberla provocado, tras años de estar enterada del acuerdo entre ella y su marido? ¿Por qué cometer de repente dos asesinatos entre los que mediaban dos meses?

No tenía sentido. Debía de haber otra explicación.

Hester pasó el resto del día hablando con vecinos del lugar y averiguando algunas cosas más acerca de Zenia Gadney, aunque ninguna modificó la imagen que Gladys le había dibujado de una mujer tranquila y más bien tristona, que había echado a perder su juventud con la bebida pero que, según parecía, había vencido a los demonios que entonces la habían empujado a ello. Durante los últimos quince años había vivido en Copenhagen Place. Realizaba algún trabajillo de costura y remiendos para los vecinos, más como amiga que por dinero. Era una manera de relacionarse con el prójimo y tener ocasión de conversar. Al parecer la mantenía el doctor Lambourn mediante una asignación que, si ponía cuidado, hacía innecesarios otros ingresos.

Varias personas dijeron que salía a pasear con bastante frecuencia, hiciera el tiempo que hiciese, salvo cuando era muy malo. A menudo lo hacía por Narrow Street, junto al río. A veces se quedaba plantada, con el viento en la cara, mirando hacia el sur, observando el ir y venir de las gabarras. Si le hablabas te contestaba, y siempre de manera agradable, pero casi nunca buscaba entablar conversación.

Nadie le habló mal de ella.

Hester decidió ir a Narrow Street, donde Zenia paseaba tan a menudo. El viento le escocía en la cara, las aguas grises destellaban bajo el sol. Hester se formó una idea de la soledad de Zenia, tal vez del arrepentimiento que sin duda ocupara sus pensamientos tantas veces. Para empezar, ¿qué la había llevado a beber? ¿Una tragedia doméstica? ¿Tal vez la muerte de un hijo? ¿Incluso un matrimonio sumamente desgraciado? Probablemente, nunca lo sabrían.

En la vida de Zenia no había nada que explicara su terrible muerte, como no fuera su relación con Joel Lambourn. Si no era eso, solo quedaba pensar que había sido una víctima al azar, sacrificada por brindar ocasión a la ira desatada de su asesino.

Hester había empezado compadeciendo a Dinah, una mujer despojada no solo del marido a quien amaba, sino en cierto sentido de todo lo que aportaba felicidad a su vida. Ahora, incluso la dulzura de sus recuerdos estaría mancillada para siempre. Pronto perdería su propia vida en el espantoso castigo ritual de la horca.

Mientras Hester contemplaba las aguas grises del río arremolinándose delante de ella, su piedad fue para Zenia Gadney. La vida de aquella mujer había sido muy poco reconfortante, y durante la última década y media, apenas había recibido afecto ni compartido nada, ni siquiera tocando el cuerpo de otro ser humano aparte del de Joel Lambourn, una vez al mes y por dinero. Trató de apartar esa imagen de su mente. ¿Qué podía haber deseado que fuese tan extraño u obsceno para que su esposa no se lo concediera, motivo por el que pagaba a una prostituta de Limehouse?

Se alegró de no tener que saberlo.

El agua hizo ruido en la playa de guijarros cuando la estela de un barco alcanzó la orilla con la marea baja. Una hilera de gabarras navegaba por el centro de la corriente, cargada de carbón, madera y altas pilas de pacas. Los hombres que las guiaban se balanceaban con un garbo tosco pero diestro, empuñando sus largas pértigas. El viento arreciaba y olía a salitre y a lluvia. Las gaviotas chillaban en lo alto, emitiendo prolongados y tristes lamentos.

Hester tuvo la impresión de haber agotado el tema de Zenia Gadney.

¿Tenía sentido seguir indagando sobre la búsqueda de información del doctor Lambourn a propósito del opio? Probablemente no. La tarde caía y empezaba a hacer frío mientras la marea cambiaba. Era hora de volver a casa, donde entraría en calor, no solo por estar resguardada del viento que soplaba desde el río, sino lejos de los pensamientos sobre la muerte, la ira y el desespero, y del apetito que en última instancia había arrasado con todo lo valioso.

Prepararía una cena que fuera del gusto de Scuff y lo oiría bromear sobre trivialidades, le daría las buenas noches cuando se hubiese lavado y estuviera listo para irse a la cama.

Después se acostaría con Monk y daría gracias a Dios por todo lo bueno que había en su mundo.

Hester tardó un día y medio en dar con Agatha Nisbet. Había recorrido el estrecho sendero hacia el oeste hasta dejar atrás Greenland Dock, y luego enfiló tierra adentro hasta Norway Yard. Volvió a preguntar en Rotherhithe Street y solo tuvo que caminar unos cien metros más hasta un gran almacén en desuso reconvertido en clínica improvisada para estibadores y marineros heridos.

Entró con paso decidido y la cabeza alta, como si tuviera todo el derecho de estar allí. Un par de personas la miraron con curiosidad, primero una muchacha que fregaba el suelo y luego un hombre con la ropa manchada de sangre que parecía un camillero. Hester le sonrió, y él, más relajado, no le dio el alto.

Se cruzó con dos o tres mujeres de mediana edad. Se las veía cansadas y agobiadas, con la ropa arrugada como si la hubieran llevado puesta toda la noche y todo el día anterior. Acudieron a su mente vívidos recuerdos de su tiempo en los hospitales: limpiar, enrollar vendas, cambiar camas y ayudar a comer a los enfermos y heridos, y sobre todo acatar órdenes. Recordó la fatiga, la camaradería, el dolor compartido y las victorias.

Había jergones en el suelo, todos ellos ocupados por hombres pálidos, sucios, con los brazos, las piernas o el cuerpo vendados. Los más afortunados dormitaban. Si Agatha Nisbet les había dado opio y vendado las heridas, no sería Hester quien la criticaría. Quienes tuvieran algo que objetar deberían probar a pasar una semana o dos tendidos en aquel suelo con el cuerpo magullado y algún miembro roto, sin ningún alivio durante las largas y amargas horas nocturnas, pasando frío a oscuras y sufriendo dolores atroces incluso al respirar.

Había llegado al otro extremo de la inmensa nave y se disponía a llamar a la puerta de un cubículo cuando esta se abrió de sopetón. Se encontró cara a cara con una mujer de más de un metro noventa de estatura y con las espaldas anchas y fornidas de un peón. Tenía el pelo crespo y de un color caoba desvaído. Sus facciones eran enérgicas, y seguramente había sido guapa en su juventud, treinta años atrás. Ahora el tiempo y la vida dura la habían vuelto áspera, y el sol y el viento le habían curtido la piel. Unos furibundos ojos azules miraron a Hester con desdén.

—¿Qué se le ha perdido aquí, señora? —preguntó con una voz ligeramente sibilante. Era un poco aguda, y no daba la impresión de haber salido de aquel cuerpo inmenso. Pronunció la palabra «señora» con desprecio.

Hester se tragó la cortante respuesta que le habría gustado darle.

—¿Señorita Nisbet? —preguntó educadamente.

—¿Qué más le da? ¿Quién es usted? —replicó Agatha Nisbet.

—Hester Monk. Dirijo una clínica para mujeres de la calle en la otra margen del río. Concretamente en Portpool Lane —contestó Hester levantando la voz y sin retroceder ni un paso.

—No me diga. —Agatha Nisbet la miró de arriba abajo fríamente—. ¿Qué quiere de mí?

Hester decidió lanzarse de cabeza. Los cumplidos no iban a llevarla a ninguna parte.

—Un suministrador de opio mejor del que tengo ahora —contestó.

—¿Quiere decir más barato? —dijo Agatha torciendo la boca.

—Quiero decir más fiable —le aclaró Hester—. Más barato no estaría de más, pero creo que por lo general una obtiene lo que paga. —Encogió ligeramente los hombros—. A no ser que seas novata y entonces obtengas menos. Hay montones de traficantes que no tienen inconveniente en escatimar el producto. —Miró a Agatha de arriba abajo con la misma franqueza—. Me figuro que a usted no se lo hacen una segunda vez.

Agatha sonrió, mostrando unos dientes grandes e inusualmente blancos.

—Si tienen dos dedos de frente no lo hacen ni la primera vez. Los rumores corren como la pólvora.

—En ese caso lo que usted tiene es realmente de fiar —reafirmó Hester.

—Sí. Pero le costará lo suyo.

—¿El doctor Lambourn estuvo aquí alguna vez? —preguntó Hester.

Agatha abrió los ojos como platos.

—Ha muerto.

Hester sonrió tan ingenuamente como pudo.

—Y ahora quizá no se presente un proyecto de ley en el Parlamento para regular la venta de opio, al menos hasta dentro de un año.

Agatha entornó los ojos.

Hester sintió un súbito escalofrío de miedo, y se dio cuenta de que tal vez había cometido un error, incluso poniendo su vida en peligro. Se le secó la boca. No debía permitir que aquella mujer tan fornida se percatara de ello.

—Lo cual me dará un poco más de libertad —agregó en voz alta. Estuvo segura de haberlo dicho con la voz ronca.

Agatha permaneció inmóvil, con una mano en la cadera. Hester no pudo evitar fijarse en el tamaño de su puño, en sus lustrosos y huesudos nudillos.

—¿Y con eso qué quiere decir, exactamente? —preguntó Agatha, en una voz tan dulce que, de no tenerla delante, Hester habría creído estar oyendo a una niña.

Tenía la boca seca y le costaba tragar. Tomó una bocanada de aire.

—Que no puedo hacer mi trabajo si no dispongo de un buen suministro —contestó—. Los hombres del gobierno no piensan en estas cosas, ¿verdad? Los ricos pueden comprar opio para evadirse soñando, pero la gente de la calle y los muelles, cuando los golpean o se rompen un hueso, consiguen lo que pueden, donde pueden. ¿Es necesario que se lo explique?

Dejó que la última frase sonara con una nota de indignación.

El enorme cuerpo de Agatha se relajó, y se permitió esbozar una sonrisa.

—¿Quiere una taza de té? —preguntó, retrocediendo un poco para que Hester pudiera entrar en la habitación—. Tengo el mejor. Me lo traen ex profeso de China.

Hester pestañeó.

—¿Acaso no viene de China todo el té?

Entró detrás de Agatha a la habitación y se sorprendió al verla tan ordenada, incluso limpia. Percibió un ligero olor a humo y a metal caliente procedente de la estufa de leña que había en un rincón, muy parecida a las que había visto en las salas de los hospitales cuando ejercía de enfermera. Una pava de agua hirviendo soltaba volutas de vapor. Cerró la puerta a sus espaldas.

Agatha puso los ojos en blanco.

—La mayoría, aunque hay quien dice que pronto se cultivará en la India. Este es el mejor. Delicado. Saben mucho los chinos.

A pesar de todo, el comentario suscitó el interés de Hester. Se sentó en la silla que Agatha le ofreció y, poco después, aceptó la taza de fragante té amarillo claro, sin leche. Tenía un aroma limpio y penetrante al que no estaba acostumbrada. Echó un vistazo a las paredes y en un estante vio una treintena de libros más o menos deteriorados. Resultaba obvio que se habían leído reiteradamente. En la pared de enfrente había tarros de vidrio que contenían toda suerte de hojas secas, hierbas, raíces y polvos.

Se obligó a fijar su atención en la mujerona que tenía delante, que la observaba con expectación.

Hester tomó un sorbo de té. Era bastante diferente de los que ella conocía, pero pensó que podía llegar a gustarle.

—Gracias —dijo en voz alta.

Agatha se encogió de hombros y cogió su taza.

—¿Cómo descubrió este té? —preguntó Hester, tras beber otro sorbo.

—Hay muchos chinos en Londres —respondió Agatha—. Saben mucho sobre medicina, esos diablillos. Me han enseñado un poco.

Enseguida levantó la vista hacia Hester, aguzando la mirada. Fue su modo de advertirla de que sus secretos eran muy valiosos. Le habían costado lo suyo y no iba a compartirlos sin cobrar un precio.

Hester sentía un notable respeto por aquella actitud. Ella misma había adquirido sus conocimientos en el campo de batalla.

—Ojalá hubiésemos tenido suficiente opio en Crimea —dijo en voz baja—. Habría sido de ayuda, sobre todo cuando teníamos que amputar.

Agatha la miró detenidamente con los ojos entornados.

—Lo hacen muy a menudo, ¿verdad?

—Bastante —contestó Hester, mientras la memoria la devolvía al pasado, como si estuviera acurrucada en el barro y la desolación del campo de batalla, tratando de apartar de su mente los gritos y concentrarse solo en el rostro silencioso y ceniciento del soldado que tenía delante, con los ojos hundidos por el shock, de cuyo sufrimiento era consciente.

Agatha asintió lentamente.

—Es mejor no recordarlo —dijo—. Se volvería loca. ¿Ahora también trata a personas con dolores agudos, tajos en el torso, huesos rotos y cosas por el estilo?

—No muy a menudo. —Hester aprovechó la oportunidad que había estado esperando—. Solo algunas veces. Piedras en los riñones o vientres desgarrados a causa de un mal parto. Palizas tremendas. Por eso necesito buen opio.

Agatha vaciló como si estuviera tomando una difícil decisión.

Hester aguardó. Los segundos pasaban.

Agatha respiró profundamente.

—Puedo proporcionarle opio de primera —dijo, mirando a Hester de hito en hito—. A buen precio. Pero puedo hacer algo mejor. Ingerido surte buen efecto, aunque no tanto como fumado. Pero existe algo todavía mejor. Un escocés inventó una aguja que se pincha directamente en la vena, justo donde el dolor es peor. De eso hará quince años o más. Puedo conseguirle una de esas agujas.

—He oído hablar de ellas —dijo Hester con un súbito arranque de entusiasmo—. ¿Podrá enseñarme a utilizarla? ¿Y qué dosis administrar?

Agatha asintió.

—Hay que hacerlo con cuidado, no se olvide. Si lo hace mal, puede matar fácilmente a una persona. Y peor aún, si se lo da más de unas pocas veces, luego quieren tomarlo cada día, no pueden pasar sin él.

Hester frunció el ceño. El corazón le latía más deprisa.

—¿Cómo se evita que eso suceda? —preguntó con la voz un poco ronca.

—No se puede —contestó Agatha—. Se les va dando menos hasta que se deja de darles. Aprenden. Al menos, la mayoría. Hay quien no, y entonces siguen tomándolo, de una manera u otra, hasta el fin de sus días. Cada vez quieren más. Hacen ricos a quienes lo venden.

La mirada furiosa de Agatha hizo que Hester se estremeciera.

—¿Hay alguna otra manera de tratar el dolor? —preguntó Hester en voz baja, sabiendo la respuesta.

—No —contestó Agatha, dejando que el monosílabo cayera en el silencio.

—¿Era eso lo que andaba preguntando el doctor Lambourn? —preguntó Hester—. ¿Lo de las agujas?

—Al principio, no —contestó Agatha—. Se centraba sobre todo en los niños que morían porque sus madres les daban medicamentos sin saber lo que contenían. De todos modos, no sacó nada en claro.

—¿Habló con él? —insistió Hester.

—Claro que sí. Como le he dicho, aunque el gobierno hubiese aprobado su informe, no nos habría afectado ni a usted ni a mí. Y además no lo aceptaron, así que ¿por qué se preocupa?

Escrutó el semblante de Hester con una mirada penetrante, inteligente.

—Pero ¿preguntó sobre la adicción que provoca fumar opio? —insistió Hester otra vez.

Agatha hizo una mueca.

—Apenas, pero se lo conté igualmente. Y me escuchó.

—¿Piensa que se suicidó? —dijo Hester sin rodeos.

Agatha frunció el ceño.

—A mí no me pareció esa clase de cobarde, pero supongo que nunca se sabe. ¿A usted qué más le da?

Hester se preguntó en qué medida debía decir la verdad. Miró a Agatha con más detenimiento y decidió no mentirle. La cuestión del opio en los medicamentos se complicaba por el abuso que se hacía de él para aliviar el sufrimiento mental o evadirse de las miserias de la vida. ¿Dónde se hallaba la línea entre el cubrir una necesidad y la especulación? ¿Y acaso algo de aquello guardaba relación con la muerte de Joel Lambourn y Zenia Gadney?

—Creo que quizá lo mataron e hicieron que pareciera un suicidio —dijo en voz alta a Agatha—. Hay algunas cosas que no cuadran.

—¿En serio? Como ya he dicho, ¿por qué le importa tanto? —repitió Agatha, atenta a la expresión de Hester.

—Porque si lo asesinaron, quizá tenga más sentido el asesinato de Zenia Gadney en el embarcadero de Limehouse —explicó Hester.

Agatha se estremeció.

—¿Desde cuándo tienen sentido los locos sanguinarios? ¿Qué demonios le pasa?

—Están juzgando a la señora Lambourn por el asesinato de Zenia Gadney porque su marido la visitaba cada mes y le pagaba el alquiler y los demás gastos —repuso Hester un tanto acalorada.

—Maldita bruja —dijo Agatha con amargura—. ¿Qué sacó de hacer algo tan espantoso?

—Nada en absoluto, y menos dos meses después de que el doctor hubiese fallecido.

—Y entonces, ¿por qué lo hizo? —preguntó Agatha con el ceño fruncido y los ojos llenos de ira.

—A lo mejor no lo hizo. Ella está convencida de que el doctor no se suicidó.

Agatha la miró fijamente, y su rostro reflejó que estaba atando cabos.

—Y usted supone que fue por algo relacionado con su investigación sobre el opio...

—¿Usted no? Mueve mucho dinero el negocio del opio —señaló Hester.

—¿Me lo dice o me lo cuenta? —dijo Agatha con mordaz ferocidad, como si le hubiese acudido un recuerdo a la mente—. Se han amasado fortunas y perdido reputaciones. Ahora nadie quiere pensar en las Guerras del Opio. Hay muchos secretos, casi todos sangrientos y llenos de muertos y dinero. —Se inclinó un poco hacia delante—. Tenga cuidado —advirtió—. Le sorprendería enterarse de qué grandes familias se hicieron ricas con el opio y ahora no dicen ni mu.

—¿El doctor Lambourn lo sabía? —preguntó Hester.

—No me lo dijo, pero no tenía un pelo de tonto. Y yo tampoco. No se meta en líos con vendedores de opio, señora, o igual acabará acuchillada en un callejón o flotando en el río panza arriba. Esos cabrones se la merendarán, pero a mí no me la van a jugar.

—¿Y Zenia también estaba enterada? —dijo Hester con premura.

Agatha abrió mucho los ojos.

—¿Cómo demonios quiere que lo sepa?

—No sé por qué, pero apostaría un buen dinero a que usted sabe mucho sobre cualquier cosa que le interesa —replicó Hester al instante.

Agatha se rio quedamente, casi entre dientes.

—Ha dado en el clavo, pero los locos que mutilan a mujeres no son asunto mío. A no ser que vayan a por mí. Y si lo hacen... —Levantó sus manazas e hizo crujir los nudillos—. Además tengo un buen cuchillo de trinchar, si es preciso usarlo. Ocúpese de sus asuntos, señora. Le daré el opio que pide, el mejor del mundo. A un precio justo.

—¿Y la aguja? —preguntó Hester tímidamente.

Agatha pestañeó.

—Y la aguja. ¡Pero tenga mucho cuidado con ella!

—Lo tendré. —Hester se levantó. La alegró que el peso de la falda disimulara que las rodillas le temblaban un poco, pero no le cambió la voz—. Gracias.

Agatha suspiró y puso los ojos en blanco, y de repente sonrió mostrando su dentadura perfecta.

14

Oliver Rathbone estaba tomando el desayuno cuando la sirvienta lo interrumpió para anunciar que la señora Monk había venido a verle por un asunto urgente.

Rathbone dejó el tenedor y el cuchillo y se puso de pie.

—Hágala pasar. —Señaló su plato sin terminar. No tenía apetito. Solo comía porque le constaba que necesitaba nutrirse—. Gracias, no tomaré nada más, pero traiga té y tostadas para la señora Monk.

—Sí, sir Oliver —dijo la sirvienta obedientemente, y se marchó, llevándose el plato consigo.

Un momento después entró Hester con las mejillas coloradas a causa del viento.

—Perdona —se disculpó, dándose cuenta en el acto de que había interrumpido su desayuno—. Quería verte antes de que te fueras al tribunal.

—Siéntate, por favor. Enseguida traen más té. —Le indicó la silla donde antes solía sentarse Margaret y tomó asiento a su vez—. Tienes que haber salido de casa muy temprano. ¿Ha ocurrido algo? Me temo que no tengo buenas noticias que darte.

—¿Malas noticias? —preguntó Hester enseguida, preocupada.

Rathbone había aprendido a no mentirle, ni siquiera a amortiguar un golpe.

—Estoy comenzando a pensar que la señora Lambourn podría estar en lo cierto, el menos en cuanto a que existe un acuerdo gubernamental para impedir que se dé credibilidad al informe de Lambourn —contestó—. He intentado cuestionar su suicidio, y el juez me ha cortado cada vez. Me parece que Coniston también ha recibido instrucciones de atajar cualquier alusión a él.

—Pero no dejarás que se salga con la suya, ¿verdad? —dijo Hester, reflejando cierta duda en su mirada.

—Todavía no nos han derrotado —respondió Rathbone con pesar—. En cierto sentido, su posible acuerdo para mantenerlo al margen de los testimonios sugiere que existe algo que ocultar. Sin duda no es para no herir los sentimientos de alguien, tal como ellos sostienen.

La sirvienta llegó con té recién hecho y tostadas, y Rathbone le dio las gracias. Sirvió a Hester sin preguntar, y ella lo aceptó con una sonrisa, al tiempo que alcanzaba una tostada y la mantequilla.

—Oliver, he estado haciendo preguntas por mi cuenta, a personas que conozco. Tuve una larga conversación con una prostituta que vive cerca de Copenhagen Place. Conocía a Zenia Gadney, tal vez mejor que nadie.

Rathbone percibió la compasión de su voz y procuró enrocarse contra los sentimientos que sabía que podía despertar en él. Deseó estar más convencido de la inocencia de Dinah Lambourn. Incluso si la muerte de Joel Lambourn había sido un asesinato y no un suicidio, eso no demostraba que Dinah no hubiese matado a Zenia como venganza por su traición durante todos aquellos años.

Salvo que, por supuesto, no se trataba de una traición. Había sido su manera de ganarse la vida. Si alguien había traicionado a Dinah, era el propio Joel. Pero este ya estaba muerto y nada podía hacer contra él. Las únicas cosas que inducían a Rathbone a cuestionar la culpabilidad de Dinah eran el sinsentido del momento de su muerte y el hecho de que tanto Pendock como Coniston se mostraran tan decididos a impedir que Rathbone planteara alguna duda, por razonable que fuera, acerca del suicidio de Joel.

Hester se dio cuenta de que Rathbone no le estaba prestando atención.

—¿Oliver?

Rathbone se concentró de nuevo.

—¿Sí? Perdona. ¿Qué averiguaste para que tengas que contármelo antes de que regrese al tribunal?

Hester untó de mermelada su tostada.

—Que Zenia llevaba una vida muy tranquila y era bastante reservada, que de vez en cuando hacía trabajos de costura con bastante destreza, tal vez tanto por amistad como por dinero. Solía salir a pasear, sobre todo por la orilla del río, donde pasaba largos ratos mirando hacia el sur, contemplando el agua y el cielo.

—¿Quieres decir hacia Greenwich? —preguntó Rathbone con curiosidad.

—Bueno, en cualquier caso hacia la margen sur. Tenía un pasado del que rara vez hablaba, aunque una vez lo hizo con Gladys, la chica que he mencionado.

Rathbone tuvo un ligero escalofrío.

—¿Qué clase de pasado? ¿Alguno que proporcione otro motivo para matarla con tanta violencia?

Hester negó con la cabeza.

—Yo diría que no. Dijo que había estado casada, pero según parece bebía tanto que arruinó su vida, y es posible que abandonara a su marido o que él la abandonara a ella.

—¿Quién era él? —preguntó Rathbone enseguida, con un atisbo de esperanza que apenas se atrevió a reconocer—. ¿Dónde podemos encontrarlo? ¿Es posible que la siguiera hasta Limehouse y la matara? A lo mejor quería casarse de nuevo y ella suponía un impedimento.

Los pensamientos se agolpaban en la mente de Rathbone. Al menos existían otras posibilidades que nada tenían que ver con Dinah Lambourn.

—Es solo algo que Zenia dijo una vez que encontraron a una mujer borracha tirada en la calle, y Gladys adivinó que había algo más —contestó Hester—. Ni siquiera sabe si era verdad, y nadie ha visto que otro hombre la visitara en Copenhagen Place o que anduviera buscándola. Podría estar muerto, a estas alturas, si es que alguna vez existió.

Bajó la voz y adoptó un aire triste y contrito.

—Pudo habérselo inventado para parecer más respetable o incluso más interesante. Quizá fuese una fantasía, el deseo de que hubiese sido así.

Rathbone notó que la lástima también se adueñaba de él al percatarse de una ternura y unos sueños que hubiese preferido no entender.

—Siendo así, ¿por qué has tenido tanta prisa en contármelo antes de que regresara al tribunal? —preguntó, con un deje de decepción.

—Disculpa, me he ido por las ramas —dijo Hester, descartando lo dicho con un grácil gesto de la mano—. Lo que en realidad quería decirte es que también he conocido a una mujer que se llama Agatha Nisbet. Dirige una especie de hospital improvisado en la ribera sur del río, cerca de Greenland Dock. Es mayormente para estibadores, gabarreros y marineros heridos. Cuenta con un suministro de opio bastante regular...

—¿Opio? —preguntó Rathbone, con acrecentado interés.

—Sí. —Hester sonrió con tristeza—. Hice un trato con ella para comprarle el de mejor calidad para la clínica. Habló con Joel Lambourn varias veces. La buscó mientras investigaba sobre el opio. Su propósito no era poner fin a su comercialización, solo conseguir que se etiquetara debidamente para que la gente supiera lo que toma. Agatha Nisbet dijo que su mayor preocupación era la mortandad que causaba entre los niños de corta edad.

Rathbone asintió. Aquello ya lo sabía.

—Pero me advirtió que, desde las Guerras del Opio, muchas personas ganan dinero con el opio —prosiguió Hester—. Las más despiadadas no tienen inconveniente en que la gente se vuelva adicta para asegurarse un mercado permanente —agregó, con una mezcla de ira y amargura—. Muchas familias poderosas amasaron sus fortunas entonces, y no les habría gustado lo más mínimo que el informe aireara esos hechos cuando se debatiera en el Parlamento. Podrían desenterrarse toda clase de fantasmas.

—Los fantasmas no se desentierran —comentó Rathbone,

un poco a la ligera—. ¿Crees que esa mujer está en lo cierto, al menos en lo que atañe al informe de Lambourn?

—Sí —contestó Hester sin vacilar—. Tiene sentido, Oliver. Al menos, podría tenerlo. Ni siquiera sabemos qué fortunas provienen del opio, ni qué podrían perder si todo se hiciera público y se regulara el comercio. Algunas compañías tendrían que cerrar, simplemente porque no obtendrían los mismos beneficios si tuvieran que medir y etiquetar sus productos.

Rathbone lo meditó un momento. Aquello abría nuevas alternativas, pero carecían de pruebas para demostrarlo. Las grandes fortunas siempre se habían amasado mediante atrocidades: la piratería, el esclavismo hasta su abolición medio siglo antes, y luego el opio. Pocas familias estaban libres de una mancha u otra. Con el miedo y la ira que reinaban en la sala del tribunal, e incluso fuera de ella, Rathbone no creía que una «duda razonable» fuera a salvar a Dinah Lambourn.

—¿Sabes algo sobre las Guerras del Opio? —preguntó Hester, interrumpiendo el hilo de sus pensamientos.

—No mucho —reconoció Rathbone—. Sé que tuvieron lugar en China. Que fue una guerra comercial. Hay quien ha justificado nuestra participación, aunque fue un asunto muy feo. Tengo entendido que introdujimos el opio en China y que ahora hay cientos de miles de adictos. No es como para estar orgulloso.

—Quizá deberíamos informarnos mejor por si resulta relevante para el caso —dijo Hester en voz baja.

—¿Crees en esa mujer? —preguntó Rathbone—. ¿No ya en su honestidad, sino en lo que dice saber?

—Sí... Me parece que sí. En ciertos aspectos su vida es comparable a mi propia experiencia en Crimea.

—¿Existe alguna guerra que no sea sucia? —Rathbone pensó con amargura en todo lo que sabía sobre la guerra de Crimea, su violencia, su futilidad, sus innumerables bajas—. Como la Guerra Civil en América. Sabe Dios cuántas bajas hubo al final. También fue un buen mercado para el opio. Me consta que la masacre fue terrible, así como las heridas de quienes sobrevivieron. Dudo que ellos mismos ya conozcan el alcance de la tragedia. Y no me refiero solo a los muertos, sino también a las tierras arruinadas, al odio que sembró.

—Creo que las Guerras del Opio también dejaron mucho odio a sus espaldas —respondió Hester—. Y dinero, y culpa. Un montón de secretos que enterrar.

—Los secretos no permanecen enterrados para siempre —dijo Rathbone en voz baja. Deseaba contarle su propio secreto, el que todavía estaba en su casa, aguardando a ser depositado en la cámara acorazada de un banco, de donde solo él podría exhumarlo. Aunque nunca lo enterraría en su mente.

Hester lo miraba de hito en hito. Lo conocía demasiado bien para que lo pudiera eludir sin mentir, siquiera tácitamente.

—¿Oliver? —dijo preocupada—. ¿Sabes algo sobre Dinah que los demás desconocemos? ¿Algo malo?

—¡No! —contestó Rathbone con súbito alivio—. Era... era algo totalmente distinto.

Hester lo miró dubitativa.

—¿Algo? —preguntó—. ¿De qué estamos hablando?

—Era... —Rathbone respiró profundamente. Le resultaba casi insoportable cargar a solas con el peso de lo que sabía—. ¿Sabes qué fue de las fotografías de Arthur Ballinger después de su muerte?

Hester palideció un poco, y sus ojos traslucieron pesadumbre.

—No tengo ni idea. ¿Por qué? ¿Temes que alguien las tenga? —Alargó el brazo a través de la mesa y le tocó la mano con ternura—. No merece la pena preocuparse. Lo más probable es que estén guardadas en algún sitio donde nadie las encontrará. Y si no es así, sigues sin poder hacer nada al respecto. —Su mano era cálida sobre la de él—. Si las tiene alguien, solo puede hacer chantaje a los culpables, y dudo mucho que sientas compasión por unos hombres que abusaron de niños de semejante manera. Me consta que al principio quizá fueron más idiotas que malvados, pero aun así no puedes protegerlos.

—No se trata de dinero, Hester, se trata de poder —dijo Rathbone simplemente.

—¿Poder?

Ahora el semblante de Hester reveló más temor, pues quizá comenzara a comprender a qué se refería Rathbone.

—Poder para obligarlos a hacer lo que él deseaba, a riesgo de arruinarles la vida —explicó Rathbone.

—¿Piensas que en esas fotografías aparecen otras personas que son... jueces, políticos o...? —Hester vio la respuesta en su rostro—. ¡Lo sabes! ¿Te lo dijo Ballinger?

—No. Hizo algo mucho peor que eso, Hester. Me las legó a mí.

La miró atentamente, aguardando el horror que asomaría a sus ojos, incluso la repugnancia.

Hester permaneció inmóvil mientras asimilaba la magnitud de la noticia, como si de pronto recayera un gran peso sobre sus hombros. Escrutó el semblante de Rathbone. Tal vez viera en él parte de la carga que soportaba, así como el resentimiento de la ironía que encerraban a un mismo tiempo el legado y la venganza de Ballinger. Este quizá no supiera en su momento cómo afectaría a Rathbone, pero sin duda había disfrutado contemplando las distintas posibilidades, regodeándose en el repugnante sabor que dejaría en su boca.

—Lo siento —dijo Hester finalmente—. Si las hubieras destruido, me lo habrías contado de otra manera, ¿verdad?

No fue una pregunta. Solo quería que supiera que lo comprendía.

—Sí —confesó Rathbone—. Así es. Las esconderé. Y cuando muera serán destruidas. Tuve ganas de hacerlo en cuanto las vi, pero al darme cuenta de quiénes aparecían en ellas, no pude hacerlo. Aunque quizá todavía lo haga. El poder que tienen es... mayúsculo. Ballinger comenzó a utilizarlas solo para hacer el bien, ¿sabes? Me lo explicó. Le servían para obligar a personas a actuar contra injusticias y abusos, cuando de otro modo no lo habrían hecho.

¿Estaba justificando a Ballinger? ¿O a sí mismo por no haber destruido las fotografías? Miró a Hester a la cara y reparó en su confusión. Aguardó a que le preguntara si iba a utilizarlas, pero Hester no lo hizo.

—¿Crees que Dinah es inocente? —preguntó en cambio.

—No lo sé —contestó Rathbone con franqueza—. Al principio lo creía posible, pero una vez iniciado el juicio comencé a dudarlo. Ahora no sé si mató a Zenia Gadney, pero estoy empezando a abrigar serias dudas sobre el presunto suicidio de Lambourn. Y si lo asesinaron, surgen nuevas dudas y preguntas.

Se oyeron unos pasos en el vestíbulo. Instantes después Ardmore entró y, con suma cortesía, recordó a Rathbone que era hora de irse.

Hester sonrió y se puso de pie. No hubo necesidad de dar explicaciones, bastó con una simple despedida.

Rathbone seguía teniendo presente aquel pensamiento antes de que el juicio se reanudara una hora y media después, cuando coincidió con Sorley Coniston en el vestíbulo y se saludaron.

—Buenos días —dijo Coniston, esbozando una sonrisa—. Un caso difícil para usted, Rathbone. ¿Qué lo llevó a aceptarlo? A veces me he preguntado si aceptaba ciertos casos en busca de fama, pero siempre he resuelto que no. No habrá cambiado, ¿verdad?

—No demasiado —contestó Rathbone secamente. No conocía bien a Coniston, pero tenía la impresión de que si lo tratara más le caería bien, y en ocasiones sus opiniones eran asombrosamente honestas—. Esta vez no sé qué pensar.

—¡Santo cielo! —dijo Coniston, meneando la cabeza—. En este caso, la única cuestión es hasta dónde será capaz de llevar el maldito asunto del opio. Lambourn quizá se apartara del buen camino en su vida privada, pero era un hombre decente y honrado. No saque a relucir sus errores personales delante del mundo. Sus hijas no lo merecen, aunque usted crea que él sí.

Rathbone correspondió a su sonrisa.

—¿Alguna duda? —preguntó irónicamente.

—Habrá que despejarlas —contestó Coniston—. Las suyas, quiero decir.

—¿En serio?

Rathbone se encogió de hombros mostrando una confianza que no sentía, y se dirigieron a la sala.

Veinte minutos más tarde Coniston se levantó para interrogar a su primer testigo del día, la cuñada de Dinah, Amity Herne.

Rathbone la observó mientras sostenía delicadamente la falda con una mano para no tropezar al subir al estrado, donde ocupó su lugar de cara al tribunal.

A Rathbone le habría gustado volverse hacia Dinah para ver su expresión, pero no deseaba atraer la atención del jurado hacia ella, cuando todos sus miembros estaban observando con tanto detenimiento a Amity Herne. Le costaba imaginar lo doloroso que debía ser ver a tu propia familia testificando en tu contra. ¿Acaso la culpaban de la muerte de Lambourn? ¿De la infelicidad que en su opinión había desembocado en su suicidio? Quizá no tardaría en saberlo. Se dio cuenta de que tenía los puños apretados en el regazo, debajo de la mesa, donde nadie podía verlos, y de que ya le dolían los músculos, pese a que apenas había comenzado la sesión de la mañana.

Amity Herne dijo su nombre y juró decir la verdad, toda la verdad y nada más que la verdad. Corroboró que era la hermana del difunto marido de la acusada, Joel Lambourn.

—Ruego acepte mi más sentido pésame por el reciente fallecimiento de su hermano, señora Herne —comenzó Coniston—. Y mis disculpas por verme obligado a hacer público un asunto que sin duda será doloroso para usted tras la tragedia que ha sufrido su familia.

—Gracias —dijo Amity gentilmente. Era una mujer atractiva aunque no bella, y ahora se mostraba demasiado indiferente para el gusto de Rathbone. Quizás en tales circunstancias una cierta frialdad fuese la única defensa que tuviera para mantener la compostura, dado que le era negada toda intimidad. Había algo en la dignidad con que aguardaba a que Coniston abriera sus heridas que le recordó a Margaret. Debería haberla admirado más. ¿En qué medida alteraba su desilusión la opinión que le merecían los demás?

Seguro que Coniston, con su desenvoltura e incluso deferencia, era consciente de que el jurado no vería con buenos ojos a quien tratara con innecesaria rudeza a Amity Herne. Comenzaría con delicadeza, estableciendo una pauta que Rathbone no tendría más remedio que seguir.

—Señora Herne —comenzó—, ¿estaba enterada de la naturaleza del trabajo que su hermano, el doctor Lambourn, estaba haciendo para el gobierno?

Rathbone se enderezó en el asiento. ¿Acaso Coniston iba a sacar a relucir aquel tema?

—Solo muy vagamente —contestó Amity con calma, en voz baja pero muy clara—. Se trataba de una investigación de carácter médico. Eso fue cuanto me dijo.

—¿Confidencial? —preguntó Coniston.

—Me imagino que sí —respondió Amity. Mantenía la mirada fija en él, sin permitirse desviarla hacia la galería y sin levantarla una sola vez hacia el banquillo donde Dinah estaba sentada entre sus celadoras.

»Aunque por otra parte no le pedí más detalles —prosiguió—. Sé que le preocupaba. Se lo tomaba muy en serio, y a mí me inquietaba que estuviera dejándose implicar demasiado.

Rathbone se puso de pie.

—Su señoría, la señora Herne acaba de decir que apenas sabía en qué consistía el trabajo del doctor Lambourn. ¿Cómo puede opinar si su implicación era excesiva?

Le habría gustado argüir que además no guardaba relación con la muerte de Zenia Gadney, pero tenía intención de introducir la misma cuestión más adelante, y aquello le servía en bandeja la oportunidad de hacerlo.

Coniston sonrió.

—Si afectaba el estado de ánimo del doctor Lambourn, señoría, es evidente que afectaría al estado de ánimo de la acusada.

—¡Su señoría! —Rathbone seguía de pie—. ¿Cómo podía afectar la preocupación del doctor Lambourn por su trabajo al estado de ánimo de la acusada dos meses después de su muerte? ¿Acaso mi distinguido colega sugiere que se dio alguna clase de demencia contagiosa?

Se oyó un rumor de risas nerviosas en la galería. Un miembro del jurado estornudó y se tapó la cara con un pañuelo, disimulando su expresión.

—Permitiré este tipo de preguntas —dijo Pendock, carraspeando—, a condición de que demuestre su relevancia sin demora, señor Coniston.

No miró a Rathbone.

—Gracias, señoría —dijo Coniston, y se volvió de nuevo hacia Amity Herne—. Señora Herne, ¿el doctor Lambourn estaba más implicado en su tarea, fuera la que fuese, de lo que era habitual en él?

—Sí —dijo Amity con decisión, reflejando pesadumbre—. Estaba completamente absorto en ella.

—¿Qué quiere decir con eso, señora Herne? ¿Qué hay de inusual en que un médico se consagre a su trabajo?

Coniston seguía conduciéndose con suma cortesía.

—Cuando el gobierno no aceptó sus conclusiones se quedó consternado. A veces se ponía casi histérico. Creo... —Se la veía muy incómoda. Agarraba la barandilla que tenía delante y tragó saliva, como para contener el llanto—. Creo que por eso se quitó la vida. Ojalá hubiese sido más consciente de la gravedad de su situación. ¡Tal vez podría haber dicho o hecho algo! No me di cuenta de que todo lo que más valoraba en su vida se estaba desintegrando delante de sus propios ojos. O de que él así lo creía.

Coniston permaneció totalmente inmóvil en medio de la sala con un porte elegante, incluso amable.

—¿Desintegrando, señora Herne? ¿No es un poco exagerado? ¿Por más que el gobierno no aceptara su punto de vista en... lo que fuera?

—Por eso y por...

Bajó tanto la voz que resultaba difícil oírla. En la sala nadie se movía. El público de la galería estaba petrificado.

Coniston aguardó.

—Por eso y por su vida personal —terminó de decir Amity en poco más que un susurro.

Pendock se inclinó un poco hacia delante.

—Señora Herne, me consta que esto debe ser terriblemente difícil para usted, pero tengo que pedirle que hable un poco más alto, de modo que el jurado pueda oírla.

—Lo siento —dijo contrita—. Me resulta... muy embarazoso mencionar esto en público. Joel era un hombre muy sosegado, muy reservado. No sé cómo explicar esto con delicadeza.

Miraba fijamente a Coniston, ni una sola vez desvió la mirada hacia Rathbone. Actuaba como si no fuese consciente de que él estaba presente y la interrogaría a continuación. De hecho parecía que excluyera deliberadamente al resto del tribunal.

—¿Su vida personal? —le apuntó Coniston—. Era su hermano, señora Herne. Si le hizo alguna confidencia, aunque fuese indirectamente, debe contársela al tribunal. Lamento tener que obligarla a hacerlo, pero estamos juzgando un caso de homicidio. Una mujer ha perdido la vida de una manera espantosa, y otra está acusada de su asesinato y, si es declarada culpable, sin duda también perderá la suya. No podemos permitirnos el lujo de ser delicados a expensas de la verdad.

Con un esfuerzo inmenso, Amity Herne levantó la cabeza.

—Me dio a entender que tenía necesidades que su esposa no estaba dispuesta a satisfacer, y que por esa razón visitaba a otra mujer. —Lo dijo con absoluta claridad, como si se estuviera acuchillando a sí misma—. La presión de vivir a la altura de la visión que su esposa tenía de él como el hombre perfecto estaba comenzando a resultarle insoportable. —Se mordió el labio—. Ojalá no me hubiera hecho decir esto, pero es la verdad. Habría que haber dejado que muriera con él.

Ya no pudo impedir que se le saltaran las lágrimas.

—Ojalá hubiese sido posible —dijo Coniston contrito—. Esta otra mujer a la que ha aludido, ¿sabe quién era? ¿Mencionó su nombre o algo sobre ella? ¿Por ejemplo, dónde vivía?

—Me dijo que se llamaba Zenia. No dijo dónde vivía, al menos no a mí.

La insinuación de que tal vez se lo hubiese dicho a otra persona quedó flotando sutilmente en el aire.

—¿Zenia? —repitió Coniston—. ¿Está segura?

Amity estaba muy rígida.

—Sí. No he conocido a nadie más con ese nombre.

—¿Y su esposa, Dinah Lambourn, estaba al corriente de este... acuerdo? —preguntó Coniston.

—Joel me confesó que estaba enterada —contestó Amity.

—¿Cómo se enteró?

—No lo sé. Joel no me lo dijo.

—¿Le dijo cuándo se enteró?

—No.

—Gracias, señora Herne. Permítame reiterar que lamento haber tenido que sacar a colación este tema tan penoso, pero las circunstancias no me dejaban elección. —Se volvió hacia Rathbone—. Su testigo, sir Oliver.

Rathbone le dio las gracias, se puso de pie lentamente y se aproximó al estrado. Notaba que tenía los ojos del jurado puestos en él, recelosos, prontos a culparlo si demostraba la más mínima falta de sensibilidad con ella. Estaban predispuestos contra él porque representaba a una mujer acusada de un crimen brutal. Y ahora, por añadidura, iba a hacer preguntas crueles y mordaces que aumentarían la aflicción y la lógica vergüenza de aquella mujer inocente.

—Ya ha padecido más de lo necesario, señora Herne —comenzó con amabilidad—. Seré tan breve como pueda. Su sinceridad en lo concerniente a los gustos de su hermano es digna de encomio. Sin duda le habrá resultado difícil. ¿Usted y su hermano estaban muy unidos?

Rathbone ya sabía la respuesta porque se la había referido Monk.

Amity pestañeó. En ese instante Rathbone tuvo claro que se estaba planteando si mentir, pero, cuando se miraron a los ojos, decidió no hacerlo.

—No mucho, hasta hace poco —reconoció—. Mi marido y yo vivíamos bastante lejos. Visitarnos era complicado. Pero siempre estuvimos en contacto. Joel y yo solo nos teníamos el uno al otro. Nuestros padres hace mucho tiempo que fallecieron.

Su rostro transmitía soledad, y su voz, tristeza. Era la testigo perfecta para Coniston.

Rathbone cambió de táctica. Tenía muy poco que ganar.

—¿Fue en esa época cuando empezó a conocer mejor a su cuñada?

Amity volvió a vacilar.

Rathbone notó que se le hacía un nudo en el estómago. ¿Había hecho bien al preguntarle aquello? Si Amity decía que sí, tendría que defenderla o hacer patente que la traicionaba. Si decía que no, tendría que dar un motivo. Rathbone se había equivocado.

—Lo intenté —dijo Amity con aire de culpabilidad, ruborizándose ligeramente—. Creo que si las cosas hubiesen sido distintas, habríamos llegado a estar más unidas. Pero la consumía la aflicción por la muerte de Joel, como si se culpara a sí misma...

Dejó la frase sin terminar, deliberadamente.

En la galería se movieron varias personas. Se oyeron suspiros y el frufrú de algunos vestidos.

—¿Usted la culpó? —preguntó Rathbone sin rodeos.

—No... claro que no —dijo Amity, mostrándose desconcertada.

—¿No fue culpa de ella que el trabajo del doctor Lambourn fuese rechazado?

Coniston hizo ademán de ir a levantarse.

Rathbone se volvió hacia él y lo miró enarcando las cejas.

Coniston se serenó.

—¿Señora Herne? —dijo Rathbone.

—¿Cómo iba a serlo? —contestó Amity—. Es imposible.

—¿Debería haber accedido a las necesidades de su marido? ¿Esas por las que iba a ver a la mujer llamada Zenia? —sugirió Rathbone.

—Yo... Yo...

Por fin se quedó sin saber qué decir. No miró a Coniston en busca de ayuda, sino que bajó la vista con modestia.

Coniston se levantó.

—Su señoría, la pregunta de mi distinguido colega es embarazosa e innecesaria. ¿Cómo iba a saber la señora Herne...?

Rathbone hizo callar a Coniston con un cortés ademán.

—De acuerdo, señora Herne. Su silencio es respuesta suficiente. Gracias. No tengo más preguntas.

A continuación Coniston llamó a Barclay Herne y le pidió que resumiera el encargo que el gobierno había hecho a Lambourn para que redactara un informe confidencial sobre el uso y la venta de ciertos medicamentos. Herne agregó el hecho aceptado de que, para su mayor pesar, Lambourn se había implicado demasiado apasionadamente en el tema, llegando a deformar sus opiniones hasta tal punto que el gobierno no había podido aceptar su trabajo.

—¿Cómo reaccionó el doctor Lambourn cuando ustedes rechazaron su informe, señor Herne? —preguntó Coniston con gravedad.

Herne se permitió adoptar una expresión de pesadumbre.

—Me temo que lo encajó muy mal —contestó, en voz baja y levemente ronca—. Lo consideró una especie de ofensa personal. Me preocupó su equilibrio mental. Lamento profundamente no haber puesto más cuidado, quizá convencerlo de que visitara a un colega, pero... Lo cierto es que no pensé que le afectara de una manera tan... Francamente, de una manera tan desproporcionada.

Parecía desdichado, públicamente obligado a sacar a la luz la tragedia de su familia.

A Rathbone le sorprendió sentir un asomo de compasión por él. Se volvió con tanta discreción como pudo para ver si su esposa se había quedado en la galería, ahora que ya había declarado. La vio al cabo de un momento, cuando un hombre muy corpulento se inclinó hacia delante. Amity Herne estaba sentada justo detrás de él, y en el asiento contiguo tenía a Sinden Bawtry, que tenía la cabeza ladeada como si le estuviera diciendo algo.

Acto seguido el hombre de la fila anterior se irguió de nuevo, y Rathbone devolvió su atención al estrado de los testigos.

—Un tiempo después me pregunté si se habría permitido consumir más opio del que suponíamos entonces —dijo Herne, en respuesta a la siguiente pregunta—. Lamento tener que decirlo.

Me siento culpable por no haberme tomado más en serio su crisis nerviosa.

—Gracias, señor Herne. —Una vez más, Coniston hizo una reverencia a Rathbone—. Su testigo, sir Oliver.

Rathbone le dio las gracias y ocupó su lugar en medio de la sala, como un gladiador en la arena.

—Ha mencionado usted el opio, señor Herne. ¿Estaba enterado de que el doctor Lambourn lo consumía?

—¡No hasta después de su muerte! —respondió Herne enseguida.

—Pero acaba de decir que se sentía culpable por no haberse dado cuenta de que estaba tomando demasiado. ¿Cómo cabe explicarlo si usted no sabía que lo estaba consumiendo?

—Quería decir que quizá tendría que haberme dado cuenta —se corrigió Herne.

—¿Es posible que tomara más del que él mismo supiera? —sugirió Rathbone.

Herne se quedó perplejo.

—No entiendo a qué se refiere.

—¿Acaso su investigación sobre el opio no se centraba en la disponibilidad de medicamentos patentados, adquiribles en cualquier calle comercial del país, pero sin el etiquetado que permitiera saber al comprador...

Coniston se puso de pie de un salto.

—Su señoría, el trabajo del doctor Lambourn era confidencial. Este no es el lugar apropiado para debatir lo que todavía no se ha demostrado en cuanto a su exactitud.

—Sí, su objeción ha lugar, señor Coniston. —Pendock se volvió hacia Rathbone—. Esta clase de pregunta es irrelevante, sir Oliver. No puede relacionarla con el asesinato de Zenia Gadney. ¿Está dando a entender que la señora Lambourn estaba afectada de un modo u otro por el consumo de opio incorrectamente etiquetado, hasta el punto de no ser responsable de sus actos?

—No, señoría, pero mi distinguido colega ha sacado a colación la cuestión del consumo de opio...

—Sí —interrumpió Pendock—. Señor Coniston, sir Oliver

no ha objetado a su alusión, pero yo sí lo hago. No guarda relación alguna con el asesinato de Zenia Gadney. Le ruego se limite a ese tema. Está haciendo perder el tiempo y la paciencia al tribunal, y corre el riesgo de confundir al jurado. Prosiga, sir Oliver, si tiene algo más que preguntar al testigo que tenga que ver con lo que se está juzgando.

Rathbone se quedó en medio de la sala y levantó la vista hacia Pendock, sentado en su magnífico asiento. Su peluca blanca y la toga escarlata lo señalaban como un hombre diferente de los demás, un hombre con un poder superior. Vio en el semblante de Pendock que se mantendría inflexible sobre el tema. Fue un extraño y espeluznante momento de comprensión. Pendock no era imparcial; tenía su propia postura, quizás incluso órdenes.

—No tengo más preguntas, señoría —contestó Rathbone. Se volvió para regresar a su asiento. Fue en ese instante, de cara a la galería, cuando vio que Sinden Bawtry miraba fijamente a Pendock entre las cabezas del público sentado delante de él.

Al final del día Rathbone fue a la prisión a ver a Dinah. Siendo su abogado, tenía derecho a hablar con ella a solas. En cuanto la puerta de la celda se cerró con gran estrépito, aislándolos en el reducido espacio con sus resonantes muros de piedra y su aire viciado, comenzó. El tiempo era escaso y muy valioso.

—¿Cuándo descubrió lo de su marido y Zenia Gadney? —preguntó—. Está luchando por su vida. Más le vale no mentirme. Créame, no se lo puede permitir.

Dinah estaba muy pálida, tenía los ojos hundidos, todo el cuerpo tenso, pero no transmitía el menor titubeo. Rathbone no podía imaginar el esfuerzo que le costaba.

—No lo recuerdo con exactitud. Hace unos quince años —contestó Dinah.

—¿Y es verdad lo que ha dicho su cuñada? ¿Deseaba ciertas cosas que usted no estaba dispuesta a darle?

Una chispa de ira le encendió la mirada.

—¡No! Joel era... amable... perfectamente normal. Jamás le

habría dicho algo semejante a su hermana. Nadie habla de esas cosas, ¡ni siquiera cuando son verdad!

Rathbone la miró con detenimiento. Estaba enojada, a la defensiva. Pero ¿defendía a Joel o a sí misma? ¿Lo negaba con tal rotundidad porque era mentira o porque era horrible y dolorosamente cierto? Deseaba creerla.

—En tal caso, ¿por qué fue a verla durante tantos años, dándole dinero? —preguntó. Todo podía depender de lo que respondiera.

Dinah pestañeó, pero no bajó los ojos.

—Era amiga suya. Antes... fue una mujer respetable, casada. Tuvo un accidente y sufrió mucho. Se enganchó al opio. Ella... —Dinah inspiró profundamente y comenzó de nuevo—. Su marido era amigo de Joel. Cuando Zenia empezó a hacer la calle, Joel la ayudó económicamente. No se lo contó a Amity porque entonces ella vivía en otra parte y, además, no era asunto suyo. De todos modos, Amity y Joel nunca estuvieron unidos, ni siquiera de pequeños. Él era siete años mayor que ella y tenían muy poco en común. Él siempre fue muy estudioso, ella no. —Meneó un poco la cabeza en un ademán negativo—. Además, ¿por qué iba a contarle algo así? Era médico. Le hacían confidencias. Si me lo contó a mí fue solo para explicarme por qué iba a Limehouse y por qué le daba dinero para su sustento.

Rathbone casi la creyó. Había algo en la tensión de su cuello, en el modo en que sus ojos nunca se apartaban de los suyos, que le hicieron temer que aquello fuese solo una parte de la verdad y que Dinah estuviera dejando al margen algo de vital importancia.

Sin embargo, Hester le había dicho que Gladys le contó que Zenia estuvo casada pero que la bebida acabó con su matrimonio. Si el problema había sido el opio, ¿por qué no lo había dicho? ¿O se debía a algo tan simple como que Gladys supuso que fue la bebida, al ver que Zenia se compadecía de la mujer a la que encontró borracha en la calle?

Casi todo encajaba a la perfección.

—Señora Lambourn —dijo Rathbone muy serio—, ya no le queda tiempo para guardar secretos, por más dolorosos que sean.

Está luchando por su vida y, créame, el hecho de ser mujer no la salvará. Si es hallada culpable, tres domingos después de que se emita el veredicto la conducirán a la horca.

Dinah estaba tan pálida que Rathbone temió que fuera a desmayarse. Se sentía cruel, pero Dinah no le dejaba otra alternativa si quería tener alguna posibilidad de salvarla.

—¡Por el amor de Dios, dígame la verdad! —dijo desesperado.

—¡Esta es la verdad! —respondió Dinah con una voz tan ahogada que Rathbone apenas la oyó—. Joel le llevaba dinero cada mes para que pudiera sobrevivir sin recurrir a la prostitución.

—¿Puede demostrarlo? ¿Aunque solo sea en parte? —inquirió Rathbone.

—Por supuesto que no. ¿Cómo podría hacerlo?

—¿Usted sabía que el dinero salía regularmente?

Rathbone se estaba agarrando a un clavo ardiendo.

Dinah abrió un poco los ojos.

—Sí. Los pagos eran el veintiuno de cada mes. Estaban anotados en el libro de contabilidad de la casa.

—¿En concepto de qué?

—Con sus iniciales: ZG. Joel no me mentía, sir Oliver.

Rathbone fue consciente de que aquello era lo que ella creía. Ahora bien, ¿cómo iba a soportar creer otra cosa? ¿Qué mujer que se hallara en su lugar lo haría?

—Por desgracia, no hay ninguna prueba al respecto que podamos mostrar al tribunal —dijo Rathbone en voz baja—. El hecho de que le dijera que era un acto de amistad no demuestra que solo fuese eso. ¿Qué fue del marido de Zenia? ¿Por qué no la mantenía él?

—Falleció —contestó Dinah, simple e irrevocablemente.

—¿Cómo se llamaba?

—No lo sé.

Esta vez Rathbone estuvo seguro de que mentía, solo que no comprendía por qué. Cambió de tema.

—¿Por qué le dijo a la policía que estuvo en una *soirée* con la señora Moulton cuando le constaba que no podría sustentarlo?

No fue solo una mentira, fue una mentira que estaba destinada a ser descubierta.

Dinah bajó la vista hacia sus manos.

—Lo sé.

—¿Le entró el pánico? —preguntó Rathbone, más amable.

—No —susurró ella.

—¿Qué demonios esperaba conseguir hablando con Zenia? —insistió Rathbone—. ¿Qué pensaba que le diría acerca de su marido? ¿Creía que había entregado documentos de su informe a Zenia? ¿Acaso ella sabía cosas sobre el opio que habrían validado sus conclusiones?

Dinah volvió a mirarlo a la cara.

—Yo no fui a Copenhagen Place. No sé quién era esa mujer. Está claro que intentó hacerse pasar por mí. Dudo que tenga sentido traer al tendero y a las demás personas pará que testifiquen, pues dirán lo que todo el mundo espera que digan, y lo que crean ahora pasará a ser la verdad. Pero yo no estuve allí. Lo sé tan bicn como que ahora estoy sentada aquí.

Respiró profunda y entrecortadamente.

—Y jamás creeré que Joel se quitara la vida. Él sabía que su informe era correcto y estaba decidido a defenderlo. No tiene ni idea de la maldad y la desvergüenza que hay detrás del comercio del opio, sir Oliver, ni de qué personas están implicadas en él. —Ahora le temblaba la voz—. Joel lloraba por lo que habíamos hecho en China. Es muy duro admitir que tu propio país haya cometido atrocidades. Muchas personas son incapaces de hacerlo. Seguirán inventando nuevas mentiras para encubrir la primera.

La mirada de sus ojos era extraña, casi desafiante.

De pronto Rathbone vislumbró con absoluta claridad una nueva verdad que le empapó el cuerpo en sudor y le hizo un nudo en la garganta. Dinah había mentido adrede cuando dijo haber estado con Helena Moulton, sabiendo que sería descubierta y que Monk no tendría más remedio que acusarla del asesinato de Zenia y que, por consiguiente, sería juzgada. Había querido que sucediera así. Si pidió a Monk que fuese Rathbone quien la defendiera, fue porque creía que él haría pública la verdad sobre el asesinato de Joel y limpiaría su nombre. Quizás incluso otro médico retomaría su trabajo. Tal era la profundidad de su amor y de su fe en él.

Por ridículo que pudiera parecer, Rathbone se encontró con que tenía la boca seca, y tuvo que tragar saliva para poder hablar. Lo hizo sin mirarla, pestañeando deprisa para contener las lágrimas.

—Haré todo lo que pueda.

Mantendría aquella promesa, pero no sabía si bastaría para salvarla, y mucho menos para restituirle la reputación a Joel Lambourn. Seguro que igual que él mismo, Dinah se había dado cuenta de que Pendock estaba en contra de ellos. Y, sin embargo, no se daba por vencida.

¡Qué diferente era de Margaret! Qué valiente, insensata y leal. Bella, y un poco imponente. ¿Cómo había sido Joel Lambourn para ser digno de semejante mujer?

Se levantó muy despacio.

—La veré mañana —dijo con la voz casi quebrada—. Sé de un lugar donde puedo intentar conseguir ayuda.

15

Monk había recibido una nota de Rathbone la tarde anterior, pidiéndole que fuera a verle a su bufete a las ocho en punto de modo que tuvieran tiempo de hablar antes de que se reanudara el juicio. Por consiguiente, Monk se levantó a las seis. Tomó el desayuno con Hester. Hablaron muy poco porque ambos eran conscientes de la creciente complicación del caso. A las siete ya estaba en el río, sentado en el transbordador que lo llevaba desde Princess Stairs hasta Wapping. El hombro lastimado en el asalto callejero le seguía doliendo. Desde entonces, tanto él como Runcorn eran más precavidos.

Aquella reunión con Rathbone no le apetecía lo más mínimo. Una reyerta en un muelle, en la que había muerto un hombre, lo había mantenido ocupado buena parte del día anterior, y en el poco tiempo de que dispuso por la tarde no había hecho progreso alguno. Sabía que Hester ya había hablado con Rathbone sobre la enfermera Agatha Nisbet, pero aquello solo servía para confirmar que Joel Lambourn había estado investigando los medicamentos patentados que contenían opio, tal como ya sabían.

La riqueza que generaba su comercio y las vergonzosas atrocidades durante las Guerras del Opio, ¿realmente guardaban relación con un caso que cada vez tenía más visos de ser una tragedia doméstica?

Rathbone tal vez esperara que Monk hubiese descubierto algo nuevo, pero no había sido así.

Orme proseguía con sus interrogatorios en Limehouse, sobre todo en la zona cercana al embarcadero, pero nadie había visto nada que les fuera de utilidad. Una persona admitió haber visto a tres hombres con una borrachera tremenda, pero no estaba segura de que hubiese sido el día de autos. Otra había visto a dos mujeres camino del muelle en la fecha correcta y a una hora que podría encajar con los hechos, pero no a un hombre. Monk cargaba con el peso de tan infructuosa investigación.

Cuando el transbordador llegó a la escalinata de Wapping, pagó al barquero y saltó a tierra. La marea estaba baja, y los peldaños de piedra, mojados. Tuvo que subir con cuidado para no resbalar. Una magulladura o, aún peor, un remojón en el gélido río serían muy mal comienzo para una jornada que prometía ser complicada.

Llegó a lo alto y cruzó el muelle a grandes zancadas. El viento arreciaba, procedente del mar, con el flujo de la marea entrante. Olía a sal y a pescado, y de vez en cuando traía el mal olor de las aguas residuales. Aun así, el río era mejor que las calles de la ciudad, pues había terminado por amar la vitalidad que flotaba en el aire. Allí el cielo era amplio. Ningún edificio limitaba la vista y siempre había luz, por más borrascoso que fuese el tiempo. Incluso por la noche, con el resplandor amarillo de los faroles marcaban la posición de los barcos.

No tenía tiempo para pasar primero por la comisaría. Fue directamente hacia High Street para tomar un coche de punto.

Encontró a Rathbone tenso pero rebosante de energía. Recibió a Monk en la estancia que este conocía tan bien. Había un pequeño fuego encendido en la chimenea pese a que Rathbone pasaría la mayor parte del día en los tribunales.

—Pasa. Siéntate —dijo Rathbone, indicando una de las butacas de cuero—. Monk, necesito tu ayuda. De pronto ha surgido algo urgente. Ayer dio testimonio la hermana de Lambourn, y su declaración fue bastante condenatoria para Dinah y también para Lambourn. Me parece que es mucho más leal a su marido que a su hermano.

—Su marido está vivo —señaló Monk, no sin cierto cinismo.

Rathbone endureció su expresión, pero no hizo comentarios al respecto.

—Sinden Bawtry estuvo en la sala por segunda vez.

—¿Velando por los intereses del gobierno en el proyecto de Ley de Farmacia? —preguntó Monk.

—Es posible. En cualquier caso, por su reputación. El juez se pronuncia en mi contra en cuanto tiene ocasión, llegando incluso a excederse. Tengo la sensación de que ha recibido instrucciones. —Seguía caminando de un lado a otro, demasiado inquieto para sentarse—. Monk, de pronto he caído en la cuenta de lo que está sucediendo. ¡No sé cómo he podido estar tan ciego! Bueno, en realidad, sí. Pero ahora eso carece de importancia.

Fue de la butaca de Monk a la puerta, dio media vuelta y regresó.

—¡Dinah mintió cuando dijo que había asistido a la *soirée*, precisamente para que la arrestaras y luego suplicarte que me pidieras que la defendiera! —dijo, observando atentamente el semblante de Monk.

Monk no daba crédito a sus oídos. El pesar por la separación de Margaret le había afectado más de lo que él y Hester se temían.

—¿Me estás diciendo que Dinah Lambourn se implicó en un asesinato obsceno con el único fin de tener la oportunidad de que la defendieras? —preguntó, incapaz de borrar la incredulidad de su rostro—. ¿Por qué, santo cielo? ¿No se las podía haber arreglado para conseguir que alguien os presentara?

—¡No quería conocerme, tonto! —dijo Rathbone con un deje de amargo sentido del humor—. Lo que quería era llevar la muerte de Joel ante un tribunal. Vio la oportunidad en el asesinato de Zenia Gadney y la aprovechó. Está dispuesta a correr el riesgo de que la condenen a muerte con tal de limpiar el nombre de su marido y restituirle la reputación que ganó por su diligencia y honorabilidad.

Monk lo entendió cuando vio la luz que irradiaba el rostro de Rathbone, la ternura y la pena de sus ojos. Tenía el cuerpo tenso, y estaba más delgado que unos pocos meses atrás, antes de que se cerrara el caso Ballinger. Pero aquella mañana se mostraba rebosante de energía; tenía una causa por la que luchar.

Monk no sabía si Rathbone estaba en lo cierto o no, pero no quiso desalentarlo. Como mínimo le serviría para aliviar el dolor de su herida.

—¿Qué quieres que haga? —preguntó Monk, temiendo que la respuesta fuese tan vaga o tan desesperada que resultara imposible satisfacerla.

—Dinah dijo que Lambourn mantenía a Zenia porque era la viuda de un amigo suyo —contestó Rathbone—. Dinah lo supo prácticamente desde el principio. Los pagos se anotaban en el libro de contabilidad de la casa bajo las iniciales ZG el veintiuno de cada mes. Si logramos demostrar que es verdad, desaparece su principal motivo.

A Monk le cayó el alma a los pies.

—Oliver, eso sería lo que él le dijo a ella, o quizás a Dinah se le haya ocurrido una excusa muy inteligente para explicar su conducta. Es...

—¡Puede ser una prueba! —interrumpió Rathbone con vehemencia—. Averigua de dónde procedía Zenia. Busca en los archivos. Encuentra al marido —prosiguió Rathbone, encendido de entusiasmo—. Establece su relación con Joel Lambourn. A lo mejor estudiaron juntos, o ejercieron juntos como médicos. En algún momento sus caminos se cruzaron y forjaron una amistad tan íntima que Lambourn mantuvo a su viuda toda su vida. Incluso la visitaba una vez al mes, indefectiblemente. Semejante lealtad se sale de lo común. Habrá alguna manera de seguirle el rastro.

Monk no dijo nada.

—¡Descúbrelo! —insistió Rathbone con más aspereza.

—¿Tú te lo crees? —preguntó Monk, deseoso de que no fuera así.

Rathbone vaciló un momento demasiado largo y fue consciente de ello.

—En esencia, sí —contestó con un asomo de sonrisa, como burlándose de sí mismo—. Me consta que oculta algo, pero no sé qué. Lo que sí creo es que se implicó deliberadamente al mentir sobre dónde estaba para ser llevada a juicio, con la esperanza de que el suicidio de Joel tuviera que examinarse de nuevo y así tener ocasión de demostrar que fue un asesinato, porque su trabajo era absolutamente válido y alguien no quiere que vea la luz.

Monk se puso de pie.

—Siendo así, reabriré mi investigación —dijo en voz baja—. Y haré que Runcorn reabra la suya.

Rathbone sonrió y miró a Monk con alivio y esperanza.

—Gracias.

Monk fue directamente a ver a Runcorn. Tuvo que efectuar un largo trayecto hacia el este y cruzar de nuevo el río, expuesto a un viento cargado de aguanieve. Quizá nevaría en Navidad.

Encontró a Runcorn en la puerta, justo cuando estaba saliendo.

Runcorn vio su expresión y, sin mediar palabra, dio media vuelta y subió la escalera hasta su despacho, haciendo una seña a Monk para que lo siguiera. En cuanto cerró la puerta, Monk le refirió lo que Rathbone le había contado. Runcorn no lo interrumpió hasta que hubo terminado.

Luego asintió. No preguntó a Monk si se lo creía.

—Más vale que veamos si alguien sabe de dónde salió Zenia —dijo, con sentido práctico—. El problema reside en que preguntemos a demasiada gente. No nos conviene que llegue a oídos de los enemigos de Lambourn que seguimos investigando.

Por un momento Monk supuso que Runcorn estaba pensando en su propia seguridad, pero un vistazo a su rostro y el recordar cómo había mirado a Melisande a la luz de la chimenea lo llevaron a avergonzarse de haber tenido semejante idea.

—¿Alguien le ha dicho algo? —preguntó Monk. Tendría que habérselo figurado, después del asalto en la calle, a lo que había que sumar que Rathbone hubiese reparado en la presencia de Sinden Bawtry en la sala y su convicción de que Pendock estaba obstruyendo su labor deliberadamente.

Runcorn se encogió de hombros.

—Indirectamente —contestó, restándole importancia, aunque Monk percibió cierta aspereza en su voz—. No fue tanto una advertencia como el darme las gracias anticipadamente por actuar con discreción.

Monk se preguntó si debía decir a Runcorn que entendería que no quisiera seguir adelante con la investigación. Su carrera podía estar en peligro. Recordó lo mucho que le importaba en el pasado, cuando su principal objetivo era ascender en el escalafón.

—Tendremos que ir con cuidado. —La voz de Runcorn irrumpió en sus pensamientos—. Investigar a Zenia, no a Lambourn. Habría sido más fácil seguir la pista de la carrera de Lambourn para ver qué amigos tuvo y cuál de ellos falleció hace quince años, pero de eso se enterarían enseguida. Zenia no es un nombre frecuente. Sería mucho más complicado si se llamara Mary o Betty. —Torció el gesto—. Me pregunto si Gadney es su nombre de soltera o de casada. ¿Usted lo sabe?

—Comprobaremos si el apellido Gadney figura en el registro de decesos de quince años atrás —contestó Monk, con renovado entusiasmo. Estaría bien trabajar de nuevo con Runcorn, tal como le constaba que lo habían hecho al principio de sus respectivas carreras. Runcorn lo recordaría. Ojalá también pudiera hacerlo él. Tal vez lo asaltaran recuerdos fugaces, parecidos a los que solía tener en los primeros meses de amnesia, súbitos sobresaltos cuando algo le resultaba familiar y, por un instante, podía verlo con absoluta claridad. No obstante, los recuerdos de aquella época con Runcorn serían buenos, no alarmantes, no inconexos como lo habían sido otros que le empapaban el cuerpo en sudor por miedo a descubrirse culpable.

—Pues pongámonos manos a la obra —dijo Runcorn, al tiempo que cogía su chaqueta de nuevo—. Es posible que nos lleve bastante tiempo. ¿Cuántos días más nos quedan, según Rathbone?

—Una semana, quizá —contestó Monk—. Lo alargará tanto como pueda.

Holgaba decir que una vez dictada la sentencia sería imposible reabrir el caso. Las pruebas ya no servirían para influir en un jurado. Solo un error de procedimiento o de algún nuevo dato tan incontestable que nadie pudiera negarlo serviría para anular la decisión del tribunal. El tiempo era su otro enemigo, junto con los intereses creados.

El registro civil obligatorio de nacimientos, fallecimientos y matrimonios había comenzado a funcionar en 1838, veintinueve años atrás. Pero al principio había habido omisiones, y siempre cabía la posibilidad de que un suceso no hubiese ocurrido en el cuarto de siglo o en el condado que ellos suponían. Las personas se equivocaban, leían mal un nombre o un número, tomando un 5 por un 8 o incluso por un 3, y eso lo alteraba todo. Y, por descontado, había quien mentía, especialmente acerca de su edad.

Salieron del despacho de Runcorn en Greenwich y cruzaron el río una vez más. Mientras estuvieron acurrucados en el transbordador, les acribillaron el rostro las bolitas de hielo del aguanieve que el viento empujaba hacia el oeste.

Bajaron a tierra en Wapping y tomaron un coche de punto. Circularon sumidos en un confortable silencio. No había necesidad alguna de conversar. Cada cual estaba absorto en sus propios pensamientos sobre el caso y en lo mucho que había en juego. Una frase de vez en cuando bastaba para que se entendieran.

Los condujeron a los inmensos y silenciosos archivos, y Monk se puso a buscar el fallecimiento de un Gadney, aunque ninguno de los dos sabía su nombre de pila ni el año de su deceso. Comenzó desde quince años atrás en adelante.

Runcorn hizo lo propio desde el mismo año hacia atrás.

Buscaron hasta que ambos tuvieron la vista nublada y la boca seca. Interrumpieron la tarea para ir en busca de algo que les quitara el sabor a polvo y papel que flotaba en el aire.

—Nada —dijo Runcorn, sin lograr disimular su decepción.

—Tenemos que pensar otra vez —admitió Monk, devolviendo a su sitio el último libro que había consultado—. Hagámoslo en una taberna con un almuerzo decente. La boca me sabe a tinta.

—Quizá Gadney fuese su apellido de soltera, no el de su marido —dijo Monk un cuarto de hora más tarde, mientras comían gruesas rebanadas de pan con queso Caerphilly y encurtidos. Ambos estaban tan sedientos que se bebieron una jarra de sidra y pidieron una segunda—. La llamaban señora Gadney, pero eso no significa que forzosamente fuese su nombre de casada.

—Si es así, el marido podía tener cualquier apellido. —Runcorn se limpió las migas de los labios—. ¿Mencionó alguien un acento? Por favor, ¡no me diga que irlandesa! No tenemos tiempo para ponernos a buscar tan lejos. Ni siquiera sabríamos por qué condado empezar.

—Nadie lo mencionó. —Monk cogió un trozo de tarta de manzana cocida en su punto, con los trozos de fruta tiernos pero enteros—. Y creo que lo habrían hecho. En cualquier caso, su nacimiento no constará en el registro civil. Tendríamos que consultar los archivos parroquiales. Además, ¿de qué nos serviría? No nos ayudará saber dónde nació.

—Tal vez sí —repuso Runcorn—. Las mujeres suelen casarse donde se han criado más que donde viven sus maridos.

Llevaba razón. Antaño Monk habría discutido para luego insistir en que no serviría de nada. Ahora lo interpretó por lo que era, una manera de alentarlos a continuar. Apuró la jarra de sidra.

—Usted siga buscando cualquier cosa con Gadney, un matrimonio en el que el novio o la novia se llamaran así. Yo empezaré a rastrear la carrera de Lambourn. A ver si alguien recuerda quiénes eran sus amigos hace quince años. Es posible que alguien recuerde el apellido Gadney.

Runcorn frunció el ceño.

—Se enterarán —advirtió—. ¿Cuánto piensa que tardarán en informar a Bawtry o a un subordinado suyo? —Su rostro traslucía inquietud—. Iré con usted. Dos siempre seremos más rápidos que uno.

Monk negó con la cabeza.

—Busque la boda. Si Bawtry o cualquier otra persona cuestiona lo que estaré haciendo, tengo un motivo. O se me puede ocurrir alguno.

—¿Como cuál? —preguntó Runcorn. Su semblante reflejaba el riesgo que ambos corrían, y del que Monk intentaba protegerlo.

Monk reflexionó un momento.

—Como que quiero asegurarme de que el caso contra Dinah Lambourn no presente fisuras. —Sonrió con cierta ironía—. No me importa mentirles.

—¡No se deje atrapar! —respondió Runcorn sin el menor asomo de humor en los ojos, solo preocupación.

—Nos reuniremos de nuevo aquí a las seis —dijo Monk, y se levantó.

—¿Y si descubro algo? —preguntó Runcorn enseguida.

—No podré hacer nada porque no sé dónde estaré —contestó Monk—. Aguárdeme.

Runcorn no discutió, pero también se levantó, y salieron juntos a la tarde borrascosa.

Las horas siguientes fueron agotadoras e infructuosas para Monk. Preguntó a personas con quienes había estudiado Lambourn, procurando ser discreto y refrenando su impaciencia con dificultad. Resultó complicado dar con ellas, y luego le decían que estaban demasiado atareadas para atenderlo. Tal vez los violentara comentar la vida de alguien que había tenido un final tan trágico, pero Monk no lograba quitarse de encima la sospecha de que los habían advertido de que caerían en desgracia ante sus superiores si pecaban de indiscretos. En el futuro podían encontrar cerradas sin motivo aparente las puertas que hasta entonces habían tenido abiertas.

Habló con profesores que habían enseñado a Lambourn, con otros médicos que se habían licenciado el mismo año que él, y a cada paso que daba se acrecentaba el riesgo de atraer más atención sobre sus pesquisas. Además no quería que Runcorn tuviera que aguardar mucho rato. Tenía un vago recuerdo de que en el pasado lo había hecho esperar bastante a menudo.

Encontró a Runcorn sentado a la misma mesa del rincón en la taberna donde habían almorzado, tamborileando impaciente con los dedos. Monk sabía que no llegaba tarde, pero aun así sacó el reloj del bolsillo y le echó un vistazo para asegurarse. Se sentó enfrente de Runcorn.

Runcorn fruncía el ceño, un tanto turbado.

—No le va a gustar —dijo en voz baja.

Monk notó que se le tensaban los músculos y que le faltaba el aire.

—¿Ha descubierto algo? —preguntó, con la boca seca y la voz tomada. Tuvo que toser.

Runcorn no prolongó la espera.

—Matrimonio, no deceso.

Monk se quedó pasmado.

—¿Entonces el marido vive?

—Ya no. —Runcorn respiró profundamente—. Zenia Gadney estaba casada con... con Joel Lambourn.

—¿Qué?

A Monk se le heló la sangre en las venas. Sin duda lo había oído mal. No era una broma pesada ni malintencionada. No había un ápice de humor en la mirada de Runcorn.

—Y aún es peor —prosiguió Runcorn con gravedad—. La boda fue unos cinco años antes de que apareciera casado con Dinah.

—¿Por qué es peor? —Monk no quería oír la respuesta.

—He buscado a conciencia, créame. Todo lo he revisado dos veces —dijo Runcorn con abatimiento—. No hubo divorcio.

—Así pues... ¿La boda con Dinah no fue legal? ¡Maldita sea! —Monk se tapó la cara con las manos. Aquello era lo último que deseaba oír—. ¿Cree que Dinah lo descubrió? —preguntó, levantando lentamente la vista para mirar a Runcorn a los ojos.

—En el registro no consta el matrimonio entre Joel Lambourn y Dinah —le dijo Runcorn—. En mi opinión, lo ha sabido siempre.

—Ahí la tenemos —dijo Monk en voz baja—. Esa es la mentira que Rathbone percibía. Le constaba que Dinah no le estaba diciendo toda la verdad. Lambourn mantenía a su esposa, ni por asomo visitaba a una prostituta. Dinah lo sabía. No tenía motivos para estar celosa.

Runcorn estaba consternado.

—Tenía todos los motivos para desear que Zenia Gadney muriera —dijo, mordiéndose el labio.

Monk cayó en la cuenta en cuanto Runcorn terminó la frase.

—¿Zenia Gadney era la legítima heredera de lo que Lambourn poseyera? Seguía siendo su esposa. Dinah es la amante, y las hijas son ilegítimas. ¡Menudo embrollo! A lo mejor Dinah fue a Copenhagen Place para poner al día los pagos —sugirió Monk, agarrándose a un clavo ardiendo.

—Un poco tarde, ¿no le parece? —respondió Runcorn secamente—. Zenia ya había comenzado a hacer la calle.

—¿Lo hizo? —cuestionó Monk—. Solo lo suponemos porque la asesinaron en la calle y nadie había visto a Lambourn en algún tiempo. Los vecinos supusieron que estaba sin dinero, que se retrasaba más de lo normal en el pago de algunas facturas y que hacía trabajillos de costura. Pero eso lo había hecho siempre.

»Dinah quedó deshecha cuando Lambourn murió —prosiguió Monk—. Sin duda tenía en mente muchas otras cosas más apremiantes que comprobar que Zenia Gadney estuviera bien. Y seguramente no dispondría de mucho dinero hasta que se autenticara el testamento; tal vez lo justo para alimentar a sus hijas. Sus hijas tendrían prioridad, mucha más que Zenia Gadney.

—Tenemos que conocer el caudal de la herencia —dijo Runcorn apesadumbrado—. Usted está autorizado a preguntarlo.

Monk asintió.

—Voy a preguntar bastantes cosas. Por ejemplo, en qué medida conocía Amity Herne a su hermano y por qué mintió en el estrado diciendo que Zenia era una prostituta a la que Lambourn recurría porque Dinah se negaba a satisfacer sus necesidades.

—Quizá sepa mucho más de lo que pretende —dijo Runcorn con desagrado—. Como el hecho de que Dinah no heredará y que Zenia lo haría si estuviera viva. Pero como no lo está, ¡la propia Amity Herne es la más próxima en parentesco!

Monk lo miró de hito en hito.

—¡Ni siquiera sé si esto mejora o empeora las cosas! —dijo con voz ronca.

—Depende de la herencia —respondió Runcorn con expresión adusta, sosteniéndole la mirada—. Tanto del caudal real como del que Dinah o Amity supusieran.

—Herne es un hombre acaudalado —señaló Monk.

—¿Cuándo se es suficientemente rico? —preguntó Runcorn—. Para algunas personas eso no existe. No matas porque estés desesperado, matas porque quieres más de lo que tienes. —Se levantó despacio—. Le traeré una jarra. Debería comer algo. La empanada de cerdo está muy buena.

—Gracias —dijo Monk con profunda gratitud—. Muchas gracias.

Runcorn le sonrió un instante antes de ir hasta la barra con sus jarras relucientes y los lustrados tiradores para servir cerveza de barril.

—Sí, señor —dijo con gravedad el abogado al día siguiente, respondiendo a la solicitud de Monk—. Una suma muy considerable. No se la puedo decir con exactitud, pero el doctor Lambourn era muy sensato y prudente. Siempre vivió con arreglo a sus medios.

—¿A quién legó la herencia, señor Bredenstoke? —preguntó Monk.

El semblante de Bredenstoke no se inmutó y sus ojos azules no pestañearon.

—A sus hijas naturales, señor: Marianne y Adah.

—¿Toda?

—Salvo unos pequeños legados, sí, señor.

—¿No a su esposa?

—No, señor. Ella solo percibe lo necesario para cuidar de sus hijas.

Monk sintió un inesperado alivio.

—Gracias.

16

Era sábado por la mañana y no había sesión en el tribunal, cosa que dio a Rathbone un respiro que agradeció en grado sumo. Escribió varias cartas para felicitar la Navidad, que ya estaba al caer, y las dejó en el vestíbulo para que Ardmore las echara al correo.

Por una vez el silencio de la casa no le preocupó tanto como venía siendo habitual. Ni siquiera fue consciente de la idea de que ya no era la paz de un paréntesis temporal, a la espera del regreso de su amada. Era un vacío que se extendía interminable delante de él, y ahora que su desilusión era tan profunda, también se extendía a sus espaldas.

¿Margaret y él habían sido tan felices como había imaginado? ¿O solo había amado a quien creía que era ella, para luego descubrir que se había equivocado de pleno? ¿Sentía ella lo mismo: que había entregado su vida a un hombre que valía mucho menos de lo que ella pensaba y en quien había confiado a ciegas, también erróneamente?

Sin duda, ninguno de los dos había tenido intención de engañar al otro y, simplemente, habían hecho suposiciones. ¿Habían visto lo que deseaban y esperaban ver? Si Rathbone la hubiese amado de veras, ¿habría actuado de la misma manera? En su momento pensó que sí, pero ahora, a posteriori y ante la realidad de la pérdida, se lo cuestionaba. ¿El amor exigía más generosidad de la que él tenía? ¿Perdonaba pasara lo que pasase?

Si se hubiese tratado de Hester, ¿la habría perdonado? ¿Perdonar qué? ¿La debilidad de no ser capaz de enfrentarse a la verdad acerca de su padre? ¿La pura incapacidad de aceptarla? ¿O simplemente que no fuese como había creído que era, como había necesitado que fuera para hacerlo feliz?

Ahora bien, Hester nunca antepondría a nadie a lo que le constara que era correcto. La habría herido en sus sentimientos, incluso roto el corazón, pero habría esperado que las personas respondieran de sus errores, fueran los que fuesen y los cometiera quien los cometiese. No habría negado su amor, pero habría sido fiel a sí misma y a sus principios.

Rathbone se sorprendió por un instante al darse cuenta de que si se hubiese traicionado a sí mismo para hacer lo que Margaret quería de él, habría perdido el respeto de Hester y cierto grado de su amistad que tal vez nunca recuperaría. También entendió que aquel era un precio que no estaba dispuesto a pagar, ni entonces ni ahora.

También habría echado de menos la amistad de Monk, pero de un modo distinto y en menor medida.

Todavía estaba dando vueltas a estos pensamientos cuando la sirvienta le anunció que Monk se encontraba en la sala de día. Dejó la pluma, cerró el tintero, se levantó y cruzó el vestíbulo para reunirse con Monk.

Monk aguardaba de cara a la puerta. Se le veía serio y tenso, y parecía que le faltara el aliento, como si hubiese acudido con prisa.

—¿Qué ocurre? —preguntó Rathbone, saltándose los cumplidos de rigor.

—Tenías razón —contestó Monk—. Dinah mentía, como mínimo por omisión.

A Rathbone se le encogió el estómago. Se dio cuenta de lo mucho que había deseado que Dinah fuese inocente, y no estaba preparado para encajar aquel golpe.

—Lambourn era absolutamente normal —prosiguió Monk—. Que yo sepa, no tenía ningún gusto peculiar. De hecho, en todos los aspectos salvo en uno, era un hombre muy honorable, incluso más de lo necesario.

Rathbone tuvo que hacer un esfuerzo para hablar.

—¿Y cuál es esa salvedad?

—No se divorció de su esposa para casarse con Dinah. Dinah sin duda lo aceptó, pues en el registro no hay constancia de su matrimonio con Lambourn.

—¿Qué... quieres... decir? —balbuceó Rathbone, sin acabar de entenderlo.

—El único matrimonio que consta es el de Lambourn con Zenia Gadney —contestó Monk—. Para ser más exactos, eso la convierte en Zenia Lambourn. De ahí que la mantuviera, movido por la lealtad y la compasión. Según parece, Zenia estuvo enganchada al opio durante un tiempo, a causa del dolor de una herida. Si Dinah realmente fue a Copenhagen Place en busca de Zenia, es muy posible que lo hiciera para seguir manteniéndola. Si se saltó el primer mes después de la muerte de Lambourn, lo haría por su aflicción o porque se topó con dificultades para obtener el dinero hasta que el testamento fuese autenticado.

El alivio se Rathbone se manifestó en forma de enojo.

—¿Y por qué demonios estás ahí plantado como si fueras el director de un servicio de pompas fúnebres? —inquirió—. ¡Eso significa que es inocente, por el amor de Dios! ¡No tiene móvil!

—¡Sí que lo tiene! —le espetó Monk sonrojado y con el mismo enojo—. ¡Con la muerte de Lambourn, se queda a dos velas! Zenia era la viuda y, al parecer, la herencia es muy sustanciosa.

Las ideas se agolpaban en la cabeza de Rathbone para dar sentido a todo aquello y hallar una solución redentora en semejante embrollo.

—¿Dinah lo sabía? —preguntó.

—Tenía que saber que la herencia era considerable —contestó Monk—. Y sin duda sabía que no estaba casada con Lambourn. Aparte de lo que pudiera querer para sí misma, necesitaría dinero para mantener a sus hijas. En realidad, la pregunta es: ¿sabía lo que Lambourn había dispuesto en su testamento?

—¿Lo sabes tú? —replicó Rathbone.

—Sí. Aparte de unos modestos legados, el grueso de su herencia es para sus dos hijas, Adah y Marianne.

—¡Maldita sea, Monk! ¿Por qué no has empezado por ahí? —espetó Rathbone.

—Porque no sé si Dinah lo sabía o no —contestó Monk—. Depende de si él se lo dijo. Según el abogado, ella no figura en el testamento. Lo que no me dijo fue si preguntó a Lambourn si sabía lo que hacía y por qué no le dejaba el dinero a su viuda.

Rathbone se dejó caer en la butaca, quedando envuelto en la tapicería.

—Entonces, ¿qué nos queda? Lambourn no mantenía a una amante o a una puta, mantenía a su esposa y vivía con la mujer a la que amaba, y ahora ella está dispuesta a arriesgarse a ser ahorcada con tal de limpiar su nombre, tachado de incompetente en el ámbito profesional, y su reputación personal por haberse quitado la vida.

Monk se sentó en la otra butaca de cara a él.

—Y el hecho de que Amity Herne mintiera descaradamente en el estrado de los testigos para convencer al tribunal de que su hermano era un incompetente que se suicidó debido a su fracaso profesional y a sus desviaciones sexuales —agregó—. Por no mencionar la acusación contra su esposa de asesinar y eviscerar a la mujer con quien la estaba engañando. ¡Y todo ello conduce a preguntarse qué significa esta sangrienta pesadilla! ¿Se trata realmente del opio y del derecho a importarlo y venderlo con unos beneficios astronómicos sin las restricciones que conllevaría la propuesta de Ley de Farmacia?

—De modo que Dinah está en lo cierto —concluyó Rathbone—. Alguien con intereses creados en el opio mató a Lambourn de manera que cayera en desgracia, y con él su informe. Luego, cuando Dinah intentó defenderlo, mataron a Zenia Gadney del modo más atroz que quepa imaginar y culparon a Dinah para silenciarla. Es monstruoso. ¿Hay alguien tan sumamente corrupto en nuestro gobierno? ¡Dios, espero que no! —Recordó la sala de vistas, la galería, y a Sinden Bawtry sentado al final de una fila, casi oculto por la sombra de la columna y el techo. ¿Por qué estaba allí? ¿Para velar por la propuesta de Ley de Farmacia o para sabotearla?

—En tal caso, ¿quién puede ser? —preguntó Monk—. Hay una cuestión muy grave en cuanto a que Dinah Lambourn sea culpable y, personalmente, no creo que lo sea. Desde luego, admite serias dudas.

—Tengo que saber mucho más sobre esta Ley de Farmacia, quién está a favor y quién en contra —dijo Rathbone, obligándose a pensar con coherencia—. Y qué resultados tendrá si se aprueba. ¿Quién saldrá perdiendo? ¿Algún hombre en sus cabales, por más avaricioso que sea, llegaría realmente a estos extremos para retrasar una ley del Parlamento que está llamada a ser aprobada en uno o dos años?

—No —admitió Monk, esbozando un gesto negativo con la cabeza—. Sin duda hay algo más que la Ley de Farmacia en todo esto. Y no tienes tiempo que perder en ello.

Rathbone se levantó.

—No puedo permitirme no tenerlo. Quizá no se trate de la Ley de Farmacia o ni siquiera de las Guerras del Opio, pero está vinculado a ellas. De lo contrario, ¿por qué acabar con Lambourn y con su informe? Ven conmigo.

Sonó como una orden, y lo hizo con toda la intención.

—¿Adónde vamos? —preguntó Monk, obedientemente.

—A ver al primer ministro —contestó Rathbone—. Al menos, eso espero.

Al dirigirse a la puerta y salir al vestíbulo ya estaba absorto en sus planes para hablar con personas a las que conocía: con un hombre en concreto a quien le había hecho un importante favor. Ese hombre podía franquearle la entrada del número 10 de Downing Street y conseguir que Gladstone le prestara atención, incluso un sábado por la mañana, si consideraba que el asunto era suficientemente urgente.

Monk, pisándole los talones, guardó silencio, impresionado.

Era media tarde cuando todos los favores habían sido reclamados y William Ewart Gladstone había hecho un hueco en su jornada para recibir a Rathbone y a Monk. Los hicieron pasar al estudio donde el primer ministro aguardaba de pie junto a la chimenea. Era una figura imponente de complexión robusta, con patillas de boca de hacha y un rostro que resultaba curiosamente familiar, como si un dibujo de un periódico hubiese cobrado vida.

—¿Y bien, caballeros? —dijo, mirando primero a uno y luego al otro—. El asunto que los trae debe ser de suma importancia. Les ruego sean breves. Solo puedo dedicarles media hora.

—Gracias, señor.

Rathbone había estado resumiendo lo que tenía que decir de distintas maneras, omitiendo ora una cosa, ora otra, tratando de llegar no solo a la esencia del asunto, sino también a la parte que más suscitaría el interés del cruzado que había en Gladstone, el preconizador de la moral que tan a menudo regía su carácter.

—Estoy defendiendo a la viuda de Joel Lambourn, que está acusada de un crimen repulsivo del que la creo inocente —comenzó.

Reparó en el desagrado que manifestaba Gladstone y tomó su decisión de inmediato. Era un tanto arriesgada, conociendo la vena puritana de Gladstone, pero estaba acostumbrado a observar la expresión de los jurados y a saber si estaba ganándoselos o perdiéndolos.

—Esa mujer ha demostrado una inmensa lealtad para con Lambourn —prosiguió—. Esta mañana acabo de descubrir, gracias al comandante Monk —hizo un gesto en dirección a Monk—, que en realidad no estaban casados porque Lambourn seguía casado con la víctima, Zenia Gadney. Las visitas de Lambourn a Limehouse no tenían un componente sexual, sino que las efectuaba a fin de seguir manteniéndola económicamente y hacer lo que estuviera en su mano por su bienestar. Y todo ello pese a la terrible adicción al opio que ella sufrió en el pasado, y una caída en la demencia que él le ayudó a superar.

Rathbone vio la repentina compasión que asomaba a los ojos de Gladstone, junto con un ramalazo de enojo.

—La adicción al opio es una de las peores maldiciones de nuestra época —dijo Gladstone en voz baja—. Y, sin embargo, no podemos perder de vista el bien que hace a quienes padecen dolores agudos. Dios nos asista, debemos ser muy cuidadosos en lo que hagamos con esta Ley de Farmacia.

—Dinah Lambourn se implicó deliberadamente en el asesinato de Zenia Gadney —prosiguió Rathbone con premura—. Cuando la policía la interrogó, se las arregló para ser enjuiciada por un crimen que estaba siendo objeto de muchísima publicidad...

—¿Por qué? —preguntó Gladstone incrédulo. Su rostro de facciones bien marcadas se tornó flácido mientras se esforzó en comprender.

—Para sacar a la luz el trabajo de su marido sobre los datos médicos relacionados con las muertes causadas por el opio —contestó Rathbone, empleando la palabra «marido» intencionadamente—. Sobre todo entre los niños. Había entregado su informe al gobierno y este lo rechazó tachándolo de ser deficiente, para luego mancillar su nombre acusándolo de quitarse la vida.

—Recuerdo el caso. —Gladstone sacudió la cabeza—. Un pecado de desesperado, pobre hombre.

—Con el debido respeto, señor —dijo Rathbone tan pronto como pudo sin resultar grosero—, estoy empezando a creer que Dinah Lambourn está en lo cierto y que en realidad fue un asesinato muy bien planeado.

Se volvió hacia Monk, invitándolo a continuar.

—Al principio, señor, parecía tratarse de un suicidio —explicó Monk—. No obstante, el inspector de policía encargado del caso fue apartado por agentes del gobierno que sostenían actuar en interés de la familia Lambourn por una cuestión de lealtad y discreción. Las pruebas sobre el asesinato de Zenia Gadney me llevaron a sospechar de Dinah Lambourn. Cuando la interrogué, negó rotundamente que Lambourn se hubiese suicidado y que su informe fuese deficiente.

Monk hablaba con precipitación para evitar ser interrumpido. Rathbone se percató de que Monk procuró ir más despacio.

—Dijo que lo habían asesinado con el propósito de desacreditarlo —prosiguió Monk—. Me vi obligado a investigar lo que había dicho, por una cuestión de imparcialidad, y encontré varias discrepancias sin explicar en la historia según me la refirió el policía que investigaba el asunto. Puedo enumerárselas todas, si quiere, pero a modo de ejemplo, la más destacada sería el hecho de que no había una cuchilla ni ninguna otra arma blanca cerca del cadáver.

Rathbone observaba el semblante de Gladstone y vio que su interés se agudizaba.

—¿Cree que fue asesinado, señor? —preguntó a Monk.

—Sí, señor Gladstone —contestó Monk enseguida—. Creo que hay intereses por los que estuvieron dispuestos a matar a Lambourn y luego a la desdichada Zenia Gadney a fin de culpar a Dinah Lambourn y así silenciarla también a ella. De esta manera el informe sobre los peligros del opio puede caer en el olvido.

—¿Qué intereses, exactamente? —preguntó Gladstone.

—No lo sé, señor —admitió Monk—. No hemos logrado encontrar una copia del informe del doctor Lambourn, pese a que hemos registrado tanto su domicilio como el de la señora Gadney, de modo que no sabemos qué nuevos datos o conclusiones incluía, como tampoco qué intereses hacía peligrar.

—Un caso muy poco consistente, comandante Monk —dijo Gladstone con gravedad—. ¿Qué desea de mí?

Monk respiró profundamente. Tenía mucho que ganar o perder.

—Un resumen de lo que contendría la ley, y cualquier carta o nota preliminar que el doctor Lambourn enviara antes de entregar el informe completo —contestó.

—Eso es pedir mucho —señaló Gladstone secamente—. ¿De verdad cree que esa mujer es inocente?

—No estoy seguro, señor, pero es lo que creo —contestó Monk, comenzando a sudar por el riesgo que estaba corriendo. ¿Qué sería de su carrera si Dinah Lambourn resultaba ser culpable?

Gladstone reflexionó un momento.

—Resulta al mismo tiempo notable y descabellado. La ley se aprobará. Es necesario para el bienestar de la gente que así sea. Puedo hacerle llegar un resumen fácilmente. Lo que guarde relación con el informe de Lambourn quizá resulte más difícil, pero haré lo que esté en mi mano.

—Gracias, señor —dijo Rathbone calurosamente. Acto seguido se mordió el labio y miró a Gladstone—. Es harto probable que a la acusación le baste un día más para terminar de presentar sus pruebas, luego me tocará comenzar la defensa. Puedo prolongarla tres o cuatro días como mucho. Una vez pronunciado el veredicto, y apenas cabe dudar de que será condenatorio, se aprobará la sentencia de muerte y quizá ya resulte imposible anularla.

Echó un vistazo a Monk y se volvió de nuevo hacia el primer ministro.

—No se trata solo de que una mujer inocente pague con su vida la lealtad para con su marido, sino también de que la Ley de Farmacia quizá se retrase o que pierda eficacia. Nadie puede calcular cuántas personas morirán innecesariamente, tal vez en su mayoría niños.

La expresión de Gladstone era tensa y adusta. Saltaba a la vista que se esforzaba en dominar una gran emoción. No los miró al hablar, sino que dirigió su mirada a algún lugar de las profundidades de su memoria.

—Para nuestra vergüenza tenemos muchas manchas en nuestra historia, caballeros, pero uno de los episodios más ignominiosos de toda la larga vida de nuestra nación es el de las Guerras del Opio. Ha habido tiempos gloriosos en los que hemos demostrado coraje y sentido del honor, genio intelectual y cristiana humanidad. Las guerras encarnan lo contrario: codicia, deshonra y bárbara crueldad. Gran Bretaña es adicta al té, y en el momento de esos conflictos solo podíamos importarlo de China. También nos gustan mucho la porcelana y la seda, que asimismo se adquieren mayormente en China. La única moneda que aceptan a cambio son los lingotes de plata, de los cuales andamos escasos.

Rathbone lanzó una mirada a Monk, pero ninguno de los dos lo interrumpió. Cuando siguió hablando, la voz de Gladstone tuvo un matiz de vergüenza.

—Respondimos con argumentos y peticiones, y cuando se vio que no íbamos a convencer a los chinos, comenzamos a venderles opio de la India. Quizás al principio lo utilizaran para aliviar el dolor pero muy pronto se pasó a fumarlo por placer. No tengo tiempo ni ganas de desgranarles el proceso de esta abominación, pero al cabo de pocos años decenas de miles de chinos estaban tan enganchados al opio que eran incapaces de trabajar, ni siquiera de mantenerse a sí mismos o a sus familias.

»Cada vez les suministrábamos más, pese a los esfuerzos del gobierno chino para impedir ese comercio. Finalmente intoxicamos a una nación y la redujimos en buena a parte a un estado de indefensión, incluso de muerte. Por descontado, muchos de nosotros preferimos negarlo. Los hombres no suelen reconocer fácilmente los actos vergonzantes. Resulta particularmente difícil reconocer que tu país se ha comportado con deshonor. Mucha gente piensa que es de buen patriota negarlo, ocultarlo, incluso mentir y culpar a terceros. Se han cometido asesinatos para encubrir cosas menos trascendentes, y quienes los llevaron a cabo consideran que estuvieron justificados. —Su voz era grave y ronca—. "Mi familia, mi país; para bien o para mal." Es la suprema traición a Dios.

Ni Monk ni Rathbone respondieron; no sabían qué decir. Y la profundidad del sentimiento de Gladstone parecía hacerlo no solo innecesario sino impertinente.

Como si de pronto recordara que estaban presentes, tomó de nuevo la palabra. Ahora tenía el rostro encendido de ira y vergüenza.

—Tal vez todo comenzara, según nuestro punto de vista, como un comercio razonable. Desde luego hay quien arguye que si no lo hubiésemos suministrado nosotros desde la India, otros habrían hecho lo mismo desde otros lugares donde la amapola se cultiva bien. Los franceses y los estadounidenses están implicados.

—¿En serio? —preguntó Rathbone, y acto seguido deseó no haber abierto la boca. Estaba fuera de lugar interrumpir al primer ministro.

Gladstone levantó la vista hacia él un momento.

—Sí, pero es un argumento engañoso. El pecado de un hombre no justifica el de otro.

—¿Y las guerras, señor? —preguntó Monk.

—Contra los chinos, por supuesto —contestó Gladstone—. Intentaron razonar con nosotros para poner fin a la venta de opio con argumentos, aranceles y muy poca diplomacia. Incluso los emisarios de la reina eran tratados como si fueran sirvientes que rindieran tributo en nombre de un principito vasallo. —Estaba tan ofendido que le costó trabajo decirlo—. Siendo la nación más poderosa de la Tierra, no reaccionamos bien a semejante afrenta.

»Costaba mucho dominar el mal genio —bajó la voz—, y no siempre se conseguía.

Rathbone se lo imaginó, pero guardó silencio.

—Se produjeron incidentes violentos —prosiguió Gladstone—. Algunos de una brutalidad increíble, y no estamos libres de culpa. Aunque me cuesta imaginar que cayéramos tan bajo como para hacer las cosas que he oído contar. —Se estremeció ligeramente—. Pero eso no es una excusa. Ya hemos tratado con salvajes en el pasado, y no debemos suponer que porque un hombre sea capaz de crear belleza exquisita o de inventar tales bendiciones para la humanidad como el papel o la porcelana, o incluso la pólvora con todos sus usos, se trate de un ser con un alma civilizada. Y sea como sea, eso no nos exime de cumplir ante Dios con nuestro deber de hombres cristianos.

Tenía el semblante congestionado y el cuerpo le temblaba.

Rathbone miró a Monk y vio la lástima que traslucía su rostro, así como cierto grado de confusión. Tomó aire para ir a decir algo, pero no se atrevió a interrumpir.

—Incidente tras incidente, la violencia se intensificó hasta que los chinos confiscaron miles de libras de opio —dijo Gladstone, recobrando el dominio de sí mismo y prosiguiendo con su lección—. Y en eso tenían justificación. Hay quien lo niega, pero es la verdad. Era una sustancia que pasábamos de contrabando a su país. La Armada Real atacó. Los barcos chinos eran pequeños, y su armamento, medieval. Nuestras andanadas los hundieron, ahogando a sus tripulaciones, sin que nosotros sufriéramos apenas

bajas. Atacamos las fortificaciones de tierra firme en las desembo-
caduras de los ríos, bombardeamos las murallas de ciudades y a las
mujeres y niños que estaban refugiados dentro de ellas. Nuestros
buques, como el *Némesis*, que era un vapor de ruedas con el casco
de acero, tan independiente del viento y las corrientes, sobrepasa-
ban su capacidad de combate. Algunos llevaban primitivos fusiles
de chispa; otros, simples arcos y flechas, Dios los asistiera. Nuestra victoria fue aplastante.

La enormidad de aquello fue tomando forma en la mente de
Rathbone.

—Tres millones de personas —prosiguió Gladstone con premura, como si tuviera prisa por terminar—. Les hicimos pagar un
rescate de seis millones de dólares de plata por su propio puerto
de Cantón. En 1842 ya controlábamos Shanghái y toda la de-
sembocadura del río Yangtsé, y los obligamos a firmar un humi-
llante tratado tras otro. Les arrebatamos la isla de Hong Kong
y los puertos de Cantón, Amoy, Fuzhou, Shanghái y Mingbo, y
nueve millones de dólares, que son casi dos millones de libras,
como reparación por el opio de contrabando que habían deco-
misado y destruido.

Negó con la cabeza.

—Eso solo fue una parte. También hubo otras concesiones.
En 1844 Francia y Estados Unidos exigieron las mismas concesiones, pero eso no nos excusa. Fueron nuestra guerra, nuestro armamento y nuestra codicia lo que lo comenzó y lo que forzó su
conclusión.

Finalmente miró a Rathbone y a Monk.

—La Segunda Guerra del Opio, pocos años después, no fue
mejor. Una vez más nos enriquecimos a costa de la ruina de otra
raza. Que hubiera otros culpables no nos exime. Francia, Estados Unidos y, esta vez, también Rusia nos secundaron en la guerra y el saqueo. Pero nosotros desempeñamos el papel principal
y casi con toda certeza fuimos quienes obtuvimos mayores beneficios con los tratados y apoderándonos de otros puertos a lo
largo de la costa. Entretanto seguimos vendiendo opio a un pueblo desdichado que se estaba ahogando en el mar sin sol de la

adicción. Es un episodio sumamente vergonzoso, y encontrarán a muchos que lo negarán.

Rathbone carraspeó para aclararse la garganta.

—¿Y la Ley de Farmacia regulará la venta y el etiquetado de todas las medicinas británicas, e impedirá que las vendan personas sin experiencia o conocimientos médicos?

—En efecto —corroboró Gladstone. Miró a uno y a otro—. Un tal señor Wilkie Collins, un escritor de notable talento y, más importante, de reconocida reputación, es un defensor entusiasta de la ley, pero era el doctor Lambourn quien iba a proporcionar el dictamen profesional. Su muerte supuso un golpe tremendo; su descrédito, otro incluso mayor. Pero lo superaremos, se lo prometo. No obstante, me gustaría mucho saber qué descubrió para que alguien deseara matarlo y luego desacreditarlo. Tal vez, caballeros, necesitemos saberlo.

»Sinden Bawtry me dice que estaba muy mal concebido para que nos fuera de utilidad y que fue destruido por respeto a la memoria de Lambourn. En su momento lo creí, pero lo que me han dicho ustedes me ha suscitado serias dudas. Hace varios años que conozco a Bawtry, un hombre hábil, bien informado y que ha sido muy generoso con el país. Aun así, es posible que lo hayan engañado. Hay otros asuntos feos que Lambourn pudo haber descubierto por casualidad durante su investigación: historias de atrocidades vergonzosas que habrían salido a relucir.

—Gracias, señor —dijo Rathbone con reconocimiento.

Gladstone sonrió con sombría buena voluntad pero sin ningún placer.

—Haga lo que pueda por salvar a la señora Lambourn —instó—. Me estremezco solo de pensar que nuestra vergüenza salga a la luz en los tribunales, pero sería doblemente malvado ocultarla sacrificando a una mujer inocente. Hacerlo sería no solo envilecer nuestro comercio, sino también nuestro sistema judicial. Aunque le advierto, sir Oliver, que ganará algunos enemigos implacables. Hagan cuanto esté en su mano, caballeros. Y manténgame informado. Que tengan un buen día.

Fuera, en la sombría dignidad de Downing Street, Rathbone se volvió hacia Monk.

—No sé con certeza si esto mejora o empeora las cosas. Nada es lo que pensaba. Creía que teníamos a un hombre inteligente pero con un grave defecto cuyos desviados gustos sexuales lo habían llevado a poner fin a su vida mediante un trágico suicidio; y a una mujer cuya aflicción y sentido de la traición la habían llevado a buscar una obscena venganza. En cambio, ahora parece que tenemos a un hombre excepcional cuya única tara fue abandonar a su esposa adicta al opio sin formalizar el divorcio. Vivía con la mujer a la que verdaderamente amaba, sin engañarla en cuanto a su situación. Por compasión o por sentido del deber, brindó a su esposa su apoyo, tanto económico como emocional.

»No cabía engañarlo ni sobornarlo para que no redactara un informe sobre los peligros que entraña el uso del opio sin restricciones, y fue asesinado por su valentía. Su viuda, o supuesta viuda, lo amaba lo suficiente para arriesgar su propia vida con tal de restaurar su reputación. Su esposa no era ni mucho menos prostituta, tal como se había supuesto, sino una mujer mantenida por un hombre decente que no le pedía nada a cambio. ¿Hay algo que sea lo que parece?

Monk negó con la cabeza.

—No lo sé.

Rathbone pensó en otros momentos de su vida en los que de repente nada había salido como él esperaba. Lo familiar se había vuelto inexplicablemente ajeno, despojándolo de su confianza en sí mismo. ¿Le sucedía a todo el mundo? Sin duda tuvo que sucederle a Dinah. ¿Había descubierto que su marido no era ni por asomo el hombre que ella había amado y que este solo existía en su imaginación, tal como a él le había ocurrido con Margaret? ¿Acaso solo la había conocido superficialmente y lo mismo le había ocurrido a Dinah con Lambourn?

¿O eso era lo que ahora era capaz de comprender? ¿La desilusión y el dolor, la conciencia de no poder seguir estando seguro de lo que era real?

Caminaba al ritmo de Monk. Sus pasos eran casi inaudibles en la silenciosa calle.

—Tan cerca de un veredicto quizá resulte imposible cambiar las tornas, y eso me asusta —prosiguió en voz alta—. Alguien ha cometido dos homicidios. Me cuesta creer que la muerte de Lambourn y la de Zenia Gadney no estén relacionadas. Amity Herne ha mentido bajo juramento, pero no sé por qué. ¿Por aversión a su hermano o a Dinah, o para justificar que su marido condenara el informe de Joel? ¿O tiene un interés personal en bloquear el proyecto de ley?

—Tampoco lo sé —reconoció Monk—. Pero Gladstone lleva razón. ¡A nadie le gustará que saquemos a relucir el horror de las Guerras del Opio! —Se detuvo en mitad de la calle y miró a Rathbone—. ¡Pero tú lo harás!

—Sí, claro —dijo Rathbone, y en cuanto hubo pronunciado estas dos palabras se preguntó si acababa de comprometerse a echar por tierra su carrera.

17

Monk se quedó muy impresionado con lo que Gladstone le había contado. Tal vez antes de su amnesia había estado enterado, al menos en parte, del vergonzante papel que desempeñó Gran Bretaña en las Guerras del Opio, pero no del alcance de su codicia. Tanta violencia y duplicidad lo horrorizaban. Era de una suprema arrogancia suponer que cualquier país tenía derecho a entrar de contrabando una sustancia tan venenosa como el opio en otro país menos avanzado técnicamente y, por virtud de su superioridad militar, conquistarlo. Para colmo, habían exigido reparaciones por lo que había sido el resultado de su propia ferocidad.

Si Gran Bretaña hubiese sido la víctima, no el atacante, habría ardido de indignación. Habría condenado a los invasores y estado sedienta de venganza.

Pero era su propio pueblo quien había sido el bárbaro, el pueblo que Monk creía civilizado, transmisor de la esencia del honor, de creencias mejores que las de otras razas que tenían un menor sentido de lo correcto y leyes menos justas.

Estaba sentado a la luz de la chimenea de su casa, con los cuadros que tan bien conocía en las paredes de la sala, los libros que había leído y amado en los estantes. Arriba, Scuff dormía en su habitación. En voz baja refirió a Hester lo que le había contado el primer ministro.

Finalmente se levantó y encendió las lámparas para ver el

rostro de Hester mientras lo escuchaba. Reparó en la tristeza y la pesadumbre que reflejaba mientras él le explicaba algunos detalles, sin incluirlos todos. ¿Se sentía tan avergonzada como él? No se mostraba tan sorprendida como Monk había esperado.

—¿Lo sabías?

Monk no pudo evitar preguntárselo. ¿Por qué no discutía con él, por qué no intentaba negarlo, al menos en parte?

—No —contestó Hester en voz baja—. Pero sé lo que son la ignorancia y la estupidez. Al principio procuré no creerlo o buscar excusas y motivos por los que las cosas no fueran lo que parecían. Al final tuve que aceptar que casi todo era cierto, por más que se le restara importancia. Las personas mienten para ocultar sus errores, y luego cometen otros peores para encubrir sus mentiras.

Hester lo miró con preocupación y una extraña ternura, como si quisiera protegerlo.

—Antes solía pensar que quienes ostentaban el poder eran diferentes, pero en su mayoría no lo son —prosiguió Hester—. A nadie le gusta reconocer que su pueblo pueda ser tan codicioso y cruel como cualquier extranjero. Nos devanamos los sesos para elaborar un motivo que justifique que las cosas no sean lo que parecen, pero solo engañamos a quienes desean ser engañados.

—Tal vez lo sabía y lo he olvidado —dijo Monk, rememorando su esfuerzo por saber más sobre sí mismo, para encajar las piezas que definían la clase de hombre que había sido, tanto las buenas como las malas. Entonces se topó con muchas cosas que hubiese preferido negar, buscar otras explicaciones distintas a las más evidentes. Al final había sido incapaz de ignorar algunas de ellas, pequeñas crueldades innecesarias, y aprendió a enfrentarse a ellas y a lamentarlas. Hacerlo le proporcionó el consuelo de no seguir huyendo. La honestidad fue la clave de su curación.

Como si le leyera el pensamiento, o quizá rememorando y siguiendo el mismo camino, Hester le sonrió. Fue un instante de mutua comprensión asombrosamente dulce. Al compartir aquel dolor, este se diluyó en algo más profundo y sereno.

Monk alargó el brazo y la acarició con ternura, y la mano de Hester se cerró sobre la suya.

El silencio concluyó con toda naturalidad.

—¿Piensas que durante su investigación Lambourn descubrió algo, aparte de los daños que causa el consumo no regulado de opio? —preguntó Hester—. ¿Algo que no tenga nada que ver y que sea mucho más peligroso?

Monk había cavilado sobre esa posibilidad.

—No entiendo por qué se da tanta importancia a su informe si solo contiene datos sobre el mal uso del opio, los fallecimientos de niños y tal vez sobre los adictos —contestó Monk—. Se podría retrasar la aprobación del proyecto de Ley de Farmacia un año o dos, pero otras personas hallarían la misma información. Y hay otros medicamentos que también deberían regularse. Los importadores de opio tendrán que jugar más limpio; los boticarios tendrán que poner más cuidado, medir y etiquetar correctamente. Muchos pequeños comercios tendrán que dejar de venderlo. Miles de personas perderán unos cuantos peniques cada semana. ¿Acaso alguno de ellos asesinaría a Lambourn por este motivo? Y menos aún, ¿asesinaría a Zenia Gadney de una manera tan espantosa por un proyecto de ley presentado al Parlamento?

—No —contestó Hester muy seria—. Hemos pasado algo por alto. Hay alguien que tiene mucho más que perder que un pequeño beneficio.

—¿Quién? —preguntó Monk—. Las fortunas del opio ya fueron amasadas en su día, y nadie ha visto arruinada su reputación a causa de ello.

—No lo sé —dijo Hester.

—Gladstone dio a entender que podía arruinar a algunas personas si se dieran a conocer más detalles —sugirió Monk, buscando una respuesta que tuviera sentido—. ¿Existe alguna atrocidad capaz de arruinar una reputación si Lambourn la hubiese sacado a relucir?

Hester meneó un poco la cabeza en un contenido además negativo.

—¿Por qué iba a hacerlo? No precisaba entrar en detalles sobre el contrabando o la violencia para demostrar que los medicamentos patentados que contienen opio matan a los usuarios porque desconocen la dosificación. Las personas se vuelven dependientes porque no están debidamente etiquetados. ¿No es eso lo que querían?

—¿Y si descubrió algo más de manera fortuita? —Los pensamientos bullían en su mente. Su propia ignorancia lo consternaba—. Alguien pudo mentir para ocultarlo porque no soportaba la idea de semejante vergüenza nacional. La humillación resulta amargamente dolorosa de sobrellevar. Hay personas que preferirían morir antes que ser avergonzadas; en realidad, muchas.

—Me consta —dijo Hester en voz muy baja.

Monk escrutó su semblante, el repentino pesar que traslucía, y recordó demasiado tarde que el padre de Hester se había suicidado a fin de no verse humillado a causa de la deuda que había contraído porque Joscelyn Grey lo había estafado. Aquel fue el primer caso que llevó en su nueva vida, que había comenzado después de la amnesia. Era el caso que lo condujo a conocer a Hester, y ni siquiera había pensado en él mientras hablaba de suicidio y humillación. No daba crédito a su propia torpeza.

—Hester...

¿Qué podía decir? La vergüenza le congestionó el semblante.

Hester sonrió, con lágrimas en los ojos.

—No estaba pensando en él —dijo con gentileza—. Fue poco prudente, confió en un hombre malvado y yo no estuve allí para ayudarlo. Estaba demasiado atareada en Crimea, obedeciendo a mi egocéntrica conciencia. La vergüenza nacional es distinta. —Apartó la vista de Monk, bajándola a su regazo—. Puede resultar muy fácil decir que todo es por nuestro país, y luego hacer cosas monstruosas para ocultar otras atrocidades. Resulta muy fácil creerse esa excusa. No sé cuál es la respuesta. Mañana iré otra vez a ver a Winfarthing, y quizás a alguna otra persona que sepa más acerca de las Guerras del Opio y el modo en que combatimos.

—No creo que debas... —comenzó Monk, pero vio la firme determinación de sus ojos y dejó la frase sin terminar. Hester lo haría sin que importara lo que él dijera, tal como se había ido a

Crimea sin la aprobación de sus padres o tal como había salido a las calles para montar la clínica sin la suya. Todo resultaría más cómodo si cuidara más de su propio bienestar o del de Monk, o al menos de su seguridad. Pero entonces la infelicidad aparecería de otras maneras, aumentando constantemente mientras se negara a sí misma y aquello en lo que creía.

—¡Al menos ten mucho cuidado! —dijo Monk—. ¡Piensa en Scuff!

Hester titubeó y se ruborizó un poco. Tomó aire como si fuera a replicar, pero se mordió el labio.

—Lo haré —prometió.

Hester comenzó por ir de nuevo a ver a Winfarthing. Se vio obligada a aguardar casi una hora hasta que terminó de atender a sus pacientes, y luego le dedicó plena atención. Como de costumbre, su despacho estaba atestado de libros y papeles. Un gato muy pequeño estaba hecho un ovillo encima del montón esparcido más a conciencia, como si lo hubiese convertido a propósito en una cama. No se movió cuando Hester se sentó en la silla más cercana.

Winfarthing no pareció reparar en ello. Se lo veía cansado y descontento. Tenía parte del pelo de punta debido a su hábito de rascarse la cabeza.

—No tengo nada que sirva —dijo Winfarthing sin darle tiempo a preguntar—. De lo contrario, ya te lo habría dicho.

Hester le refirió lo que habían descubierto acerca de Dinah y Zenia Gadney.

—¡Santo cielo! —exclamó asombrado, con el rostro arrugado en una expresión de profunda lástima—. Haría cualquier cosa que estuviera en mi mano, pero ¿qué puedo hacer? Si no la mató ella, ¿quién lo hizo? —Torció el gesto con desagrado—. No siento demasiado amor por los políticos, y tampoco mucho respeto, pero me cuesta creer que alguno de ellos asesinara a Lambourn a sangre fría tan solo para retrasar la Ley de Farmacia. Tarde o temprano se aprobará; probablemente será pronto, hagan lo que hagan. ¿Realmente se puede ganar tanto dinero en uno o dos años para que valga la pena quitarle la vida a un hombre? Por no mencionar su alma...

—No, creo que no —contestó Hester—. Tiene que haber algo más, mucho más.

Winfarthing la miró con curiosidad.

—¿El qué? ¿Algo que Lambourn sabía y que habría hecho constar en su informe?

—¿No le parece plausible?

De pronto Hester estaba insegura, buscando respuestas a ciegas. No quería que Dinah fuese culpable ni que Joel Lambourn hubiese sido un profesional incompetente y un suicida. ¿Era eso y no la razón lo que la movía? Vio reflejada esa idea con toda claridad en el rostro de Winfarthing y notó que se ruborizaba.

—El suicidio de Lambourn no tiene sentido —dijo Hester a la defensiva—. Las pruebas materiales no lo sustentan.

Winfarthing pasó por alto su argumento. De todos modos, quizá ya no tuviera importancia.

—¿En qué estás pensando? —preguntó Winfarthing en cambio—. ¿En algo que descubrió sobre la venta de opio en la actualidad? ¿En el contrabando? En Gran Bretaña a nadie le importa que la East India Company saque bienes de contrabando de las costas de China. —Sacudió la cabeza como desechando la idea—. China podría estar en Marte, en lo que atañe a la mayoría de nosotros; con excepción del té, la seda y la porcelana, por supuesto. Ahora bien, lo que suceda allí no significa nada para el hombre de la calle. ¿Latrocinio? Desde cualquier punto de vista moral, se trata de un robo: corrupción, violencia y el envenenamiento de media nación, simplemente porque tenemos los medios y el deseo de hacerlo y, para postre, resulta sumamente lucrativo.

—No lo sé —repitió Hester, un poco más desesperada—. Tiene que haber algo que nos importe. Podemos masacrar a extranjeros y hallar el modo de justificarlo ante nosotros mismos, pero no podemos robar a los nuestros y, desde luego, no podemos traicionarlos.

—¿Acaso lo hemos hecho, Hester? —preguntó Winfarthing en voz baja—. ¿Qué te induce a pensar que Lambourn descubrió algo en ese sentido? ¿Sobre quién? Todos sabemos que introdujimos opio en China para pagar por los lujos que les compramos; la seda, la porcelana y, sobre todo, el té. Somos adictos al té. Ellos solo aceptaban cobrar en plata, y nosotros no tenemos plata. De modo que los volvimos adictos al opio y se lo cobramos en plata, para así poder seguir comerciando con ellos. La gran diferencia es que importamos el té legalmente y que no nos hace ningún daño. Mientras que el opio que nosotros pasamos de contrabando a China está haciendo estragos, poco a poco, entre la población. Pasan por las cavernas del alma, inconmensurables para el hombre, para luego hundirse en un mar tenebroso. ¡Basta con leer a Coleridge o a De Quincey!

Hester había estado pensando en ello un buen rato, sin saber exactamente qué preguntar ni qué respuesta andaba buscando. La única certidumbre era que Winfarthing le merecía toda su confianza.

—«Un mar tenebroso» —repitió Hester—. Suena a encarcelamiento, a ahogo. ¿Cuán mala es la verdadera dependencia del opio?

Winfarthing la miró con los ojos entornados, súbitamente concentrado.

—¿Por qué lo preguntas? ¿Por qué precisamente ahora?

—Nosotros no lo fumamos como hacen los chinos, lo comemos, lo ingerimos en medicamentos que contienen otras sustancias —contestó Hester lentamente—. Es el único alivio que tenemos para los dolores agudos.

—Eso ya lo sé, jovencita. ¿Qué me quieres decir?

—Conocí a una mujer en la zona portuaria. Dirige una clínica para marineros y estibadores. Me mostró una jeringuilla provista de una aguja hueca que puede inyectarse directamente en el torrente sanguíneo, si se quiere. Erradica el dolor más deprisa y por completo. Menos opio y más efecto.

Winfarthing asintió despacio.

—Y más dependencia —gruñó—. Por supuesto. Ten cuidado, Hester. Ten mucho cuidado. La adicción al opio es maligna. Llevas razón, es un mar en el que pueden ahogarse miles de hombres a la vez y, sin embargo, cada uno se ahogará solo. Primero se toma para el dolor, luego para llegar al día siguiente y, finalmente, para evitar la demencia. Las buenas personas lo administran a terceros para aliviar padecimientos insoportables, las malas para suscitar una pasión de la que muy pocos escapan.

—¿Quién dispone de esas agujas? —preguntó Hester.

—No lo sé. ¿Lo sabes tú?

—No. Ni siquiera sé si existen muchas o pocas. Tampoco sé si esto guarda relación con la muerte del doctor Lambourn. Según parece, nadie sabe lo que contenía su informe...

Winfarthing irguió su corpachón en el asiento y abrió mucho los ojos.

—¿Crees que tiene que ver con esto? ¿No con la Ley de Farmacia o las Guerras del Opio, sino con que alguien está causando una enfermedad que solo ellos pueden curar?

—No lo sé —contestó Hester otra vez—. ¡Pero las Guerras del Opio son tan horribles que cabe pensar cualquier cosa!

—Querida mía, las personas no oyen lo que no quieren oír —dijo Winfarthing con amabilidad—. Te llamarán mentirosa, te acusarán de traicionar a tu país, aunque solo des a entender tales cosas. Defenderán a los autores de esa ignominia porque para nosotros no es fácil admitir que nos han engañado. Nadie renuncia de buen grado a la falsa ilusión de la propia valía. Incluso hay quien prefiere morir.

—¿O matar? —repuso Hester enseguida—. ¿Silenciar la voz que pone en duda sus creencias? La idea de castigar al blasfemo es muy antigua, ¿no es cierto? Podría ser una justificación muy convincente.

—Si hubiesen lapidado a alguien, podría aceptarlo —dijo Winfarthing, meneando la cabeza—. Cortar las muñecas a un hombre y hacer que parezca un suicidio no es un acto de ira justificada, Hester. Es un asesinato a sangre fría, el tipo de cosa que un hombre hace para proteger sus propios intereses, no los de terceros.

Hester se quedó callada, imaginando a Joel Lambourn a solas en la oscuridad de One Tree Hill.

—Para hacer lo que le hicieron a Zenia Gadney hay que ser un hombre sin un ápice de humanidad —prosiguió Winfarthing—. Y hacerlo a fin de condenar a otra persona no puede justificarlo ni un loco. Tienes razón, no se trata del proyecto de Ley de Farmacia ni de las Guerras del Opio.

—Pues entonces tiene que ser por interés personal para proteger una fortuna amasada, y que sigue creciendo, con el negocio del opio —respondió Hester, negándose a darse por vencida.

—¿Protegerla de qué? —preguntó Winfarthing—. La Ley de Farmacia exigirá mediciones, etiquetados y...

—Pero Lambourn está muerto —señaló Hester—. Y no se cortó las venas. No había ningún cuchillo, ninguna botella o vial para el opio que ingirió.

—Inconsistencias —reconoció Winfarthing—. O falta de cuidado por parte de la policía. ¿Es posible, no probable pero sí posible, que una tercera persona robara el cuchillo?

—¿Por qué intenta explicarlo de ese modo? —lo acusó Hester enojada. Estaba confusa y a la defensiva, como si una verdad terrible se le estuviera escapando de las manos, dejando en su lugar mentiras aún más horribles—. ¿Piensa que era un fracasado y un suicida? —inquirió—. ¿O intenta impedir que remueva asuntos embarazosos, a costa de la vida de Dinah Lambourn?

Una acusada tristeza ensombreció el semblante de Winfarthing, y Hester se dio cuenta de que lo había herido en sus sentimientos.

—Lo siento —se disculpó—. He sido injusta. Ojalá no lo hubiese dicho. Me siento impotente. Sé que hay algo que está muy mal, y tengo muy poco tiempo para entenderlo.

Winfarthing quitó importancia a su acusación con un ademán.

—No has cambiado, ¿verdad? No has aprendido. —Bajó un poco la voz y su rostro mostró una inmensa ternura—. Me alegro. Hay personas que nunca deberían crecer; al menos por dentro. Pero ten cuidado, jovencita. Si realmente vas bien encaminada, se tratará de algo muy feo y muy peligroso. —Se inclinó hacia el escritorio y cogió una pluma y un trozo de papel. Apuntó un nombre y una dirección y se lo pasó a Hester.

»Este hombre hizo un trabajo parecido y ayudó a Lambourn. Hizo un montón de preguntas sobre el opio, su uso y los peligros que entraña. Trabaja entre los pobres, ganándose la vida como buenamente puede. Quizá sea difícil dar con él. Es imprevisible, contento un día, desdichado al siguiente, pero es un buen hombre. Vigila a quién preguntas por él.

Hester cogió el papel y le echó un vistazo. Alvar Doulting. El nombre no le sonaba.

—Gracias —dijo, metiéndolo en el bolso—. Veré si logro encontrarlo.

Hester tardó buena parte del día siguiente en encontrar a Alvar Doulting, que estaba trabajando en una habitación aneja a un almacén del muelle de St. Saviour's Dock. Tenía media docena de pacientes, en su mayoría aquejados de magulladuras graves y de huesos rotos o aplastados. Tras una brevísima presentación, poco más que una alusión a Crimea, Hester se puso a ayudarlo.

Era un joven muy serio y pálido, quizá debido al agotamiento y al repentino cambio del tiempo. Su rostro enjuto transmitía a la vez fuerza y sensibilidad, y en ese momento lo ensombrecían una barba incipiente y profundas arrugas de cansancio. Llevaba ropa andrajosa, varias prendas superpuestas para combatir el frío e incluso una bufanda de lana en lugar de corbata.

Le bastó con observar a Hester un momento para darse cuenta de que tenía experiencia en el tratamiento de heridas y que no la afectaban la pobreza y la suciedad corporal de los pacientes. Hester solo reparaba en el dolor y en los peligros de las hemorragias y la gangrena, y, en aquella época del año, también el shock y el frío.

Trabajaban con retales, vendas improvisadas con trozos de tela, tablillas de cualquier material que fuera lo bastante duro, brandy barato que tanto servía para beberlo y mitigar el dolor como para limpiar las heridas antes de coserlas con hilo de tripa.

Doulting tenía muy poco opio y solo lo utilizaba en los casos peores.

Pasaron más de dos horas hasta que pudieron conversar a solas.

Se sentaron en un minúsculo despacho atestado de libros y montones de papeles que, a primera vista, parecían datos sobre los pacientes que seguramente no se atrevía a confiar a su memoria por estar demasiado cansado o atareado. Hester recordó que ella solía hacer lo mismo. Doulting le ofreció un té que aceptó agradecida.

—Gracias por la ayuda —dijo Doulting, pasándole un humeante tazón de hojalata.

Con un gesto apenas esbozado que quizá Doulting ni vio, Hester dio a entender que no había nada que agradecer. No perdió tiempo con preámbulos.

—Estoy intentando salvar de la horca a la viuda de Joel Lambourn —dijo sin rodeos—. Creo que no mató a nadie, pero no sé quién lo hizo. Si supiera el motivo, quizá me sería más fácil averiguarlo.

Doulting ocupaba una banqueta improvisada. Levantó la vista hacia ella con una mirada de impotencia y una pena tan profunda que ni siquiera intentó expresar con palabras.

—No podrá —dijo simplemente—. Está librando una batalla que nadie ganará. Destrozamos a los chinos y ahora nos destrozamos a nosotros mismos. —Rio con amargura—. Una cucharada de opio para aquietar al bebé que llora, aliviar el dolor de barriga, dormir un poco. Un buen trago para aplacar el sufrimiento de un soldado herido, de un hombre con la pierna rota o con piedras en el riñón.

Torció el gesto.

—Una pipa llena para el hombre cuya vida es una monótona pesadez y que preferiría estar muerto antes que renunciar a su evasión. —Bajó la voz—. Y en unos pocos casos, una aguja y el contenido de un vial en una vena, y, durante un rato, el infierno se convierte en el paraíso, solo un rato, y luego necesitas más.

Pestañeó.

—La sangre y los beneficios que lo envuelven la ahogarían. Créame, me consta. Perdí mi hogar, mi consulta y a la mujer con quien iba a casarme.

Hester sintió que el miedo la acechaba, como si las sombras fueran más oscuras a su alrededor y, sin embargo, esa sensación reavivaba su fortaleza, aunque tal vez solo se tratara de una mera ilusión. Había hallado algo real, no más negaciones.

—¿Qué descubrió Joel Lambourn para que mereciera la pena matarlo a fin de ocultarlo? —preguntó.

—No lo sé —contestó Doulting—. Lo único que me refirió fue el número de niños que morían innecesariamente porque los envases no estaban etiquetados. Sus madres les dan jarabe para los retortijones, medicinas para la dentición, remedios contra el cólico y la diarrea que no dicen en qué dosis ni con qué frecuencia deben administrarse. Las cifras son espantosas, y los medicamentos, marcas registradas que todos conocemos y en las que creemos poder confiar.

—¿Qué más? —insistió Hester, entre dos sorbos de té. Era demasiado fuerte y, desde luego, no estaba recién hecho, pero al menos estaba caliente. Le recordó sus tiempos en el ejército con una mezcla de desazón y nostalgia.

—Si había algo más, no me lo contó —le aseguró Doulting—. Sabía que alguien le estaba poniendo palos en las ruedas para hacerle parecer incompetente. Era meticuloso. Todo estaba documentado. —Tenía el semblante muy pálido, como si lo abrumaran la amargura y la culpa. De vez en cuando hacía una mueca de dolor, como si él también tuviera que librar su propia batalla contra el sufrimiento—. Intenté recoger datos por mi cuenta y le di todo lo que tenía. Hice preguntas, tomé notas. Algunas historias le partirían el corazón.

—¿Dónde están sus notas?

—Incendiaron mi despacho y se perdieron todos mis papeles y archivos. Incluso mis instrumentos, mis escalpelos y agujas, todas mis medicinas; todo fue destruido. Tuve que comenzar de nuevo en un lugar diferente, pidiendo prestado lo que pude.

Hester tenía frío, un frío que nacía en su interior.

—¿Sabe quién lo hizo?

—¿Nombres? No. En cuanto a la intención, no estoy seguro, pero iba más allá del mero obstaculizar el informe que regularía la venta de opio. Medirlo y etiquetarlo todo tendrá un coste, y la nueva ley exigirá que los medicamentos solo los vendan personas cualificadas para decir lo que son, pero poco más. Hay quienes consideran que se limita la libertad de los pobres para comprar el único alivio contra el dolor que conocemos, pero no será así. Lo que en realidad les preocupa es su propia libertad para venderlo a los desesperados tan a menudo y con tanta facilidad como sea posible.

—¿Esa creencia equivocada en una solución al dolor puede empujar a una persona a cometer un asesinato como el de Zenia Gadney?

—No —reconoció Doulting—. Y no me pregunte quién es porque Lambourn no me lo dijo. Aunque estoy seguro de que lo sabía. Eso también constaba en sus notas. No me contó gran cosa. Dijo que era más seguro no saberlo.

—Pero ¿era alguien de Londres? —insistió Hester.

Doulting asintió, con el rostro transido por el sufrimiento de otras personas y su incapacidad para llegar más allá de la superficie del mismo.

—Asesinar a Lambourn, destripar a la pobre Zenia Gadney y hacer que ahorcaran a Dinah Lambourn por ello no supondría aumentar la carga que pesa sobre sus almas. Tal vez no exista nada que lo consiga.

Hester creyó que Doulting le estaba diciendo la verdad tal como se la habían referido o como la había adivinado entre líneas. El miedo le asomaba al rostro, y los escasos instrumentos y medicinas daban fe de ello. Ahora bien, ¿acaso Lambourn tenía pruebas de que alguien provocara una adicción para cebarse en ella? Y en caso de que fuese así, ¿era siquiera un delito? Un pecado, sin duda, pero no penado por la ley. ¿Habría utilizado esas pruebas Lambourn? Hacerlo no habría favorecido su causa por regular la venta.

¿No se trataba de un asunto completamente al margen que, en todo caso, debería haber abordado en otro momento? ¿Quién le haría caso? La gente no querría oír que aquellos en quienes confiaba fueran capaces de semejante brutalidad y codicia, semejante desprecio por la aniquilación del prójimo. ¿Acaso le creerían, o dirían que si una persona decidía descender a los infiernos tenía derecho a hacerlo a su manera? Resultaba mucho más fácil y seguro condenar al portador de tales noticias, borrar las palabras en lugar de los espantosos e indelebles actos.

—Si estaba recopilando información sobre las enfermedades y los fallecimientos causados por la ignorancia en cuanto a la dosificación, ¿cómo se explica que se topara con la profunda adicción que provocan esas inyecciones? —preguntó Hester—. Investigaba los casos de madres agobiadas que habían perdido algún hijo: personas corrientes que nunca se habían alejado más que unos pocos kilómetros de su casa.

Doulting parecía hastiado.

—No lo sé. No sé adónde fue ni con quién más habló. Es probable que lo descubriera por casualidad al interrogar a soldados veteranos. No dijo nada al respecto.

—¿Soldados veteranos? —inquirió Hester enseguida.

Doulting esbozó una sonrisa que le confirió una expresión extraordinariamente apesadumbrada.

—De la guerra de Crimea y de las Guerras del Opio: hombres con heridas que siempre les dolerán. Toman opio para aliviar el dolor de viejas heridas, para dormir pese a las pesadillas que les trae el recuerdo. Algunos lo toman para mitigar la fiebre y los calambres de la malaria, el paludismo y otras dolencias que ni siquiera saben cómo se llaman.

Hester se sintió estúpida por no haber caído en la cuenta. Se había centrado en la preocupación de Lambourn por la mortandad infantil. Tal vez había hablado de aquello para no atraer la atención sobre otras cosas que había encontrado y que le constaba que no serían bien recibidas.

—No podrá utilizarlo como prueba para salvar a Dinah Lambourn —dijo Doulting en voz baja, sin un atisbo de esperanza en la mirada—. No admitiremos sus daños porque lo vendimos a una nación entera. Robamos, saqueamos, asesinamos a civiles, envenenamos a los hombres, mujeres y niños de una nación demasiado atrasada militarmente para oponer resistencia, y nosotros fuimos los bárbaros: todos nosotros. Los que lo hicieron, los que lo permitieron y quienes ahora preferimos no reconocerlo. —Dio un ligero suspiro—. Es mucho más fácil decir que era inocuo y que quienes sostienen lo contrario son traidores; los silenciamos y seguimos hacia delante. Si lo reconocemos, tenemos que pagar una reparación y, por consiguiente, devolver las ganancias. ¿Se imagina a alguien haciéndolo?

Hester no supo qué contestar.

—¡Sigue habiendo tiempo para descubrir quién es! —dijo, no a modo de respuesta sino de admisión—. Alguien mató a Joel Lambourn por ello, y luego a Zenia Gadney.

—¿Y de qué servirá que muramos intentando demostrarlo? —preguntó Doulting.

—Lo único que quiero ahora mismo es salvar a Dinah de la horca —repuso Hester.

—¿Y cree que saber lo que Lambourn descubrió la ayudará? Doulting sonrió, pero su mirada era incrédula.

—¡Sí! Es posible —insistió Hester—. Al menos hará que el jurado se dé cuenta de que se trata de algo que va más allá de los celos. Dinah vivió sabiendo de la existencia de Zenia Gadney durante quince años. ¿Qué sentido podía tener matarla cuando Lambourn ya había muerto?

—No tengo la menor idea. —Se encogió de hombros—. Las personas que matan de esa manera, ¿están siempre en su sano juicio? —preguntó con amabilidad, como para amortiguar el golpe.

Hester no supo contestarle. Aparte de todo lo demás, era espantosamente consciente de que también estaba la cuestión del dinero de Lambourn, así como la posibilidad de que Zenia Gadney hubiese decidido demostrar que era ella, y no Dinah, la viuda legítima. ¿Lo habría hecho? Lambourn había cuidado de ella cuando no estaba obligado a hacerlo, y no solo en lo económico sino también en lo personal. Nunca se había limitado a enviarle el dinero, la visitaba y hablaba con ella. Después de todo eso, ¿habría intentado desheredar a sus hijas?

¿O era que Dinah no estaba dispuesta a correr aquel riesgo? La acusación lo usaría como argumento, y sería creída. Zenia había muerto de una manera tan espantosa que resultaría muy difícil conseguir que no pareciera la víctima.

—¿Dónde puedo encontrar a los soldados con los que habló? —preguntó Hester—. Podría buscarlos yo misma, pero no tengo tiempo que perder.

—Le escribiré lo que sé —propuso Doulting—. Luego tengo que seguir trabajando.

Hester se terminó el té y dejó el tazón en uno de los pocos claros que había entre los papeles de la mesa.

—Gracias.

18

Rathbone sabía que el caso se le estaba escapando de las manos. Seguía sin estar seguro de cuál era el meollo del asunto, la pasión que finalmente había empujado a alguien al asesinato. No lograba quitarse de la cabeza que Dinah Lambourn era inocente y se preguntaba si se debía a que eso era lo que deseaba creer. Le atraía su lealtad a Lambourn a causa de su propia necesidad de creer en la existencia de un amor como aquel: más profundo que el instinto de supervivencia, más profundo incluso que la evidencia. Ni siquiera la traición de Lambourn con otra mujer y su aparente suicidio habían hecho flaquear la devoción de Dinah por su marido.

¿Se trataba de una creencia sensata o demostraba su incapacidad para enfrentarse a la verdad?

Rathbone estaba acostado solo en el dormitorio silencioso y no dilucidó respuesta alguna. El cielo palidecía en el este y la luz se colaba por la rendija de las cortinas mal corridas. Iba a hacer uno de esos días radiantes de invierno que añadían encanto y un aire más festivo a la llegada de la Navidad. La víspera había sido el día más corto del año. La gente engalanaba las puertas con coronas de yedra y acebo decoradas con cintas. Habría cantantes de villancicos por las calles.

Fuera, en el jardín, los últimos crisantemos estaban marchitos, algunos afectados por las heladas. Olía a hojas húmedas y a humo de leña, y aquella belleza despertaba la conciencia del paso del tiempo y de la imposibilidad de aferrarse siquiera a las cosas más preciadas.

Aquella Navidad estaría solo.

¿Lograría salvar a Dinah? Su brillantez profesional era lo único a lo que había creído poder aferrarse, un valor seguro que ni siquiera Margaret podía arrebatarle. Ahora incluso eso parecía menos cierto.

Si Dinah era inocente, ¿quién era culpable?

¿A quién demonios podía recurrir como testigo cuya declaración pudiera ayudarlo?

¿Se trataba realmente del informe de Lambourn sobre las trágicas consecuencias del consumo abusivo de opio debido a la ignorancia de su dosificación y potencia? El asesinato de Zenia parecía ser fruto de un sentimiento mucho más personal y violento que la avaricia industrial. Pero ¿cuál? ¿Era concebible que la muerte de Lambourn y el asesinato de Zenia no estuvieran relacionados, siendo solo dos terribles sucesos que habían afectado a una misma familia en un lapso de dos meses? ¿Acaso buscaba una pauta inexistente?

De ser así, Dinah era inocente, y Zenia Gadney, la víctima elegida al azar por un loco al que quizá nunca encontrarían. Desde luego no hallaría pruebas de su existencia en los siguientes dos días. Era domingo. Le constaba que Pendock querría someter el caso a la deliberación del jurado antes de Navidad, que era el miércoles. De lo contrario tendría que posponerlo hasta la semana siguiente. El jurado detestaría semejante decisión y le echarían la culpa a él.

Sintió el peso del desespero como si se estuviera ahogando, hundiéndose mientras el agua le cubría la cabeza y le impedía respirar. Qué absurdo. Estaba tendido en su cama, mirando cómo el techo se iba iluminando. Gozaba de la misma salud que siempre. Era la desilusión lo que le pesaba, así como el admitir un fracaso mucho más profundo y que iba más allá de la mera pérdida de un caso. Quería que Dinah fuese inocente, que fuese una mujer cuerda, valiente y leal que amaba a su marido, incluso una vez fallecido, más de lo que se amaba a sí misma.

Fue en ese momento cuando tomó la decisión de ir a ver a Amity Herne aquel mismo día a fin de que lo ayudara a conocer más a fondo a Lambourn y sus complejas relaciones personales. Quizás averiguaría cosas que preferiría no saber, pero ya era demasiado tarde para eludir cualquier verdad aunque demostrara la culpabilidad de Dinah. No quedaba tiempo para doblegarse a sus propios deseos.

La hora del almuerzo era el momento menos apropiado para visitar a quien fuera, sobre todo sin estar invitado, pero las circunstancias no le dejaban otra alternativa. Además, reconoció que en realidad le traía sin cuidado que Amity y su marido pudieran molestarse u ofenderse.

Se vistió con conservadora elegancia, como si acabara de salir de la iglesia aunque no hubiese asistido al oficio dominical. Aquella mañana, el ritual y la pomposa certidumbre del pastor le habrían resultado cualquier cosa menos tranquilizadores. Necesitaba pensar, hacer planes, enfrentarse a las peores posibilidades.

A las doce y media se encontraba en la puerta del domicilio de Barclay Herne. Poco después el mayordomo, no sin cierta renuencia, lo hizo pasar a la sala de día y le pidió que aguardara mientras informaba a su amo de la visita de sir Oliver Rathbone.

En realidad era a Amity Herne a quien Rathbone deseaba ver, pero aprovecharía la oportunidad de hablar con ambos. Si tuviera ocasión, le gustaría observar cómo reaccionaban estando juntos. Rathbone se había preguntado si era posible que se hubiese dejado influenciar por Barclay y sus ambiciones para distanciarse de su hermano. Estaba resuelto a presionarla hasta donde fuese capaz con tal de averiguar cualquier cosa que pudiera modificar el concepto que tenía de Dinah, aunque solo fuera para prolongar el juicio más allá de la Navidad, de modo que Monk tuviera ocasión de descubrir algo más.

Mientras daba vueltas a estos pensamientos, se movía inquieto por aquella sala de día más bien pretenciosa. Las estanterías estaban llenas de libros encuadernados idénticamente y había un retrato bastante grande y favorecedor de Amity encima de la chimenea, unos veinte años más joven, con la tez y los hombros perfectos. De pronto fue consciente de lo desesperado que estaba.

La puerta se abrió y entró Barclay Herne, que la cerró a sus espaldas. Llevaba un atuendo informal, con fular en lugar de corbata y un batín que desentonaba con sus pantalones. Parecía desconcertado y un tanto inquieto.

—Buenas tardes, sir Oliver. ¿Le ha sucedido algo a Dinah? Espero que no se haya venido abajo.

Fue a todas luces una pregunta y escrutó con preocupación el semblante de Rathbone en busca de una respuesta.

—No —lo tranquilizó Rathbone—. Que yo sepa, sigue encontrándose relativamente bien, pero me temo que no puedo ofrecer demasiadas esperanzas de que vaya a seguir así.

Herne se estremeció.

—No sé qué hacer por ella —dijo con un ademán de impotencia.

Rathbone se sentía incómodo, era consciente de que los estaba poniendo a ambos en una situación embarazosa, quizás en balde. Aun así, siguió adelante.

—Tengo la impresión de que hay algo fundamental que no entiendo. Le quedaría muy agradecido si pudiera hablar con usted y la señora Herne con franqueza. Soy consciente de la hora que es, y bien podrían ustedes tener otros planes, sobre todo estando tan cerca la Navidad. No obstante, esta es la última oportunidad que tengo para hallar algún argumento que me permita suscitar una duda razonable sobre la culpabilidad de la señora Lambourn, o incluso para pedir clemencia.

Herne perdió todo el color del rostro, quedando pálido y con la frente perlada de sudor.

—Tenga la bondad de acompañarme al salón. Todavía no hemos almorzado. Quizá le apetecería unirse a nosotros.

—Lamento causarles tantas molestias —se disculpó Rathbone, siguiendo a Herne a través del espléndido vestíbulo hacia el salón. Este era suntuoso, con cortinas de terciopelo burdeos y lujosos sillones de caoba rojiza con las patas talladas. Las superficies de las mesas a juego relucían tan inmaculadas como si nunca se hubiesen utilizado.

Amity Herne estaba sentada en una butaca junto al fuego, que ya ardía con viveza aun siendo primera hora de la tarde. Detrás de los ventanales, el sol iluminaba un pequeño jardín. Todas las plantas perennes estaban podadas, y la fértil tierra negra, desherbada y rastrillada.

Amity no se levantó.

—Buenas tardes, sir Oliver.

Estaba sorprendida de verlo y resultaba obvio que aquella sorpresa no la complacía en absoluto. Lanzó una gélida mirada a su marido y se volvió de nuevo hacia Rathbone.

Herne contestó a su tácita pregunta.

—A sir Oliver le gustaría hablar con nosotros para ver si podemos decirle algo que pueda ayudar a Dinah —explicó.

Amity miró a Rathbone. Sus ojos color avellana eran fríos, recelosos. Sin duda aquella tranquila tarde de domingo había confiado en olvidar, aunque solo fuese para darse un breve respiro antes de lo inevitable, todo lo que Rathbone le había hecho recordar.

—Lo siento —se disculpó Rathbone otra vez—. De haber podido elegir un momento mejor, lo habría hecho.

Amity no lo invitó a tomar asiento, pero Rathbone se tomó la libertad de hacerlo, ocupando una butaca que quedaba en diagonal a la de ella. Se puso cómodo deliberadamente, dando a entender que no tenía intención de marcharse. Vio en su ligero cambio de expresión que Amity lo había captado a la primera.

—No sé qué cree que yo pueda decirle que le resulte útil —dijo Amity con cierta frialdad—. ¿No es un poquito tarde ya?

Fue una pregunta cruel pero sincera.

—En efecto —confirmó Rathbone—, pero tengo la sensación de que hay algo importante que no sé y que mi defensa podría fundamentarse en ello.

—¿Qué defensa puede existir para quien ha matado a una mujer... de esa manera? —interrumpió Herne, pasando por delante de Rathbone para sentarse enfrente de su esposa, al otro lado de la chimenea—. No puede haber causa alguna que justifique hacer algo semejante. Ella... le rajó el vientre, sir Oliver. No fue una simple pelea que acabó mal. Eso cabría comprenderlo, pero no esa... atrocidad.

Inhaló deprisa, como si quisiera cambiar la palabra que había empleado, y masculló algo ininteligible.

—No tienes por qué explicarte, Barclay —dijo Amity enseguida—. Zenia Gadney quizá fuese una mujer de moral relajada y una vergüenza para la familia, pero no merecía que la destriparan como un pescado.

Una vez más Herne abrió la boca para protestar y, una vez más, optó por quedarse callado.

—Por supuesto, tiene toda la razón —corroboró Rathbone—. Cuesta imaginar que exista algo que dé sentido a tan pavorosa barbaridad. Usted dice, y Dinah lo ha reconocido, que ella siempre supo de la existencia de Zenia Gadney, de su relación con el doctor Lambourn y de que la mantuvo durante más de quince años. De hecho, el dinero salía de la cuenta de los gastos domésticos y los pagos estaban anotados en el libro de contabilidad de la casa, el veintiuno de cada mes. Dinah dice que admiraba al doctor Lambourn por ocuparse de la señora Gadney de ese modo y que, cuando el testamento fuese autenticado, tenía intención de seguir haciéndolo ella misma.

Amity abrió mucho los ojos.

—¿Y usted la cree? Sir Oliver, Zenia Gadney, o quizá debería decir Zenia Lambourn, era la viuda de mi hermano a efectos legales. Tenía derecho a percibir todo su patrimonio, no un puñado de libras cada mes, otorgadas a criterio de una mujer que en realidad solo era su querida.

—Amity... —protestó Herne.

Amity no le hizo caso.

—Le resultaría difícil presentar estos hechos de una manera favorable, sir Oliver. Matar por dinero, aunque sea para dar de comer a tus hijos, no está justificado. Y menos aún con tal grado de demencial brutalidad. Sin duda no le resultaría fácil convencer al jurado de que fue algo tan simple como eso. Si yo fuese el señor Coniston, les daría a entender que Joel había comenzado a cansarse de Dinah y que se estaba planteando pedir a Zenia que regresara junto a él como su legítima esposa, y que eso fue lo que condujo a Dinah a semejante frenesí de odio.

—¡Por el amor de Dios, Amity! —explotó Herne—. No es preciso que...

—Te ruego que no blasfemes, Barclay —interrumpió Amity en voz baja—. Y menos en domingo y delante de nuestro invitado. No estoy defendiendo esa vía de actuación, solo advierto a sir Oliver de lo que puede ocurrir en el alegato final de la acusación. Sin duda es mejor estar preparados para ello. Es preciso que haya algo que explique tanto ensañamiento.

Rathbone sintió que el frío se adueñaba de él. Le repugnaba lo que Amity acababa de decir, así como el sereno e inteligente modo en que lo había formulado, pero era verdad. Si él ocupara el lugar de Coniston quizás haría lo mismo.

—No me lo había planteado así —reconoció en voz alta—, pero, por supuesto, tiene razón. Tiene que haber algo que explique tanta brutalidad y, si bien no creo lo que usted sugiere, tampoco tengo pruebas que demuestren que no es cierto.

—Lo siento. Quisiera poder ayudarlo —respondió Amity con más amabilidad—, pero al final solo la verdad prevalecerá.

Barclay se inclinó hacia delante, apoyó los codos en las rodillas y se tapó la cara con las manos. ¿Estaba más afligido que su esposa? ¿O simplemente tenía un carácter más emotivo? Lambourn había sido el hermano de Amity. Tal vez una parte de ella no pudiera perdonar a Dinah la profunda pena que le había causado.

—¿Conocía bien a Zenia? —preguntó Rathbone, mirando a Amity—. Me refiero a antes de lo que le causara la adicción y de su separación del doctor Lambourn.

La confusión tiñó por un momento el semblante de Amity. Estaba claro que aquella pregunta la había pillado por sorpresa. Titubeó, buscando la respuesta apropiada.

—No —terció Herne—. Entonces no vivíamos en la misma

zona, y en esa época mi esposa no estaba en condiciones de viajar. Joel nos contó que Zenia era sosegada, amable, una mujer muy decente aunque un tanto común.

Amity se volvió hacia Rathbone con dos minúsculas arrugas de irritación entre sus cuidadas cejas.

—Lo que mi marido quiere decir es que no era excéntrica ni llamaba la atención.

A diferencia de Dinah, pensó Rathbone, aunque se guardó de decirlo. Muy a su pesar, pensó primero en Margaret y luego en Hester. Durante un tiempo, la serena dignidad de Margaret, su elegancia y compostura le conferían belleza al tiempo que eran exactamente lo que más deseaba en una mujer, sobre todo en una esposa. La pasión y la energía de Hester se le habían antojado demasiado agotadoras en una esposa, demasiado impredecibles. No obstante, ¿cabía pensar que hubiese estado enamorado de Hester como no lo había estado de Margaret?

De ser así, ¿por qué no había perseguido a Hester antes de que se casara con Monk? ¿Fue por sensatez, sabedor de que no le proporcionaría la felicidad deseada, o fue mera cobardía? ¿Joel Lambourn había abandonado a Zenia por aburrimiento, conquistado por la vistosidad y la vitalidad de Dinah, así como por el obvio amor que ella le profesaba? ¿Y había acabado por lamentarlo?

¿Rathbone habría acabado por cansarse de Hester? ¿Acaso su ardor e inteligencia le habrían exigido más de lo que estaba dispuesto a darle, tal vez más pasión de la que poseía?

Estaba fuera de lugar pensar en todo aquello. Monk amaba a Hester cuando se casaron; probablemente desde mucho antes aunque se negara a reconocerlo. A Rathbone le constaba, pues lo veía en el semblante de Monk, que ahora su amor era mucho más profundo. El tiempo, las buenas y malas experiencias compartidas habían vaciado una vasija mayor para ambos, un recipiente capaz de contener un sentimiento más amplio. Si él hubiese tenido igual valía, le habría sucedido lo mismo.

Miró a Amity.

—¿El doctor Lambourn le confiaba sus sentimientos, señora

Herne? Entiendo su delicadeza al proteger la intimidad de su hermano, sobre todo habida cuenta de que ya no puede defenderse por sí mismo, pero tengo una imperiosa necesidad de comprender la verdad.

Herne levantó los ojos para observar a Amity, pendiente de su respuesta.

Amity parecía debatirse en su fuero interno.

—Solo puedo juzgar sus actos —dijo finalmente—. Cada vez visitaba a Zenia más a menudo, posiblemente con más frecuencia de la que permitía que Dinah supiera. Quizás ella lo descubrió y eso le suscitara sospechas y, más adelante, temor. Joel era un hombre muy sosegado. Detestaba las escenas, creo que como la mayoría de los hombres. Hay mujeres que las usan como armas; implícitamente, por supuesto, no abiertamente. Dinah tiene tendencia a dramatizar. Es egocéntrica y exigente. Algunas mujeres guapas se vuelven demasiado consentidas y nunca aprenden que la belleza es al mismo tiempo un don y una carga. A veces se apoyan en ella.

—Y Zenia era... muy común —terció Rathbone en voz baja.

Amity sonrió.

—Mucho. No era poco agraciada, solo... ¿Cómo puedo decirlo sin ser cruel? Era sosa. Pero también amable y generosa. Tal vez sea un tipo distinto de belleza que mejora con el tiempo, mientras que a la vistosidad y las facciones puede ocurrirles lo contrario. El dramatismo constante puede llegar a ser muy agotador, al cabo de un tiempo. Uno ansía la normalidad, la sinceridad sin esfuerzo.

Herne la miraba fijamente, con el semblante transido de aflicción. No obstante, nada en su expresión indicaba qué lo apenaba.

—Entiendo —dijo Rathbone, reparando en que su voz sonaba desprovista de emoción—. ¿Esto sería antes de que lo consternara tanto el rechazo de su informe sobre el uso del opio, con sus recomendaciones para regular la venta?

—Eso ya lo hemos hablado —interrumpió Herne bruscamente—. El informe estaba plagado de anécdotas, y eso era totalmente inapropiado. Joel se permitió implicarse emocionalmente con las tragedias inherentes al asunto, lo cual es comprensible en las personas normales y corrientes. Sería inhumano no apiadarse de una mujer que mata sin querer a su propio hijo...

Hizo un gesto de dolor, y su rostro reflejó una emoción descarnada. Tomó aire jadeando y prosiguió con voz ronca.

—Ahora bien, tales sentimientos no tienen lugar en un estudio científico. Intenté explicárselo, hacerle ver que debía ceñirse a datos y cifras, a detalles tangibles que pudieran medirse, de modo que pudiéramos tomar con calma las medidas pertinentes para reducir los riesgos, sin ser excesivamente restrictivos y negando el uso legítimo de medicamentos. Pero él adoptaba una actitud... rayana en la histeria. Se negaba a escuchar.

Miró a Amity como esperando que ella confirmara lo que había dicho, cosa que hizo de inmediato, volviéndose hacia Rathbone.

—Joel se mostraba muy poco razonable. Parecía que hubiese perdido el equilibrio mental. Yo respetaba su compasión por quienes sufren, por supuesto. Todos lo hacemos. Pero su exaltación no ayudaba a la causa. Ambos intentamos... —Miró a Herne, que asintió enseguida—. Pero no conseguimos convencerlo de que quitara del documento los testimonios de oídas y que se limitara a las cifras. Cada caso debía ir acompañado de los pormenores relevantes y las fechas de las declaraciones de todos los testigos con su dirección, la relación de productos que utilizaban y los informes médicos o forenses que fueran fiables.

Rathbone se sorprendió, dado que lo que otras personas le habían referido sobre la conducta profesional de Lambourn era muy diferente.

—Entiendo —dijo con gravedad—. Ningún tribunal aceptaría solo pruebas anecdóticas. Me doy perfecta cuenta de que en el Parlamento sucedería lo mismo. ¿Cree que tenía problemas de salud en esa época? —preguntó a Amity.

Ella sopesó su contestación unos instantes. Mientras duró el silencio, Rathbone oyó pasos en el vestíbulo, seguidos de voces.

Amity se quedó helada, erguida y absolutamente inmóvil en su asiento.

Herne se puso de pie muy despacio. Su semblante traslucía cierta aprensión. Se volvió hacia Rathbone.

—El señor Bawtry almorzará con nosotros —dijo entrecortadamente—. Dijo que si le era posible, vendría. Lo siento. Comprendo que esto es un asunto de familia, pero él es mi superior y no puedo negarme.

Rathbone quitó importancia a la cuestión con un comedido y elegante ademán.

—Por supuesto que no. Y ya hemos abordado los aspectos más personales del tema. Si hubiera algo más que ataña al informe o a la reacción del doctor Lambourn cuando fue rechazado, el señor Bawtry estará tan bien informado como usted. Seré tan breve como pueda.

Miró a Amity esperando ver hielo en sus ojos, pero, en cambio, lo que vio fue una vitalidad que lo dejó totalmente perplejo. Entonces ella se levantó y se volvió hacia la puerta, que estaba abriendo el lacayo. Un instante después entró Sinden Bawtry. Saltaba a la vista que lo habían advertido de la presencia de Rathbone. Se aproximó con paso decidido, sonrió a Amity y le tendió la mano a Rathbone.

—Buenas tardes, sir Oliver. Me alegro de verlo, aunque me figuro que está aquí para obtener alguna información de última hora a fin de concluir este desdichado juicio tan decentemente como pueda y, si es posible, antes de Navidad.

Rathbone le estrechó la mano. Su apretón fue firme y formal, pero no demostró prepotencia. No tenía necesidad de ella. Aquella no era su casa, pero dominaba el salón con la misma naturalidad que si él hubiese sido el anfitrión y ellos tres los invitados.

—No podemos hacer nada —dijo Herne con una creciente nota de desesperación—. Ya hemos explicado que el pobre Joel parecía estar perdiendo el dominio de sí mismo. Que se mostraba excesivamente emotivo y todo lo demás. Fue imposible aceptar su informe. No era profesional.

Amity le lanzó una mirada de irritación, pero la intervención de Bawtry le impidió hablar.

—En mi opinión, cuanto menos se hable de Joel, mejor —comentó Bawtry, sonriendo a Rathbone—. Resultaría muy desafortunado para su causa que intentara justificar el asesinato de esa mujer dando a entender la existencia de un posible móvil. Francamente, la única esperanza que veo para ella es suscitar una duda razonable señalando que la señora Gadney estaba desesperada por conseguir dinero e intentó probar suerte volviendo a ejercer la prostitución.

Sonrió con tristeza, casi como si se disculpara.

—Podría hacerlo fácilmente sin mancillar en exceso su nombre. Dios me libre de sugerir que lo tenía merecido, solo que tuvo la mala suerte de no poder defenderse porque estaba sola cuando la atacaron. Si gritó, nadie la oyó. Una mujer acostumbrada a la vida en las calles quizás habría tenido el atino de no frecuentar aquel lugar sin... como los llaman... sin un chulo.

Herne estaba consternado.

—Antes era una mujer decente... —protestó.

—¡Igual que Dinah! —replicó Amity—. Por el amor de Dios, Barclay, deja que acabemos esto de una vez. Solo hay una manera en la que puede terminar. A nadie engañamos fingiendo que fue un infortunio y que no tuvo nada que ver con los celos o la desesperación de Dinah para asegurarse que heredaba el dinero de Joel. El cuento de hadas de que no se quitó la vida sino que fue asesinado en Greenwich Park por una misteriosa conspiración es ridículo. Nadie le da crédito. —Se volvió hacia Rathbone—. ¿Tiene algo más que...?

Bawtry le tocó el brazo con mucha delicadeza, casi como si se lo acariciara.

—Señora Herne, lleva razón en lo que dice, y además demuestra su sinceridad y su humanidad. Es normal que desee poner fin a la tortura mental a la que nos está sometiendo este juicio, pero debemos aguardar hasta su conclusión, en silencio si es preciso.

Se volvió hacia Rathbone.

—Sir Oliver hará cuanto pueda por su cuñada, pero es un esfuerzo abocado al fracaso, y él lo sabe tan bien como nosotros. Se trata de velar por que se cumpla la ley. —Dedicó a Rathbone una breve sonrisa que le iluminó los ojos—. Supongo que quizá será necesario prolongarlo hasta después de Navidad para asegurarse de que se hace justicia. Es una lástima, aunque no inevitable.

Amity pareció relajarse y su semblante cambió de expresión. Sus ojos volvieron a brillar

—Perdón —dijo en voz baja—. Por supuesto. No es mi intención refutar lo inevitable. Me figuro que sería un poco raro no encontrarlo angustioso.

—Por descontado —corroboró Bawtry. Desvió la mirada de ella a su marido—. Sé que lo apreciabas mucho, Barclay, y, por consiguiente, estas revelaciones acerca de su esposa sin duda te causan una profunda impresión. Es lógico querer negarlas, pero estoy convencido de que hallarás fuerzas en tu esposa, además de gratitud, para no perder tu capacidad o tu reputación profesional tal como le ocurrió al pobre Lambourn.

Herne hizo un doloroso y patente esfuerzo por recobrar la compostura, irguiéndose con los hombros hacia atrás y la mirada al frente.

—Por supuesto —confirmó. Luego se volvió hacia Rathbone—. Siento que no hayamos podido serle más útiles, sir Oliver. Me temo que no cabe discutir los hechos. Gracias por su visita.

Rathbone no tuvo más remedio que marcharse con dignidad. Se llevó consigo un montón de impresiones, aunque ninguna de ellas útil, ni siquiera remotamente.

19

A media tarde aquel mismo domingo Monk aguardó en el ventoso muelle mientras el transbordador se acercaba a la escalinata y Runcorn saltaba a tierra. Lo hizo con cuidado para no resbalar en las piedras mojadas. Se lo veía cansado y con frío, pero no vaciló cuando fue a su encuentro, mirando a Monk a los ojos.

Monk lo saludó con un ademán de asentimiento y acto seguido se volvió para dirigirse con él a la Comisaría de la Policía Fluvial, ambos encorvados para combatir el frío. Se conocían lo suficiente para prescindir de los cumplidos al uso.

Una vez dentro, fueron al despacho de Monk y, momentos después, un agente les llevó té. Monk le dio las gracias, y él y Runcorn se sentaron a ambos lados del escritorio. Había llegado una nota de Rathbone, entregada por un mensajero. Monk se la pasó a Runcorn para que la leyera. Los ponía al día tanto acerca del juicio como de los pensamientos del propio Rathbone, refiriendo también la visita a Barclay Herne.

Runcorn levantó la vista, con una expresión aún más adusta que antes.

—Cuanto más pienso en ello, menos seguro estoy de que Lambourn se suicidara —dijo con tristeza—. Parecía lo más obvio en su momento, y los agentes del gobierno se mostraron totalmente convencidos. —Meneó la cabeza—. Los creí. Solo podía pensar en la viuda y las hijas, y procurar que no sufrieran más de lo necesario. Antes no era tan... ¡sentimental!

Pronunció la última palabra con desagrado.

Frases de negación, incluso de consuelo, acudieron a la mente de Monk, pero habrían sonado condescendientes. Si alguien se las dijera a él, no hallaría ayuda en ellas, solo la certidumbre de que no abarcaban la importancia de la cuestión.

—Yo estoy en las mismas —dijo con ironía—. Si Dinah hubiese sido anodina y tímida, quizá no habría ido a ver a Rathbone en su nombre y, en realidad, estoy casi seguro de que no habría aceptado el caso.

Runcorn le dedicó una breve sonrisa triste.

—He estado suponiendo que Lambourn dijera la verdad sobre el opio y el daño que causa al no estar etiquetado como es debido. Supongamos que las etiquetas tengan que ser muy claras. Muchas personas no saben leer. Necesitan números. Todo esto cuesta dinero, pero no me imagino a un importador de opio matando a Lambourn por este motivo.

Su rostro adquirió una expresión vulnerable, con los sentimientos casi a flor de piel.

—Y debo aceptar que lo que hicimos en China fue espantoso —prosiguió Runcorn—, una traición a lo que la mayoría de nosotros creemos representar. Pensamos que somos civilizados, incluso cristianos, en realidad. No obstante, parece que cuando estamos lejos de casa, algunos de nosotros nos conducimos como sanguinarios salvajes. Ahora bien, ¿alguien querría ver muerto a Lambourn porque lo supiera? Todos estamos enterados, al menos en parte. —Suspiró—. Y quien mató a esa pobre mujer merece ser tachado de salvaje, en mi opinión.

Monk había estado pensando más o menos lo mismo, aunque con el elemento adicional que Hester había mencionado: la desesperada dependencia del opio entre quienes primero sucumbían al dolor y luego a la adicción.

—Me gustaría saber con más detalle qué hizo Lambourn durante su última semana de vida.

Runcorn captó su intención en el acto.

—¿Se refiere a lo que descubrió para provocar que lo asesinaran? ¿Con quién habló? ¿A cómo sabía el asesino lo que había descubierto Lambourn, fuera lo que fuese?

—Sí. ¿Y qué demonios fue? ¿Qué podía suponer un peligro para alguien aquí, en Londres? ¿Qué descubrió Lambourn, siendo capaz de demostrarlo? Las pruebas son la clave. Tiene que ser algo de carácter personal, algo muy valioso que perder, ya que de lo contrario no provocaría un homicidio como ese.

—Se cometieron muchas barbaridades —dijo Runcorn, torciendo las comisuras de los labios hacia abajo—. Tengo entendido que hay unos doce millones de adictos al opio. —Miró a Monk con más detenimiento—. ¿Los ha visto alguna vez, en distintas zonas de Limehouse? Me refiero a los fumaderos de opio. Antros mugrientos sitios en callejones, donde la gente se tiende a fumar sobre literas tan apretadas como el cargamento de un mercante. El lugar está tan lleno de humo que apenas se ven las paredes. Es como caminar a través de una niebla espesa. Se limitan a estar tumbados. Ni siquiera saben dónde están, la mitad de las veces. Como muertos vivientes.

Se estremeció sin querer.

—Los conozco —confirmó Monk en voz baja. Él también había visto alguno, aunque muy de vez en cuando—. Entendería que unos chinos vinieran aquí y mataran a unos cuantos ciudadanos británicos, sobre todo a las familias que amasaron sus fortunas con ese comercio. Ahora bien, ¿por qué a Lambourn? Era contrario incluso a su uso medicinal, salvo si estaba debidamente etiquetado.

—No tiene sentido —corroboró Runcorn—. Tuvo que descubrir algo más. Pero ¿qué?

Se pasó la mano por la cara. Se oyó un sonido áspero, como si se hubiese afeitado mal sin darse cuenta debido a la fría luz matutina.

—Debemos seguir esta vía de investigación tan bien como podamos —continuó Runcorn—. Tendría que haberlo hecho en su momento. Me dijeron que todo guardaba relación con el rechazo del informe, y me lo tragué.

—Gladstone todavía no ha enviado nada relativo al informe —respondió Monk—. ¿A quién se lo entregó Lambourn?

—A su cuñado, Barclay Herne —contestó Runcorn—. Me dijo que lo pasó a su departamento antes de recuperarlo y destruirlo.

—Cosa que puede ser o no ser cierta —observó Monk.

—No podía decir otra cosa. De lo contrario, resultaría patente su culpa en la supresión del informe —señaló Runcorn.

—Tal vez lo corrigió, eliminando lo que supusiera un problema para él —dijo Monk, razonando tanto para sí como para Runcorn.

Runcorn lo miró con desaprobación.

—Si no estaba relacionado con el etiquetado del opio y el daño que podía causar si este no fuese correcto, ¿por qué iba Lambourn a incluirlo en su informe? Aun suponiendo que Hester lleve razón en lo de las agujas y la adicción, no tiene nada que ver con la Ley de Farmacia.

Monk no contestó. Runcorn estaba en lo cierto y ambos lo sabían. Permanecieron callados mientras se terminaban el té.

Entonces Monk tuvo una idea radicalmente distinta.

—A lo mejor destruyeron el informe porque era perfectamente correcto —dijo con apremio.

Runcorn se quedó perplejo.

Monk se inclinó hacia delante.

—No contenía nada que perjudicara a alguien, nada que careciera de sentido. Lambourn estaba al tanto de la adicción al opio y sabía quién la promovía, pero no incluyó esa información porque no era relevante para la investigación que le habían encomendado. Era al propio Lambourn a quien tenían que eliminar para que nunca hablara de ello.

—¡Ah! —El semblante de Runcorn se iluminó al entenderlo—. Tenían que desacreditarlo de tal modo que su suicidio resultara creíble. ¡Santo cielo, qué perversión! ¿Arruinar la reputación de un hombre para que su asesinato pudiera aceptarse como un caso de suicidio? —Se pasó la mano por la frente, echándose para atrás el pelo corto y espeso—. No es de extrañar que Dinah se sintiera tan impotente. Supongo que no sabe quién fue. Lambourn no le diría nada por su propio bien, aparte de todo lo demás.

—Exactamente —afirmó Monk—. Lo descubrió mientras investigaba para su informe porque... —Inhaló profundamente y soltó el aire en un suspiro—. En realidad lo único que sabemos con certeza es que lo descubrió recientemente, demasiado tarde para hacer algo al respecto antes de que lo asesinaran. De ahí que quepa suponer que lo descubrió durante la investigación. Y las personas a quienes entregó el informe tienen que estar implicadas de un modo u otro, puesto que lo destruyeron.

—Hay que averiguar qué hizo exactamente, adónde fue, con quién habló durante su última semana de vida —dijo Runcorn con decisión—. ¿Puede disponer de algún hombre? Tenemos poco tiempo, unos pocos días, como máximo. Para colmo, ¡pasado mañana es Nochebuena! ¿Rathbone podrá aguantar hasta después de Navidad?

—¡Tendrá que hacerlo! —dijo Monk desesperado—. El problema es que vender opio no es ilegal, ni siquiera con jeringuillas y agujas. Aunque descubramos de quién se trata, la ley no actuará contra él.

Runcorn frunció el ceño.

—Depende de qué otras cosas haga —dijo pensativamente—. No es fácil distribuir sustancias que la gente ansía, sobre todo cuando no siempre pueden pagar.

Miró a Monk con una mirada torva, apretando los labios.

Monk asintió despacio.

—Tenemos que saber muchas más cosas a ese respecto. Ante todo, debemos saber si estamos en lo cierto.

—¿Hester? —preguntó Runcorn, casi como si no se atreviera a sugerirlo.

Monk le sostuvo la mirada sin pestañear.

—Tal vez —contestó. Se levantó y fue hacia la puerta—. Avisaré a Orme. Comenzaremos de inmediato.

—Yo cuento con dos hombres que son de fiar —agregó Runcorn, poniéndose de pie a su vez—. Al menos para los detalles. Comprobar las fechas y las horas con el servicio de la casa de Lambourn. Quizá demos con un barquero que pueda ayudarnos. Es probable que Lambourn tomara siempre los mismos transbordadores. El hombre es un animal de costumbres.

Dos horas después habían llenado varias hojas de papel con lo que ya sabían acerca de la última semana de Lambourn. Los datos procedían tanto de la primera investigación de Runcorn como de lo que Hester había contado a Monk sobre las visitas de Lambourn a Agatha Nisbet y a otros vendedores de medicamentos que contenían opio. Ahora se trataba de establecer con más precisión las fechas y las horas, con la esperanza de encontrar una que no encajara con la información que había sido la causa de su asesinato.

Monk apartó la silla de la mesa y se estiró. Había estado tan concentrado que se sentía entumecido y le dolían la espalda y el cuello.

—Orme, podría hablar de nuevo con los barqueros. Hablarán con usted, aunque tenga que cruzar el río un par de veces o pagarles para que se estén quietos. —Sonrió forzadamente—. Debería ser una tarifa modesta, no teniendo que bregar contra la corriente para ganar unos peniques, solo apoyarse en los remos y hacer memoria. —Se volvió hacia sus otros agentes—. Taylor, averigüe si Lambourn estuvo en los fumaderos de Limehouse. Aunque lo dudo. Es probable que allí no haya algo que no sepamos ya, pero usted tiene sus fuentes y tenemos que asegurarnos.

—Sí, señor. ¿Quiere que pruebe suerte en Isle of Dogs, ya puestos? Allí también hay fumaderos —preguntó Taylor.

—Sí. Buena idea. Si descubrió algo, sin duda tuvo que regresar para cerciorarse. Buscaría a traficantes de opio que se salieran de lo común.

Miró a Runcorn de manera inquisitiva. Llegados a aquel punto, en el pasado le habría dado órdenes. Se habría producido una breve lucha por la autoridad, cada cual defendiendo su territorio. Esta vez se mordió la lengua y aguardó. Vio un destello de reconocimiento en los ojos de Runcorn, que acto seguido se relajó.

—Voy a interrogar otra vez a los sirvientes de la casa de Lambourn —dijo con calma—. El ayuda de cámara sabrá cuándo entró y salió, y diría que la cocinera también. Entre los dos tendrán una idea bastante ajustada de sus movimientos. Cuando hablé con ellos la otra vez fueron muy leales con él. Cuando sepan que intentamos demostrar que no se suicidó sino que lo asesinaron, seguro que colaboran. La dificultad residirá en no apuntarles lo que queremos que digan.

Abrió los ojos y miró a Monk.

Monk le dedicó una breve sonrisa, reconociendo el cambio de equilibrio que se había producido entre ellos.

—Yo iré en busca de esa tal Agatha Nisbet de la que me habló Hester y hablaré con ella otra vez. Quiero saber qué le dijo Lambourn y cualquier otra cosa que sepa acerca de él.

—Bien. ¿Cómo quedamos? —preguntó Runcorn.

—Aquí, a las nueve —contestó Monk.

—En mi casa a las diez —repuso Runcorn—. Usted puede ir a pie desde aquí. Y necesitamos ese tiempo extra. Rathbone no podrá prolongar el juicio más de dos días después de Navidad. Eso nos da seis días para llevar a cabo nuestras pesquisas.

Monk asintió.

—Tiene sentido. Pero quedemos en mi casa. En la cocina. Empanada caliente y algo más que comer.

Miró a Orme.

—Sí, señor —respondió Orme—. ¿Taylor también?

—Por supuesto —contestó Monk—. Paradise Place, Rotherhithe.

—Sí, señor, ya lo sé —dijo Taylor, sonriendo como si le hubiesen concedido un honor.

Monk tardó más de una hora en localizar la clínica improvisada que Hester le había descrito, pero aún tardó mucho más en obligar a Agatha a buscar tiempo para atenderlo y sentarse en su minúsculo despacho para que contestara a sus preguntas sin que nadie los interrumpiera.

Era una mujer gigantesca, más o menos de su misma estatura pero con la osamenta más grande. Monk pensó que sería muy fácil dejarse intimidar por ella. Solo al mirarla a los ojos atisbó la misericordia y la inteligencia de las que le había hablado Hester.

—Veamos, ¿qué es lo que quiere? —preguntó Agatha a bocajarro—. No tengo nada que contar a la Policía Fluvial.

Cualquier oportunidad que tuviera de lograr su cooperación se iría al traste en cuanto Agatha sospechara que Monk le mentía. Decidió ser tan franco como supuso que ella lo sería con él.

—Estoy intentando resolver el homicidio de un buen hombre antes de que declaren culpable a su esposa y la ahorquen. Para ser más exacto, para que no la condenen por otro asesinato relacionado con el de su marido. Creo que ese buen hombre, un médico, fue asesinado porque descubrió algo muy malo sobre alguien vinculado con el comercio del opio, alguien que eliminará a cualquiera que esté enterado y pueda acusarlo ante un tribunal.

De pronto, el hastío de Agatha devino agudo interés.

—Se refiere al doctor Lambourn y a esa pobre criatura que rajaron en el embarcadero de Limehouse. Si no la mató la esposa del médico, ¿quién lo hizo?

Miró a Monk con ojos duros y brillantes, y él reparó en que sus manos, mayores que las suyas, se aflojaban y apretaban entre los papeles esparcidos sobre la mesa de madera.

—Sí —confirmó Monk—. Mientras el doctor Lambourn recababa información sobre el opio descubrió, por casualidad, algunas otras cosas. Una de esas cosas era tan peligrosa para alguien que difamaron al doctor, tachándolo de incompetente, y luego lo asesinaron, haciendo que su muerte pareciera un suicidio. De esta manera tendrían la certeza de que su secreto permanecía bien guardado.

Agatha esperó, sin dejar de mirarlo.

—Pienso que lo descubrió durante la última semana de su vida —prosiguió Monk—, de modo que estoy siguiendo sus pasos con el máximo detenimiento.

—Y sin hacer ruido —dijo Agatha con amargo sentido del humor—. No querrá terminar en el río con un corte en el cuello o algo peor.

—Veo que lo entiende a la perfección. ¿Qué vino a preguntarle Lambourn y qué le explicó usted?

Se preguntó si debía añadir algo sobre su seguridad, pero

ofrecerle protección resultaría insultante. Sin duda sabía tan bien como él que sería imposible.

—El opio —dijo Agatha pensativa—. En torno a él hay muchos asuntos turbios.

—¿Por ejemplo? —preguntó Monk—. ¿Robos? ¿Cortarlo con sustancias perniciosas para quitarle pureza? Contrabando no hay, entra legalmente en el país. ¿Qué puede haber que justifique un asesinato?

—¡Se mata para acaparar el comercio de cualquier cosa! —contestó Agatha indignada—. ¡Los panaderos y los pescaderos lo hacen! ¡Intente llevarse una tajada de su mercado, a ver cuánto dura!

—¿Lambourn le hizo preguntas a este respecto? —preguntó Monk.

Agatha endureció su expresión.

—Tengo mis propios canales para conseguir opio puro. Lo administro para el dolor, no para que un estúpido rico se evada de sus problemas. Esto fue lo que le dije.

—Siendo así, ¿por qué asesinar al doctor Lambourn? ¡Vamos, señorita Nisbet! —la apremió Monk—. Era un buen hombre, un médico que intentaba que las medicinas se vendieran bien etiquetadas para que la gente no muriera por accidente. Lo mataron para acallarlo y luego mataron a su primera esposa con la intención de que la segunda fuese el chivo expiatorio y acabara en la horca. Lo que descubrió sin duda iba más allá de una mezquina guerra comercial de la que podría enterarme fácilmente en cualquier muelle. No pueden matar a todo Londres.

Agatha asintió muy despacio.

—Hay algo peor que robar —corroboró—. Como un lento envenenamiento. Hay buenos hombres que acaban mal, terminan llevando una especie de muerte en vida que es peor que la tumba. El opio es muy potente, como el fuego. Calienta tu hogar, pero también puede reducir a cenizas tu casa.

Monk era consciente de la mirada escrutadora de Agatha. No le pasaría desapercibido el menor movimiento de su rostro, la más leve desviación de la mirada. Por un instante se preguntó qué habría visto y hecho aquella mujer; qué le había negado la vida para elegir aquel camino. Enseguida devolvió su atención al presente, a la muerte de Joel Lambourn caído en desgracia y a Dinah aguardando a enfrentarse con el verdugo.

—Los horrores que he conocido han sido comunes —le contestó Monk, sabiendo que Agatha no proseguiría hasta que él demostrara cierto reconocimiento—. Una mujer violada y molida a palos, un hombre apuñalado y abandonado a su suerte, niños torturados y muertos de hambre. Todo ha sucedido antes y volverá a suceder más adelante. Lo máximo que puedo hacer es procurar que se repita tan pocas veces como sea posible. ¿Qué sabe que pueda suponer la ruina de alguien en Londres?

Algo se cerró a cal y canto en el fuero interno de Agatha.

—Asesinato —contestó en voz baja—. Al final, todo se reduce a asesinar, ¿no es cierto? Asesinar por dinero. Asesinar por silencio. Asesinar por dormir, por un poco de paz en lugar de un dolor atroz, asesinar por una aguja y una papelina de polvo blanco.

Monk se quedó callado. Oyó pasos al otro lado de la puerta, rápidos y ligeros, alguien apresurado, y, más allá, los sonidos del dolor. Nada de chirridos de colchones de muelles, solo el crujido de los jergones de paja en el suelo.

—¿Quién? —dijo Monk finalmente—. ¿Quién tenía que ver con el descubrimiento de Lambourn?

—No lo sé —contestó Agatha sin el menor titubeo—. Y no quiero saberlo porque entonces tendré que matarlo.

Monk no dudó que lo haría. Estaba inseguro sobre su propia moralidad, dado que él podría sentir lo mismo, pero sonrió.

Agatha correspondió a su sonrisa, mostrando una dentadura impecable.

—Usted es un tío un poco raro, ¿verdad? —dijo Agatha con interés—. Si encuentra a ese cabrón, haga un nudo más en la soga por mí, ¿quiere? El hombre al que le arruinó la vida era una buena persona, y Dios sabe bien que el mundo no anda sobrado de ellas.

Lo dijo con la voz ronca, como si llevara demasiado tiempo aguantándose el llanto y le doliera la garganta.

—Sí —contestó Monk sin vacilar—. Cuando lo atrape.

—¿Dijeron que Lambourn se había cortado las muñecas? —prosiguió Agatha, mirándolo de hito en hito.

—Sí —confirmó Monk.

—Pero ¿no lo hizo? —insistió, hablando con más firmeza y sin titubeos.

—Creo que no —dijo Monk en voz baja. No iba a fingir que estaba seguro.

—Le iba mejor a que a otros, pero no tendría que haber ocurrido.

—¿A qué clase de persona estoy buscando? —preguntó Monk—. ¿Puede darme alguna pista?

Agatha emitió un pequeño gruñido de desagrado.

—Si lo supiera, ya me encargaría yo misma de él. Alguien que se esconde y que seguramente no sabe distinguir el opio de la harina de maíz. Alguien limpio y educado que nunca ha visto lo que les ocurre a los que se pinchan esa sustancia en las venas y toman un camino sin retorno hacia la locura. Aunque, de vez en cuando, las personas como yo vemos sus rostros mirándonos a través de los barrotes.

Monk permaneció un rato callado antes de levantarse.

—Gracias —dijo, dio media vuelta y se marchó.

Monk regresó a Wapping rebosante de nuevas ideas gracias a la conversación con Agatha Nisbet. Debía buscar a un hombre que sacaba provecho no solo de la venta de opio, sino también de las jeringuillas que propiciaban una adicción letal en cuestión de semanas, incluso días. El uso de agujas no tenía nada que ver con las dosis habituales que cualquiera podía comprar en forma de medicamentos patentados, ni siquiera con el hábito chino de fumar el opio, ya de por sí pernicioso por la lenta degradación que causaba.

El problema radicaba no solo en dar con él, sino en que, cuando lo hiciera, poco podría hacer al respecto. Vender semejante condenación quizá fuese un pecado de gran vileza, pero no era contrario a la ley. A no ser, por supuesto, que el hombre en cuestión también estuviera implicado en los asesinatos de Lambourn y de Zenia Gadney.

Ahora bien, puesto que vender opio y agujas no constituía delito, aunque Joel Lambourn se hubiese enterado, ¿por qué matarlo? ¿Qué habría podido hacer para perjudicar a aquel hombre? ¿Qué podía demostrar?

Monk seguía enfrentado a un lío muy difícil de desenredar.

En su despacho releyó toda la información que tenía sobre las personas relacionadas con la investigación para el proyecto de Ley de Farmacia, haciendo una lista de todos los que habían estado en contacto con Joel Lambourn. Tendría que cotejarla con lo que Runcorn descubriera sobre los movimientos de Lambourn durante la última semana de su vida.

Naturalmente, no tenía por qué tratarse de un contacto directo. Pudo haber sido indirecto; alguien que mencionara un nombre o un dato a un tercero.

¿Quién era el médico que según creía Agatha Nisbet había sido corrompido para que vendiera opio y jeringuillas, encubriendo al verdadero responsable? ¿Cómo lo localizarían y, si lo hacían, les daría alguna información útil? Lo más probable era que no lo hiciera. No querría renunciar a un suministro regular de opio sin adulterar. Si cometiera un error, otra sustancia añadida podría matarlo. Monk debía indagar más a fondo sobre aquella cuestión. Hester sabría cosas, y quizá Winfarthing aún más.

¿Y cuánto sabía Lambourn? Esa era otra pregunta importante. Una vez más, debían concretar con quién había hablado, dónde había estado durante las últimas semanas de su vida.

Y todavía quedaba la otra mitad del problema, quizá la más sencilla: ¿quién sabía lo que había averiguado para que llegara a oídos del hombre que efectuaba las ventas, el verdadero beneficiario, el que lo había matado a él y luego a Zenia Gadney?

¿Qué línea de razonamiento los conectaba entre sí?

¿Era la información condenatoria del informe de Lambourn, o su destrucción había sido una treta engañosa para justificar su aparente suicidio? Tenía que investigarlo más a fondo, como mínimo averiguar quién había ordenado su destrucción y quién la había llevado a cabo. ¿Fue por la información que contenía? ¿Por algo que cabía deducir partiendo de los datos y cifras? ¿O en realidad era del todo irrelevante? No podían permitirse pasarlo por alto.

Pediría a Runcorn que pusiera a un buen agente a investigar otra vez.

El informe había sido entregado a Barclay Herne, quien al parecer había dicho a Sinden Bawtry que estaba tan mal redactado que no serviría para el propósito de convencer al Parlamento de que aprobara el proyecto de Ley de Farmacia.

¿Quién más lo había visto? Si la respuesta era que nadie, el vendedor de opio tenía que ser uno de ellos dos. ¿Herne habría matado a su cuñado? Bawtry había estado en el Ateneo, según el testimonio de más de una docena de personas.

Aunque sin duda el traficante tendría a un puñado de esbirros en plantilla. Bien podría haberlo hecho ese médico que Agatha Nisbet le había dicho que antes era un buen hombre. ¿Cómo iba a encontrarlo Monk? ¿Y cuánto tardaría en hacerlo?

¿Cuántos días más quedaban antes de que el juicio concluyera y ya fuera demasiado tarde?

Monk envió mensajes a Runcorn, a Orme y a Taylor. Se reunieron poco antes de las diez en Paradise Place, sentados en torno a la mesa de la cocina en las cuatro sillas de madera que solían usarse para comer. Hubo que ir a buscar otra al dormitorio de Scuff, y Hester entró sigilosamente en el cuarto para no despertarlo.

El horno caldeaba la habitación, que olía a pan recién hecho, madera pulida y ropa limpia.

Mientras tomaban té y tostadas con mantequilla, Monk les refirió lo que le había contado *Agony* Nisbet, poniendo especial énfasis en la necesidad de localizar al médico. Nadie habló. Monk levantó la vista y vio que Hester lo estaba observando, tratando de descifrar sus pensamientos.

—¿Te dijo algo más sobre ese médico? —le preguntó Hester en voz baja—. Cualquier cosa: edad, experiencia, especialidad, a qué se dedica ahora...

—No —reconoció Monk—. Me parece que lo protegía adrede. La apenaba mucho que hubiese acabado tan corrompido.

—El opio provoca esas cosas. —La expresión de Hester era sombría—. No sé mucho sobre eso, pero he visto y oído unas cuantas cosas. A veces lo administras para aliviar heridas graves y luego cuesta demasiado renunciar a él, sobre todo cuando las heridas nunca acaban de curarse.

Monk la miró. Se percató del sufrimiento que le suscitaban los recuerdos, como si la impotencia que había sentido años atrás fuese mucho más reciente. Tenía los hombros tensos, tirando de la tela del vestido, los músculos del cuello, agarrotados, y la boca, cerrada con delicadeza, de modo que su compasión parecía una herida mal curada. Monk se preguntó cuántas más cosas que él habría visto, qué horrores no había compartido con él.

Alargó el brazo sobre la mesa, le acarició los dedos solo un instante y volvió a retirar la mano.

—¿Sabes dónde buscarlo? —le preguntó Monk. Detestaba implicarla, pero Hester sabría que tenía que hacerlo y se contrariaría si Monk no cumplía con su obligación para ahorrarle el disgusto.

—Creo que sí —contestó Hester, mirándolo a él y no a los demás que estaban en torno a la mesa, observándola expectantes.

—Voy contigo —dijo Monk de inmediato—. Podría ser peligroso.

—No. —Hester negó con la cabeza—. No disponemos de tiempo para enviar a dos personas a hacer un trabajo. Nos quedan pocos días. Cuando lo vi la otra vez, ni siquiera se me ocurrió que fuese adicto. Tendría que haberme dado cuenta.

Hester estaba enojada consigo misma.

—No vas a ir sola —respondió Monk sin vacilar—. Si es la persona que mató a Lambourn y cortó a tajos a Zenia Gadney, hará lo mismo contigo sin pensárselo dos veces. ¡O voy contigo o no vas!

Hester esbozó una sonrisa, como si algo le resultara ligeramente divertido.

—¡Hester! —dijo Monk bruscamente.

—Piensa en qué otras cosas hay que hacer —contestó ella—.

Aunque encontremos a ese médico, Agatha dijo que antes era una buena persona. Aún quedará parte de esa persona, si no represento una amenaza para él. —Se echó un poco para delante, como para atraer la atención de todos los presentes—. Debemos averiguar quién lo está utilizando. Ese será quien mató a Lambourn y a Zenia Gadney, o quien los hizo matar. Podemos localizar al médico cuando hayamos absuelto a Dinah. Antes no hay tiempo.

Monk apretó los dientes y respiró despacio.

—¿Y si el médico es quien los mató? —preguntó, deseando no haberlo hecho.

El súbito brillo de los ojos de Hester le dijo que acababa de atar cabos.

En realidad fue Runcorn quien dijo lo que sin duda estaba pensando.

—Eso explicaría la ausencia de una botella o un vial donde hallaron a Lambourn —dijo con tristeza—. No se bebió el opio, se lo inyectaron con una de esas agujas. Y, por supuesto, quien lo hiciera se la llevó consigo para que nadie lo supiera. No puede haber mucha gente que disponga de ellas.

—Eso no quita que debamos descubrir quién mató a Zenia Gadney —dijo Orme, hablando por primera vez—. He vuelto a recorrer los alrededores del embarcadero de Limehouse. Nadie admite haberla visto aquella tarde, salvo en compañía de una mujer. Si se encontró con un hombre, médico o no, alguien pagado por Herne o por Bawtry, lo hizo más tarde. —Miró a Runcorn y luego a Monk—. Supongo que habrán contemplado la posibilidad de que Dinah Lambourn los matara a los dos, no por celos o rabia, sino porque alguien le pagara por hacerlo, en relación con el asunto del opio...

Nadie contestó. La idea no podía descartarse, pero ninguno de ellos quería aceptarla.

Fue Runcorn quien finalmente rompió el silencio.

—He hablado con todo el personal de la casa de Lambourn —dijo—. Tengo una lista bastante fiable de los lugares a los que fue durante su última semana, aunque solo aparecen los que ya esperábamos encontrar.

Sacó dos hojas de papel y las dejó en medio de la mesa.

Monk les echó un vistazo, pero el semblante de Runcorn le dijo que aquello no era todo.

—He intentado juntar las piezas de su último día —prosiguió Runcorn—. Lo que ocurrió para que se suicidara entonces. Dudo que alguien decida matarse al día siguiente; si vas a hacerlo, lo haces ya. Quien lo asesinó lo planeó todo a conciencia para que resultara verosímil.

En torno a la mesa, uno tras otro asintieron. Nadie mencionó a Dinah, pero esa ausencia flotaba en el aire.

—¿A quién vio ese día? —preguntó Monk. Antes de que Runcorn hablara, sabía que la respuesta no sería sencilla. Estaba escrito en los confundidos ojos de Runcorn.

—Al doctor Winfarthing —contestó Runcorn—. Por la mañana. Solo a unos comerciantes de Deptford por la tarde. Llegó a su casa para cenar temprano, luego trabajó en su estudio y, al anochecer, salió a dar un paseo con la señora Lambourn. Ambos se acostaron hacia las diez. Nadie volvió a verlo con vida. La mañana siguiente lo encontró en One Tree Hill el hombre que paseaba con su perro.

—Eso no tiene sentido —dijo Hester apenada—. En una jornada así no hay nada que lo indujera a suicidarse aquella misma noche. Ni siquiera fue el día en que se enteró de que habían rechazado su informe, ¿no?

Miró alternativamente a Runcorn y a Monk.

—No —contestó Runcorn—. Se lo comunicaron tres días antes. La idea es que necesitó ese tiempo para armarse del valor necesario para quitarse la vida. O quizá pensó que cambiarían de parecer, o que encontraría otros datos. Winfarthing dijo que seguía resuelto a presentar batalla cuando lo vio aquella mañana.

—Eso nos deja de nuevo con Dinah Lambourn —señaló Orme.

—¿Nadie se puso en contacto con él? —preguntó Monk a Runcorn—. ¿Nadie lo visitó, envió un mensaje, una carta? ¿Es posible que recogiera algo en la estafeta de correos?

—Se lo pregunté al mayordomo —contestó Runcorn—. Dijo

que el doctor Lambourn revisó el correo cuando llegó a su casa a las cinco. Que solo había facturas de proveedores. Ninguna carta personal.

—¿Se acostó? —preguntó Hester desconcertada—. ¿Está seguro? ¿Pudo haber salido otra vez a la calle cuando Dinah subió al dormitorio?

—El mayordomo dijo que ambos subieron. Habló con Lambourn y él le contestó. Aunque pudo quedarse un rato leyendo, supongo, y volver a bajar —respondió Runcorn—. Pero ¿por qué?

Taylor parecía nervioso.

—Es posible que en verdad se quitara la vida —dijo Taylor. Se mordió el labio—. ¿Estamos seguros de que ella es inocente de matarlo, o que miente para ocultarlo? A nadie le gusta admitir, ni siquiera ante sí mismo, que alguien a quien amaba hiciera eso. Ella querría que sus hijas pensaran que fue un asesinato, ¿no les parece? Las mujeres son capaces de hacer cualquier cosa con tal de proteger a sus hijos.

Hester miró a Taylor y luego a Monk. Monk vio en su semblante que lo creía posible.

Runcorn se mantuvo en sus trece.

—O bien alguien fue a verle, o salió a ver a alguien —dijo cansinamente.

—¿En lo alto de One Tree Hill? —preguntó Monk—. Queda casi a una milla de Lower Park Street y, además, cuesta arriba.

—Y no tenía previsto ir tan lejos —terció Hester—. Usted mismo dijo que no llevaba chaqueta, y era octubre.

—Alguien en quien confiaba —dijo Monk con más amabilidad—. Tal vez alguien que podía acercarse suficientemente a él para clavarle una aguja en la vena y hacer lo que haya que hacer para que el opio penetre.

—Como en el caso de la pobre señora Gadney —dijo Orme—. La mató alguien en quien confiaba, pues de lo contrario no habría ido al embarcadero, sola y a oscuras.

—Desde luego no se trataba de un posible cliente —dijo Monk convencido—. No en un lugar tan expuesto como ese.

—No —intervino Orme—. Esta vez he preguntado con más cuidado. En realidad nunca fue vista con un hombre, aparte de Lambourn. La gente hizo suposiciones. Los periódicos dijeron que había recurrido a la prostitución, pero ninguna prueba lo sustenta. —Se apoyó sobre la mesa y prosiguió con voz firme—: ¿Y si estaba allí con alguien a quien conocía, alguien a quien no temía en absoluto, igual que Lambourn?

—¿La misma persona? —Monk dijo lo que sabía que todos estaban pensando—. ¿A quién conocería Zenia que Lambourn también conociera?

—A alguien respetable —dijo Runcorn despacio—. Alguien en quien Lambourn confiaba, alguien que Zenia nunca sospecharía que fuese a hacerle daño. Tal vez... —Reflexionó un momento—. Tal vez alguien que se presentara como el abogado de Lambourn o como un amigo...

—Un médico... —dijo Hester muy despacio—. O un miembro de la familia.

—O su esposa... —apostilló Orme con tristeza.

No lo discutieron.

—Ahora tenemos hasta el lunes de después de Navidad para demostrarlo —dijo Runcorn, mirándolos a todos—. Siempre y cuando sir Oliver consiga que el juicio se prolongue tanto.

20

Rathbone permaneció despierto buena parte de la noche del domingo, totalmente confundido. Monk le había ido enviando notas para mantenerlo al tanto de lo que había descubierto, e incluso de lo que estaban investigando. Pero por el momento no había pruebas que pudiera presentar al tribunal.

La única defensa de Dinah consistía en que creía que su marido había sido asesinado porque había descubierto algo que arruinaría la reputación de alguien capaz de suicidarse para no ser puesto en evidencia. Y ella, por su parte, estaba dispuesta a arriesgar su propia vida en la horca con tal de obligar al tribunal y a la policía a descubrir la verdad.

¿Cuándo debía decírselo Rathbone al jurado? Si se lo decía demasiado pronto perdería fuerza cuando llegara el momento del alegato final. Si aguardaba demasiado parecería una desesperada invención de última hora.

Levantó la vista al techo, con los ojos muy abiertos en la absoluta oscuridad, y tuvo la sensación de haber perdido el control sobre el caso. Tenía que recuperarlo. Aunque en realidad trabajara confiando en que Dinah era inocente, y con la esperanza de que Monk hallara una prueba que pudiera desvelar, no podía permitir que Coniston lo supiera. Sobre todo, no debía permitir que el jurado se diera cuenta.

Una de las últimas notas de Monk aludía claramente a una adicción al opio mucho más grave incluso que la de quienes lo fumaban, pues la sustancia se inyectaba directamente en el torrente sanguíneo a través de una vena. Alguien estaba iniciando a la gente en esa práctica adrede, aprovechando los momentos de debilidad causados por un padecimiento físico o emocional, y, cuando eran dependientes, explotaba su desesperación.

Era una maldad de proporciones descomunales, pero no era un delito para la ley. El propio Monk lo había reconocido. Así pues, ¿por qué matar a Lambourn? ¿Qué había descubierto para que tuviera que morir?

Rathbone tenía que adivinarlo, y acertar. Solo así tendría ocasión de prolongar el juicio hasta que Monk hallara alguna prueba. De este modo, Rathbone echaría los cimientos de una causa y solo tendría que añadir la pieza final que lo uniera todo, dando el nombre de quien había causado los homicidios tanto de Lambourn como de Zenia Gadney.

¿Sería capaz de hacerlo? Cuando por fin se durmió, solo tenía en mente el bosquejo de un plan de acción.

Cuando el juicio se reanudó el lunes por la mañana, Rathbone miró a Sorley Coniston y reparó en la desenvuelta satisfacción que reflejaba su semblante. Tal como estaban las cosas, sería difícil que perdiera.

Rathbone debía comenzar a llevar las riendas del ritmo y el carácter de los testimonios. El día siguiente era Nochebuena. En aquel momento, el mejor veredicto que cabía esperar era el de una duda razonable y, al mirar a los doce hombres sentados en la tribuna del jurado, vio que ninguno de ellos abrigaba la menor duda. Permanecían inmóviles, con la expresión adusta, como si se estuvieran armando de valor para contestar con ecuanimidad que estaban dispuestos a condenar a muerte a una mujer por el crimen que creían que había cometido.

Rathbone carecía de otro sospechoso que presentarles, ni siquiera indirectamente, pero tenía que crear uno. En su propia cabeza era un asesino sin nombre ni rostro, empleado por alguien culpable de querer arruinar la credibilidad de Lambourn con el propósito de destruir su informe. Resumido así, a Runcorn le sonaba tan desesperado como le sonaría a cualquier otra persona. A ese personaje debía conferirle realidad, ambiciones, miedo a una pérdida, codicia... maldad.

La sala fue llamada al orden para recibir al juez Pendock. Coniston se puso de pie y llamó a su último testigo. Rathbone estaba advertido de su identidad, tal como exigía la ley, pero no tenía defensa alguna contra lo que aquel hombre iba a decir. Había abrigado la esperanza de que a Coniston no se le ocurriera buscarlo, pero habida cuenta de lo que sabía Amity Herne y del desprecio que sentía por Dinah Lambourn, tampoco era de extrañar que lo hubiera hecho.

Rathbone se las había arreglado para suscitar solo un atisbo de duda en cuanto a que Lambourn se hubiese quitado la vida, ya que dada la ausencia de un arma y de algún tipo de frasco para diluir y beberse el opio, cabía deducir la presencia de un tercero. Por el momento nadie había aludido al uso de una aguja y su correspondiente jeringuilla. ¿Era posible que lo hubiesen asesinado? Si tal era el caso, quedaba un segundo homicidio por resolver y Dinah bien podía ser culpable de haber matado a Zenia Gadney.

El nuevo testigo dio su nombre y ocupación, y juró decir la verdad.

—Señor Blakelock —comenzó Coniston—, ¿es usted registrador de nacimientos, fallecimientos y matrimonios?

—Sí, señor —contestó Blakelock. Era un hombre apuesto, con el pelo prematuramente canoso pero que, por lo demás, llevaba muy bien sus años.

—¿Registró usted el matrimonio del doctor Lambourn hace dieciocho años?

—En efecto.

—¿Con quién? —preguntó Coniston.

Los presentes en la sala no daban muestras de estar interesados. Solo Rathbone estaba tieso, sin apartar los ojos del jurado.

—Con Zenia Gadney —contestó Blakelock.

—¿Zenia Gadney? —repitió Coniston con voz resonante, alta y clara, como si la respuesta lo hubiese dejado pasmado.

Incluso Pendock tuvo un sobresalto, quedándose boquiabierto.

En la tribuna del jurado se oyeron expresiones de asombro. Uno de sus miembros dio un grito ahogado y faltó poco para que se atragantara.

Coniston aguardó a que el impacto calara bien hondo y luego, con un amago de sonrisa, prosiguió.

—¿Y ese matrimonio fue disuelto, señor?

—No —respondió Blakelock.

Coniston se encogió de hombros y separó las manos con un gesto de impotencia.

—Siendo así, ¿quién es Dinah Lambourn, la madre de sus hijos, con quien el finado vivió durante quince años, hasta su muerte?

—Supongo que «su querida» sería el término más apropiado —contestó Blakelock.

—¿Significa eso que cuando Lambourn falleció, Zenia... Gadney pasó a ser su viuda en lugar de la acusada? —prosiguió Coniston.

—Sí.

—¿Y por consiguiente la heredera de su patrimonio? —agregó Coniston.

Rathbone se puso de pie.

—Señoría, eso es una suposición que el señor Blakelock no está cualificado para hacer y, además, es errónea. Si el tribunal así lo desea, puedo llamar al abogado del señor Lambourn, que explicará que dejó su patrimonio a sus hijas Adah y Marianne. Hay un modesto legado, una anualidad, para Zenia Gadney. El montante viene a ser aproximadamente el mismo que le daba en vida.

Pendock lo fulminó con la mirada.

—¿Estaba enterado de esto, sir Oliver?

—Estaba enterado de lo que estipula el testamento, señoría. Me pareció bastante obvio que debía informarme a ese respecto —contestó Rathbone.

Pendock tomó aire para añadir algo más, pero cambió de parecer. Habría resultado incorrecto preguntar a Rathbone qué le había confiado Dinah, y de todos modos el jurado sacaría sus propias conclusiones. Desde luego, Coniston no necesitaba ganar escaramuzas tan poco importantes como aquella.

—Mis disculpas, señoría —dijo Coniston esbozando una sonrisa—. Ha sido una suposición y, tal como ha señalado mi distinguido colega, en este caso no estaba justificada. ¿Tal vez la defensa quiera llamar a alguien que demuestre que la acusada estaba enterada de que sus hijas iban a heredar? Entonces su muy comprensible miedo a quedar en la indigencia tras el suicidio de su marido podría dejarse de lado, dejando solo el motivo de unos celos igualmente comprensibles.

Rathbone se permitió adoptar una expresión de incredulidad.

—¿Acaso la acusación sugiere que la acusada estaba celosa de la mujer a la que a todas luces suplantaba en los afectos del doctor Lambourn? —preguntó—. ¿O tal vez que Zenia Gadney estaba tan celosa, después de todos estos años, que atacó a Dinah Lambourn? En tal caso la mutilación resulta repelente e innecesaria, ¡pero el golpe que causó la muerte de la señora Gadney podría muy bien considerarse defensa propia!

—¡Qué ridiculez! —exclamó Coniston con incredulidad aunque sin mostrarse enojado—. Señoría...

Pendock levantó la mano.

—Basta, señor Coniston. Me doy perfecta cuenta de lo absurdo que resulta. —Fulminó a Rathbone con la mirada—. Sir Oliver, no pienso permitir que este juicio tan grave se convierta en una farsa. La acusada fue a buscar a la víctima donde vivía. Lo que ocurriera después de que la encontrara acabó en la muerte violenta de la víctima y en su posterior mutilación. Estos hechos son indiscutibles. El jurado sacará sus propias conclusiones en cuanto a quién es culpable. Señor Coniston, ¿da por terminada la acusación?

—Sí, señoría, así es.

—¿Tiene alguna pregunta que hacer al señor Blakelock? —preguntó Pendock, volviéndose hacia Rathbone.

—No, gracias, señoría.

—Entonces puede llamar a su primer testigo de la defensa. —Pendock se volvió hacia Blakelock—. Puede abandonar el estrado.

Rathbone se situó en medio del entarimado sintiéndose como si estuviera en una arena aguardando a los leones, desprovisto de armadura para protegerse y sin una espada con la que atacar. Hasta entonces nunca se había sentido tan vulnerable, ni siquiera en casos en los que sabía que su cliente era culpable. Se dio cuenta con cierto sobresalto de que no era su fe en Dinah lo que estaba herido, quizá críticamente, sino su fe en sí mismo. Su confianza y parte de su esperanza se habían esfumado.

Ahora tenía que ir insinuando con mucho cuidado la existencia de un personaje poderoso empeñado en protegerse. Y en todo momento, en cada intervención, debía creer que Dinah era inocente por más ilógico que pudiera parecer. Debía tener siempre presente que Lambourn había descubierto algo durante su investigación que ponía en peligro a un hombre poderoso, y que lo habían asesinado para acallarlo. Habían hecho que pareciera un suicidio para desacreditarlo. Zenia Gadney fue asesinada para hundir a Dinah y acabar con su cruzada para salvar la reputación de Lambourn y, por consiguiente, su causa.

Se obligó a sonreír, temiendo poner de manifiesto su repugnancia.

—Llamo a la señora Helena Moulton.

El ujier llamó a Helena Moulton. Apareció al cabo de un momento y, un tanto vacilante, subió los peldaños del estrado. Saltaba a la vista que estaba nerviosa. La voz le tembló cuando juró decir la verdad.

—Señora Moulton —comenzó Rathbone amablemente—, ¿conoce a la acusada, la señora Dinah Lambourn?

—Sí. —La señora Moulton evitó levantar la vista hacia el banquillo. Miraba fijamente a Rathbone como si tuviera el cuello sujeto con una abrazadera.

—¿Eran amigas? —prosiguió Rathbone.

—Pues... sí. Sí, éramos amigas. —Tragó saliva. Estaba muy

pálida y agarraba con ambas manos la barandilla del estrado. La luz relumbraba en las gemas de sus anillos.

—Rememore sus sentimientos durante esa amistad —le pidió Rathbone. Era dolorosamente consciente de que a Helena Moulton la violentaba admitir que había sido amiga de Dinah, temerosa de que en los círculos sociales en los que se movía la asociaran con ella, como si al dar testimonio estuviera en cierto modo perdonando a la acusada lo que había hecho.

Rathbone no creía que su testimonio influyera en la causa a favor de Dinah, ni siquiera que fuera a suponer la más mínima diferencia en la opinión que se hubiese formado el jurado, pero necesitaba todas las horas adicionales que le permitieran prolongar las declaraciones de los pocos testigos de que disponía y así tener ocasión de crear el bosquejo de otro posible sospechoso. A lo mejor ahora Monk descubría algo que demostrara su existencia. Por más curioso que resultara, tenía casi la misma fe en Runcorn. Su testarudez le impediría cejar en su empeño hasta el final y, además, estaba muy enojado por haber sido utilizado.

La señora Moulton estaba aguardando la pregunta, igual que Pendock, que comenzaba a estar irritado.

—¿Pasaban tiempo juntas? —prosiguió Rathbone—. ¿Iban a meriendas, exposiciones de arte o de fotografías de viajes, a *soirées*, a veces a cenas, incluso al teatro y, por supuesto, a fiestas campestres en verano?

—Lo hacía con muchas personas —contestó Helena Moulton, precavida.

—Por descontado. Sin muchas personas no cabría considerarlas fiestas, ¿verdad? —dijo Rathbone con mucha labia—. ¿Disfrutaban de su mutua compañía?

Difícilmente podía contestar que no a aquella pregunta, pues daría a entender la existencia de un motivo oculto.

—Sí, sí... Así era —confirmó un tanto a regañadientes.

—Sin duda hablaban de un sinfín de cosas.

Coniston se puso de pie.

—Señoría, esto es desperdiciar el tiempo del tribunal. La acusación entiende que la señora Moulton era amiga de la acusada. Aunque me figuro que siendo más preciso no cabe llamarla señora Lambourn.

Rathbone quiso objetar, pero carecía de fundamentos con los que discutir sobre aquel punto. Si perdía, solo conseguiría una derrota más que no pasaría desapercibida al jurado.

Pendock miró molesto a Rathbone.

—¿Está tratando de señalar algo, sir Oliver? Si es así, le ruego que proceda con más diligencia. Las idas y venidas de la vida social de la señora Moulton y la acusada parecen totalmente irrelevantes.

—Lo que intento establecer, señoría, es la capacidad de la señora Moulton para comentar el estado mental de la acusada.

—Pues dela por establecida y haga su siguiente pregunta —repuso Pendock de manera cortante.

—Sí, señoría. —Había esperado conseguir más tiempo, pero no había nada que le permitiera discutir—. Señora Moulton, ¿la acusada estuvo inquieta o preocupada durante la semana anterior a la muerte del doctor Lambourn?

Helena Moulton vaciló. Levantó la vista un momento, como si quisiera mirar a los ojos a Dinah, sentada en el banquillo, por encima del nivel de la galería del público, pero luego cambió de parecer y miró fijamente a Rathbone.

—Que yo recuerde, estaba como siempre. Lo único... Lo único es que mencionó que el doctor estaba trabajando mucho y que parecía estar bastante cansado.

—¿Y después de su fallecimiento? —preguntó Rathbone.

El rostro de Helena Moulton devino la viva imagen de la compasión, su tensión se desvaneció cuando la lástima engulló toda conciencia de sí misma.

—Parecía una sonámbula —dijo con voz ronca—. Nunca he visto a una persona más anonadada por la pena. Me constaba que estaban muy unidos. Él era un hombre muy amable, un buen hombre... —Tragó saliva y recobró la compostura con dificultad—. Lo sentí mucho por ella, pero no pude hacer nada. Nadie podía.

—Por supuesto que no —respondió Rathbone en voz baja—. Ni siquiera los amigos más íntimos pueden aproximarse lo suficiente para aliviar semejante pérdida. La muerte es terrible de por sí, pero que una persona se haya quitado la vida es mucho peor.

—¡Ella jamás se lo creyó! —dijo la señora Moulton con urgencia, inclinándose sobre la barandilla como si unos pocos centímetros menos entre ambos fueran a imprimir más veracidad a sus palabras—. Siempre decía que lo habían matado para... para impedir que su trabajo fuese aceptado. Estoy convencida de que lo creía sinceramente.

—Por supuesto, señora Moulton, y yo también lo estoy —corroboró Rathbone—. De hecho, es mi intención aclararle este punto al jurado.

Una sombra de desagrado cruzó el semblante de Coniston, aunque no llegó a mostrarse preocupado.

Pendock estaba irritado, pero no interrumpió.

Rathbone se dio prisa, ganando una pizca de confianza que era como una vela expuesta al viento, que podía apagarse en cualquier momento.

—Cuando la policía la arrestó y la acusó de asesinar a Zenia Gadney, ella declaró que había estado con usted a la misma hora en que había sido vista en Copenhagen Place buscando a la señora Gadney y preguntando dónde vivía. ¿Correcto?

Helena Moulton parecía incómoda.

—Sí.

Lo dijo tan bajo que Pendock tuvo que pedirle que repitiera su respuesta en voz más alta para que la oyera el jurado.

—Sí —dijo de nuevo, haciéndose oír alto y claro.

Rathbone le sonrió con mucha discreción, a fin de confortarla.

—¿Y estaba con usted entonces, señora Moulton? —le preguntó.

—No.

Pendock se inclinó hacia delante.

—¡No! —repitió Helena Moulton con más claridad—. Dijo... —Tragó saliva—. Dijo que había acudido conmigo a una *soirée*.

No entiendo por qué demonios dijo eso. Yo no podía respaldarla. Estuve en una exposición de arte, y me vieron decenas de personas. Ese día no hubo ninguna *soirée* a la que estuviéramos invitadas.

—De modo que es del todo imposible que dijera la verdad —concluyó Rathbone.

Coniston volvió a ponerse de pie.

—Señoría, mi distinguido colega está perdiendo el tiempo otra vez. ¡Ya hemos establecido que la acusada mintió! No veo que esto sea un argumento válido.

—Señoría —dijo Rathbone, volviéndose hacia Pendock—, este no es el argumento que pretendo demostrar. Lo que el señor Coniston parece haber pasado por alto es el hecho de que Dinah Lambourn nunca esperó que alguien diera crédito a su declaración.

Coniston separó las manos con las palmas abiertas. Fue un gesto de impotencia, invitando al tribunal en general, y al jurado en particular, a concluir que Rathbone no estaba haciendo más que desperdiciar tiempo en un intento desesperado por evitar lo inevitable.

—Sir Oliver —dijo Pendock exasperado—, todo esto parece carecer de sentido. Si tiene alguna conclusión a propósito de este... fárrago, permita que el tribunal sepa cuál es.

A Rathbone le estaban metiendo más prisa de la que deseaba, pero veía en el semblante de Pendock que iba a mantenerse inflexible. Había llegado el momento de contarles la valiente y desesperada apuesta que había hecho Dinah.

—Señoría, estoy intentando demostrar al jurado que Dinah Lambourn creía que su marido había sido difamado mediante el rechazo de su informe, poniendo en entredicho su pericia profesional. Luego, cuando no lo aceptó ni lo dejó correr calladamente, negando que lo que sabía era cierto, fue asesinado de tal suerte que su muerte pareciera un suicidio.

En la galería se armó un pequeño alboroto. Alguien gritó palabrotas. Otros soltaron vítores. Los miembros del jurado se revolvieron en sus asientos, mirando a un lado y al otro.

Pendock hizo sonar su martillo, exigiendo orden.

Coniston se mostró primero impaciente y después molesto.

En cuanto pudo hacerse oír, Rathbone prosiguió, levantando la voz por encima del ruido y de los murmullos.

—Estuvo dispuesta a ser enjuiciada por un homicidio que no cometió —dijo en voz alta—, a fin de atraer la atención pública sobre la artificiosa desgracia de su marido, y así obligar a que alguien volviera a investigar su muerte. —Se volvió hacia el estupefacto jurado—. Está dispuesta a arriesgar su propia vida de modo que ustedes, como representantes del pueblo de Inglaterra, puedan oír la verdad sobre lo que descubrió Joel Lambourn y juzgar por ustedes mismos si era un buen hombre, honesto y capaz, que intentaba servir al pueblo de este país, o si era un iluso, un vanidoso y, finalmente, un suicida.

Señaló hacia el banquillo.

—Así es como lo amaba; como todavía lo ama. Ella no mató a nadie; tampoco sabe quién lo hizo; ni a Joel Lambourn ni a la desafortunada Zenia Gadney. Y, por la gracia de Dios y las leyes de Inglaterra, se lo voy a demostrar.

Hubo un verdadero tumulto en la galería y esta vez los martillazos de Pendock resultaron inútiles. Desalojó la sala, ordenando una pausa para almorzar. Luego se puso de pie y se marchó a grandes zancadas, haciendo revolear su gran toga escarlata como dos alas rotas.

Si era preciso, Rathbone estaba dispuesto a llamar tanto a Adah como a Marianne Lambourn, aunque solo fuera para que Monk tuviera más posibilidades de averiguar por lo menos algún elemento de verdad que le permitiera plantear una duda razonable. Al principio Rathbone había contado con descubrir quién había matado a Zenia y poder probarlo. Si como mínimo hubiese demostrado que Lambourn no se había suicidado, habría conseguido presentar a Dinah como una persona sensata y comprensiva, pero, por el momento, le habían parado los pies cada vez que daba un paso en ese sentido. Ahora solo contaba con la insinuación de una figura manipuladora que estaba detrás del asesinato y a la que debía convertir en una persona concreta, dando incluso su nombre.

Quizá no tendría que haberse sorprendido. Si Dinah llevaba razón, alguien muy poderoso tenía mucho que ocultar, y tanto Coniston como Pendock habrían recibido instrucciones. También tenía que estar la amenaza de que la revelación de su identidad perjudicara la reputación de un tercero y, con ella, tal vez la honorabilidad del gobierno.

Rathbone reconoció que su defensa dependía de que planteara una duda razonable: la posibilidad de que hubiera otra explicación, por vaga que fuera, cuya existencia fuese capaz de demostrar. Solo disponía de aquella tarde y del día siguiente, luego la Navidad les concedería un aplazamiento hasta el viernes. Después vendría el fin de semana. Pero también sabía que ensombrecer la Navidad con la necesidad de regresar de inmediato no le granjearía las simpatías de nadie. De haber tenido alternativa, jamás lo habría hecho.

Su primer testigo de la tarde fue el tendero que había descrito la visita de Dinah a Copenhagen Place, así como la extrema emoción que mostraba, tanto así que la mayoría de los compradores de la calle ahora tenían la impresión de haberla visto y sentían que tendrían que haberse dado cuenta de quién y qué era.

Ahora bien, a Rathbone le constaba que la mente es capaz de engañar a la vista. Confiaba en que su conversación previa con el señor Jenkins le hubiese mostrado en qué medida influían las circunstancias, y que lo que creía recordar adolecía de un sesgo retrospectivo. No dejaba de ser un riesgo hacerlo subir al estrado, dado que Coniston lo interrogaría inmediatamente después, pero no tenía nada que perder. Dios quisiera que Monk o Runcorn hubieran descubierto algo valioso por más endeble que fuese.

El señor Jenkins subió al estrado con un aspecto muy anodino al estar fuera de su propia tienda, atendiendo un comercio con el que estaba familiarizado. Se agarró a la barandilla como si estuviera en el mar y el estrado cabeceara como el puente de un barco. ¿Se debía al muy comprensible nerviosismo de un hombre en un entorno que le resultaba del todo ajeno, sabiendo que la vida de una mujer podía depender de lo que él dijera? ¿O acaso había cambiado de parecer y se retractaría de lo que le había dicho a Rathbone y tenía miedo del enojo de Rathbone, o del de Coniston, y del peso de la ley en caso de que los contrariara?

Rathbone debía lograr que se sintiera tan a gusto como pudiera. Dio unos pasos hacia el estrado de los testigos para no tener que levantar la voz a fin de ser oído.

—Buenas tardes, señor Jenkins —comenzó—. Gracias por concedernos parte de su tiempo. Comprendemos que tiene usted un negocio que dirigir y que sus clientes le exigen que abra todos los días excepto el domingo. No lo entretendré mucho. Usted es dueño de una tienda de comestibles en Copenhagen Place, Limehouse, ¿correcto?

Jenkins carraspeó.

—Sí, señor, así es.

—¿La mayoría de sus clientes son vecinos que viven a poco más de un kilómetro de su tienda?

—Sí, señor.

—Porque las personas necesitan comestibles diversos casi a diario y, naturalmente, no les apetece cargar con ellos más distancia de la necesaria, ¿no es así? —preguntó Rathbone.

Coniston se revolvió impaciente en su silla.

Pendock parecía irritado.

Solo el jurado escuchaba con atención, creyendo que se avecinaba algo pertinente y tal vez controvertido. Rathbone era famoso, y su reputación, formidable. Si no lo sabían antes de que comenzara el juicio, ahora ya estarían al corriente.

—Sí, señor —confirmó Jenkins—. Digamos que los conozco. Siempre tengo a punto lo que necesitan. Ni siquiera tienen que pedirlo.

—Siendo así, ¿repararía en un forastero que entrara en su tienda? —Rathbone sonrió al preguntarlo—. Alguien que no viviera en la zona y cuyas necesidades usted desconociera.

Jenkins tragó saliva. Sabía lo importante que era la pregunta.

—Diría que sí —contestó Jenkins, menos seguro de sí mismo; sus palabras transmitían una evasiva, no una certidumbre.

—Una mujer bien vestida, que no era vecina de Limehouse, que nunca le había comprado comestibles y que no llevaba una bolsa o un cesto donde llevar lo que comprara —explicó Rathbone.

Jenkins lo miraba fijamente.

Rathbone deseaba obtener una respuesta lo más categórica posible. No tendría ocasión de recomenzar y volver sobre sus pasos so pena de parecer desesperado, y el jurado se daría cuenta.

—Me figuro que tiene una relación amistosa, o como mínimo cordial con la mayoría de sus clientes, señor Jenkins. ¿Son personas decentes que se ocupan de sus asuntos?

—Sí... sí, claro que lo son —corroboró Jenkins.

—Así pues, ¿una mujer que se comportara alocadamente, medio histérica, sería rara de ver en su tienda?

Coniston se puso de pie.

Rathbone se volvió hacia él, adoptando una estudiada expresión de asombro e interrogación.

Coniston exhaló un suspiro exasperado, como si estuviera infinitamente aburrido, y volvió a tomar asiento. Nada de aquello habría pasado desapercibido al jurado. No obstante, su concentración se había visto interrumpida momentáneamente, disminuyendo su emoción.

—Mi distinguido colega parece no haberse percatado de la importancia de mi pregunta, señor Jenkins —dijo Rathbone sonriendo—. Tal vez haya quedado poco clara al resto de la sala. Intento explicar que su tienda presta un servicio local. Conoce a todas las mujeres de la zona que acuden a su establecimiento a adquirir sus provisiones de té, azúcar, harina, verduras y demás comestibles. Son personas decentes y educadas, y se sienten como si estuvieran entre amigos. Una mujer que usted no haya visto antes, y que al parecer nadie conoce, y cuya conducta es histérica y exigente, es sumamente inusual, y usted probablemente la recordaría, de hecho, casi con toda seguridad. ¿Estoy en lo cierto?

Ahora Jenkins no tenía más opción que estar de acuerdo. ¿Tal vez Coniston había hecho un favor a la defensa sin querer? Rathbone no se atrevió a mirarlo para comprobarlo. Su gesto le resultaría obvio al jurado, y sus miembros lo verían como un truco ingenioso.

—Supongo... supongo que sí —admitió Jenkins.

—Entonces tenga la bondad de levantar la vista hacia el banquillo para decirme si está seguro de que la mujer que está sentada ahí arriba es la misma mujer que entró en su tienda y preguntó dónde vivía Zenia Gadney. Ya hemos oído que era alta y morena, que guardaba cierto parecido con ella, pero en Londres hay miles de mujeres que responden a esa descripción. ¿Está seguro, más allá de toda duda, de que fue esta mujer? Ella jura que no lo es.

Jenkins miró detenidamente a Dinah, parpadeando un poco, como si la viera claramente.

—Señoría —Rathbone levantó la vista hacia Pendock—, ¿puedo solicitar permiso para pedir a la acusada que se ponga de pie?

Pendock no tenía elección; la petición solo era un mero formulismo. Si la denegaba tendría que dar una explicación, y carecía de fundamentos para ello.

—Concedido —contestó Pendock.

Rathbone se volvió hacia el banquillo y Dinah se puso de pie. Aquello suponía una ventaja. Rathbone se dio cuenta de inmediato. Ahora todos la verían con más claridad, los miembros del jurado estiraron el cuello para mirarla. Dinah estaba pálida y devastada por la pena, y en cierto modo más guapa que en su casa, rodeada de objetos familiares. Todavía no había sido hallada culpable por la ley aunque ya lo fuera para la opinión pública, de modo que estaba autorizada a vestir su propia ropa. Puesto que seguía estando de luto por su marido, era normal que vistiera de negro y, con sus dramáticas facciones y su pálida tez inmaculada, la belleza de su rostro era extraordinaria, así como el sufrimiento que traslucía. Emanaba serenidad, como si ya no le quedaran fuerzas para abrigar esperanzas ni para luchar.

Jenkins volvió a tragar saliva.

—No. —Negó con la cabeza—. No puedo decir que fuese ella. Tiene un aspecto... diferente. No recuerdo que tuviera la cara así.

—Gracias, señor Jenkins —dijo Rathbone, dejando escapar un suspiro de alivio—. Mi distinguido colega quizá desee interrogarlo, pero, en lo que a mí concierne, le agradezco el tiempo que nos ha dedicado y es libre de regresar a su negocio para seguir prestando sus servicios a la comunidad en Copenhagen Place.

—Sí, señor.

Jenkins se volvió con inquietud hacia Coniston.

La vacilación de Coniston fue infinitesimal, pero se notó. Al menos un par de miembros del jurado tuvieron que verla.

—Señor Jenkins —comenzó Coniston con amabilidad, consciente de que el tendero tenía todas las simpatías del jurado. Era un hombre como ellos, seguramente con una familia a la que mantener, intentando dar lo mejor de sí mismo en una situación que detestaba. Tenía ganas de terminar con aquello y de seguir con su sosegada vida de trabajo duro con sus pequeños placeres, con su muy limitada responsabilidad, sin que sus opiniones fueran sopesadas ni medidas.

Rathbone sabía que todo aquello estaba pasando por la cabeza de Coniston porque había pasado por la suya.

Coniston sonrió.

—En realidad, señor Jenkins, resulta que no tengo nada que preguntarle. Usted es un hombre honesto que se ha visto en medio de una situación desdichada por mera casualidad, no por algo que haya hecho. Su compasión, su meticulosidad y su modestia son dignas de encomio. No ha buscado prevalecer sobre otros ni permanecer en un segundo plano. Le ruego que acepte también mi agradecimiento y que regrese a su negocio, donde estoy convencido de que lo necesitan, especialmente estando tan cerca la Navidad.

Hizo un amago de reverencia y regresó elegantemente a su asiento.

El rostro de Pendock estaba tenso. Echó un vistazo al reloj y luego a Rathbone.

—¿Sir Oliver?

Rathbone quería hablar con Monk antes de llamar al testigo siguiente. Era demasiado pronto. Se puso de pie.

—El testimonio de mi próximo testigo quizá se prolongue un tanto, señoría, pues creo que el señor Coniston querrá cuestionar parte de su declaración con bastante detenimiento.

Él también miró el reloj. No le gustaría tener que admitir que no podía localizar a Runcorn a aquellas horas, pero lo haría si Pendock lo obligaba a hacerlo.

—Muy bien, sir Oliver. —Pendock suspiró—. El tribunal levanta la sesión hasta mañana.

—Sí, señoría. Gracias.

En cuanto Rathbone llegó a su bufete escribió una nota a Runcorn, diciéndole que necesitaba que testificara cuando el juicio se reanudara a la mañana siguiente. Cualquier oportunidad que tuvieran de tener éxito dependía de ello. Dijo a Runcorn que alargaría el turno de preguntas tanto como pudiera, cosa por la que se disculpó, pero tenía poco más aparte de la propia Dinah, salvo que Monk hubiese descubierto algo para dar forma a otro sospechoso que resultara verosímil para el jurado. Como mínimo sacaría a relucir el tema de la jeringuilla y de la mucho más terrible y profunda adicción a la que conducía.

En cuanto el mensajero se marchó con la carta doblada dentro de un sobre sellado con lacre, se preguntó si había escrito más cosas de la cuenta.

Se fue a casa cansado pero sintiéndose incapaz de descansar.

Por la mañana Rathbone tomó un coche de punto para ir al tribunal, cansado y preocupado. Ni siquiera sabía si Runcorn estaría allí, y carecía de excusas que presentar. Tampoco era que contara con que Pendock las aceptase, por más válidas que fueran. No estaba seguro de que Runcorn hubiese recibido su nota. Se la había enviado a su casa por si no pasaba por la comisaría.

Quizá llegara tarde y cansado, y no hubiese mirado el correo.

En Ludgate Circus había un embotellamiento; gente que iba de compras, amigos que intercambiaban felicitaciones, juerguistas que comenzaban a celebrar la Navidad anticipadamente, gritándose alegremente unos a otros.

Rathbone golpeó el panel delantero del coche para llamar al conductor.

—¿No hay manera de dar un rodeo? ¡Ya tendría que estar en el tribunal del Old Bailey!

—Hago lo que puedo, señor —contestó el cochero—. ¡Estamos casi en Navidad!

Rathbone se tragó la respuesta que le afloró a los labios. No era culpa de aquel hombre y ser grosero solo empeoraría las cosas. ¿Por qué no había recibido respuesta de Runcorn? ¿Qué demonios diría al tribunal si no se presentaba? Parecería del todo incompetente. Se sonrojó solo de pensarlo.

Quizá tendría que haber enviado la nota a la comisaría, después de todo.

Entonces el coche se detuvo otra vez. Los rodeaban vehículos de toda clase, y los conductores gritaban, reían, pedían derecho de paso.

Estaba demasiado impaciente para seguir aguardando. Solo quedaba una breve caminata por Ludgate Hill hasta el Old Bailey. La enorme cúpula de San Pablo se alzaba en el cielo invernal delante de él, con el Palacio de Justicia a su izquierda y la cárcel de Newgate detrás. Se apeó del coche, dio un puñado de monedas al conductor y comenzó a caminar con brío, para acabar corriendo por la acera.

Subió a la carrera la escalinata y casi chocó con Runcorn al cruzar las puertas. ¿Por qué sentía un alivio tan intenso? Tendría que haber confiado en él. Ahora no tenía tiempo ni ocasión de hablar con él. Era culpa suya por haber llegado tarde. Coniston estaba a pocos metros de ellos y Pendock se acercaba por el vestíbulo. Si intentaba consultar con Runcorn daría la impresión de no estar seguro sobre qué pruebas presentar. Y eso sería un regalo que no deseaba hacerle a Coniston.

Un cuarto de hora más tarde estaba detrás de su mesa con sus notas delante. Había una carta de Runcorn. Rasgó el sobre y la leyó.

Estimado sir Oliver,

Todo listo. He investigado otras cosas de interés. No estoy seguro, pero creo que la señora Monk ha estado buscando al médico.

Runcorn

Una vez más, Rathbone se sintió culpable por su falta de confianza.

—Le ruego que llame a su testigo, sir Oliver —ordenó Pendock. Su voz sonó grave, un poco tensa, como si también hubiese dormido poco y mal.

—Llamo al comisario Runcorn de la Policía de Greenwich —respondió Rathbone.

Runcorn entró, caminando por el pasillo de la galería con todos los ojos puestos en él. Su figura era imponente: fornido, irradiando confianza en sí mismo. Prestó juramento y se mantuvo erguido a la espera de las preguntas. Mantenía las manos a los lados; no precisaba agarrarse a la barandilla.

Rathbone carraspeó para aclararse la garganta.

—Comisario, usted está al mando de la policía en la zona de Greenwich, ¿no es así?

—Sí, señor —dijo Runcorn con gravedad.

—¿Recibió aviso cuando el cuerpo de Joel Lambourn fue hallado en lo alto de One Tree Hill, en Greenwich Park, hace casi tres meses?

—Sí, señor. El doctor Lambourn era un hombre célebre y muy admirado en Greenwich. Su fallecimiento fue una tragedia.

Coniston se puso de pie.

—Señoría, ya nos han relatado la muerte del doctor Lambourn con bastante detalle, así como la reacción que tuvo la acusada al enterarse. No acabo de ver qué puede añadir el señor Runcorn a lo que ya se ha dicho. Mi distinguido colega está desesperado y desperdicia el tiempo de este tribunal. Si sirve de ayuda, la acusación suscribirá los hechos que ya se han presentado.

Rathbone iba a ver bloqueado el testimonio de Runcorn antes de que hubiese comenzado siquiera a declarar. Interrumpió antes de que Pendock tuviera ocasión de hablar.

—Puesto que los presentó la acusación, señoría, ¿no carece de sentido decir que los suscribirá?

—Oírlo de nuevo supone una pérdida de tiempo para el tribunal —le espetó Pendock—. Si no tiene nada nuevo que añadir, sir Oliver, por más que me compadezca su apuro, este no es lugar para consentirlo. La protesta del señor Coniston está bien fundada.

—Señor...

—¡Señoría! —exclamó Rathbone, levantando la voz, pero procurando no traslucir sus sentimientos—. El señor Coniston ha presentado testimonios relacionados con la muerte del doctor Lambourn, pero, por algún motivo que solo él sabrá, no ha interrogado al comisario Runcorn, el hombre que recibió el encargo de investigarlo. De no haber considerado relevante el asunto, no lo habría sacado a colación. En realidad, su señoría no se lo habría permitido. Con el debido respeto, digo a este tribunal que ahora la defensa tiene derecho a interrogar al señor Runcorn acerca de ello, a la luz de las nuevas pruebas descubiertas.

La sala se sumió en el silencio. Nadie se movía.

Pendock mantenía la boca cerrada con los labios apretados.

Coniston miró a Pendock y luego a Rathbone.

Runcorn dirigía la vista al jurado y sonrió.

Uno de sus miembros se removió en el asiento.

—Cíñase a la cuestión, sir Oliver —dijo Pendock al fin—. Tanto si el señor Coniston objeta como si no, si se aparta de ella lo interrumpiré.

—Gracias, señoría —dijo Rathbone, dominándose con considerable esfuerzo. Una vez más fue consciente de que Pendock estaba al acecho para pararle los pies si cometía el más ligero error. Por la razón que fuera, y sin que importara lo que Dinah le hubiese dicho a Runcorn, Pendock iba a bloquear cualquier defensa que la ley le permitiera.

Rathbone se volvió hacia Runcorn otra vez.

—Usted recibió aviso de la muerte del doctor Joel Lambourn cuando su cuerpo fue hallado en One Tree Hill —dijo al jurado, aunque se dirigiera a Runcorn.

—Sí. —Runcorn recogió el testigo y prolongó su respuesta—. Un hombre que paseaba a su perro encontró el cuerpo de Lambourn más o menos apoyado...

Coniston se puso de pie.

—Señoría, el señor Runcorn está dando a entender que...

—Sí, sí —confirmó Pendock. Se volvió hacia el estrado de los testigos—. Señor Runcorn, le ruego que vigile su lenguaje. No haga suposiciones sobre lo que desconoce. Aténgase a lo que usted vio, ¿entendido?

La intervención del juez fue condescendiente en extremo. Rathbone vio que Runcorn se sonrojaba y rezó para que no perdiera los estribos.

—Iba a decir «apoyado contra el tronco del árbol» —dijo Runcorn entre dientes—. Sin ese apoyo habría caído. En realidad estaba inclinado hacia delante, de todos modos.

Pendock no se disculpó, pero Rathbone vio en su rostro que estaba irritado consigo mismo, y los miembros del jurado también se percataron de ello.

Rathbone se obligó a sonreír.

—¿Estaba muerto? —preguntó.

—Sí. De hecho, ya estaba frío —confirmó Runcorn—. Pero la noche había sido gélida y soplaba una brisa más fría de lo habitual en esa época del año. Tenía cortes en la parte interior de las muñecas y aparentemente había muerto desangrado.

Pendock se echó para delante.

—¿Aparentemente? ¿Está sugiriendo que no fue así, señor Runcorn?

—No, señoría. —El rostro de Runcorn era casi inexpresivo—. Intento decir solo aquello de lo que me percaté en su momento. El médico forense lo corroboró. Luego, la autopsia posterior reveló que además había una considerable dosis de opio en su organismo, aunque no el suficiente para matarlo. En su momento supuse que lo habría tomado para mitigar el dolor de los cortes en las muñecas.

—¿En su momento? —preguntó Rathbone enseguida—. ¿Acaso después descubrió algo irrefutable? Supongo que el forense no pudo decirle lo que motivó la ingesta de opio, sino solo los datos fehacientes.

Runcorn miró fijamente a Rathbone.

—No, señor. Cambié de parecer. No creo que el doctor Lambourn se cortara las venas, señor. Creo que el opio se usó para dejarlo adormilado, lento en sus reacciones, posiblemente incluso inconsciente, de modo que no respondiera a la agresión. Las heridas defensivas resultarían muy difíciles de explicar en un supuesto suicidio.

Coniston ya estaba de pie otra vez.

Pendock fulminó a Rathbone con la mirada.

—¡Señor Runcorn! No voy a tolerar aseveraciones alocadas e indemostrables en este tribunal. No estamos aquí para reabrir un caso que ya está cerrado y con un veredicto emitido. Y me consta que usted es perfectamente consciente de ello. Si tiene algo que añadir que guarde relación con la muerte de Zenia Gadney, díganoslo. El resto no ha lugar aquí. ¿Entendido?

—Sí, señoría —contestó Runcorn con atrevimiento. Su voz y su actitud no fueron defensivas. Se mantuvo erguido, con la mirada al frente—. Pero dado que ahora sabemos que Zenia Gadney también era la esposa de Joel Lambourn, hecho que desconocíamos cuando falleció, la manera en que murió el doctor tan poco tiempo antes del asesinato de la señora Gadney, parece suscitar varias preguntas. Cuesta estar seguro de que no exista una conexión.

—¡Claro que hay una conexión! —le espetó Pendock—. ¡Es Dinah Lambourn, la acusada! ¿Va a decirme que también mató a su marido? No puede decirse que eso sea de ayuda para la defensa, que es quien lo ha llamado.

Coniston procuró disimular su sonrisa, sin demasiado éxito.

El jurado contemplaba la escena completamente desconcertado.

—Parece probable que lo hiciera la misma persona —contestó Runcorn a Pendock—. Como mínimo es una posibilidad que sería irresponsable no investigar. Y después de interrogar a Marianne Lambourn, me satisface decir que no pudo hacerlo Dinah Lambourn. Marianne pasó la noche despierta porque había tenido pesadillas. Oyó salir a su padre, pero su madre no salió.

Rathbone se quedó perplejo. ¿Runcorn estaba seguro de lo que decía? ¿Qué ocurriría si llamaba a Marianne a testificar? ¿Coniston la haría pedazos y demostraría que no podía estar segura de haber vuelto a dormirse y, por tanto, que simplemente no había oído salir a su madre?

Aunque eso sucediera, ¡al menos ganaría como mínimo medio día! ¿Todavía no había descubierto nada Monk? ¿Runcorn lo sabía?

Coniston miraba fijamente a Rathbone, tratando de descifrar su expresión.

—¡Sir Oliver! —dijo Pendock despacio—. ¿Estaba al corriente de esto? Si va a presentar algún...

—No, señoría —contestó Rathbone enseguida, recobrándose de la impresión—. No he tenido ocasión de hablar con el comisario Runcorn desde el viernes pasado.

Pendock se volvió hacia Runcorn.

—Esto no lo supe hasta ayer, señoría —dijo Runcorn con repentina humildad—. Tuve ocasión de investigar de nuevo la muerte del doctor Lambourn gracias a otros datos que han salido a la luz en relación con su informe sobre la venta de opio en Inglaterra, con reflexiones sobre el comercio de opio en general y, en particular, sobre el modo de administrarlo mediante un nuevo tipo de jeringuilla que lo introduce directamente en la sangre, haciendo que resulte muchísimo más adictivo...

Pendock agarró el martillo y dio un golpe violento.

—¡Estamos aquí para juzgar el asesinato de Zenia Gadney! —dijo a voz en cuello—. No permitiré que esto se convierta en un circo político como estratagema para despistar al jurado del asunto que nos concierne. Y mucho menos que se debatan los méritos o inconvenientes de la venta y el consumo de opio. No han lugar en este tribunal. —Se volvió hacia Rathbone—. Testimonios, sir Oliver, no especulaciones. Y, por encima de todo, no voy a tolerar escándalos malintencionados. ¿Queda claro?

—Absolutamente, señoría —contestó Rathbone fingiendo tanta humildad como pudo—. En este lugar, más que en ningún otro, no cabe hacer acusaciones que no se puedan corroborar.

Procuró que su semblante no trasluciera la más mínima emoción. Solo el rubor de las mejillas de Pendock le hizo darse cuenta de que no lo había conseguido por completo.

Coniston estornudó, o quizá se atragantó. Masculló una disculpa.

Rathbone volvió a mirar a Runcorn.

—Por favor, sea muy cuidadoso, comisario —le advirtió—. ¿Los hechos que ha descubierto tienen alguna relación directa con el asesinato de Zenia Gadney, o con el hecho de Dinah Lambourn haya sido culpada de este crimen?

Runcorn reflexionó un momento.

Rathbone tuvo la clara impresión de que estaba sopesando exactamente hasta qué punto se podría salir con la suya.

—¿Comisario? —lo instó Rathbone antes de que Coniston se pusiera de pie una vez más.

—Sí, señor, creo que sí —contestó Runcorn—. Si el doctor Lambourn y Zenia Gadney fueron asesinados por la misma persona y esta no pudo ser la acusada, tuvo que ser un tercero, y debemos encontrar a esa persona. A la policía le parece cada vez más claro que fue alguien de cuya existencia se enteró el doctor Lambourn en el curso de su investigación sobre el uso del opio; alguien que está obteniendo pingües beneficios volviendo adicta a la gente, administrándoselo en la sangre para aliviar dolores como el de un hueso roto y cosas por el estilo, y que luego, cuando ya son dependientes y no pueden vivir sin él, les cobra lo que le da la gana...

Coniston estaba de pie.

—Señoría, ¿el señor Runcorn o alguna otra persona pueden dar siquiera un indicio de prueba a propósito de este envenenamiento? ¡Es un cuento! Una especulación que no se sustenta mediante pruebas. —Tomó aire y cambió de tema—. Y en cuanto a que alguien jure que la señora Lambourn no volvió a salir de la casa aquella noche, no hemos oído nada que lo respalde excepto la palabra, referida de oídas, de una niña de quince años que, como es natural, es leal a su madre. ¿Qué niña de su edad estaría dispuesta a creer que su madre pudiera haber matado a su padre a sangre fría, cortándole las muñecas para que se desangrara?

Rathbone tuvo la sensación de que el suelo daba un bandazo bajo sus pies, haciéndole perder el equilibrio, y tuvo que esforzarse para mantener la compostura.

—Sir Oliver —dijo Pendock sin disimular su alivio—. Se está arriesgando a quedar en ridículo. Todo esto no es más que una intentona desesperada para ganar tiempo, aunque no sé con qué propósito. ¿Quién se figura que acudirá en su auxilio? No ha aportado nada que respalde esta fantasiosa conspiración que nos pide que creamos. O bien lo hace, señor, o nos presenta una defensa creíble. Si no tiene ninguna, ahórrele esta angustia innecesaria a su cliente y deje que se declare culpable.

Rathbone notó que se ponía colorado.

—Mi cliente me ha dicho que no es culpable, señoría —dijo con aspereza—. ¡No puedo pedirle que diga que dio un golpe mortal y evisceró a una mujer a fin de ahorrarle tiempo al tribunal!

—Tenga mucho cuidado, sir Oliver —le advirtió Pendock—, o lo consideraré desacato.

—Eso solo serviría para prolongar aún más el juicio, señoría —replicó Rathbone, y en cuanto lo dijo se arrepintió pese a que le constaba que ya era demasiado tarde. Había convertido a Pendock en un enemigo acérrimo.

La excitación se hizo oír en la galería. Incluso los miembros del jurado parecían más despabilados, mirando a Rathbone y a Pendock, luego a Coniston y, finalmente, a Runcorn, que todavía esperaba más preguntas.

Dinah Lambourn no era la única que estaba siendo juzgada. Tal vez de un modo u otro, todos los componentes del tribunal lo estaban siendo. Cada cual desempeñaba una función para que se hiciera justicia.

Rathbone eligió sus palabras con suma meticulosidad. La vida de Dinah Lambourn podía depender de su habilidad, así como de su capacidad para olvidarse de su vanidad herida, para pensar solo en ella y en cualquier verdad que pudiera obligar a escuchar al jurado.

No tenía ni idea de qué más sabía Runcorn. Mientras escrutaba su semblante se preguntó qué demonios quería que le preguntara. ¿Qué asunto podía sacar a colación sin que Pendock volviera a interrumpirlo? ¿Qué vinculaba a Zenia Lambourn con la venta de opio y jeringuillas, excepto Lambourn y su investigación?

—Señor Runcorn, ¿tuvo ocasión de tomar en consideración la posibilidad de que Zenia Gadney supiera algo acerca de la investigación del doctor Lambourn sobre los delitos que conllevaba o que se derivaban de la venta de opio puro para ser inyectado en la sangre, y el deterioro físico y mental que puede ser fruto de ese hábito?

Ahora los miembros del jurado estiraron el cuello para escuchar, con los rostros tensos, fascinados y asustados.

Runcorn aprovechó la oportunidad.

—Sí, señor. Creímos posible que el doctor Lambourn hiciera más de una copia, al menos de las partes más controvertidas de su informe. Dado que no lo encontramos en su casa, pensamos que lo podía haber dejado en casa de su primera esposa, Zenia Gadney. Tal vez creyera que nadie más, excepto Dinah Lambourn, supiera de su existencia.

Coniston se levantó.

—En tal caso, la pobre señora Gadney solo pudo ser asesinada por Dinah Lambourn, que es lo que nosotros sostenemos. Lo único que sir Oliver ha hecho ha sido presentar un segundo motivo, señoría.

Pendock miró a Rathbone esbozando una sonrisa.

—Me parece que está tirando piedras en su propio tejado, sir Oliver —observó.

Runcorn inhaló bruscamente, miró a Rathbone y luego hacia el público que llenaba la galería.

Rathbone entendió al instante lo que Runcorn quería decir. Le dedicó un contenido gesto de asentimiento y correspondió a la sonrisa de Pendock.

—Si Dinah Lambourn hubiese sido la única que supiera la verdad, sería como dice, señoría. Tal vez haya olvidado que tanto Barclay Herne como su esposa, Amity Herne, la hermana del doctor Lambourn, tenían pleno conocimiento de su primer matrimonio. De hecho, creo que lo hallará en la transcripción de testimonios anteriores, señoría.

Pendock volvió a palidecer y se irguió en el asiento, con una mano delante de él, apretando con fuerza el puño.

—¿Está insinuando que el señor Barclay Herne asesinó a esa desdichada mujer, sir Oliver? —dijo muy despacio—. Supongo que habrá comprobado su paradero el día de autos, porque, si no lo ha hecho, ya se lo digo yo. Estuvo en una cena en el Ateneo a la que también yo asistí.

Rathbone tuvo la sensación de haber recibido un puñetazo. En cuestión de segundos la victoria se había convertido en derrota.

—No, señoría —dijo en voz baja—. Estaba señalando que Dinah Lambourn no era la única persona que sabía que Joel Lambourn estaba casado con Zenia Gadney y que, según lo que sabemos, la visitaba una vez al mes. Cabe la posibilidad de que él mismo o la señora Herne, la hermana del doctor Lambourn, se lo dijeran a otras personas, quizás a conocidos de esa época anterior en la que el doctor Lambourn todavía vivía con Zenia Gadney, ¿o debería decir Zenia Lambourn?

—¿Por qué demonios iban a hacer algo semejante? —preguntó Pendock incrédulo—. Sin duda se trata de un asunto que nadie desearía hacer público. Resultaría de lo más embarazoso. Su insinuación es excéntrica, por no decir algo peor.

Rathbone hizo un último intento.

—Señoría, no estamos seguros de que el informe de Lambourn contuviera alusiones a la venta de opio y de esas agujas, con detalles sobre el horror de la adicción que causa ese método. Tampoco sabemos si las historias son del todo ciertas o no. Pero sigue siendo probable que se mencionaran nombres de personas, ya fueran traficantes de este veneno o adictos, y que aludiera al deterioro físico y mental que puede producir. Encontrar todas las copias de esos papeles y asegurarse de que no cayeran en manos indebidas podría considerarse un servicio prestado a cualquiera que apareciera en él, y tal vez al país en general. El opio, usado debidamente, y bajo supervisión médica, sigue siendo el único alivio de que disponemos para combatir el dolor extremo.

Pendock guardó silencio un buen rato.

El tribunal aguardaba. Todos los rostros de la galería, de la tribuna del jurado y los de ambos abogados miraban al juez. Incluso Runcorn, desde el estrado, se volvió para observarlo y aguardar.

Los segundos transcurrían. Nadie se movía.

Finalmente, Pendock llegó a una conclusión.

—¿Tiene alguna prueba de esto, señor Runcorn? —preguntó a media voz—. Y digo prueba, no suposiciones que induzcan al escándalo.

—Sí, señoría —contestó Runcorn—. Pero se trata de retazos esparcidos entre los relatos de trágicas muertes infantiles que el doctor Lambourn investigaba. Se topó con esta otra evidencia por casualidad y pensamos que hasta los últimos días de su vida no juntó las piezas que señalaban a quien estaba detrás del asunto.

Rathbone dio un paso al frente.

—Señoría, si pudiéramos disponer del resto del día para armar este puzle con sensatez, y asegurarnos de que ningún inocente sea difamado sin querer, quizá seamos capaces de presentarlo ante el tribunal, o a su señoría en su despacho, y así ver qué valor puede tener.

Pendock suspiró pesadamente.

—Muy bien. Se levanta la sesión hasta el viernes por la mañana.

—Gracias, señoría.

Rathbone inclinó la cabeza, sintiendo un súbito mareo fruto

del alivio. Resultaba absurdo. Solo tenía un respiro de unos pocos días, justo hasta después de la Navidad.

Runcorn bajó del estrado y se dirigió hacia él.

—Sir Oliver, al señor Monk le gustaría verle lo antes posible —dijo en voz baja—. Tenemos algo más.

21

Mientras Rathbone interrogaba a Runcorn en el tribunal y Monk intentaba por todos los medios averiguar más cosas sobre Barclay Herne y Sinden Bawtry, Hester fue discretamente a ver al doctor Winfarthing otra vez. Todavía no había decidido oponerse a la advertencia de Monk de que tuviera cuidado, pero le constaba que si Monk la acompañaba en la búsqueda del médico al que Agatha Nisbet había aludido, era muy probable que no consiguiera convencerlo de que hablara con ella.

Como siempre, Winfarthing se alegró de verla, pero después de saludarla con su habitual afecto, se retrepó en el asiento y su aprensión fue tan patente que Hester no pudo obviarla.

—Supongo que has venido a verme a propósito de esa pobre mujer, Dinah Lambourn —dijo sombríamente.

—Nos queda poco tiempo hasta que pronuncien el veredicto —contestó Hester—. Usted conocía a Joel Lambourn. ¿Trabajó con él?

Winfarthing gruñó.

—¿Qué es lo que quieres de mí, jovencita? Si tuviera alguna prueba de que no se suicidó, ¿no crees que ya lo habría dicho en su momento?

—Por supuesto. Pero ahora las cosas han cambiado. ¿Qué sabe sobre opio y jeringuillas?

Winfarthing abrió mucho los ojos y soltó el aire lentamente.

—¿Es eso lo que tienes en mente? ¿Que se tropezó con alguien que vendía jeringuillas y opio lo bastante puro para inyectarlo directamente en la sangre? Eso puede matar a una persona si no se hace con extremo rigor. En el mejor de los casos, lo más probable es que la vuelvas adicta salvo si solo se lo administras durante unos pocos días.

—Ya lo sé —dijo Hester—. En la guerra de Secesión, algunos médicos usaban morfina para ayudar a los heridos graves. Creían que no era tan adictiva. Se equivocaron, pero lo hicieron por una buena razón. Ahora bien, ¿y si alguien lo estuviera haciendo por dinero o, peor aún, por poder?

Winfarthing asintió muy despacio.

—¡Por Dios Todopoderoso, muchacha! ¿Estás segura? Sería de una maldad monstruosa. ¿Alguna vez has visto las consecuencias que la adicción al opio tiene para un hombre? ¿Has visto el síndrome de abstinencia si no consigue la dosis necesaria? —preguntó, con el rostro transido de sufrimiento al recordarlo.

—No, no he podido compararlo con los síntomas más obvios del dolor —contestó Hester.

—Dolor no falta, desde luego —le dijo Winfarthing—. Y náuseas, vómitos, diarrea, ataques de pánico, depresión, ansiedad, insomnio, temblores, escalofríos, carne de gallina, dolores de cabeza, calambres, pérdida del apetito... y también otras cosas, si estás realmente enganchado.

Hester notó que se le tensaba el cuerpo, como si se hallara ante una amenaza contra su integridad.

—¿Por cuánto tiempo? —preguntó con voz ronca.

—Depende —contestó Winfarthing, observándola con lástima—. De dos días a dos meses.

Hester se pasó la mano por la cara.

—¿Cómo vamos a atraparlo? ¡Ni siquiera es ilegal!

—¿Crees que no lo sé? —dijo Winfarthing cansinamente—. Pero el vendedor saca pingües beneficios. Una vez que estás enganchado al opio pagarás con todo lo que tengas o harás cualquier cosa que te digan con tal de que te sigan suministrando. El estar dispuesto a hacer cualquier cosa es el problema más grave.

Si llevas razón y eso es lo que descubrió Lambourn, te enfrentas a un hombre muy malvado.

Hester frunció el ceño.

—Pero ¿por qué mataron a Lambourn? —preguntó—. ¿Qué perjuicio podía causarles? No es contrario a la ley y sin duda Lambourn lo sabía.

Winfarthing permaneció absolutamente inmóvil, mirándola fijamente como si nunca la hubiese visto con más claridad.

—¿Qué ocurre? —preguntó Hester.

—¿Lambourn vio a alguien con síndrome de abstinencia? —preguntó Winfarthing.

—No lo sé... —De pronto entendió lo que Winfarthing estaba pensando—. ¿Quiere decir que eso constaba en su informe? Una descripción de la adicción al opio causada por la jeringuilla y del síndrome de abstinencia... y la solicitud de que ese asunto se incluyera en la ley. ¡Podría convertirlo en ilegal!

—Exactamente. Tiene que ser posible redactar un proyecto de ley que permita el uso restringido y dosificado en medicamentos etiquetados que se tomen por vía oral, tal como se viene haciendo hasta ahora —corroboró Winfarthing—, pero que al mismo tiempo declare ilegal suministrarlo o tomarlo mediante una aguja, salvo que se haga por prescripción médica y, aun así, bajo una estricta supervisión. Eso convertiría a nuestro hombre en un criminal. Lo cambia todo.

—¿Y cómo podemos presentar esto ante el tribunal para absolver a Dinah Lambourn? —preguntó Hester con apremio—. ¡Solo tenemos unos días! ¿Usted prestaría declaración?

—Por supuesto que sí, pero necesitamos algo más que mi testimonio, jovencita. Necesitaremos al médico del que te habló tu enfermera Nisbet. ¿Quién es? ¿Lo conoces?

—No... aunque tengo una sospecha. Pero no sé cómo convencerlo para que testifique. A lo mejor... si...

Se interrumpió, demasiado insegura para dar a entender que tenía alguna esperanza.

—Hazlo —insistió Winfarthing—. Voy contigo. Santo cielo, haré lo que sea preciso con tal de poner fin a esto. Si hubieras visto a un hombre con síndrome abstinencia, si lo hubieras oído gritar y hacer arcadas mientras lo destrozan los calambres, harías lo mismo.

—Ver a Dinah ahorcada por un crimen que no cometió es suficiente para mí —contestó Hester—. Pero nadie se lo cree. Hay que darle sentido... y esto lo hará. Me encargaré de que Oliver Rathbone lo llame a testificar. Ahora debo ir a ver a Agatha Nisbet para que me diga dónde encontrar a ese médico.

—¿Quieres que te acompañe? —se ofreció Winfarthing, preocupado.

Hester lo meditó un momento. Sería más seguro y más cómodo si la acompañara, pero, no obstante, también le constaba que Agatha se mostraría más renuente a colaborar.

—No, gracias. Creo que es mejor que vaya sola.

Winfarthing la miró con el ceño fruncido.

—Es una locura. Debería insistir.

—No, no debería. Sabe tan bien como yo que hay que hacerlo, y ella se negará si usted viene.

Winfarthing hizo una mueca y se apoyó contra el respaldo.

—Ten cuidado —advirtió—. Si se aviene, dame tu palabra de que harás que ella te acompañe. De lo contrario, voy contigo, digas lo que digas.

—Le doy mi palabra —prometió Hester.

De pronto, Winfarthing le dedicó una sonrisa radiante.

—¡Nos veremos en el tribunal!

Dos horas más tarde Hester estaba en el atestado despacho de *Agony* Nisbet.

—No —dijo Agatha rotundamente—. No voy a hacerle eso.

Hester le sostuvo la mirada, sin dejarse amedrentar por la ira que brillaba en los ojos de Agatha.

—¿Qué le da derecho a tomar esta decisión por él? Usted me dijo que antes era un buen hombre, y que lo cambió el traficante de opio que le vendió la jeringuilla. Dele la oportunidad de ser ese buen hombre otra vez. Si no la aprovecha, no podremos hacer nada. Lambourn quedará como un suicida, ahorcarán a Dinah y nadie parará los pies a los traficantes de opio ni castigará a los que descubramos.

Agatha no contestó.

Hester aguardó.

—No intentaré obligarlo —dijo Agatha por fin—. Usted no ha visto a un adicto con síndrome de abstinencia, pues de lo contrario no me lo pediría. Usted nunca haría pasar por eso a nadie, y mucho menos a alguien que le importara... A un amigo.

—Tal vez no —concedió Hester—, pero tampoco tomaría la decisión en su lugar.

—Será el hombre que le proporciona el opio que necesita —señaló Agatha—. Sin él sufrirá el síndrome de abstinencia durante meses; quizá para siempre, de manera intermitente.

—¿Usted no puede conseguirle el opio que necesita?

—Apenas consigo el suficiente para los heridos. ¿Quiere que le dé el suyo? ¿Sabe cuánto hace falta para que un adicto lleve una vida más o menos normal?

—No. ¿Acaso eso cambia las cosas?

—¡Es una bruja dura de pelar! —dijo Agatha entre dientes.

—Soy enfermera —puntualizó Hester—. Y eso significa que soy realista... igual que usted.

Agatha dio un resoplido, se quedó callada un momento y luego estiró sus enormes hombros.

—¡Pues entonces vamos! Por lo que dice, ¡no tiene tiempo que perder!

Hester se relajó y por fin le sonrió. Luego se volvió hacia la puerta.

En cuanto vio a Agatha, Alvar Doulting supo la razón de su presencia. Negó con la cabeza, retrocediendo hacia la habitación como si arrimarse a las estanterías del fondo fuese una manera de escapar.

Agatha se detuvo y su huesuda mano agarró con tanta fuerza a Hester que le hizo un moratón en el brazo. Tuvo que morderse el labio para no chillar.

—No tienes por qué hacerlo —dijo Agatha a Doulting.

—Si no lo hace, ahorcarán a Dinah Lambourn —terció Hester—. Y el informe de Joel Lambourn nunca saldrá a la luz. En concreto la parte sobre el opio inyectable. Hagamos lo que hagamos, siempre habrá personas adictas, pero si lo declaran ilegal, habrá menos. Ha llegado la hora de decidir qué quiere hacer... o ser.

—¡No tienes por qué! —insistió Agatha. Estaba pálida y tenía la voz tomada. Sus dedos eran como un cepo en el brazo de Hester.

Doulting miraba de una a la otra mientras los segundos pasaban. Parecía vencido, como si ya no tuviera fuerzas para luchar. Tal vez supiera que no le quedaba nada que ganar, excepto el último retazo del hombre que era antes.

—No me lo impidas, Agatha —dijo en voz baja—. Si hallo el coraje suficiente, lo haré.

—¿Testificará que le explicó a Joel Lambourn la adicción que provoca tomar opio por vía intravenosa y que lo incluyó en su informe? —preguntó Hester a las claras—. ¿Y contará al tribunal qué efectos causa en quienes caen en sus redes?

Doulting la miró y asintió muy despacio.

Hester no supo si atreverse a creerlo.

—Gracias —susurró—. Avisaré a sir Oliver Rathbone.

Doulting se dejó caer de nuevo en la butaca, volviéndose hacia Agatha.

—Te conseguiré el suficiente —prometió Agatha con aspereza—. Vámonos. Ya no pintamos nada aquí. —Volvió a mirar a Doulting—. Regresaré pronto.

Rathbone estaba sentado en la cocina de Monk delante de una taza de té humeante que aún no había tocado. Había pastelitos enfriándose en una rejilla, dulces listos para la Navidad, que era al día siguiente.

—¿Estás seguro? —insistió Rathbone, mirando primero a Monk y luego a Runcorn—. ¿Es un testimonio absolutamente irrefutable?

Hester asintió con la cabeza.

—Sí. El doctor Winfarthing hablará primero, y luego Alvar Doulting. Confirmarán que Joel Lambourn fue a ver a Winfarthing, quien le habló de la venta de opio y agujas, y luego Doulting dirá al tribunal que Lambourn fue a verlo, y repetirá lo que le contó. Lambourn lo incluyó en su informe. Por eso lo asesinaron. Si lo declaraban ilegal, los vendedores perderían una fortuna. De ahí que mereciera la pena matar a Lambourn y a Zenia Gadney.

—Y ahorcar a Dinah Lambourn —agregó Runcorn con gravedad.

—Siendo así, ¿quién asesinó a Lambourn? —preguntó Monk.

—El vendedor de opio lo bastante puro para ser inyectado sin provocar la muerte y las agujas para hacerlo —dijo Hester en voz baja—. O alguien a sueldo. Moralmente, es él.

—¿Quién? ¿Barclay Herne? —preguntó Rathbone, mirando uno tras otro a los presentes.

Esta vez fue Monk quien contestó.

—Es posible, pero por lo que sabemos carece de la fortuna que semejante comercio le reportaría. Aparte de la brutalidad, es demasiado peligroso para hacerlo por una pequeña recompensa.

—Entonces, ¿quién? ¿Sinden Bawtry? Dios mío, eso sería terrible —exclamó Rathbone ante la enormidad de aquel supuesto—. Corre la voz de que va a ocupar un puesto muy importante en el gabinete. Si va a ser así, no es de extrañar que Joel Lambourn quisiera desenmascararlo cuanto antes. Podría ostentar el poder suficiente para impedir que eso se incluyera en la Ley de Farmacia. —Respiró profundamente. Seguía haciendo caso omiso de su taza de té—. Pero Bawtry estaba cenando con Gladstone aquella noche. Es un hecho incuestionable. Y se encontraba a varios kilómetros, en la otra margen del río—. ¿Herne? —preguntó Rathbone sin convicción—. ¿Haciéndolo por él? ¿Por una recompensa posterior?

Rathbone no se imaginaba a Herne con la presencia de ánimo o el coraje suficiente para hacer algo tan peligroso y que exigía una codicia tan apasionada como despiadada, a no ser que él también fuese adicto. Recordó la confianza en sí mismo de que hizo gala cuando se conocieron y la tez pálida y el nerviosismo que lo dominaba cuando lo visitó el domingo sin previo aviso.

—No podemos permitirnos una equivocación. Si digo algo tengo que estar en lo cierto y ser capaz de demostrarlo; al menos como una probabilidad, aunque no sea segura —concluyó.

Runcorn se mordió el labio.

—No será fácil. El juez quizá no sepa qué está defendiendo, pero le han advertido de que hay algo importante en juego. Quizá piense que se trata de la reputación de Inglaterra, de algo tan impersonal como envenenar a media China con opio para fumar, pero me atrevería a decir que su futuro depende de que no salga a relucir.

—Yo estoy absolutamente convencido —corroboró Rathbone. Se volvió hacia Hester—. ¿Estás segura de Agatha Nisbet se presentará? ¿Y qué me dices de Doulting? Cuando llegue el momento puede que se haya drogado hasta perder el sentido, o que esté muerto en un callejón.

Todos miraron a Hester, con el cuerpo y el rostro tensos.

—No lo sé —admitió—. Solo podemos esperar que acudan.

—No tenemos mucho que perder —dijo Rathbone a todos ellos—. Tal como están las cosas, hallarán culpable a Dinah. No tengo a otra persona a la que llamar al estrado. Ya me mintió una vez, y no estoy seguro de si tenía la menor idea sobre lo que Lambourn descubrió. Dudo que su fe en él sea suficiente.

Rathbone miró a Hester.

—¿Crees en esa tal Agatha Nisbet?

Hester no vaciló.

—Sí. Pero no será tan fácil con Alvar Doulting. Si se encuentra bien, Agatha lo traerá, pero no lo obligará. Tendrás que alargar el juicio al menos un día más. Eso la ayudará a infundirle valor y asegurarse de que tenga fuerzas suficientes.

—No tengo a nadie más —les dijo Rathbone.

—Pues tendrás que llamar a Dinah —dijo Hester, un tanto dubitativa y con la voz un poco ronca—. Inmediatamente después de Navidad.

Cuanto más sabía Rathbone sobre lo que Hester había averiguado y las futuras revelaciones que amenazaban con salir a la luz, más convencido estaba de que tanto Coniston como Pendock sabían que existía un escándalo sobre el que los habían advertido que mantuvieran en secreto, incluso a expensas de no agotar la última posibilidad de que Dinah Lambourn fuera inocente. ¿Quién más era adicto a aquel veneno? ¿Qué fortunas dependían de su venta?

Miró a Monk. Corrían un riesgo. Todos tenían plena conciencia de ello.

—Hablaré con Dinah —dijo Rathbone. No había tenido tiempo de hablar con ella desde que se había destapado que en realidad nunca había sido la esposa de Lambourn. Solo podía pensar en ella como si lo fuera—. Pero tenemos que presentar una alternativa mejor que el borroso bosquejo de un vendedor de opio de quien no sabemos ni el nombre.

Monk miró a Hester y luego a Rathbone.

—Lo sé. Seguiremos intentando averiguar quién está detrás. Pero necesitamos tiempo. ¿Puedes alargar el juicio un día más?

Rathbone deseaba decir que sí, pero abrigaba sus dudas. Si no lo lograba y el tribunal se percataba de su creciente desesperación, haciendo preguntas cuyas respuestas ya conocían, Coniston objetaría que estaba desperdiciando el tiempo del tribunal y Pendock aceptaría sus protestas con toda la razón.

Y más importante todavía, el jurado sabría que no le quedaban argumentos de defensa, pues de lo contrario los habría utilizado.

Tendrían motivos sobrados para intentar cerrar el caso el viernes a fin de no ensombrecer el resto de las fiestas navideñas.

Hester fruncía el ceño, había reparado en la indecisión de sus ojos.

—Llama al doctor Winfarthing el viernes, después de Dinah —propuso.

—¿Te inspira confianza? —preguntó Rathbone.

Hester encogió ligeramente los hombros.

—¿Se te ocurre alguien mejor?

—Ya no me siento capaz de pensar —reconoció Rathbone—. ¿Estás segura de que no dirá algo condenatorio, aunque sea sin querer?

—Casi —respondió Hester.

—¿Y esa mujer, Nisbet?

Al oír la aspereza de su voz se dio cuenta del enorme miedo que le daba que, llevado por su propia sensación de pérdida y desilusión, fuera a fallarle a Dinah, que lo pagaría con su vida.

Hester sonrió.

—Las certidumbres no existen. No es la primera vez que nos encontramos en una situación como esta. Jugamos las mejores cartas que tenemos. Nunca tenemos la seguridad de ganar. Así es como son las cosas.

Rathbone sabía que Hester llevaba razón; simplemente era menos valiente que antes, estaba menos seguro de las demás cosas que importaban. O quizás, en el fondo, estuviera menos seguro de sí mismo.

Rathbone tomó de nuevo el transbordador para cruzar el río, disfrutando contra toda lógica del viento frío y cortante en el rostro, incluso de la incomodidad de las aguas picadas. Aquel día parecía que hubiera más tráfico del acostumbrado en el Pool de Londres: grandes buques anclados aguardando a descargar, procedentes de los puertos de medio mundo, gabarras bajando mercancías por los canales desde tierra adentro o internándose en ellos desde el puerto, transbordadores zigzagueando de un lado a otro, incluso una patrullera de la policía dirigiéndose hacia St. Saviour's Dock. La impresión general era que todos trabajaran con más ahínco, que anduvieran presurosos por las calles, cargados de paquetes, deseándose felices fiestas, preparándose para la inminente Navidad.

En la margen norte bajó de la barca y pagó el pasaje. Luego caminó a paso vivo hasta Commercial Road, donde tomó un coche de punto que lo llevó de regreso al Old Bailey y a la prisión donde estaba internada Dinah Lambourn.

Antes de enfrentarse a ella se detuvo en una tranquila posada y dio cuenta de un abundante almuerzo compuesto de pudin de riñones y carne, una crujiente tajada de panceta, ostras y media botella de buen vino tinto. Estaba demasiado preocupado para apreciar los sabores y aromas, pero la comida le hizo entrar en calor y redobló su determinación. Buena parte de esta la alimentaba el enojo consigo mismo por saberse tan cerca de la derrota.

Había reflexionado sobre qué le diría y, mientras recorría los últimos doscientos metros, tomó una decisión definitiva. En la prisión dio al carcelero toda la información necesaria, identificándose por enésima vez, como si no lo conocieran.

Lo condujeron hasta la celda de piedra que tan bien conocía, donde aguardó a solas hasta que le llevaron a Dinah. Se la veía más delgada e incluso más pálida que la última vez, como si supiera que la batalla había terminado y que la había perdido. Rathbone sintió la culpa del fracaso como una profunda herida en el vientre.

—Por favor, siéntese, señora Lambourn —le pidió Rathbone, y mientras ella tomaba asiento en la silla enfrentada a él, también él se sentó. Se dio cuenta, observando su torpeza, de que el miedo la tenía atenazada.

»Acabo de hablar con el señor Monk —le dijo—. Él y el señor Runcorn han descubierto muchas cosas sobre el doctor Lambourn, todas ellas relacionadas con lo que usted me ha contado. Sin embargo, solo puedo darle un poco de esperanza porque aún no tenemos pruebas que se sostengan ante el tribunal. Llamar a esas personas será un riesgo muy grande, y tengo que estar seguro de que usted lo comprende.

—¿Han encontrado a alguien?

Su rostro reflejó una repentina, insensata e infinitamente dolorosa chispa de esperanza, y los ojos le brillaron con viveza.

Rathbone tragó saliva con dificultad.

—Personas a quienes tal vez no crean, señora Lambourn. Una es un médico que, según me han dicho, es una especie de renegado. La otra es una supuesta enfermera que dirige una clínica improvisada para estibadores en la zona de Rotherhithe. Sostiene que el doctor Lambourn consultó con ella cuando recababa información sobre el uso y los peligros del opio. Por ahora no tenemos con qué corroborar lo que dice, y no es exactamente una persona reputada. Sin embargo explicó esas cosas al doctor Lambourn y, como consecuencia, él buscó a otras personas que le contaron lo mismo.

Dinah estaba confundida.

—¿Relacionadas con el opio? No lo entiendo.

—No, no solo con el opio. Esa es la clave. Lo que dice guarda relación con el nuevo invento de una aguja hueca y una jeringuilla que permiten inyectar el opio puro directamente en la sangre. Es mucho más eficaz para aliviar el dolor, pero también para provocar una adicción al opio que tiene unos efectos terribles. —Hizo una mueca—. Un breve cielo, comprado a cambio de una vida infernal.

—¿Y eso qué tiene que ver con Joel? —preguntó Dinah—. ¿O con la muerte de la pobre Zenia? El informe de Joel solo aludía a la necesidad de etiquetar la cantidad de opio y las dosis correctas de las medicinas patentadas.

—Ya lo sé —dijo Rathbone amablemente—. Creo que descubrió lo de las jeringuillas y sus efectos por casualidad y que lo incluyó en su informe. De ser así, quizá se habría incluido en la Ley de Farmacia y, por consiguiente, venderlo de esta manera pasaría a ser ilegal.

—Si es tan terrible como dice, tienen que declararlo ilegal —dijo Dinah despacio, comprendiendo horrorizada el alcance del asunto.

Rathbone asintió.

—Destruyeron el informe, pero, por si se lo había contado a alguien, como a usted, por ejemplo, tenían que desacreditarlo.

Dinah abrió mucho los ojos.

—Lo mataron para que no pudiera explicarlo —dijo en un ronco suspiro.

—Sí —confirmó Rathbone.

—¿Y la pobre Zenia?

—Probablemente fuese como usted dijo, para librarse de usted y de cualquier cosa que él pudiera haberle contado.

—¿Quién es el médico al que ha mencionado? —preguntó Dinah.

—¿El doctor Winfarthing? No lo conozco. La señora Monk dice que el doctor Lambourn fue a consultar el asunto con él. Mi principal motivo para interrogarlo es mantener la atención del tribunal hasta que Monk convenza a Agatha Nisbet de que vaya a testificar. Y eso puede llevar un día entero. En realidad necesito llamar a alguien el viernes por la mañana, el día siguiente a la Navidad y el Boxing Day, para poder hablar con Winfarthing y advertirle, como es de justicia, que intentarán desacreditarlo en el estrado de los testigos.

—¿Y es posible que no testifique? —preguntó Dinah con voz temblorosa.

—Aparte de ser injusto, quizá no nos convenga que testifique antes de que yo haya tenido ocasión de saber qué dirá exactamente y, posiblemente, qué es lo que no debo preguntar. No olvide que el señor Coniston tendrá la oportunidad de interrogarlo después de mí. Me parece que, habiendo visto cómo actúa, le consta que hará pasar un mal rato a Winfarthing o a cualquier otro testigo de la defensa. Hará cuanto esté en su mano para destruir su credibilidad, incluso su reputación, si es preciso.

Rathbone bajó la voz, procurando ser tan amable como podía.

—No es solo su vida o su libertad lo que depende del resultado de este caso. Si usted no es culpable, tiene que serlo otra persona.

—No sé quién es. —Las lágrimas le asomaron a los ojos y los cerró—. ¿No cree que si lo supiera se lo diría?

—Sí, por supuesto que sí —dijo Rathbone en voz baja—. Pero ahora lo que tengo que hacer es que el jurado vea que existe esa persona. Y usted debe decidir si quiere que lo haga. Puede resultar muy desagradable. Y antes de llamar a Winfarthing al estrado, tengo que llenar la mañana del viernes con alguna otra cosa. Pues de lo contrario el juez dará por concluida la defensa y entonces ya será demasiado tarde. Seguro que desea que el veredicto se pronuncie antes del fin de semana. Si la llamo a usted... Usted es lo único que me queda, aparte de sus hijas. Créame, Coniston las crucificará con tal de impedir que la verdad salga a relucir. Me parece que piensa sinceramente que usted es culpable, y actuará sin contemplaciones con sus hijas.

—Testificaré —dijo Dinah, interrumpiendo cualquier otra cosa que Rathbone fuera a añadir, aunque en realidad no había nada más. Desde el principio sabía lo que le diría Dinah.

—¿Es consciente de que Coniston intentará hacerle lo mismo a usted? —preguntó Rathbone.

—Por supuesto. Me describirá como una mujer histérica que se aferra al recuerdo de un hombre que no se casó conmigo, e insistirá en que tenía miedo de perder su dinero para seguir adelante y criar a mis hijas ilegítimas. —Sonrió forzadamente, mostrando una máscara de valentía muy dolorosa de ver—. Dudo que sea peor que enfrentarse al verdugo dentro de tres semanas.

Rathbone tomó aire para replicar, pero acto seguido decidió que sería insultante ofrecerle falsas promesas. Bajó la vista a la superficie maltrecha de la mesa y luego volvió a mirarla a ella.

—Me consta que usted no mató a Zenia Gadney y que hizo que pareciera que podría haberlo hecho para que la llevaran a juicio de modo que pudiera intentar salvar el honor y la reputación de Joel. Es posible que perdamos, pero todavía no nos han derrotado.

—¿En serio? —susurró Dinah.

—En serio. El viernes la llamaré como mi primer testigo, y la mantendré en el estrado hasta que Winfarthing se presente.

—¿Lo hará? —preguntó Dinah.

—Sí.

Fue una promesa precipitada. Rathbone esperó poder cumplirla. Se levantó.

—Ahora debo irme a casa a pensar qué les preguntaré a usted y a Winfarthing.

Dinah levantó la vista hacia él.

—¿Y la señorita Nisbet? —preguntó.

—Ay, eso es diferente —dijo Rathbone—. Sé muy bien lo que le preguntaré.

Tal vez fuera exagerar un poco, pero lo que le preocupaba era que Agatha Nisbet se personara en el juzgado, no lo que le iba a preguntar. Solo le quedaba confiar en que Hester la convenciera. Sabía que Monk y Runcorn seguirían trabajando en el asesinato y buscando sin tregua a quien hubiese subido a One Tree Hill con Lambourn para dejar que se desangrara allí arriba.

Tanto Hester como Monk habían hecho lo posible para evitar que la tensión del juicio afectara a Scuff, pero el chiquillo era demasiado perspicaz para que tuvieran éxito. La mañana de Navidad fue luminosa y fría, al menos al principio, aunque luego el cielo se encapotó, anunciando una nevada.

Hester se levantó muy temprano, mucho antes del alba, para meter el pavo en el horno y colgar guirnaldas de cintas y acebo por toda la casa.

Finalmente, ella y Monk habían decidido regalar un reloj a Scuff, el mejor que pudieron permitirse, con sus iniciales y la fecha grabados en el reverso. Aparte de esto había otros detalles, como bolsitas de caramelos, dulce de leche casero y sus frutos secos favoritos. Monk le había comprado un par de calcetines de lana que abrigaban mucho y Hester había cortado cuidadosamente una de las corbatas de Monk para hacer una de la talla apropiada para el delgado cuello de Scuff. Y, por descontado, también había elegido un libro para él, uno que disfrutaría enormemente leyendo.

Hacia las ocho de la mañana, cuando por fin ya era de día, oyó que la puerta de la cocina se abría y vio que Scuff se asomaba con evidente nerviosismo. Entonces vio el acebo y las cintas y abrió mucho los ojos.

—¿Es Navidad? —preguntó casi sin aliento.

—En efecto —contestó Hester, sonriendo de oreja a oreja—. ¡Feliz Navidad!

Dejó la cuchara con la que había estado revolviendo las gachas y fue hacia él. Se planteó si debía pedirle permiso para darle un beso, pero pensó que si lo hacía le daría la oportunidad de rehusar aunque lo deseara, de modo que le dio un estrecho abrazo y le dio un beso en la mejilla.

—¡Feliz Navidad, Scuff! —dijo otra vez.

—Feliz Navidad, Hester —contestó Scuff, y se puso rojo por el atrevimiento de llamarla por su nombre.

Hester hizo como que no se daba cuenta, procurando disimular su sonrisa.

—¿Te apetece desayunar? —preguntó—. Primero hay gachas, pero no comas mucho porque luego hay huevos con panceta. Y, por supuesto, pavo asado para cenar.

Scuff inhaló profundamente.

—¿Uno de verdad?

—Pues claro. Vamos a celebrar una Navidad de verdad —le dijo Hester.

Scuff tragó saliva.

—Tengo un regalo para ti. ¿Lo quieres ahora?

No paraba quieto en la silla, como si le costara refrenar el impulso de levantarse otra vez. Hester no fue capaz de decirle que no. Scuff tenía los ojos brillantes y las mejillas encendidas. Hacerle esperar sería cruel.

—Me encantaría verlo enseguida —contestó.

Scuff se deslizó al suelo y salió corriendo al recibidor, y Hester oyó sus pasos en la escalera. Al cabo de un momento estaba de vuelta con un paquetito en la mano, envuelto con un trozo de tela. Mirándola sin perder detalle, se lo dio.

Hester, un tanto ansiosa, lo cogió y desenvolvió, preguntándose qué contendría. Era un pequeño colgante de plata con una única perla y una cadena muy fina. En aquel momento fue la joya más bella que había visto en su vida. Y le aterró pensar de dónde la habría sacado.

Levantó la vista y miró a Scuff a los ojos.

—¿Te gusta? —preguntó Scuff casi entre dientes.

Hester tenía un nudo en la garganta y tuvo que tragar saliva antes de contestar.

—Claro que me gusta. Es precioso. ¿Cómo no iba a gustarme?

¿Debía preguntarle cómo lo había conseguido? ¿Pensaría que no confiaba en él?

Scuff se relajó y su rostro reflejó un inmenso alivio.

—Lo conseguí de un alcantarillero —dijo orgullosamente—. Le hacía mandados y dejó que me lo quedara.

De repente pareció avergonzarse y apartó los ojos.

—Le dije que era para mi madre. ¿Hice bien?

Ahora fue Hester quien se sonrojó.

—Hiciste muy bien —le dijo Hester mientras se rodeaba el cuello con la cadena y abrochaba el cierre. Vio que los ojos de Scuff brillaban de placer.

»En realidad no podría ser mejor —agregó Hester—. Tenemos un par de cosas para ti, cuando William baje.

—Yo también tengo algo para él —dijo Scuff, tranquilizándola.

—No lo dudo —contestó Hester—. ¿Listo para las gachas? Hoy nos espera un día muy atareado.

—¿Cuánto dura la Navidad? —preguntó Scuff, sentándose a la mesa.

—Todo el día. En realidad, hasta medianoche —contestó Hester—. Entonces comienza el Boxing Day, que también es festivo.

—Bien, me gusta la Navidad —dijo Scuff con satisfacción.

22

El viernes se reanudó el juicio y Coniston parecía mucho más relajado, como si casi hubiese llegado al final de un largo y agotador viaje. Había algo en su rostro que bien pudiera ser compasión por Rathbone.

Pendock llamó al orden enseguida.

—¿Tiene un testigo, sir Oliver? —preguntó.

—Sí, señoría —contestó Rathbone—. Llamo a la acusada, conocida como Dinah Lambourn.

Pendock tuvo un pequeño sobresalto, como si lo considerase un error, pero se abstuvo de hacer comentarios.

Bajaron a Dinah del banquillo. Con cuidado y todo el cuerpo temblando, subió los peldaños del estrado de los testigos, agarrándose a las barandillas como si temiera caerse. De hecho, podría haberle ocurrido. Tenía la tez cenicienta; su rostro daba la impresión de que no hubiera sangre bajo la piel de alabastro.

Rathbone se situó en medio de la sala y levantó la vista hacia ella. ¿Cuánto tiempo tendría que retenerla allí? Debía hablar con Winfarthing antes de que subiera al estrado. Cualquier abogado que no lo hiciera sería un estúpido. Confiaba en Hester, pero aun así necesitaba preparar a su testigo.

—¿Vivió con Joel Lambourn durante quince años como su esposa? —preguntó Rathbone, con la voz un poco tomada.

—Sí —contestó Dinah.

—¿Llegó a casarse con él?

—No.

—¿Por qué no?

Parecía una pregunta cruel, pero quería que el jurado la entendiera y no tuviera la menor duda de que siempre había estado al corriente de la existencia de Zenia Gadney.

—Porque ya estaba casado con Zenia, que era su esposa cuando nos conocimos —contestó Dinah.

—¿Y no anuló ese matrimonio para casarse con usted? —preguntó Rathbone, procurando mostrarse sorprendido sin malicia, aunque le resultó imposible. Se estremeció al oírse.

—Nunca se lo pedí —contestó Dinah—. Sabía que Zenia había sufrido un accidente grave y que el dolor la había convertido en adicta primero al alcohol y luego al opio. Finalmente se recuperó de la ginebra, pero nunca se libró del opio por completo. Hubo un tiempo en que lo único a lo que podía aferrarse y que la salvaba del suicidio era el hecho de que Joel no la abandonara. Yo lo amaba, y siempre lo amaré. No iba a pedirle que hiciera algo que él consideraba cruel y equivocado. Me habría decepcionado que fuese un hombre que no respetara sus principios.

—¿Y no estaba mal que viviera con usted? —preguntó Rathbone, aunque solo porque le constaba que, si no lo hacía él, Coniston lo haría.

—No me pidió que viviera con él —contestó Dinah—. Lo decidí yo. Y sí, supongo que la sociedad diría que estaba mal. En realidad no me importa demasiado.

—¿No le importa que esté bien o mal, o no le importa lo que la sociedad piense de usted? —preguntó Rathbone.

—Supongo que me importa —contestó Dinah, esbozando apenas una sonrisa—. Lo de la sociedad, quiero decir. Pero no tanto para renunciar al único hombre al que he amado en mi vida. Ofendimos al decoro, o, mejor dicho, lo habríamos hecho si se hubiese sabido. Pero no hicimos daño a nadie. Quizá tampoco les habría importado tanto. Miles de personas tienen queridas o amantes. Y otras tantas recurren a las mujeres que hacen la calle. Mientras se sea discreto, a nadie le importa demasiado.

Lo que dijo era absolutamente cierto, pero Rathbone habría

preferido que no fuese tan franca. Por otra parte, era muy posible que Coniston lo sacara a colación si ella no lo hubiese hecho. Apenas le quedaba nada más que decir.

Tenía que prolongar el interrogatorio toda la mañana. Mejor cualquier cosa que el silencio si no quería que Pendock sometiera el caso a la deliberación del jurado. ¿Habría convencido Hester a Winfarthing para que acudiera? ¿Qué haría si se negara a testificar?

—¿Eran felices? —preguntó, levantando la vista hacia Dinah. Coniston se puso de pie.

—Señoría, mi distinguido colega está haciendo perder el tiempo al tribunal otra vez. Si va a servir para abreviar el juicio, aceptaré de buen grado que la acusada y el doctor Lambourn llevaban una vida ideal en común y que hasta las últimas semanas de su vida fueron tan felices como cualquier matrimonio. No veo que sea necesario llamar a una interminable sucesión de testigos para que den fe de ello.

—Nada más lejos de mi intención, señoría —dijo Rathbone indignado.

Pendock estaba impaciente.

—Siendo así, proceda a exponer su argumento, sir Oliver.

Rathbone tuvo que hacer un esfuerzo para no perder la calma. No debía permitir que el enojo o el orgullo lo distrajeran.

—Sí, señoría. —Levantó la vista hacia Dinah otra vez—. ¿El doctor Lambourn hablaba con usted de su trabajo, concretamente sobre el informe que le habían pedido que redactara sobre la venta y el etiquetado del opio?

—Sí, en efecto. Ese asunto lo preocupaba muchísimo. Quería que todos los medicamentos patentados estuvieran claramente etiquetados, con números que cualquiera pudiera leer, de modo que la gente supiera qué dosis había que tomar.

—Que usted sepa, ¿se trata de una ley muy controvertida?

Coniston se levantó otra vez.

—Señoría, la acusada no es experta en el tema, como mi distinguido colega sabe muy bien.

Pendock suspiró.

—Tomo debida nota de su objeción. Sir Oliver, le ruego que no haga preguntas que sabe perfectamente que la acusada no está cualificada para contestar. No voy a permitir que prolongue más este juicio con maniobras dilatorias que carecen de sentido.

Rathbone volvió a tragarse su enojo. Se volvió una vez más hacia Dinah.

—¿El doctor Lambourn le dijo alguna vez que se hubiera topado con críticas u objeciones por parte del gobierno o de cualquier autoridad sanitaria mientras recababa información sobre las muertes accidentales por ingesta de opio?

—No. Fue el gobierno quien le pidió que redactara el informe —contestó Dinah.

—¿Quién del gobierno, exactamente? —preguntó Rathbone.

—El señor Barclay Herne —dijo Dinah, poniendo cuidado en no mencionar que era su cuñado. Había estado a punto de hacerlo, pero se contuvo justo a tiempo.

—¿El cuñado del doctor Lambourn? —aclaró Rathbone.

—Sí.

Pendock se estaba impacientando. Fruncía el ceño y sus nudosas manos tamborileaban sobre la lustrosa madera de su asiento.

—¿El señor Herne es el responsable de ese proyecto gubernamental? —preguntó Rathbone.

—Me parece que sí —contestó Dinah—. Joel informaba a Barclay.

Consciente de la irritación de Pendock, Rathbone se dio prisa, molesto por la presión.

—¿De modo que fue Barclay Herne quien le dijo que su informe era inaceptable? —preguntó.

—Sí.

—¿La noticia dejó muy afligido al doctor Lambourn?

—Lo dejó enojado y desconcertado —respondió Dinah—. Los datos se habían recogido con sumo cuidado y tenía todas las pruebas para respaldarlos. No entendía qué problema veía Barclay en el informe, pero estaba decidido a rescribirlo con más detalles y notas para que fuese aceptado.

—¿No se sintió rechazado ni temió por el futuro de su carrera? —preguntó Rathbone, afectando sorpresa.

—En absoluto —contestó Dinah—. Era un informe. El rechazo lo consternó, pero desde luego no lo llevó a la desesperación.

—¿Le mencionó que hubiera descubierto algo especialmente penoso durante su investigación? —preguntó Rathbone.

Coniston volvió a levantarse.

—Señoría, los pormenores de la investigación del doctor Lambourn y los hallazgos que pudieran entristecerle son irrelevantes. Estamos juzgando a la acusada por el asesinato de la primera esposa del doctor Lambourn, no la incompetencia o el sentimentalismo de su...

—Acepto su protesta, señor Coniston.

Pendock se volvió hacia Rathbone.

Sin darle tiempo a hablar, Rathbone se volvió hacia Coniston como si no fuese consciente de la presencia del juez.

—Al contrario —dijo Rathbone, levantando la voz—. Usted sostiene que el doctor Lambourn se quitó la vida a causa de su desesperación por algo que ocurrió en ese período de tiempo. Al principio dijo que se trataba de una desviación sexual, que por eso recurría a una prostituta de Limehouse, y apuntó la posibilidad de que su esposa lo hubiese descubierto. Ahora que sabe que esa prostituta, como usted la llamaba, era en realidad una mujer absolutamente respetable que fue, y legalmente sigue siendo, la esposa del doctor Lambourn, ¡ha tenido que retractarse!

Coniston se mostró sobresaltado, incluso desconcertado.

—Luego dijo que la acusada mató a la víctima en un arrebato de celos porque acababa de descubrir las visitas que le hacía el doctor Lambourn —prosiguió Rathbone—. Apenas hubo dicho esto, usted averiguó que la acusada estaba al corriente de dichas visitas desde hacía quince años; de modo que ese razonamiento era a todas luces absurdo. Ahora dice que el doctor Lambourn se suicidó porque un importante y muy detallado informe que redactó fue rechazado y tenía que rescribirlo otra vez. Lo que trato de demostrar es si en efecto fue así. Tengo intención de llamar a otros testigos, profesionales en ese campo, para que den pruebas sobre el asunto.

Pendock dio un martillazo tan violento que se hizo un silencio absoluto e inmediato en la sala.

—¡Sir Oliver! Estamos juzgando a la acusada por el asesinato de Zenia Gadney Lambourn, no por la muerte de Joel Lambourn, que los tribunales ya han resuelto con un veredicto de suicidio. Los motivos que tuviera para quitarse la vida, por trágicos que fueran, no tienen cabida aquí.

—Sostengo, señoría, que en realidad son sumamente relevantes, y demostraré al jurado que así es —dijo Rathbone de un modo temerario.

—Veámoslo —contestó Pendock con escepticismo—. Aguardamos impacientes. Proceda, por favor.

Con el corazón palpitando, Rathbone se volvió de nuevo hacia Dinah.

—Me consta que le cuesta creer que el doctor Lambourn se quitara la vida —comenzó—, pero durante la semana antes de que se hallara su cuerpo, ¿en algún momento se mostró inusualmente afligido, enojado o desorientado en cuánto a qué debía hacer? ¿Lo notó distinto de como era normalmente?

Coniston hizo ademán de ir a levantarse, pero no llegó a hacerlo.

Viendo adónde quería ir a parar Rathbone, Dinah contestó.

—Sí. Dos o tres días antes de su muerte, cuando regresó a casa después de estar entrevistando a varias personas en las zonas portuarias, estaba consternado por algo que había averiguado.

—¿Le dijo de qué se trataba? —preguntó Rathbone.

En la sala reinaba un silencio absoluto. Daba la impresión que todo el público de la galería se estuviera aguantando la respiración. Ni un solo miembro del jurado movió siquiera una mano.

—No —dijo Dinah suspirando, y acto seguido hizo un esfuerzo para hablar con más claridad—. Le pregunté, pero dijo que era algo demasiado espantoso para contárselo a alguien hasta que supiera quién estaba detrás. Le volví a preguntar, pero dijo que, por mi propio bien, era mejor que no supiera nada, que había demasiado sufrimiento de por medio. Una vez que lo supiera, nunca podría olvidarlo. Me perseguiría en mis sueños, despierta o dormida, el resto de mi vida. —Las lágrimas le resbalaban por el rostro sin que hiciera nada por contenerlas—. Vi lo apesadumbrado que estaba y entendí que decía la verdad. No volví a preguntarle. No sé si para él era más fácil que yo lo supiera o que no. No tuve ocasión de averiguarlo porque dos días después estaba muerto.

—¿Pudo haber sido el número de muertes causadas por sobredosis accidentales de opio en alguna nueva zona donde estuviera investigando? —preguntó Rathbone.

Dinah negó con la cabeza.

—Me extrañaría. Si se hubiera tratado de algo atroz, un gran número de fallecimientos en una zona concreta, sin duda el señor Herne habría deseado conocer esa información, de modo que no habría sido un secreto. Tiene que haber sido otra cosa.

—Sí, entiendo lo que quiere decir —corroboró Rathbone—. ¿Le dijo en alguna ocasión lo que se proponía hacer respecto a eso tan terrible que causaba tanto sufrimiento?

Dinah permaneció callada un momento.

Un miembro del jurado se movió incómodo; otro se inclinó hacia delante como si quisiera mirarla con más detenimiento.

Coniston miraba fijamente a Rathbone, y luego levantó la vista hacia el juez.

Rathbone quería saber si Barclay Herne se encontraba en la sala. Estaba de espaldas a la galería y no se atrevió a volverse por miedo a desconcentrarse.

—Estoy intentando recordar lo que dijo —respondió Dinah finalmente—. Pensar en sus palabras y en lo que tenía en mente. Estaba muy impresionado, muy afligido.

—¿El doctor Lambourn sabía quién estaba implicado en esa abominación? —preguntó Rathbone—. ¿O algo acerca de su naturaleza?

—Solo que tenía que ver con el opio —contestó Dinah en voz baja—. Y le preocupaba sobremanera.

Esta vez Coniston sí que se puso de pie.

—¡Señoría! En ningún momento ni de ninguna manera hemos establecido que hubiera alguna abominación que descubrir, solo que ocurrió algo que preocupó mucho al doctor Lambourn. —Abrió las palmas de las manos—. Pudo ser un accidente, una desgracia natural, cualquier cosa. O, ya puestos, nada en absoluto. Solo tenemos la palabra de la acusada para pensar que lo que estamos hablando no sea más que una excusa para alargar este juicio lo máximo posible.

—No le falta razón, señor Coniston —confirmó Pendock—. Tanta pérdida de tiempo me ha agotado la paciencia, sir Oliver. Si no tiene más pruebas que presentar, someteremos el asunto a la deliberación del jurado.

Rathbone estaba desesperado. No sabía qué más preguntar a Dinah. Se había declarado no culpable cuando la acusaron, ni siquiera cabía añadir esa negación.

—Tengo otros dos testigos, señoría —dijo, oyendo su propia voz apagada, casi ligeramente ridícula. ¿Dónde demonios estaba Monk? ¿Dónde estaban Hester y el doctor Winfarthing?

Pendock se volvió hacia Coniston.

—¿Tiene alguna pregunta que hacer a la acusada, señor Coniston?

Coniston titubeó un momento y luego, bien por la cobardía de correr algún riesgo, bien por la misericordia ante la prolongación de un ritual inútil, contestó en voz baja:

—No, señoría, gracias.

Rathbone estaba vencido.

—Deseo llamar al doctor Gustavus Winfarthing, señoría, pero todavía no ha llegado al tribunal. Presento mis disculpas y solicito...

Las puertas del fondo de la sala se abrieron de golpe y un hombre inmenso entró a grandes zancadas, chaqueta al vuelo, con su mata de pelo entrecano de punta como si en la calle soplara un vendaval.

—¡No se atreva a disculparse en mi nombre! —gritó a voz en cuello—. Por supuesto que estoy aquí. Santo cielo, señor, hasta un ciego cabalgando al galope se fijaría en mí.

Se oyó una cascada de risas en la galería, tal vez debido tanto al alivio de la tensión como a la comicidad de su irrupción. Incluso un par de miembros del jurado sonrieron abiertamente para acto seguido darse cuenta de que quizá fuese poco apropiado y obligarse a adoptar de nuevo una expresión de seriedad.

Winfarthing fue derecho hasta el borde de la mesa de Rathbone y se detuvo.

—¿Está listo para preguntarme, sir Oliver? ¿O tengo que salir otra vez fuera a esperar?

—¡No! —Rathbone se esforzó en dominar su alivio y su inquietud—. Estamos preparados para que testifique, doctor Winfarthing. Si tiene la bondad de subir al estrado, señor, le tomarán juramento.

Rathbone no estaba en absoluto preparado para interrogarlo. Tenía que hablar con él a solas, saber qué podía decir para dirigir su testimonio, pero no se atrevió a poner a prueba la paciencia de Pendock por miedo a perder aquella ocasión.

Winfarthing obedeció y subió con cierta dificultad los estrechos peldaños curvos del estrado, resultándole incómodo hacer pasar su corpachón entre las barandillas. Juró decir la verdad, toda la verdad y nada más que la verdad, y luego aguardó mansamente a que Rathbone comenzara a preguntarle.

Rathbone no lo había visto jamás. En realidad, lo único que sabía de él era lo poco que le había contado Hester, sumado a lo mucho que dedujo del afecto con el que le habló de él. Incluso la mención de su nombre la hacía sonreír. A Rathbone le constaba que tenía muy poco o nada que perder. Emprendió el turno de preguntas con una bravura que distaba mucho de sentir.

—Doctor Winfarthing, ¿conocía al doctor Joel Lambourn?

—Por supuesto —contestó Winfarthing, enarcando las cejas y mirando a Rathbone como si fuese un estudiante particularmente inepto que le estuviera gastando una broma pueril—. Un hombre excelente, tanto en lo profesional como en lo personal.

Acto seguido, como si previera que Coniston objetaría que no le habían hecho esa pregunta, se volvió hacia él y lo fulminó con una mirada feroz.

—Gracias —dijo Rathbone enseguida—. ¿Le preguntó por su opinión o experiencia en relación con el uso del opio mientras investigaba para su informe durante los últimos tres o cuatro meses de su vida?

—Por descontado —dijo Winfarthing mostrando sorpresa en el rostro y la voz, como si la pregunta fuese superflua.

En la galería volvía a reinar el silencio. A sus espaldas, Rathbone no oía el menor ruido de movimiento en los asientos. Quisiera Dios que Winfarthing tuviera algo que decir que no fueran meros detalles, de modo que pudiera ocupar la tarde hasta que Monk encontrara a Agatha Nisbet y la llevara al tribunal.

—¿Por qué, doctor Winfarthing? —preguntó Rathbone—. ¿Es usted experto en el estudio de la mortalidad infantil por sobredosis de opio?

—Desgraciadamente, sí —respondió Winfarthing—. Pude confirmar buena parte de sus hallazgos y añadir mis estadísticas a las suyas, que, por cierto, eran casi idénticas.

Coniston se puso de pie.

—Señoría, si va a servir para ahorrar el tiempo al tribunal, estoy dispuesto a aceptar que las estadísticas del doctor Lambourn se obtuvieron honestamente y que, muy probablemente, fueran exactas en cuanto a la mala dosificación del opio que toman los niños. Que se trate de una tragedia que quepa combatir con una dosificación más apropiada no está dentro de nuestras atribuciones. Pero dado que sir Oliver ha dado a entender, para bien o para mal, que la muerte del doctor Lambourn no está vinculada a su informe sobre el etiquetado del opio, no veo que guarde la más remota relación con el asesinato de Zenia Gadney, aunque se diera el caso, improbable y absolutamente no demostrado, de que ella tuviera conocimiento de alguna parte de ese informe, ni siquiera en el supuesto de que obrara en su poder.

—Su protesta es pertinente, señor Coniston —respondió Pendock—. Sir Oliver, está perdiendo tiempo otra vez y no voy a consentirlo. Si el doctor Winfarthing no tiene nada más que añadir aparte de su opinión sobre la solvencia profesional del doctor Lambourn, me temo que eso ya lo hemos oído y que por tanto, tal como señala el señor Coniston, es irrelevante. Si el señor Coniston no tiene preguntas para este testigo, llame a su testigo siguiente, sea quien sea, y permítanos proseguir.

Los ojos de Winfarthing se abrieron como platos y su enorme rostro se puso rojo de ira. Giró sobre sus talones en la estrechez del estrado con cierta dificultad y fulminó con la mirada al juez, con su toga escarlata y su peluca blanca.

—Señor, tengo mucho que decir —bramó Winfarthing—, aunque soy muy consciente de que quizá no resulte agradable oírlo, pues atañe a una de las maneras más sumamente degradantes y dolorosas de abusar del cuerpo y el espíritu humanos. Atañe a los abusos cometidos con un remedio para aliviar el dolor convirtiéndolo en dinero que pasa a manos de terceros. Pero si queremos ser considerados hombres de virtud o incluso de honor, y ser dignos de pertenecer a la humanidad, no podemos permitirnos el lujo ni arrogarnos el derecho de decir que preferimos no afligirnos por escuchar la verdad.

Dicho esto, dio un cuarto de vuelta, agarrándose a las barandillas, y fulminó con la misma fiereza a los doce hombres del jurado, que no solo le concedieron su atención, sino un evidente respeto.

Pendock estaba a todas luces perplejo. Evitó mirar a Winfarthing, echó un vistazo a Coniston y, viendo que no iba a ayudarlo, finalmente se volvió hacia Rathbone.

—Haga el favor de llamar a su testigo al orden, sir Oliver —dijo enojado—. Este caos no tiene cabida en mi tribunal. Si tiene algo que preguntar que guarde relación con el asesinato de Zenia Gadney, y le recomiendo que ponga cuidado en que así sea, le ruego que prosiga sin más divagaciones ni demoras.

—¿Divagaciones? —susurró Winfarthing, en un aparte que sin duda se oyó hasta en las últimas filas de la galería.

Rathbone tuvo la sensación de que el control de la situación se le estaba yendo de las manos. Miró a Winfarthing. Entendió que a Hester le gustara; era absolutamente ingobernable. Ese rasgo resultaría atractivo a su temperamento anárquico.

—Doctor Winfarthing —dijo con suma seriedad—, ¿dio usted al doctor Lambourn alguna información que hasta entonces desconociera y que quizá luego él incluyera en su informe? Me refiero en concreto a cualquier cosa que pudiera perturbarlo lo suficiente para explicar la profunda preocupación que mostraba antes de su muerte, pero que se negó a confiarle a la acusada por considerarla demasiado angustiante.

Winfarthing lo miró asombrado.

—¡Claro que lo hice! —dijo en voz alta—. Le conté que el opio que se traga, incluso el maldito preparado que se fuma, no representa ni la mitad del problema. La Ley de Farmacia, si llega a ver la luz, será una vieja desdentada para hacer frente al problema que está comenzando a...

Pendock se echó para delante, con su cara chupada pálida como la nieve.

—Sir Oliver, si no consigue que su testigo se limite a responder a sus preguntas, tendré que...

—¡La aguja! —exclamó Winfarthing, levantando la voz con exasperación. Levantó sus manazas, mirando de hito en hito al jurado—. Un pequeño artilugio con un agujero en medio y una punta lo bastante afilada para pinchar la piel humana hasta llegar a las venas. La otra punta se une a una especie de vial o frasquito que contiene una solución de opio. Tiene que ser puro, no una mezcla como la de los remedios para la tos y el dolor de barriga. Se empuja el émbolo... —Hizo un gesto teatral, cerrando el puño como si tuviera algo dentro—. Y el opio entra en el torrente sanguíneo de las venas... ¡y se extiende por todo el cuerpo, al corazón y a los pulmones, al cerebro! ¿Lo entienden? Éxtasis, seguido de demencia. La bestia te pica una vez y, lentamente, mediante torturas que no se imaginan, dolores, vómitos, calambres, sudor frío, temblores, estremecimientos y carne de gallina, pesadillas que ningún hombre cuerdo tiene que soportar. Es lógico que nadie quiera oír hablar de ello.

Se inclinó sobre la barandilla como si escrutara sus semblantes.

—¡Pero lo que ustedes no querrían, amigos míos, es pasar por ello! O que les ocurriera a sus hijos... o, si son temerosos de Dios, a ningún ser humano que habite en la faz de la tierra.

Hizo caso omiso de que Pendock cogiera el martillo y de que Coniston estuviera de pie, dispuesto a protestar.

—¡Lo sé! ¡Lo sé! —Nada ni nadie interrumpiría a Winfarthing—. No tiene relación con la muerte de esa desdichada mujer en Limehouse. —Volvió a inclinarse sobre la barandilla, mirando detenidamente a Rathbone—. Aunque tal vez sí la tenga, ¿entiende? Resulta embarazoso hablar de ello. Nos obliga a enfrentarnos al hecho de que somos los responsables. Dios mío, si es lo bastante hombre para permitirlo, ¡séalo también para levantarse y mirarlo de frente!

El volumen de su voz había ido aumentando, haciendo que su indignación retumbara en la sala.

—Trajimos el opio a este país. Nos quedamos con el dinero de su venta. Lo usamos para aliviar nuestros dolores cuando estamos heridos. Lo bebemos para combatir la tos, el dolor de barriga y el insomnio. Hay que dar gracias a Dios... si se usa con prudencia.

Bajó la voz hasta que sonó como un gruñido.

—Pero eso no nos da derecho a pasar por alto el consumo abusivo, el horror que padecen quienes por ignorancia sucumben a la muerte en vida que conlleva la adicción. ¡Se ahogan en ella! Un inmenso océano gris de vida a medias.

»¡Y quienes se lo venden, quienes ponen en sus manos esa aguja mágica, quienes trafican a precios exorbitantes no quebrantan la ley! Así pues, ¿no es nuestro deber ante Dios y los hombres cambiar esas leyes?

En la galería no se oía ni un suspiro. Los miembros del jurado lo miraban fijamente, con los rostros cenicientos.

Coniston parecía sentirse desdichado. Miró a Pendock, luego al jurado y por último a Rathbone, pero no dijo palabra.

Rathbone carraspeó para aclararse la voz.

—¿Explicó al doctor Lambourn la horrorosa adicción que provoca el opio inyectado, doctor Winfarthing?

—¡Maldita sea! —rugió Winfarthing—. ¿Qué demonios piensa que le he estado contando?

Pendock regresó al presente de súbito, agarró su martillo y dio un golpe que sonó como un disparo.

Winfarthing se volvió y lo fulminó con la mirada.

—Ahora ¿qué pasa? —inquirió—. ¿Señoría? —agregó con un ligero matiz de sarcasmo.

—No voy a permitir que se blasfeme en mi tribunal, doctor... Winfarthing. —Fingió haber olvidado su nombre y hecho un esfuerzo para recordarlo—. Si repite esa infracción anularé su testimonio por desacato a la autoridad.

La incredulidad cambió por completo la expresión de Winfarthing. Resultó bastante patente que le acudió a la mente una réplica mordaz y que, con un esfuerzo igualmente obvio, se abstuvo de decirla en voz alta.

—Me disculpo ante el Todopoderoso —dijo sin un ápice de humildad—. Aunque estoy convencido de que sabe en qué sentido invoco Su nombre. —Miró de nuevo a Rathbone—. En respuesta a su pregunta, señor, hablé con el doctor Lambourn sobre la venta de opio adecuado para ser inyectado en las venas, así como sobre el uso que se da a esas agujas. El cual consiste en que un hombre, o también una mujer, pueden entrar en su propio infierno tras solo unos días de tomar el veneno y luego ser cautivos de él para siempre... hasta que la muerte los libere con la condenación que la eternidad tenga reservada... Dios lo quiera... ¡para el vendedor de esta pesadilla y para aquellos de nosotros que elegimos adrede ignorarlo con tal de no afligirnos!

Coniston estaba de pie, gritando con voz seca y aguda por encima del alboroto que se armó en la sala.

—¡Señoría! Tengo que hablar con vuecencia en su despacho. Es de suma importancia.

—¡Orden! —rugió Pendock—. ¡Orden en la sala!

Muy poco a poco el barullo fue decayendo. El público se revolvía incómodo en sus asientos, enojado, asustado, deseoso de que alguien le dijera que aquello no era verdad.

Pendock estaba furioso, congestionado; la mano que sujetaba el martillo le temblaba.

—Sir Oliver, señor Coniston, quiero verlos en mi despacho de inmediato. Se suspende la sesión.

Se puso de pie y salió de la sala a grandes zancadas, hecho una furia.

Sintiéndose un tanto angustiado, Rathbone siguió a Coniston y al ujier para salir de la sala por la puerta lateral y cruzar el vestíbulo. En cuanto el ujier llamó y le fue concedido permiso, entraron al despacho de Pendock.

La puerta se cerró a sus espaldas. Ambos permanecieron de pie ante Pendock, que apenas echó un vistazo a Rathbone antes de levantar la vista hacia Coniston.

—Bien, ¿qué sucede, señor Coniston? —inquirió—. Si va a decirme que el comportamiento de ese tal Winfarthing es escandaloso, sepa que soy plenamente consciente de ello. Y si sir Oliver es incapaz de controlarlo, pondré fin a su testimonio por desacato. Por el momento me parece incendiario, no probado e irrelevante.

Rathbone tomó aire para defender a Winfarthing de todas aquellas acusaciones, pero antes de que tuviera ocasión de hablar, Coniston se le adelantó.

—Señoría, todo lo que usted dice es absolutamente cierto, y me figuro que el jurado sabrá verlo como la última estratagema de un hombre desesperado, tal como hacemos nosotros. No obstante, aquí está en juego un asunto más urgente y grave. —Se inclinó un poco hacia delante, como para imprimir más importancia a sus palabras—. Winfarthing está dando a entender que ciertos hombres cometen delitos muy graves sin presentar pruebas ni dar nombres, sino lanzando una sugerencia con la que señala a hombres inocentes, simplemente porque se ha mencionado que conocían al desdichado Lambourn. Hay asuntos de Estado de por medio, señoría, un gran peligro de desacreditar al gobierno de Su Majestad tanto en la patria como en el extranjero.

—¡Tonterías! —explotó Rathbone, furioso y frustrado—. Presentar semejante excusa es ridículo cuando...

—¡No, no lo es! —le dijo Coniston, ignorando por un momento la presencia de Pendock—. Daré crédito a que usted no sabía lo que ese hombre iba a decir, pero, ahora que lo sabe, debe desestimar su testimonio, con una disculpa al tribunal y negando que haya dicho la verdad sobre...

—No negaré que haya dicho la verdad —interrumpió Rathbone—. No puedo hacerlo, y usted tampoco. Y si eso es lo que le dijo a Lambourn, resulta relevante tanto si es cierto como si no. Es lo que Lambourn creyó.

—¡Usted no sabe si Lambourn se lo creyó! —protestó Coniston, con el rostro colorado—. Solo cuenta con la palabra de Winfarthing. Ese vendedor de opio, suponiendo que exista, podría ser... ¡cualquiera! Es absolutamente irresponsable, y aterroriza al público sin una buena razón.

—Lo que es irresponsable es condenar a Dinah Lambourn sin ofrecerle la mejor defensa posible —replicó Rathbone—. Y oyendo cada argumento y cada testimonio que...

—¡Basta! —Pendock levantó la mano—. La cuestión de las agujas no guarda relación con el homicidio de Zenia Gadney. Le dieron un golpe y la destriparon. Con independencia de lo que Winfarthing crea saber o haya oído sobre la venta o la adicción al opio, no tiene nada que ver con el obsceno asesinato de una mujer en el embarcadero de Limehouse. No estaba comprando ni vendiendo opio, y tampoco ha demostrado que la víctima tuviera alguna relación con ese tráfico.

—Gracias, señoría —dijo Coniston, relajado por fin y borrando toda inquietud de su rostro. No miró a Rathbone.

Pendock tenía mala cara, pero asintió aceptando el agradecimiento de Coniston. Se volvió hacia Rathbone.

—El lunes comenzará con el alegato final y someteremos el asunto al jurado. ¿Queda claro?

Rathbone se sintió abatido.

—Tengo un testigo más, señoría —comenzó.

Coniston se irguió de golpe.

—¿Testigo de qué? —preguntó con acritud—. ¿De los horrores de la degradación de quienes deciden volverse adictos en nuestros callejones?

—¿Acaso hay más? —le espetó Rathbone—. ¡Según parece está mejor informado que yo!

—Sé que hay mucha habladuría y ganas de armar escándalo —repuso Coniston—. Mucho sensacionalismo y ganas de asustar al público y apartar su atención del asesinato de Zenia Gadney, pobre mujer. ¡Y usted habla de hacer justicia! ¿Qué me dice de hacerle justicia a ella?

—Hacerle justicia sería descubrir la verdad —dijo Rathbone igualmente enojado. Cuando dio media vuelta para enfrentarse de nuevo a Pendock, se fijó por primera vez en la fotografía enmarcada que tenía encima de la mesa, un poco a su derecha, normalmente en la línea de visión del juez, no de la de sus visitas. Aparecía una mujer y dos muchachos, uno de los cuales se asemejaba bastante a Pendock. De hecho, podría haberse tratado de este treinta y cinco años antes. El otro muchacho también guardaba cierto parecido, pero no tanto. ¿Hermanos?

Sin embargo, el elegante vestido de la mujer era moderno, de las dos últimas temporadas como máximo. Y Pendock habría tenido veintidós o veintitrés años, que era la edad que aparentaba el muchacho, en torno a 1832. Por aquel entonces no se hacían fotografías como aquella. Tenían que ser la esposa y los hijos de Pendock. Y Rathbone estuvo casi seguro de haber visto antes al otro hijo en una fotografía, tomada en un entorno muy diferente del decorado en el que posaba junto a su madre. En la otra fotografía llevaba mucha menos ropa, su desnudez era erótica, y la otra persona era un niño menudo y estrecho de pecho, tal vez de cinco o seis años.

Coniston dijo algo. Rathbone se volvió hacia él, sin saber qué debía contestar. Estaba aturdido, como si se hallara en el mar y la habitación se balanceara. El rostro le ardía.

Coniston lo miró atentamente, entornando los ojos con preocupación.

—¿Se encuentra bien? —inquirió.

—Sí... —mintió Rathbone—. Gracias. Sí. Estoy... bastante bien.

—Entonces comenzará su alegato el lunes por la mañana —dijo Pendock fríamente.

—Sí... señoría —contestó Rathbone—. Por... por supuesto.

Ya no había más que hablar. Rathbone echó un último vistazo a la fotografía enmarcada, se excusó y salió del despacho, dejando a Coniston y a Pendock a solas.

Rathbone regresó a su casa sin salir de su aturdimiento. El coche podría haberle llevado a cualquier otra parte sin que él se percatara. El conductor tuvo que llamarlo cuando llegaron ante su puerta.

Rathbone se apeó, pagó al cochero y subió la escalinata. Al entrar habló un momento con Ardmore, dándole las gracias y pidiéndole que no permitiera que se le molestara hasta nuevo aviso.

—¿Cenará el señor? —preguntó Ardmore un tanto preocupado.

Rathbone se obligó a ser cortés. Su mayordomo no merecía menos.

—Creo que no, gracias. Si cambio de opinión, quizá tome unos emparedados o un trozo de tarta, cualquier cosa que la señora Wilton tenga a mano. Y una copa de brandy. Dentro de un par de horas. Necesito pensar. Dudo que vaya a venir alguien, pero excepto al señor Monk, no recibiré a nadie.

Ardmore no se tranquilizó lo más mínimo.

—¿Se encuentra bien, sir Oliver? ¿Seguro que no puedo hacer nada más por usted?

—Estoy la mar de bien, gracias, Ardmore. Debo tomar una decisión muy difícil relativa a este caso. Necesito tiempo para sopesar qué es mejor hacer por una mujer acusada de un asesinato que no cometió; yo al menos creo que no lo cometió. El de esa mujer asesinada de manera tan brutal; me parece que murió para servir a un propósito; que su muerte fue orquestada por un hombre o unos hombres que han cometido otros delitos. Y debo hacerlo por el bien de la justicia en su sentido más amplio.

—Sí, señor —dijo Ardmore, pestañeando—. Me aseguraré de que no lo molesten.

Rathbone estuvo sentado a solas casi una hora, sopesando si quería estar seguro de que el joven de la fotografía de Ballinger era hijo de Pendock. Si no iba a utilizarla, en realidad no importaba quién fuese.

Si era Hadley Pendock, ¿cómo la utilizaría? Para conseguir

un veredicto concreto, no. Tenía muy claro que hacer algo semejante sería imperdonable. Pero Grover Pendock había actuado en contra de Dinah a lo largo de todo el juicio, sin desperdiciar una sola ocasión. Ahora se había propuesto concluir el juicio antes de que Agatha Nisbet pudiera testificar y, aunque ella se presentara el lunes, no se le permitiría decir algo que pudiera desenmascarar a Herne, a Bawtry o a quien hubiese cobrado por los asesinatos de Joel Lambourn, Zenia Gadney y, por consiguiente, también por el de Dinah Lambourn.

Eso era del todo inadmisible.

Llamaron a la puerta.

—Adelante —contestó Rathbone, sorprendido de alegrarse ante la interrupción que había pedido específicamente que fuera impedida.

Ardmore entró con una bandeja de bocadillos de pan moreno y rosbif, acompañados de un platillo con los mejores encurtidos que preparaba la señora Wilton. También había un trozo de tarta de frutas y una copa de brandy.

—Por si le apeteciera, señor —dijo Ardmore, dejando la bandeja en la mesa que Rathbone tenía al lado—. ¿Le sirvo también una taza de té, tal vez? ¿O café?

—No, gracias, esto es excelente. Por favor, dígale a la señora Wilton que agradezco sus atenciones, así como las suyas. Pueden retirarse. Ya no volveré a necesitarlos.

—Sí, señor. Gracias, señor.

Ardmore se marchó, cerrando la puerta sin hacer ruido. Rathbone oyó sus pasos, apenas un susurro, cruzar el vestíbulo hacia la cocina.

Cogió un bocadillo. Bien podía tomarse un breve respiro, y se dio cuenta de que tenía apetito. El bocadillo estaba recién hecho, y los encurtidos, muy ricos. Comió uno, luego otro, luego un tercero.

¿Arthur Ballinger había comenzado así, sintiendo y pensando exactamente lo mismo que ahora sentía y pensaba él: una herramienta sucia para salvar a una persona inocente? ¿De qué servía un abogado que estuviera más preocupado por su propio bienestar moral que por la vida de su cliente? Si Rathbone utilizaba la fotografía de Hadley Pendock, suponiendo que en efecto fuese él, después se sentiría mancillado. El juez Pendock lo odiaría. Se guardaría mucho de decir a terceros qué instrumento había usado Rathbone, aunque bien podría comentarles que se trató de algo inusual, algo que un caballero nunca se rebajaría a tocar, y mucho menos a blandir contra otro. No les diría que Rathbone había podido hacerlo porque su hijo había violado a indefensos niños sin hogar.

Y si no la utilizaba y Dinah Lambourn moría en la horca, ¿cómo se sentiría? ¿Qué pensarían de él Hester y Monk? Y más importante todavía, ¿qué pensaría él mismo?

¿En defensa de qué volvería a luchar? Habría abdicado de su responsabilidad de actuar. ¿Había alguna excusa para ello?

En cualquier caso, tanto si utilizaba la fotografía como si no, ¿en qué se estaba convirtiendo el propio Rathbone? ¿En un cobarde de moral intachable que consentía en ahorcar a una mujer inocente? ¿En un hombre prudente que tendría pesadillas el resto de su vida mientras dormía solo en su magnífica cama, en una casa silenciosa?

¿O en un hombre con las manos manchadas por algo equivalente al chantaje, para obligar a ser honesto a un juez débil?

Terminó el segundo bocadillo, se comió la tarta y apuró la copa de brandy. El lunes iba a llevar a cabo una decisión que cambiaría su vida y, con un poco de suerte, también la de Dinah, así como la de quien hubiese asesinado a Lambourn y a Zenia Gadney.

Se levantó y fue hasta la caja fuerte donde guardaba las fotografías de Arthur Ballinger. Algún día tendría que buscar un sitio mejor, fuera de su casa, pero en ese momento se alegró de tenerlas a mano.

Sacó la caja de las fotografías y la abrió con toda calma, pues la decisión ya estaba tomada. Las fue mirando una por una. Lo repugnaba y asqueaba su chabacanería, aunque ahora lo impresionaban más la crueldad y la indiferencia ante la humillación y el sufrimiento de los niños.

La encontró. Era el mismo rostro que el de la fotografía con marco de plata de Pendock. En la parte inferior, con letra de Ballinger, ponía «Hadley Pendock» y la fecha y el lugar donde se había tomado.

Rathbone la devolvió a su sitio, hizo un apunte en su agenda, comprobó que fuese correcto y luego cerró la caja y volvió a guardarla.

Sabía lo que le tocaba hacer el lunes por la mañana antes de que se reanudara el juicio, por más duro, doloroso y repelente que le resultara. La vergüenza era amarga, pero no cabía compararla con la soga del verdugo.

23

Por la mañana, mucho antes de que se reanudara el juicio, Rathbone volvió a abrir la caja fuerte y sacó una de las copias que Ballinger había hecho de la fotografía de Hadley Pendock. Era bastante pequeña, solo de siete centímetros por diez, una muestra para que cualquiera viera lo que figuraba en el original. Aun así, los rostros se identificaban con claridad.

Rathbone se la metió en un bolsillo entre dos hojas de papel de carta, salió de casa y tomó un coche de punto para dirigirse al Old Bailey. Tenía que llegar temprano. Mientras circulaba por las calles grises de aquella mañana gélida se negó a pensar lo que debía hacer, cómo lo diría o cómo reaccionaría Pendock. La decisión estaba tomada, y no era que fuese buena, solo que la alternativa era intolerable.

Llegó al tribunal incluso antes que el ujier y tuvo que aguardar a que este llegara, sorprendido de ver a Rathbone allí tan pronto.

—¿Va todo bien, sir Oliver? —preguntó preocupado. Sin duda sabía cómo estaba yendo el caso. Su rostro reflejaba pesadumbre.

—Sí, gracias, Rogers —contestó Rathbone sombríamente—. Tengo que hablar con su señoría antes de la sesión de hoy. Es de suma importancia, y quizá me lleve una media hora. Mis disculpas por las molestias que le estoy causando.

—No es ninguna molestia, sir Oliver —dijo Rogers enseguida—. Es un caso desdichado. Quizá no debería darme pena la señora Lambourn, pero me la da.

—Eso le honra, Rogers —contestó Rathbone, esbozando una sonrisa—. ¿Puedo esperar aquí?

—Sí, por supuesto, señor. En cuanto vea a su señoría le diré que está aquí y que es urgente.

—Gracias.

Transcurrieron otros veinticinco minutos hasta que Pendock apareció en el amplio vestíbulo y vio a Rathbone. Su expresión era adusta, y estaba claro que no le complacía lo más mínimo lo que se temía que iba a ser una entrevista desagradable.

—¿Qué sucede? —preguntó en cuanto ambos estuvieron en su despacho con la puerta cerrada—. No puedo permitirle más libertades, Rathbone. Ya ha agotado la indulgencia del tribunal. Lo siento. Esta vez está en el bando perdedor. Acéptelo, hombre. No lo... alargue más, por el bien de todos, incluso el de la acusada.

Rathbone tomó asiento con parsimonia, dando a entender que no daba por zanjado el asunto. Reparó en el parpadeo de irritación del semblante de Pendock.

—Esto no habrá terminado, señoría, hasta que se hayan escuchado todos los testimonios y el jurado emita un veredicto —contestó Rathbone. Tomó aire y lo soltó muy despacio.

»Debido a ciertas circunstancias —prosiguió Rathbone— completamente ajenas a mi deseo, acabo de heredar una colección de fotografías que guardo a buen recaudo, fuera de mi casa.

Aquello no tardaría en ser verdad.

—¡Por el amor de Dios, Rathbone, me trae sin cuidado lo que haya heredado! —dijo Pendock con incredulidad—. ¿Qué demonios le ocurre? ¿Está enfermo?

Rathbone se llevó la mano al bolsillo y sacó las hojas de papel con la fotografía dentro. Una vez que se la mostrara a Pendock, igual que César, habría cruzado el Rubicón, la línea que separaba un lado del otro; e igual que César, habría declarado la guerra a su propio pueblo.

Pendock hizo ademán de ir a levantarse con la intención de poner fin a la reunión.

Rathbone quitó la hoja de papel y dejó la fotografía a la vista.

Pendock le echó un vistazo. Tal vez no la viera claramente. Torció el gesto con repugnancia.

—¡Dios Todopoderoso! ¡Qué obscenidad! —Levantó los ojos—. ¿Qué le hace pensar que podría desear ver semejante inmundicia?

—No se me habría ocurrido hasta el viernes —contestó Rathbone, con voz temblorosa pese al gran esfuerzo que hacía por dominarla—, cuando vi el rostro del mismo joven en esa fotografía de ahí.

Dirigió la mirada hacia el retrato familiar con marco de plata que había encima de la mesa.

Pendock siguió su mirada y se puso rojo como un tomate. Cogió la fotografía de Rathbone y la acercó al marco para compararlas. Entonces perdió todo el color, quedando su tez tan gris como las cenizas de una chimenea por la mañana. Dio un traspié hacia atrás y se desplomó en su sillón.

Rathbone no se había sentido peor en toda su vida, peor que cuando se enfrentó a Ballinger en su celda o que cuando lo halló asesinado poco después; peor que cuando Margaret lo había abandonado; pues aquello lo estaba provocando él adrede y podría haber optado por no hacerlo.

Pendock levantó la cabeza y miró a Rathbone con el mismo desprecio con el que había mirado la copia fotográfica cuando no sabía quién era la persona que aparecía en ella.

—¡No hallaré no culpable a Dinah Lambourn! —dijo despacio, con la voz ronca y la garganta seca—. Le... le pagaré lo que quiera, ¡pero no burlaré la ley!

—¡Maldita sea! —le gritó Rathbone, casi poniéndose de pie—. ¡No quiero su puñetero dinero! Y tampoco comprar un veredicto orquestado. No lo he querido en toda mi vida y no lo quiero ahora. Solo quiero que presida este juicio con ecuanimidad. Quiero que permita que mis testigos presten declaración y que el jurado oiga lo que tienen que decir. Luego le daré el original de la fotografía y todas las copias, y usted podrá hacer con ellos lo que quiera. Que hable o no con su hijo es decisión suya, y que Dios le asista.

Se inclinó sobre la mesa hacia Pendock.

—Estaba dispuesto a darme dinero para evitar que su hijo pagara por la violación de niños, por más que le resulte repugnante. ¿Tanto le repele conceder a Dinah Lambourn al menos la justicia de una vista imparcial? Ella también es hija de alguien, hay personas que la aman. Y aunque no las hubiera, ¿acaso lo merecería menos?

—Es el instinto... natural —farfulló Pendock—. Esta calumnia perjudicará al gobierno, a buenos hombres. No podemos cambiar la ley y coartar la libertad de que otras personas tomen lo que sea para aliviar su dolor, ni siquiera por el bien de las pocas que abusan del opio.

—Amo mi libertad tanto como cualquiera —contestó Rathbone—. Pero no a costa de los más débiles y vulnerables, ni de aquellos que se aprovechan en beneficio propio. ¿Ama usted a su hijo más que a la justicia?

Pendock se tapó la cara con las manos.

—Lo parece, ¿verdad? —susurró—. No. Creo que no. Pero... —Abrió los ojos lentamente, y de pronto su rostro fue el de un anciano—. Traiga a sus testigos, Rathbone.

Veinte minutos después Rathbone estaba de pie en el entarimado ante el estrado de los testigos, que estaba ocupado por la mujer más corpulenta que recordaba haber visto en su vida. No era obesa, pero, con su estatura en torno al metro ochenta y en lo alto del estrado, parecía descollar sobre todos los presentes. Era tan ancha de hombros como un estibador, tenía el pecho voluminoso y los brazos musculosos. Gracias al cielo iba vestida sobriamente, aunque su expresión transmitía fiereza, como si desafiara al ritual y a los representantes de la ley a que la intimidaran.

Rathbone sabía lo que Agatha Nisbet iba a decir, no solo por lo que le había referido Hester, sino porque había hablado con ella.

Estaba al tanto de su pasión por aliviar el sufrimiento de quienes no tenían otro lugar al que acudir, de sus conocimientos sobre la adicción al opio y su síndrome de abstinencia, así como de la compasión que le inspiraba Alvar Doulting, a quien conoció antes de que sucumbiera. Hester le había advertido de que Agatha podría ser difícil de manejar. Rathbone estaba convencido de que Hester se había quedado corta. Aun así, acababa de usar los medios que más temía para forzar aquella oportunidad, y no se iba a echar para atrás.

El tribunal aguardaba, el público de la galería se calló, los miembros del jurado estaban sorprendidos de que aún quedara algo por oír. Coniston estaba más que sorprendido. Parecía confundido. Obviamente, Pendock no había tratado de explicarle lo ocurrido. ¿Cómo iba a hacerlo?

Rathbone carraspeó. Tenía que ganar. El precio ya estaba siendo demasiado alto.

—Señorita Nisbet —comenzó—, tengo entendido que dirige una clínica de beneficencia en la margen sur del río para tratar a obreros de los muelles y a marineros que sufren heridas o enfermedades a causa de la naturaleza de su trabajo. ¿Estoy en lo cierto?

—Sí, señor —contestó Agatha. Su voz era inesperadamente dulce para ser una mujer tan corpulenta. A nadie le habría sorprendido que sonara como la de un barítono.

—¿Utiliza opio para aliviarles el dolor? —preguntó Rathbone, allanando el terreno hacia la conexión con Lambourn.

—Sí, claro que lo hago. No hay otra cosa mejor. Algunos padecen dolores horribles —contestó Agatha—. Rómpase media docena de huesos y sabrá lo que es el dolor. Que le aplasten un brazo o una pierna y todavía lo sabrá mejor.

—Iba a decir que me lo puedo imaginar —dijo Rathbone con amabilidad—, pero sería mentira. No tengo la menor idea, cosa que agradezco profundamente.

Vaciló un momento para permitir que el jurado se pusiera en la misma situación, enfrentándose a un dolor que no cabía ni en sus pesadillas, y así se hicieran una idea sobre lo que aquella mujer veía a diario.

—De modo que utiliza grandes cantidades de opio. Sin duda sabe dónde comprarlo, ¿y quizá también algo sobre el comercio del opio en general? —Lo entonó como si fuese una pregunta más que una aseveración—. Y, por supuesto, ¿sobre sus efectos en las personas cuando ya se han curado?

Coniston hacía patente su desconcierto, pero hasta entonces no lo había interrumpido. Seguramente lo haría en cualquier momento.

—Por descontado —le contestó Agatha.

—En este contexto, ¿fue a verla el doctor Lambourn durante las últimas semanas de su vida? Eso sería hace tres o cuatro meses.

—Sí. Me preguntó sobre la calidad del opio y si sabía cómo administrarlo sin riesgo de pasarme con las dosis —dijo Agatha.

Coniston ya no pudo aguantar más. Se puso de pie.

—Señoría, ¿esto nos va a conducir a algún argumento relevante? Supongo que mi distinguido colega no está intentando desacreditar el trabajo que está haciendo esta mujer para aliviar el sufrimiento de unos hombres heridos, solo porque quizá carezca de formación médica. Si esto es, en efecto, lo que Lambourn intentaba hacer, ¡no es de extrañar que el gobierno considerase mejor suprimir el informe!

Hubo murmullos de aprobación en la galería.

Pendock se mostró indeciso. Miraba alternativamente a Coniston y a Rathbone.

Rathbone intervino.

—No, señoría. Mi intención es la contraria. Solo trato de establecer las aptitudes y la dedicación de la señorita Nisbet, sus conocimientos sobre el mercado del opio y, por consiguiente, que era normal que el doctor Lambourn quisiera consultarla, quizá con cierta profundidad.

—Proceda —dijo Pendock aliviado.

Coniston se sentó, aún más desconcertado.

Rathbone se volvió de nuevo hacia Agatha Nisbet.

—Señorita Nisbet, me parece que no es necesario que el tribunal conozca todos los detalles de sus conversaciones con el doctor Lambourn en relación con la adquisición y la disponibilidad de opio, como tampoco sobre los medios que usted use para conocer su calidad. Aceptaré que es usted una experta, y solicitaré a su señoría si el tribunal aceptará el testimonio de su éxito en el tratamiento del dolor como prueba suficiente. —Se volvió hacia Pendock—. ¿Señoría?

—La aceptaremos —contestó Pendock—. Le ruego que avance en el objetivo que le haya hecho llamar a la testigo en relación con la muerte de Zenia Gadney.

Coniston se relajó y apoyó la espalda contra el respaldo de su asiento.

—Gracias, señoría —dijo Rathbone gentilmente. Levantó la vista hacia Agatha otra vez—. Cuando el doctor Lambourn fue a verla, ¿sobre qué estaba interesado y esperaba que usted lo informara, señorita Nisbet?

—Sobre el opio. En concreto le interesaba saber quién lo cortaba y con qué, de modo que dejara de ser puro —contestó Agatha—. Así que le conté lo que sé sobre su comercio. Me escuchó de principio a fin, pobre diablo. —La expresión de su rostro, ensombrecido por una oscura y compleja emoción, resultaba indescifrable—. Le expliqué todo lo que sabía.

—¿Sobre el transporte de opio y su entrada en el puerto de Londres? —prosiguió Rathbone.

—Eso fue lo primero que quiso saber —contestó Agatha.

—¿Y después?

—¡Señoría! —protestó Coniston.

—Siéntese, señor Coniston —ordenó Pendock—. Debemos permitir que la defensa llegue a un punto de cierta relevancia, y supongo que no tardará en llegar.

Coniston se quedó anonadado. Saltaba a la vista que había contado con que Pendock lo respaldara, pero, al menos por el momento, estuvo dispuesto a aguardar.

Rathbone comenzó de nuevo.

—Me figuro que le explicaría algo más que los meros pormenores del transporte —dijo a Agatha—. Eso no parece que guarde relación alguna con la muerte de Zenia Gadney, así como tampoco con su muerte, según parece por suicidio.

—Claro que no —dijo Agatha muy indignada—. Le hablé del nuevo método para administrar opio de alta calidad con una aguja. Actúa más deprisa y con más contundencia contra el dolor. El problema es que luego resulta mucho más difícil dejar de tomarlo. Cuanto más tiempo lo tomas, más cuesta. Semanas o incluso más, y hay personas que nunca pueden parar. Entonces eres dueño de sus vidas. Venderían a su propia madre por una dosis.

Esta vez Coniston no vaciló. Ya estaba de pie y avanzaba a grandes zancadas hacia el entarimado antes incluso de comenzar a hablar.

—¡Señoría! Ya hemos establecido que es posible que la ignorancia o la torpeza pueden conducir a un mal uso del opio, y probablemente de cualquier otro medicamento, y su señoría ha dictaminado que sacarlo a relucir aquí, en este juicio que no tiene nada que ver con el opio salvo muy de refilón, es irrelevante. Supone una pérdida de tiempo, asustará a la opinión pública innecesariamente y bien podría resultar difamatorio para médicos que no están presentes para defenderse a sí mismos, su honor y su reputación.

Pendock tenía la tez cenicienta, y todo el mundo podía ver cuánto le costaba el esfuerzo que hacía para dominarse.

—Pienso que debemos permitir que la señorita Nisbet nos cuente qué preocupaba tanto al doctor Lambourn, si es que en efecto lo sabe —contestó—. Le advertiré de que no deben mencionarse nombres, excepto si tiene pruebas de lo que diga. Esto debería bastar para disipar su inquietud a propósito de posibles calumnias. —Se volvió hacia Rathbone—. Por favor, continúe, sir Oliver, pero llegue a alguna cuestión relevante tan pronto como pueda, preferiblemente antes del almuerzo.

—Gracias, señoría. —Rathbone le dedicó una gentil inclinación de cabeza. Antes de que Coniston hubiese regresado a su sitio, confundido y enojado, pidió a Agatha Nisbet que prosiguiera.

—Me hizo un montón de preguntas sobre la adicción —dijo Agatha en voz baja—. Sobre cómo superarla. Le dije que para la mayoría era imposible.

Ahora el silencio en la sala era absoluto, como si todo hombre y mujer estuviera conteniendo el aliento, temeroso de moverse por si el menor ruido fuese a distorsionar una palabra.

Había llegado la hora. Rathbone vaciló, respiró profunda y lentamente, y luego hizo la pregunta, con la voz un poco ronca.

—¿Y él cómo reaccionó, señorita Nisbet?

—Se quedó hecho polvo —dijo Agatha llanamente—. Me pidió si le mostraría alguna prueba, de modo que supiera de qué estábamos hablando, y así poder incluirlo en su informe para el gobierno.

—¿Le dijo por qué quería incluirlo en su informe?

—¡Claro que no, pero no soy idiota! Quería que el gobierno hiciera una ley para que fuese delito vender a la gente esa clase de opio, con las agujas para inyectarlo en la sangre. Quería que solo los médicos que realmente supieran lo que hacían pudieran administrárselo a los pacientes. —Miró a Rathbone con una rabia tan intensa que las palabras parecían insuficientes para expresarla. Parpadeó varias veces—. Quería ver por sí mismo lo que realmente le hace a una persona... Quería saberlo todo.

—¿Y usted se avino a hacerlo? —preguntó Rathbone en voz baja.

—Faltaría más —contestó Agatha en tono mordaz, aunque su voz reflejaba pesadumbre, y Rathbone se sintió culpable por lo que se disponía a hacer. Pero no tenía elección. No solo estaba dando el último y más desesperado paso en defensa de Dinah Lambourn, sino que le constaba que aquel era el motivo por el que había muerto Joel Lambourn y que, sin lugar a dudas, era lo correcto. Sería un auténtico horror aguardar a que con el tiempo se destrozara la vida a miles, decenas de miles de personas. El sufrimiento de una sola era un precio demasiado bajo para eludir la cuestión.

Coniston estaba de pie.

—Señoría, la señorita Nisbet quizá sea una mujer de gran valía, y no es mi intención menospreciar su entrega y su esfuerzo, pero todo su testimonio sigue siendo de oídas. Supongo que no será adicta al opio. Si lo es, parece arreglárselas de maravilla para disimularlo. Sería frívolo dar a entender que le sienta bien, pero lo que sí digo es que es una mera observadora y, por añadidura, sin la debida formación profesional. Si tenemos que creer todo esto sobre el opio, también será preciso el testimonio de médicos que lo corroboren, no el de la señorita Nisbet, pese a su gran labor humanitaria.

Pendock miró a Rathbone con una expresión inquisitiva y una mirada de pánico en los ojos hundidos.

Rathbone se volvió hacia el estrado.

—¿A quién fue a ver con el doctor Lambourn, señorita Nisbet?

—Al doctor Alvar Doulting —contestó Agatha con voz ronca—. Lo conozco desde hace años. Lo conocí cuando era uno de los mejores médicos que haya visto en mi vida.

—¿Y ahora ya no lo es? —preguntó Rathbone.

La mirada de Agatha fue de amargura y pesar.

—Hay días en los que está bien. Hoy lo estará, seguramente.

—¿Está enfermo? —preguntó Rathbone.

Coniston volvió a ponerse de pie.

—Señoría, si el testigo no va a venir por motivos de salud o de otra índole —señaló en tono cáustico—, ¿cuál es el propósito de este testimonio de oídas?

—Está viniendo, señoría —dijo Rathbone, rezando para que fuera verdad. Se suponía que Hester iba a llevarlo al tribunal, con ayuda de Monk si era preciso.

Coniston miró a su alrededor como si buscara al médico. Encogió ligeramente los hombros.

—¿En serio?

Rathbone estaba desesperado. Ni Monk ni Hester habían entrado en la sala para indicarle que Doulting ya hubiese llegado. Si Rathbone lo llamaba y Doulting no se presentaba, Coniston exigiría que comenzaran con los alegatos y Pendock no tendría excusa alguna para oponerse.

—Todavía me quedan algunas preguntas que hacer a la señorita Nisbet —dijo Rathbone, pensando apresuradamente cómo alargar el interrogatorio un poco más. En realidad había muy poca cosa que Agatha Nisbet pudiera decir sin que resultara patente, incluso para el jurado, que Rathbone estaba ganando tiempo.

—Señoría. —El hastío de Coniston solo era ligeramente exagerado—. El tribunal ya está siendo bastante indulgente con la acusada al permitir que este médico testifique. Si ni siquiera puede presentarse...

Pendock tomó las riendas de la situación. Dio un discreto golpe con el martillo.

—Se levanta la sesión durante una hora para permitir que todo el mundo se serene, quizá tomando un vaso de agua.

Se levantó rígidamente, como si le dolieran las articulaciones, y salió de la sala.

En cuanto se hubo marchado, Coniston fue en busca de Rathbone. Tenía el semblante muy pálido y era la primera vez que Rathbone lo veía así, con el cuello duro un poco torcido.

—¿Podemos hablar? —preguntó Coniston con apremio.

—Dudo que haya mucho que decir —contestó Rathbone.

Coniston movió la mano como si fuera a coger a Rathbone del brazo, pero cambió de opinión y la dejó caer otra vez.

—Por favor. Este asunto es muy grave. No estoy seguro de que usted entienda el alcance de sus consecuencias.

—Y yo no lo estoy de que vaya a suponer diferencia alguna —le dijo Rathbone con franqueza.

—De todos modos, no me vendría mal tomar una copa —repuso Coniston—. Estoy confuso, y creo que usted también. ¿Qué le ha hecho a Pendock? ¡Parece un muerto viviente!

—Eso no le incumbe —respondió Rathbone con un asomo de sonrisa para que sus palabras no fueran hirientes aunque las hubiese dicho en serio—. Si él quiere contárselo, es asunto suyo.

Salieron al vestíbulo y Coniston se paró de golpe, mirando fijamente a Rathbone. Por primera vez se dio cuenta de que realmente algo había cambiado, quizá para siempre, y que ya no controlaba la situación.

Rathbone pasó delante, salió del juzgado y bajó la escalinata hasta la calle. Fueron a la taberna más cercana y decente que encontraron y pidieron brandy, a pesar de que era media mañana.

—Está jugando con fuego —dijo Coniston en voz muy baja después de tomar el primer sorbo de su copa, dejando que el aguardiente le calentara la garganta—. ¿Sabe qué clase de restricciones iba a defender Lambourn y quién se convertiría en delincuente si se aprobaran?

—¡No! —contestó Rathbone, también en voz baja—. Pero estoy empezando a tener claro que usted sí.

Coniston se mostró adusto.

—Sabe que no puede preguntármelo, Rathbone. El secreto profesional me impide revelar lo que se me haya confiado.

—Eso depende en buena medida de quién lo haya hecho —señaló Rathbone—. Y de si oculta la verdad sobre la muerte de Lambourn y, por consiguiente, protege a quien asesinó y evisceró a Zenia Gadney.

—Ni por asomo —respondió Coniston, abriendo mucho los ojos—. Me conoce lo suficiente para pensar algo semejante.

—¿Está seguro? —preguntó Rathbone, buscando los ojos de Coniston y sosteniéndole la mirada—. ¿Qué me dice del asesinato de Dinah Lambourn? Y eso es lo que será si permitimos deliberadamente que la ahorquen por un crimen que no cometió. Creo que usted ve con tanta claridad como yo que en este pleito hay mucho más que meros celos entre dos mujeres que se conocen desde hace casi veinte años.

Coniston permaneció callado un momento y tomó otro sorbo de brandy. La mano que sostenía la copa presentaba los nudillos blancos.

—La muerte de Lambourn fue el catalizador —dijo finalmente—. De pronto su dinero estaba en juego, la vida que llevaba Dinah con sus hijas podía cambiar drásticamente.

—Tonterías —repuso Rathbone—. La vida de Dinah terminó con la muerte de Lambourn porque ella lo amaba. Fue asesinado debido a su propuesta para añadir restricciones a la venta de opio, encaminadas a combatir la adicción que provoca inyectarlo. Dinah está dispuesta a arriesgarse a que la ahorquen para limpiar su nombre de la deshonra que supone el suicidio y restablecer su reputación como profesional, y tal vez incluso para que alguien termine su trabajo, simplemente porque Lambourn creía en él. Y eso a pesar de que ella no sabía, y sigue sin saber, en qué consistía realmente.

—¡Por el amor de Dios, Rathbone! —exclamó Coniston—. Se enfrenta al verdugo porque la evidencia dice que es culpable. Mintió a Monk y fue descubierta. Según los testimonios que usted ha presentado, si Lambourn no se quitó la vida, incluso es posible que también lo matara ella. Solo contamos con su palabra y la de su cuñada para sustentar que estuviera enterada de la existencia de Zenia Gadney. Sigue siendo más que razonable decir que no se enteró hasta después de la muerte de Lambourn, y esa es la conexión. —Sonrió con amarga ironía—. Quizás usted mismo haya demostrado que es culpable de ambos asesinatos. Suponiendo que el de Lambourn lo fuera.

Rathbone se quedó mirando fijamente a Coniston. Lo conocía desde hacía años, aunque no muy bien. En ese momento se dio cuenta de lo poco que sabía. Buena familia; excelente educación; buena carrera, cada vez mejor. Matrimonio afortunado aunque posiblemente aburrido, tres hijas y un hijo. Pero nada sabía sobre el hombre en sí mismo, sus esperanzas o sus sueños. ¿Qué lo ofendía, qué le hacía reír? ¿Qué temía, aparte de la pobreza y el fracaso? ¿Tenía miedo de cometer un error y condenar a una persona inocente, o solo de que se supiera? ¿Alguna vez se sentía solo? ¿Dudaba de lo mejor de sí mismo o temía lo peor? ¿Había amado a alguien que resultó ser la persona equivocada, tal como le había sucedido a Rathbone?

No tenía ni idea.

—¿Le importa saber la verdad? —dijo Rathbone en voz baja.

Coniston se inclinó sobre la mesa con el rostro tenso, los rasgos súbitamente tirantes a causa de su apremio.

—¡Por supuesto que sí! Y lo que más me importa es que no traicionemos las leyes y las libertades de nuestro país, la tolerancia debida a que cada individuo tenga derecho a tomar los medicamentos que decida y del modo que decida. Informar es una cosa, y la apoyo por completo, pero ilegalizar el opio y convertir en delincuentes a quienes lo venden es harina de otro costal. No puede demostrar nada con el testimonio de esa tal Nisbet. Lo único que hace es asustar a la gente que más ayuda necesita.

—Quizá seamos capaces de llevar a cabo lo que dicte la Ley de Farmacia, tanto si se restringe la venta de opio como si no. Esa decisión no nos corresponde —arguyó Rathbone—. Pero podemos y debemos influir en lo que suceda en el Old Bailey esta semana. Más vale que decida de qué lado está, Coniston, porque no podrá nadar y guardar la ropa por mucho más tiempo. ¿Está seguro, más allá de toda duda razonable, de que lo que dice esa mujer no es verdad y de que no guarda relación alguna con el motivo por el que mataron a Lambourn?

Coniston pestañeó.

—¿Qué está diciendo? ¿Que un vendedor de opio puro mató a Lambourn y después a Zenia Gadney?

—¿Está seguro de que no fue así? —Rathbone inhaló profundamente y soltó el aire despacio. El corazón le palpitaba en el pecho con tanta violencia que sin duda le hacía temblar todo el cuerpo—. ¡Usted sabe quién es!, ¿verdad?

Fue una afirmación, no una pregunta; de hecho, casi una acusación.

—No mató a Lambourn ni a Zenia Gadney —dijo Coniston en voz tan baja que Rathbone apenas lo oyó—. ¿Realmente piensa que no me habría cerciorado?

—¿Lo hizo? ¿Le consta, Coniston, o es lo que cree? —preguntó Rathbone. ¿Volvía a escurrírsele todo de las manos, ahora que lo tenía agarrado, como arena entre los dedos?

—Me consta —contestó Coniston—. Concédame al menos eso. Él cree que la reacción de Lambourn a lo que le dijo Agatha Nisbet fue histérica y completamente desproporcionada. Quería que se suprimiera esa parte de su informe. No es culpable de esto. Lambourn era un fanático y se suicidó. Su esposa no pudo soportarlo y eligió esta espantosa y demencial intentona para forzar la mano del gobierno.

La mirada le vaciló un instante, de un modo casi imperceptible.

—¿Qué? —inquirió Rathbone.

—Traiga a su testigo. —La voz de Coniston fue un susurro, prácticamente ahogado en su garganta. Suspiró—. Juegue su baza. Supongo que de todos modos lo hará. Pero queda advertido: si se las arregla para arruinarle la vida a un hombre inocente, me encargaré personalmente de que pague por ello con su carrera. Me importa un bledo lo inteligente que sea.

—¿Inocente de qué? ¿De asesinar a Lambourn y a Zenia Gadney, o solo de vender a la gente un billete de ida al infierno?

—¡Déjese de piruetas y demuestre alguna cosa! —contestó Coniston.

—Descuide. —Rathbone se terminó el brandy—. Pero no lo olvide: basta con una duda razonable. —Dejó el vaso vacío en la mesa y se puso de pie. Se dirigió hacia la calle sin volver la vista atrás.

De regreso en el juzgado, Rathbone no vio rastro de Hester ni de Monk en los pasillos. La tensión le agarrotó los músculos.

El juicio se reanudó con Agatha Nisbet de nuevo en el estrado. Los miembros del jurado estaban pálidos y descontentos, pero ninguno de ellos apartó la mirada o la atención de ella.

—Señorita Nisbet, nos ha descrito uno de los sufrimientos más terribles que cualquiera de nosotros hubiera oído jamás —comenzó Rathbone—. ¿Describió estas mismas cosas al doctor Lambourn?

—Sí —contestó Agatha simplemente—. Lo cogí y se las mostré.

—¿Y cómo reaccionó el doctor Lambourn? —preguntó Rathbone, levantando la vista hacia Agatha otra vez.

—Se quedó muy angustiado —contestó ella—. Parecía que tuviera las fiebres palúdicas. Al principio solo le repugnó, como le pasaría a cualquiera, y luego, a medida que fue viendo más cosas, la cara se le puso grisácea y tuve miedo de que fuera a darle una apoplejía o un ataque de corazón. Incluso fui a buscarle una copa de brandy.

—¿Y eso lo reanimó? —preguntó Rathbone.

—No mucho. Parecía que hubiese visto la muerte de frente. Me figuro que así fue, solo que aún faltaban unos días para que lo encontraran con las muñecas cortadas, pobre hombre.

Su lenguaje era rudo, pero la compasión que transmitía su rostro, incluso la pena, era demasiado intensa para subestimarla o ignorarla.

Rathbone corrió un riesgo adrede, pero el tiempo apremiaba.

—¿Le pareció que tuviera tendencias suicidas?

—¿El doctor? —dijo incrédula—. ¡No diga tonterías! Estaba empeñado en ponerle fin, costara lo que costase. Nunca pensó que pudiera costarle la vida. Y mucho menos la de su esposa.

—¿Se refiere a Zenia Gadney?

—No había oído hablar de ella hasta ahora. Me refería a Dinah. Y si piensa que ella lo mató, está más loco que quienes están encerrados en Bedlam, encadenados a las paredes, aullando a la luna.

Rathbone contuvo la risa casi histérica que le provocó aquella respuesta.

—Nunca he pensado tal cosa, señorita Nisbet. Como tampoco pienso que matara a la señora Gadney. Creo que Dinah Lambourn adivinó parte de esto. Luego, cuando asesinaron a Zenia Gadney, permitió que la acusaran, e incluso reforzó su apariencia de culpable, diciendo una mentira que sabía que no tardaría en ser descubierta.

Vaciló solo un instante.

—Esto es lo que hizo, arriesgando su propia vida, para que este tribunal tuviera ocasión de esclarecer y sacar a la luz la verdad. Le agradezco, señorita Nisbet, el coraje que ha demostrado viniendo aquí para hablarnos de unos horrores que sin duda hubiera preferido con mucho no tener que revivir. Por favor, aguarde en el estrado por si el señor Coniston tiene algo que preguntarle.

Regresó a su asiento, preguntándose qué haría Coniston, y si Pendock lo respaldaría en caso de que protestara.

Coniston se levantó despacio. Caminó hasta el centro del entarimado con más garbo del habitual en él. Rathbone no lo conocía suficientemente para estar seguro de si ello se debía a un exceso de confianza o si se trataba de una manera de ganar tiempo por carecer de ella.

En cuanto Coniston habló, tuvo claro que se trataba de lo segundo. Toda su anterior certidumbre se había desvanecido, pero, no obstante, llevaba una buena máscara. El jurado no se percataría.

—Señorita Nisbet —comenzó Coniston gentilmente—, ha visto cosas muy chocantes y atroces. Merece usted mi respeto, dado que está claro que han despertado su compasión y su voluntad de ayudar y atender a quienes enferman por la causa que sea. —Dio dos o tres pasos hacia la izquierda y regresó—. En todo este horror, ¿llegó a ver el rostro de algún hombre responsable de la venta de opio y de esas agujas para inyectarlo en la sangre? ¿Está segura de que lo reconocería si lo viera en un contexto distinto del de su comercio?

Rathbone reparó en la expresión confundida del semblante de Agatha. Se puso de pie.

—Señoría, la señorita Nisbet no ha declarado que lo reconocería, ni siquiera que supiera su nombre. Lo único que ha dicho es que el doctor Lambourn reaccionó con suma aflicción al oír su relato y que se comportó como si supiera de quién se trataba.

—Tiene razón, sir Oliver —confirmó Pendock. Se volvió hacia Coniston—. Tal vez sería más sencillo, señor Coniston, si se limitara a preguntar a la testigo si cree que reconocería a ese hombre si lo viera aquí o en algún otro lugar.

Coniston apretó los dientes pero obedeció.

Agatha contestó sin rodeos.

—Que yo sepa, no lo he visto nunca. Pero... —se interrumpió bruscamente.

—¿Pero...? —preguntó Coniston enseguida.

—Pero eso no sirve de nada —contestó Agatha, resultando obvio que mentía.

Coniston tomó aire para hacerle otra pregunta, pero en el último momento cambió de parecer.

—Gracias, señorita Nisbet —dijo. Dio media vuelta y se dirigió hacia su mesa—. ¡Oh! Solo una cosa más, ¿el doctor Lambourn le dijo que sabía quién era ese hombre, o que lo conociera, que fuera a desafiarlo, a arruinarle la vida, a encargarse de que lo encarcelaran? ¿Algo por el estilo?

Se trataba de una apuesta, e incluso el jurado pareció ser consciente de ello. El silencio era absoluto.

Rathbone se levantó de nuevo.

—Señoría, ¿tal vez una pregunta a la vez resultaría más clara, tanto para la señorita Nisbet como para el jurado?

—En efecto —concedió Pendock—. Señor Coniston, tenga la bondad.

Coniston se sonrojó, y apretó tanto la mandíbula que los músculos le sobresalieron.

—Señoría —dijo con un ligerísimo matiz de sarcasmo en su aquiescencia—. Señorita Nisbet, ¿el doctor Lambourn le dijo que conocía a ese hombre que según usted vende opio para enriquecerse?

—No, señor, pero se puso tan pálido como si fuera a desmayarse —contestó Agatha.

—¿Pudo ser debido a la reacción natural de un hombre honrado ante tan abominable crimen y sufrimiento?

—Claro que pudo serlo —dijo Agatha con sequedad.

—¿Dijo que tuviera el deseo o la capacidad de arruinar la vida de ese hombre? Por ejemplo, ¿enviándolo a prisión? —prosiguió Coniston.

—Fui a buscarle un brandy. No dijo gran cosa, aparte de darme las gracias.

—Entiendo. ¿En algún momento le dijo que fuera a enfrentarse a ese hombre, a acusarlo o hacerle responder por su espantoso comercio? ¿Le dijo el nombre de ese hombre?

—No.

—Gracias, señorita Nisbet. No tengo más preguntas.

Rathbone estaba de pie una vez más.

—Con la venia, señoría, ¿puedo repreguntar?

—Por supuesto —le dijo Pendock.

Rathbone levantó la vista hacia Agatha.

—Señorita Nisbet, ¿se formó usted la opinión de que el doctor Lambourn se quedó profundamente consternado por lo que usted le contó?

—Claro que lo estaba —dijo Agatha con mordacidad.

—¿Debido al sufrimiento, al crimen que implicaba?

—Creo que fue porque tenía una idea de quién era el responsable —contestó Agatha despacio y con toda claridad—. Pero no me lo dijo.

Se produjo un inmediato rumor de asombro y espanto en la sala. Rathbone se volvió hacia la galería y, justo en ese momento, se abrió la puerta y Hester entró. Sus ojos se encontraron y Hester asintió discretamente. El alivio invadió a Rathbone como una oleada de calor. Se volvió hacia el juez, todavía con una sonrisa en los labios.

—Quisiera llamar al doctor Alvar Doulting al estrado, señoría.

Pendock echó un vistazo al reloj de la pared de enfrente.

—Muy bien. Proceda.

Alvar Doulting recorrió el pasillo entre los asientos de la galería hasta el entarimado. Subió los peldaños del estrado de los testigos con cierta dificultad. Cuando llegó arriba y se puso de cara a Rathbone, todo lo que Agatha Nisbet había dicho sobre un infierno en vida devino súbitamente real para Rathbone. Doulting parecía un hombre que viviera en una pesadilla. Tenía la piel cenicienta y reluciente de sudor. A pesar de que se aferraba a la barandilla, temblaba violentamente. Tenía un tic en un músculo de la cara y estaba tan demacrado que los huesos del cráneo daban la impresión de tirar de la piel.

Rathbone sintió una desgarradora culpabilidad por haberlo obligado a acudir al juzgado.

Doulting prestó juramento, dando su nombre y sus cualificaciones profesionales, que eran impresionantes. Quedó claro que antaño fue un gran médico en ciernes. El hombre que ahora tenían delante resultaba aún más espantoso por esta razón.

Basándose en lo que Agatha Nisbet le había dicho, Rathbone comenzó su interrogatorio, apremiado por la sensación de que Doulting quizá no resistiría mucho tiempo en condiciones de poder declarar. Si la diarrea, los vómitos o los calambres que Winfarthing le había descrito como síntomas de la abstinencia lo acometían, sería incapaz de continuar, por más vital que su testimonio fuese para el caso. Y, sin embargo, se sentía cruel haciéndolo.

—Gracias, doctor Doulting —dijo Rathbone con absoluta sinceridad—. Agradezco que haya venido y, dado que obviamente no se encuentra usted bien, seré tan breve como pueda. ¿Habló con el doctor Lambourn poco antes de su muerte a primeros de octubre?

—Sí, en efecto —contestó Doulting. Su voz era firme pese al deterioro físico.

—¿Le preguntó acerca de la venta y el uso de opio, en el curso de su investigación para una posible Ley de Farmacia que preparaba el Parlamento?

—Sí.

—¿Qué le contó usted, si es que lo hizo, aparte de los peligros que entraña el abuso de esa sustancia o el que no esté debidamente etiquetada?

Doulting agarró la barandilla con más fuerza y respiró profundamente.

—Le expliqué el alivio que el opio supone para el dolor agudo cuando se inyecta directamente en el torrente sanguíneo utilizando el invento reciente de una aguja hueca acoplada a una jeringuilla. También le conté lo mucho más adictivo que resulta cuando se administra así, de modo que en cuestión de días es prácticamente imposible que una persona sea capaz de prescindir de él. Se adueña de su vida. El infierno que conlleva no tomarlo es casi tan malo como el dolor que en su momento alivió.

Rathbone estaba obligado a hacer la pregunta siguiente, por más que detestara hacerla.

—¿Y usted por qué lo sabe, doctor Doulting?

—Porque soy adicto —contestó Doulting—. Me lo dieron con la mejor intención, cuando me rompí la pelvis en un accidente. El dolor era casi insoportable. Me dieron opio durante cierto tiempo, hasta que los huesos se soldaron. Ahora que prácticamente he olvidado ese dolor, desearía no haber tomado opio, no saber nada sobre él. Me da miedo el infierno del síndrome de abstinencia y solo soporto sobrevivir por el consuelo que me traerá la próxima dosis de opio.

—¿Dónde lo obtiene? —preguntó Rathbone.

—Se lo compro a un hombre que me lo vende lo bastante puro para que me lo pueda inyectar.

—¿Es caro?

—Sí.

—¿Cómo hace para pagarlo?

—He perdido todo lo que tenía; mi casa, mi familia, mi consulta. Ahora tengo que encargarme de venderlo a otros que también se han convertido en sus esclavos. A veces pienso que sería mejor estar muerto. —Lo dijo sin un ápice de melodrama, sin la más mínima autocompasión—. Desde luego sería mejor para los demás, y quizá también lo sería para mí.

Rathbone deseó contestar reconfortándolo, aunque solo fuese reconociendo su dignidad, pero aquel no era el lugar para hacerlo.

—¿Sabe el nombre de ese hombre, doctor Doulting? —preguntó.

—No. Si lo supiera se lo habría dicho.

—¿En serio? ¿Qué sucedería con su suministro, entonces?

—Se interrumpiría, tal como me figuro que sucederá ahora que he testificado aquí. En realidad ya no me importa.

Rathbone bajó la mirada.

—Nada de lo que yo diga mitigará su dolor. Lo mejor que puedo ofrecerle es mi agradecimiento por venir a declarar ante este tribunal, habida cuenta del coste que tendrá para usted. Le ruego que aguarde por si el señor Coniston quiere hacerle alguna pregunta.

Coniston se levantó lentamente.

—Doctor Doulting, ¿espera que aceptemos este espantoso relato fundamentándonos solo en su palabra? Según usted mismo acaba de admitir, se ha convertido en el criado de ese hombre y hará cualquier cosa con tal de conseguir su dosis de opio.

Doulting lo miró con hastiado desdén.

—Si duda de mi palabra, vaya a los callejones de los bajos fondos donde se cobijan los perdidos y los moribundos. Encontrará a otras personas que le dirán lo mismo. ¡Por el amor de Dios, fíjese en mí! Antes del opio era tan respetable como usted y mi vida era tan confortable como la suya. Tenía categoría y posición, un hogar y una profesión. Tenía salud. Por las noches dormía en mi propia cama y me levantaba con ganas de comenzar el nuevo día. Ahora lo único que quiero es redimirme y morir.

Una oleada de compasión recorrió la sala en forma de suspiros y murmullos, y resultó tan palpable que el propio Coniston se vio incapaz de continuar. Levantó la vista hacia Doulting y luego miró a Rathbone. Alguien de la galería le gritó que se sentara.

Pendock hizo sonar el martillo.

—¡Orden! —dijo, levantando la voz—. Orden en la sala. Gracias, señor Coniston. ¿Eso es todo?

—Sí, señoría, gracias.

Pendock miró a Rathbone.

—Sir Oliver, mañana podrá hacer su alegato. Se levanta la sesión.

Al caer la noche, Rathbone, Monk, Hester y Runcorn se sentaron a la mesa de la cocina para cenar algo, beber té y planear el último día del juicio. El aguanieve azotaba las ventanas y el horno convertía la estancia en una isla de calor.

—Es posible que tenga pruebas suficientes para lograr un veredicto fundamentado en una duda razonable —dijo Rathbone con tristeza—. Supongo que eso es mejor que lo que esperaba conseguir hace un par de días. Pero quiero demostrar su inocencia. Si no conseguimos algo mejor, su vida seguirá siendo una ruina.

—Y no habrá limpiado el nombre de Lambourn —señaló Monk.

Hester contemplaba los platos del aparador, pero era evidente que miraba más allá, hacia un lugar que solo ella veía.

—¿Piensas que Lambourn sabía quién era? —preguntó, meneando un poco la cabeza y mirando a Rathbone—. Tenía que saberlo, ¿verdad? O, como mínimo, quienquiera que sea ese hombre, creía que Lambourn lo sabía. Sin duda es la razón por la que lo asesinaron. Si hubiese entregado ese informe y el gobierno lo hubiese leído, concretamente el señor Gladstone, vender opio quizás habría pasado a ser ilegal. Eso significa que es alguien a quien conocía.

Rathbone lo meditó unos instantes.

—Tendría sentido —opinó Runcorn—. Si lo mató alguien a quien conocía, se explicaría que saliera a reunirse a solas con él aunque fuera de noche. Quizás incluso subió a One Tree Hill por su cuenta.

—Si subió de noche a la colina con él, conociéndolo y sabiendo qué hacía, ¡Lambourn sería un idiota! —dijo Monk ferozmente. Se pasó las manos por el pelo—. Perdón —se disculpó—. Hay algo que estamos pasando por alto. En realidad bien pudo subir a la colina con alguien a quien conocía. No había huellas de cascos de caballo ni marcas de neumáticos en el sendero o en la hierba, y nadie pudo subirlo a cuestas sin ayuda. Incluso entre dos habría sido difícil. No tendría sentido.

Rathbone asintió.

—Siempre hemos dado por sentado que subió por voluntad propia, pero solo. —Se volvió hacia Runcorn—. ¿Había otras huellas aparte de las suyas?

—Las del hombre que lo encontró y, para cuando yo llegué, las de otros policías y las del médico forense —contestó Runcorn—. Tal vez estuvieran las de otra persona, pero no las habría visto. Y para serle franco, entonces yo también creí que se trataba de un suicidio. No pensé en otras alternativas. Tendría que haberlo hecho —agregó, culpándose de un descuido irresponsable.

Rathbone miró a Monk y vio lástima en su semblante. Aquello habría sido inimaginable tan solo un par de años antes, pero tuvo el tacto suficiente para no ofrecer un falso consuelo.

Fue Hester quien habló.

—En realidad sabemos que no fueron Herne ni Bawtry en persona porque hay muchas personas que pueden jurar haberlos visto en otro lugar. De modo que si uno de ellos era quien vendía el opio, tuvieron que contar con un tercero que sería el autor material del asesinato de Lambourn. Sin embargo, no pueden dar cuenta de su paradero cuando Zenia Gadney fue asesinada. No se les ocurriría buscar una coartada porque, como nadie más lo sabía, no existía conexión.

—¿Pagaron a alguien para que matara a Lambourn? —preguntó Rathbone—. ¿A Zenia? ¿Es concebible? ¿Y luego la mataron para que no pudiera traicionarlos o hacerles chantaje?

—¿Por qué esperar dos meses? —preguntó Monk.

—Quizá no intentó chantajearlos hasta entonces —sugirió Rathbone.

—O quizá no sean ni Herne ni Bawtry —terció Runcorn—. ¿Qué nos queda si es alguien totalmente distinto?

Monk suspiró.

—Veamos quién tiene que ser. —Fue contando con los dedos los distintos puntos, uno por uno—. Alguien a quien Lambourn conocía y que tenía el poder necesario para lograr que se rechazara su informe y tildarlo de incompetente. —Pasó al segundo dedo—. Alguien capaz de conseguir opio de gran pureza para venderlo. —Se tocó el tercer dedo—. Alguien que estaba enterado de su relación con Zenia Gadney, y que estaba en posición de hacer que pareciera que Dinah la había matado.

—Uno más —agregó Hester.

—¿Cuál?

—Alguien que conocía a una mujer que pudiera hacerse pasar por Dinah en la tienda de Copenhagen Street. Tal vez llevara peluca para imitar el peinado de Dinah, pero tuvo que ser una mujer —contestó.

—Salvo que fuera la propia Dinah —apostilló Monk. Los miró a todos para ver qué pensaban.

De pronto Rathbone tuvo una idea. Levantó la vista de golpe.

—Creo... creo que ya lo tengo. —Sus palabras sonaron absurdas, no valientes o desesperadas—. Mañana quiero a Bawtry en el juzgado, y también a Herne y a su esposa. Creo que sé cómo jugársela en el estrado.

—¿Crees? —dijo Monk en voz baja.

—Sí... Eso creo. ¿Tienes una idea mejor?

Monk volvió a pasarse las manos por el pelo.

—No.

Miró a Runcorn.

—Haremos lo que quiera —prometió Runcorn—. Dios nos asista.

—Gracias —contestó Rathbone casi en un susurro, preguntándose si estaba en lo cierto y si lo conseguiría.

24

Rathbone durmió mal. Tenía muchas cosas en mente, demasiadas posibilidades de vencer y de fracasar. Su plan estaba trazado, pero todo dependía del equilibrio en esta última gran apuesta. Daba vueltas en la cabeza a todo lo que podía decir, a cada desastre que cupiera eludir o aprovechar en beneficio de su defensa.

De vez en cuando lo vencía el sueño, pero por poco rato. Si perdía, Dinah acabaría en la horca. En cualquier caso, al utilizar la fotografía para condicionar la postura de Pendock, para forzar decisiones que de otro modo no habría tomado, ¿qué había hecho Rathbone consigo mismo? ¿Cómo podía justificarlo?

¿Alguna vez lo perdonaría Pendock? Si estuviera seguro, no importaría. Ahora bien, ¿cómo podía uno estar seguro alguna vez?

¿Tenía la certeza de que Dinah fuese inocente? ¿La estaba viendo como a una mujer que lo arriesgaría todo para salvar el nombre de su marido porque así era como quería verla, porque necesitaba creer que alguien hiciera algo semejante? ¿Y acaso eso aliviaba, aunque solo fuese en parte, el dolor que aún le causaba el amargo final de su propio matrimonio?

Se despertó tarde, y tuvo un momento de pánico por miedo a llegar al Old Bailey con retraso. Hacía un frío inusual, el cielo estaba plomizo y el viento del este anunciaba aguanieve o algo peor. Las aceras estaban heladas y le costó mantener el equilibrio al recorrerlas a grandes zancadas.

El primer testigo a quien llamó fue Runcorn, que ya lo estaba aguardando en el vestíbulo cuando se dirigió a su despacho para ponerse la peluca y la toga. Jamás hubiese imaginado que alguna vez fuese a encontrar tranquilizadora la figura de Runcorn, pero así fue aquel día. Runcorn emanaba solidez, certidumbre en las cosas que creía, incluso en su propia identidad.

—Todos presentes y en orden, sir Oliver —dijo Runcorn en voz baja.

Por un momento, Rathbone se quedó perplejo. Le pareció una manera bien extraña de referirse a sí mismo.

—El matrimonio Herne, Bawtry y el forense, señor —explicó Runcorn—. Y la señora Monk dice que hará lo posible por traer al doctor Doulting otra vez, tal como usted pidió. Es posible que el pobre esté demasiado enfermo.

Rathbone inhaló profundamente y soltó el aire con un alivio inmenso.

—Gracias.

—Y también ha venido un tal señor Wilkie Collins —prosiguió Runcorn—. Algo en relación con la Ley de Farmacia. Dice que la defiende, y que le haga saber que recuerda a Joel Lambourn. Deduzco que es alguna clase de escritor.

Rathbone sonrió.

—En efecto, lo es. Por favor, salúdelo de mi parte, señor Runcorn. Si salgo vivo de esta, lo invitaré a cenar al mejor restaurante de Londres.

Runcorn correspondió a su sonrisa.

—Sí, señor.

Media hora después Runcorn estaba en el estrado de cara a Rathbone. En la galería reinaba el silencio, los doce miembros del jurado permanecían inmóviles en sus asientos. Algunos de ellos también mostraban signos de haber pasado una mala noche.

En lo alto de la presidencia, Pendock parecía un anciano. Rathbone no tenía ningunas ganas de mirarlo, pero eso sería a un mismo tiempo estúpido y grosero en extremo. Era plenamente consciente de que si no hubiese hablado, Pendock quizás habría muerto sin haberse enterado de la anomalía de su hijo. Sin duda sería una pesada carga que sobrellevar, fuera cual fuese la naturaleza de aquel juicio.

En la mesa contigua Coniston se veía nervioso, mirando a un lado y a otro. Incluso el jurado debió de darse cuenta de que había perdido el aplomo que había exhibido hasta la mañana anterior.

Rathbone carraspeó y tosió un par de veces.

—Señor Runcorn, a la luz de nuevas pruebas y de ciertos hechos que no parecen estar del todo claros, debo pedirle que rememore su testimonio anterior sobre la muerte de Joel Lambourn.

Coniston hizo ademán de levantarse, pero Pendock se adelantó.

—Entiendo su protesta, señor Coniston, pero aún no se ha dicho nada. Interrumpiré a sir Oliver si se aparta del asunto. Me figuro que la acusación tiene tantas ganas de descubrir la verdad como el resto del tribunal. Si el doctor Lambourn en efecto fue asesinado, debemos saberlo en interés de la justicia. —Sonrió con tan mala cara como la de un hombre que se ahogara—. Si la acusada también es culpable de ese crimen, supongo que querrá saberlo.

Coniston se sentó de nuevo, mirando a Rathbone con una expresión de absoluta confusión.

—Sí, señoría —dijo a regañadientes.

Rathbone aguardó unos segundos antes de hacer la primera pregunta a Runcorn.

—Lo llamaron para que se encargara de la investigación de la muerte del doctor Lambourn, en cuanto la policía local se dio cuenta de quién era y de la importancia del caso, ¿no es así?

—Sí, señor —contestó Runcorn sin más. Aquella era la última baza y no había tiempo para decir más que lo imprescindible.

—¿Usted examinó el cuerpo y la escena del crimen? —preguntó Rathbone.

—Sí, señor.

—¿Sabría decirnos si el doctor Lambourn fue a pie hasta el lugar donde lo hallaron o si lo llevaron allí de alguna manera?

—Puedo decir que en el suelo no había marcas de ninguna

clase de transporte, señor —dijo Runcorn con firmeza—. Ninguna rodada en las inmediaciones, tampoco huellas de caballos, solo las de varios hombres y las de un perro, que encajaban con las que pertenecen al caballero que halló el cadáver.

—¿Esa ausencia de marcas lo llevó a concluir que el doctor Lambourn fue a pie?

—Sí, señor. Era un hombre de estatura y peso medianos. Habría sido imposible que un solo hombre lo llevara hasta allí arriba desde el sendero. Hay una distancia considerable, unos cien metros, y el terreno es empinado.

—¿Dos hombres? —preguntó Rathbone.

Coniston, exasperado, puso los ojos en blanco pero no interrumpió.

—No, señor, no lo creo —contestó Runcorn—. Dos hombres que transportaran un cuerpo habrían dejado alguna marca en la hierba, e incluso en el sendero. Resulta muy incómodo, llevar un peso muerto. A veces hay que avanzar de lado o incluso hacia atrás. Se te escurre de las manos. Cualquiera que lo haya intentado lo sabe.

—Pero ¿qué huellas había en torno al cadáver? —insistió Rathbone.

—¿Claras? —Runcorn enarcó las cejas—. Es imposible saberlo, señor. Habían pasado demasiadas personas. El caballero que lo encontró, policías, el forense. Al principio todos se acercaron a él, como es lógico, para ver si podían ayudarlo. Dejaron el suelo lleno de pisadas. Sin mala intención, por supuesto. No podían saber que pudiera tener importancia.

—Entendido —dijo Rathbone—. ¿De modo que pudo haber ido a pie hasta allí, tanto solo como acompañado?

—Sí, señor.

—¿Encontraron el cuchillo con el que se cortó las venas?

Runcorn negó con la cabeza.

—No, señor. Buscamos a conciencia, incluso a cierta distancia, para ver si lo había tirado. No sé a qué distancia puede lanzar un cuchillo alguien que acaba de cortarse las venas. Y, ya que estamos, no veo por qué iba a querer hacerlo.

—Yo tampoco —dijo Rathbone—. ¿Encontró algo con lo que pudiera haber tomado el opio? Estoy pensando en una botella de agua, o en algún frasco que contuviera una solución en la que disolver el opio.

—No, señor. También lo buscamos.

—¿O una jeringuilla y una aguja? —preguntó Rathbone.

—No, señor. Nada.

—Y, sin embargo, ¿de entrada sacó la conclusión de que se trataba de un suicidio?

—Al principio sí, señor —corroboró Runcorn—. Pero luego, cuanto más pensaba en ello, menos me satisfacía esa explicación. Con todo, no pude hacer nada hasta que el señor Monk vino a verme a propósito de una segunda muerte, a todas luces un homicidio, y me pidió que investigara un poco más a fondo la muerte de Lambourn.

—Pero usted había recibido instrucciones de dejar correr el asunto, ¿no es así? —presionó Rathbone.

—Sí, señor. Lo hice en mi tiempo libre, pero soy consciente de que me habían ordenado que lo dejara correr —reconoció Runcorn—. Empecé a pensar que había sido asesinado. Y eso no puedo pasarlo por alto.

Coniston se levantó de un salto.

—Sí, sí —dijo Pendock enseguida—. Señor Runcorn, le ruego que no nos dé conclusiones salvo que disponga de pruebas que las respalden.

—Perdón, señoría —dijo Runcorn contrito. No discutió, aunque Rathbone vio en su semblante que no le fue fácil callar.

—Señor Runcorn, ¿encontraron indicios de lucha en el suelo o en el cuerpo del doctor Lambourn? —preguntó Rathbone—. ¿Iba desaliñado o tenía la ropa rasgada, por ejemplo? ¿Tenía los zapatos raspados, el pelo enmarañado o magulladuras en la piel?

—No, señor. Parecía que estuviera muy tranquilo.

—¿Como un hombre que se hubiese suicidado?

—Sí, señor.

—¿O a quien hubiesen llevado allí, drogado con opio que

tomó sin saber lo que era? —sugirió Rathbone—. ¿Y que se lo hubiese dado alguien de su confianza, quedando inconsciente cuando esa persona le cortó cuidadosamente las venas y lo dejó allí desangrándose en plena noche?

El semblante de Runcorn reflejaba el sentimiento que le causaba imaginar la tragedia.

—Sí, señor —dijo en voz baja y un poco ronca—. Exactamente así.

Coniston levantó la vista hacia Pendock, pero esta vez guardó silencio con adusta resignación.

—Gracias, señor Runcorn —dijo Rathbone gentilmente—. Por favor, permanezca en el estrado hasta que el señor Coniston le haya hecho sus preguntas.

Coniston se levantó y se acercó al estrado.

—Señor Runcorn, ¿vio alguna cosa que demuestre que el doctor Lambourn estaba acompañado cuando subió a One Tree Hill en plena noche?

—No se trata tanto de lo que vi como de lo que no vi —respondió Runcorn—. Ningún cuchillo con el que cortarse las muñecas, nada con lo que tomar el opio.

—Sin embargo, ¿usted deduce que estaba con alguien a quien conocía y en quien confiaba, un acompañante misterioso? —prosiguió Coniston.

—Sí, señor. Parece lógico. ¿Por qué iba a subir a una colina en plena noche con alguien en quien no confiase? Y no había indicios de pelea. Cualquiera lucha por su vida.

—En efecto —dijo Coniston, asintiendo con la cabeza—. Siendo así, ¿pudo haber sido una mujer, por ejemplo la acusada, su... querida, con quien vivía como si fuese su esposa, fingiendo ante el mundo que lo era?

Se oyeron gritos ahogados de asombro en la galería y varios miembros del jurado se quedaron atónitos. Dos o tres de ellos levantaron la vista hacia el banquillo, que Dinah ocupaba con la tez muy pálida.

—Pudo haber sido ella —admitió Runcorn a media voz—. Como también pudo ser la señora que es su esposa legal.

Un miembro del jurado blasfemó y acto seguido se tapó la boca con la mano y se puso colorado.

Pendock lo miró pero no dijo nada.

—Gracias, señor Runcorn, creo que ya hemos oído suficientes suposiciones.

Coniston regresó a su asiento.

—¿Algo más, sir Oliver? —inquirió Pendock.

—No, gracias, señoría —contestó Rathbone—. Quisiera llamar al doctor Wembley, el médico que examinó el cadáver del doctor Lambourn.

Llamaron a Wembley, que prestó juramento y se puso de cara a Rathbone.

—Seré muy breve, doctor Wembley —comenzó Rathbone, todavía de pie en medio del entarimado, con todos los ojos puestos en él—. ¿Encontró alguna señal en el cuerpo de Joel Lambourn cuando lo examinó en One Tree Hill o después, durante la autopsia?

—¿Aparte de los cortes en las muñecas, quiere decir? —preguntó Wembley—. No, ninguna. Presentaba el aspecto de un hombre saludable en la cincuentena, bien alimentado y absolutamente normal.

—¿Podría decirnos si se vio envuelto en alguna clase de lucha inmediatamente antes de su muerte? —preguntó Rathbone.

—No hallé ningún indicio en ese sentido.

—¿Ninguna magulladura, marcas de ligaduras, abrasiones, nada en absoluto en su cuerpo o en su ropa que indicara que lo hubiesen trasladado a mano? —prosiguió Rathbone—. ¿O que lo hubieran atado, que hubiese sido golpeado o llevado a hombros? ¿O tal vez tirando de los tobillos, los brazos o cualquier otra parte de su cuerpo? ¿Rozadura de tela, tal vez, retorcida como si se hubiese utilizado algo para facilitar el traslado?

Wembley se mostró incrédulo.

—Nada en absoluto. No entiendo qué le hace tener esa idea.

—No tengo esa idea, doctor —le aseguró Rathbone—. Simplemente quiero descartarla. Creo que el doctor Lambourn subió a One Tree Hill acompañado por alguien que gozaba de su plena confianza. En ningún momento pensó que pudieran hacerle daño. —Sonrió con tristeza—. Gracias, doctor Wembley. No tengo más preguntas.

Esta vez Coniston no se tomó la molestia de repreguntar. Su expresión hacía patente lo inútil que consideraba todo aquello.

Monk llegó al Old Bailey bastante más tarde que Rathbone, cuando el juicio ya se había reanudado. Había salido de casa antes del alba para interrogar de nuevo a personas que vivieran o trabajaran cerca del embarcadero de Limehouse o de Narrow Street, la calle que conducía al río, haciendo las nuevas preguntas que habían planeado la víspera. Tenía las respuestas, pese a que había faltado poco para que las hubiera puesto en boca de los testigos. No obstante, creía que le habían respondido con franqueza y, además, el tiempo apremiaba.

Cruzaba el amplio vestíbulo cuando reconoció delante de él a Barclay y Amity Herne. Estaban de pie, bastante cerca el uno de la otra, aunque ni él ni ella transmitían serenidad. Barclay estaba de cara a una puerta de un lado del vestíbulo, como si aguardara a que alguien saliera por ella. Cada línea y cada ángulo de su cuerpo reflejaban inquietud, y el perfil de su rostro que Monk veía irradiaba un miedo cerval.

Tenía a Amity enfrente, medio vuelta hacia Monk, pero ajena a cuanto la rodeaba excepto a su marido. Le hablaba con apremio y, a juzgar por su expresión, con una mezcla de ira y desprecio.

Monk se detuvo, fingiendo que buscaba algo en los bolsillos, y los observó discretamente.

Amity pareció repetir algo que ya había dicho y tomó a Herne del brazo. Este se soltó como si su contacto le manchara la ropa. Luego, con una única palabra de despedida, se alejó caminando con brío y desapareció por el primer pasillo.

Ella no se movió. Ahora daba la espalda a Monk, de modo que este no podía ver su expresión, pero la rigidez de su cuerpo y la tensión de los hombros eran más que elocuentes.

Estaba a punto de seguir su camino cuando la puerta que Herne había estado observando se abrió y apareció Sinden Bawtry.

De inmediato, como si se hubiese descorrido una cortina, Amity Herne cambió por completo. Se volvió hacia él y Monk pudo verle casi todo el rostro, de pronto radiante de alegría, con la mirada dulce y brillante, esbozando una sonrisa.

¿Era posible que fuese tan buena actriz? ¿O se trataba de un momento de descuido que nadie debería presenciar y, tal vez menos que nadie, su marido?

¿Bawtry se acercó a Amity, sonriendo con más afecto del que exigían los buenos modales, o fueron imaginaciones de Monk debido al súbito entusiasmo de ella? Bawtry le tocó el brazo, y lo hizo con un gesto que comunicaba más ternura que formalidad. Dejó la mano apoyada más tiempo del preciso y su sonrisa devino aún más cálida.

De pronto recordaron dónde estaban y el momento se desvaneció. Bawtry habló. Amity contestó, y ambos recobraron la compostura.

Monk decidió que había visto bastante y se dirigió a paso vivo hacia la sala donde le constaba que no tardarían en llamarlo.

Rathbone sintió un gran alivio cuando Monk subió los peldaños del estrado y volvió a prestar juramento. Sabía que tanto la paciencia de Coniston como la fortaleza de Pendock se estaban agotando. Debía retener la atención del jurado. Era preciso que comenzaran a creerlo enseguida y que vieran surgir un planteamiento completamente distinto. Lo único que había pedido a Pendock, lo único que había podido y querido pedir, era una vista imparcial.

—Señor Monk —comenzó en voz alta y clara—, sé que ya ha testificado en lo que atañe al hallazgo del cuerpo de Zenia Gadney horriblemente mutilado, pero tengo que preguntarle ciertos pormenores que no le pregunté en su momento dado que han surgido nuevas interpretaciones sumamente plausibles. El cuerpo de la señora Gadney fue hallado a primera hora de la mañana, igual que el del doctor Lambourn. ¿Puede decirnos dónde, exactamente?

—En el embarcadero de Limehouse.

—¿En el propio embarcadero?

—Sí.

—¿Se trata de un lugar en el que una prostituta llevaría a cabo su comercio?

—No. Sería muy fácil verlo desde el río. Cualquier barco que pasara, salvo que navegara a cierta distancia de la orilla, podría observarte.

—No obstante, el cuerpo no fue hallado hasta que usted llegó al amanecer.

—Porque estaba tendido e inmóvil. Si hubiese estado de pie o caminando habría resultado mucho más visible. —Monk endureció su expresión—. Era muy fácil confundirla con un montón de harapos o una lona vieja.

A Rathbone se le encogió el estómago.

—¿Y una mujer que chillaba atrajo su atención?

—Sí.

—¿Qué hizo usted, señor Monk? Sea conciso, por favor.

—El señor Orme y yo atracamos la patrullera y encontramos a la mujer que nos había llamado. Gritaba porque había descubierto el cuerpo sin vida y terriblemente mutilado de una mujer que resultó ser Zenia Gadney, vecina de Copenhagen Place, casi a un kilómetro de allí.

—¿Y la habían asesinado? —preguntó Rathbone.

—Sí.

—Durante su investigación, ¿descubrió qué hacía a solas y de noche en un lugar como el embarcadero de Limehouse, a orillas del río?

—Al parecer le gustaba pasear por esa zona, de día. —Monk vaciló un momento. ¿Era tan consciente como Rathbone de la apuesta que estaban haciendo?

—¿Y entonces estaba sola? —le apuntó Rathbone. Ahora no podía permitirse el menor desliz.

—Fue vista con otra persona al atardecer —contestó Monk a media voz.

—¿Otra persona? ¿Una mujer? —Rathbone lo repitió levantando la voz para asegurarse de que todo el mundo lo oía.

—Sí, los testigos sostienen que era una mujer. No saben quién era ni han podido dar una descripción, excepto que era unos pocos centímetros más alta que la señora Gadney —contestó Monk.

—¿Daban la impresión de conocerse? —preguntó Rathbone—. Según sus testigos.

—Esa fue su impresión —admitió Monk.

Parecía tenso, preocupado.

Rathbone se preguntó cuánto habría tenido que insistir para lograr aquel testimonio, pero estuvo convencido de que era la verdad.

—¿De modo que la señora Gadney también estaba en la calle hacia el anochecer, con una persona en quien parecía confiar, y por la mañana fue encontrada asesinada? —dijo Rathbone en voz alta—. ¿Estoy en lo cierto?

—Sí.

—¿Se sorprendió al saber que el doctor Lambourn también salió a solas, poco después del anochecer, y que al parecer se encontró con alguien de su confianza, posiblemente una mujer, y que subió a One Tree Hill, donde le fue administrada una dosis de opio y le cortaron las muñecas? También lo hallaron solo, a la mañana siguiente.

—Me sorprendió en su momento —contestó Monk—. Ahora no me sorprende.

—De haber visto una pauta, ¿su investigación habría seguido otras vías?

Coniston se levantó.

—Eso es una pregunta hipotética, señoría, y la respuesta carece de sentido.

—Estoy de acuerdo. Señor Monk, no contestará a esta pregunta —ordenó Pendock.

Rathbone sonrió. El comentario era para que lo oyera el jurado, no para que lo contestara Monk, y todos ellos lo sabían, en especial Pendock.

—Gracias —dijo Rathbone a Monk—. No tengo más preguntas que hacerle.

—Yo tampoco, señoría —dijo Coniston—. Ya hemos oído todo esto con anterioridad.

Rathbone pidió un breve receso y le fue concedido.

Se reunió con Monk en el vestíbulo, donde lo estaba aguardando.

—Gracias —dijo Rathbone enseguida.

—¿Seguro que sabes lo que estás haciendo? —preguntó Monk preocupado, acomodando su paso al de Rathbone mientras se dirigían hacia su despacho.

—No, no estoy seguro —contestó Rathbone—. Ya te lo dije anoche. —Llegaron a la puerta y entraron, cerrándola a sus espaldas—. Bawtry va a venir dentro de un momento. ¿Estás preparado?

—Antes de que venga —dijo Monk deprisa—, lo he visto en el vestíbulo antes de entrar en la sala.

Monk describió brevemente la riña entre Amity y Herne, así como el cambio radical que había visto en ella al dirigirse a Bawtry.

—Interesante —dijo Rathbone pensativamente—. Muy interesante. Tal vez deba corregir alguna de mis ideas. Gracias.

Antes de que Monk tuviera ocasión de contestar, llamaron a la puerta y el ujier del tribunal dijo a Rathbone que el señor Sinden Bawtry deseaba verlo.

Rathbone miró un momento a Monk y luego al ujier.

—Diga al señor Bawtry que pase, por favor. Y luego procure que no nos interrumpan.

Bawtry entró con un aire solo levemente preocupado. Estrechó la mano de ambos y aceptó el asiento que le ofreció Rathbone.

—¿Qué se le ofrece, sir Oliver? —preguntó.

Rathbone había pasado media noche en vela, pensando precisamente en aquel momento. Ganarlo o perderlo todo tal vez dependiera de lo que dijera en los minutos siguientes.

—Necesito su consejo, señor Bawtry —dijo con tanta serenidad como pudo—. Seguro que le gustaría que esta vista concluyera cuanto antes, igual que al resto de nosotros, pero habiendo servido a la justicia.

—Por supuesto —respondió Bawtry—. ¿Sobre qué puedo aconsejarlo? Conocía a Lambourn, claro está, pero no a su esposa. —Hizo una ligera mueca—. Perdón, quizás eso sea técnicamente incorrecto. Me refiero a Dinah Lambourn, a quien tomé por su esposa. De Zenia Gadney no supe nada hasta su trágica muerte. ¿Qué desea que le explique?

—Eso ya lo suponía —respondió Rathbone, esbozando apenas una sonrisa. Debía calibrar aquello a la perfección. Bawtry era un hombre brillante, una estrella en claro ascenso a quien algunos llegaban incluso a ver como primer ministro en ciernes. Tenía el origen y la formación necesarios, así como una hoja de servicios al parecer impecable, y estaba ganando deprisa una formidable reputación política. Sin duda en pocos años contraería un matrimonio afortunado. No necesitaba buscar dinero, de modo que podría permitirse casarse con una mujer que fuese una bendición para sus ambiciones sociales y que además fuese de su agrado, dotada de ingenio y encanto, quizás incluso de belleza. Rathbone sería un estúpido si lo subestimara. Ante la firme e inteligente mirada de Bawtry, fue plenamente consciente de ello.

—¿Cómo puedo ayudarlo? —le apuntó Bawtry.

—¿Vio personalmente el informe de Lambourn, señor? —preguntó Rathbone con impostada desenvoltura, pues tuvo que esforzarse para que no le temblara la voz—. ¿O acaso aceptó la palabra de Herne cuando le dijo que era inaceptable?

Bawtry se quedó ligeramente desconcertado, como si se tratara de algo que ni siquiera se hubiese planteado.

—En realidad vi muy poco —contestó—. Me mostró unas cuantas páginas y me parecieron un poco... incoherentes; conclusiones sin sustentar con pruebas suficientes. Me dijo que el resto era todavía peor. Dado que era su cuñado, me pareció lógico que quisiera evitar que lo pusieran en ridículo públicamente. Quería destruir el informe sin que se dieran a conocer sus fallos. Lo comprendí perfectamente y, a decir verdad, lo encontré loable, y no me importó si lo hacía por el bien de su esposa o por el de Lambourn.

—¿Y nunca llegó a ver el resto del informe? —insistió Rathbone.

—No. Ya se lo he dicho. —Bawtry lo miró fijamente—. ¿Qué está insinuando? No me lo preguntaría salvo si creyera que guarda relación con el juicio. —Un asomo de sonrisa afloró a su semblante—. Herne no mató a Lambourn, si eso es lo que está pensando. Es incuestionable que asistió a la cena en el Ateneo. Puedo nombrar como mínimo a veinte socios que también estaban allí y que testificarían de buen grado.

Rathbone sonrió con tristeza.

—Me consta que es así, señor Bawtry. El señor Monk ya ha despejado cualquier duda a ese respecto.

Bawtry miró un momento a Monk y luego de nuevo a Rathbone.

—En tal caso, no entiendo qué me está preguntando. Solo leí unas pocas páginas del informe de Lambourn. A propósito, creo que no iba errado en cuanto a los hechos. Hay que etiquetar los medicamentos que contienen opio y restringir su distribución, de modo que solo los vendan personas con conocimientos médicos o, como mínimo, farmacéuticos. Sus conclusiones nunca se pusieron en duda, solo la calidad de su investigación y el modo en que la presentó. Dejó que su enojo y su compasión malograran la objetividad científica. Servirse del informe como argumento para un proyecto de ley solo habría servido para que sus oponentes, que son muchos y muy poderosos, lo utilizaran contra nosotros.

—Pensamos que el etiquetado de medicamentos no fue el motivo del asesinato del doctor Lambourn.

Rathbone carraspeó. Le sorprendió darse cuenta de que apretaba las manos, que mantenía cuidadosamente a los lados, fuera de la vista, con tanta fuerza que le dolían.

Bawtry frunció el ceño.

—Pues ya me dirá usted qué otro pudo haber. Y si no fue el informe, ¿por qué está tan interesado en él y en Herne?

—Si podemos estar seguros de que no fue el informe sobre

medicamentos —contestó Rathbone, que tuvo que carraspear otra vez para poder seguir hablando—, queda demostrado que fue una excusa, un pretexto para posponer la investigación. Creemos que durante sus indagaciones Lambourn descubrió algo más, algo que no podía pasar por alto: la venta de opio puro para ser inyectado con jeringuilla y aguja, directamente en la sangre. La adicción al opio administrado de esta manera es desesperante y letal. Fue asesinado por su empeño en ilegalizarla, y Zenia Gadney también.

Bawtry se puso muy pálido y abrió mucho los ojos.

—¡Eso es espantoso! ¡Una atrocidad! —Se removió un poco en el asiento, inclinándose ligeramente hacia delante como si ya no pudiera relajarse—. ¿Está insinuando que Herne tuvo algo que ver? ¿Cómo? Y por el amor de Dios...

La voz se le apagó y un horror creciente asomó a sus ojos.

—¿Qué sucede? —inquirió Rathbone con apremio.

Bawtry se humedeció los labios, titubeando. Parecía profundamente preocupado.

—He reparado en que Herne tiene un comportamiento bastante errático —dijo en voz baja—. Un día está rebosante de energía e ideas y al otro lo veo nervioso, incapaz de concentrarse, con la piel sudorosa. Es... ¿Es posible...?

No terminó la pregunta, pero no fue necesario. Ambos la habían entendido tácitamente.

Rathbone buscó sus ojos y le sostuvo la mirada.

—¿Cree que podría ser adicto al opio y que o bien es quien lo vende, o bien el instrumento de quien realmente lo hace?

Bawtry estaba consternado.

—Aborrezco pensar algo semejante de un hombre a quien conozco, pero supongo que cualquiera puede ser víctima de eso. ¿Es posible?

Su rostro mostraba que sabía la respuesta.

—¿Posible que pagara a un tercero para que matara a Lambourn? —preguntó Rathbone—. ¿A alguien capaz de hacerlo discretamente y sin trabas, haciendo que pareciera un suicidio para que nunca levantara sospechas? Sí, claro que es posible.

Bawtry se puso tan tenso como Rathbone. De pronto Rathbone agradeció en grado sumo que Monk estuviera en el despacho. Había requerido su presencia en calidad de testigo, pero ahora lo necesitaba allí por su seguridad física.

—¿Pagar a alguien? —Bawtry afectaba confusión, pero no una incredulidad absoluta—. ¿A quién?

—A una mujer —dijo Rathbone—. La que más claramente encajaría sería Zenia Gadney.

—¿Gadney? —repitió Bawtry, ahora completamente incrédulo—. Según todo lo que he oído, era una mujer delgada de mediana edad, muy normal y corriente. Es más, en todo momento aparece como víctima, un peón en la partida. —Frunció el ceño—. ¿Está diciendo que en realidad era codiciosa y apasionada, y que el desespero la llevó a asesinar a su marido, el hombre que le había proporcionado el sustento, y no sin cierta gentileza, durante los últimos quince años? ¡Necesitará pruebas fehacientes! Francamente, resulta... ridículo.

—Hay pruebas —respondió Rathbone, eligiendo las palabras con suma delicadeza—. No son concluyentes, pero, cuanto más las sopeso, más sentido parecen tener. Consideremos la posibilidad de que Herne necesitara silenciar a Lambourn a toda costa; es más, desacreditarlo de modo que ni un rumor de lo que descubrió llegara a ser creído, en caso que lo comentara con terceros. No se atrevería a matar a Lambourn él mismo. Cabe incluso pensar que Lambourn fuera consciente del peligro y que se guardara mucho de quedarse a solas con él. Y, por descontado, Herne necesitaba una coartada para disipar cualquier sospecha.

—Entiendo —dijo Bawtry cautelosamente.

—De modo que promete pagar a Zenia Gadney lo que para él sería una módica suma pero para ella una fortuna.

—Aun así... ¿Asesinato?

Bawtry todavía distaba mucho de estar convencido.

—Un asesinato amable —aclaró Rathbone—. Pide a Lambourn que se reúna con ella a solas, sin que Dinah lo sepa. Hay muchas razones que podrían explicarlo. Se lleva un cuchillo o alguna clase de cuchilla, tal vez una navaja de afeitar. Y, por supuesto, también una solución fuerte de opio, seguramente mezclada con algo agradable al paladar. Cabe incluso imaginar que Herne le proporcionara una jeringuilla con la solución.

Bawtry asintió como si comenzara a creerlo.

—Queda con él en un lugar apropiado, posiblemente en el parque —prosiguió Rathbone—. Suben juntos a One Tree Hill. Ella le ofrece un trago. Después del ascenso, él lo acepta encantado. No tarda en quedarse adormilado y se sientan. Lambourn pierde el conocimiento. Entonces ella le corta las muñecas y deja que se desangre. Se lleva el cuchillo o la navaja con ella para no dejar rastros que permitan seguirle la pista. Asimismo, se lleva el recipiente que contenía el opio. Podría ser bastante grande. Habría tenido que fingir beber por si a él le resultara extraño que no tuviera sed, dado que ella también habría subido la cuesta.

Bawtry se estremeció.

—Describe una escena horrible, sir Oliver, por más que resulte plausible. Sin embargo, seguro que no hallará la manera de sugerir que ella se suicidara. Aun suponiendo que luego se arrepintiera, ¿no sería imposible que ella misma se infligiera esas mutilaciones?

—Por supuesto —corroboró Rathbone—. Sea como fuere, en opinión del forense eso sucedió cuando ya estaba muerta, gracias a Dios. No, creo que pudo haber intentado hacer chantaje a Herne para obtener más dinero y que él se dio cuenta de que debía matarla, no solo por motivos económicos, sino porque, de lo contrario, nunca estaría a salvo de ella. Es posible que esa fuera su intención desde el principio.

Bawtry apretaba los labios, pero hizo un contenido gesto afirmativo.

—Es espantoso, pero admito que ahora veo que podría ser verdad. ¿Qué es lo que quiere de mí?

—¿Sabe algo que permita desmentir el esquema que acabo de plantearle? —preguntó Rathbone—. ¿Cualquier cosa sobre Lambourn o, más probablemente, sobre Barclay Herne?

Bawtry permaneció callado un rato, concentrado en sus pensamientos. Finalmente levantó la vista hacia Monk y luego miró a Rathbone.

—No, sir Oliver, no sé nada. Tampoco sé si su teoría es cierta o no, pero no estoy al tanto de algo que permita rebatirla. Ha planteado una duda más que razonable en cuanto a la culpabilidad de Dinah Lambourn. Creo que tanto el juez como el jurado se verán obligados a reconocerlo.

Rathbone por fin se sintió aliviado.

—Gracias, señor Bawtry. Le quedo muy agradecido por haberme dedicado parte de su tiempo, señor.

Bawtry inclinó la cabeza a modo de saludo, se levantó y salió del despacho.

Monk miró a Rathbone.

—¿Listo para el siguiente paso? —preguntó en voz baja.

Rathbone respiró profundamente.

—Sí.

Cuando el juicio se reanudó a primera hora de la tarde, Rathbone llamó a su testigo final, Amity Herne, que subió al estrado con dignidad y una notable compostura. Llevaba un vestido oscuro muy elegante que, sin llegar a ser negro, era del color del vino en la sombra. El contraste con su tez y sus cabellos claros la favorecía. Dio su nombre, igual que antes, y le recordaron que seguía estando bajo juramento.

Rathbone se disculpó por volver a llamarla. Coniston protestó y Pendock rechazó su objeción, ordenando a Rathbone que prosiguiera.

—Gracias, señoría. —Se volvió hacia Amity Herne—. Señora Herne, en su anterior testimonio declaró que usted y su hermano, Joel Lambourn, no se conocían muy bien durante los primeros años de su vida adulta porque vivían a considerable distancia uno del otro. ¿Correcto?

—Sí, me temo que sí —dijo Amity con toda calma.

—Pero durante la última década ambos vivían en Londres y, por consiguiente, ¿tenían ocasión de visitarse con más frecuencia?

—Sí. Diría que una vez al mes, más o menos —confirmó Amity.

—Y, como es natural, ¿estaba enterada de su matrimonio con Zenia Gadney?

—Sí. Ya he dado mi testimonio a ese respecto. Fui discreta por motivos que sin duda le resultarán obvios.

—Por supuesto. Pero usted, que estaba al corriente, ¿sabía que Dinah Lambourn también estaba enterada? —preguntó Rathbone, obligándose a ser cortés, incluso amable.

—Sí. Ya lo he dicho.

—¿Su hermano sabía dónde vivía Zenia?

—Por descontado. —Miró a Rathbone desconcertada y una pizca irritada. Rathbone sonrió.

—¿Alguna vez se lo mencionó a usted?

Amity vaciló.

—No... no explícitamente, que yo recuerde.

—¿Lo hizo en general? ¿Diciendo, por ejemplo, que vivía en la zona de Limehouse?

—Yo... —Amity encogió ligeramente los hombros—. No estoy segura.

—Lo pregunto porque al parecer Dinah conocía el paradero de Zenia con suficiente exactitud para preguntar por ella en Paradise Place. No recorrió medio Londres buscándola, fue casi de inmediato a la calle correcta.

—Pues será que Joel se lo había mencionado —contestó Amity—. Me parece que usted ha contestado a su propia pregunta, señor.

—De modo que el doctor Lambourn no guardaba en secreto el domicilio de Zenia —concluyó Rathbone—. ¿Seguro que usted lo desconocía? ¿O su marido, quizás? ¿Es posible que su hermano se lo hubiese confiado a su marido, posiblemente por si le sucedía algo y necesitaba que alguien de confianza se ocupara de Zenia cuando él no pudiera hacerlo?

Amity inhaló bruscamente, como si un terrible pensamiento le hubiese acudido a la mente. Miró a Rathbone horrorizada.

—Es... posible —contestó, y se lamió los labios para humedecerlos, al tiempo que se agarraba con ambas manos a la barandilla que tenía delante.

En la sala la tensión crepitaba como el aire antes de una tormenta. Todos y cada uno de los miembros del jurado miraban fijamente a Amity.

—Pero ¿él estuvo cenando en el Ateneo la noche en que asesinaron a su hermano? —prosiguió Rathbone.

—Sí, en efecto. Hay varios caballeros que pueden atestiguarlo —corroboró Amity con la voz un poco ronca.

—Exactamente. ¿Y la noche en que mataron a Zenia Gadney? —preguntó Rathbone.

—Yo... —Se mordió el labio. Ahora temblaba, pero sus ojos no se apartaron de los de Rathbone ni un solo instante—. No lo sé. No estuvo en casa, es cuanto puedo decir.

Un rumor de movimientos recorrió la sala. En la galería los espectadores tosieron y cambiaron de postura, echándose hacia la derecha o la izquierda para que nada les tapara la visión de la testigo. Los miembros del jurado se revolvieron en sus asientos. Uno sacó un pañuelo y se sonó la nariz.

Coniston miraba a Rathbone fijamente como si este hubiese cambiado de forma delante de sus propios ojos.

—¿No sabe dónde estaba, señora Herne?

—No... —contestó Amity, titubeando. Se llevó una mano a la boca. Tragó saliva, mirando casi impotente a Rathbone.

—Señora Herne... —comenzó Rathbone.

—¡No! —Amity levantó la voz y agitó la mano con vehemencia—. No. No puede obligarme a decir más. Es mi marido. —Se volvió en redondo en el estrado y suplicó a Pendock—. Señoría, seguro que no puede obligarme a declarar contra mi marido, ¿verdad?

Fue el desesperado alegato de una mujer en defensa del hombre al que había entregado su vida y su lealtad, pero, al actuar así, lo condenó irremisiblemente.

Rathbone miró al jurado. Sus miembros estaban paralizados por el horror y una súbita y espantosa comprensión. Ya no quedaba una sola duda, solo conmoción.

Entonces Rathbone se volvió hacia la galería y vio a Barclay

Herne con la tez cenicienta, los ojos como cuencas negras en su rostro, tratando de hablar pero sin lograr articular palabra.

A ambos lados de Herne los espectadores se apartaban, agarrando los abrigos y arrebujándose con ellos por si el mero contacto con él los fuera a contaminar.

Pendock exigió orden con la voz un poco quebrada.

Herne estaba de pie, mirando a diestro y siniestro como si buscara auxilio.

—¡Bawtry! —gritó desesperado—. ¡Por el amor de Dios!

Detrás de él, de cara al juez y al estrado, Bawtry también se puso de pie, meneando la cabeza como espantado de lo que acababa de entender.

—No puedo ayudarlo —dijo en un tono absolutamente normal, pero el repentino silencio que reinaba en la galería hizo que su voz resultara audible.

Ahora todos los presentes los miraban. Nadie pudo no reparar en que las puertas se abrieron para que Hester Monk entrara en la sala, llevando a su lado la figura demacrada de Alvar Doulting.

Sinden Bawtry se volvió hacia ellos cuando el ruido de la puerta atrajo su atención.

Doulting miró a Bawtry de hito en hito. Hester dio la impresión de estar medio sosteniéndolo cuando levantó el brazo con cierta dificultad para señalar a Bawtry.

—¡Es él! —dijo Doulting, jadeando—. Ese es el hombre que me vendía opio y jeringuillas, y sabe Dios a cuántos otros. He visto morir a demasiados. He enterrado a muchos en la fosa común de los indigentes. Que es donde no tardaré en estar yo.

La multitud estalló como si el terror y la ira contenida por fin hallaran una vía de escape, poniéndose de pie, gritando.

—¡Orden! —gritó Pendock, con el rostro colorado.

Pero nadie le hizo caso. Los ujieres procuraban abrirse camino entre la gente para socorrer a Bawtry o, como mínimo, para asegurarse de que no lo pisotearan.

Amity Herne, todavía en el estrado, no podía hacer nada. Su angustia era patente. Gritó el nombre de Bawtry en un aullido de desespero que apenas fue audible por encima del barullo, pero nadie la oyó ni le hizo caso.

Coniston parecía un niño perdido, buscando aquí y allá algo familiar a lo que aferrarse.

Pendock seguía gritando para restaurar el orden. Poco a poco, el ruido se fue apagando. Los ujieres habían ayudado a Bawtry a salir y permanecían vigilando las puertas. Hester acomodó a Doulting en un asiento de la última fila, donde la gente le hizo sitio aunque guardando distancias, como si su infierno particular fuese contagioso.

Finalmente Pendock había restablecido cierto grado de sensatez y estuvo en condiciones de continuar.

—¡Sir Oliver! —dijo Pendock con fiereza—. ¿Ha sido cómplice de este tumulto? ¿Ha sido por obra suya que se ha producido esta vergonzosa escena?

—No, señoría. No sabía que el doctor Doulting conocería de vista al hombre que le ha cavado la tumba, por decirlo así.

Aquello no acababa de ser verdad. En su momento lo había organizado con Hester a fin de señalar a Barclay Herne como vendedor de opio y adicto.

Pendock fue a hablar otra vez, pero cambió de parecer.

—¿Tiene algo más que preguntar a la señora Herne? —dijo en cambio.

—Sí, señoría, con su venia —respondió Rathbone humildemente.

—Proceda —dijo Pendock, levantando apenas la mano, aunque el gesto fue inequívoco.

—Gracias, señoría.

Rathbone se volvió hacia Amity, que parecía que hubiese acabado de recibir la noticia de su propia muerte. Tenía la mirada perdida, como si fuese ciega.

Ahora todo dependía de su mano. Debía lograr que al jurado le resultara tan obvio como a él. Duda razonable ya no era el veredicto que perseguía, sino un claro y resonante «no culpable». Lo que le sucediera a Bawtry correspondía a una jurisdicción diferente, tal vez solo al juicio de la opinión pública. La vida de Dinah

Lambourn y la reputación de Joel Lambourn eran, en cambio, responsabilidad de Rathbone. Quizás incluso lograra que se hiciera justicia a Zenia Gadney.

—Señora Herne —comenzó.

En la sala reinaba un silencio absoluto.

—Señora Herne, ¿ha oído testimonios que hacen sumamente probable que su hermano, el doctor Lambourn, fuese asesinado por una mujer en quien confiaba y con la que acordó una cita la noche de su muerte? Subieron juntos a lo alto de Greenwich Park sin que él sospechara un posible acto violento. Se detuvieron al llegar a One Tree Hill. Es posible que ella se las arreglara para inyectarle opio con una jeringuilla, aunque lo más probable es que le ofreciera una bebida, de la que ella fingiría beber a su vez, y que él bebió con gusto. Contenía gran cantidad de opio. Se mareó y, al cabo de poco rato, quedó inconsciente. Entonces ella le cortó las muñecas con una cuchilla que había llevado consigo, dejando que se desangrara a solas y a oscuras.

Amity se balanceó en el estrado, agarrándose con fuerza a la barandilla para no caer.

—Se ha dado a entender que esa mujer en quien confiaba era su primera esposa, su única esposa legítima, conocida como Zenia Gadney —prosiguió Rathbone—. Y que su marido le pagó para que lo hiciera.

—Me consta —susurró Amity.

Coniston hizo ademán de ir a levantarse, pero permaneció sentado, con el semblante pálido y una mirada de fascinación.

—¿Por qué haría su marido algo semejante? —preguntó Rathbone.

Amity no contestó.

—Para proteger a su superior, Sinden Bawtry —contestó Rathbone por ella—. Y, por supuesto, a fin de asegurarse su suministro de opio. Porque su marido es adicto, ¿verdad?

Amity no habló, pero asintió ligeramente con la cabeza.

—En efecto —confirmó Rathbone—. No me cuesta nada creer que Bawtry se lo pidiera. Su marido es un hombre débil y ambicioso, pero no un asesino. No mató a su hermano ni a Zenia Gadney.

De nuevo se oyeron gritos en la galería y Pendock tuvo cierta dificultad en restablecer el orden.

—Fue una mujer quien mató al doctor Lambourn —prosiguió Rathbone en cuanto el alboroto disminuyó—. Sin embargo, no fue la pobre Zenia. Fue usted, señora Herne, porque Bawtry le pidió a su marido que lo hiciera y él no tuvo arrestos para hacerlo. Pero usted sí. ¡En realidad usted tendría arrestos para hacer cualquier cosa por su amante, Sinden Bawtry!

Una vez más el ruido, los abucheos y gritos ahogados interrumpieron a Rathbone.

Pendock dio un martillazo.

—¡Un alboroto más y desalojo la sala! —gritó.

Esta vez se hizo el silencio en cuestión de segundos.

—Gracias, señoría —dijo Rathbone con suma cortesía. Se volvió de nuevo hacia Amity—. Pero Dinah no iba a permitir que la gente creyera que Joel se había suicidado. No estaba dispuesta a callar, y usted no podía permitirlo. Si Dinah insistía en su empeño, el proyecto de Ley de Farmacia tendría que incluir la ilegalización de la venta de opio para ser inyectado con jeringuillas; un delito penado severamente. El primer ministro no pasaría por alto lo que Joel Lambourn le había dicho al respecto. Su marido se sumiría en la desesperación y quizás incluso moriría. No sé si eso le importaba a usted; ¿tal vez no? Podría haber sido incluso conveniente. Pero Sinden Bawtry estaría acabado. Las riquezas que con tanta esplendidez invierte en su carrera y en su filantropía se agotarían. Si seguía vendiendo opio, se convertiría en un delincuente ante la ley y acabaría sus días en prisión. Usted haría cualquier cosa con tal de evitarlo.

Se detuvo para tomar aliento.

—Tampoco sé si Dinah entrevió algo de esto —prosiguió con denuedo—. Me parece que no. Ella creía en su marido y en que no se había suicidado. Sabía que no había matado a Zenia. Pienso que fue usted, señora Herne, quien se hizo pasar por Dinah en las tiendas de Copenhagen Place, sabiendo de sobra dónde vivía Zenia pero montando una escena que fuera recordada. Usted y Zenia se conocían. Ella confiaba en usted y acudió de buen grado a reunirse con usted la noche de su muerte, tal como hiciera Joel la noche de la suya.

El tribunal estaba paralizado, ahora nadie ni nada interrumpían a Rathbone, ni siquiera un suspiro o un grito ahogado.

—Usted paseó con ella hasta el río —prosiguió Rathbone—. Tal vez incluso estuvieran un rato juntas en el embarcadero, contemplando el ocaso sobre las aguas del río, cosa que a ella le encantaba. Entonces usted le asestó un golpe tan fuerte que se desplomó. Quizá murió mientras caía al suelo.

»Acto seguido, al amparo de la oscuridad, le rajó el vientre, posiblemente con la misma cuchilla con la que había cortado las muñecas de su hermano. Le sacó las entrañas y las desparramó por encima de ella y por el suelo para que el crimen fuese lo más espantoso posible, a sabiendas de que los periódicos publicarían titulares al respecto.

»La opinión pública jamás permitiría que la policía dejara el caso sin resolver. Con el tiempo acabarían encontrando las pistas que usted había dejado y que conducían hasta Dinah, que por fin sería silenciada. Nadie daría crédito a sus protestas de inocencia. Estaba medio loca a causa de su profunda pena; y usted, en cambio, tenía de su parte su lógica y su cordura, así como una reputación intachable. ¿Quién era ella? La querida de un bígamo que para colmo conservaba a su esposa como amante, o al menos eso parecía.

Rathbone levantó la vista hacia ella con una mezcla de sobrecogimiento e indignación.

—Faltó poco para que se saliera con la suya. Joel estaría muerto y deshonrado. Zenia habría resultado útil y sería recordada como la víctima de un terrible crimen de venganza. Dinah sería ahorcada como una de las asesinas más truculentas de nuestro tiempo. Y usted sería libre de continuar su aventura amorosa con un hombre rico, famoso y muy apuesto de quien estaba encaprichada, tal vez llegando incluso a casarse con él cuando la adicción de su marido acabara con su vida por culpa de una desafortunada sobredosis. Sinden Bawtry le debería el haberse ahorrado la deshonra y la vergüenza.

Respiró profundamente.

—Excepto, por supuesto, si él no la ama. La utilizó a usted, igual que usted utilizó a Zenia Gadney y sabe Dios a quién más. Seguramente, con el tiempo, también la matará a usted... Usted tiene un ascendiente sobre Bawtry que él no puede permitirse, y acabará harto de su adoración cuando deje de resultarle útil. Ser adorado termina siendo aburrido. No valoramos lo que se nos da a cambio de nada.

Amity intentó hablar, pero ninguna palabra salió de sus labios.

—¿No se defiende? —dijo Rathbone enseguida—. ¿No más mentiras? Podría compadecerla, pero no me lo puedo permitir. Usted no se ha compadecido de nadie. —Miró a Pendock—. Gracias, señoría. No tengo más testigos. El alegato de la defensa ha terminado.

Coniston no se pronunció, como si hubiese perdido el habla.

El jurado se retiró a deliberar y regresó en cuestión de minutos.

—No culpable —dijo el portavoz con aplomo. Incluso miró a Dinah, que estaba en el banquillo, y le sonrió con una amable mirada de compasión y alivio, a lo que cabía sumar algo que pareció admiración.

Rathbone había pedido permiso para hablar en privado con Pendock en su despacho, y salió de la sala antes de que cualquier otra persona pudiera reclamar su atención. Ni siquiera miró a Hester, Monk o Runcorn, que lo estaban aguardando.

Encontró a Pendock solo y pálido en su despacho.

—¿Qué quiere ahora? —preguntó con voz ronca y temblorosa pese a su esfuerzo por mantener la calma.

—Tengo algo que debería pertenecerle —contestó Rathbone—. Prefiero no llevarlo encima, pero si viene a mi casa cuando le venga bien, podrá hacer lo que guste con ello. Me permito sugerir ácido para el original y fuego para las copias, ya que son mero papel. Yo... Lamento haberlo utilizado para que se hiciera justicia.

—Yo lamento que tuviera que hacerlo —contestó Pendock—. Usted no creó la verdad, se ha limitado a utilizarla. Me voy a retirar de la judicatura. Me imagino que tras esta victoria es probable que le ofrezcan el ingreso. Por razones que deberían ser obvias, no mencionaré nuestro acuerdo. Puede creerme o no, pero lo cierto es que pensaba estar sirviendo a mi país al intentar impedirle que asustara a la ciudadanía de modo que dejara de usar el único medicamento disponible para aliviar el dolor de las heridas o el de los enfermos crónicos. Pensaba que Lambourn era un insensato que deseaba restringir la libertad de la gente corriente para buscar un respiro a lo peor de sus aflicciones, llegando incluso a poner la venta de opio en manos de muy pocos, entre los cuales se me había dicho que podía contarse él mismo. Dios me perdone.

—Lo sé —contestó Rathbone con amabilidad—. Era muy plausible. Nuestro historial en el uso y el abuso del opio, el contrabando y el crimen que ya lleva asociados es deplorable. Alvar Doulting es solo una de sus víctimas; Joel Lambourn, otra; Zenia Gadney, una tercera. Tenemos que ser mucho más prudentes en el tratamiento del dolor de cualquier clase. Se trata de una advertencia que ignoramos por nuestra cuenta y riesgo.

—Usted será un buen juez —dijo Pendock. Acto seguido se mordió el labio, con el semblante pálido y tenso por el arrepentimiento.

—Tal vez —contestó Rathbone—. Me figuro que es mucho más difícil de lo que parece desde el entarimado de la sala, donde tienes bien definidas tus lealtades.

—En efecto —contestó Pendock—. En toda mi vida no he encontrado algo más difícil que estar convencido de mis lealtades. Las tengo claras en la cabeza, es el corazón el que lo echa todo a perder.

Rathbone pensó en Margaret.

—Siempre lo hace. Sería más fácil no amar —dijo Rathbone.

—¿Y convertirse en un muerto viviente? —preguntó Pendock.

—No. —Rathbone no tuvo la menor duda—. No, en absoluto. Buena suerte, señor.

Salió del despacho sin volver la vista atrás, dejando a Pendock sumido en sus pensamientos.

Al llegar al vestíbulo faltó poco para que chocara con Monk. Monk lo miró muy preocupado.

Rathbone quiso afectar indiferencia, pero la calidez de la mirada de Monk lo hizo imposible. Permaneció callado, aguardando a que Monk hablara primero.

—Las utilizaste, ¿verdad? —preguntó Monk—. Las fotografías de Ballinger.

Rathbone pensó en mentir, pero enseguida descartó la idea.

—Sí. Esto era demasiado gordo, demasiado monstruoso para pensar solo en mi paz de espíritu.

Escrutó el semblante de Monk, temeroso de lo que vería.

Monk sonrió.

—Creo que yo habría hecho lo mismo... —dijo en voz baja—. En cualquier caso, es una carga muy pesada.